# 红翻天

温燕霞◎著

中国言实出版社

**图书在版编目(CIP)数据**

红翻天 / 温燕霞著 . -- 北京 : 中国言实出版社 ,
2021.2
ISBN 978-7-5171-3760-3

Ⅰ.①红… Ⅱ.①温… Ⅲ.①长篇小说 – 中国 – 当代
Ⅳ.①I247.5

中国版本图书馆 CIP 数据核字（2021）第 015545 号

出 版 人　王昕朋
责任编辑　郭江妮
责任校对　王战星

出版发行　**中国言实出版社**
　　　　　地　　址：北京市朝阳区北苑路 180 号加利大厦 5 号楼 105 室
　　　　　邮　　编：100101
　　　　　编辑部：北京市海淀区花园路 6 号院 B 座 6 层
　　　　　邮　　编：100088
　　　　　电　　话：64924853（总编室）64924716（发行部）
　　　　　网　　址：www.zgyscbs.cn
　　　　　E-mail：zgyscbs@263.net

经　　销　新华书店
印　　刷　徐州绪权印刷有限公司
版　　次　2021 年 3 月第 1 版　　2021 年 3 月第 1 次印刷
规　　格　710 毫米 ×1000 毫米　1/16　29 印张
字　　数　480 千字
定　　价　98.00 元　　ISBN 978-7-5171-3760-3

温燕霞，当代女作家。江西安远人。江西广播电视台高级编辑，江西省文联挂职副主席，江西省作协第六届、第七届副主席。个人曾获得全国广播电影电视系统先进工作者、全国百佳新闻工作者、全国优秀新闻工作者等荣誉称号，入选中宣部文化名家暨"四个一批"人才，享受国务院特殊津贴。

主要作品有长篇小说《围屋里的女人》《红翻天》《我的1968》《磷火》《珠玑巷》《琵琶围》，散文《客家我家》《我的客家》，报告文学《大山作证》等。根据温燕霞小说改编的电视连续剧《围屋里的女人》曾在全国热播。小说《红翻天》荣获第十一届精神文明建设"五个一工程"奖、解放军图书奖，长篇小说《琵琶围》为2020年中国作家协会重点扶持作品，入选2020年"优秀现实题材文学出版工程"和中国作家协会"记录小康工程主题推荐书单"；主创的《袁庭钰的故事》《正气歌》等十部广播剧、参与编剧的电视剧《可爱的中国》先后荣获精神文明建设"五个一工程"奖。另有多部影视剧作品问世。

# 战争题材和美学元素（序）

刘上洋

　　这是一段激情燃烧的历史，这是一幕慷慨悲怆的大剧。只是，随着岁月的渐行渐远，无数的梦幻与激情，无数的歌哭和血泪，无数的追求与叛逆，都如风中的流云，晴空下的露滴，在静悄悄散失流佚……

　　苏区、红军、先烈、根据地……这一系列的字眼，逐渐从那充满腥风血雨的时代背景中抽象、凸显出来，放射出一种圣洁的光芒，但那数不清的生动过程和触手可及的生命细节，却隐退为难以辨析的暗色背景，似乎永远不再浮现。这，让大半个世纪之后的人们在回想那些让人充满景仰的往事的时候，不能不感到些许的遗憾和怅惘。

　　对于绝大多数普通人来说，历史最好是具象的、可感觉可触摸的——这样的历史才会在他们心中真正活起来，并融入现实生活的喜怒歌哭中去！温燕霞的新作《红翻天》即是这样一部能够将人带入过往的长篇小说。

　　《红翻天》聚焦于1933年秋到1937年底的江西赣南，尤其是被称为"红都"的瑞金一带。这段时期，恰值第五次反围剿前后，从历史研究者的角度看，它无疑是苏区革命史最重要的一个"节点"。血与火的考验、爱与恨的激情、生与死的搏杀，在那个时期尤其显得酷烈。千里赣南大地上浸透的鲜血和泪水，至今让人嘘唏与怀念。

1

作为生长于赣南的客家女儿，温燕霞深受当地民俗和历史的浸染，对那段红色的历史尤其有着强烈的兴趣。从小耳濡目染的许多人物和故事在她心头萦绕，最终凝结为不可化解的情结。

作为作家而言，她们更为关注的不是历史的抽象，而是形象而生动的细节，因此，在长篇小说《红翻天》中，大家所熟知的那段时期的历史结论化为苍茫的背景，凸显在读者面前的是一批有血有肉的鲜活的生命。

出身不同、性情各异的几位女主角：周春霞、江采萍、马丽、刘观音、杜青秧、杨兰英，同时为时代大潮所裹挟，加入了红军队伍。她们当中有富家千金、知识女性、福音堂长大的孩子，也有女仆和农村女娃。她们或为崇高的革命理想所激励，或为浪漫的爱情所引导，或为偶然的因素所裹挟和推动，不约而同来到红都瑞金，参加到红鹰宣传突击队中。

红鹰宣传突击队的主要职责是进行革命宣传和鼓动。这些十几二十岁的女子在红色的土地上，以她们靓丽的青春和纯洁的生命，组成苏区一道闪亮的风景。她们矫健的身影燕子般穿行于纷飞的战火中，时而是枪林弹雨中引吭高歌的宣传队员，时而是硝烟弥漫中救死扶伤的美丽天使，在根据地由蓬勃发展转向被"围剿"扼杀的严酷时刻，她们经历了人生最严厉的考验，度过了难以想象的困厄与苦难。那些变幻奇谲的冲突和遭遇，那些充满矛盾纠葛的爱恋与感情，那些大喜大悲大爱大恨，那些金戈铁马缠绵痴情，被作者以无比细腻的笔触渲染出来，就好像一幅用工笔描绘的波澜汹涌的历史长卷。

红色苏区的革命斗争，是中国现代史上极其重要的时段，但遗憾的是长篇小说中真正反映这段时期历史的很少，特别是通过几位青春女性如花生命的绽放与凋零来折射那段特殊历程的作品更少，从这个角度而言，温燕霞历经打磨的这部鸿篇巨制《红翻天》，可以看作是开创之作。对于小说中的那些女主角来说，参加红军是她们人生路上的关键一步，而对于红色根据地来说，第五次反"围剿"更是一次重大转折。广昌保卫战的失利、主力红军在十分保密的情况下全面撤退和苏区的沦陷……一次次严酷而惨烈的斗争恰恰被刚刚参加红鹰宣传突击队的女红军们所遭遇。正是在这样的历史背景中，周春霞、江采萍们的形象尤其显得光彩照人。

《红翻天》的开创意义还在于它没有回避历史中的缺陷和人性中的矛盾。书中的主人公不是那种高大全式的纯英雄，而是有着这样或那样弱点和缺点的凡人，面对困难，有人退缩了；面对生死，有人背叛了，但更多的人选择了坚持。在情节的层层递进中，弱小的人物长大了、坚强了，她们性格的完善、人格的成长使得整个故事呈现出韧性和张力，并让读者获得感同身受的深刻体验。当我们读到招娣为了腹中的孩子悄悄离开突击队，却在瑞金沦陷后冒着生命危险帮助战友的故事；当我们目睹方梦袍受到战友的误解仍坚持使命并最终献出宝贵生命的壮烈；当我们看见周春霞即使参军后，"军装洗后总要用装了滚水的茶缸去烫，刘海也时不时用火钳烫一烫，眉毛修得整整齐齐，站着和坐着都要考虑美观"的娇小姐变成在红军撤退后仍敢扮成农妇和敌人周旋，身陷监狱后面对鲜血和死亡依然能坚贞不屈地顽强战斗的细节，终于能理解革命和战争之所以被称作生命的熔炉或灵魂的炼狱的含义。

战争是惨烈的，革命是艰苦的，但作为艺术创作，作者的视觉却始终是审美的。人性之美和灵魂之美在《红翻天》中得到了足够的诠释，自然之美和女性之美在小说中同样不乏精彩的描述。

作者细腻、传神、优美的笔触，无疑使这部战争题材的作品具有了更充沛的美学元素。

赣南既是当年的苏区红色根据地，同时也是客家人祖祖辈辈居住的乡土。作品中随处可见的客家乡风民俗，得益于作者的客家女儿的身份，得益于她在赣南这块土地上所吸吮的营养。而这些乡风民俗也大大增添了作品细节的真实性和可读性。

总之，正像小说出版简介中所形容的那样：战争与女性，鲜花与硝烟，青春和死亡，战争背景与客家风情，这些原本互不和谐的元素被小说中六个如花女子扣人心弦的命运神奇而又繁复地糅成了一曲低回、哀婉并壮烈的战地之歌，将战争的残酷与女性的柔美推向让人撕心裂肺的极致，用青春和生命的凋零唤起人们对正义的向往以及对那段如火如荼历史的深情缅怀和追忆。

最后，要谈一谈小说的书名。《红翻天》这个书名一看就特别响亮，它的寓意更是热烈而又丰富。赣南老表是喜欢吃辣椒的，那儿出产的辣椒就叫红翻天。"这辣椒生得可爱，小小的个儿尖尖的嘴，花序般簇拥着指向天空，仿佛孩童团起的指尖。夕阳下，留得有些老的辣椒闪烁出红玛瑙的美丽色泽，晃眼间又似团团耀动的火焰……这辣椒确实红得热闹，红得有气势，除了夺目的红光外，它的味儿也够劲，让吃过的人难以忘记。"

那段如火如荼的岁月同样让人难以忘记！——不是吗？

（作者为原中共江西省委常委、宣传部部长，中国作家协会会员。著有《废墟的辉煌》等多部著作，并多次荣获国内散文大奖）

# 目录

# 第一章

　　阳光照在雪白的锯齿上闪烁出道道寒光，方梦袍伸出疲惫而麻木的手指摸了摸，叹口气，不知这粗大的锯齿切入肌肤时将是何等感受。他眼一闭，手一垂，锯子当啷一声，落在右手边的火盆上方。火盆里炭火熊熊，呼啸的山风吹得火星四溅，有几点落在方梦袍的手背上，但方梦袍已感觉不到火星的热度，他睡着了。

　　方梦袍是站着睡着的，保持着一种工作的姿态，这使他的睡姿看上去有些古怪。更古怪的是他所处的环境：一座颓倒半边的古庙，一尊已然坍塌的泥塑观音像，一扇门板架在神台上，门板上躺着一个血淋淋的年轻伤员；旁边摆着一溜箩筐，筐里是锯断的大腿、胳膊，丢弃的眼珠、牙齿，几只僵死的手倔强地从一堆模糊难辨的脏器缝隙里伸出来，仿佛要抓住被硝烟染黄的空气。

　　枪炮声越来越响了，树梢轻微震颤起来，抖下层层黑土。方梦袍打着香甜的小呼噜，根本没听见伤员痛楚的呼声："方医生，请赶快给我开刀！把弹片取出来，前线正缺人啊！"

　　方梦袍什么也没听见，这会儿他高大消瘦的躯体羽毛般飘在空中，他看见父亲正挣扎着病体，牵着六岁的自己在漫山飞舞的雪花中蹒跚。爹快死了，好不容易将他带到那个名叫五堡的地方，刚敲开福音堂的大门，爹便口喷鲜血，死在了地上。这时从黑漆漆的门里露出一张奇异的脸，金发碧眼，高鼻深目，长得一脸好胡须，他散发着汗味的胸腔给了方梦袍一种别样的温暖。

　　方梦袍虽然年幼不谙世事，却也明白这个人将在自己的生命中扮演一个重要角色，所以他郑重地向他磕了个头。后来的一切证明了他当时的预感，因为正是这个名叫陈查理的洋人出面埋葬了父亲，也是这个陈查理将他收留在福音堂，让他从此有了个安身的地方。

在福音堂长到13岁，方梦袍被会昌县一户姓方的郎中收养，再后来他子承父业，当了乡间郎中，过着一个医术尚可的郎中应有的生活。如果不是闹红，这会儿他应该坐在那间干净的堂屋中为病人把脉、称药。但世道改变了他，1929年底他参加了红军，并当上了一所只有十几个人的野战医院的院长，而那个陈查理也从他的恩人成为险些要了他命的"仇人"。当然，这一切与陈查理本人无关。从第二年6月起，中央苏区突然掀起股肃反风潮，来势汹汹，越闹越厉害，生杀大权由原先的师党委逐步下放到连排，把整个苏区搅得天昏地暗，方梦袍因陈查理之故，被当成了AB团分子绑赴刑场，马上就要开刀问斩。

刑场设在一座小山谷里，此前已处决了多位所谓的AB团分子，从自己同伴身上溅出的鲜血，触目惊心。在如注的大雨中，一位中枪未死的战士挣扎着爬起来，声嘶力竭大喊冤枉，这时枪声又响了，战士应声倒下，但那双眼睛却始终圆睁着，渐渐黯淡的眸子不知何故定在了方梦袍身上，让他心颤，他不明白原本亲密的战友何以在一夜之间变成了敌人。

那一刻他感到了某种荒谬，于是止不住大笑起来。笑声搅和着旁边将死的战士的哭声，利刃似的把那片猩红的雨帘一片片割开，接着从雨缝里突然钻出匹快马，马上的战士扬鞭高喊：有新命令，枪下留人！有新命令，枪下留人——！

方梦袍就这样捡了一条性命。有很长一段时间，他始终不相信自己竟然是在将死之际被人拯救了，常常有置身梦境之感，无数问题抓挠着脑海，让他不得安宁。后来终于明白，自己之所以被救，是因为红军已认识到反AB团运动剑走偏锋了，开始纠正错误。他于是成为了一个幸运儿。不过这种"幸运"还是在他心上刻下了深深的伤痕，从那以后他变得异常谨慎，不问政治，只问业务，试图用加倍的工作来麻痹自己，抹掉那个让他噩梦连连的记忆，可他又怎么也做不到。那匹快马和那个战士的喊声经常从梦中扑出，不断撕扯着他，折磨着他，让他时时梦回心惊，如同在刀刃上行走。

这会儿那个战士被雨淋湿的喊声从枪炮声中横蛮地飘出，在他耳膜里像只蠓虫那样扑腾着，让他猝然清醒过来。他揉揉眼睛，看见了妻子红云那张布满妊娠斑、洋溢着心疼与关爱的脸。

"梦袍，你醒来啦？我已经把伤员绑好，可以手术了，你抓紧用冷水抹把脸吧。"

红云言罢拖着消瘦、疲惫的身子，将那把已经消好毒的锯子递给他。由于白军的铁桶式合围，苏区的各项物资匮乏之极，医疗器械更是紧张，没办法，只好就地取材，土法上马。方梦袍现在拿着的是一把木匠用的锯子，粗大的锯齿流露出几分狰狞。方梦袍瞥了眼脚下锯坏的十几把锯子，想到伤员将受的痛苦，鼻尖上冒出了豆大的汗珠。

已是 10 月末，按说不该如此酷热，可近来赣南天气古怪，热得就跟夏天似的。前方那场恶战打了三天三夜，造成了巨大伤亡，来不及掩埋的尸体散发出阵阵恶臭，手术台旁尚未清理的残肢也有了气味，加上连续工作几十个小时，方梦袍的体力已严重透支。

自从 9 月份白军以百万兵力对中央苏区展开第五次围剿以来，他没好好睡过一天觉。医院跟着部队漫山遍野奔走，伤员源源不断，每 300 个伤员不到一个医生，人手奇紧。他所在的医院原先倒是有 8 个医生，可前年查 AB 团时被错杀了两个；一个前些日子开了小差，还有一个在战场救护时中弹牺牲，另一个被俘，剩下的两个已累得不成人形。好在都还年轻，大家咬牙扛着，但人毕竟不是铁打的，意志再坚强，仍敌不过身体的垮塌，所以他刚才站着也能睡着。

用冷水抹了几把脸，方梦袍神志清醒地走到手术台旁。受伤的战士很年轻，十七八岁模样，眨着一双大眼睛，明显有些惧怕，当方梦袍的手温柔地抚在他脖子上时，小战士掉了眼泪。

"方医生，真的要锯腿？那我还怎么回战场啊？"

方梦袍安慰着他，让他含住一块被水浸涨了的木片，然后手下一用劲，把小战士给掐昏了。他朝对面的护理员点点头，两人用劲握住锯把锯了起来，一声惨叫在耳边炸开，吓得那些附在残肢上的蚊蝇轰地飞起，将阳光遮住了……

做完手术，方梦袍跟从水里捞出来似的，浑身上下没有一缕干丝，脚骨也给汗水泡软了，护理队员刚把伤员抬走，他便咕咚坐在了地上。地上满是血水，箩筐里的断肢残肉又高了一层，在他眼中飘浮起来。他看见年轻伤员的断腿斜倚在箩筐里，似乎不愿离开主人，腿上的肌肤变得苍白。那是多么强健的一条腿啊，骨骼匀称，肌肉扎实，粗黑的汗毛彰显着男人的雄性。想它在主人身上时，该是诱人的吧？可惜离开主人的身体之后，它只会迅速地腐烂，而那个年轻伤员的世界也就再不会平坦了……

方梦袍刚刚发出几声感叹，脑子一迷糊，身子一软，歪倒在血水中睡了过去，很快又被梦魇住了。他梦见了阴霾笼罩中的福音堂，梦见了小鸟依人的马丽。

那时候他和马丽都以为人是长不大的，因为身边的小伙伴接二连三地病死、饿死，然后埋在后山的林子里。那些坟堆在春天开满了白色和粉红色的野蔷薇，仿佛一顶顶花冠。有时那些野蔷薇花会在梦中无限膨胀，直到遮天蔽日，把他吓醒。他还经常梦见杨之亮。杨之亮是苏区对外贸易局采购科的科长，他多次恳请方梦袍给陈查理写信，让陈查理出面帮忙弄些急需药品，方梦袍害怕再一次受牵连，毫不犹豫地拒绝了，后来在红云的疏通下，上个月他和杨之亮去赣州找陈查理，弄回了一大批紧俏的医药用品。回程时他们走的是水路，白军似乎嗅到了什么苗头，一直紧追不舍，迫不得已，杨之亮让船靠岸，会合前来接应的赤卫军与敌人短兵相接。

虽说参加红军好几年了，但方梦袍从未打过仗，不免有些惊慌失措。他挑着药担一路猛跑，慌忙中走错了路，等他在山顶上看见那十几个挑着物资的赤卫军队员的身影，蹔身欲追时，浑身鲜血的杨之亮穿过树丛，倒在了他怀中。杨之亮脖子中枪，血喷得有尺把高，在蔚蓝的天空中洒出一片红雾，在鲜血的喷涌中，他高大壮实的躯体猝然蜷曲起来。

"陈队长牺牲了，战士们牺牲了，你……"

杨之亮话没说完便断了气，微睁的双目流露出深深的眷恋。这几年方梦袍见过无数战友离去，对死亡早已麻木，可杨之亮和陈队长的死还是让他心如刀绞。和煦的秋阳中，他呆呆地搂着杨之亮的尸体，看着死色渐渐遍布他的全身，良久才踉跄而起，拖来树枝将烈士的遗体遮住，用匕首在旁边那棵高大的松树上刻下了一行印记，挑起担子又急着赶路。

方梦袍实在走不动了，当他看见草丛中跃出的那几个臂戴红袖章、手持红缨枪的儿童团员时，眼前一黑，连人带担扑倒在地。从那以后，他常常在梦中嗅见泥土的味道。他不知道自己是否害怕死亡，但他的确会经常设想人死后躺在土里的情景。他想人终归还是怕死的，他也一样。有时想到这一点他便觉得自己异常渺小，尤其在那些视死如归的战士们面前，他感到了自己的差距。有一段时间，他甚至认为自己不可能成为一个真正的革命战士，因为他经常会陷于悲观，是妻子红云帮助他逐渐坚强起来的。在这方面，他很感谢红云。

红云比他年长三岁，出身南洋富家，学成后回到老家福建连城县教会医院做事，前几年跟随傅连暲先生参加了革命。她与方梦袍在战斗中相识、相爱、成婚。红云尽管出身富家，却有着无比坚定的革命信念，常常给他分析形势，讲解革命道理，是方梦袍生活中的良师益友，也是上天赐给方梦袍的女人，让他在失去双亲后重新体会到了什么叫温暖。可让方梦袍无地自容的是，由于他的不自制，这几年红云已经有过三次身孕了。

第一次反围剿时，红云在战斗中生下了他们的第一个孩子，孩子刚发出第一声啼哭，红云母子便被炸起的焦土埋住。等战士们将她俩挖出时，孩子已经窒息而亡。孩子的死在红云心中掘下了一口痛苦的深井，从此她对房事有种莫名的恐惧。而这时苏区的形势渐紧，提倡夫妻分居，以减少妇女怀孕的机会，加上工作繁重，他们很少在一起，饶是如此，半年后红云还是怀上了。胎儿三个月时，正巧遇上一场恶战，红云从战场一口气抢救了十二个伤员，累得当时就小产了。之后方梦袍发誓再也不碰妻子了，可他是一介凡夫俗子，终究也有走火入魔的时候，上个月红云又怀了孕，而且反应极重，让方梦袍羞愧难耐，因此他常在心里忏悔：红云，对不住，让你受苦了！

方梦袍在迷糊中喃喃着，忽然间枪炮声大作，把他惊得一骨碌爬起来，但见手术台前又摆了一长溜伤员，呻吟声此起彼伏。护理队员们忙不迭地跑来跑去，把血腥的空气搅得越发稠密。方梦袍头晕眼花，险些摔倒，这时红云端了碗热粥给他喝。热粥穿过肠子时的那份温暖让他重新有了几分力气与清醒。喝罢粥，他扭了自己两把，心想在这紧要关头居然能睡着，真不配当一名共产党员，还院长呢！

他羞愧地扫了周围一眼，旁边还有两张手术台，那个去年俘虏过来的陈医生正在喝粥，看样子也快顶不住了，瘦高的身子秋叶般抖动着。另一个医生老黄趴在手术台上睡觉，急得旁边那个健壮的护理队员刘观音尖声大叫："黄医生，你快醒醒，有好多伤员等着做手术呢！"

黄医生和方梦袍一样，已经几天几夜没合眼，任刘观音怎么吼，他仍然不醒，刘观音二话不说，抄起旁边的水桶朝他泼去，黄医生这才醒过来。

"黄医生，先做哪个？是脖子中枪的还是头皮翻开的？"

被水泼醒的黄医生还是一脑子糨糊；他迷迷瞪瞪，忽然发出一串凄厉的吼叫：

"啊……啊……！我不做了！我做不了啦！"

黄医生嘶喊着朝密林深处狂奔，手术刀在阳光下闪着灼人的寒光，吓得那几个抬着尸首朝密林深处走去的掩埋队员惊慌失措，不知道发生了什么事情。

方梦袍知道黄医生累坏了，前段时间他老婆、孩子又被敌机炸死，心情悲痛，加上性格内向，一时难以排遣，所以才会有今天的疯狂之举。他正要发话，机灵的刘观音已经招呼几个和她一样粗壮的表嫂冲了上去，合力将疲惫的黄医生扑倒在地。她们还没来得及开口，黄医生居然躺在地上打起了均匀的小呼噜，刘观音好奇地围着他打了个转，口中嘟哝道：

"谁让你睡的呀，一身湿成这样！也不怕着凉。"

她说着扯了些干草盖在黄医生身上。这样，黄医生那边的伤员便分给了方梦袍和陈医生。由于医生人手奇缺，红云等人现在也帮忙处理一些轻伤员。这时，只听刘观音冷不丁大喊起来：

"栓柱，你不要死啊！栓柱，你睁眼看看我呀！"

栓柱是刘观音的对象，是一军团大刀队有名的快刀手。刘观音两岁时被抱到栓柱家，当童养媳，那时栓柱还在娘肚子里。小时候两人很合得来，可自从当兵后栓柱就变了心，说是只把她当姐看，不想和她有那回事。本来刘观音对栓柱也没太放在心中，不就是老公嘛，两人一起长大，以后圆房成亲，再一起生孩子，一起慢慢老去，这都是顺理成章的事，可当栓柱表示不和她搞对象后，她还是不舒服，两人斗起了气。去年栓柱爱上了连里的宣传员，闹着要和刘观音解除婚约，刘观音开始不肯，后来觉得这样下去没意思，便同意了，谁知两位老人认为唱唱跳跳的女人是下九流，丢祖宗脸，坚决不同意栓柱和宣传员好，还以死相胁，要栓柱和女宣传员断绝关系，栓柱认为是刘观音在利用老人阻拦自己，上前线时还和刘观音吵了一架。当时刘观音气得骂他，咒他，说他是遭雹子打的，不想一语成谶，他现在腹部中弹，大量失血，眼看已不省人事，让刘观音痛彻心扉。

她惊呼着抱起栓柱，飞步冲向手术台。这时手术台上已经躺着一个伤员了，红云和方梦袍正用鹅毛给伤员清创，找炸断的血管，不提防刘观音扑过来，狠命将伤员往旁边一掀，好在方梦袍眼疾手快地拽住了伤员，但那伤员已疼得发出凄厉的惨叫。

"对不住，同志，我家栓柱肚子炸爆了，他伤比你重，你先让一让。"

刘观音把栓柱小心地放好，一边道歉，一边恳求方梦袍救救她的栓柱。方梦袍正要批评她作风粗野，可他看见了栓柱腹部洞开的伤口，怒气立即被沉痛替代了，他冲刘观音一摆头：

"观音，去给他抹抹身子吧，你看，肠子全没了。"

运送栓柱的担架员恰巧在旁边，他有些惊讶地说，肠子是被打断了，抬到半路上开始往外突，他还特地给塞了进去，估计是在路上弄丢了。

刘观音看着血肉模糊的栓柱，眼泪簌簌往下滚，她抹了把脸，对方梦袍说道：

"方院长，你等着，我去把他的肠子找回来！"

他们驻扎在这座小庙已经三天了，处理了上千名伤员，刚入驻时庙门口那棵梨树趁着十月小阳春开了满树繁花，如今花已被来来往往的担架蹭落，叶儿枯了，医护人员也失去了三天前的新鲜，整洁，变得蓬头垢面。方梦袍的手腕呈现出紫黑色，那是血渍汗水外加灰尘的结晶，双手像从染缸里提起来的。他用这双手翻了翻栓柱的眼皮，干涩的喉间升起股沉浊的声音："送林子里吧。"

方梦袍尽量不动感情，可栓柱和他很熟，他无法控制自己的伤悲。刘观音在医院待了两年多，先后在洗衣班、担架队干，后来方梦袍发现她认识不少草药，便让她到了护理队。

刘观音身材高挑儿，长得不赖，性格像个假小子，做事麻利，但手脚重，清洗伤口时常弄得伤员嗷嗷叫，为此方梦袍多次批评她，刘观音不服气，成天想着上前线打仗，工作不太安心，不过她对栓柱挺好。栓柱没和宣传队员好上之前，只要得空，便会过来看她，两人姐弟似的打闹，举止间透着浓浓的亲情。栓柱长得少相，圆圆的脸，圆圆的眼，笑起来龇出两颗虎牙，还练出了一身摸鱼捞虾的好本事，经常利用这个本事为伤员改善伙食，医院的人都很喜欢他。

这会儿可爱的栓柱静静躺在手术台上，眼欲睁，口微张，一副茫然的模样，年轻健壮的躯体正在逐渐冷却。当掩埋队员抬着栓柱消失在密林深处时，方梦袍捂着胸口喘息了几声，好一阵才费力地拿起手术刀。

现在躺在他面前的是个胡子拉碴的中年汉子，满脸是血，仔细一看，他的右眼已经炸飞，左眼眼珠吊在太阳穴上，在阳光里闪着诡异的光。汉子不时发出呻吟，方梦袍听着声音有些熟悉，待抹干净他脸上的血迹时不由大惊失色：老雷？雷营长？

不知是被他喊的，还是疼的，雷营长醒了。"我疼，浑身都疼，我哪里受伤了？现在是夜晚吗？怎么这么黑？……"

雷营长这样嘶喊时，正巧前方枪声大作，听声音敌人又逼近了。枪声那样响，雷营长的嘶喊仿佛一把利刃，把这密集的枪声割开了一道缝。

"方院长，我的眼睛……我以后还怎样打枪哟！"

雷营长是神枪手，是著名的战斗英雄，曾两次受到军委的表彰。方梦袍想起他百步穿杨的英姿，不由黯然神伤。他违心地安慰着雷营长，但雷营长凄惨一笑，扯下那颗晃荡着的眼珠，扬手一扔：

"方院长，我们来生再见了！告诉大家，我不是胆小鬼，我只是不想当废物！"

方梦袍还没有反应过来，雷营长已从绑腿里抽出匕首，朝自己的胸口猛插下去，随着"噗"的一声响，他的身躯挺了两挺，血污的唇边慢慢绽出朵微笑。方梦袍气得捶了雷营长几下，见没反应，只有嘶声大喊：

"把他抬走！把他抬走！"

雷营长自杀了，这是这几天第三个在手术台上自杀的伤员。第一天战斗时，有个双臂炸断的马刀队副队长咬舌自尽，昨天那个战士听说自己的命根子没了，疯子般滚下手术台，一头撞在墙上，折颈而亡，现在轮到了雷营长。方梦袍的心情越发沉痛，旁边的陈医生也受到刺激，红云不得不给他俩各点了支黄烟提神，倒是先前那个发癫的黄医生小睡了一觉后心情好转了，这会儿边做手术边骂娘：

"娘个头，要死死在阵地上，省得担架队员抬，这算什么？啊？这算什么？"

骂归骂，心疼是真的。当然，也没人会搭他的话。小庙里一片寂静。那股尸臭在这样的静寂中突然闹腾起来，让方梦袍感到窒息。这时，刘观音那颤抖的声音飘进了他的耳郭：

"栓柱，你等着啊，我找到你的肠子啦！"

# 第二章

刘观音觉得自己 19 年的生命中只有两个日子值得铭记，一个是栓柱牺牲的日子，一个是李团长舍身救她的日子。这两个日子隔得很近，栓柱牺牲在头一天，李团长舍身相救在第二天，可在她印象中这两个日子却似乎隔得很远，也许潜意识中她觉得自己是不能在栓柱牺牲的次日便让另一个男人闯入记忆的，但问题是那个男人不但刻在了她的脑海里，还横蛮地揪住了她的心。

栓柱牺牲的第二天，红军开始后撤，医院也跟着往后挪。由于撤退得匆忙，加上伤员太多，尽管动员了附近村庄的村民来抬担架，人手还是不够，有些轻伤员只得自己走，进程相当慢。想到牺牲的栓柱，刘观音心潮难平，满心的悲恸化作力量，让她变成了一个大力士。撤退时她背起个牛高马大的伤员，大步流星地往前冲。

她们跑到一个小山坡，迎面遇上一支增援的部队。几个大汗淋漓的宣传员站在岔道口打起了竹板鼓舞士气。路窄坡陡，战士们纷纷为担架队让路。刘观音前头的莲嫂和另一个矮小的担架员上不了坎，几个战士将她们拉了上去。刘观音这时已跑得双腿发软，背上的伤员越来越沉，上坎时她滑了两跤，急得伤员在那儿解背带，说是要自己走，但他的伤口在腿上，哪走得动？

刘观音嫌伤员多嘴，猛打了他两下屁股，发蛮地再次往上爬。这回她手脚并用，眼看着要爬上坎了，忽然间前头传来阵奇异的响声，一个男人猛扑过来，将她掀了下去，紧接着一声巨响，焦热的泥土将她和伤员埋住了。更糟糕的是，她身上还压着个重物，她先前以为是石头，后来有战士过来挖了，她才弄明白压在自己身上的是个男人，战士们喊他李团长。

李团长被石头砸昏了，额上破了个血口子，刘观音一边替他包扎，一边大声地埋怨他不长眼睛：

"哪儿不好落，偏落我身上，你吃屎的啊？"

有个战士听见了，不高兴地指着前方的大坑说：

"你看看，那道坎还在吗？他要不救你，你早成灰了！"

刘观音抬首一看，刚才那道爬不上去的高坎不见了，眼前出现一个冒着热气的大坑，背上的伤员指着路旁的树丛，忽然悲声喊了起来。刘观音看见灌木上挂着只断手，莲嫂、矮个子担架员和那个伤员消失了，她大骇："莲嫂！莲嫂！"

已经包扎好的李团长冲她摆摆手："快走吧，人已经炸没了。"说罢跃起身，消失在弥漫的硝烟中。

刘观音呆呆地出了会儿神，咬牙背起伤员绕过了弹坑。弹坑冒着白烟。弹坑边的树枝上挂着一角蓝布裙，血水滴答，那是莲嫂的。

伤员说莲嫂抬的伤员是他的三叔，他叔叔是六指，那只断手也是六指，正是叔叔的遗骸，所以他哀求刘观音把叔叔的断手给他。刘观音抢白了他几句，伤员开始抽泣，说三个叔叔全牺牲了，大叔、二叔尸骨不见，三叔牺牲时好歹他在身边，还留了只断手，他做侄子的说什么也要尽尽孝，把叔叔的断手埋起来。

刘观音一听，当即停下，在焦土上挖了个坑，把伤员三叔的断手和莲嫂的水裙埋在了一起。这时那支增援部队已经走得只剩最后几个人，刘观音想起自己还不知道救命恩人姓甚名谁，忙拽住一个战士打听。战士告诉了她部队番号，又说团长叫李板鸭。这古怪的名字让刘观音纳闷了好久：好端端一个壮汉，什么不好叫，偏起"板鸭"，真是搞怪！

李板鸭团长就这样闯入了刘观音的生活，让她悲恸的心起了些许波澜。

这段时间是刘观音生命的低潮，上半年白军入侵，她的亲生父母和两个弟弟被白军杀害了，养父母不久也病逝，接着是栓柱牺牲，这个世界上她没有一个亲人了！这种孤苦时时噬咬着她，让她不堪重负。每每这时，李团长那满是尘土的黑脸便浮出来，皓月般照得她眼前发亮。不过由于战事紧张，这思念被压得扁扁的，嵌在她脑隙里，只偶尔探个头出来，使她感到一种来自成熟男人的魅惑。

　　有时她很奇怪，心想自己打小和栓柱一块儿长大，算是两小无猜吧？为什么对栓柱没有这种感觉呢？她从不记得栓柱的气味，也不记得栓柱有哪次的眼神令她心跳，可她却记得那个只有一面之交的李团长的体味，是那种混合了烟草的汗味，让她想起来，心里像被揪住了似的。李团长走前盯住她看的样子让她脸红，他黑亮的眼中像是有钩子在她身上挠，挠得她既痒又痛，刘观音半夜醒来常常会淹没在对他的回忆里，然后睁眼到天亮。为此她到社官庙烧过香，恳请栓柱原谅。栓柱尸骨未寒，自己怎么可以这样想一个陌生男人呢？

　　尽管刘观音觉得内疚，可当战斗告一段落、医院休整时，她还是利用休息时间四处打探李团长的行踪。她得知李团长的部队就在隔壁乡里驻扎，赶忙告了假租了马，拎着几只用伙食尾子买的板鸭直奔而去。她想李团长既然名叫"板鸭"，肯定酷爱吃板鸭，这几只板鸭是她拜谢救命恩人的。到了团部指挥所，她莽撞地冲进去，发现李团长正在挥鞭打一个小通信员，边打边骂：

　　"格老子的，放哨睡觉还敢哭，再哭我扒你的皮！你想想看，前几天要不是我把你们打醒，你们还有命吗？"

　　小通信员扁着嘴不敢哭，泪眼汪汪地看着刘观音。李团长白了眼刘观音，扬起的鞭子放了下来，不耐烦地冲旁人吼道：

　　"你们谁家的老婆来了？还不领出去！妹子，这地方你不能随便进来。你，你是？"

　　李团长认出了刘观音，他不好意思地扔掉鞭子，把小通信员给轰了出去。弄清刘观音的来意后，这个粗鲁的汉子局促地搓着手，怎么也不肯收那几只板鸭。刘观音不高兴地把篮子一放，怪道：

　　"你这人好有意思，名字叫板鸭，不就是爱吃板鸭吗？不收就算了，反正你的救命之恩我报了！"

　　说罢扭身要走，李团长也没留她，倒是在后面发出种奇怪的声音，她扭头一看，发现李团长笑得捂着肚子蹲在地上直叫唤。

　　"你这女娃子，嘟格乱给人起外号，我啥子时候叫过板鸭哟！"原来这李团长号李凡雅，是刘观音听错了，但李团长并不怪罪她，明摆着还很吃刘观音这一套，当即留下她，让炊事班用这几只板鸭做了顿像模像样的中饭犒劳大家，又从老乡家买了几坛水酒，大家喝得兴起，划拳猜令、又唱又笑，气氛不晓得几热烈。一顿饭下来，两人成了无话不谈的好友。这之后再说起李团长，刘观音才晓得他原是个响当当的传奇人物。

李团长是两年前从国民党部队带着队伍投诚过来的，他投诚的动机很简单，就是要让兄弟们吃饱饭。那时国民党军队扣饷扣粮厉害，一些外地部队供给严重不足，士兵们怨气很大。李团长因和顶头上司合不来，已经有几个月没开饷了，一气之下，干脆拉了队伍投奔红军。

李团长为人豪爽大方，但脾气暴躁，爱体罚士兵。参加红军后，他最受人谈论的便是喜欢每天早上鞭打那些睡懒觉的士兵，营连长也不例外。为此，有不少人向上级告状。但是，因为他这个习惯，部队却避开了敌人的好几次偷袭，此后别人再反对体罚，他便振振有词了。而最让他出名的，是一次慰问演出。那次演出中，蓝衫团演了出风格辛辣的活报剧，讽刺那些投诚士兵的不良作风，其中有一个角色背景与李团长相似，也爱体罚士兵，李团长觉得这是演他，演出结束后二话不说，几步冲到后台，扛起那个演员就跑，人们还没反应过来，他已将那个演员丢进了水塘。

时值隆冬，那个倒霉的演员受此一冻虽没有大碍，却因此大病了一场，李团长为此受到上级严厉批评。他坏脾气的名声也不胫而走。不过这样一个火暴性子的人，对刘观音却好得出奇，每次见面总是笑眯眯的，隔三岔五地来看刘观音，还给她写信，弄得大字不识一箩的刘观音立马进了扫盲夜校。

刘观音本是个心灵手巧的妹仔，但在学文化上头，她七窍通了六窍，到头来还有一窍不通，老师头晚教过的字，第二日见面时多半是字认得她，她不认得字，如此学了月余，连李团长的一封信也没识下，更别说回信了，把她气得够呛。这时苏区掀起了扩红新高潮，"打造一百万铁的红军"的标语随处可见，刘观音觉得这是个难得的机会，天天吵着要参军，扩红队的人见她粗壮，对她倒蛮有兴趣，可一听说她是医院护理队的，又都不要了。

刘观音也知道，部队中女兵很少，苏区的女同志更多的还是做些后勤、支前、护理等辅助性的工作。但这些工作放在别的女同志身上合适，放她身上就觉得委屈了，因为刘观音自认身板比男同志壮实，力气也比男同志大，有一次护理队和白狗子打了场遭遇战，她一个人砍死了三个匪兵，得了上级表扬，所以她越想越憋气：凭什么天天在这里洗脓血纱布、搬运伤员呢？离开护理队的念头越来越强，她开始悄悄地做准备，把自己的一些日常用品分批藏在医院旁边的茶树林里。

　　一日得空，她向院长方梦袍告假，说要到县城去看望生病的同年招弟，当时人手紧，方梦袍没有准假，刘观音心想反正已经和他打过招呼了，不回来也就这么回事，近来部队开小差的不少，洗衣队、护理队的人员也不稳定，自己这几年工作认认真真，没什么对不住医院的地方；再说她离开护理队，是想找一个更适合她的地方干革命，这难道有错吗？于是她和红云打了个照面，算是道别，然后拎着东西一溜烟跑回了县城。

## 第三章

　　时值十月底，天气晴朗，大地山川被秋阳镀上一层金光，景物美得似真似幻，看着路边返春开花的梨树和嫩绿的青草，关于战争的残酷记忆变得依稀仿佛。唯有栓柱洞开的腹部成了她的一个噩梦，让她恍惚。至于李团长，那也是一个梦，不过是美梦罢了，不然她那颗心为什么老为他悬着，天天没着没落的？她边胡思乱想，边大步流星地朝南门口小街走，那里住着很久没见面的招弟。

　　招弟是刘观音的同年，她爹是兴国长冈乡人，送到瑞金做崽。招弟公爹原指望这铲来的崽能给家中添丁续香，哪晓得招弟娘的肚子不争气，连着生了五个女儿，老大引弟，老二来弟，老三招弟，老四多弟，老五爱弟，临老了也没生下一个屙尿上墙的家伙来，老两口觉得愧对祖宗，一气之下，在大前年的清明日，双双服毒死在祖宗坟前。好在这时招弟五姊妹皆已成年，两个大姐成了红属，大妹参加了洗衣队，小妹加入了儿童团，唯有招弟成了落后分子，成天缩在家中不出头。这一方面与她内向的性格有关，但更多的还在于她的家庭。

　　招弟前年嫁给瑞金县城南门口小街上开榨油坊的王千金。这王千金生得牛高马大，一表人才，可因是遗腹子，自小受娘管制，性格娇气、怯弱。但他对招弟好，总为招弟抱不平，尤其在娘和招弟闹矛盾时，不管招弟对错，一概偏向招弟，这让招弟很感动。如果不是王千金这样待她，她早出来革命了。

　　招弟的婆婆细脚仔是全县有名的女光棍，辣名远扬。不过在那个时代，像她这样丈夫早亡，带着幼儿的寡妇要守住一份比较像样的家业，不泼辣也不行。

正因泼惯了，细脚仔对谁都摆出一副针尖对麦芒的姿态，招弟进门后，她嫌儿子娶了媳妇忘了娘，经常无名火往外冒，对招弟从没有好脸色，更要命的是招弟的肚子老不见动静，让一心想抱孙子的细脚仔失望之余愈加恼火，于是经常鸡蛋里挑骨头，趁儿子不在时打骂招弟，等儿子一回来，又换上一副关怀备至的面孔。

换了别人，早就造了这个婆婆的反，投身到红军队伍中去了，可招弟看到自己的两个姐夫不到两年内相继牺牲，姐姐们成了寡妇，大妹也在一次支前中失踪了，对革命便抱了一份犹豫，尤其是一想到王千金对她的好，就更迈不动脚了。她们一家三口在风起云涌的瑞金抱成一团，小心谨慎地过着自己还算安逸的日子。不过在王千金拒绝参军后，细脚仔投机倒把、贩卖私盐的事露了馅，小日子眼看过不下去了，在这种情况下，细脚仔心生一计，让王千金和招弟在家装病，免得两人都征上前线。细脚仔可不好惹，她这几年当街撒泼，骂跑了好几拨扩红队和支前队。有一次被服厂的人来动员心灵手巧的招弟去做工，细脚仔愣是朝人泼了一桶尿。一来二去的，大家知道细脚仔是钉子户，喜欢胡搅蛮缠，开口就说：

"当红军不是要自愿嘛，你们这样强逼当兵，和国民党有什么不同？我不怕！我过一个平头百姓的日子，你们能拉我出去枪毙了？"

细脚仔胆子大，有一回扩红队动员王千金参军，她居然找到了中央领导，上前就是一通机关枪，说得领导脸红，最后挥挥手让她走人了事。从那以后家门口清静了不少，细脚仔非常得意。

为了防止儿子动心，她把招弟管得死死的，没事不准出门，招弟渐渐地也习惯了这种管制，成天待在家中织花绣朵。一次刘观音上街碰到招弟，发现她养得嫩嫩白白的，只是太瘦太怯，仿佛一株没吃到肥料的茭白，让人生出几分怜意。

刘观音和招弟自小一块儿长大，两人八岁时结了同年，逢年过节要送礼，就像亲姐妹似的。见招弟这样子，刘观音气不打一处来，鼓动她立马参加红军，招弟一听，眼漾泪花嘟哝道："我走了，千金怎么办啊？"

接着便抹开了眼泪，说这年头男人死得差不多了，她不想再像两个姐姐那样当寡妇。刘观音和她吵了一架，两人好几个月没行往。如果不是头几天到县城帮护理队买洗伤口用的鹅毛碰见细脚仔，她根本不晓得招弟生病了。问细脚仔招弟得了什么病，细脚仔撇撇嘴，不屑地说：懒病！气得刘观音和她斗了几句，越加恨招弟不成器，是尊扶不上墙的泥菩萨！她想自己这次去无论如何也要把招弟拽到队伍中来。

刘观音赶到招弟家，见到招弟时，正巧有几个扩红宣传员在做细脚仔的工作，让她儿子王千金参加红军。为首的女扩红队员，二十六七岁光景，文静秀气，讲一口漂亮、软适的官话，偶尔夹杂几句瑞金土话，看上去是个相当有文墨的人。刘观音一见她就被吸引住了。她讲得入情入理，听得刘观音热血沸腾，可细脚仔却是块茅坑里的石头，又臭又硬，无论给她讲什么，她总是那副死猪不怕开水烫的赖样：领导呀，我绝了经，咯只崽死了我哪里还能生出来呀？要让我做孤老呀！

有时还嬉笑、讽刺挖苦几句，要么讲些粗话，弄得斯文的扩红队员张口结舌。刘观音看不过去，脑子一热，把铺盖卷往边上那个秧子般的扩红队员手里一塞，大踏步地拨开看热闹的人群，挤到细脚仔身边，大声道：

"阿婆，你家千金老虎都打得死几只，还怕嘛格？送他当红军是你全家的光荣啊！你就让他去吧！"

这句话像一勺油泼在火中，让细脚仔尖窄窄的脑门冒出几绺白烟。她白了刘观音一眼，雌虎似的冲过去，拽着她的衣角一通乱揉，口里不干不净地骂着，明摆着将刘观音当成了出气筒。

刘观音性子火暴，哪容得细脚仔这样对待自己？她想也没想便扇了细脚仔一巴掌，并在细脚仔杀猪般的号叫中高呼招弟，要她把那个当缩头乌龟的老公送去当红军。她身体好、中气足，这一嗓子吼出去，屋瓦震得唰唰响，围观的人越来越多，弄得招弟没办法，只好开门出来。

肯定是嫌刘观音丢了自己的丑，招弟没睬刘观音，而是皱着眉头去拉婆婆。细脚仔躺在地上不断地打滚，泼天泼地喊道："杀人啦！红军杀人啦！"

这时里三层外三层全是人，好在都是了解细脚仔底细的街坊，早就看不惯她了，见她这般无理取闹，纷纷为红军帮腔。细脚仔恼羞成怒，滚到刘观音身边去扯她的裤子，满嘴粗言秽语，还指使招弟打刘观音，招弟居然真打了刘观音一掌，虽说跟挠痒差不多，却把刘观音的心火扇得有八丈高，她指着招弟吼道：

"你还好意思打我？她叫你吃屎你吃不？真是木头雕！有屁用！"

　　招弟面子薄，被她这一骂，当即哭了起来。刘观音没睬她，跨过地上耍赖装死的细脚仔，穿过人群，推开招弟家那扇榨坊门，熟门熟路地拎了半桶茶油和一把竹片出来。众人还没反应过来，她已将竹片浸入油中，又飞快地从裹腿中找出火刀、火石，"咔嚓"两下打着了火，转眼间竹片上冒出了明亮、艳丽的火花。

　　"细脚仔，你给我听着，由于你思想落后，投机倒把，在群众中造成了很坏的影响，我现在代表广大群众宣布烧你的屋！反正政府开了油坊合作社，你这间剥削雇工的油坊不用开业了，烧掉也没什么可惜，大家哇对唔对？"

　　刘观音手脚麻利，这边话音未落，那边已将房门落了锁，做出一副点火烧屋的样子。

　　"你作死啊，我家千金还在屋里呢！"

　　招弟和细脚仔尖叫着扑过去，三人扭打成一团。火把燃着了招弟的衣裳，宣传员们一阵忙碌，好不容易才将招弟身上的火扑灭，饶是这样，也已把招弟的手背灼伤。向来看不上招弟的细脚仔这时倒做出极其关心她的模样，一边朝招弟手背上吐口水，用手揉着，一边劈开喉咙喊冤：

　　"天哪天，我们安安生生过日子，招谁惹谁了？红军一会儿要打人，一会儿要放火烧屋，这日子还让不让人过了？这放火的人还是我家儿媳的同年呢！入了队伍就眼眉毛打结、不分亲疏了哎！"

　　细脚仔对政府积了一肚子怨，正好借机发泄。苏区近来掀起了合作新风，榨油行也成立了合作社，而且就开在细脚仔家前面，社员自愿入股，最少一块大洋，多股不限，实在无钱，还允许人力入股，到合作社折工作价，一年下来大家分红，因价格便宜，一时顾客如潮。

　　细脚仔家开的油坊虽说技高一筹，每担菜籽可多出二斤油，可她这里工钱贵，还会克扣人家的茶枯饼，所以合作社成立后到这儿榨油的人寥寥无几，她家榨油坊前几个月就关门大吉了。细脚仔现在改做南杂生意，私下兼贩私盐，并将压价换来的鸡蛋、白米、粗布等物资高价卖给政府，从中牟利。因为这件事她被拉去游了一趟街，让一辈子争强好胜的她丢尽了脸面。

　　最让她生气的是十月份刚出来的什么苏维埃共和国劳动法，规定工人都有权去参加苏维埃选举和政府大会，雇主还必须发给他们全薪；工人、雇员或职员被征去当红军，要发放 3 个月的平均工资；工人、雇员生病了雇主要支付医药费；工人生孩子雇主必须发给能购买小孩四个月所需物品的现金；工人和家属死亡，工厂要支付丧葬费；雇工、手艺工匠应与正式工人同等看待，等等，等等。这些规定虽说有不少还只限一纸空文，但有些是必须实行的，比如细脚仔家原有的六个雇工参加红军，她就被迫给每人发放了三个月工钱，心疼得她病了个把月。现在仅留下一个远房拐脚亲戚帮着打杂，但就连这青头后生也时常唠叨要娶老婆生崽，好得那四个月的现金。

让细脚仔生气的还有一件事，就是不断有人来动员王千金参军，虽说每次都被她骂跑了，可只要来人一张嘴，她就心烦，觉得肚腹中埋了口热锅，终日咕嘟着往外冒泡，今日扩红队来时，她早就想发火了，不料这次来的人特别斯文，她一时找不到借口，刘观音这样一闹，正好遂了她的愿，便可着劲儿闹腾。这下可急坏了那个看上去挺有文墨的扩红队员。现场稍一安静，她马上替刘观音向细脚仔全家道歉。细脚仔好汉不吃眼前亏，趁机下台阶，拉着委屈得直抹眼泪的招弟进了屋。

在那扇黑漆大门关拢前，刘观音看见了招弟哀怨的表情，这才想起自己的初衷，忙飞冲过去，把几枚银毫子塞到她手中：

"招弟，你身体不好，买点红糖吃……"

银毫子清脆落地，门"砰"地关上了，差点把刘观音的手夹了。她看着那道密实的门缝发起了呆，不知今晚何处落脚，这时身后响起了轻柔的声音：

"妹仔，我叫江采萍，欢迎你参加我们的红鹰宣传突击队。你叫什么名字？"

刘观音喜出望外地看着她，一时忘了回答。这时一个细瘦的漂亮妹仔将她的铺盖卷扛到了肩上：

"姐姐，我叫青秧，跟我们走吧！"

就这样，刘观音加入了江采萍挑头的红鹰扩红宣传突击队。这次刘观音学乖了，她只字未提自己正在医院当护理队员。不用说，她被留下了。

出人意料的是，几天后招弟居然哭丧着脸来找刘观音，说是要参加突击队，一问，才知她扬言放火烧屋的当夜，细脚仔带着王千金往白区跑了，结果王千金走成了，细脚仔因行动困难，被妇女会拦了下来，现正押在牢里。没了细脚仔的阻拦，招弟也有心出来了，起码参加革命还能得口饭吃。

对她的话刘观音半信半疑，她才不相信招弟对老公和婆婆出逃的事一无所知呢！不过，她当时没有点破招弟，则是找到江采萍，向她陈述招弟参加突击队的种种理由。其实这些话根本不用说，江采萍很愿意看到一个人从后进变成先进，当即拍板留下了招弟。几天后，招弟悄悄向刘观音坦白，丈夫出逃的事她是知道的。

"我拦不住他，再讲人各有志，他要走我也拦不住！"

也许是嫌王千金没有带她一起走，招弟说话的口吻中有些淡淡的怨恨。

"招弟，你做得对。他活他的，你活你的。我们女人没有男子牯怎么啦，不信就活不出个人样来！"

那晚，刘观音和招弟一床睡，两人头并头躺着。招弟扭脸看着她，眼睛里多了几许鲜活的神采。

# 第四章

　　夜沉沉，周春霞原本清脆的嗓音已经喊哑了，马丽的嗓子也在昏天黑地的呼叫中渐渐失去了磁性。她们的喊声撞在五堡围屋冰冷、厚实的砖墙上，水花般破碎了，并迅速回归于一片更加荒凉的寂静。在这难耐的寂静里，周春霞心如死灰，冰冷的手不知不觉地掐住了马丽的胳膊。

　　"马丽，我们怎么办？"

　　马丽虽说比她坚强，这会儿也不想说话，她也捏了周春霞一下，两人融在黑暗的冷寂中，心中充满绝望。

　　周春霞呆呆坐了两天，恨不得拿头去撞墙。她没想到记忆中温馨的家，现在居然成了囚禁自己的牢笼！自己打小崇敬的父亲，一下子变得如此心狠，最出乎她意料的，是哥哥周春强的无耻，他竟把她推给驻守赣州的白军团长陈太平当小老婆！

　　这个陈太平，仗着自己是赣州守军司令马昆的亲戚，结发妻子林美仪又是粤东望族，像只馋猫似的不断偷腥。眼下，他正打着训导学生的名目时时光顾周春霞和马丽就读的福音女中。据说他每光顾一次福音女中，学校就会失踪一名长相可人的女生。有传言说，这些女生成了陈太平军中美艳的女兵，也有传言说赣江下游的某某县，陆续捞上了几具年轻的女尸，估计是被陈太平糟蹋后害死的。但这些仅仅是传言而已，在全力合剿红军的赣州城，这种传言的生命力不会比早晨的霜花顽强。陈太平才不管这些呢，他在意的是，他又在周春强所在的靖卫团遇见了周春霞——一个罕见的美人！

当时春霞站在院坪上，身旁的木槿花和醉芙蓉开得如痴如醉，嫣红姹紫中她被秋阳镶上了淡淡的金边，美得仿佛丹青里的仕女，有种失真的感觉。这种感觉打动并刺激了陈太平，他望着她出了会儿神，忽然接着周春强刚才的话茬，很爽快地答应了他的条件。

周春强当时正和他谈用钨砂换枪支弹药的事。陈太平的老婆林美仪在广州有亲戚，钨砂到手后转手卖给外国洋行可以挣大钱，而这钨砂在周春霞老家并不值钱，不过也多亏祖上有了几口钨矿，不然家里哪能建起五堡这座巨大的围屋？

近年由于赣南闹红，家中组织了几十人的护围队，急需武器弹药。周春强早先从靖卫团调剂了十几支破损枪支回去，后来觉得不保险，便花钱买了些军火。可从前年起，家中的钨矿被红军收走，镇上的烟馆、花酒馆也因战乱时开时关，生意很不景气，爹和哥哥不舍得花老本，恰巧存有几船钨砂，便拿了给陈太平换枪支弹药。

这事的前因后果周春霞是略知一二的，但她并不感兴趣。她感兴趣的是怎样把自己打扮得漂亮而脱俗，让心上人喜欢。说来有些荒唐，那阵子她迷恋上了闻名遐迩的"春和班"戏子白雪飞。这日，周春霞到靖卫团找哥哥要戏票——国民党政府为了劳军，组织赣州最有名的采茶戏班春和班演新戏《牡丹亭》。柳梦梅的扮演者正是她的梦中情人白雪飞。

在赣州读书这些年里，周春霞的零用钱大半送给了春和班，她还给白雪飞送过礼物——一只哥哥从广州带给爹爹的玛瑙烟嘴，她过年回家时趁爹爹不注意，把它给偷出来了。可惜落花有意流水无情，白雪飞对她敬而远之，不但退还了她的礼物，还明白地告诉周春霞他不喜欢她。周春霞气羞交加，当场把玛瑙烟嘴扔进了阴沟里。事后她才听说，这白雪飞曾吃过有钱小姐的苦头，他是一朝被蛇咬，十年怕井绳，事后想想也是，他一个下九流的戏子，怎敢接受赣南有名的五堡周家大小姐的爱慕？更何况这大小姐还有个当靖卫团长的哥哥！

周春霞恼恨过后心情慢慢平复了，加上这时战事渐紧，特别是去年红军围攻赣州后国军加强了对红军的围剿，从前线送回赣州的伤员日渐增多，她所在的福音教会女中基本停课了，师生们一律到教会医院护理伤病员。

在医院的那段时间，尽管她并不热爱护理工作，可毕竟还是名学生，要服从师长，所以天天泡在病房里。她看见年轻的伤员们一茬茬死去，明明还有痊愈的希望，可长官为了吃空额，却残忍地将他们活埋，让人深感黑暗。有一回救护队误救一个红军战士回来，军队党部的人闻讯赶来，要那个红军战士登报申明，宣布脱离红军，18岁的小战士宁死不屈，最后被党部的人用乱刀剐死，其状之惨，催人泪下！

打那以后，周春霞开始对红军和苏区有了兴趣，原先从不在病房多待的她会缠着那些健谈的伤兵讲战争见闻。从伤兵们的口中她听见了许多残酷的故事，奇怪的是不管叙述者的籍贯如何、年龄与社会背景有多大差异，遇到的事情也各不相同，但他们对红军都钦佩之极。

"哎呀，他们提着脑盖来冲锋，吓死人！"

"他们打仗太不要命了……一次我们攻一座山头，一个团攻了三天四夜，最后才发现上面只有一个连，全部死了。我们团长说那些士兵不惜命，好样的，让我们挖坑把他们埋了！"

"……如果不是那么蛮，我们围剿几次还会打他们不绝？我们吃的用的比他们好几倍，上次抓到个红军俘虏，他不肯招，长官剖开他的肚子，肠子里全是青菜叶子，一粒米也没找着……"

伤兵们这些话只敢悄悄说，要是给长官特别是党部书记一类人听到了，他们肯定吃不了兜着走！这些片言只语落到周春霞心中，仿佛雨水浇在了干涸的土地上，发出轻微而又鲜明的滋啦声，伴随着的还有莫名的向往：什么时候也去见识见识这些人！

偶尔和哥哥周春强见面，周春霞会忍不住旁敲侧击地打听起红军和苏区的事，先前哥哥还嗤着鼻子臭骂那些穷腿子闹革命是在找死，后来见她认真了，便脸一板，眼一瞪，要她少管闲事。周春霞记着哥哥翻白眼的凶煞样，再不敢在他面前提起"红军"二字，她怕泄露心中的隐秘。那抹心事原本是株小树苗，后来在福音女中音乐教员江采萍的培养、浇灌下，柔弱的小苗猛地蹿成了参天大树，繁茂的枝条日夜在她眼里招摇，让她一颗心不得安宁。从去年春天开始，她经常从江先生那儿借阅《铁拳报》《号角报》一类的读物，和马丽秉烛夜读。由于父亲捐了钱给学校，别的女生六人一间寝室，她只和马丽共居，还外带小灶房和洗身寮，甚是便利。

马丽是五堡福音堂传教士和当地一个客女的私生女，长得修长、美丽，而她的身世却非常的不幸。半岁时她父母被母亲的族人乱棍打死，马丽则因被教友抱去开奶才得以幸免，好心人将她送进了教堂。

教堂是一幢老式的青砖大院，就在五堡围屋旁边，春霞和马丽从穿开裆裤时就认识了。那时五堡的居民对马丽怀着一种仇恨的心理，因为她的出生玷污了五堡原本纯洁的血统，她奇异的相貌让那些古板的人时时忆起让全族人丢脸的那件事，所以对她只有鄙夷和愤怒。

童年的岁月在马丽的记忆中是一场噩梦，幸亏有周春霞兄妹做伴，再就是孤儿中有一个叫马龙的大哥哥对她挺好。马龙比她年长五岁，处处以兄长的姿态包容、保护她，这才使她的童年记忆有了一抹亮色。

马丽 11 岁时五堡教堂因与当地有山林纷争，激起了民愤，南昌教区的主教怕引发血案，遂让陈查理离开，前往赣州创办福音医院。陈查理遣散了教堂里收养的包括马龙在内的二十多个孤儿，带着马丽来到了赣州。

五堡离赣州不算远，只有一天的马车路程，周春霞爹在赣州有产业，更关键的是他在赣州城里有相好，经常带着宝贝女儿去逛赣州城，所以尽管马丽离开了五堡，周春霞和她还是隔三岔五地能见上。前几年她考入教会女中，正好与马丽同班，在她的要求下，两人做了室友。

由于感念小时候这兄妹俩对自己的庇护，自小独立的马丽主动当了周春霞的保姆。周春霞家以每年给她做几套衫衣作为报酬，两人处得不错，所以春霞借阅那些违禁读物并不避讳马丽。

周春霞其实知道马丽的思想一贯激进，有段时间她还偷偷地爱上了门口那个高大英俊的三轮车夫，后来才知道那个三轮车夫是红军的地下交通员。

说也巧，一日周春强破获了这个交通站，三轮车夫在拒捕时受了重伤。周春强把他送到教会医院抢救，试图从他口中挖到一些东西，故而找了陈查理，让他无论如何要救活三轮车夫，在那儿实习的马丽和周春霞理所当然成了三轮车夫的看护。

出乎周春霞意料，马丽一见昏迷的三轮车夫，便猛不丁哭了起来，边哭边咒骂当局凶残无道，还说有一天她也要到"那边"去，听得周春霞目瞪口呆，不过心内还是有几分窃喜的，因为她终于找到了一个知音。

那晚回到寝室，她把自己从江先生那儿借来的报纸传给马丽看，谁知马丽也从枕套中取出了同样的报纸，两人先是一番愣怔，接着相视而笑，然后彼此在耳朵边说了三个字：江先生！

从那以后她俩经常结伴去看江先生，听江先生讲革命道理。每每从那儿回来，两人便夜不能寐，心想江先生那么文弱的一个人，却在 16 岁的时候离开南京老家，投身革命，和丈夫双双参加了湖南那边的农民暴动，又从井冈山辗转到赣南，真是个奇人。两个人对她甚是敬佩。这样来往多了，彼此的身世也都熟悉了，成了无话不谈的朋友，但不知何故，有一回当她俩问起江先生的丈夫现在何处时，江先生却轻轻扭开了头，再回首时眼角有一抹泪痕，估计他不是牺牲就是被捕了。

周春霞和马丽不便多问，只有更加用心地听江先生讲解目前的形势，尽可能地为她做些事，仿佛这样便能缓解江先生的痛苦。她俩帮江先生送过信，替她转交过物品，有几次周春霞还依计从周春强那儿偷了几张出城的路引，这一切让她俩既好奇又兴奋，当然，兴奋中还带着几抹恐惧。

赣州城那时弥漫着浓浓的血腥味，隔三岔五城门上会挂出几颗苏区地下交通员的脑袋。江先生也明确地告诉过她们，干革命是要有牺牲的！还问她们怕不怕，她俩内心其实在打鼓，但敌不过对那种生活的向往，最终的回答是：不怕！记得当时江先生搂着她俩笑了，笑得那样美丽而凝重。

"好样儿的，我代表苏区欢迎你们加入。"

这么就加入了？江先生的话语在周春霞和马丽的耳边轰轰作响，心潮跟着澎湃，浑身像有使不完的劲儿，因此当江先生让她们把那个乔装成三轮车夫的交通员从敌人眼皮底下运出城外时，两个人都吓傻了，但最后还是接受了那个任务。

那个月夜是那样安谧，月辉如水，郁孤台下那座老宅院里的福音医院静如古墓，只有饭堂那边亮着马灯，不时有猜拳行令的喧哗传出，那是陈查理在宴请驻守医院的几个靖卫团丁。

周春霞和马丽推着鸡公车，偷偷地将交通伤员运到停尸间，和一位她俩早就包扎好的尸体调了包。伤员和尸体年龄相仿，伤势部位接近，包扎之后不细看根本分不清，可她俩忘了周春强有着鹰般的眼睛和猎犬的嗅觉。

次日早晨周春强从姘妇银露儿家匆匆地赶到医院，看见"交通员"尸首，脸色立马变了，待弄清楚头晚是春霞和马丽当班后，他用冰冷的目光扫视了她俩一眼，马上冲到了停尸房，可惜他去迟了一步，受她俩之托的杨大伯天不亮就把那堆死尸运出了城。

周春强二话不说赶到了城外的乱坟岗，他先是下令刨坟，后来不知为什么又收回了成命，回到医院一身戾气地将春霞拉到房间，扬手打了她一个耳光。几日后她便在讨戏票时碰见了陈太平。陈太平的色眼在她身上苍蝇般乱爬一气，气得她扭头就走。不料次日哥哥把她叫去，说是陈太平送了一笔可观的聘礼，要娶她做小，她当时就和哥哥翻了脸，兄妹俩拳打脚踢地扭作一堆，结果不用说，周春霞输了。

哥哥从鼻子里哼了一声，说你做的好事可是要让全家人掉脑袋的。

周春霞不理这个哥哥，他点着一支烟，猛地抽了几口，又说，你嫌嫁给他做小委屈了，是不是？不要以为我不晓得你的心事。你一意孤行是不会有好结果的，倒不如去陈家享个清福。做小怕什么？人家屋瓦连片，家财万贯，拔根寒毛也够你暖和几年，不比当红匪强？

天虽然不算冷，周春霞却倏地打起了摆子，她不明白哥哥怎么会突然间说出这样的话来。她咬牙不理哥哥，这是她生气时最有用的武器，周春强奈她不何，再没有逼下去，让她先饱饱地吃了顿中午饭，又叫了辆车，说是送她回学校，结果却把她送进了江边的一幢小洋楼里。

小洋楼上上下下有七八间屋子，但只有卧室和厅堂摆了家具。周春霞进去后，一个打扮花哨、脸上掉着粉渣的半老徐娘皮笑肉不笑地称她七姨太，说团长要到晚间才能回来和她圆房，然后乜斜着一双纵欲过度、略显微红的眼睛，满是妒恨地打量着她，一边恶毒地说，上春有个女学生就在那间屋子里吊死了。

桂嫂，那个女人让周春霞喊她桂嫂，又说：那个学生还是个没开苞的黄花闺女哩，陈团长好中意，只可惜那妹仔没福气，第二天就上吊死了，喏，就是在床托上吊死的。不瞒你说，那床被褥上还有她的处子血，团长让我洗，我才没这个劲呢！讲得不好听，老娘也曾是他的枕上客，要不是年纪大了些，你们这些妹仔伺候起男人来未必抵得上我。

那个叫桂嫂的女人絮絮叨叨，净说些不堪入耳的话，把她气得七窍生烟。

她不气桂嫂的无耻，也不气陈太平的好色，她气的是哥哥周春强，居然卑鄙到把亲妹妹往虎口里送！

她相信哥哥是冲着那笔聘礼才和陈太平做这笔肮脏交易的，而且她敢断定陈太平的聘礼不是什么金银财宝，而是一杆杆枪和一盒盒黄澄澄的子弹。

别看哥哥喝了几年洋墨水，骨子里他和爹一样，是个土财主。他热爱五堡，这些年如果不是哥哥给爹枪支弹药，帮五堡组织、训练护围队，五堡早就被红军攻下了。

当然，爹也是个聪明人，他一方面把五堡弄得固若金汤，让红军不敢轻易攻打，另一方面利用哥哥和他在广东的关系，帮红军换取药材食盐等紧俏物品。红军也是看中爹这方面的价值，才放五堡一条生路，否则五堡怎么可能在红白拉锯中幸存呢？

为了五堡就把我的一生毁了？太缺德了吧？那一刻，周春霞对春强和五堡那个家充满了仇恨与绝望，她哭闹着把桂嫂送上的饭菜劈劈啪啪全打翻了。

桂嫂冷笑几声，端把椅子坐在旁边，指着椒红的雕花床笑道：

"你也上吊啊，吊死了我好捡你手上的金手镯。妹仔，看你装扮举止不像个小户人家出生……"

桂嫂话没说完，周春霞已计上心来，她抹干眼泪走到桂嫂身旁，就着一点斜阳，撩起头发让桂嫂看她那个造型奇特的三叶金耳环。那是她 16 岁生日时爹从广州给她带回来的南洋货，打造得异常精美，手上还有一对雕花金镯，同样也是她 16 岁生日得到的礼物。

为这对几两重的镯子，爹的四姨太房秋心还和爹吵了一架，估计是嫌爹给她的东西太贵重了，爹破天荒扫了房秋心一个耳光。

房秋心是周春霞和娘的一个噩梦，她外表柔善，内心阴毒，娘的不幸差不多都源于这个女人。平日里，春霞从不给她好脸色看，见爹为自己打了房秋心耳光，她喜得直笑。自那后她天天挎着这对镣铐般沉重的金镯，每每看到那橙黄的光泽，便想起房婊子那片被打红的脸颊。

这会儿她晃动着手镯，房秋心的脸一闪而过，周春霞似乎看到了娘愁苦的神情，眼泪簌簌地流下来。她恳求桂嫂放了她。

桂嫂看见那几样金货，知她家世不一般，自然咬牙不肯答应。她恨不得让春霞家送头金牛过来。

周春霞冷冷道："好，你现在不要，明天再要就迟了。我爹爹、哥哥有钱有势，我就是当三十八姨太也能让你滚蛋，到时候我要你死得很难看！"

说罢，周春霞悠悠地转动着手镯，再不睬桂嫂。

夕阳一点一点地沉下去，桂嫂忽然冲过来，撸开周春霞的衣袖仔细地察看起那对金手镯来，还用牙狠狠地咬了一口，咽喉中飘出一股朽臭的气味。

周春霞屏住呼吸，桂嫂猛地站直身，向她伸出麻秆般粗细的手：

"拿来！"

这简短的两个字改变了周春霞的命运，她退下手镯，摘下耳饰，叮当生脆地放入桂嫂手中，心中莫名地生出一股快感。

桂嫂倒也有几分义气，她把翻箱倒柜找出来的几张路引给了她，然后一头扎进了夜色中。

周春霞从小洋楼跑到福音医院找到了马丽。马丽已找了她一天，这时急得跟热锅上的蚂蚁一般。原来她上午帮江先生送了封信，谁知收信的交通站被破坏了，交通员叛变后供出了江先生。

"全城都在搜捕江先生，好危险！"

马丽煞白着脸将她拉到陈查理居住的小院，七拐八弯地爬上了一间阁楼。

周春霞看见江先生虚弱地躺在那儿。江先生说她曾经小产过两次，落下了比较严重的妇科病，又有眩晕症，身体一直不好，前几天上级交下单艰巨的采买任务，她费尽心血才办成，加上秋季正是眩晕症易犯的季节，心力交瘁的她抵不住病魔的侵袭，在她最需要体力的时候倒下了。

"是那个恒彩班翻跟斗的妹子青秧救了她！"

马丽小声地对春霞说。看见江先生病得不轻，一直昏昏沉沉的，春霞眼前立即闪出一张尖瘦的小脸和一双又大又圆的黑眼睛。

青秧姓杜，是个苦命的妹仔，三岁时父母双亡，被赣县一对不会生养的夫妻收留，这对夫妻尽管也是穷苦出生，但养父沾染了赌博恶习，把家产房屋输光，而后带着老婆和青秧流落赣州，靠着小聪明拉起了一个草台班子，在街头舞刀弄棍。后来养父学了恶讨，天天让青秧手脚着地，弓身下腰，口咬铁棍。可怜青秧那细瘦的身子，每天都弓似的弯在南门口，小嘴里淌下来的，常常是鲜血！

去年冬天的一个黄昏，赣州飘起了雪花，江采萍领着周春霞、马丽从医院回来，路过南门口，正巧看见杜青秧虾米似的弓在那儿，铁棍下是一摊鲜血。

风很大，青秧身上破烂的单衣被风掀起，露出花骨朵般的小乳，几个靖卫团团丁围着青秧，口里污言秽语地伸手去捏青秧的胸。青秧一慌倒在地上，铁棍顿时戳破了嘴唇，团丁们又得寸进尺地搂住了她的小身子。

杜青秧那个丧尽天良的养父打着哈哈，对团丁赔着笑脸说青秧是处女，请老总们买她的初夜。杜青秧的养母为她说了几句话，被一个团丁推倒在地。

江采萍看不过去，拿出一块光洋打发团丁走了，又带青秧去医院上药，从那以后青秧经常往福音女中跑，江采萍则有意把她发展为革命的苗子。

那天交通站被破坏，江采萍遭到追捕，正当她走投无路时巧遇青秧，青秧七弯八拐地把她带回了恒彩班，让她换了衣服，躲过了敌人。不料江采萍当夜病倒，动弹不得，只好留在恒彩班，谁知青秧那个禽兽养父看到通缉令后居然想用江采萍去换赏钱，还想奸淫留下来照看江采萍的青秧，幸被江采萍打晕，两人逃到了马丽处。马丽只好求陈查理帮忙，陈查理平日对江采萍印象不错，也通过江采萍和红军做过几笔生意，他二话没说，将江采萍弄回了福音医院。

"青秧买菜去了，离开恒彩班，这妹子特别高兴。"

马丽话音刚落，杜青秧便拎着菜篮回来了，一脸惶恐的神情。见到周春霞，她来不及寒暄，急急地把她俩拉到一旁，说是菜场的木杆上又挂了五颗刚砍下来的人头：

"是一家人，小的还是个细崽呢！"

杜青秧说着打了个寒战。周春霞的脊背上就像爬过一条蛇，一股寒气从心底升起。接下来的两天，她是在忐忑不安中度过的，夜晚时常被惊醒，一会儿是陈太平那张淫笑的脸，一会儿是父亲那张口吐火焰的嘴，一会儿是哥哥那双鹞鹰般的眼睛，一会儿是娘哀怨惊恐的神情。

想到娘，她心中一痛，枯涩的双目中又有了泪花。

娘在五堡活得不易，听了解底细的人讲，娘年轻时曾有过对象，是外公酒后指腹为婚，那男的叫金胜。指腹为婚通常是悲剧，但放在娘身上却比自己相的亲还合意。金胜长得高大英俊，性格温顺，木匠活远近闻名，娘对他非常满意。娘年轻时容貌出众，金胜把她当仙女一般看待，两人相亲相爱。

17岁那年，娘在和金胜办婚事的前夕被爹看见，爹动了念头，转日就去提亲，不料遭到外公拒绝，爹便借口修围屋，把学木匠刚出师的金胜请进了五堡。那是娘17岁那年夏天的事。

那个夏天很热，天上的云经常是红的，火烧云，娘去看过金胜几次，总觉得五堡有股鬼气，晓得那不是好地方，就让金胜出来，但金胜不肯，说工钱高，正好办婚事要用，娘就依了他。哪晓得，哪晓得后来会出天样大的事呢……

小时候娘经常这样念叨。但娘总是说到这儿就打住了，然后开始喝自酿的水酒。娘不胜酒力，几杯下去便满脸绯红。春霞和春强这时总是指着娘的脸颊快活地大喊：娘脸上起火烧云了，娘脸上起火烧云了！

娘听了便哭，弄得他们兄妹莫名其妙。这件事后来传到爹耳朵里，爹打了娘一顿，娘破天荒开骂了，骂爹是刽子手，杀了金胜。

恼羞成怒的爹在这天把娘赶出了家门，娘哭着在五花山的尼姑庙住了几个月。后来爹见不是事儿，亲自备马把娘接了回来，娘自此后没再提过金胜的名字，"那件天样大的事儿"春霞和春强终究没从娘口里听见。等他们长大了，才知那个夏天金胜在五堡围屋砌墙时摔死了。一年后，爹把娘娶进了门，娘从此过上了丰衣足食的日子，接着诞下一儿一女。可娘并不快乐，终日愁眉苦脸，对爹不冷不热，苗条的躯体裹在宽大的黑衣裤里，在五堡高大、冰冷又阴森森的围屋中仿佛一个移动的影子。

娘是个好管家，把一切打理得井井有条。让人不解的是她仿佛阿随妹仔，终日不停地劳作，也只有在劳作或是晚间和她们兄妹在一起时，那张脸才会略略舒展开来。

爹开始不断地纳妾，到春霞离开五堡去赣州读书时，他已讨了五房小老婆。其中大姨、二姨早夭，三姨得恶疾被出。至今仍留在五堡的四姨房秋心，那可是个人物，她早年是苏州一家妓院的红牌，爹花了大价钱将她赎出，为了她，还金屋藏娇，在围屋内修了一幢名为花洲的房子，是五个小老婆中最得宠，也是在五堡待得最久的一个。

五姨是前年娶进的，原是粤军一个团长的小妍，当初到五堡是来教爹如何使用密电码机的。据说为了换那部密电码机，爹不但花了十几根金条，还让团长动了房秋心，也不知是真是假。不过春霞知道那个团长走后房秋心的确和爹大吵了一架，爹在房秋心屁股上狠狠砸了一烟锅，让她足足躺了月余，看样子是无风不起浪，爹其实也够损的。

五姨是个美艳女子，读过书，能文善画，春霞和她倒也谈得来。有那么一段时间，春霞希望五姨能把房秋心给挤对出去，谁知这五姨竟是白鸽一党，进门没几个月便拎着密电码机，外带一大包金银细软逃走了。

不知何故，爹娶的这五个小老婆连块石头也没生下，所以最终留在围屋里的只有娘和房秋心，娘经常在酒后咒骂说，这是老天对爹的惩罚。

尽管对爹怀有一份恨意，娘却仍旧忠诚地当着五堡的管家，体贴入微、任劳任怨地照顾着爹的生活，对房秋心的飞扬跋扈一忍再忍，活得委屈又窝囊。

周春霞这次回家之所以落到这步田地，也与娘的懦弱有关。前天爹把她和马丽关起来，娘完全可以据理力争，再不济也可以偷偷地来给她俩开门，放她们出去，可娘不但没有为她撑腰，反倒和爹一个鼻孔出气，说什么现在年景不平，妹仔人最好待在家里，更可气的是娘居然没有开院门的钥匙！每次进出，都要经过房秋心和那个护围队长牛牯同意才行。

那牛牯长得牛高马大，周春霞尽管未曾恋爱过，却感觉这牛牯与房秋心关系不一般，她几次提醒爹爹，爹爹非但听不进，反脸红脖子粗地吼了她一通，骂她翻花嘴、长舌妹，气得春霞再也不提此事。奇的是这次回家后爹只露了一次面就失踪了，娘送了两餐饭后也没再露脸。听牛牯讲，爹去赣州找哥哥了，娘又到五花山的庙里做佛事去了，她无奈，只有恨恨地骂爹爹无情，骂娘不争气。她心情坏透了，坐在地上细妹一般地哭，弄得马丽心烦意乱。

"春霞，你不要急，让我们想想，还有没有什么办法。"

马丽说是这样说，其实自己也急得团团转。她俩向房秋心哀求过，还破天荒地对牛牯献过媚，但牛牯根本不买账。好在阿随兰英一直给她俩送饭，让她们看到了一丝希望。

这兰英自小跟着春霞娘，对春霞很亲，当春霞泪眼汪汪地向她哭诉时，兰英动了恻隐之心，说是家丁豁嘴子刘罗仔很受牛牯信赖，身上也有院门钥匙，也许他可以帮上忙。

兰英走后，周春霞和马丽先是振奋不已，继而望眼欲穿，马丽原本还沉得住气，后来见兰英杳无音讯，不由大急。她这次可是受养父陈查理之托为马龙送药的呀！现在那箱药和她俩一起锁在这屋子里，怎么办呢？江先生倒是出城去了，可谁知春强会怎样对她？想到这儿，马丽打了个寒噤，扯扯她的衣角，紧张地说：

"春霞，那天你哥怎么会在城门口等我们？他知不知道江先生躲在死人堆里？"

马丽长着双极其妩媚的褐色眼睛，配上她完美的轮廓、白皙的肌肤，栗红色的卷发，美得不可形容。以往她的目光总爱停留在马丽脸上，暗叹自己美则美矣，却不如她独特，可这会儿她没这份心思，她白了眼马丽，不高兴地嘟哝道：我怎么知道啊，莫非你以为是我告的状？

　　马丽默不作声，看样子是有这层意思。周春霞不由怒意勃发，她跳起来，孩子般踢着地面，一边大声嚷嚷：

　　"你以为我会把江先生交给他？你疯了？把我当什么了？告诉你，我恨他！我恨他！"

　　想到哥哥周春强把自己骗进小公馆的那份绝情与卑鄙，周春霞的眼泪唰地淌了下来，心里委屈得要命。从陈太平公馆逃出后，她无处可去，只好投奔马丽。马丽也没别的办法，便让她和江先生一起在陈查理的家中躲了几天，而那几天她根本没和哥哥周春强照面，马丽难道想不到这些？她倒怀疑是周春强到医院找马丽时她紧张得露了破绽。但这也不应该呀！躲在尸堆中出城的方法是周春强走后江先生自己想出来的，马丽再紧张也不可能泄露这个那时还不存在的秘密！要怪只能怪哥哥长了个狗鼻子，居然猜到了她们的行踪。

　　说老实话，出赣州城那天，当周春霞远远看见哥哥握着驳壳枪，站在南门口，她的第一个念头是跳车逃跑，无奈脚是软的，只好看着他那张冷脸越来越近。马丽也吓得手发冷，腿发颤，两人在车上慌成一团，好在赶车的杨师傅和假装他女儿的青秧不认识周春强，他俩倒是很镇定。

　　面对周春强的盘查与刁难，杨师傅毫无怯意，他悠悠地抽着烟，和门岗开着不荤不素的玩笑，说青秧是他在乡下领的养女，好不容易带到赣州城开了次洋荤，却要和死尸同行，并半开玩笑半认真地谴责那些长官心黑，伤员死了连块草席都不给，让他们就这样去见阎王，实在造孽。

　　"可怜哪，有些还会动弹，就那样给埋了！"

　　杨师傅感叹着，不提防春强一冷棍扫来，吓得他赶紧住口，赶着马车嘚嘚地往城外驶去。周春霞和马丽看见青秧回头朝她俩做了个会合的手势，两人还没反应过来，春强已掀开车帘，冷冷地让她俩下车。

　　"为什么呀？"

　　周春霞死死扒住车门不放，春强粗暴地打了她两个耳光，接着两个家丁把春霞和马丽推上了另一辆马车。

　　周春霞放声大哭，把那些原本小心翼翼等候出城的百姓惊得纷纷回头。

　　周春强瞪了她一眼，接着扔下句话，让她顿时双唇僵硬，喉咙失声。周春强说，你是乖乖回五堡呢，还是让我把她从死佬堆中拽出来？她刚出城，我还能追上，她的头可值不少钱！

话音刚落，周春霞听见马丽手中的箱子"砰"的一声，落在地上。南门口的空气铁幕般沉重，压得她俩喘不过气来。

周春霞至今也回想不起自己和马丽那天是怎样出的城，也不知哥哥肚里卖的什么药，按他的本性，他不应该白白放走江先生。

周春强这些年打了不少仗，颇得上司赏识，前年坐稳了靖卫团长的宝座，但他的目标绝不仅限于此，他肯定还有更大的野心。尽管他从没和春霞聊过这方面的事，但凭着一份直觉和对哥哥的了解，她还是看得出来，也正因为如此，她才对春强放走采萍的事儿觉得纳闷。

说来也怪，周春强在外闯荡多年，阅遍春色，平日对女人挑剔得很，可当他见到江采萍后，却整个儿变成了疯子，有段时间他天天来学校，找各种借口接近江采萍。对于傲慢的周春强而言，这可是破天荒第一遭。他原以为自己投之以桃，江采萍会对他报之以李，谁料江采萍却拒绝了他。她对周春强说：我是有家室的人，请周先生放尊重些！

轻柔的话语掷地有声，把周春强羞了个大红脸。自此后他再没来学校找过江采萍，但心里还是放她不下，隔三岔五地向春霞打听她的事情，有几次江采萍遇到难事，他听说后还主动帮忙，看样子是动了真情，不然怎么解释那天他在城门口的举动呢？

如今马丽这一问，周春霞浑浊的脑海突然裂出道沟出来，沟里浮着江先生、青秋和杨师傅血淋淋的身子。

"天哪！他会不会等她们出城以后抓她？"周春霞被眼前闪过的幻象吓坏了，不由失声尖叫。马丽叹口气，哑声道：

"我担心的正是这事儿呢！不过，现在担心也没用，自己一块豆腐没盐蘸，担心也是白担心。哎，这是你家，你就不能想个办法从这鬼屋子里出去吗？"

想到那箱药，再想到未卜的前途和周国富那双欲火闪烁的眼睛，马丽忽然烦躁起来。

那天周国富是想把她留在外头的，美其名曰帮她找马龙，其实肚子里装的净是坏水，无非是想借机占马丽的便宜。对他的小九九，比马丽更清楚的是房秋心，房秋心竭力反对，周国富无奈之下只好将马丽一起关了禁闭。不过这事儿马丽没跟周春霞说，不管怎样周国富还是长辈，春霞又是自己的好友，关键是春霞从感情上很维护父亲。她承认父亲好色，喜欢纳妾，但她绝不相信父亲想染指马丽，所以马丽把那份心事捂住了。现在这沤臭了的心事化作怒火从指间泄出，她疯子般逐块地去敲打砖头，谁知墙越敲越结实，吃苦的是那娇嫩的皮肉，马丽只好看着渐渐暗沉的天色发呆。

周春霞坐在床沿上，见状也蹲在了墙根下，两人相对无言。桌上的残羹剩菜结了冻，散发出冷冷的香气。她多么希望兰英能来收拾菜碗并带来好消息呀，可望眼欲穿，兰英终究还是没来。这时传来了更夫的梆子声，梆声中的五堡安静得像座古墓。两人垂头丧气地摸黑上了床，烙了会儿饼后沉沉睡去。

也许是这几天太疲累，她俩这一觉倒睡得挺香，天亮时才被一阵远远传来的锣鼓声和时断时续的歌声惊醒。

"哪里人嫁娶啊？也不看看时辰！"

周春霞在学校是有名的瞌睡虫，这几日被爹关在屋里，更是懒得起身，此刻她把头缩在被子里，不满地嘟哝道。

马丽早醒了。她凝神听了一会儿，猛地掀开被子，赤脚跳下了床，兴奋地大喊：春霞，你快来听，是红军在唱歌！

马丽的声音在十月末已趋寒凉的晨风中微颤着，栗红色的长发无风自扬，和着歌声的节拍一起舞动。

> ……
> 二送我郎当红军，阶级敌人呀要分清，
> 三送我郎当红军，莫想爷娘莫想呀小亲亲，
> 四送我郎当红军……

声音清脆，甜美，还非常熟稔！周春霞以为自己在做梦，忙咬了咬指头，正疑惑间，风儿又把歌声送来了，她和马丽对视一眼，两人惊喊道：

"是江先生！"

"啊，她还没死！她来救我们了！"

周春霞和马丽抱作一团，又哭又笑的。

果不其然，外面响起了江采萍字正腔圆的官话，她在宣传革命道理，虽说喇叭不太清楚，但她俩猜也能将江采萍的话猜出来。

又过了一忽儿，响起了一个粗厚的女声：

"乡亲们大家听着，我叫刘观音，就是观音菩萨那两个字。我们当红军为的是有饭食，有衣着，有床歇……"

这个名叫刘观音的妹子，讲一口正宗的瑞金腔，中气明显比采萍足。她现身说了几句，又吼了一段歌出来，声音高亢有力。

周春霞和马丽凑到窗前，正待细听，歌声却戛然而止，接着几声枪响，然后是隐约的尖叫，再后来是一片寂静。

"江先生——！江先生！我是春霞！"

"江先生，你在哪儿，快来救我们呀！——我是马丽！"

两人大喊起来，喊声刺耳而嘶哑，可惜喊声刚钻出门缝就被青灰色的砖墙撞散了，而后化为更加深沉的寂静。

因为担心江先生的安全，时间过得极其缓慢。更让她俩揪心的是五堡围屋的反常。前几日，只要到点了，就有人给她们端茶送饭，可这一天太奇怪了，好像所有人都把她俩给忘了，没有人送朝（早饭），也没有人送昼（午饭），饿坏了的她俩把昨夜剩下的那点残羹全吃了。好在春霞平日好吃零嘴，前几天娘特地给她端了两个装满冻米糖、炒果籽、炒板干和番薯干等吃食的洋油桶进来，这些东西现在派上用场了。

因不明外面的情况，周春霞和马丽对食物进行了限量分配，预备挺半个月。对那桶水也格外宝贝，生怕真的生了变故，这水也可以保她们几天的命。

完了，我们完了！肯定是老鹰寨的土匪占了五堡，要么是红军把五堡拿下了。可是也不对呀，如果是红军来了，江先生她们为什么不来找我们？

黑暗降临时，前院传来隐约的几记铜锣声。周春霞离开窗口，哀号着倒在床上。她已经到了崩溃的边缘，喃喃地说着一些不合情理的话。

马丽比周春霞冷静，她执着地趴在窗口，目不转睛地往外瞧。可恨的是她们被关在五堡围屋中间，那是个带院门的单独院落，窗户是外窄内宽的一长条，看不出多远，马丽眯缝着眼睛看了半天，才看见一个阿随挑着水桶从院外走过。

马丽大声喊起来，阿随茫然回首寻找了一会儿，目光落在院墙下的某处，像受到了什么威胁，接着扭身惶急地朝围房前走了。

又过了一会儿，马丽看见不少护围家丁背着枪挨屋搜查，这才发现她们的小院门口守着两个家丁。

"春霞，真的出事了，你来看！那两个守门的是谁？"

春霞睡着了。等马丽将她扯到窗前，搜屋和守门的家丁已被高大的屋脊挡住，院坪上阒无人迹。春霞正揉着眼睛说她发蒙，突然发出一声尖叫，原来又有队家丁从院坪上匆匆跑过。

"你们快开——门——哪！刘罗仔，我爹娘呢？你回答——我——呀！"

名叫刘罗仔的家丁闻声走近窗口，朝她俩挥了挥手。周春霞正待说话，他又隐入视线不及的墙根，之后再也没有现身。她哭倒在地，双手狠命捶打着地面。马丽也绝望了，身子骨一点一点地软下去，最后陪春霞并排坐在墙根下。

"兰英还说让刘罗仔帮忙，他话都不肯讲，哪肯帮忙呢？马丽，你说我们家出了什么事儿？情形好怪呀！"

马丽苦笑一声没回答，她也根本无法回答。从眼下的情形来看，五堡肯定出事了，至于出什么事，她们又怎么知道？

夜深了，暗蓝的天空中爬出弯怪怪的月亮，惨白的光将屋内照得越加凄凉。两人回到床上，翻来覆去，怎么也睡不着。这时，一阵不甚分明的脚步声传了过来，她俩飞快地跳下床，抄起两根木棍守在门旁。

不一会儿，有人在轻轻拍门，同时外面响起个含混不清的男声：

"小姐，我是刘罗仔，大娘让我放你们出去。"

说话间，外面的锁已经打开，周春霞迫不及待地拉开门正要说什么，被刘罗仔给制止了：

"小姐，那个认识你的女红军来了，她们在大门口等你们，我们快走。"

刘罗仔说的那个认识她们的女红军，无疑是江采萍，周春霞和马丽在月辉中对视一眼，抑住满肚子疑问，悄步下了楼。刘罗仔将她俩带到娘的住处后，春霞倏地有了丝疑惑：娘不在屋里！

"深更半夜的，娘怎么会不在屋里呢？"

更让春霞感到纳闷的是，娘摆在厨房里的十几只酒缸全破了，床上却放着两个显然是事先准备好的包裹。春霞一时半会儿摸不着头脑，不由怔在了那儿。

这时远远地传来了狗吠人语，马丽担心时间久了，会影响与江先生的会合，连连催促春霞快离开。春霞也顾不得找娘了，她捡了床上的包裹，跟着刘罗仔急急地窜进巷子里，很快便与等在那儿的江采萍见面了。

黯淡的月辉中，江采萍一身戎装打扮，多了几分飒爽英姿。周春霞和马丽扑过去，三人紧紧地搂在一起，倒把身边上的青秧和刘观音冷落了。青秧扯扯她俩的衣角，两人这才认出了男崽子打扮的她。

"我们快走吧，再不走就迟了。"

兰英这时匆匆从黑暗中跑出来，背上扛着个大包裹，对春霞说："这是大娘早就收拾好的，给你。"

春霞接过，领着大家悄悄来到了大门口，不知何故往日雕像般戳在门口的家丁不见了，两扇足有一米厚、上了十几道桐油、外层包了铁皮并打着马钉的大门，悄悄打开了一道缝。

周春霞心想，这肯定是娘为她做的安排，眼睛不由有些湿润。不过，她多少也有些奇怪：娘直到现在还避而不见，难道她不知道这是和女儿生离死别吗？

她留恋地回望了一眼娘的住处，一咬牙跟着队伍朝瑞金方向进发。

# 第五章

　　江采萍淋完菜，望着那畦鲜艳的红辣椒出神。这辣椒生得可爱，小小的个儿，尖尖的嘴，花序般簇拥向天空，仿佛孩童团起的指尖。夕阳下，一簇簇辣椒闪烁出红玛瑙的色泽，又似团团耀动的火焰，仿佛听得见它们噼噼啪啪燃烧的声音，难怪本地人给它取了个那么好听的名字：红翻天。

　　江采萍刚到这里时，曾被这辣椒辣出眼泪，有很长一段时间，她看见这种植物就泪腺发胀，耳鸣舌麻。可随着时间的推移，竟渐渐地爱上了这种叫红翻天的当地小辣椒，爱上了它的红艳，更爱上了它的火辣。苏区条件艰苦，机关干部和战士们每人每日只有五分钱菜金，妇女们的一些零碎支出还得从菜金里节省，饭是不能不吃的，米钱省不了，而且有时有钱还买不到米，大家节约的方法，只有从"菜"上打主意，这样，辣椒便成了最好的替代品。江采萍对辣椒的热爱，正是从艰苦的生活中培养出来的。她现在不但爱吃辣椒，还会种辣椒，如果父母在天有灵，看到自己这份农妇模样，是感到开心还是失落呢？

　　对于自己那个家，江采萍不太愿意回忆。她生长在弥散着帝王与脂粉气息的古都金陵，父亲因在洋务局当过买办，有些积蓄，置了外室，整天沉湎于声色之中，很少回家。作为父亲，他除了给她生命以外，最让她感激的，便是保全了她一双天足。江采萍的母亲和祖母都是标准的三寸金莲，成天跟洋人打交道的父亲对此颇有微词。她不知道父亲对母亲的厌恶是否与此有关。可以肯定的是，他后来爱上的女人确有一双天足，经常和他相偕骑马、游泳，有着他们自己的快乐。

从来不把采萍母女放在心上的父亲，在采萍五岁那年，和祖母、母亲大吵了一架，起因是祖母和母亲要替采萍裹脚。父亲当时说：

"我们家有你们这些废物还不够吗？还要把我女儿再变成废物？你们要是再给她裹脚，我就永远不回这个家了，你们也别想得到一分钱！"

祖母和母亲终归还是忌惮他的，给采萍松了脚，但爹并没有什么改变。他依旧很少回家，几年后死于梅毒，还留下一屁股债。父亲死后母亲没有去认尸，而是逼着父亲的外室去教堂求助，最后义葬了事。那时采萍的年纪还不足以做主，等她稍长之后，对母亲此举难免有些埋怨，母亲气得大病一场，病中神经质地历数着父亲带给她的痛苦，让她不知该对母亲说什么。

外公原是望绅，母亲自小受到良好的教育，可惜这一切都被不如意的婚姻给毁了。因家中无子，外公招婿上门，谁知父亲是个典型的败家子，不但败了外公的家，死后留下的那笔债还让母亲和她失去了赖以存身的那几间住房。郁郁寡欢的母亲带着她寄人篱下，过着艰难的生活。好在有个远房舅舅在金陵女中当校董，资助采萍上了学，使她得以完成学业。

17岁那年，江采萍被一恶少看中，为了避婚，她和年长她五岁的同学刘松一起到了湖南，在那儿她加入了共产党，并与刘松结为夫妇。湘赣边界爆发秋收起义，正在醴陵的这对夫妇毅然加入了起义队伍，跟着部队上了井冈山，后又随红军到了长汀，江采萍到妇女夜校任教，刘松继续跟部队出生入死。

那年秋天，江采萍以教员身份潜入赣州福音女子学校，协助地下交通站采购各种紧俏物资。她胆大心细，在赣州两年的时间发展了不少上层关系，为苏区采购了大批急需物资，成了业绩不凡的"1"号交通员。不料上个月的那次紧急采购让她暴露了目标，敌人全城搜捕她，多亏春霞、马丽、青秧和陈查理的帮忙，她才得以藏在杨大伯的死尸车里，混出了戒备森严的赣州城，返回了瑞金。

在赣州过了两年隐姓埋名的日子，突然回到革命气氛热烈的中央政府所在地，有好几天，她都以为自己是在做梦。不过她很快带着杨大伯、青秧，以加倍的热情投入新的工作中。

那段时间白军正合围苏区，中央机关的工作重点放在了扩红宣传和筹粮、筹款上，对外贸易局也一样。这个机关是江采萍潜入赣州之后才成立的，主要负责出口苏区生产的粮食、钨砂、生铁、樟脑、烟叶、茶油、花生、豆子、生猪和竹木等，进口苏区急需的食盐、布匹、西药等物资。

作为 1 号交通员，江采萍成绩卓著，最让她骄傲的是从上海采购回一台铸造银圆的马精钢铸造机，终止了苏区使用"土光洋"的历史，保证了白区商人与苏区交易的人身安全。但为了那台马精钢机器，先后有三个交通员牺牲。现在采萍只要一看到光洋，眼前就会浮现出那几个战友的音容笑貌，心一扯一扯地疼。

江采萍的心碎过两次，一次是丈夫刘松牺牲，一次是儿子小强的死。

刘松是红军合围赣州时牺牲的，当时他是红三军团特务连连长，攻城时带领几十名冲锋队员冲击赣州西门月城，结果身中二十余弹，当场捐躯。那时她和福音女中的师生被当局胁迫至城墙上端茶送水，尽管她不知道刘松就倒在自己的眼皮底下，可看到红军将士在敌人密集的炮火中一拨拨牺牲，她心如刀割。后来得知刘松牺牲时自己正巧在城墙上，更是悲恸得柔肠寸断，一颗心跌成了碎片。

那段时间她得了个毛病，动不动就到西城门去摸那些古老的墙砖。墙是宋时的墙，砖是宋时的砖，岁月化为茸茸的绿苔附在砖上，仿佛沉淀的时光。有的苔藓呈奇异的暗红，让她想起刘松和战友们的鲜血。

她捡了不少碎砖回宿舍，在床下垒起个小小的心形，里面埋着刘松的一件旧衣服和她无尽的思念。她是那样挚爱刘松，如果不是肩上压着重任，如果不是儿子小强还放在江口乡下寄养，她很难找到活下去的动力，不过，她最终还是坚强地挺过来了，直到年初那次执行任务。

那次任务是护送一个从武汉来的枪械专家到瑞金，这种任务对地下交通员而言，稀松平常。她本是负责采购的，一般不护送过境人员，可那段时间赣州的白色恐怖氛围很浓，地下交通站破坏得厉害，城门口的木杆上隔三岔五挂出几颗红色交通员的人头。这种情况下，她经常身兼数职。那天她临时接到护送任务，恰巧儿子小强生病，养父母把他送回到她身边，一时找不到人接手，没奈何，她只好带着儿子上路。

小强刚满三岁，虎头虎脑的像极了刘松。虽说他很少见到母亲，可看到她后便母子天性流露，黏糊得不得了。小强也很喜欢那个枪械专家马义明，一口一个"爹爹"，叫得马义明和两个扮成挑夫的交通员笑开了花。

他们顺利地出了赣州城，经赣县往瑞金走。到两县交界处时，一个交通员被叛徒认出，前半段快活的"走亲戚"立即变成了凶险的逃亡。

　　为了引开敌人，两个交通员相向而跑，她背着儿子，领着马义明钻入中间的山涧。在一阵乱枪中，马义明受了伤，紧挨着山两边传来密集的枪声，估计交通员凶多吉少。不久，敌人号叫着，像追赶一只兔子那样向中路追来。

　　苏区正等着马义明去培养枪械修造专家，必须确保他的安全，江采萍心急如焚。偏偏小强被吓得哇哇大哭，在山中引起阵阵回声，这等于给敌人指明追击方向，江采萍气得猛拧小强的屁股。

　　带着孩子走吧，别管我了。

　　马义明按着血流如注的大腿，朝她挥手，然后一头栽倒在地。眼见他将陷入敌手，江采萍抱着儿子机智地岔上了一条小道。山路弯弯，通向幽远的白云深处，两旁是招摇的杜鹃花，花丛中几只翩飞的蝴蝶被树隙中漏下的阳光照得遍体闪亮，如梦如幻。

　　我要蝴蝶！妈妈，我要蝴蝶！

　　小强从江采萍怀里突然挣脱了，呀呀着去追蝴蝶。江采萍看了眼儿子可爱的身影，一横心，扔下他返身往回跑。

　　小强还在那儿一边喊着妈妈，一边追赶蝴蝶，等他看见妈妈远远跑开了，突然"哇"地大哭起来。哭声把白军引了过去，江采萍趁机背起马义明躲到了一挂瀑布后面的一个暗洞里。

　　白军抱着小强搜过来了。他们显然已发现孩子的母亲就在附近。儿子哭得撕心裂肺，那种恐惧至嘶哑的声音，像刀子一样从江采萍心上划过，她一时泪流满面，全身簌簌发抖。马义明挣扎着要去救孩子，被她一石头拍晕过去。

　　抱着小强的白军见四处没有丁点动静，抽出刀，架在孩子的脖子上，对着山林号叫："快出来吧！再不出来孩子就没命了！"

　　江采萍不动，浑身颤动如筛糠。灿灿的血，眼见着从小强的嫩嫩的脖子上流出来，溅出来，像一道虹。她不忍心看下去了，又怕自己喊出来，便把头像鸵鸟那样埋下去，死死地咬住一蓬草。

　　孩子呼喊的声音渐渐小下去，小下去。最后那几声微弱的哀鸣，就像一只即将被杀死的鸡发出来的。

　　从那以后，江采萍觉得自己不再有心了，觉得自己的五脏六腑都像被掏空了。从此她不能看见和小强相仿的细伢仔，只要瞅见了便浑身发冷，天旋地转，呕吐不止，医生说她得了谁也治不好的眩晕症。

这病症给她的工作和生活带来了不少麻烦，远的不说，回瑞金这半个月间她就发作了两次，两次都是因为看见了长得像小强的孩子。

战友们都知道这个悲惨的故事，只要有可能，他们就会把孩子引开。青秧和杨师傅是不知情的，偏偏两个人又都喜欢孩子，那两个小男孩一个是青秧从邻居那儿"借"来玩的，一个是红军孤儿，老杨认他当了干儿子，结果把江采萍弄得病了两场。

这时经过组织同意，江采萍挑头成立了红鹰扩红宣传突击队，老杨和青秧都是她的队员，不久又"捡了"个刘观音，队伍壮大了，因而她越发想念帮助自己逃离虎口的周春霞和马丽。得知她俩有可能被周春强胁迫回了五堡，她下定决心率队来五堡找她们。同时，也可顺便把五堡这个白点给搅一搅。

为此她做了周密的准备，并取得了和五堡邻乡的赤卫军的支持，他们断定周国富不会对扩红宣传队出手，好歹他还要通过红军来挣钱呢。谁知事与愿违，她们刚在五堡围屋前摆开场子，就被护围队给抓进去了。事后才知道，她们到五堡的那天，周国富去了赣州，家中做主的是那个心如蛇蝎的五姨太房秋心。凭女人的直觉，江采萍觉得房秋心和那个护围队长牛牯之间肯定有什么瓜葛，那种眼神太暧昧了！不然，那个牛牯是不会对她们下手的。

当时，江采萍带领扩红宣传队员贴近围屋，正对乡亲们进行扩红宣传，刘观音放开喉咙在唱歌。房秋心远远地走来，对站在一边袖手旁观的牛牯阴阳怪气地说：嗬，这不是牛牯牛队长嘛，你过来看热闹了？人家可是来上房揭瓦了，你手里拿着的是烧火棍啊？

牛牯一听慌了，连忙蹿上去卡住刘观音的喉咙。几个护围队员稀里哗啦地拉动了枪栓。江采萍和青秧她们几个还未反应过来，便被一拥而上的护围队员制住了。在圩场外守着马匹的杨师傅见势不对，立即打马而去，通知了邻乡的赤卫军。可当赤卫军知道要和五堡护围队硬碰硬后，居然不干了，原因是大家都姓周，好些还是共太公的亲戚，并对杨师傅说，不用着急，周国富几天后就会释放红军，讲不定还会送上几担粮食呢。

回想这前因后果，江采萍觉得这次行动实在是太冒险，太轻率了，让她感到后怕。倘若不是周春霞做通兰英的工作，兰英又说服刘罗仔，再加上春霞娘的相助，她们几个现在在哪儿还不知道呢！要是真那样，她们要么死了，要么被糟蹋后又被贩到韶关一带去供人享乐了，这可是赣南那些土财主拿获女红军后常做的缺德事儿。而她们的脱险纯属侥幸。事后江采萍受到了上级领导的严厉批评，她也惊出了一身冷汗，但她又感到高兴，因为毕竟和周春霞、马丽在瑞金会合了，这也算实现了当初她对她俩的许诺，带她们加入了红军！

由于周春霞、马丽、杨兰英、刘罗仔的加入，红鹰扩红宣传突击队的队伍迅速壮大，但不久杨师傅、刘罗仔参加了红军，突击队成了清一色娘子军，虽说力量不如原来，却方便了大家的生活。她们搬进了一幢带院子的民居，房子的主人参军去了，几年没人管理，房子破旧得几近倒塌，外墙用杉木撑着。晴天倒还好，一到雨天，房子四处漏水，脸盆脚盆全用上也不够。刘观音上房盖了几次瓦，漏雨的情况大有好转，大家住得挺舒服。最让大家惊喜的是房前屋后有阔大的院坪，江采萍组织大家将院坪开垦成菜地，种菜点豆，用来改善生活。

江采萍自小长在城市，原本对种菜一窍不通，在劳动中她慢慢迷上了这活儿，而且颇有心得。一有空她便在菜地里磨蹭，那些鲜活的植物仿佛剂剂良药，让她暂时忘记了痛苦，获得了一种朴实的快乐。可有一回，她突然对着菜地失声恸哭起来，只因看见了一群翩飞的蝴蝶！蝴蝶的薄翅透明、绚烂，她不禁想起那条弯弯的小路和路旁的杜鹃花，还有向着花蹒跚跑去的小强……

那天她不顾一切地哭着，直哭得晴朗的天空蒙上了厚厚的阴云，风也跑来凑热闹，把晾在院坪上的衣服吹得呼啦啦乱晃，破门窗发出嘎嘎的响声。等她哭够了，才发现众人已把她围成一个圈，每人手中撑着一把伞，她身上还披了件蓑衣。

"队长，不要哭了，我们都晓得，你是天下最伟大的妈妈！"

青秧的眼睛和身子一样湿，声音中也渗进了雨水，往外冒着悲伤。接着周春霞、马丽、杨兰英和杜青秧一起哭了起来，她们手拉手将采萍拥在中间，她听到了她们热血沸腾的声音……

那个夜晚在采萍的记忆中变得非常奇异，每当念起，脑海深处便绽放出温暖的橘红色光芒。

就在那个夜晚，在磅礴的风雨中，在微弱、摇曳的灯光下，队员们集体写了入党申请书。周春霞用秀丽的小楷写着刘观音、杨兰英、马丽、杜青秧和她自己的心声，向党倾诉着自己的忠诚，表达那滚烫的豪情。连不太热衷于这些的招弟，最后也让周春霞代自己签上了名。

　　注目着那些年轻而美丽的脸庞，江采萍仿佛看见鲜艳的旗帜在风中飘扬。那是怎样一片刺目的红哟，是真正的鲜红，血红，是炫目的红，满天的红！江采萍坚信，只要大家朝着那片美丽的色彩努力，终有一天，这头顶上的天，是要翻过来的。

# 第六章


"梦袍，梦袍！"

红云的声音充满了惊恐，方梦袍一个鲤鱼打挺坐起来。时值半夜，万籁俱寂，月亮也倦了，几绺疲惫黯淡的月辉从明瓦中射下，正好照在红云的脸上。红云的眼睛睁得老大，神情紧张、痛楚。

"怎么啦？你怎么啦？"

方梦袍一迭声地问道，迅速点亮了油灯。摇曳的灯光下，红云夹腿蹲在床上，脸色惨白，一双乌黑的眸子先是茫然地落在方梦袍身上，又迟滞地垂落下去。

方梦袍循着她的视线看去，发现补丁叠补丁的草席上有一块迅速增大的酱色液体，他猛地打了个激灵。

"红云，你流产了！快，快躺下。"

医生的敏感让方梦袍恢复了镇静。他迅速撤了草席，把有些杂乱的稻草捋顺，扶红云躺好，又烧了开水将竹夹钳消了毒，然后两手颤颤地为妻子清理身子。

红云干干净净地躺在被子里，一阵压抑的哭声终于爆发出来。哭声幽噎地在屋内撞着，砸得方梦袍的心一阵阵痛。结婚五年，这是红云第四次流产了。夫妻二人知道孩子来得不是时候，却同样充满了做父母的喜悦，也许是因为不容易，这喜悦比之常人还要强烈几分。红云忙里偷闲地给孩子改了几件小衣裳。洗衣班的大嫂们自发地给她送来了鸡蛋、红糖、糯米粉和几双缀着红绒球的虎头鞋、一顶镶了银饰的虎头帽。方梦袍偷偷地给孩子取好了名字，男孩叫党发，意即共产党发展壮大，女孩叫红利，意即红军胜利。谁知孩子到底还是没保住。不过，这也难怪，自红军转入根据地内防御以来，伤员日多，医院的工作量极大，红云这些日子没日没夜地忙，别说是一个孕妇，即使是一个铁人，也该散架了。

方梦袍呆呆地搂着红云，眼前不断地扑闪出孩子模糊的身影。这孩子看不分明，瞅着既像自己又像红云，他从一个白雾蒸腾的地方走出，伸着双臂朝他歪歪倒倒地走来，明显是想在他怀里寻找依靠，但那白雾滚动着，翻腾着，越来越浓，最后发出水流的呜咽声。被愈来愈浓的雾河阻隔，方梦袍的心像被掏空了似的疼，脸颊上水珠弥漫，淌进嘴里一尝，咸苦咸苦的，原来是泪。

"红云，我，我对不起你。"

方梦袍哭出了声，他喃喃地道着歉，泪水濡湿了红云的头发。红云暖暖的气息中有股悲凉的味道。就着黯淡的月辉，方梦袍发现她神色异常平静，这平静从她柔软的手中递出，让方梦袍沉郁的心蓦地轻松了些许。

"梦袍，别太难受，这是天意，孩子不肯来，我们不能强求。也好，免得生下来就受苦。"

红云淡淡的言语中蕴含无数辛酸。这些年她目睹的苦难太多了，别的不讲，光怀孕、生育这一项，由于条件所限，苏区每年死亡的孕产妇令人咋舌。

红云有一个好友在兴国工作，敌人第二次围剿时她生产了，生产的次日她把孩子寄放在老乡家，自己背起药箱上了战场，结果血崩而亡。她身边还有些夫妇也饱受丧子之痛。与其让细伢面世之后死去倒不如这样流产的好，这是红云的真实想法。

方梦袍当然懂她的意思，他握了一下红云的手，又把她紧紧搂在怀里。夫妻俩的泪水融在一起，有一种黏性。

第二日一早，方梦袍跑到田沟里挖了些泥鳅，又向老乡买了鸡蛋、艾根、益母草，给红云煮艾蛋和泥鳅汤。他觉得自己亏欠红云太多了，便是把身上的肉割给她吃也难以弥补。他保证以后不和她亲热，免得她又遭罪。红云叹了口气，估计是不相信他做的保证，因为这种保证他已做过多次，可结果又如何呢？

出于一种弥补和赎罪心态，方梦袍破例为红云请了几天假，不料她知道后和他吵了一架，第三天下午她就开始在医院奔忙，累得脸青眼乌，下班时晕倒在家门口。这几日从前方送了大批重伤员过来，方梦袍一直守在手术台边，已经一天一夜没合眼了，红云晕倒的事他还是从别人口中得知的。

这次小产使红云元气大伤，脸颊深陷下去，眼角又多了几条皱纹，好在她骨子里有股韧劲，几天后她说话的声音又清亮了几分，腰板也能挺直了，宛如一根芦苇，貌似柔弱实则坚强，让方梦袍心生钦佩。更让他钦佩的是红云还给伤员献了300cc的血，方梦袍为自己有这样一位无私的妻子而自豪，自豪的同时也倍感心疼，他怕红云的身体就此垮掉，可红云却反过来为他担心，还把方梦袍为她准备的食物匀给他吃。方梦袍不吃红云也不吃，没办法，方梦袍只好做出让步，把一些汤汤水水喝了，夫妻俩你推我让的很是恩爱，日子在紧张、辛苦和劳累中，透出一股甜蜜。

但是，那段时间的夜晚方梦袍仍心有余悸。自从杨之亮牺牲在他怀里之后，他经常做噩梦。在梦里他变成了一只蚂蚁，身上驮着床巨大的棉被，他爬呀爬呀，怎么也挪不了窝，可身后却有铺天盖地的蜘蛛席卷而来，不一会儿他就被蜘蛛吞噬了。他费尽九牛二虎之力，挣脱身上那床被子，又掉进了一个巨大的血湖。这血湖无边无际，泛着恐怖的光亮，还不断地鼓着气泡，每一个气泡破裂都会翻起些尸骸残片，有时是一只眼珠，有时是一排牙齿，要么就是断手断脚，有好几回方梦袍梦见的是还在搏动的心脏。那些心脏大得像南瓜，它们怪物似的翕动着，发出瘆人的怦怦声，竟然还长了脚，方梦袍一动它们就猛扑过来，把方梦袍捂在一片浓稠的血腥浆液之中。

"红云！红云……救我！"

多少个夜晚方梦袍在深夜醒来，冷汗湿透衣襟，四肢冰冷发麻，脑子沉甸甸的，仿若有谁在里头塞了块铅，这时他会情不自禁地往红云怀里钻，仿若一个索乳的婴儿。

有一个雨夜，方梦袍躺在红云怀里无声地哭了。这段时间死在医院的伤员太多了，有一对18岁的双胞胎，两人同在一个班，战斗中一颗炮弹飞来，哥哥扑到弟弟身上，一块狭长的弹片将他俩的胸膛同时穿透，他俩死前喊着相同的两个字：打呀！

还有一个20岁的伤员，长着张14岁少年的脸，非常英俊，他死后脸上绽放着微笑，那笑意让方梦袍潸然泪下。

　　记得三十多天前，一个两腿和左手都被炸断的伤员，并发感染，昏迷了好几天。那天他的烧奇怪地退了，蜡黄的脸上也有了血色，他舞动着仅剩的那只手，告诉方梦袍自己的家里穷，爹娘早死了，他八岁开始讨饭，是红军救了他。

　　"方院长，我要了七条白狗子的命呢，这条命值了。但我不甘心这么年轻就废了。我，我还没见过妇娘人的身子呢！方院长，你告诉我，妇娘人的奶子像茄子还是佛手瓜？"

　　方梦袍当时一愣，不知该怎样回答。战士的目光是那样的澄澈，澄澈中有渺远的渴望，还有蓦然袭来的虚空。他的额头、鼻梁和下巴上呈现出一种淡淡的青黄色，嘴微张着，开始大口大口地吸气。方梦袍知道他快要去了，正思忖着怎样解答这个问题，蹲在旁边给重伤员清创的刘观音推了方梦袍一把。

　　"方院长，我来告诉他。"

　　别看刘观音平日一种男崽子性格，在这方面却挺羞怯，从不跟伤员们开玩笑，有时谁不小心碰她身体了，她还会嗷嗷叫着骂人一通，可那会儿她脸上却绽放出圣洁的光芒，她大方地侧转身，撩起了自己的衣襟。伤员的目光倏地亮了，接着他艰难地伸出了右手。刘观音回头惶惑地看了一眼方梦袍，方梦袍垂下了目光，他不能再要求什么了。刘观音似乎读懂了他的缄默，毅然地将那只即将垂下的手轻轻按到了胸前。

　　"啊，这么软啊！……"

　　这是那位30岁才第一次触摸女人身体的战士的临终遗言。见惯了死亡的方梦袍差点要哭出来。刘观音也茫然无措，蹲在伤员尸体前默默地流泪。这是她第一次被异性抚摸，但这个抚摸过她的男人，眨眼间就死了，就像什么事也没有发生一样。

　　刘观音的泪淌得汹涌，方梦袍再见她时，发现她眼肿如桃，因此对这个妹子多了份好感。只可惜这个外刚内柔的妹子近来却跑了，听说参加了一个扩红宣传突击队，让方梦袍有些失落。

　　刘观音人离开了医院，那天她流下的泪却一直淌在方梦袍心中，让他的心隐隐作痛。这痛原本还是捂着的，可一回到家，一经红云的温言询问，又蓦然地爆发出来，方梦袍忍不住扎在红云怀里抽泣起来。红云香甜的体味被他的气息一烘，愈加迷人。他情不自禁地想起那双澄澈、虚空同时充满渴求的眼睛，那只在空中摇晃着的手，还有刘观音那只在阴丹士蓝衣衫下起伏的乳房，自己的手情不自禁地捂在了红云莲蓬状的双峰上。那种柔软与弹性令他着迷，他轻轻地摸着，揉着，血液变得灼热，一股欲望呼啸而来。同时屋内响起一阵轻微的呻吟，是方梦袍自己的呻吟，一种试图扑灭某种本能的呻吟。也许是心疼他，而且自己也被撩拨得情不自禁，红云本能地回应了他，引导了他。有那么一霎方梦袍觉得自己是在践踏妻子，可本能的驱动是那样强大，他竟没有克制住。

"对不起，红云！"

事后方梦袍搂着红云喃喃地道着歉，红云平静地吻着他，良久才叹口气道："你呀，像个大细崽，总也管不住自己。"

红云的口吻里有种听天由命的无奈和唯有长辈才有的宽容。方梦袍想到自己的自私，有些无地自容，他抓起红云的手"啪啪"地打在自己的脸颊上，发誓再也不让红云吃苦了。红云亲亲他，耳语道：

"梦袍，你不要这样自责，我很快活。"

方梦袍搂紧了她，两人沉沉睡去。也不知睡了多久，黑暗中忽然响起频繁、响亮的敲门声。

红云揉着眼睛坐起来，怜惜地看了眼睡意蒙眬的方梦袍一眼："像是又来重伤员了。"她边叹边起身开门，被方梦袍一把拉住：

"红云，我去。"

方梦袍在红云那被盐水泡得粗糙的手掌上捏了捏，红云温和的眼眸里闪过一丝幸福的笑意。她轻轻地打了方梦袍一下，神情如少女般羞涩、柔美。

方梦袍穿好外衣，歉意地冲红云摇摇头，心想肯定要干通宵了。这阵子重伤员太多，医生人手少，每个人都超负荷工作，方梦袍累得肩周炎发作，小腿静脉蚯蚓般鼓起，酸痛得抬不起来，但他从未叫过苦，喊过累，多少回这样夜半把他喊去做手术，一站十几个小时，他连眉都没皱过。和前线的战士，还有手术台上那些伤员相比，这点累算什么？

方梦袍打开门，在他面前站着的不是医院的通信员小陈，而是五六个陌生的红军战士。

"你是方梦袍吗？"

在一支松明火把的映照下，为首一个大胡子干部那严正的表情，让方梦袍在迷惑之余有些愣怔。他见过这个人，但他到底姓甚名谁一时想不起来。

红云悄悄地走过来，握住方梦袍的手。

"是我，请问你们是？……"

方梦袍的声音刚落地，大胡子干部用手一挥：

"捆上！"

战士们一拥而上，三下五除二地将惊愕中的方梦袍五花大绑捆了起来。

方梦袍莫名其妙："你们搞什么鬼，我是红军野战医院院长方梦袍。"

红云一边徒劳地去拽方梦袍身上的绳子，一边大声地嘶喊道："哎，你们这是干什么？是不是搞错了？哪有深更半夜堵在门口抓自己的人？"

大胡子干部很客气地将红云拉开，严肃地道："我们是保卫局的，你是他妻子吧？告诉你……"他在红云耳边小声说了几句，红云尖叫起来：

"不可能！他绝不可能做叛徒，你们肯定抓错了！"

红云声嘶力竭地扑过去解方梦袍身上的绳子，被几个战士强行推回了屋里。方梦袍听见她的哭声水一般从屋内淌出，头脑倏地清醒了许多。

"同志，我以党性担保，我绝不是叛徒，请你相信。我猜这其中一定有误会。"

方梦袍看着大胡子似曾相识的眼睛，真诚地说。大胡子扫视了一下周围，小声道："方院长，我是小贾，我相信你。"他说着撩起了左腮上的胡子，露出他的伤口和变形的脸。

这小贾是一军团大刀队有名的战斗英雄，后来在战斗中挂了彩，肩受了伤，脸也被削掉一半，是方梦袍把他从死亡线上抢救回来的。伤愈后他那只原本举得起几十斤重鬼头刀的手不灵活了，便调到了保卫局政治保卫大队。虽说同在苏区，他和方梦袍已经两年未见，加上他蓄了须，所以刚才照面时方梦袍没有认出他来。方梦袍正要问个究竟，小贾又恢复了公事公办的语调：

"走吧，你是不是叛徒组织上调查后会有定论的。"

小贾似是怕见方梦袍，说罢率先走出了院子。方梦袍的脑袋"轰"地一响，知道事情不像自己想的那样简单，不然政治保卫局为什么出面？他们除了保卫任务以外，另一重大职责就是肃反，镇压叛徒。

方梦袍的心里愤愤不平，他想自己基本没离开瑞金，怎么就成了叛徒呢？难道与上次和杨之亮他们接应那批货物有关？想起自己当年险些被当作 AB 团杀掉，现今又被人当作叛徒捆了，方梦袍有些灰心，但他马上控制住了自己，他相信党是公正的，不会无故冤枉一个好人。

这么想着，方梦袍被带进了一所祠堂。祠堂的大厅很开阔，天井上方的神案前放着一排条桌，条桌后面坐着几个保卫局的人，两盏火吊从壁角伸出，映得那些表情严肃的脸光怪陆离。方梦袍认识其中的个别人，他们曾是他的病人，但方梦袍并没有因此去攀什么交情，他安静地坐在小贾拿来的一把椅子上，神态不卑不亢。

"方梦袍，知道为什么带你到这儿来吗？"

"不知道。"

"啪"的一声，坐在左边第一个位置的年轻人拍了一下桌子，怒斥方梦袍在撒谎。

这人姓苏，是保卫局的一个干事，据说他审讯很有一套，只是作风凌厉，偶尔做得有些过头，方梦袍的几个熟人没死在敌人的屠刀下反在他手下成了冤魂，方梦袍对他印象不好。

苏干事背着手慢慢踱到方梦袍跟前，上下打量了他一通，斯斯文文地道：

"方院长，党的政策你是清楚的，坦白从宽、抗拒从严，只要你把那次和杨之亮他们行动的事情说清楚，是不是叛徒我们自有分晓。"

方梦袍已料到他们会这样问，早在脑海中仔细梳理了那次行动的细节。他有条不紊地将事情经过叙述了一遍，说到陈队长和杨之亮牺牲处不禁潸然泪下。条桌后面那几个老同志受到感染，脸上也有了悲伤之色。不料苏干事却哼地冷笑了一声：

"方梦袍，你别装了。你说说看，为什么你要比那些赤卫队员晚一天回到瑞金？为什么杨科长、陈队长牺牲了，你偏偏能活了下来？你手无缚鸡之力，就那么有能耐？事情明摆着，要么你出卖了同志，要么你贪生怕死，自己躲到一边，眼睁睁看着他们牺牲，这和叛徒有什么两样？告诉你，我们可是有证人的。"

苏干事说着拍了几下巴掌，小贾应声从侧门带出个后生出来。

后生穿着当地老表常穿的黑色布褂，上面补丁缀补丁，破了道道口子，露出青紫嫣红的肉。下面穿着那条宽腿裤被撕成了缕，裸露的腿上满是血渍和瘀青。最显眼的，是他端正的脸上鼓出几道血棱，左眼肿得睁不开。后生一拐一拐地走到方梦袍身边，单薄的身子打着哆嗦。

"唐狗仔，跪下！你说你为什么要当叛徒？"

唐狗仔开始不肯跪，被小贾推了一下才跪倒在地。对苏干事的审问他先是以沉默应对，后来见苏干事问得急了，才委屈地叫唤起来："各位领导，我冤枉！那天我脚受了伤，被白狗子抓了，但天地良心，我绝没有出卖任何人，绝没有当叛徒！"

唐狗仔说完，偷眼看了看在条桌后面坐着的那些人。他们正静静地看着他，无言中有种泰山压顶的威严。

苏干事不说话，他慢条斯理地从条桌上拿起一张纸。纸有些破败，但上面的字迹仍清晰可辨。苏干事把字条捅在唐狗仔面前，严厉地道：

"念。"

唐狗仔惶惑地摇摇头："各位领导，我唐狗仔自小给地主老财打长工，没有念过书。参加赤卫队后上过几日夜校，只会写自己的名字。"

苏干事猛地推了他一把，扬手举起那张字条：

"看看这是什么？是你签的名字对吧？喏，下面我念给你听：'我唐狗仔是下山窝人，今年 19 岁。前段时间被共匪洗了脑，参加了赤卫队，做了伤天害理的事，现在我改过自新，反水为国军效力，也希望其他的后生向我看齐。为国军效力的人每年可以多领三斗口粮，年终得架子猪一只。'这种纸条红白拉锯的乡镇都贴了，你瞒得过哪个？你说你是不是叛徒？"

唐狗仔听罢委屈地怪叫一声，转而争辩道：

"各位领导，我真的没出卖同志！当时他们说要割我的卵子，让我绝后，我这才签字的。他们告诉我这是领白米的条子，哪个晓得是在诓我呢？再说那次陈队长牺牲也不是我告的密啊！我是冤枉的，求求你们，让我回家。我娘守寡带大我，今年 69 岁了，是瞎眼佬，现在生病起不了床，我不回去她会饿死的。"

唐狗仔说着抹起了眼泪。苏干事一把揪住他的头发，扳起他的脸让他仔细看方梦袍。

"上次你讲有人和你一起当叛徒，看清楚些，是这个人吗？"

唐狗仔用那只好眼瞄了方梦袍几下，很困难地回答："不是他，不是他！真的，我也没有反水……"

苏干事一听来气了，踹了他一脚，将他推到方梦袍跟前，用一种富含暗示的口吻逼道：

"再看仔细些，那天是不是他告的密？"

"我，我不晓得！……哎哟，哎哟，是，是他。"

唐狗仔说罢凄厉地喊叫起来，苏干事手一松，唐狗仔立即倒在地，捂着腿翻滚起来。

"朱部长,你们听见了吧?就是他告的密,不然他怎么能活命?"苏干事请功似的跑到条桌前,对坐在中间那位中年汉子说。

这个朱部长负责白区工作部,常常会同政治保卫处查处变节分子。他的身体特别壮,很少去医院,起码没在方梦袍手上看过病,但方梦袍听说过,他是一个很有工作经验,也很有水平的同志。

苏干事审讯时朱部长等几位一直未插话,他们表情严肃地审视着现场的每一个细节,倾听每一句回答,一副铁面金刚的模样。

苏干事小声和他们说了几句,朱部长又和周围几位交换了意见,这时他道:"小方,我看这样吧,先委屈你在这里待几天,把事情经过写成一个详细的书面材料。记住,要如实写啊!小苏,你先送小方过去,对,安排在左跨院的东边小房间,绝不能动他一个指头啊,尤其不能动他的右手,那是拿手术刀的手。"

朱部长这番话说得方梦袍嘤的一声哭了。他刚才一直挺着,保持着适度的冷静和尊严,可这会儿他再也抑制不住自己,泪水哗哗地涌出来。

泪眼中,他看见朱部长仔细审看那张字条,接着起身走到唐狗仔身边。唐狗仔以为要下令杀他,吓得失声尖叫,不一会儿他听见朱部长柔和的话音:

"唐狗仔,你再仔细讲一遍事情经过。"

唐狗仔像抓了根救命稻草,边哭边说,朱部长认真地核对着自己的笔记。方梦袍一颗悬着的心放了下来,他知道现在不比反 AB 团那阵子了,中央再不会随便把自己的同志推向敌人的阵营,更不会随随便便镇压。他相信自己的问题迟早能够得到正确解决。最后,朱部长又仔细地询问了一遍方梦袍,再让小贾把他带下去。

走到跨院的转角处,趁苏干事在墙角小解,方梦袍低声央求小贾给红云捎个话:"小贾,麻烦你了,就说我很好,让我妻子红云不要牵挂。"

小贾还没来得及表态,苏干事回来了,他不高兴地推了一把方梦袍:

"说什么哪?告诉你,不要以为朱部长给了你台阶就清白了,你想搞名堂?没门!我老苏干革命这么多年,最讨厌的就是叛徒了。快走!"

苏干事又推了方梦袍一把,方梦袍没站稳,一个趔趄往地上栽去,小贾眼疾手快地拽住了他,并捏了捏方梦袍的手,方梦袍知道这是他对自己的答复,心里不由一热。

## 第七章

"姐，你说我们会被老狗发现吗？"昏暗、摇曳的火光中，紧靠着门板的牛牯喘了几口大气，亦正亦邪的眼中满是疑惧。穿着咖啡间米色柳条旗袍的房秋心，秀丽素净的脸上掠过抹近乎羞怯的表情。她淡淡地朝牛牯飞了个眼风，拽过他粗壮的胳膊轻抚着：

"放心，他不是我们肚子里的蛔虫，能知道什么？再说他在明处，我们在暗处，万一不行，我们还可以那个呀，咯咯……"

房秋心浮出一串轻笑，混合着芝兰芬芳的气息令牛牯沉醉。夜是那样安静，一弯疏月照不透围屋内的昏暗。牛牯用那双鹰目四下睃巡了一遍，见没有异样，便一躬腰将房秋心背起来，快步走进了那间陈设华丽的房间。

搂着强健的牛牯，房秋心眼前浮现出周国富衰老佝偻的躯体，不由得闭上了眼睛。有时她想，命运真是个奇怪、恶毒的巫婆，老是给人出乎意料的打击。上天赐予了她花容月貌，却让她幼年失身，流落烟花。自从13岁被人"破瓜"起，她美丽的胴体不知快活了多少男人。倘若体液有颜色的话，她觉得自己漂亮的肌肤早该斑驳不堪了。所幸老天爷有眼，给了她一副天使的模样，尽管已是残花败柳，但每每总让人以为是一朵新荷，否则周国富这样一个搓粉团朱的老手，怎么会光顾一次妓院就被她迷得三魂出窍，最后花巨资把她赎出？

初嫁周家时，她本以为此生找到了归宿，可以从良了，谁知天下乌鸦一般黑，周国富和其他有钱的男人并没什么不同，照样见异思迁，始乱终弃。她过门没几年，老东西便续娶了几房妾，平日里见到长得好的客女也一样不手软，偷摸成性。开始几年她沉浸在妒火中，不过后来想通了，古语不是说过吗？以色事人，色衰则爱弛，她又怎能免俗？最好的办法是敛财。她无亲无故，这辈子能与她不离不弃的也只有金钱了，所以她想通后不但不再吃醋，反而主动帮周国富物色猎物。

周国富占有的女人虽多，奇怪的是那些女人被他霸占后躲着生下的孩子，无一例外都是女儿，把想崽想出痨病的周国富气得半死。房秋心想，这可是老天对他的惩罚，谁叫他不把别人的女儿当人？确切地说，除去春霞外，周国富确实不把自己的女儿当人，在他的指使下，那些生下的妹子全给丢进尿桶里浸死了。

每念及此，房秋心的心火便噌噌地烧起来。她猜周国富这样做，是因为他惧怕原配瑞玉和周春强与周春霞两个，这三人是房秋心嫁进周家后压在她心上的巨石。特别是那个瑞玉，别看她整日劳作，打扮也老实，似乎不懂男女之情，可她温和、从容的性格，却备受族人爱戴，就连老东西周国富对她也礼让三分。老东西不在她屋里留宿，但让她去收租、结账，这让房秋心气恼。她也曾和周国富提过这个要求，当时周国富摸摸她的肚子，摇摇头走了。

房秋心明白他是气自己生不下崽为他壮家声，所以留了一手，起码家中的实权没给她。为此她恨极了瑞玉，也恨对她从不正眼看的周春霞和周春强。

相比之下，她与周春强的关系还过得去。房秋心只比他略长几岁，刚嫁过来时还曾诱惑过他几回，使周春强对她有一种奇怪又复杂的感情，这些感情中有厌恶，也有非分之想。后来随着年龄渐长，非分之想明白地写在周春强的脸上，这让房秋心暗自得意。如果他后来不是去了军校，房秋心肯定会让他拜倒在自己的石榴裙下。周春强这个人胆子不小，也许还会为了她和父亲闹起来呢！正因为有了这一层关系，房秋心对周春强多少存了几分好感。

对周春霞她就不能容忍了。这妹子仗着父亲的宠爱，从不把她放在眼里，处处和她作对，那种蔑视的眼神和表情让房秋心恨得直咬牙。她时时祈祷菩萨显灵，让周春霞母女从这个世界上消失，可天不遂人愿，前不久周春霞竟带着马丽回到了五堡，而且是被周春强的贴身团丁护送回来的，明摆着要在家中常住！

女儿回来后，瑞玉苍白无华的脸便像水发的木耳，恢复了平润与光泽，老东西眼中也多了几分慈爱，便连这两年和她偷情，被她紧紧攥在手心里的牛牯，脸上也漾出了一片隐隐的春情，这更激起了房秋心的妒意，恨不能把周春霞扫地出门。好在她回来的当晚就因逃婚冒犯了周国富，老东西一气之下把她关了禁闭。

开始马丽并没有和周春霞一起吃禁闭，周国富总说她是故交陈查理的客人，不好失礼，其实醉翁之意不在酒，从男人堆里爬出的房秋心哪会不明白？她知道老东西看上了马丽，又动起了歪心思，便毫不犹豫地把马丽送到了周春霞身边，理由很简单：怕周春霞一个人关在里边闷不过，到时会寻死。

周国富平素蛮宝贝这个女儿，一听这话，自然不反对，恰巧他有事要去赣州，也就由得她作怪了。老东西的心思她知道，他是想等自己从赣州回来再慢慢地收拾马丽，文火熬汤才出味嘛。

死老狗，想得美！

那几天房秋心夜不能寐，除了切齿痛骂老东西外，便是不断使唤她从苏州来的王妈。王妈五十来岁年纪，一副苦瓜相，对她还说得过去，又炒得一手好菜，还会缝衣制裤，手巧得让她不忍辞退。

这王妈和她一样无亲无故，见她在周家逐渐有了一席之地，特别是近几年周国富禁不住房秋心的枕头风，在县上镇上新开了几家赌馆和烟馆，并偶尔让她收租之后，对她伺候得更是上紧。那几晚房秋心左唤王妈烧水，右唤王妈热酒，一会儿让她捶背，一会儿让她捏头，折腾她够呛，可王妈照样不见一丝愠色。

房秋心脸上温婉地笑着，嘴里甜甜地夸着，心下却咒王妈不得好死。她知道王妈其实一点儿也不老实，曾偷偷勾引过老东西，只是她太瘦又太丑，老东西对她没有兴趣罢了。还有她死要钱，手脚不干净，房秋心几次发现她私下里翻箱倒柜地找自己的私房钱，所以平日里挺防她。

前几年，她无意间在楼下的房子里发现一个活动的神龛，推开后里面有扇夹墙。据观察，周国富、瑞玉、周春霞兄妹都不知道这个秘密，于是她安心地把细软放进了夹墙中，从此她对这所巨大的围屋产生了浓厚的兴趣。

听人说，周国富祖上很有钱，埋了不少宝物在围子里，对这个传闻她可没有一笑置之。周家产业那么大，她相信这些传闻不是空穴来风，故而只要周国富不在，她便像蝙蝠似的出没于围屋各处，这里敲敲，那里摸摸，希望能发现新的秘密。如果有一天她捡到了满窖黄金，她会一把火烧了这围屋，然后带着牛牯远走高飞，做一对世上最平常的夫妻。

当然，这只是房秋心偶尔的幻想。尽管她和牛牯有染，但她却看不懂这个从老鹰寨出来的土匪。说他好吧，他曾经杀人不眨眼，说他坏吧，他有时又天真得像个孩子。她不知道牛牯是否爱自己，也许他只是利用自己打发时间？

房秋心之所以勾引他，一则迷恋他的年轻强壮，二来也有自己的目的。她怕万一哪天老东西对她腻歪了，或者周春强当家后对她下手，把她逐出家门，她便可以把这个男人变成利刃，在最适当的时候给周家致命一击。不过她怎么也没想到，重创周家的机会那么快就到了！

事后想想，她当时让牛牯把那几个扩红的女红军抓起来，其实只是出于强烈的妒忌，她妒忌牛牯对那些女红军的温和与手软。

果然，牛牯一经她挑逗，就中了她的圈套。可当他把女红军抓进屋子后，她又后悔了，她害怕周国富回来无法交代。和红军正面冲突，这可不是周国富对待红军的方法。正考虑周国富回来该怎样取得他的谅解和支持，那个念头闪电般劈进脑海。这可是个一石几鸟的妙计，当她想到未来的一切都将被自己操纵，一时兴奋得几乎颤抖。

这天黄昏，五堡围屋突然热闹起来，空气中飘着肉香和酒香。天刚断黑，团丁们住的地方便亮起了火吊，接着传出乱哄哄的猜拳声。难得打牙祭的团丁们兴奋异常，狂吃滥喝。

正喝得晕乎乎时，伙头老谢敲响了铜锣，说春霞娘和另一个伙头唐师傅正在柴火间里乱搞。被酒精烧得筋络着火的团丁们狂奔过去看热闹。房秋心施施然走来，笑着数落春霞娘。别看她表情安然，语气温婉，可句句话都是软刀子。

就在这时，春霞娘披着蓑衣从柴火间里冲出来，揪住她的头发一阵暴打，打得她晕头转向，一时乱了方寸。腰间扎着稻草的唐师傅也从屋里跑出来，见人便撩起额发给人看他头上的伤口，说自己冤枉，是被人打晕后抬到柴火间的。

房秋心回过神来，恼羞成怒，开始对春霞娘和唐师傅破口大骂。在骂声中，牛牯闻声赶到，他三下五除二将唐师傅打晕，一条绳子给绑了，又将春霞娘推回她的住处，锁了起来。团丁们回到酒桌上，就着春霞娘和唐师傅的"奸情"，继续喝酒，而且越喝越有味，而后便一个个瘫软如泥，五堡变得异常安静和空旷。

　　不知是有意还是无意，牛牯没有听从房秋心的吩咐，不但忘了把兰英一并锁了，还眼睁睁地看着她消失在黑漆漆的巷子口。

　　也许是做贼心虚，房秋心表现出前所未有的小心，反复交代应该派两个家丁去守周春霞住的院门。牛牯觉得有些小题大做，哼了几哼后只把一个叫刘罗仔的人安排了过去。

　　房秋心和牛牯都想不到，刘罗仔是春霞娘从雪地里背回来的一个孤儿，和春霞娘很亲，如果不是刘罗仔值班，就算兰英肯帮忙周春霞她们也无处可逃。不过，让她们在五堡乱成一窝蜂的时候逃走，又是房秋心计划的一部分。

　　夜半时分，那几个女红军带着周春霞、马丽如愿离开围屋，房秋心那颗悬着的心放下了大半，关上围屋大门后立马又和牛牯厮混在了一起。

　　桌上那只西洋自鸣钟敲响了，房秋心估摸十二时到了，忽然叹口气，点亮油灯穿起了衣裳。在她身上折腾了半宿的牛牯尽管疲累至极，仍然一个鲤鱼打挺翻身坐起，从枕下摸出了那把驳壳枪。

　　"我想还是去看看大娘吧。她身体不好，我怕她出事。"房秋心扣着衣衫，小声道。

　　牛牯露出一缕讥讽的笑意："你倒挺关心她啊！不能等到天亮吗？"

　　房秋心温婉地一笑："不行。我刚才做了个梦，梦见大娘在哭。她也可怜。唉，谁叫我们是姐妹呢？"

　　房秋心说着，柔软的手在牛牯手上摸了摸，牛牯心里一颤，两条腿不由自主地迈了出去。

　　春霞娘十多年前就和周国富分居了，住在一个单独的院落里，她长年吃斋念佛，有专门的厨房和佛堂。本就是一个僻静之处，加上往日巡逻的士兵皆已烂醉，他们一路行去鬼也没碰上一个。牛牯刚推开门，一股浓烈的酒香便扑了上来，熏得他们直打喷嚏。

　　"难怪老爷说进了这里会呕呢，原来味儿这么难闻。"

　　房秋心说着炫耀地嗅了嗅自己的手腕，她的手腕、腋下常年点着周国富从赣州、广州、韶关买回来的花露水，走哪儿香哪儿，仿佛一棵正值花期、会行走的桂花树。

　　"唉，酒坛怎么全破了？多好的酒啊！"牛牯看见春霞娘的房子里一片狼藉，四处是碎了的酒缸和淤结的酒，大吃一惊。又叹道："唉，大娘也是命苦，有老公像没老公，有儿女像没儿女，过着孤老一样的日子，何必呢？"

春霞娘平素对牛牯不错，经常帮他缝补浆洗，还诚心实意地给他介绍过对象，是个本分人，因此对她心生了几分怜悯。看着灶间那溜打破的酒坛，牛牯心里有些慌乱，不知道发生了什么事情。

春霞娘太孤单了，她平日不吃饭，只是大碗大碗地喝水酒，偏她又不胜酒力，一喝就脸红，再多喝点儿就醉了，每当这时，她都眼漾泪花，默默地坐在一旁想她的心事，有时还呜呜地哭。

听出牛牯在同情春霞娘，房秋心不高兴了：

"她这是自作自受！你说她孤老，她孤什么老？她可以去赣州跟子女们过呀，偏要赖在这儿？"

说话间两人穿过吊着几十筐草药的饭厅，走过了那间收拾得整齐、飘散着樟脑气息的卧室，来到纤尘不染的佛堂。

佛堂正中供着观音像，像前的桌上摆放着长明灯、水酒、三牲及时鲜供品，香炉里的线香飘散出袅袅的云雾。壁角里的那支火把只剩下几丝残焰，在风中明明灭灭，仿佛鬼影幢幢。

忽然，房秋心一声尖叫，就像魔鬼附身那般，急急地往牛牯的身后躲，一根苍白的手指点着供桌下方，"这这这……"地说不出话来。

牛牯垂眼一看，不由打了个寒噤：地上躺着春霞娘，她口鼻流血，肢体扭曲，边上有几摊呕吐物，看样子已死去多时。再细看，她两手呈鹰爪状，在泥地上刨出了几十道血痕。

牛牯看了房秋心一眼，低头凑到那摊秽物前嗅了嗅，急忙拉起房秋心往灶间走。

"怎么办哪？老爷回来该怎么交代呢？这死东西，她有胆量偷人，也应该有胆认错呀，怎么说死就死了呢？"

牛牯不理房秋心，他拽着她来到灶间，在仅剩的那个酒坛前，揭开封盖，舀起一勺竹筒酒送到房秋心唇边，要她喝。

房秋心不高兴了，"啪"地推开："好了，都什么时候了，谁还有心思喝酒！"

牛牯瞪着她看了一会儿，房秋心被他瞪得发毛，不由强颜一笑："我不想喝，我得想想该怎么跟老爷讲。"

房秋心喃喃着，竟滚落了几滴眼泪。牛牯冷不丁捏住她的下巴，逼着她张开了嘴。眼见酒就要灌进口，房秋心一扭身挣脱开来，恼怒地抚摸着腮帮子，嘶着气道："不错，是我放了药。这种废物，早死早好！"

她贤淑、端正、秀丽的脸，在这一刻显现出阴毒的美丽。牛牯把竹筒一扔，抱臂看了她许久，这才慢慢问道：你打算怎么办？

房秋心回头看看拴紧的院门和那轮西斜的月亮，很庆幸自己事前的安排。这天傍晚，她假借春霞娘的名义，请家丁们打牙祭，烧酒水酒管够，现在他们全喝得瘫软如泥，整个五堡围屋其实是座死城，这会儿即便是用大炮轰围屋，也没几个人能爬起来，她就在这个时候把药下进了酒里。

现在事情出来了，只有一不做，二不休。春霞娘的尸首好办，院子里前段时间新种了几棵树，把树挖出来把人埋进去即可。周国富回来要是问起这事，就说春霞娘丢人现眼后自觉没脸见人，设计灌醉了大家，放走了女红军和春霞、马丽，自己也跟着走了。

如果不能毁尸灭迹，停尸等周国富回家也行，就说瑞玉和伙头唐师傅通奸时被捉，无颜面对，以死谢罪……不过，这事要让人信服，还得把那个唐师傅灭掉。想到唐师傅，房秋心打了个寒战。柴火间的门闩不牢，一端就起，刚才匆匆忙忙，未必弄死了他，再说唐师傅正值壮年，有的是力气，挣断一两根麻绳不算什么难事儿，万一他跑了呢？

这么想着，她也不觉怕了，拉着牛牯直扑柴火间。

牛牯已回过神来，知道自己在这件事中绝对脱不了干系，不说别的，仅凭他和房秋心有一腿这件事，老东西便可崩了他，所以这会儿他也不再埋怨房秋心阴毒了，而是心往一处想，劲往一处使，跟着房秋心急急地往柴火间赶，想赶在天亮之前把事儿弄妥。可等他俩赶到柴火间一看，门踹开了，唐师傅踪影不见，房秋心一下慌了。好在牛牯立马拿定了主意：

"姐，先把她给埋了，就按你说的，是她放走女儿后自己也走了。我们待会儿得把门打开，也好让那个唐师傅趁机逃出去。他就是被老东西捉到，我们也不怕，大家亲眼见了他们的丑态，不由他不信。"

听见这话，那轮原本露了半边脸的月儿恐惧地躲进了云絮中，似乎怕见这人间的罪恶。五堡围屋陷入了愈加深重的黑暗之中……

# 第八章

一个晴朗的冬日，瑞金城东一个宽阔的操场上，密密麻麻地坐了一片战士。战士外头是里三层外三层的群众，远处树上也都坐满了看热闹的孩子。大家的脸上洋溢着喜气，和温煦的冬阳交相辉映，暖风中似有春天的气息。这春天的气息来源于大家心中的喜悦，还有一片蓦然响起的锣鼓声。

"咚咭咚咭咚咚咭……"

喧天鼓点声中，十几对身穿灰色红军服、胸别大红花的男女青年手拉手列队走进了操场，其中有刘罗仔和杨兰英。穿上军装的小夫妻看上去漂亮了许多，杨兰英还显出了少见的干练，真正换了一个人。

周春霞、马丽、杜青秧、刘观音一干人坐在最前头，她们交头接耳、兴奋之极。周春霞和马丽从没见过这种场面，她们兴奋，舒展，陶醉，又那样俏丽出众，不断有战士偷偷打量她们。两人不时互相瞅瞅，扮个怪脸，羞涩中多少有些自得。

新人们一进场，战士和老乡们拼命鼓掌，接着英姿飒爽的江采萍从操场侧面走出来，宣布集体婚礼正式开始。

又是一阵锣鼓响，十几位客女、大嫂给每对新人端来一碗米酒，让他们对喝，对拜，江采萍给每人发了四个红蛋算是祝福。

人群中有个战士突然站起身大声喊道：

"同志们，让他们来一个背老婆比赛，大家说好不好哇？"

"好！"

那个战士的建议赢得如雷欢呼声，掌声和鼓点也跟着响起来，现场气氛非常热烈。江采萍含笑做了个手势，又小声和新郎官们商议了几句，新人们换了个方向排成横队。

竹哨吹响，新郎官马步蹲身，新娘子则仿佛听见号角的战士，迅速趴到了丈夫背上。十几对新人在锣鼓声、掌声和喝彩声中，沿操场上跑了好几个来回。一个新娘笑得从丈夫身上滑下；一个新郎摔了一跤，被气恼的新娘拧红了耳朵；有的新娘在丈夫身上作扬鞭催马状，笑得大家前仰后合。

几个来回，刘罗仔夫妇得了第一，刘观音、青秧拍红了手，春霞、马丽雀跃欢呼，向来沉静的江采萍朝刘罗仔跷起了大拇指：

"不错，呱呱叫！"

刘罗仔和兰英既兴奋又害羞，夫妻俩站在那儿有些扭捏。

"现在给第一名颁奖，他们是红军战士刘罗仔和红鹰突击队的杨兰英。奖品是大柏地乡妇女会赠送的一床新棉被，其他新人每人一双新鞋！"

刘罗仔和杨兰英领了奖品，对望着痴痴傻笑。刘罗仔猛不丁把棉被往兰英怀里一推，笨拙地向大家鞠了一躬：

"我叫刘罗仔，以后一定当最好的红军，永远不反水！嗯，红军到哪里我就到哪里！"

说完他也不管杨兰英，低头慌张地跑了，急得杨兰英手中的棉被掉到了地上，引起一阵哄笑。弯腰抱棉被的杨兰英看见春霞和马丽在那儿幸灾乐祸，拊掌大笑，从棉被后探出半张脸，小声地央求江采萍：

"队长，能不能让春霞和马丽唱一支歌啊？"

江采萍眼中一亮，转身大喊："同志们，刚才得第一名的新娘子提了个要求，希望和她一起参加红军的周春霞和马丽为大家表演节目，大家欢迎！"

周春霞和马丽一愣，马丽起身想跑，被刘观音和青秧抓住，三人扭在一起。

战士们见是两个漂亮妹子哪肯放过她们？吹哨子、鼓掌，个个起哄，现场再一次喧闹起来。

周春霞比马丽大方，她整整衣帽，拉着马丽走到了操场中央，乱哄哄的现场猛地安静下来，接着响起了嗡嗡的议论声。她俩确实太出众了，甚至可以说有些奇特，这奇特主要源于马丽与众不同的长相和她铜红色齐腰长发，也来自春霞帽檐下微卷的刘海和她姣美的容颜。

"队长，我等下要揍死兰英去，她害我们。我可什么也不会。"马丽拽住江采萍的衣角恨恨地道，春霞捻着手指尖在那儿搜肠刮肚：

"队长，我不会唱红军的歌，那，那怎么办呢？"

江采萍想想也是，她们刚到瑞金几天，情况还没熟悉，事情也忙乱，哪有空学歌？

"队长，要不我唱一段采茶戏《牡丹亭》吧？"

看着操场上黑压压的人群，周春霞有些着急。她恨不得马上唱完，好让自己消失在人群里，那些目光让她紧张。平心而论，穿上军装的周春霞别具美丽，尤其脚上那双高跟皮鞋更衬得她身段如柳、亭亭玉立。

"我不会唱。队长，我站你边上看，行不？"

马丽死活不放江采萍的衣角，江采萍走哪她跟哪儿，惹得笑声一片。周春霞清清喉咙，一缕哀婉清丽的歌声飞了出来：

"乘谷雨，采新茶，一旗半枪金缕牙……只因天上少茶星，地下先开百草精……宫里醉流霞，风前笑插花……"

这采茶戏发源于赣南安远县九龙山，传说唐明皇时代有个叫雷光华的宫廷乐师和歌女产生了爱情，犯了宫禁，于是相偕逃出宫廷，流落到安远九龙山种茶为生。夫妻俩农事之余不忘所好，教农民唱茶歌，玩茶灯，编成了《九龙山摘茶》这出戏，从此采茶戏逐渐风行赣南及江西境内。

周国富素喜采茶戏，每年摘春茶时总要请戏班子唱《九龙山摘茶》《茶童歌》《俏妹子》等剧，周春霞从小耳濡目染，加上天性聪慧，居然学会了不少唱腔。

她刚刚唱的《牡丹亭》是采茶艺人根据汤显祖的原著改编的，虽说不如原作那般哀婉凄艳，可比之那些诙谐、生动的传统采茶戏，要深情、凄婉许多，霎时间整个操场鸦雀无声。周春霞唱完后不见动静，以为自己唱砸了，惶恐地看着江采萍和马丽，眼中闪动着几丝泪花：

"对不起，我，我唱得不好……"

周春霞鞠着躬向大家道歉。江采萍愣愣地看了她一会儿，两手轻轻一合，操场上的战士和群众像听见了暗号，和江采萍同时鼓起掌来。掌声热烈，经久，春霞频频鞠躬才得以退场。马丽也想跟着走，战士们不答应了：

"来一个！来一个！"

有节奏的掌声和着战士们的喊声让马丽臊了个大红脸。

"马丽，实在不行你说几句话吧，讲讲你为什么要当红军。"

江采萍的建议为她解了围。马丽下意识地绞着发梢，娇艳的双唇颤抖了一阵，操场上响起了她充满磁性的声音：

"战士们好！我叫马丽，到瑞金还不到一个礼拜。我是个孤儿，从小在福音堂长大。那个时候我信奉天主，可是后来我发现天主救不了我，只有革命才能改变命运，所以我参加了红军。我现在还有好多缺点，以后我会改正的，我相信自己一定会成为一名合格的红军战士。"

马丽说完期待地看着大家，人群中有个抱孩子的大嫂扯嗓大喊道：

"马丽，你要当红军先要剪掉头发！要是和白狗子打架，他拽住你的头发你不要输吗？要剪我们这样的短发！"

"对，要剪掉头发！"

妇女们和着，场上一片笑声。

"那个周春霞要把高跟鞋脱掉！女红军哪有穿那种鞋的？穿那种鞋的是地主老财的小姐！她穿这种鞋哪里能打仗，像个小旦哪！"

目光齐刷刷地落在正猫腰往原位走去的周春霞身上，她慌得打了个趔趄，大家"轰"地笑起来。周春霞一屁股坐在刘观音、青秧边上，不知所措地搓着手，嘴里喃喃着。青秧想安慰她几句，刘观音不客气道：

"春霞，我的话你不听，这下好了吧？不是我说不行，全瑞金只有你穿这种狗屁高跟鞋！咦，哭什么呀？说错你了？"

刘观音话未落地，周春霞一扭身往操场外跑去，马丽见状忙追上去。

"娇气！"刘观音瞅着她俩的背影，嘟哝道。

山歌队员们这时上场了，一声悠扬的"哎呀嘞"，操场上顿时安静下来，大家静静地听着这天籁般的歌声，脸上露出陶醉的神情。

周春霞和马丽没有被这歌声迷住，她俩一前一后地跑回到住处。周春霞冲到灶下寻了把菜刀，扒下高跟鞋拼命砍起来。

这双鞋是哥哥周春强从广州给她带回来的，很时髦，平日里她非常珍爱。到瑞金后新发了双布鞋，她嫌样式土，不肯穿，为此江采萍还批评过她，但她没放在心上，总以为穿衣着鞋留头发是小事，不成想今天被人公开批评，这让她面子上过不去。她突然恨死了这双鞋。把高跟鞋砍得乱七八糟，从窗口扔了，她又把自己咚的一声，扔在硬板床上不禁失声痛哭。

马丽不像周春霞反应这么强烈，可一想到要剪掉美丽的长发也郁郁不乐，坐在床沿上出神。周春霞的哭声一波一波地涌来，马丽只好走过去地哄她、安慰她。

瑞金的生活条件太艰苦了，她俩难以适应。她们住的房子快倒了，外墙用松木撑着，落雨时床上要放木盆接雨。有月时夜晚歇在床上，可以看见大块的月光从屋顶的破洞里落下，虽说捡了几次漏，可只要一刮风，屋瓦就会被吹开，风呜呜灌进来，吹得床铺上的稻草簌簌响。而所谓的床，其实只在地上打了两根低矮的木棱，上面铺上木板和少量的稻草，被子又薄又硬，一床草席算是奢侈品，还是江采萍从自己床上揭下来送给她俩的。时不时有蜈蚣、臭虫从潮湿、长了青苔和一些奇怪的黄色菌丝的地面上爬出，安闲地卧在床上，让人毛骨悚然。

到瑞金的第一夜，周春霞和马丽被虱子咬得辗转难眠，半夜时好不容易歇下来，又被一只从她身上跑过的老鼠给吓醒了。参加红军要吃苦，要流血牺牲，她俩想到了，可没想到要面对老鼠，臭虫，还有那些难以下咽同时也难保温饱的吃食，而且还要轮流捡柴火，值日做饭，这可难倒了从来不进灶下的她俩。

到瑞金的第三日上午，江采萍去汇报工作了，刘观音领着青秧、招弟、杨兰英下乡做扩红宣传，原本是不要周春霞和马丽她俩去的，因为她俩的组织关系还没定，军服也不知道在哪里，江采萍想让她们先在瑞金城区转转，熟悉些情况，可她俩坚决不肯，坚持跟刘观音她们去乡下，结果引起了村民们的围观。

人们看马丽时目不转睛，恼得她脱下外衣裹住头脸，谁知这样一来围观的人更多了，而刘观音、青秧、招弟和杨兰英趁热打铁，很轻松便完成了当日定下的征粮和扩红任务。

"哎，我看你们以后就这样打扮好了，像唱大戏的。"

刘观音快人快语，一句话惹恼了马丽。马丽白了刘观音一眼，不满地道："我又不是马戏团的，我不干了！"

那天回来，马丽独自生了好久的闷气，接着又为剪头发的事情和江采萍顶了几句。周春霞也不消停，一会儿嫌屋角的尿桶臊，吵着要和青秧换床位，一会儿又逃避值日，弄得刘观音和招弟对她俩有看法。

"这种人还参加革命？一副小姐相！"

这样的嘀咕传到周春霞、马丽耳中，她们自然不服。在接下来的几天，她们样样事情没落下，还成功地做了一顿饭，只是饭夹生，菜没熟，吃得众人皱眉瞪眼。为了鼓励她俩，江采萍一个劲地夸她们手艺不错，但春霞看见往日吃得盘底朝天的饭菜那日竟然剩了许多，知道自己手艺太臭了。

最难堪的是前天帮助红属干活，刘观音派她们去劈柴和喂猪，马丽险些将柴刀劈到自己腿上，周春霞则把猪食倒了满身，惹得那些细鬼哄笑，好在江采萍去了，手把手地教她们，让她们总算没出大错。

瘦小的杜青秧担着满满一担水，健步如飞，让周春霞和马丽多少有些羞愧。但最让她们钦佩的，是江采萍，尽管江采萍在赣州做了几年教员，干起活来手有点儿生，可她的细心、韧劲和坚毅弥补了这些不足，且脏活累活抢着做，没有一点队长的架子，令人肃然起敬。

转眼间冬天来了，连年的战争使得苏区男劳力奇缺。为了来年丰收，苏区政府把动员妇女参加农业生产劳动当作一件大事来抓，中共中央妇女部提出了"像红军战士上火线一样英勇"的口号。临时中央政府还在各乡政府设立妇女劳动教育委员会，请有经验的老农帮助妇女学犁耙和修水利，而这正是红鹰宣传突击队近来的工作重点。短短的几天中，突击队已组织了几次妇女劳模犁田耙田现场经验介绍大会，工作搞得红红火火，周春霞和马丽很受鼓舞，生活上也慢慢习惯了。

与周春霞、马丽一时难以适应苏区生活不同，杨兰英到瑞金后就像鱼儿入了大海一般欢腾，圆圆的脸上挂着甜蜜的笑容，沉浸在对新生活的向往中。尽管她对刘罗仔的长相不满，可一想到他对自己那样呵护，她慢慢地培养起了对他的好感。刘罗仔一看她这样子，立马想到了成亲，恰巧这时他听说要为红军战士举行集体婚礼，便瞒着她报了名，气得她和刘罗仔吵了一架。刘罗仔很伤心，问她是不是嫌弃他，还说如果她看不惯他的话，他可以走开，弄得她心肠发软，最终顺了他的意。周春霞听到消息后把她拉到一旁，要她想清楚：

"苏区讲究婚姻自由，你不嫁给他没哪个会骂你。"

周春霞说这话，也是为杨兰英好，谁知杨兰英却叹着气抹起了眼泪，聪明的周春霞一下明白了，自然不好再说什么。江采萍也看出了点儿名堂，她把杨兰英叫到隔壁谈了会儿话，出来后没再反对她结婚。

　　为了杨兰英的集体婚礼，红鹰突击队的所有成员忙乎了好一阵。江采萍把珍藏的几套孩子衣衫送给了她，马丽贡献出了一件漂亮的纱线衫，周春霞送了一块黑地红花布，刘观音和青秧则将前段时间纳好的鞋垫放到了杨兰英床头上。

　　为了让杨兰英和刘罗仔有间像样的洞房，队员们抽空把隔壁的杂物间收拾得纤尘不染，残破的窗子用篾片补好，坑坑洼洼的地面用新土填平，还用红纸剪了窗花和双喜字贴在窗户和土布蚊帐上，简陋的新房熠熠生辉。

　　周春霞和马丽从没参加过这类婚礼，兴奋之情溢于言表，私下里还准备好了闹新房的节目，没想到在这场期盼已久的集体婚礼上，她俩再次受到众人的讥笑和批评，周春霞的心情顿时坏到了极点。

　　"马丽，我们这样能当好红军吗？有这么多的要求和纪律，我怕自己做不到。你说怎么办？"

　　周春霞走到正在洗头的马丽身边，嗫嚅道。马丽没理她，继续梳洗她那头美丽的铜红色长发。她的长发从木盆边上披下，藤蔓般葳蕤，滴滴水珠落在地上。周春霞忽然觉得这一滴滴水珠，就像是自己的眼泪，便有些惝惚，不知道自己参加红军的决定是否正确，她希望马丽能给自己一个答案，可马丽不回答她的问题，似乎存心想气她，只是让她到灶下续柴，把水烧热些。

　　"我还要再洗一遍。"

　　马丽的态度让春霞气恼，倘若还在教会学校，她肯定要骂马丽的，但眼下不行了，她有什么资格骂马丽？她开始想念娘和那个幽闭了自己许久的五堡，还有爹和该死的哥哥周春强。

　　"春霞，耳朵敬神去了？水烧好了没有？"马丽捋着湿漉漉的长发，冲到灶边，气冲冲的样子让春霞有些意外，不过她旋即就明白了：马丽心里也矛盾着呢！

　　周春霞心里舒坦了一些。她给马丽续了几勺热水，马丽无言地洗着头。更奇的是她洗好头后，也不用面帕擦，而是将头一包，拎盆进了灶下。当她端着满满一盆热水出来时，春霞有些纳闷：

　　"你现在要洗身？发癫啦？"

　　周春霞看着亮灿灿的天空，疑惑地望着马丽。马丽顺手摘去她的军帽，把她那两根长辫子打散，要她洗头。

　　"干什么？我昨天才洗的，现在不想洗。"

周春霞不愿意，马丽板着脸将她的头一按，长发浸到水中，周春霞不愿洗也得洗了。

"讨厌鬼，发什么癫！我不洗，要洗你帮我洗！"

这几年在学校她俩经常互相洗头，彼此都知道对方的喜好，这里捏捏那头弄弄的，不失为一种享受，不过马丽这次的耐心显然不够好，好几次扯得周春霞喊了起来。好容易洗完头，马丽不知从哪里摸出一把磨得锃亮的剪刀，"咔嚓"一下，将她的头发剪去了大半。

"啊，你这个疯子，你找死啊！"

周春霞看着散落一地的长发，哭喊着朝马丽扑去，马丽一扭腰躲过了，接着剪刀一挥，又一波发浪划过眼帘。看着马丽还未尽兴的样子，周春霞突然明白了什么。

"你，你要我剪马桶头？"

周春霞抚着余下的半边长发，再看看满地的青丝，眼泪夺眶而出。她缓缓蹲下身，将丢弃一地的头发一缕缕拾起，比画着往肩上接，喉咙里哽咽道："马丽你干什么吗？当红军哪里非得剪头发呀？"马丽递给她一条干净面帕，沉声道："春霞，剪头发不是小事，是一种态度和决心。万一打仗，我们的长头发会吃亏的。你刚才问我怎么办，我要回答你的是，好马不吃回头草。我们既然选择了这条路，那就只有继续走下去，我相信，我们的选择是对的。你说呢？"

马丽说着把剪刀塞到周春霞手中，找了张椅子坐下。周春霞帮她梳平了头发，可拿剪刀的手却一直哆嗦。"马丽，你的决心定了吗？我真的剪了啊！"

马丽没有说话，反手拍了拍周春霞："春霞，快剪吧，剪完了我再帮你剪。"

周春霞一咬牙，一剪子下去，马丽的后颈脖顿时变得凉飕飕的，手一摸，发根稻茬似的齐刷刷竖在那儿，她忽然有了种奇异的轻松。

几剪刀下来，周春霞把马丽那一头铜红色长发，剪成了平整的齐耳短发。两人互相打量了好一阵，周春霞忽然抿着嘴笑起来：

"好怪哟！"

马丽做了个怪脸，找来顶红军帽给周春霞戴好，又将她拉到洗脸架上那块有些模糊的镜子前。周春霞先是一愣，接着不敢置信地用手抹了抹镜子。镜中映出两个英姿飒爽的女红军，透着干净利落的劲儿。

"呀，原来不丑嘛，早知道……"

周春霞后半句话没敢说出口，她觉得和马丽比起来，自己太落后了！

"春霞，我们慢慢地从小事做起，总有一天会成为合格的女红军战士，要有信心。"

周春霞感激地握握马丽的手，弯腰拾起黑红两缕头发，找了两块碎布包好，默默地递给马丽一份，两人像珍藏情人信物一般小心地藏好。

打开皮箱，马丽忽然尖叫一声："糟糕，我还没有把查理伯伯带来的东西交给方梦袍呢，他肯定急死啦！"

看着皮箱里的那些药物，马丽一时手足无措。这段时间太兴奋，太忙乱了，反倒把一件重要的事情给忘记了，马丽出了身冷汗。

"我们明天去找他吧。我好多年没见他了，挺想他的，希望他不要变得太丑！"

两人边说边扫着地，收拾一地的头发，就在这时，一阵奇怪的轰鸣声掠过屋顶，两人不约而同地跑了出去。

一架国民党军的战机在晴天丽日下盘旋，飞得很低，眼尖的周春霞看见了机身上的青天白日徽标和飞行员的头。

看着这架飞机，两人正不知如何是好，从操场方向倏地传来一阵剧烈的爆炸声，一股浓烟腾空而起。飞机怪鸟似的打了个转，消失在这片烟幕之中。

# 第九章

听到家里发生的一连串事情，周国富就像一颗地雷那样从太师椅上炸开了。拳头大的铜质水烟筒直捣牛牯脸面，干瘪的嘴唇颤抖着，声音呈波浪形，滑动出天大的惊讶和不可置信。

春霞娘偷情事发，设计灌醉众队员，同时放走春霞、马丽和红军婆子的事情，是牛牯在周国富的一惊一乍中断断续续讲完的。牛牯说完，房秋心扭动了一下身子，也想说话，被牛牯一个眼色制止了。这期间，周国富浑身发颤，恍若在梦中，可当牛牯讲完之后，他又感到无话可说了。他实在需要用一定的时间让自己平静下来。

周国富缓缓抽着水烟，眯缝着眼睛怔怔地打量房秋心和牛牯，然后朝她俩挥了挥手。房秋心小心翼翼地退回厢房，牛牯毕恭毕敬地站在厅堂门口，留下周国富一个人坐在巨大的厅堂里发呆。

周国富刚从赣州回来，满身风霜和疲惫，这突如其来的变故更让他显出几分衰老和虚弱。天忽然变冷了，且下着人雨，四角屋顶竹笕里的水哗哗淌下，天井成了一眼暗涌，脏水咕嘟咕嘟往外冒。周国富枯涩的双目盯着天井那方变幻的水面，脑子逐渐清明起来。

"秋心，叫兰英过来。"

房秋心应声出来，对他说："富哥，刚才牛牯不是跟你讲了么，大娘把兰英、刘罗仔和猪头宝都带走了。"

　　房秋心说着轻轻地帮周国富揉起腰来。周国富身子一凛，她心也跟着一紧，手上的动作却依旧不紧不慢，仿佛一个推拿高手。

　　"陈瑞玉，想不到你竟做出这等恶业来！也算报了一箭之仇了。"

　　周国富的下巴骨闪动着，似乎要把这个名字嚼碎。

　　"那个打靶鬼老唐呢？他也走了？"

　　周国富冷不丁问道。房秋心的声音起了些微变化："啊，他呀，应该也走了，反正没在围里。牛牯他们一间一间屋子搜过了。"

　　房秋心说着将身子贴过去。周国富一把将她推开，拿着烟斗一个人往外走。若在以往，他肯定会丢下手头的事务，和她亲热一番，这回他没心思。

　　"富哥，你去哪里？王妈已经烧好了热水，先洗洗身子吃点东西吧。"

　　房秋心拽住他的手不放，周国富扭脸盯着她："亏你讲得出口！我老婆跑了，女儿走了，你们抓的红军婆子也没了影，我还能安身坐在这里？你不要跟着，我要去看看。"

　　房秋心不敢再尾随，朝门外的牛牯做了个手势。牛牯会意，影子般贴在周国富身后，不料周国富同样拒绝他的陪同：

　　"马车轮子坏了，你快去修吧。"

　　牛牯手巧，五堡的油灯、风箱等对象坏了通常由他修理。周国富的马车确实坏了，牛牯没有回绝的理由，他应了声是，转身离去，雨水很快将他全身打湿，他却像没事人一样，依旧保持一副挺拔的身姿。

　　周国富目送了牛牯一忽儿，撑伞走进雨中，走了几步他回了下头，看见房秋心和王妈站在厅堂口说话，房秋心朝他摆了摆手，神情有些慌乱。周国富缓缓吐了口烟，烟雾在密实的雨帘中变浓变白了，他的脸在这白惨惨的烟雾中若隐若现显出几分阴鸷和狠毒。他蓦地将烟斗磕灭，然后一步一步，缓慢而坚定地来到了春霞娘的住处。

　　这些年他将瑞玉当成阿随丫鬟使唤，但内心深处对她仍残留了几分年轻时的记忆。当年他对瑞玉一见钟情，为了把她弄到手颇费了几分心机，不料到手后食之无味、弃之可惜，久而久之就变成了现在这种样子，即便如此，他还是敬重瑞玉的为人。瑞玉为他生了一崽一女，瑞玉为他操持家务，瑞玉不干涉他的行动，瑞玉不开口向他提任何要求，瑞玉任劳任怨任羞辱……真的很难相信她会做出这等丑事、狠事！

　　站在屋子中央，周国富的心肝在一点一点肿大，脸皮火辣辣的，喉咙喘得如风箱，如果瑞玉在眼前，他肯定会几烟斗砸烂她的头。

　　怀着这种阴狠的想法，他翻看东西时也恶狠狠的，花瓶摔破了，灯盏打翻了，桌椅掀得四脚朝天，棉被扔到了地下。可是，当他打开衣柜看见那件缝了一半的棉袄时，被愤怒烧得通红的头脑仿佛淬火后的铁块，"嗤"地冒起一股白烟，接着冷静下来。

　　棉袄无疑是给他缝的，因为他颈肩痛，棉袄这两处的棉花絮得格外厚，颜色也是他中意的灰色，棉袄上的针线还没做完，别在那儿。柜子里还有几双给他做的单鞋、棉鞋，两条已经完工的夹裤，针脚做得密实、均匀，这千针万线晓得要花几多心血？一个恨他入骨的女人能为他这样熬夜？

　　这些年，瑞玉尽管不搭理他，夫妻生活有名无实，但她还是认认真真地照料他。看到那些整齐、细致的针脚，可以想见瑞玉手上的粗糙，再对比房秋心和其他姨太太的手，他觉得有些羞愧。说真的，他玩弄了一个又一个女子，但从未考虑过瑞玉独守空床的感受。看着这间黯淡、散发着孤寂气息的房间，他忽然觉得瑞玉的身子可能像门后放久了的田刨，已经锈迹斑斑了。

　　那个地方，她往下蹲的时候是否会发出锈死时的嘎吱声呢？不过现在看来，这一切都是她装出来的，私下里也许早就红杏出墙了！

　　唐师傅端正的脸庞扑进眼帘，一个暴露在他面前的瓦体被他一拳击碎，旁边靠着的一根木棍"砰"地砸在他脚上，气得他捡起木棍就往门上摔，蓦地，他的动作停止了，他将木棍凑在鼻前嗅了嗅，又举到亮处仔细查看，只见灰白色的木棍皮上有几块红色污迹。他往食指吐了点口水，又在木棍上抹了抹，食指上沾有淡淡的红色。他肠肚一翻，脑子里"嗡"的一响，猜到事情可能不像房秋心和牛牯说的那样简单。

　　他从小有个怪毛病，只要闻到人血就会呕吐，为此他曾和别人打过赌。有人用猪血、鸡血、人血涂在木片上，他逐一闻过去，独独闻到人血时"嗷"地吐了，且屡试不爽。现在这木棍让他想吐，这说明了什么？偏偏这木棍在瑞玉房子里，瑞玉又恰恰跑了，看来事有蹊跷！

　　周国富这时浑身的毛孔"唰"地炸开，又一根根竖起来，房秋心和牛牯的脸走马灯似的在眼前交替出现，夜叉一般狰狞。

　　那么说，瑞玉和女儿是被人暗算了？

周国富的心扑通一跳，又觉得这个念头荒唐可笑。堂堂周家的太太和小姐，能在光天化日之下被害？谁有这个狗胆！他按回一颗心，再到灶下佛堂转了一圈。

灶下收拾得纤尘不染，沿墙那溜封泥完好的酒坛，让他产生莫名的伤感。他知道瑞玉爱喝酒，这酒一定是她亲手酿的，现在酒仍香人已杳，周国富忽然体会到了瑞玉这些年的凄苦。

他叹息着来到了佛堂，佛堂同样打扫得窗明几净，观音菩萨依旧宝相庄严地坐在神龛里，只是香灭烬冷，让人徒生感叹。周国富不信佛，他知道瑞玉一直吃斋，但他很少到这间佛堂来，如今见了这菩萨他却莫名地膝一软，不知不觉跪倒在蒲团上。

现在他宁肯相信房秋心的话，认定这对母女俩投奔了红军，传出去虽然不好，可好歹还活在世上。讲老实话，瑞玉投红军他想得通，女儿这样做就没道理了。春霞自小被他惯大，娇、骄二气全有，平日讲吃讲穿，怕苦怕累，她跑去当红军，除非受人蛊惑，要么就是儿子春强逼得太紧让她被迫逃婚，否则，她才不会去吃这苦呢。

女儿，去了就规矩些，千万别反水，听讲红军纪律严，谁反水抓到了要砍头的，好歹给我留条命回来。

瑞玉……

周国富愣了愣，不知该在菩萨面前为瑞玉求些什么。瑞玉和唐师傅的事让他耿耿于怀，那么，就请菩萨开眼，让这对奸夫淫妇死无葬身之地吧！

他诅咒着，狠狠地磕了个头下去，不料额角碰在神案上，痛得他眼冒金星。就在他暴怒之时，眼睛忽然一亮。他继续跪在蒲团上，仔细地看着神案前头的挡板，用手指轻轻地摸着，比画着。他这样做，其实不是因为那几个字看不清，而是借此稳定心绪。因为那三个字很清晰：酒有毒。

这是瑞玉的字迹，整体往右斜，那个酒字，三点水错成四点水，想当年新婚不久，他还有雅兴逼她认字，为了这个偏旁两人不晓得怄了几回气，瑞玉后来之所以不学了，与这个难以改正的错误有关，用瑞玉的话来说，她不是读书的料，她有句口头禅："读书读得多，料字认作科"，她自己就老分不清这两个字。如今她的字用指甲刻在神案挡板上，而且内容惊人，周国富立马出了一身冷汗。他下意识地看了看四周，第一次发现这座围屋大得冷清。

　　闹红后，他让五堡的周姓族人和杂姓的青年男子，全部住进了围屋，但围屋太大，那几百人只填下了围屋的一半。他住的这一半还是很清静的，以前瑞玉在时他不觉得什么，现在家里出了这等怪事，加上看见了这几个可怕的字，他忽然觉得原先固若金汤的这个家，从此不再安全了。

　　周国富匆匆离开佛堂，找了大脚板和小毛两个自小看着长大的家丁，陪着他去关押过红军的青石条屋和春霞住的院子转了一圈。青石条屋里没什么痕迹，春霞的住所也收拾过，他翻箱倒柜地找了一遍，没发现什么异样，倒是大脚板给他提供了一条线索：那天的加餐并不是大娘交代的，是四姨太临时掏钱让老谢去买的酒。

　　"我看见四姨太把老谢叫到房间，老谢出来时笑得脸皮打皱，说是四姨太做东请大家打牙祭。"

　　大脚板的乌眼珠在蒙蒙的湿气里闪着光。小毛接着说："那时已经断了黑，大家夜也食过了，不晓得四姨太是什么意思！"

　　"大娘灶下有那么多酒，老谢为什么还要去买？"

　　周国富想到那三个字和瑞玉摆在灶房那排整齐的酒坛，自言自语地道。

　　"老爷，听讲大娘走的那天，把酒坛全部打破了。还有呀，老爷，守大娘的阿发和杉皮也不见了。"

　　"对呀，老爷，大娘走后的第二天，我还看到了他们，后来听讲他们害怕担责，都逃跑了。"

　　两个后生的话如一瓢冰水，兜头浇下，周国富的头脑立即清醒过来。他来到家丁住的院子，心里的疑团越来越大。他觉得家里发生的一连串蹊跷事情，很可能跟牛牯和房秋心有关。他的脑子被这个猜想弄得轰轰作响，思路却还比较清晰。他当即把家丁分成几组，让他们带着盘缠四处搜寻瑞玉和春霞的下落。

　　"娘个头！"周国富恶狠狠地骂着，恨不得马上把牛牯和房秋心抓起来，快点弄清事情的真相。问题是红军确实到了五堡，这时候如果动牛牯于五堡大大不利。在权衡利弊之后，他决定引而不发。回到房子里，他给儿子春强写了封信，让他来判断和做决定。

　　信写好了，他又有些犹豫了，让谁去寄呢？现在这围屋里的人他可是谁也信不过，而且春强说了下个月会回家。正犹豫间，外面响起了房秋心轻巧的脚步声，周国富情急之下将信塞进了桌旁的青瓷梅瓶里，瓶里插着几支珍贵的蓝色孔雀翎。

房秋心进厅时，周国富正摸着孔雀翎出神，她的声音立即渗出许多水珠："富哥，我让王妈煲了香菇鸡汤，你先去吃一碗吧，吃完了泡个澡，你去了这么久，人家想你嘛！"

见周国富没吱声，房秋心知趣地拐了话头："不过你一路颠簸过来，也累了，家里又出了那么大的事，你好好歇一觉，我等下再过来。"

周国富捶捶腰，打了个哈欠，从箱子里取出两匹漂亮的绸缎和一双精致的皮鞋递给房秋心，她素净、美丽的脸上露出了由衷的笑意。

开夜饭了，王妈已把菜肴摆上，酒也温好了，周国富和房秋心坐在卧室前的小厅里，像往常一样对酌。周国富说了些赣州的近况，沿途的见闻，脸色稍微开朗了些：

"红军长不了啦！他们这次能挨过去，我周字倒过来写！你晓得一路上有多少碉堡吧？密密麻麻的，不要说人逃不掉，我看连麻雀子都飞不过，这次他们肯定要完蛋！"

讲到这儿，周国富把筷子一放，瞪着墙壁出起神来。他肯定在想瑞玉和春霞的事情，眉越蹙越紧，忽然在桌上猛拍一掌，碗筷飞起三尺高，鸡汤溅了房秋心一手，烫得她直嘶冷气。

"孽障，真是孽障！早晓得她这样，倒不如生下来就放进尿桶里浸死去，也省得她丢我祖宗的脸！"

周国富恶狠狠地骂道，眼睛却看着房秋心。房秋心知道他挺疼春霞，哪敢讲春霞的不是？于是为春霞辩解了几句。周国富猛地拽起衣服揩了揩眼角，房秋心一怔：这个男人也有眼泪？看来他是真放不下了。那么，他到底是放不下女儿，还是放不下那个老女人呢？

房秋心猜测不下去，怕话多失言，放下碗筷给周国富按摩。周国富哼哼叽叽，什么话也不说了。

这一夜，他俩各自睡在自己的屋里，谁也没有睡安生。周国富半夜几次惊醒，看着床前的月影发怔。月影随风轻舞，一会儿变成了娇嗔的春霞，一会儿又似瑞玉默默劳作的身影，想到这次从春强处运回的枪支弹药，周国富心一紧，不知这些东西是否会和她们的命运有关联。

这些年为了保住五堡，也为了自己活命，他耐下性子和红军打交道，但在内心深处，他是痛恨那些瓜分他山林，没收他钨矿的穷鬼们的。没想到的是自家老婆和女儿居然也投奔了过去，这不是要他吐血吗？

但是，她们到底在哪儿？会不会根本没走，只是在和他打埋伏？周国富想到这儿，了无睡意，干脆翻身坐起，瞪着天花板发呆。这一夜，房秋心更是心乱如麻，如坐针毡，烙饼似的在床上翻来覆去。想到自己和牛牯做下的恶事，她不由打了几个寒噤。她想抽空跟牛牯商量一下，万一这老东西察觉到了什么怎么办？但一时找不到合适的机会，这让她心里发毛。不过据她观察，老东西目前好像还没有产生什么怀疑，他现在也许还处在极度震惊和悲痛中。她稍稍放下心来，在床上辗转着。

好不容易挨过一个晚上。第二日起来一看，房秋心发现自己的下眼袋乌青乌青的，往日鲜嫩的肤色跟脱水的花瓣似的干出了细细的纹路。周国富也两眼布满血丝，好像刚吃过人似的。好在两人都会演戏，吃饭说话也不觉尴尬，周国富还破天荒地在早饭后耍了她。

在这方面他可不像牛牯，任何时候都行，周国富讲究得很，什么打雷闪电不交合，酒后病中不行房，把狗命看得比什么都重，算得上是个"谦谦君子"。奇怪的是，他却每每要房秋心做出极其浪骚的样子，有时还让她放肆地叫床，想必是从中能得几许雄风陡起的快感吧。这次却不一样，房秋心刚哼了两声就被他制止了：

"头疼，吵得累。"

然后自顾自做他的，仿佛他正在做的事与她无关。房秋心有些不快，但同时也松了一大口气，好歹她无须表演什么高潮了。就这么乏味地把事儿做完了，周国富让王妈沏了壶上好的九龙峰绿茶，边喝边和房秋心下棋，时不时问几句那天五堡发生的事。房秋心的心弦倏地绷紧了，好在他没有过多地纠缠在瑞玉和春霞失踪的事情上，末了只是叹口气，似讲给她听又似自言自语：

"但愿那个死妹子脑子灵活些，不要扛卯不转肩，到时反被我们白家的枪子……"

他不说了，房秋心知道他在担心什么。

他相信自己和牛牯的说法了？

房秋心绷紧的心为之一松，脸色随即红润起来，更让她放心的是周国富带着她一起去佛堂和春霞的住处看，一起找家丁询问，胸中似无芥蒂。

由于事前她和牛牯做了布置，那些细节衔接得天衣无缝，周国富挑不出什么毛病。美中不足的是牛牯被周国富派到乡下催租和收账去了，她无法和他沟通，便有些忐忑，更让她不安的是，周国富回来的第二日竟找了两个膀大腰圆的周家后生当贴身阿随，说是要享点清福，晚上仍跟她分房而眠，这一下房秋心拿不准了，心里七上八下地闹得慌，睡眠越来越坏，不到一旬人就瘦了一圈。

也是活该她倒霉，她正长吁短叹间，伙头老谢又来找她的麻烦。那晚她刚洗完身，老谢便在洗身寮门口堵住了她，说好久没回屋下见老婆，底下那东西馋了，气得房秋心抄起木棍就往他身上砸。老谢不但不躲，反而把衣衫敞开了，冲她把胸膛拍得嘭嘭响：

"砸呀，看你砸得倒老子。告诉你，不给也行，拿钱来，不然我就把你俩做的好事告诉老爷。"

老谢说着冷冷地望着她，房秋心猛地沁出身冷汗，小衣湿湿地贴在肌肤上，北风一吹冷得她连打几个寒战。

看着要泼皮的老谢她恶心得想吐，可转念想恶心就恶心吧，总比事情败露好，想当年在妓院为了钱比他更可怕的客人也接过呢，但她实在不能容忍老谢，这不是敲诈吗？

她把木棍放回墙角，答应给老谢几块光洋。不过她知道这只是暂时的打发，尝到了甜头的老谢还继续会向她伸手。

狗东西，等牛牯回来，到时有你好看的！

房秋心暗地里恨上了老谢，表面却嘘寒问暖，到灶下打转时还偶尔会抛一个眼风给老谢，搞得老谢像嗅到了腥味的饿猫一般猴急，竟在光天化日下把她堵在巷子里。

房秋心这回不但没打没骂他，反而半推半就地让老谢摸了把奶，香了几下嘴，这样几个来回之后老谢跟丢了魂似的想她，房秋心知道火候已到，反倒不睬他了。老谢哪里受得了这个？便一天到晚找机会到房秋心的住所去，不是送茶瓶就是拎洗脚水，搞得王妈还以为老谢看上了她，乐得苦瓜脸开出一朵花来，可惜老谢每次去都碰到周国富在那儿，吓得连眼都不敢抬就乖乖退出来。

好不容易等到了夜幕，秋心到灶下让老谢温酒，色胆包天的老谢居然不管不顾地将她拽到壁角要行非礼。房秋心捏住他的家伙，半呻吟半埋怨地道："哎呀，你这是怎么啦，给老东西看见你还有活命吗？哎呀，有人来了！我得上去。"

房秋心这样一挑拨，老谢顿时对周国富生出了歹心，他拽住房秋心的衣角嬉笑道："太太，你要是想真干，我那里有几包老鼠药。"老谢朝房秋心眨了眨眼，一副色胆包天的样子。房秋心忽然想到该好好利用这个人，虽说这只是下下策，可多留两手总比等死好。她见老谢果真有咬钩的意思，禁不住喜上心头，脸上却故意露出惊恐的表情：

"哟，死东西，这话可说不得！要是给他听见了，还不一刀把我们斩了？"

房秋心用那擦了香脂的手捂着老谢的嘴，一股成熟女子的体味让从没见过世面的土包子老谢陶醉了，何况房秋心还有那样一张俏脸，一根柳腰，而且还有意无意地用大腿蹭了一下他的下体，老谢只余下喘气的份了。

"太太，你只要说一声，让我老谢吃屎都做得。不过有一样，你得让我先搞一次。"

房秋心半推半就地被老谢拽到了隔壁的柴火间，然后使出浑身解数浪骚起来，老谢哪见过这种骚到骨子里的女人啊？当即晕在那儿：

"太太，你要我杀人也做得，噢哟，噢哟！"

老谢快活地呻吟着，房秋心见火候已到，突然脸一板，阴声道："老谢，有些事是不能乱讲的。还有啊，要是老东西发现了你和我做了这种事，你怎么办？"

房秋心尽管已经知道他的答案，可她还是要确认一下。

"那就让他和大娘一起去阴间！"

老谢说这话时，继续贪婪地拧着房秋心的脸，房秋心像被火烫似的打了个哆嗦，一扭身匆匆上了楼，让王妈打水洗了好久的下身，然后对着镜子直骂自己贱。但有什么办法呢，为了自保，她不得不主动下手，万一牛牯从此失踪了呢？在五堡，这种事情是完全有可能发生的。正因为如此，她才觉得即使委身于那个死老谢，那也是值得的。

然而，事情的发展完全出乎房秋心的意料，周国富还没采取任何动作，倒是牛牯先携款潜逃了！这次他收了上百块光洋和近百担谷子、山货，他把谷子、山货贱卖后人就失踪了，把个周国富气得吐血。

"我要把他剁成酱，放在磨子里碾，用他的骨血酿酒喝！"

"女儿、老婆跑了周国富也没心疼成这样子，他捶胸顿足地号了半日，如同一个疯子。房秋心比周国富还要伤心和痛心,暗暗躲到房间里痛哭了一场,当她抹干眼泪出门时,牛牯变成了她心上的一道血淋淋的伤口。

"老爷,你可以悬赏他的人头啊!这种人抓到了得千刀万剐!"

房秋心这次是真恨男人了。牛牯这王八蛋居然做出这等事情来,那不是让她一个人来顶缸吗?不过这样也好,万一老东西察觉了什么,她可以一股脑推到牛牯头上,自己落个干净。

周国富还真写了悬赏启事往四处贴。这之后,周家的门每天都要多响十几次,有关牛牯的消息满天飞,让人难辨真假。周国富终日烦烦躁躁,见人就骂,不过对房秋心却比前几日好多了,估计他也把牛牯看成了罪魁祸首。房秋心见自己脱了干系,心一宽,身体又跟扭股糖般柔软了,没人时她会缠在周国富身上,用嘴香他,用软话哄他,直到那张阴沉的脸渐渐温和起来。

房秋心感念老天的眷顾,从不信佛的她那天竟带了王妈和两个家丁到五花山的海慧寺去进香。

由于时局不稳,她近来难得出门,每日里看的无非是一堵堵灰色的高墙、一扇扇暗沉的大门,和一个个灰头土脑的人,如今来到村郊野外,不由心境大开。

赣南地界冬日难得下雪,严冬时节的树林依然披着绿色,只是这绿比之春天的翠绿、夏天的青绿要沉郁、黯淡一些。此时尚在初冬,五花山真正体现出她的"五花"色彩,赤橙黄绿青,一派绚烂,凛冽的空气中夹杂着树木的芬芳和冬季特有的清新。

海慧寺比以往冷清了些许,只有两老一小三个和尚在艰难维持,而她们是仅有的几个香客。偌大的寺庙里,鸟雀在院坪和香炉上跳跃,佛界的肃穆与宝相的庄严在这异乎寻常的灰色与静谧中,得到了充分的呈现。

房秋心在蒲团上诚心诚意地跪拜着,又猛磕了几个响头,心里说:"菩萨,我也是迫不得已呢,请您帮我逢凶化吉。"如此这般之后,这才起身来到院坪上。

院坪上原先有只大香炉,后来被人拿去造子弹了,如今的香炉是用砖砌的,香炉边上坐着个破衣烂衫、戴着护耳旧绒帽的男子。房秋心觉得那人有些眼熟,不由多看了一眼,这一眼可把她看得花容失色,正要开口大叫,却被男人猛地拉到了墙角。

房秋心回头看了看，王妈还在斋堂里没出来，可能还在请那个老和尚解签。两个家丁窜到香积厨里去翻斋菜吃了，偌大的地方没个人影。

房秋心颤抖着双唇，这些日子在舌尖滚了无数遍的脏话、狠话，一句也没有说出口，又大又热的泪珠洒了她一脸。

"该死的，你怎么丢下我？"

牛牯摘下帽子挡在她脸边，疯狂地亲了亲她，低声道：

"我这不是回来找你了吗？可你大门不出二门不迈，叫我怎样寻你？我装成卖麦芽糖的在五堡转了好几天，又不敢靠得太近，怕他们认出我。告诉你，老东西对我们起疑心了。他写了信给他儿子周春强，说是大娘在神案下头刻了字，告诉他酒有毒。这信给我老鹰寨的把兄弟吊眼截下了，他派快马告诉我的。我那时正好收了账，干脆回了老鹰寨。那儿多自由，你跟我走吧！"

房秋心犹豫着，不敢表态，牛牯有些失望：

"房姐，去留就不勉强了，现在我找你有件事，我把兄弟想做了五堡，时间定在后天半夜，到时你给我们开门，事成之后三七分成。你三我们七。"

房秋心"哟"了声，没好气地："我还以为你真有那个情分回来救我哪，哪晓得是要我做内贼。"

牛牯看见两个家丁朝这边走来，忙低声道："四六分成？干不干？干的话到这儿来找我！"说完，一闪身消失在庙堂旁边的灌木丛中，留下房秋心在那儿发呆。等她缓过神来时，家丁和王妈都站在她身边。

"太太，那是什么人？"一个家丁疑惑地朝树丛张望。

房秋心淡淡地："一个叫花子，想向我讨钱。看来这佛门也不清静。我们走吧。"

房秋心已无心待在海慧寺，王妈略有些奇怪："太太，那香积厨的素菜怎么办？刚到这里我就盼咐老师傅做了，快好了。"

空气中果然有股浓浓的菜香。为了不让大家起疑，房秋心只好在海慧寺用食。席间她一直心神不宁，美味的素菜味同嚼蜡，牛牯的脸不断从脑海中跃出，让她不得不感叹那句老古话的精辟：江山易改，本性难移，做惯了强盗的人到底还是个强盗，就像自己一样，表面上从良了，内心何尝安分过？

从海慧寺回五堡的途中，房秋心不由对周围的路径留了意，又问了两位熟悉情况的家丁，这才知道海慧寺位于五堡到老鹰寨的必经路上。

十几里远的脚程在老马不疾不徐的步伐中显得有些漫长，房秋心想到方才牛牯出的那个主意，心怦怦乱跳。倘若老家伙发现了真相，他会对自己采取什么措施呢？

房秋心猜不出，但可以肯定的是她现在很害怕，她甚至后悔刚才没有直接跟牛牯走。但是，如果真跟他走了，往日积攒下的烟土和细软也就不再归自己了，这怎么舍得呢？它们是用什么换来的？为了这些东西，她冒死也要回五堡。她相信危险不会马上来临，万一有变，她不是还可以动用老谢嘛。

看得见五堡青色的屋瓦了，天上蓦地响起几声惊雷，人们纷纷躲避，接着哗地一阵豪雨泼下，把房秋心、王妈一干人淋了个透心凉。

"太太，这年成好坏呀，哪里见过冬天打雷的呀，只怕要出事了！"

王妈望着乌沉沉的天空，哆嗦着嘴，神秘地说。房秋心打了个喷嚏，从布袋里找出梳子和镜子，在门房处收拾了一下自己的仪容，这才施施然往灶下走去。这时候她有必要再见老谢一面，巩固巩固刚建立的交情，再讲她也需要足够的滚水洗身，正好吩咐老谢一声。

王妈因在路上摔了满身污泥，一进大门便迫不及待地上楼换衣了，两个家丁去了马厩放马，趁这个空当儿，房秋心趁机可以和老谢讲几句悄悄话。

老谢这间灶下主要供应周国富、房秋心及牛牯的伙食，比较宽大，原先唐师傅在时灶下收拾得纤尘不染，现在凌乱不堪，好在老谢炒菜手艺不错，对这点小事周国富也就睁只眼闭只眼了。

房秋心一跨进灶下，老谢便从灶前霍地站起，挥着手惊慌失措道："太太，不得了啦，老唐被人找到啦！听讲还能说话，现在老爷正在房里审他呢，我们怎么办？是不是马上跑啊？"

房秋心腿一软，险些摔倒，只好将湿淋淋的身子斜靠在门框上。寒冷和恐惧使她颤抖不已，她愣愣地望着老谢，好像没听明白他的话。老谢又重复了一遍，房秋心这才抚着胸口，自言自语地道：

"这怎么会呢？我们到处都找了的呀，你等等，我先去看看。"

房秋心说着走出了灶下。雨还在下，像春雨一般恣肆，这个冬天真的不知怎么了，似有无数哀怨和委屈。

窗口已亮起温暖的灯光，房秋心无限留恋地望了眼自己的住处，心里空落落的。可那地方现在已经不属于她了，是等死还是求生？如此一想，她打消了一切念头，毫不犹豫地来到了马厩。

那个端着马料前来喂马的长工说了一句什么，房秋心不想听，也没有心思问，她牵了那匹刚才骑过的马，径直往大门走去。

这时已近黄昏，大部分家丁在食夜，围屋的另一半在大呼小叫的找孩子、喊老公，寻找走失的鸡嬷，闹哄哄的声音钻过砖墙传到她耳中，显得异常缥缈。

再见了，五堡！

再见了，老家伙！

再见了，围屋里的好日子！

房秋心悲从中来，离开的决心微微动摇了。她毕竟在这里过久了，过惯了，留下虽然危险，可出去又能如何呢？同样有生命之虞！因为她只能去投奔牛牯和老鹰寨。而老鹰寨里的人，哪个不是过着刀口舔血的日子呢？

她甚至想踅身回去，看看老家伙到底会拿她怎么样，不过这念头只一闪便被她抛在了脑后，她不想吃这眼前亏。俗话说留得青山在，不怕没柴烧，自己还有美丽和青春作本钱，万一混不下去了重操旧业总可以吧？好死不如赖活着！

房秋心牵着马刚走到大门口，周国富噙着烟斗，鬼似的从门房里闪了出来："我的太太，雨这么大，你一个人打马去哪里呀？"

"富哥……"周国富亲切的表情在刹那间给了房秋心一个错觉，声音不自觉地软了下来。

周国富忽然沉下脸，用烟斗咚咚地磕着大门：

"你们还愣着干什么？快扶太太回房去！"

说罢，他根本不看房秋心，背着手一径往前走。风把烟斗吹出了明火，在他屁股后头拖出一条明亮的光焰。

"富哥，哎哎，你们这是干什么？放开我！放开我！"

牛高马大的大脚板和小毛拖起房秋心就走，恰巧工妈拿着她的换洗衣衫走下楼来，见状她傻子似的倚在楼梯上，衣服散了一地。

"富哥！你放了我呀，你说，我到底做错了什么事嘛！"

尽管事出突然，房秋心却依然保持了冷静，她没有开口求周国富，而是一个劲地乔装不解，好像受了天大的委屈。

周国富扎进灶下，随手取了块抹布堵在房秋心的嘴里。被喊声惊动的老谢从灶下探出一个头，吓得立马缩了回去。

房秋心现在为自己刚才的糊涂而后悔：为什么不打发老谢去搬牛牯这个救兵呢？他是伙头，他出去买油盐烧草，哪个会拦他？

可惜已经没有后悔药吃了，房秋心瞪着灶下黑乎乎的门洞，眼泪淌了满脸。抹布的怪味弄得她翻肠倒胃，她呕了出来，秽物被抹布堵住直往鼻腔里冲，呛得她发出一阵怪叫：

"噢，啊，呜呜！"

房秋心徒劳地伸了伸手，同时拼命地扭头往回看，泪光中，她似乎看见老谢朝自己做了个手势。

这个老谢，现在他还敢下手吗？

# 第十章

　　周春霞和马丽站在操场边，二人愣怔了几秒，接着春霞捂着眼睛大声尖叫起来："啊！……啊！……"

　　她的声音是从胸腔里直接迸出来的，带着浓浓的血腥味。喊完之后，她蹲在一旁狂呕，直呕得眼泪横流，咽喉干涩。当她擦干眼泪再看时，马丽已经在硝烟中抢救伤员了。

　　操场中间炸出几个大坑，坑周围残肢遍地。马丽跪在地上，正徒劳地用手去堵一个伤员大腿上的伤口。伤员是个眉清目秀的新娘，大红花还在她胸前灿烂，但她的俏脸已经露出了死色。

　　"不要流啊，求求你不要流了！给我绷带，你们谁给我绷带？"

　　马丽身上、手上沾满了鲜血，她哭着仰天大喊，边上是跑动的人群，有的在背伤员，有的在到处找人，没谁听见马丽的呐喊。

　　周春霞在马丽身边待了一会儿，当她看见马丽疯子似的撕着自己的衣服时，蓦地醒悟过来。她飞快地脱下上衣，想也没想就把它绑在了新娘的伤口上。可血流得太汹涌，转眼间干爽的衣裳便被鲜血浸透，她束手无策。马丽在给新娘做人工呼吸，见人工呼吸无效，便拼命地敲打她的胸口，口里喃喃着，模样很是疯狂。

　　这时飞机又盘旋回来，一颗炸弹在不远处炸响，热乎乎的泥土溅了她们一身。周春霞呆呆地望着飞机，飞机那么低，她看见了飞行员的脸，而后飞机朝她们俯冲过来。

"春霞,马丽,快离开那儿!"

浓烟中有人朝她们大喊,但周春霞和马丽置若罔闻,她俩傻子似的一个蹲着,一个站着。飞机又一个来回,子弹打在马丽面前的新娘尸体上,噗噗噗地炸出数十个血洞,马丽和春霞发出响遏行云的惨叫。

一个人迎着她们冲过来,拉着她俩跑进操场旁边的民房里,接着"轰"的一声巨响,一颗炸弹落在她俩刚才待的地方,溅起几丈高的泥土。

周春霞眼一翻,身子软塌塌地往后倒去,马丽正要伸手去扶,却发现江采萍已经搂住了昏迷的周春霞。

"队长,谢谢你!"

马丽的眼中此时已没有了泪水,只感到火辣辣地疼。江采萍的身上沾满了伤员的鲜血,脸上全是硝烟,她把周春霞往地上一放,拉着马丽就走:

"我们得把伤员运到房子这边来!"

大队红军赶到了,现场抢救在一片忙乱中展开。房屋的制高点上一些战士在朝飞机开火,零星的枪声在飞机的轰鸣声中显得那样微弱。

白军飞行员似在炫耀又似在蔑视,他越飞越低,几次擦着屋顶飞过,强烈的气流把一个战士掀个仰面朝天。

飞机再次擦着屋顶时,一阵乱枪击中了飞机的油箱,只听"哧"的一下,飞机的下腹冒出一条明灿耀眼的火龙。飞行员拉高机头,想往回飞,可刚飞过操场,飞机就"轰"地掉在池塘里,炸出团明黄的火球。

"哇!"

人们欢呼雀跃,但旋即又沉浸在巨大的悲痛中:刚才结婚的二十对新人,有 13 人遇难。红军战士牺牲了 37 名,另有 25 名群众被炸死,被炸伤的人就更多了。整个中央苏区沉浸在悲恸之中。

虽说红鹰突击队的人毫发未损,但头一次看到如此惨烈的场面,马丽和周春霞还是连着好多夜没睡着觉。周春霞几次被噩梦吓得从床上跳下,嚷嚷着要回家。马丽也不比她好,只要闭上眼睛,耳边就会响起阵阵枪声和皮肤的炸裂声,然后无数血花绽开,猩红的液体淹没了一切……醒来时,脸上一片泪水。江队长说得不错,革命就是一种考验和牺牲,自己能扛住吗?马丽不敢多想这个问题,她怕自己会退却。不知为什么,黑暗中她特别想念查理伯伯和小时的马龙，甚至周春强。那个飞行员不会是他吧？

  明知周春强不可能在飞机上，马丽还是抑制不住胡思乱想，越想越觉得战争残酷，心里也就越着急，因为她到现在还没找到方梦袍，那箱药她一直秘而不宣，还叮嘱周春霞保密，她必须把药交到方梦袍手中才算完成查理伯伯交给她的任务。

可方梦袍在哪里呢？马丽费了许多周折，终于获悉了他所在分院目前的地址。这天，她请了假，穿了套最漂亮的便装，拎着皮箱走了大半个上午，赶到了那个医院，谁知被兜头浇来盆冷水：

方梦袍被隔离审查了！

马丽无比惊讶，她想不出隔离他的理由，还待再问，但被问的人反倒打听起她的情况来，不多久她的身边就围了一群伤病员。大家对她的长相煞是好奇，马丽一时手足无措。更让她不解的是，人们纷纷质问她的来历，当得知她曾在福音医院护理过白军时，伤员们的目光中多了几许敌意。

"你找方院长干什么？你是他什么人？难怪……"

他们说话的口吻越来越凶，问题也问得越来越尖锐，最后他们得出一个结论：方院长目前的境遇与她有很大干系！

马丽委屈得泪光闪闪，伤员们才不理会她的情绪变化呢，他们用可怕的目光盯着她，逼得她步步后退。

"谁找梦袍？人在哪儿呢！"

红云喊着小跑过来。看见马丽，她先是一愣，继而高兴地拽住了她的胳膊，把马丽吓了一跳：

"你，你是马丽？梦袍经常讲起你。哎呀，你比他讲的还要漂亮。哦，我是红云，梦袍的爱人，医院的护士长。同志们，这位是马丽，她同情革命，同情苏区，这么些年一直暗中支持苏区，这次她是给我们送救命的药来了，大家欢迎！"

与刚才有着云泥之别，马丽耳边忽然响起一片掌声，一片热情的感谢声，问候声，伤员们纷纷向她道歉。马丽感受到了他们的真诚，也就不再计较他们先前的失礼了。

她耐心地回答着众人的问题，向他们描述了赣州目前的状况，还有她们从赣州到瑞金路途上的艰险。似乎只在这时，人们才意识到她也是红军了。

"那，你真的不回赣州了？"

一个挂着拐杖的战士结巴着问道，马丽无比自豪地点点头：

"那当然，我和你们一样，当一辈子红军！"

战士们一阵欢呼，红云也发出了轻轻的笑声，只是这笑声中略带几丝苦楚，敏感的马丽一下捕捉到了她眉宇间闪过的那缕愁绪。

"嫂子，能借几步说话吗？"

马丽比红云高半个头，说话间她很自然地搂住了红云。红云领她来到病房旁边的消毒间。

简陋的房子里筑了几口大灶，大锅上坐着烧热水用的大木桶，木桶里扑腾出袅袅的蒸汽。沿墙摆了七八个木盆，桶里泡着竹钳、菜刀、锯子和大盆大盆黑乎乎的布条，散发出浓浓的血腥味。

"你看，这就是我们的医疗器械和绷带，没有消炎药，没有消毒液，只有用开水煮，这还算条件好的。马丽你来得太及时了，我代表梦袍和所有的伤员谢谢你。"

打开箱子，看见那些盼望已久的紧缺药物，红云眼中沁出了泪花，她既为伤员们能够因此获救而高兴，又替丈夫感到委屈。

"嫂子，他们肯定搞错了。你放心，方院长会回来的。"

尽管这么多年没有见过梦袍，也从不知道他已经成家，但在红云面前马丽却没有丝毫的陌生感。

第一眼看见红云，她就喜欢上了这个周正、温婉的女子。红云和她又有着相同的教育背景，彼此容易声气相通，和红云待在一起她觉得舒服，妥帖。

红云也觉察到了这一点，在马丽面前她毫无顾忌地说话，把方梦袍抓走后的郁闷和盘托出，马丽静静地听着，眼神中渐渐有了几丝迷惘。

"嫂子，红军也会冤枉人？"

红云愣了愣，惊讶地看着马丽，似乎被自己刚刚说的话吓坏了，良久才嗫嚅道："马丽，你不要误会，我们的党长着火眼金睛，一般不会冤枉人。至于错误，只要是人就会犯，红军也吃五谷杂粮，哪能像神仙呢？你不要多虑，也许我言过其实了。"

红云反复给她解释，生怕她心里对共产党，对红军产生阴影。马丽释然了，点着头把查理伯伯的那封信交给了红云。里面除了信外还有一张翻印的照片，那是马丽、陈查理和方梦袍仅有的一张合影。红云取出那张照片，久久看着，想见方梦袍的念头越来越强烈。

"嫂子，我能去看马龙哥哥吗？"

马丽提到方梦袍的小名，红云的脸倏地暗了：

"这个恐怕不行，我现在也不晓得他在哪里。哎，马丽，你说，你说说看，他会做那种事吗？"

"不可能！马龙哥哥心地那么善良，为人那么厚道，怎么可能做那种没良心的事呢？"

马丽接着讲了件小时候的事给红云听。那时陈查理经常出诊，一去好几天，协助他管理福音堂的传教士陈怀德，严厉、凶狠，趁机克扣孩子们的口粮。有一次，几个孤儿饿得实在难受，便偷了教堂厨房里的面包，事后被陈怀德发现，他大发雷霆，把孩子们赶进雨里接受惩罚。那是 12 月底，天气非常冷，雨丝中夹着雪粒，陈怀德命令孩子们剥去衣衫，裸身跪在泥地里，甩着鞭子猛抽一顿，有两个孩子当场昏倒了，被人用畚箕挑进屋里，从此后不见影踪。

眼看大家都活不成了，马龙忽然勇敢地站起来，承认是他偷吃了面包。陈怀德把他吊起来打，又让他跪碎石，然后把奄奄一息的他丢进教堂后面的那间小黑屋。好在陈查理及时回来了，否则马龙早没命了。这件事发生后，陈查理下决心整肃孤儿院，从此让马丽和马龙这群孩子过上相对安静的日子。陈查理非常偏爱马丽和马龙，他认为马龙是个勇敢有正义感的孩子，至于马丽，他则视如己出，在方方面面呵护她，否则她怎么会有今天？

"马龙哥哥那时就这么勇敢，现在他绝不可能当叛徒！"

马丽说得斩钉截铁，红云悬着的心悄悄有了着落。这时忽听得有人在走廊上大喊：

"方院长呢？这时候他怎么不在这里？谁做手术啊？快来人哪，伤员的血快流干了！……"

红云和马丽冲向走廊，只见一个从前线刚送来的伤员躺在担架上，右腿炸得只剩几寸，污浊的绷带被奔涌的血浸透，一个护士双手捂着他的伤口，眼中露出惊惧之色。血还在继续流，是大股大股地流，担架旁很快积了一摊，红云和马丽也立即加入抢救中，可惜回天无力，伤员静静地离开了人世。

马丽伸着两只沾满鲜血的手，呆呆地望着伤员年轻的面容，心里一阵剧痛。

操场边的残肢断臂从记忆中猛地蹦起来，缓缓飘浮在空中，仿佛梦幻。她摇晃了一下，眼看就要摔倒，被红云用一只肩膀顶住了。

"马丽，那边有口井，你自己去打桶水洗洗。"

说着红云沉痛地合上了那个伤员的眼睑，让人把尸体抬走。有人提起木桶冲去地上的血迹。一个鲜活的生命就这样消失了。马丽蹲在井栏边，好不容易打起一桶水，她将手浸在温热的水中，眼泪倏地淌满了脸。

说真的，她现在非常想念查理伯伯，希望能和他说会儿话，让他来抚平自己目前这种哀伤而混乱的心情，坚定自己的革命信心。还有，她比任何时候都更强烈地希望见到当年的同伴马龙，现在的红军医院院长方梦袍。对这个久未见面的少年好友，她始终有一种奇怪的直觉，她相信不管多少年不见，不管彼此长成什么样子，也不管境遇有了多大改变，她和他之间仍会保留纯真的友谊，也许这友谊中多少带有几丝淡淡的男女之间的关爱。她决定通过队长江采萍找人帮忙，无论如何要见方梦袍一面。突击队目前工作繁重，而且多少有些危险，万一自己还没见到他就光荣了，那不是天大的遗憾吗？

马丽掬起一捧井水洗了把脸，那抹盘踞心头的哀伤暂时随水流去。她定了定神，打算去找红云告别，不意却被一个气喘吁吁跑来的大嫂叫住了：

"你是马丽吧？我们护士长请你帮忙抢救伤员。"

大嫂短衣短发，腰间扎根皮带，语言动作都很迅捷，她拽起马丽一阵风跑到了手术室。

手术室简陋异常，一张木板手术台、几个大小不等的木盆，木托盘上摆着几样简单的器械。这里闻不到消毒水的气味，只飘散着炉火的炭香，墙角的铁锅里正在蒸着那些需要消毒的器械，几缕蒸汽飘散在空中。

又一个伤员躺在手术台上，持续的高烧使他奇瘦的脸颊显示出一种病态的红晕，嘴里时不时嘀咕几句谵语。红云仔细检查了他腹部的伤口，有些绝望地对那个来叫马丽的大嫂说：

"小赖，你带着我们联合写的那份报告去趟保卫局，请他们赶快放梦袍回来，这几天从前线送回的伤员很多，从这里再转到总医院要耽搁时间，搞不好会断送伤员的性命。"

小赖消失在门外，红云边给伤员清创伤边无奈地叹道：

"马丽，你都不会相信，苏区缺医少药，300 个伤病员才有一个医生。这些年红军卫生学校虽然培训了几批学员，可都分配到各军团的连队去了，卫生员减员也厉害，不能真正解决问题。我看你干脆到医院来吧，你动作比我还要快，都顶半个医生了。"

红云做事时马丽给她打下手，动作准确、迅速，和红云配合非常默契。红云高兴地看着马丽，希望她能答应自己。马丽还没表态，躺在担架上的伤员忽然从床上跳下，边跑边大喊"冲啊——！"一路做着激烈的刺杀动作。大家费了好大劲才把他拖回手术台。这时伤员倒是安静了，可他腹部的伤口却崩裂了，鲜血喷涌而出。

红云和马丽慌忙为伤员止血，可伤口太深，从前线运回的途中已并发感染，没有止痛药，止血钳在伤口里搅动时，失去理智但痛觉敏感的伤员拼命挣扎。红云用绳子将他绑在手术台上，可血还是继续涌。有个机灵的护士跑到隔壁去请那位新来的陈医官，但陈医官正在抢救一个重伤员，脱不开身，伤员因为失血再度陷入了昏迷，红云毅然伸出胳膊让马丽抽血：

"马丽，请动作快一点。"

马丽看见红云纤细的胳膊上布满了针眼，知道她经常献血。她正想说点什么，在一旁忙碌的一个妹子抢着把胳膊伸到马丽面前：

"护士长前天昨天都给别人输了血，再输就要变人干了。她倒下这些伤员怎么办？抽我的吧。"

妹子伸出的胳膊，同样布满针眼。红云把她轻轻推开："妹子，你是 B 型血，只有 B 型血的人才能接受，这个伤员是什么血型还不晓得，只能抽我的，我是 O 型，你知道吗？"

马丽谁也没有理，伸手习惯性地去取药棉和酒精，红云苦笑着从锅里取出一块煮过的布片："用这个消毒。"

针头即将刺进血管的那一霎，红云闭上了眼睛。说来好笑，从医好几个年头了，她却怎么也克服不了晕针的毛病。叮等了好一阵，针却没有扎在自己手上，她睁眼一看，只见马丽坐在伤员旁边，汩汩的鲜血正流到伤员的血管中。原来马丽抽了自己的血。

伤员的脸色渐渐红润了，但鲜血转瞬又从伤口突突地往外冒。情急之下，红云从灶膛里铲了两铲热乎乎的灰，压在伤口上。

马丽惊叫起来："红云姐，你这是干什么？这么脏！"

红云紧张地盯着那堆灰,好一阵才答非所问道:"止血啊。"说着,她扒拉了一下那堆灰,发现血没有渗上来,疲惫的脸上露出了一丝欣慰的笑容。

马丽输了 200cc 血,伤员的状态趋于安稳。红云倒了一杯热茶递给马丽,马丽一口气灌下,头好像没那么晕了。

"谢谢你,马丽。他叫赖志安,19 岁,是安远天灯下人。等他醒转后我会告诉他,是你救了他。"

红云摸摸伤员的额角,感觉烧退了一些,这才想到该把马丽送走了。尽管从小在陈查理身边长大,在赣州福音医院也见习了一年多,但马丽还是头一次献血,回程时她感到脚步发飘,心里却异常踏实。赖志安的脸一再从眼前闪过,她似乎看见他伤愈后整装待发的样子,一股从未有过的自豪油然升起。

马丽回到突击队时已是夜晚,她将此行的情况向江采萍作了汇报。说到红云希望她去医院工作,江采萍怔了怔:

"你行吗,马丽?你眼睛不好,万一出岔怎么办?"

话音才落,江采萍笑了起来,边笑边拍打自己的嘴:

"不好意思,我实在不舍得你走,但如果你自己坚持要走,视力又不成问题,我倒同意你去。因为我们的医疗太落后了,很需要你和春霞这样的熟手。"

江采萍说话时,周春霞刚从灶下洗脚进屋,她听到了最末一句,以为在表扬自己,立刻凑了过来:"对,我和马丽是熟手,要我们去哪里啊?"

灯光下,周春霞看上去瘦了些许,两只水汪汪的大眼睛愈加迷人了,扑闪扑闪的如星星闪烁。江采萍怜爱地看了她一眼,正式道:

"让你和马丽去医院工作,怎么样?"

"不,我不去!我不是学医的,我在福音医院帮人打针时针头断在肉里,我晕血晕针晕伤口,要去马丽去!我就留在突击队,哪儿也不去!"

周春霞像遇见了打劫的,边说边抱着木盆往后退,把站在身后的刘观音撞得跌坐在床上。

"春霞你搞什么鬼哟?哎呀,好困,今天不和你计较了。"

刘观音是有名的瞌睡虫,走路也能睡着。这会儿她困得厉害,眼皮磨石般往下压,周春霞的话她明明听见了,可落在耳朵里却风似的跑了。她打了几个大哈欠,地动山摇地往床上一倒,不多久便发出了均匀的呼噜声,把一旁的青秧逗得直笑。

青秧从席子下抽了把草茎去挠刘观音的脚板，刘观音踢了踢脚，转身吧嗒吧嗒嘴，又睡着了。

刘观音旁边睡的是招弟。这几日，招弟的婆婆生病让她回去照顾，婆婆看不惯她的短头发和腰间的皮带，对她恶言相向，搞得她心情很不愉快，平日里她和青秧玩得蛮好，这会儿却有些烦她。加上刘观音的动作幅度很大，睡着了也不忘踢腿伸胳膊，打得床板嗒嗒响，弄得她更加心烦意乱。一腔无名火正愁无处发泄，听江队长说让春霞和马丽去医院，不由喜上眉梢：

"队长，我上回听说医院人手不够，把阉猪佬、阉鸡佬都找去帮忙哩。马丽和春霞放在我们咯哩可惜了嘛！"

江采萍一听，口气立刻严肃起来："是啊，医院人手确实很紧，我看春霞和马丽还是一块过去吧，我们突击队还可以再招人的。"周春霞钻进了被窝，冲着马丽说："马丽，这是你惹的事，我不去！"又对江采萍说："队长，我这人有个怪毛病，我不热爱的工作做不好。你硬让我去医院，我会把药拿错的，到时好人也变病人了。"马丽躺下时，周春霞故意将冷脚放在她腿上，冰得马丽连打几个哆嗦，"别闹了春霞。哎，你说我们到底是去医院还是留在这里？"

马丽有些拿不定主意。一方面她觉得医院确实缺人，另一方面她又不愿与江队长和春霞她们分开，所以她想得到周春霞肯定的答复。周春霞先是不理她，见她认真了这才附在她耳边小声道：

"我不去，你一个人去吧。实在不行就让江队长决定，我们听组织安排，好吗？哼，你今天倒好，歇了一天假，我们帮老乡修水沟，手上累出了血泡。你看大家多累呀，全打起了呼。就你……"

周春霞的声音越说越小，渐渐响起了甜甜的鼻鼾。

马丽仰脸看着头上那块明瓦出神。惨淡的冬月透过明瓦照了进来，寒冷的风从门隙、墙洞、瓦缝间灌进，轻薄的被子盖在身上根本不顶用，熟睡的周春霞拼命往她身边挤。

习惯独眠的马丽紧紧地搂住了周春霞，她觉得苏区有种奇怪的魔力，使得她心胸变大了，眼光变远了，愿意将血输入别人的身体，也愿意用自己的体温去温暖他人，往日纠缠于心的那些琐事俗事都被抛到了脑后。这种前所未有的精神状态让她感到了轻松与强大，此刻她似乎听见自己的血在血管里发出春溪般的哗哗声，查理伯伯朝她投来赞许的目光，方梦袍那熟悉而又陌生的身影鱼儿般在这血浪中游弋着，并远远传来他的呼喊：

来吧，到我们这里来吧！

伤员们无助的目光随着这神秘的呼喊倏地呈现在眼前，马丽猛不丁坐了起来。月儿有些倦了，屋内浮着一层昏蒙的白光，窗板在风中嘎嘎作响，马丽仿佛回到了童年时的五堡教堂。

冬日的教堂里风声瘆人，仿如怪兽在呻吟。那时她多么渴望有一个温暖的胸怀可以依靠啊，可惜没有，她因此得了冬季恐惧症，特别怕过北风呼啸的夜晚。现在也是这种夜晚，但因心里有了寄托，她竟丝毫不觉阴郁和凄楚。

听着大家匀称、香甜的呼吸声，她感到一种异样的充实与欣慰，同时促使她迅速下定了决心。她正犹豫着是否要推醒队长江采萍，采萍却像她肚里的蛔虫似的，轻轻地坐了起来。

"马丽，是不是做出决定啦？"

刘松和小强走后，江采萍的睡眠一直不好，稍有动静就会醒。她说着搂住了马丽，感到马丽的身体在抖颤。

"队长，我还是到医院去吧，那里比这儿更需要我。你不会怪我吧？"

"怎么会呢？这说明你思想进步了，知道选择最需要你的岗位。马丽，我真为你高兴。"

江采萍紧紧地握住了马丽的手。她体弱，手有些凉，马丽却从她的指尖上感觉到了火一般的革命豪情。

"队长，你放心，我会好好干的！"马丽说。

# 第十一章

房秋心活了 28 年，从没有像现在这样恐惧。她瞪着两个衣衫褴褛、浑身散发着臭气、秃发烂鼻的麻风佬，娇俏的身躯强烈地抖动着。周国富咬着水烟斗，稳稳地站在门外，脸上有一种从未有过的悠闲。他显然很满意眼前这一幕，阴鸷的双目居然有了些许笑意。

"大脚板，你能连夜从山寮里把这两个麻风佬找来，不容易啊！喏，这是一个银圆，你拿去买几件好衫衣！"

周国富赏了气喘吁吁，满身泥水和草籽的大脚板一块光洋，朝麻风佬挥挥手："哎，你们都愣着干什么？说了这妇娘人是赏给你们玩的，怎么还不动手？哼，要不是跟你们共太公，还没有出五服，我早就把你们烧死了。你们晓得安远三百山的麻风佬吗？几十个全烧成了炭！还不是我心好，不但让你们活下去，现在还给你们品尝我的女人，看我多么大方啊！"

周国富一屁股坐在大脚板端来的太师椅上，从边上的香篮里拿出块白晃晃、香脆脆的饭干，吱嘎吱嘎咬着。

两个麻风佬像嗅到了血腥的野兽，一齐朝房秋心扑去。

房秋心惨叫着逃窜，只可惜房子太小，还堆放着烘笼、簸箕一类杂物，她没迈几步就被麻风佬扑了个严严实实。

麻风佬三下五除二地扒了她的衣服，房秋心猛地挣脱开，指着周国富的鼻子破口大骂："你个王八蛋，你个老不死的绝户，为什么要这样对我？我年年月月陪你睡，陪你说，还不够小心吗？我年轻轻的身子，让你那根老火棍七捅八撬，你还想怎么着？你不讲明白，我做鬼也不放过你！……"

房秋心骂着骂着，用起了吴侬方言，两个麻风佬几时见过这样水豆腐一般的女子？四只烂眼直愣愣地看着她，口水吞得山响。

大脚板倒是知趣，麻风佬刚开始扯房秋心的衣服，他就躲到了屋外，屋子里只有麻风佬、周国富和房秋心几人。

房秋心恣肆地骂着，后悔自己昨天没有跟牛牯上老鹰寨。本来她今早和老谢打上了招呼，让他借买菜之机，去海慧寺找牛牯，并且约好了今天半夜动手，哪晓得早饭刚过，周国富就带着几个家丁把她捆在马上，驮到了香菇场。她背后的那匹马上还驮着个大麻袋，里面的东西会动，房秋心猜那是唐师傅，估计他的大限也到了。

香菇场位于五堡与海慧寺之间，一路上房秋心都在祈祷苍天开眼，让老谢找到牛牯，这样牛牯就可以到香菇场来救她了。

周国富折磨了她一晚上，逼问她是否和牛牯合谋杀了春霞母女。房秋心知道说了肯定是个死，所以不管周国富怎样用烟斗打她，烫她，还是用篾片抽她，用巴掌扇她，都一口咬定瑞玉和春霞是跟着红军婆子走了。

周国富奈她不何，把她丢在柴火间里关了半夜。今天他来这么一手，不是明摆着要自己死吗？房秋心想，反正横竖都是死，倒不如骂个痛快，催他痛下杀手，免得死前被麻风佬糟蹋。谁知她这一骂周国富倒喝住了麻风佬：

"你们住手！快到隔壁去，快去呀！"

麻风佬离开了，周国富慢慢踱到房秋心跟前："你真没杀她们？"

房秋心扑通一声跪下，痛心疾首地哭诉起来："富哥，你怎么还相信我呀？……这……这么多年，我说过大姐的不是没有哇？……我为什么要杀她们？……我又哪里杀得了她们？我要是杀了她们我干吗不和牛牯一起走？我也可以去收账的呀！……"

周国富觉得她说得不无道理，一时沉吟起来。近年周国富要是出门，一些账都由她代收，如果她真想谋害春霞母女，何不带着钱逃走？再讲，有哪个人杀了人之后，还敢待着不走，甘当砧板上的肉？但是，倘若她是被诬陷的，那么唐师傅的话又做何解释？

周国富恨唐师傅，说多恨有多恨，因为他居然和瑞玉裸身相对，这是他无论如何不能容忍的。唐师傅现在正在麻袋里呻吟，据大脚板讲，他好像不怎么动弹了。他的脑袋上原本就有伤，又饿了几天，加上折磨了一通，就算是铁人也该散架了。不过话说回来，就这个老唐……他会不会为了洗刷自己而血口喷人？

耳听得房秋心哀怨的哭诉，再看看她美丽的胴体，周国富心念一转，觉得此事还需再斟酌。他是个吝啬的人，从不在妇娘人身上乱花钱，房秋心是个例外，不说别的，单冲花在她身上的钱，他此刻也要再掂量掂量。她就像他花钱买来的家什和牲口，无缘无故弄掉多少有些可惜，再说，她的确算得上绝色，别看昨晚折磨了一宿，现今披头散发，满身伤痕，可依旧散发出炫目的光彩，这种尤物不是随便可以找到的。

房秋心伏在地上哀哀地哭，全然不知周国富在想什么，但她知道自己的本钱就是这具躯体，所以即使哭，也要摆出优美的姿态，偶尔直起上半身痛苦扭动，让丰满的乳房像柚子那样坚挺，双目则藏在指缝里偷看。当她发现周国富的脸色稍有缓和时，立即跪行着扑到周国富脚下，抱着他的双腿拼命摇晃。

周国富抬起腿踢了她一脚，房秋心疼得呻吟起来，这边依然不放手，让他拖着走。天气已经相当冷，她粉嫩的皮肤被冻得通红，地上的小石子划破了她的小腿，暗红的血迹让周国富多少有些心软。他用力抽出脚，取了她的衣裤甩了过去：

"穿上！"

房秋心顾不得这身衣服是麻风佬摸过的，手忙脚乱地穿上，在百般狼狈中还不忘抹把脸，拢拢头发，然后蹙眉垂脸抽泣。她知道周国富最爱看她这样子，有雅兴时还吊吊书袋，说这副模样的她像发明折腰步、堕马髻和啼妆的古代美女孙寿，最具风情。周国富屡屡被她这副娇慵的样子打动，他这份偏爱，如今终于成了一个可以被她利用的弱点。

果不其然，周国富呆呆地看了她一会儿，忽然长叹一声，然后招呼大脚板打水给她洗脸抹身。当她梳洗干净再次出现在他面前时，周国富瞥了她一眼，这一眼中含有些许怜惜，她立即扑到周国富肩上，搂着他痛哭起来。她哭得很哀恸，周国富的身体不再僵直，良久，终于听到他喃喃的声音：

"秋心，我对你怎样你心里明白。你要是真做了对不起我的事，我放得过你，春强可放不过你。大脚板，牵马来！"

　　周国富很喜欢来香菇场，他总说这里的松柴好，烧出来的饭特别香，因此经常带房秋心到这里钓鱼吃饭。偶尔兴致来了，还会上山去捡香菇，与五堡一成不变的生活相比倒有些意思，但这次他却没了这份雅兴，他沉着脸上了自己那匹枣红马，大脚板扶着房秋心骑了另一匹矮些的黑马。房秋心注意到那个会动的布麻袋不见了。大脚板和另外两个家丁的马上驮着松明、笋干和香菇，一行人默默回五堡。

　　拐过一个山坳，爬上一座小山坡，风中忽然有了山火的气息。房秋心扭头一看，香菇场那边升起了滚滚浓烟，她"嗷"地尖呼起来，周国富回头盯着她，阴冷的目光锥子似的从她脸上划过，落在了那股浓烟上。

　　"条带打了几丈宽？五丈？今天没有风，应该没事，只可惜了那些木头！"

　　周国富和大脚板的对话清清楚楚，房秋心听得险些从马上栽了下来。这老东西真狠啊！把麻风佬诓下来，原是要烧死他们。还有那个神秘的布袋，里面的人恐怕也和麻风佬一样变作了焦炭！

　　房秋心庆幸自己捡了一条命，尽管此刻还在后怕中颤栗。如果周国富在那一刻没有回心转意呢？那样的后果，她连想都不敢想。

　　那串牙疼般的呻吟，是不知不觉发出来的。周国富放慢脚程回头看了看她，这一下让房秋心憋了许久的委屈汹涌澎湃地宣泄出来。她嘴一撇，放声恸哭起来，哀哀的哭声在苍茫的群山中本应是微弱的，可不知为什么却显得格外清晰和响亮。

　　"你找死啊！快住嘴。"周国富急得大骂，"这样会惹犯的，你晓不晓得？"

　　房秋心到五堡这么些年，知道这里的乡民很忌讳女人在山上哭，说是会惹"犯"。这"犯"是一位厉害的山神，它会循着哭声给人带来煞气。房秋心明知有这个忌讳，可现在她哪能做得了自己的主呢？周国富实在听不下去了，翻身下马，从马鞍下抽了块脏兮兮的布，要来堵房秋心的嘴。

　　这时他们来到了一个三岔路口，路中间竖着块嶙峋的怪石，怪石旁边是一圈绿得发黑的灌木，往日周国富打这过时总是小心翼翼的，因为传说中这里有条水桶般粗大、长着红鸡冠、会鸣叫的大蛇，这条大蛇每三年要吃一个男人。今天房秋心恰巧哭了，吓得周国富无端地沉迷起来。

　　当周国富醒过神来想打马快走时，马腿被什么东西绊了一个趔趄，他猛地从马上摔下来。房秋心和大脚板他们还未反应过来，从灌木丛里跳出几个着红军衫、用长帕包着头的男人。房秋心一眼认出了牛牿，但她怕引起大脚板他们的警觉，硬是把一声惊呼吞回了肚子里。

一阵刀光剑影，大脚板和那两个家丁已是身首异处，空气中弥漫着浓浓的血腥味。一个家丁眼疾手快，策马逃跑了，牛牿大喝一声，翻上大脚板的马，扬鞭直追。与此同时，平日身手不慢的周国富被人捆了个结结实实。

"不要杀他！不要杀他！"

房秋心下意识地大喊起来。她这样做，并非想救周国富的性命，而是想给自己留个报仇雪恨的机会，再者，她还想找到五堡的那笔钱。只可惜她喊晚了，就在她的喊声中，周国富的颈已削去大半，血喷得几尺高，如霏霏细雨飘了满地，弄得房秋心身上到处都是血点点。周国富那双充血的眼珠朝她狠狠地瞪了一眼，接着嵌在眼角不动了，她"嗷"地呕吐起来。

"怎么样，活儿干得利索吧？"

为首那人摘去头帕，边说边去拽周国富的怀表。房秋心看见他扬得高高的左眼角，蓦地想起他就是牛牿的结拜兄弟，现在老鹰寨上当头目的吊眼。

"妹子，帮你出气了，你拿什么谢我？"

吊眼踢了踢周国富的尸体，阔步踱到房秋心跟前，用沾满鲜血的手在她脸上抹了一把。这时牛牿牵着那匹驮着家丁尸体的马儿回来了，正巧看见了这一幕，房秋心原以为他会生气，谁知牛牿却朝她龇牙一笑：

"房姐，我这大哥仰慕你许久了，到时你可得放出些本事来，要不他会讲我吹牛的！"

房秋心的心往下一沉，知道接下来的日子不好过，说不定那个吊眼要她做压寨夫人。如果真这样，这角色的变就太离奇了，太不敢想象了。她不知道自己该怎样去应对。但吊眼没有立刻接牛牿的茬。他用力拍拍马屁股，对牛牿说：马上去五堡！

房秋心一听，顾不上伤心，也顾不上埋怨牛牿对她的出卖了，她脸色惨白地伏在马背上，感觉眼前的一切就像在演戏。

"房姐，我们走！喏，你扶着他，待会儿到了五堡你打马狂奔，就说老爷被红军打伤了，门开了就一切都好办，到时我们按讲好的分成！"

牛牿将房秋心抱到周国富的坐骑上，让她搂着周国富血淋淋的尸身。房秋心尖叫着拒绝，但被吊眼凶狠地推了一掌：

"贱货，叫你搂就搂，快上去！别坏了老子大事！"

房秋心忍着恐惧与恶心，抱住了周国富仍旧温热、柔软的身体。马儿嘚嘚地走着，周国富那颗砍断了大半颈脖的头在颠踬中大幅度摇摆，渐渐冷却的手不断地碰到她的皮肤，让她浑身战栗。最令她恐惧的是周国富的头，因为失去了颈部的支撑，经常会 180 度旋转，有时那张脸猛地对着她，失神的眸子于空洞中闪烁出神秘而阴森的光，这光像是定在她脸上，让她无处可逃。

老爷，你闭上眼睛吧，我也是身不由己呀！求求你放过我。房秋心头脑昏乱，神志迷糊，一路上疯子似的呢喃着。好不容易到了五堡，路人见状纷纷尖呼躲避。房秋心依计打马狂奔，一边凄厉地大喊：

"快开门哪，老爷受伤了！"

房秋心打马狂奔时，大门洞开着，家丁们聚在门口有的晒太阳，有的在说笑猜拳、喝烧酒，或是提着火笼取暖，戒备森严的五堡围屋成了热闹的圩场。

房秋心骑着马，长嘶着驰过五堡的大门，把温暖的冬阳甩在了身后。置身在五堡高墙的阴影里，她那颗心倏地坚硬起来。

"快把老爷扶下来！"

房秋心大喊着，可是没人理会她，因为随她之后又有十几匹快马驰进了五堡围内，群龙无首的家丁们乱作一团。

"我们是红军，你们赶快投降吧！"

呐喊伴随着"砰砰"的枪声，家丁们没作任何抵抗便弃械投降。房秋心冷冷地看着这些假红军，心里不禁为身体已冰冷的周国富叫冤。

曾几何时周国富还在夸耀他的五堡固若金汤，还掐指推算 60 岁以后怎样养老，甚至希望再讨个小老婆，生个崽，可转眼间不但这一切化为了泡影，连他这个人也已不复存在了，人生是多么的无常啊！他几个时辰前折磨她，烧死那两个麻风佬和唐师傅的时候，能想到明年今日也是他的忌日吗？肯定想不到，说不定他当时正得意于自己报了一箭之仇呢！

房秋心蹲下身，对身旁那些乱窜的家丁和匪兵视而不见。她仔细地观察了一番周国富，起身缓缓往花洲走去。途经巷子时有几个匪兵欲行非礼，她腰一叉，眼一瞪："你们想干什么？我可是吊眼和牛牯他们的人！"

匪兵们诺诺而去。房秋心高一脚低一脚地回到花洲，只见房内被翻得一塌糊涂，但凡值钱的东西如自鸣钟、皮褥子、皮袄、皮帽，被悉数拿走了，连床上的卧具也不见了，只剩下光秃秃的床板和一顶在寒风中飘荡的红纱帐。

房秋心目瞪口呆，忽然狂喊起王妈来。自从前天夜里被周国富抓起之后，她再没见过王妈，也不知周国富把王妈怎么样了。她喊了几声王妈，没见动静，便静静地坐在太师椅上，倒了杯冷茶呷着，浑身扑簌簌地打起了寒战，私下庆幸自己的先见之明。早早地把那些宝贝藏好了，东西不多，但挺值钱，拢共有十来根金条，六七件金饰，四包烟土，几匹细绸软缎……

想到这儿，房秋心霍地扭身往楼下跑。远远地瞅见那间屋子，她的腿便软了，只见平日紧锁的房门大开着。她艰难地挪进了房间，发现神龛已被人移开，豁然大开的夹墙里一无所有！

房秋心对着黑糊糊怪兽嘴巴一样的夹墙，声嘶力竭地大喊了几声。许是被她这喊声吓的，走廊外闪过一个人影，房秋心追出去一看，是王妈！

"王妈！你站住，放下东西！"

王妈平日力气不大，这会儿拎着房秋心的小包袱，却跑得比兔子还快。房秋心这两天备受折磨，身心交瘁，走路一踮一踮的，看上去颇为滑稽。她追了一段路，渐渐地被王妈落下了。

五堡太大了，要么就是匪兵们还在抢周家的仓库，花洲里没什么人，房秋心和王妈闪动的身影在阴暗的甬通里犹如鬼魅。

房秋心实在没有力气跑下去了。当她好不容易追到花洲与五堡围屋连通的巷子口时，蓦地僵在那儿。她看见斜背着几个包袱的牛牯正从王妈的身上拔刀出来，鲜红的血从刀尖上成串往下滴，把牛牯的布鞋都给打湿了。

"牛……队……长，求求你……不要杀我……"

王妈左胸中刀，手捂着伤口苦苦哀求着，饶是如此，她另一只鸟爪似的手依然紧紧地抓住那个包裹。

牛牯见她没死，又挥刀往她脖子上抹去，随着噗的一声闷响，王妈头一歪，倒地死去。他拽过土妈手中的包袱和那把刀，玩儿似的在工妈衣服上揩干净，然后冲着房秋心狞笑：

"早跟你讲过这个女人不好，贼眉鼠眼的，一看就是个歹人。她拿的是你的东西吧？"

牛牯拎着刀和包袱朝房秋心走来。在短短的半天里目睹了这么多的死亡，她已经麻木得不知害怕了，但她的腿却仍然不争气地发软，只好倚墙而立，扬起那张伤痕累累但依然美丽的脸，冷傲地看着愈走愈近的牛牿。

这具强壮的身躯曾给过她许多快乐，但身躯里的那颗狂野的心，可曾有过她的一席之地？

泪水漫上来，牛牿的身躯如水中倒影般扭曲，几声抑不住的呜咽冲出了喉咙。牛牿高大的躯体压了过来，并举起了手。房秋心闭上眼睛吼道："你杀吧，杀吧，要杀就痛快地杀！"

但许久没动静，房秋心睁眼一看，牛牿叼着根烟斗，正在笨拙地打火镰。火点着了，他斜了眼房秋心，黑白分明的眸子中有浅浅的一丝揶揄：

"你这人是条养不熟的狗，我怎样对你好都没用，临了还讲这样的话！我是这等人吗？拿去！"

那只包袱滚在脚下，房秋心不敢置信地看着牛牿。他抽了两口烟，忽然搂着她亲了个响嘴，然后扳正她的身子：

"街上的烟铺、赌馆全给我们弄了，五堡这下彻底败了。你有这么些宝贝，分成就免了吧。如果让吊眼晓得了，你这点东西也留不住。接下来，你是跟我们上山，还是留在这里？"

不等房秋心回话，他又说："我看你还是留在这儿吧，我那老兄看上了你，你上山了我们肯定要翻脸。虽说朋友如手足，女人是衣服，但你这件衣服我穿过了他再穿，我可过意不去，何必呢！"

房秋心的脑子还没转过弯来，她怔怔地瞧着牛牿那张英俊的脸，不知他说的是真话还是假话。以前，她一直觉得自己能玩弄男人于股掌之中，此刻在牛牿面前竟然束手无策。

"你刚才在路上还叫我放出本事伺候他呢，这会子又说这样的话了？"

房秋心喃喃道。牛牿摸了把她的脸，一股浓烈的血腥味熏过来，但她已不觉得恶心了，此时的五堡到处都是尸体和血渍，那些挑着担赶着猪的匪兵们开始往外撤，乱糟糟犹如厉鬼大闹阎王殿。

"房姐，我很疼女人的，只要是我沾过的女人，我牛牿从不亏待你们！"

说话间围外响起一片呐喊，还有零星的枪声和手榴弹的声音。

"杀！……"

牛牿一听外面的喊话，转身就跑，跑了几步他回头朝房秋心做了个手势："赶快躲起来！要是周春强打回来了，你把责任全部推到红军身上去。我会经常回来看你的。"说着拎刀消失在巷子外。

　　房秋心朝外张望了一下，发现双方已经在交火，估计是围那边的周姓人发现了真相，大家齐心协力驱匪，最大的可能是吊眼的手下抢了周国富家还不过瘾，又杀到那半边围子里去了。

　　"打吧，打死他们，让他们碎尸万段！"

　　房秋心嘴边露出一丝不合时宜的微笑，接着叽叽咕咕的笑声从她喉咙里水般淌出。当她跨过王妈的尸体时，这笑声已经和屋外的枪声一样响了，格格格的仿佛夜魔在狂笑。

# 第十二章


瑞金这段时间天气恶劣，不是刮风就是雨雪，雪粒打在墙壁上，树枝上，发出扑簌簌的声音。以前在五堡和赣州时，周春霞最喜欢这种天气，外面寒风呼啸，昏天黑地，她坐在温暖、馨香的被窝里，或者坐在火星噼啪的火盆边，脚放在火盆架子上，烤得受不了就换一个温度合适的火笼，一边吃着花生、瓜子、烤红薯和饭干，一边看文艺小说，真是惬意极了。

打雷闪电的日子她也喜欢，因为恶劣的天气最能衬托家的可爱与可贵，而这种时候她往往待在屋子里，生活的幸福感与满足感会在她注视窗外的怜悯目光中慢慢爬上心头，让她觉得自己很幸运。

如果不到瑞金，她肯定无法想象在这种天气下劳作是怎样的一种情形。风刮在脸上像用刀子在削萝卜，她感觉到脸皮被风揭开后肌肉的震颤与刺痛。雨丝和雪粒透过斗笠、蓑衣渗到身上，让人站立的每一分钟都像在受苦刑。

这段时间红鹰突击队带领老表们在兴修水利，打石，挑沙，取土，筑堤，修坡，样样俱是苦差。以前男人们不打仗，这些活儿都是由他们干，现在他们上了前线，女人只好接手，不然沟渠不通，开春后影响灌溉，收成定会减少。由于敌人的围剿，苏区粮食短缺，保证生产成了一个政治任务，苏区政府在各级土地委员会设立了水利局或水利委员会，专管兴修水利。

江采萍率领红鹰突击队，从 11 月开始便协助各乡村苏维埃政府抓这项工作，没日没夜地穿梭在田间地头，和老表们摸爬滚打在一起，忙得不亦乐乎。

　　马丽已正式调往方梦袍、红云所在的野战医院，少了这个伴，周春霞有些孤单，更令她生气的是雨雪风霜把她的脸折腾出了一道道乌黑的皲迹，看上去像一个大花脸。繁重的体力劳动使她一下子难以适应，夜晚躺下时常常听到自己的骨头在嘎嘎响，吓得起床时不敢大意，生怕一不小心会散架。

　　说实话，虽说自小长在乡间，对这些劳动并不陌生，但她从来没有自己干过，更没想到劳动原来这么艰辛。超强度的劳作让她心生绝望，有一回帮老表挖塘泥，累得她站在冰冷的泥水里哭了，并对眼前的池塘生出一份恐惧与陌生。

　　她以前喜欢池塘，那是因为池塘与许多优美的唐诗宋词有关，娇慵的睡莲，清丽的荷花，迷离的青萍，成片的红蓼，使她生发出许多闺怨与感慨，并从中享受到一份遐想的乐趣。

　　她常坐在垂柳下闭目养神，听着蝉儿嘶鸣，嗅着新荷的清香。看着鲤鱼在水中搅起阵阵红霞，饿了阿随会送上凉茶和点心，晓得几舒服！那一切如今梦一般不可再寻！

　　池塘也从典雅的诗句里走出，袒露出丑陋的本相。池塘清澈的水底下竟有如此厚一层腐臭的塘泥，塘泥里不但有螺蛳，蚌壳，泥鳅，黄鳝，还有可怕的蚂蟥，水蛇，泥蛇，让她在塘泥里每走一脚都如临深渊，生怕像青秧那样踩到一条蛇。奇怪的是青秧不但不怕还高兴得尖叫；刘观音更是胆大，她抓起蛇尾舞了两个大圈，然后往腰间的竹篓里一丢，说是等下和篓里的鱼虾一起送到医院给病员加营养。招弟、兰英自小做惯了事，她们干起活来很顺手，两人絮絮地说着话，其乐无穷的样子。

　　最让春霞敬佩的是队长江采萍，这些活对她来讲是非常陌生的，但她努力去做，每日拣最重的活儿干，肩膀累红肿了，手上裂了大口子，粉红的肉都露出来了，仿佛一片嫩嫩的子姜，可她硬是连眉也没皱一下。

　　她很想向江队长学习，也希望自己像刘观音、兰英、招弟那样成为劳动能手，叫她还是情不自禁地害怕干那些农活。好在大家蛮关照她，每日派最轻的活儿给她干，平日有些促狭的刘观音也事事让她几分。

　　在大伙的帮助下，周春霞渐渐有了进步。十多天后，她能够非常顺手地使用田刨，铁锄，能够将一担塘泥挑到指定地点，步履虽然有些踉跄，担子却不再从肩上滑落。再就是她已经不会因为天冷和活重而当众哭泣了，躺在床上也不再委屈。最让她诧异的是刚到苏区时那份强烈的思家情绪，居然在繁忙的劳动中消解了，苏区不再让她觉得陌生。和刘观音、招弟她们住在一个屋子里，她也不再嫌她们不讲卫生，讲话粗门大嗓了。更不可思议的是，她已经改了初来乍到时常常照镜子的习惯，动不动就哀怜自己皮肤变粗了，人变丑了。

"其实你这样子更好看，红扑扑的像一个番薯。"

这是刘观音表扬她的话，周春霞听了哭笑不得：我像番薯吗？说女人像番薯这不是骂我吗？

换了以往，她听了这话肯定会掏出镜子看看自己是否真的像番薯，但现在她已经不那么在乎外表的变化，而是把更多的注意力放在了内心的转变上。特别是她们的党员身份批下以后，她对自己要求更严厉。

可不知怎么的，她这时忽然非常思念爹娘，而且一天重似一天。她很想写封家书回去，但想到方梦袍的遭遇，又不敢了，几次写好了撕，撕了再写，接着又撕了，终没有把信发出去。

队长江采萍把什么都看在眼里。有一天，她主动让周春霞给家里捎封信，报报平安。周春霞听了眼睛一亮：

"队长，这样行吗？不会有事吧？"

来苏区这段时间，周春霞觉得自己就像一个先天不足的胎儿，身上带着母体的烙印。这永远褪不去的烙印让她恐惧和屈辱。她其实很想知道母亲的下落，也想把自己目前的状况告诉家中，可她又顾忌自己的行为会授人以柄，一直很矛盾。

再说即便写了信，又怎么投递呢？苏区的邮政网只负责苏区内部各县的联络，自己家是苏区边上有名的白点，尽管父亲没有与红军真正为敌，或者说像别的劣绅那样搞过破坏、暗杀，甚至在贸易局的内部资料中还算开明豪绅，但说到底还是一个豪绅，属于"敌人"一类。

至于哥哥周春强，那可是在苏区挂了号的强硬"白匪"。到苏区后周春霞才知道哥哥领导的靖卫团在前几次的围剿中，和红军干了不少仗，苏区油印的《号角报》《红色中华》等有专门揭露他罪行的文章。文章中把他形容为面目狰狞的刽子手，历数了他在进犯苏区时犯下的滔天罪行。哥哥的靖卫团在第三次围剿中曾把一个十几户人家的村子杀得片甲无存，成了一个死村。

她在简陋的阅览室无意中看到这篇文章，顿时像是掉进了冰窖，一股凉气从头冷到脚。那天她三餐没吃饭，半夜时被噩梦惊醒，醒后才发现大家早已被她的号哭吓醒了。刘观音说：死相，你到底梦见什么啦？她哽咽不语，良久才撒了个谎：

"我梦见我娘死了！"

次日，江采萍把她拉到一旁问她："春霞，你心里有事，肯定有事，能给我说说吗？"

周春霞心窝子浅，哥哥的事儿憋得她快要爆炸了。她哆嗦着掏出了撕下的那半张报纸，眼泪哗哗往下流。

江采萍看着报纸，脸色越来越严峻，拿报纸的手渐渐颤抖起来："春霞，你哥太残忍了！真是没想到。"顿了顿，又安慰道："不过他是他，你是你，你不要背包袱，好好干吧！"

打那以后，她的心情开朗了一些。再一想，组织上并没有对她另眼相看，思想包袱倏地减轻了许多，但哥哥从此变成块石头坠在心底，让她时时感到压抑，写家信的事也由此搁了下来。现在江采萍主动提起这件事，她自然十分感激，于是提笔写了两封。一封给父亲，一封给哥哥。见她写信，马丽也给陈查理写了一封。

江采萍请贸易局的有关同志把这些信捎走，看到收件人姓名时，贸易局的同志有些震惊，他们当着江采萍的面把信拆了，仔细分析后没看出什么问题，但对于是否帮忙转交仍心存疑惑，江采萍赶忙把周春霞和马丽原先同情革命，暗中支持她的工作，如今又加入红军的事情说了一遍，贸易局的同志相信了，并对江采萍说：没事了，不久他们就可以接到信了。

采萍回到队里自然瞒过了这一段，只说信递走了，而且一定能送到，周春霞听了，像是吃了颗定心丸，夜晚睡觉时不再做噩梦，白日里独自一人也不发怔了。在田间地头，晒场屋角，大家还时不时能听到她优美的歌声，流畅的快板。在这方面她和青秧一样，有着过人的天赋，往往江采萍一发话，说是今天到哪里开展什么工作，路上她就能编出段故事，哼出段山歌来，而且还能在路途上教会大家，是个快手。

在她和青秧的训练下，红鹰突击队的成员渐渐变得能歌善舞。起初招弟和兰英不敢上台，在周春霞和青秧的调教下，也能跳红绸舞打快板了。

江采萍有一回还给大家唱了段京剧，结果把一对双胞胎兄弟鼓动到红军队伍里来了。

粗枝大叶的刘观音死活不肯上台，但她一手鼓打得出神入化，每次都赢得村民的阵阵叫好。

青秧是队里名副其实的明星，她能歌善舞，还会劈叉下腰，腾空翻，耍飞刀，顶碗叼花拿大顶，十八般武艺全会。

红鹰突击队到哪里，哪里便热闹非凡，扩红、筹粮大有成效，渐渐的，她们的名声大了，认识她们的人也多了，美丽的周春霞走到哪儿都有崇拜者。

"我怎么觉着自己像白雪飞？都快成名角了！"这天周春霞去医院看马丽，一见面她就开玩笑说，神情中不无自得。

说话时她俩正在医院的病房里。说是病房其实只是几间简陋的民房，里边打着通铺，轻伤员一溜，重伤员一溜。护理人手不够，能动弹的轻伤员都得帮着护理重伤员。说到自己像白雪飞时，周春霞正帮着马丽给一个伤员换药，马丽轻笑起来。

"这不正是你梦寐以求的吗？多早就想当小旦了？七岁吧？可惜你这辈子没这个福分了，老老实实待着吧！我才不信你扩红能把自己扩成白雪飞呢！人家白雪飞貌比潘安，走在街上掷果盈车，你有吗？来，把伤员侧过来，轻点儿。"

马丽打趣着她，两人说着把臀部受伤的伤员扳过来。伤员忽然激动地喊道："你，你是那个周春霞吗？我听过你唱歌，当真唱得好哎，树上的雕仔都能唱下来。"

伤员是个二十啷当的壮后生，见到周春霞的激动让他忘了裸臀以对的尴尬。马丽睁大眼睛夸张地激她：

"哈，春霞，想不到你还真有点儿名气了！果真有人认得你嘛！"

她这一说话，伤员们开腔了，他们有的说听过周春霞的歌，有的说喜欢青秧的舞，有的特别欣赏江采萍的字。红鹰突击队每到一地总要写标语，江采萍行云流水的行草征服了不少战士。战士中有许多不通文墨的大老粗，他们对有文化的女人格外崇拜。

大家叽叽喳喳地夸着，春霞惊愕得张大了嘴，接着凑在马丽耳旁小声道："马丽，不会搞错吧？我好像从来没有见过他们。"

红鹰突击队这阵子忙极了，筹粮、筹款、扩红，带领大家兴修水利，到前线慰问，每天披星戴月的，有时一天奔几程，周春霞根本不记得自己去了何处。眼见这许多伤员都知道红鹰突击队，她有些摸不着头脑。

"蜚嬷，你们前段时间不是到信丰那边慰问过挺进队吗？这三个是挺进队的队员，他们看了你们的动员宣传后去拦截白狗子的后勤供给，那次行动牺牲了六个同志，七个重伤，前两天去世了两个，这三个是轻伤。"

马丽看样子在医院做得很顺手，不但工作有条不紊，伤员的情况也摸得一清二楚，她这一说周春霞恍然大悟了。

伤员们见她记起了那次宣传动员，兴致愈加高涨，七嘴八舌地要求她唱上一支。

周春霞毫不扭怩，张嘴就唱了几支给战士们鼓劲的山歌，赢得一片掌声。她享受着这些掌声，明亮的眸子闪耀出幸福的光芒。

"马丽，你觉得苏区的工作有意义吗？"

"你说呢？"

周春霞发现马丽和自己一样，瘦了，也黑了，但表情是充实、愉快的。她有生以来第一次觉得人原来可以主宰自己。

记得以前在福音医院护理伤员，每每闻到血腥臭味，她就情不自禁地想呕，想逃。可眼下置身于这间简陋的病房，空气比福音医院更加难闻，因为缺医少药，伤员们只能用少许的盐水和石灰水消毒，不少人的伤口化脓溃烂了，现在，她不但忍住了这股腐臭，还敢用竹镊子从伤员的伤口钳蛆出来。

伤员们普遍营养不良，瘦得吓人，伤口里喂出的蛆却白白胖胖的，能照见人影。伤口长蛆的这位伤员年近四十，长相英俊，只是虚调得不成样子。周春霞和他四目相对，心里掠过一股奇怪的感觉，于是朝他一笑，温和的目光让人觉得温暖，舒服。

马丽介绍道："春霞，他是粤赣军区独立团的赖明团长。"又给赖团长介绍周春霞："赖团长，这位是我的好朋友周春霞，她现在是红鹰突击队队员。"

马丽给他们介绍完，转到另一个病房去了。这时红云走了过来，周春霞曾见过她几回，但不是太熟，红云却非常高兴，见到她像见到老朋友一样。

她正想问方梦袍的事情，不意红云突然冲赖团长发起火来：

"赖团长，的盐又送给谁了？你不洗伤口，这些蛆会把你吃掉的。"

赖团长微微一笑，露出口整齐的白牙："红云护士长，你以后不要给我盐了，真的。我的腿没了，康复了也没法再上前线，还不是废人一个？你把盐留给更需要的同志吧。"

红色岁月 红色历程 红色史诗 红色经典

赖团长指指对墙那溜年轻的轻伤员，言辞温和而坚决。

红云"你你你"了半天，最后抽泣着蹲到了赖团长身边，流着泪掀起了那块白布单。

周春霞刚才以为赖团长只是断了一条腿，现在才看见他左腿膝盖以下全没了，不过伤口恢复得比右腿好，已经收口结痂。他的右腿被炸掉了脚掌，小腿肿胀得透亮，仿佛一捅就会炸裂，这是他连接几天高烧不醒的原因。

"红云护士长，你看我和这位春霞妹子挺有缘呢，她一来我就醒了。"

赖团长显然想让红云快活起可他越说红云越难过，她小心地用茶叶淡盐水给赖团长洗伤口，然后敷了层黑糊糊的草药沫。赖团长很受用地闭起了眼睛。

红云趁机把周春霞拉到门外，擦着眼泪叹道：

"春霞，这位赖团长是个了不起的战斗英雄，现在伤成这样，我看他是不想活了。每次我们发他洗伤口的食盐他都藏起来，然后再放到旁边轻伤员的水盆里，又没有消炎药吃，所以才长了这么多蛆。你如果还有时间，请帮我做做工作吧！我看他蛮喜欢你的。知道为什么吗？你长得跟他爱人小范很像。小范和我是长汀老乡，原来也在这所医院，第三次反围剿时牺牲了。唉！他这样我怎么对得起小范呢？"由于前几次小产没有恢复好，红云的体质很弱，加上连年作战，奔波，现在又为方梦袍担忧，她的眼角和嘴角过早地出现了皱纹，鬓角上长出了几缕白发，原先的美丽所剩无几。

"红云姐，我答应你，只要得空我就过来帮他。你知道他是哪里人吗？梅县人？那他肯定喜欢听山歌，我现在就给他唱。"

春霞回到病房，果如红云所言，赖团长正撑着身体往旁边伤员的茶水里倒盐，那个伤员想推让，可他腹部受伤，躺在床上不能动。

"没事儿，你们快好起来，我反正废物一个。"

也许是身体太弱，赖团长撑在地上的手开始发软，眼看着人就要滚落，周春霞一个箭步抢上去把他抱住。

赖团长眼睛一亮，接着长叹一口气，闭上眼睛不说话了。

周春霞将他弄回床上躺好，四处睃巡了一番，见没人注意到她刚才抱赖团长的动作，心定了下来。她还没恋爱过，从不知道恋爱的感觉，但她想自己是喜欢这个赖团长的，因为她居然不自觉地握住了他的手，并轻轻哼起了山歌。

赖团长起先一副意冷心灰的样子，可听了几句山歌后，睁开了眼睛。

"妹子，你这歌子唱得真好，赛过歌仙哪！听你唱歌不食饭也有劲！"边上有个眼睛扎着绷带的伤员由衷赞道。

赖团长没讲话，但他的手动了一动。

"赖团长，什么废物废物，你千万不要有那样的想法。腿断了不能打仗，但你可以等着看革命胜利呀！"

周春霞自小被人娇宠，平日难得也不太擅长安慰人，但对赖团长却有许多话说。她絮絮地讲起自己小时候和马丽淘气的故事，讲她们在教会学校读书时闹的一些笑料，还有从赣州到瑞金的见闻及对苏区的感觉，对革命的感悟。说话时，她一直都握着赖团长的手，对面那溜伤员们哪见过这阵势？这会儿能动弹的全调过头看他们。

赖团长和周春霞匆匆地松开了手，周春霞的颊上掠过一丝红晕，赖团长注视她的目光中多了几许感动：

"谢谢你，春霞，我会好起来的。"

这时马丽风风火火地走过来，说她眼力不好，要春霞过去帮她替伤员缝针，春霞吓得大叫：

"哎，你有没有搞错？我怎么会缝针呢？别开玩笑了！"

但马丽还是把周春霞拽到了那间病房。病房里有七八个刚送来的伤员，几个客女、大嫂正忙着给他们处理伤口，明显的人手不够。

马丽不客气地将周春霞带到一具担架前，周春霞一看倒吸了一口冷气。这个伤员前额的皮肤耷拉在鼻子上端，露出粉红的肌肉，人的神志倒很清醒，他说他额角上耷拉下来的皮，是被白军的刺刀削下来的。

"菩萨保佑，没有削到肉和骨头，请你好好缝缝，不要急。"伤员的声音瓮瓮的，周春霞不敢置信地捂着嘴，两眼惊惧地盯着马丽。马丽掏出一枚缝衣针在火上烤了烤，又从旁边的凉开水里捞出煮过的白棉线，命令周春霞穿针。她接过针线，哆嗦了好一阵才穿上。

马丽不耐烦了："快点好不好？妈的，那个死眼镜早不破晚不破，偏偏这时候破。现在看什么都云绕雾罩的。"

"你是说就这样缝？没有麻药？"

马丽嘟哝道："我说周春霞同志，你也不是第一天到苏区，不知道我们根本没有麻药？"

周春霞还是没动，她吃惊地看了眼马丽，又看了看旁边的病床，那里有个妹仔年在为伤员缝脚背上的伤口。妹仔显然是个针线高手，穿针引线的动作娴熟而优美，而且她已经习惯于将人体作为缝纫对象，眉不皱眼不眨的让人羡慕，伤员浑然无事的模样更让春霞惊讶。她好奇地问那个伤员："哎，你不疼吗？"

伤员咬紧的牙关一松，额上的汗立马滑到了唇边，但却不忘幽周春霞一默："我说老妹子，我又不是铁打的，能不疼吗？不过我们被白狗子逼出来了，锯手割脚都不会叫一声，这缝针还不是小菜一碟！"春霞的嘴惊得一时合不拢。

马丽用石灰水给一个伤员消完毒，再次催促周春霞赶快动手。

"我，我不行……"春霞摇头后退了几步。

脸皮耷下来的伤员鼓励周春霞："妹子，不要紧，就当我是你情郎的鞋底，你好好缝，动作轻飘些就做得了。"

她推脱不掉了，于是和马丽一起，蹲下身哆嗦着将那块皮肤贴回到伤员的额头上。这时她发现那块皮已经发黑了，有股淡淡的臭味。

"马丽，这块皮已经坏死了，哪还有用啊？"

马丽俯身闻了闻，脸色一变："是呀，那怎么办？"她瞄了眼那血肉模糊的额际，一下子没了主意。

"我哪晓得啊？我平常最怕这些东西了。"

春霞话没落地，陈医生来了，他是红军第四次反围剿时俘虏过来的国民党军医，前段时间在红军医务学校任教官，现在医院人手紧，便把他借过来了，但他学的是内科，而且性格谨慎，加上他目前的处境，遇事不敢做主，他建议马丽去找方梦袍。

"也许方院长会有办法。"他说。马丽没辙了，找红云商量了一下，决定立刻去找方梦袍。

由于近来伤员多，又有许多人为方梦袍说话，方梦袍暂时从羁押处移到了医院旁边的一栋民房里，里面有一间简陋的手术室，"犯人"只有方梦袍一个，但看押他的倒有两三个人，其中就有那个苏干事。

马丽和春霞推着伤员来到那间手术室门口，苏干事正在盘查几个前来感谢方梦袍的红军家属，猛不丁见到马丽和周春霞，他有些尴尬，忙挥手让那几个被他盘问得不耐烦的红军家属进了院子：

"马丽，又有什么伤员？哟，伤成那样，快进去吧。"

苏干事这人讨厌归讨厌，对伤员倒是很照顾，他一见伤员马上"恩准"她俩进去，目光热热地落在周春霞身上。

周春霞蓦地觉得这个人的神色和目光有些像父亲周国富，不由回头瞄了他一眼，这一下两人目光对了个正着，她被他的目光一烫，不由加快了脚步。

"这人左得可怕，最可恶了！在他看来每个人都是坏蛋、叛徒、奸细。"马丽对苏干事厌恶之极，两人推着板车快步走到了厅堂门口。

方梦袍背对她们站着，那几个红军家属还没有离开，正七嘴八舌地感谢方院长妙手回春，挽救了她们亲人的生命，纷纷从竹篮里取出新鞋、米果和鸡蛋塞给他，方梦袍不肯收，她们放下东西转身就跑，留下一片清脆的笑声。

"嘿，你们！你，你是春霞吧？"

方梦袍一转身看见她俩，脸上漾出一丝笑意。马丽这段时间经常和他见面，他不意外，见到周春霞他怔了怔，随即跑过来，紧紧抓住她的臂膀摇晃着："哈，女大十八变，变来变去变个观音面，越长越靓了！"

尽管十几年不见，方梦袍的大模样没变，个子高高的，略微有些驼背，方正的国字脸，浓眉大眼间奇怪地透着秀气与斯文。由于劳累疲惫，他有些消瘦，繁茂的络腮胡令他与记忆中的形象有些出入，但在周春霞看来，丝毫没有陌生感。

"嘿，马龙，不，梦袍大哥，我一直都想来看你，真的好想你呀！"

周春霞情不自禁地拥住了方梦袍。两人寒暄着进了手术室。所谓的手术室，其实只有一张木板床，一张方桌，桌上放着些简易的手术器械。众人合力把伤员抬上床，方梦袍仔细检查了伤口，脸色暗下来。

"方院长，能治吗？"伤员试图睁开那双肿成一条缝的眼睛，语气平和地问，好像受伤的不是他，而是另外一个人。

"这位同志你别着急，我们要商量一下医治方案，你稍等。"

方梦袍摸摸伤员的手，倒抽了一口冷气。伤员的体温高得吓人，在这种情况下他还清醒着，可见体质过硬，毅力过人。

来到厢房，方梦袍嘶哑着嗓子对周春霞和马丽说："只怕不行了，伤员的皮全部坏死了，脑部已经出现感染。"

马丽回头看了看手术室，小声道："方院长，他才 22 岁。不是说可以植皮吗？"

方梦袍摇了摇头，目光黯淡："哪那么容易？南洋那边的大医院也不一定做得了。哎，马丽，你记得上回那个被炸伤了脸的伤员么？从他大腿部上取的皮没成活，取皮的伤口也感染了，还不是丢了命！"

"那，就这样等死？"

周春霞不死心，眼前闪过伤员年轻的身躯，不忍看着他牺牲。

"哎，前天不是送了几个白狗子伤员俘虏吗？"站在一边的苏干事有些急不可待，好不容易插上一嘴："要不从他们身上取皮？"

方梦袍有些哭笑不得："伤员的自体组织我们还没法接活，别人的皮更是难以成活，何况……"

方梦袍与马丽、周春霞耳语了几句，三人踅回手术室，开始处理伤员的伤口，神志依然清醒的伤员得了极大的安慰，赞叹道：

"方院长，谢谢你，你真是神医，手术一点儿不痛。"

伤员说完这句话，渐渐陷入昏迷。见无法挽救伤员，马丽和周春霞怅然若失，她俩推着伤员默默地走到大门口。这时，周春霞看见苏干事又押着方梦袍回房间，忽然拽住了苏干事的衣摆：

"苏干事，为什么你看每个人都是坏蛋？别人我不管，但我家梦袍大哥不会是坏蛋。你要赶快把他的问题搞清楚，要不然，要不然……"

苏干事严肃地打量着她，愣愣道："要不然你怎样？"

"要不然……"周春霞四处睃了睃，发现院坪上只有方梦袍、苏干事、马丽和自己，便对苏干事促狭一笑："要不然我就说你非礼我，你肯定要被调走。哎，梦袍大哥、马丽，你们都看见他色眯眯的样子了吧？"

此言一出，方梦袍背身偷笑，他肯定想起了周春霞小时候做过的一些淘气事。马丽先是一愣，继而看见周春霞给她使眼色，便忙不迭点头：

"是的，我看见了，他还非礼……非礼了我！怎么样？苏干事，有两个人作证！你晓得党内会怎么处理？你这样利用职务之便，公开侮辱妇女，保卫局会毙了你！"

说着她和周春霞快活地笑起来。苏干事二十七八岁了，一直还没对上象，平日对女同志很严肃，似乎也挺忌讳这方面的事，他没想到这两个客女会用这样的故事来编派他，陷害他，气得指着周春霞和马丽，颤声道：

"你们胡说，胡说！我没有！"

他边说边昂着头往前走，周春霞迎上去，两人撞了个满怀，正巧那两个看管方梦袍的士兵闻声从房中赶出，周春霞一把揪住苏干事的衣襟："流氓，流氓！看你下回还敢不敢！"

两个士兵好奇地注视着周春霞和苏干事。

周春霞被撞到了敏感部位，十分气恼。苏干事呆看着她，一时忘了辩解。她正待借题发挥，猛地瞅见苏干事眼圈红了，不由有些心软：

"那，方院长，你多保重。马丽，我们走。"

就在这时，周春霞看见苏干事落泪了，她一愣神，手中推着的板车撞在了门框上，吓得马丽惊叫起来："小心！伤员要掉下来了。"向前推了一程，又低声对周春霞说："春霞，我们会不会太过分了？"

周春霞还在回味方才苏干事的眼风，心情煞是复杂，许久才叹道："不晓得，反正我讨厌他。也许，也许我们这样一逼他，他会帮忙也不一定呢！"

说罢，周春霞在心中暗啐了自己几口，她觉得自己很古怪，怎么会对一个口碑不好的人感兴趣呢？刚才苏干事走过来时她完全可以后退，但说不清为什么就迎上去了。她可以肯定苏干事是喜欢自己的，而且此刻他肯定也在回味刚才的遭遇战。她相信自己以后在某些事上可以左右苏干事，这是一个美丽女子敏锐而准确的直觉。

# 第十三章


　　刘观音捏着那封从前线寄来的信激动得浑身打颤。她只读了几天夜校，识字不多，信打开后那页漂亮的小楷让她苦恼不已。看了半日，好不容易才找到几个面熟的字，一个是她的名字，再就是"李"字，还有"杀敌"和"安好"也认得，至于其他的字嘛，好像也教过，可这会儿瞅着却仿佛河面上的石头在那儿昂昂地躺着，让人干瞪眼。

　　有心拿给别人读吧她怕李团长写的是情书。不给别人看，她又不明白其中的意思。如此苦恼了好几天，她终于想到一个法子，那就是逐字逐字地抄下来，每日拣些字去问周春霞，问到第五日时总算弄懂了李团长的意思。

　　李团长在向她道歉，说是太匆忙了，出院的时候根本没时间和她道别，又说到感谢她的板鸭，让他一辈子都记得，还有就是他在前线很好，会带领大家英勇杀敌，并要她多保重，末尾还向她问了安好，把个刘观音乐得几天合不拢嘴，走到哪儿哼到哪儿。偏她的嗓门粗，五音又不全，哼出来的歌子恐怖异常，让时常和她走在一起的青秧、招弟忍无可忍：

　　"哎呀呀，你吃了笑药啊？能不能不唱歌？唱得我们汗毛乍起，你不要害出人命来好不好？"

　　由于婆婆细脚仔近来搞投机倒把，贩卖私盐，被政府揪去开了几次批斗会，细脚仔怪招弟没有为自己说情，前几日追到驻地来骂她，弄得招弟心情不好，每日烦烦躁躁的老想和刘观音抬杠。她那么挖苦刘观音，刘观音却不介意，依旧笑呵呵地忙前忙后。日子在招弟的烦躁和刘观音的浑然无觉中水般流淌。

这天突击队来到偏远的钟家村，全力扩红和征粮。这里以前是有名的白点，两年前拔白后建立了苏维埃政权，但群众基础薄弱，工作很难开展。

她们到达钟家村那天下午，听到音讯的群众纷纷关门闭户，连原先说好接待她们的基干分子也锁门走了。

天下着雨，刮着风，淋得大家满身透湿，打着哆嗦，刘观音气得要去砍基干分子屋场上的毛竹，被江采萍一把拉住。

"我说观音，你怎么就改不掉急躁这个臭毛病？都什么时候了，还这样使性子！像话吗？"

江采萍严肃起来样子有些怕人。她最近心情不是很好，刘观音甚至觉得她有些……神经。

前天半夜刘观音起来解手，居然发现江采萍蹲在杨兰英的屋子前偷听，吓得她没敢去粪寮而是闪身转到旁边的菜地，她怕江队长看见自己，到时双方不好做人。

江队长这样的人，怎么会半夜起来听壁角呢？刘观音那夜回来再没睡着，翻来覆去地想这个问题，联系到最近发生的一些事，终于猜出点苗头：

原来江队长怕杨兰英怀孕，生出孩子像她的小强一样悲惨，所以杞人忧天地犯了偷听的毛病！难怪杨兰英近日说队长看不惯她呢！

按上面规定，战士成亲后夫妻要各自归队，有条件的话可以偶尔在一起。而杨兰英成亲后的第三日，刘罗仔就不在"新房"里歇了，新房变成了她、青秧和招弟几个的住处，隔三岔五的刘罗仔会来住一宿。这时青秧她们依旧回隔壁睡原先的通铺。

刘观音记得只要刘罗仔一来，江采萍的脸色就会变暗，然后想方设法让大家留在杨兰英屋里，似乎他们夫妻待在一起的时间越少她越高兴，气得杨兰英在刘观音面前骂她"老姑婆"。杨兰英说，老姑婆自己没有男人便妒忌有男人的女人，是变态！

这话够损的，刘观音为此差点和杨兰英干了一仗。尽管她也觉得江采萍在这件事上不那么光明正大，但她用心良苦，而且有小强的事情在先，就算她略有变态也情有可原，所以那天半夜看见的事刘观音没有跟任何人讲起，相反对江采萍多了份同情和照顾。此刻她赌气要砍人家的毛竹，但一见江采萍那张憔悴又严肃的脸，便不再争辩了。

"队长，我们怎么办啊？天马上要黑了，我又来了那个，裤上全是血，我晚上总要用用水啊。我们就这样在雨里站到天亮？"

周春霞缩在阔大、厚重的蓑衣里，斗笠下的脸透着青紫，声音中带着哭腔。她有严重的痛经，路上呕了几次，如今这样遭雨淋只怕要生病。刘观音原先顶看不惯周春霞，后来发现她其实蛮要强的，对她的看法就有了些改变。

小唐和江采萍年纪相仿，已经育有二子，现在又有了五个多月的身孕，从乡到村要翻几座大山，而且全是膝盖碰嘴巴的高磴，这一路可把她累坏了，刚才一直靠在屋檐下喘气。

"不会的，我再去想想办法，做做工作。"

说话的叫小唐，她是陪同突击队前来开展工作的乡苏维埃干事。

她在村口安慰了春霞几句后，带着赤卫队员小陈消失在雨帘中。

江采萍看看天色，把大家分成两组，分头到老表家做工作。刘观音、青秧、招弟和赤卫队员小刘一组，她自己和周春霞、杨兰英一组。

"有事敲锣！小刘的子弹要留在关键时刻用。"

江采萍有些为大家担忧，只好谨慎从事。突击队处理突发事件的能力比较弱，只有江采萍身上有支枪，总共三发子弹。她们每次下乡带的家什都是一只腰鼓两只锣、一卷纸、一罐糨糊、几支大毛笔和一罐石灰，外加一口缴获来的高音喇叭，这些家什在别的地方能派上用场，在钟家村却不怎么顶用。

钟家村从前是著名的白点，为了拔这个白点，红军费了不少工夫，盖因村子建在悬崖上头，有一夫当关万夫莫开之险。当地土豪钟世荣凭借这天险和苏维埃作对，从四处抢掠发展到杀害红军和苏维埃干部，红军去年第三次攻打时才把钟世荣击毙，但钟家村的情况并没有因此好转多少，这一带还是时不时会出点小情况。

江采萍率突击队到钟家村来，组织上既高兴又担心，高兴的是她们敢啃这块硬骨头，担心的是怕她们遭遇不测，所以让乡苏维埃支持她们。乡苏维埃派出了唐干事三人，突击队这会儿算起来有四支枪，是她们装备最强的时候，不过面对一个陌生、隐隐散发着敌意的村庄，江采萍还是放心不下。

"队长放心，我这枪不是吃素的。"

小刘拍拍他的枪，领着刘观音她们往东走。江采萍她们沿小路向西，路越走越窄，越走越陡，原来这西边又起了座小山，路边散落着几座杉皮小屋，小屋前挂着几张毛皮，估计住的是猎户。

江采萍对着喇叭大声喊话，耐心解释着为什么要打造百万铁的红军，为什么要征粮、征冬衣。她的本地话讲得夹生，周春霞和杨兰英家距此地也有不少路程，因赣地十里不同音，等于也不会讲当地土话，她们便轮流着南腔北调地喊下去，这一来倒勾起了人们的好奇心，有小屋打开了门缝，眼睛在门后闪烁。

这时天近傍晚，在迷蒙的雨丝中，江采萍和周春霞显示出一种别样的风采。也许正是这种风采吸引了那些眼睛，于是门缝越开越大，最后总算探出颗毛茸茸的头来，原是个青皮后生。

后生挺壮实，长得不坏，浓眉下那对眸子闪着机敏的光。他好奇地看着她们，见是三个妇娘人，他解除了戒备，回身朝屋内讲了几句土话，接着鱼贯走出七个后生。他们穿着黑色大裆裤，黑色短褂，头上裹着黑头巾，怀里揣着鸟铳，见此情景江采萍不由警惕地打住了脚。

临行前有关同志提醒过她，说钟家村这样的地方，很可能全村为匪，钟世荣死了并不代表着土匪被歼灭。如今这帮后生统一的打扮，不正说明他们很有可能是钟世荣的人吗？

江采萍想拿枪，但是已经迟了，开门的英俊后生用鸟铳指住了她。边上站着几头雄壮的黑狗，狗们发出低沉的呜咽，似乎随时准备攻击。

"告诉你，我们不姓国也不姓共，我们只姓钟，哪边的事我们都不搅和，只想当我们的猎户。你们赶快回去吧！女人嘛就该围着锅头转，出来搞什么搞！"

后生说得明白，生硬，就像扔过来的石头。江采萍并不惧他，将他的鸟铳拨开，但接着又有几根鸟铳指住了她，狗也在身边焦灼地打着转，她刚绽出的笑意立马僵住了。

没见过世面的杨兰英吓得一把拉住周春霞的衣尾，两脚在不停地抖。周春霞的腿也在发颤，可要命的是还想尿尿，情急之下她把斗笠、蓑衣一掀，露出湿透的灰军衣，苗条优美的身躯在湿衣下跌宕起伏。美得就像扳机扣动时枪口射出的那束火光一般炫目。她冲那几个后生愤怒道：

"哎，后生，你说我们红军有什么不好？告诉你，我爹是五堡的老财，我哥是赣州靖卫团团长，可我还是参加了红军。如果红军不好我会跟他们走吗？还有你凭什么看不起女人？你哪里是从石缝里爆出来的？"

周春霞说这番话不是因为她胆大，而是想借此转移注意力，否则她就要尿裤子了。不料这一来，反倒把后生们给镇了。

他们呆呆地看了会儿周春霞美丽的身姿，然后交头接耳了一番，这时为首的后生稳重地向前走了几步，大胆地打量着她：

"你真的是五堡的大小姐？你能吃得了这个苦？骗人！"

"骗你不是人！"杨兰英急忙站出来作证，"她真的是我家小姐。她叫周春霞，我是她家的妹仔，我也参加红军了。我老公原先在她家的护围队做事，现在也在部队上。"

江采萍正要开口，周春霞朝前又迈了一步，一副穷追猛打的样子："哟，你们这样哪像男人嘛！还用鸟铳指着我们队长。我们队长可是文化人，她是金陵女子学校的高才生，为了革命才到我们瑞金来。哎，后生崽，这么冷的天我们只想讨碗热茶，还怕我们吃了你们？"

这一招把后生们弄得有些尴尬。他们小声商量了一会儿，为首的后生一挥手，鸟铳倏地全冲着地下，又吹了声响亮的唿哨，黑狗们撒着欢四散而去。八兄弟再看江采萍时眼神多了几分敬畏。

"哇，女秀才哎！"

后生中有人叹道。江采萍瞄了周春霞一眼，心中既高兴又惭愧，在这方面她觉得自己缺乏沟通能力，往往想到了却做不到。周春霞倒自如得要命，她冲后生嫣然一笑，调皮地说：

"喂，后生，你总不成姓后名生吧？"

后生挠了挠头皮，又看看其余几个偷笑的兄弟，爽快地道："我叫钟家旺，还有我阿哥钟家英、钟家雄、钟家好、钟家汉、钟家兴，我大老弟钟家发、小老弟钟家达，我们是八兄弟，连起来就叫英、雄、好、汉、兴、旺、发、达。喏，请进。"

钟家旺排行虽小，却像是兄弟中的领头人，他一开口其余七兄弟默默地让开路。江采萍怕其中有诈，特别是对方是清一色的壮小伙，一起个歹念怎么办？

她正要婉拒，周春霞却低着头往里冲去了，一边走还一边问：

"哎，钟家旺，请问你家的粪寮在哪里？我都急出眼泪了。"

听见这话，钟家八兄弟一起笑出声来，他们把鸟铳夹到了腋下，刚刚剑拔弩张的气氛马上缓和了。

江采萍使了个眼色，杨兰英匆匆跟去。待认定出不了什么差错后，她自己才慢慢地往杉皮小屋里走去。

钟家八兄弟中几个嘴快的人开始好奇地打探江采萍和周春霞个人的情况，她们一一作答。说话间进了屋内，江采萍发现墙上钉了两颗兽头，檐间挂着玉米、辣椒、笋干，看样子八兄弟枪法不错，日子还不至于赤贫，只是缺乏妇娘人打理，屋内乱七八糟的，充满着一股汗臭气。

八兄弟对江采萍很是敬重，将她让到木桌正中，不多久又给她端上一碗热腾腾的擂茶，还捅开了火盆。

这时周春霞、杨兰英进了屋，见到火盆和擂茶，周春霞高兴得呀呀直叫，她的样子是那样娇憨迷人，让钟家兄弟既高兴又忸怩。他们打出世还没见过像周春霞这样细皮嫩肉的女人呢，拘谨得靠墙一溜站着，手脚不知往哪儿放。周春霞边灌擂茶边招呼他们坐下，仿佛她才是屋子的主人，这情形让江采萍不禁掩嘴偷笑。

"你们不怕死吗？妇娘人打仗好危险的。"

钟家旺说着看了眼抱枪站在门口的大哥，有些好奇地问。

大哥钟家英什么也不说，只是静静地望着。他三十啷当年纪，长得高大结实，毛发茂盛的脸仿佛藏着什么，浓眉下的目光显得深不可测。

江采萍注意到了老大的沉稳，从她们出现开始，虽说是钟家旺在讲话，其实他一直在看钟家英的眼色行事。

不知为什么，江采萍不敢和钟家英的目光相接，那目光像烧得正旺的炉火，落在皮肤上嗞嗞冒烟。这山野汉子直裸的目光让她羞涩和不安。

钟家英对江采萍格外感兴趣，他让小弟钟家达煮了三碗客家人待客的粉皮丝，周春霞和杨兰英的粉皮丝上只卧了两只鸟蛋，江采萍的碗里除了鸟蛋外还有一块黑糊糊的兽肉。这兄弟几个厨艺不错，起码粉皮丝煮出了水平，冻饿已极的三人转眼间把粉皮丝吃了个底朝天，脸上沁出了细细的汗珠。

钟家旺在周春霞面前话特别多，像要把她掏空。他坐在火盆边上给她煨芋头、红薯，时不时偷看正在烤衣服的她一眼。

周春霞活泼的个性在这时发挥了大作用，她叽叽喳喳，给钟家兄弟讲起革命道理。钟家兄弟你一言我一语地问着各种问题，有些道理其实他们懂，可一提到参军之事都哑口无言了。

江采萍循循善诱："你们是猎户，枪法肯定准，几兄弟要是参加了红军，保准个个是战斗英雄！"

她的官话让钟家英和两个最小的兄弟着迷，她说话时两兄弟的双唇也跟着动，只是谁也不敢搭腔。周春霞和杨兰英用客家话和他们交流比江采萍要随意得多，她俩很快就和钟家旺他们打成了一片，特别是周春霞，笑得咯咯咯的，比任何时候都要开心，江采萍听说她笑是因为钟家旺放了几个响屁，也禁不住开心地笑了起来。

天渐渐黑了，钟家英答应把屋子对过那座草寮让给她们过夜。江采萍认为火候到了，劝说他们为红军捐钱，捐粮，谁知钟家英的脸马上沉了下来。他指着身边的兄弟不悦地道：

"这个莫谈，我们要有多余的钱粮，早娶到老婆了，哪会兄弟八个一起打单只？讲到这个我没脸见人，爷娘死得早，按理我该帮兄弟们娶到老婆，可日子像米粉过绢帕，每过一次要脱层皮，以前打到的野猪山牛要交给老财、要交厘金卡，剩下的换了口粮，一年只有半年饱。再讲红军上次来，我们已经捐了两箩谷，三只麂子干，也算是支持了红军。"

钟家英说着站起来，明显是在逐客。江采萍想到要去和唐干事、刘观音会合，也顺势告别。但钟家旺对周春霞却恋恋不舍，他瞄了眼钟家英，央求道：

"我陪她们去吧。"

钟家英瞪了他一眼，钟家旺垂下头，不敢再吭气。

在八兄弟的默默注视下，江采萍一行往村中走去。这时天已断黑，她们路径不熟，才走几步江采萍就踢到了脚趾。她轻轻地"哟"了一声，钟家英迅速掠到她身边，塞了一个火吊给她。

"你拿着，小心些！"

钟家旺则给了周春霞和杨兰英每人一捆松光，周春霞对他嫣然一笑，他像遭雷击似的呆在那儿。

"小姐，你唱的哪出迷魂记啊，看把他迷的！"

没人时，杨兰英仍习惯地喊周春霞小姐，周春霞并不觉得有什么不妥，相反，有时倒愿意继续使唤杨兰英，这偶尔让兰英不快，但她还是蛮给她面子，从没在突击队召开的生活会上讲过什么。遇到难行的路，难做的活，还会帮周春霞一把。

"队长，这个村一共有 25 户人家，全是共太公的亲戚。上回打死的钟世荣，还有两个亲兄弟住在村口那边，村里的人都很怕他们。那个原本要接待我们的基干群众，就是被他们俩兄弟吓走的。"

离开钟家兄弟，周春霞正色向江采萍报告。江采萍有些懊悔自己在钟家坐久了，这个村的情况如此复杂，万一那两组的几个姐妹遇到麻烦怎么办？她边想边加快了脚步。殿后的杨兰英快步撵上来，小声道："队长，后面好像有人跟着！"

江采萍抽出驳壳枪，将子弹顶上了膛，努力让自己镇定下来。她让周春霞和杨兰英向前走，自己回头用火吊照了照，从容地说："没什么人，是我们自己的脚步声。你们放心走吧，我押后。"

说这句话的时候，江采萍听到自己的声音和风中的火吊一样在颤抖，脊背上冒了层冷汗，浑身凉飕飕的，腿也略微有些软，但她最终还是克服了内心深处猛然涌出的恐惧，显出一副队长气派。

雨停了，山风呼呼刮着，周遭的林木发出神秘而雄浑的轰鸣，间或有野兽的吼声从远处传来。更可怕的是那群不知打哪儿跑出来的猎狗，不时地从路旁蹿出对她们狂吠，眼睛在黑暗中闪动着绿莹莹的光。

"队长，我，我害怕！"

走在前头的周春霞被步步逼近的狗群吓得抱头扑向江采萍，可江采萍身后也有几只狗在低吼，她抱住周春霞，身子微微打颤："别，别怕。"

"啰啰啰，啰啰啰……"

杨兰英的胆大多了，她口里发出一种奇怪的声音，狗群的吠声立刻低了些，听上去有些友好的意思，但两头大狗还是将她们逼在中间。杨兰英继续唤着狗群，还走上前摸了摸狗头，狗们嗅着她的手脚摇起了尾巴。

黑暗中忽然响起一声尖厉的唿哨，狗群又吠声大作，有几只狗作人立状，伸出一条红红的舌头，白森森的利齿在松光中狰狞地闪烁，眼看就要扑上来了。这时，黑暗处又响起了一声唿哨，狗们像听到命令的士兵，前爪倏地从空中落下。但是，还没等她们三人松口气，另一声唿哨又响起，狗们再次疯了似的扑过来。

江采萍没办法，只得命令杨兰英拿火吊朝狗群扫去，周春霞也哆嗦着用松光去吓狗。江采萍则用枪瞄准了为首那条恶狗，正想扣扳机，一声清亮的唿哨响起，一条几乎与杨兰英等高的黑色大狗从江采萍身后闪电般驰来。

大黑狗身高体壮，乌黑的毛在火光中熠熠生辉，它嗅了嗅那些群情激动的狗，低声呜呜了几声，群狗跟着回应了几声，然后一溜烟消失了！

"妈哎……"

三人瘫坐在地上，周春霞很不争气地抹起了眼泪，满脸大汗的江采萍想说点什么安慰大家，但声音是哑的，什么也没说出来。就在这时，从前面传来了一阵紧急的铜锣声。

"观音她们出事了！"

她们跌跌撞撞地朝锣响的方向跑去，翻过两丘冬水田，绕过一口池塘，再转过一片松林，眼前现出一方大晒场。晒场上亮着微弱的松光，有几个模糊的人影在晃动。过去一看，正是刘观音她们。

"队长，不得了啦，唐干事被人打晕了！枪也不见了！"唐干事浑身精湿地躺在地上，额角上鲜血直流，人已经昏迷。赤卫队员小陈慌忙向江采萍报告："那个坏蛋好狠心哪，我去粪寮屙屎，唐干事在这里等，可等我出来她人就不见了。我到处找，才看到唐干事浸在池塘里。"

刘观音摸了摸小唐干事的口鼻，蹿到江采萍面前："队长，小唐还有气。哎哟，不好了，她裤腿上怎么这么多血，是不是受伤了？"江采萍迅速察看了一下，知道唐干事流产了，心突然沉了下去。她让刘观音把唐干事背起来，自己端枪走前，小陈、小刘殿后，一行人循原路往钟家旺家走去。

快到那座杉皮屋了，江采萍听见屋内有人争吵，但这争吵声很快被她们杂乱的脚步声打断了，接着屋门"吱呀"一声开了，一条人影闪出来。就着淡淡的火光，江采萍瞥见那是个矮壮、黝黑的中年汉子。他仇恨地瞪了她们一眼，扭头消失在屋旁的小路上。

"这都是你们的人？到那间屋，到那间屋。"

钟家八兄弟鱼贯而出。钟家英余怒未消的样子，黑着脸没吭气。钟家旺的嘴也闭上了，气鼓鼓地将她们带回对过的草寮里。

草寮搭在一棵杉树上，分上下二层，下间堆放着柴火、稻草和农具等杂物，由于连日阴雨，地面满是泥浆。许是为了防野兽，上层搭得很高，存放着番薯、芋头和少量的谷子，壁上挂着几片干肉和几束草药，弥散着奇怪的气息。钟家兄弟显然已做了简单的清扫，还用稻草在楼上给她们搭了床，只是没料到江采萍的队伍有这么多人，只得又往楼上搬稻草。

江采萍瞥了钟家英一眼，发现他正在看自己，慌得连谢谢都忘了说。她没上惯草寮里那种悬空式楼梯，上到中间时一脚踏空摔了下来，说时迟那时快，钟家英伸手将她接住。

"多谢了……"自从丈夫牺牲、儿子小强遇害，江采萍一直拒绝与男人接触，被钟家英接在怀里的时候，她有些慌乱。未料钟家英比她还紧张，他手一松，江采萍咕咚砸在他脚背上，坐了满屁股泥浆，惹得周春霞、杨兰英和钟家几个兄弟叽叽咕咕一阵笑。

江采萍脸黑了："笑什么笑，都这样愣着，快上呀！"

在寮楼上，刘观音、招弟、青秧正围着小唐干事发呆，表情惊恐不安。小唐干事已经苏醒，见到江采萍，立即把事情的经过说了一遍：

"江队长，这事好蹊跷。当时，小陈去背处解手，我站在那儿，只听后头有脚步声，扭头正要看，一棍子打过来我就人事不晓了。这人好狠毒，还把我丢进了池塘，要不是小陈出来得早，只怕人沉下去了，哪里还有命在？现在命是捡回来了，可惜卵鬼没了。"

周春霞拿着面帕，杨兰英提着热水爬楼上来。江采萍没有小产过，眼前这种情形还是初次遇到，倒是周春霞记起学过的一些皮毛，说小产后要静养，要吃中药把瘀血打下来。

"喂，钟家旺，"周春霞甜甜地叫着，使唤起钟家旺来了，"现在小唐要保暖，把你床上的那床狗毛褥子拿给我们，还要生姜、红糖、鸡蛋，有没有？如果没有，番薯糖、米糖也做得。兰英，你到灶下给她弄点吃的。"

对周春霞的吩咐，钟家兄弟一一照办。不多时杨兰英端着碗番薯糖煮鸡蛋爬上楼，钟家旺则从楼下用竹竿顶了口篮子上来，篮子里头有几件干衣裳和一贴黑糊糊的膏药。

"那是我们家祖传的金枪药，好顶用的。"钟家旺仰头喊道。

众人手忙脚乱地帮唐干事处理了伤口，给她换上了钟家兄弟的衣裳，留下杨兰英、杜青秧照顾她，又安排小陈、小刘在外围警戒，其余人跟江采萍来到钟家兄弟待着的杉皮屋。

"刚才来的是不是钟世荣的兄弟？路上的狗肯定是他引来的，小唐干事也是他害的！"

江采萍拿出队长的架势，单刀直入地问道。钟家英和钟家旺默默地看着她，没作声。刚才来的路上刘观音大致获知了钟家兄弟的情况，她不满地瞪了他们一眼，大咧咧道：

"嘿，你们还是打猎的，我看卵头也不硬嘛，难怪当这么久的单只佬，比我们女人还不如！我就不信你们讲几句话会被人吃掉！"

刘观音一脚踏在凳子上，从腰间抽出把短刀在手里舞弄着。钟家旺的二哥钟家雄是八兄弟中最瘦小的，比刘观音还矮半个头，他被刘观音的动作吓了一跳，但旋即便饶有兴致地打量起刘观音来。

"妹仔，你咯样不怕嫁不出去？"

"嫁人有什么好？"刘观音瞪着说话的钟家雄："嫁了人，天天给男人做饭洗衣，还要挨打挨骂，我打单只抬起脚就走，一人吃饱全家不饿，几潇洒！"

刘观音拿短刀朝钟家兄弟比画了一下：

"哎，告诉你们，我们这位兰英妹妹前不久参加了红军集体婚礼，你们要讨老婆还不容易？参加了红军，自然就有人会嫁给你们，还省到了彩礼钱！"

刘观音其实在信口胡诌，不料钟家兄弟却当真了，他们兴奋地围过来，七嘴八舌地打探起红军找老婆的事情来。

这时屋外一阵狗吠，江采萍一个手势，钟家兄弟变戏法般地摸出了鸟铳，各自躲到了门窗后面。

江采萍怕小陈和小刘有不测，坚持要出去，钟家英见拦她不住，拎着鸟铳陪她来到屋外。云层中不知何时钻出了半轮眉月，千山万壑沉浸在这惨淡的月光中，显得寂静而神秘。低低的林涛在远处轰鸣着，听久了有些像催眠曲。小陈、小刘原本各把东西两重路口，这时挤成了一堆。见到江采萍和钟家英，小陈指着东边黑黝黝的林子紧张地道：

"有一只大东西飞闪过去了。它的眼睛有铜铃那么大，毛发蓬松的，会不会是野人？"

"我也看见了，野人怕不是，估计是头老虎。"

小刘的脸在月光下谈虎色变，他边说边往钟家英身边靠。钟家英好笑地讥讽了一句："你们还不是红军吧？哦，我想红军不会这么怕死。这里没有野人，老虎倒是有的，以前我们还打死过一只。"又对着屋里喊："家发、家达，你们出来陪陪这两位老表，给他们带件蓑衣出来，风大了。"

钟家英的态度让江采萍感到欣慰，她朝他浅浅一笑：

"多谢你们了！"

"没什么，好歹是个男子汉，也省得被你们那只大番薯看扁。哎，大番薯刚才讲的话是真的吗？要是能找到老婆，我们倒是可以去参军的。"

钟家英似乎更愿意单独和江采萍交谈，只是坪中太冷，江采萍有些受不住。钟家英草草告诉她，自己父母很穷，早年借了钟世荣的债，利滚利一直没还清，红军拔白点打死了钟世荣，烧了他的地契，分了山林和土地，但本村的老百姓没有哪个敢种他的田，即便种了，也要交税谷给钟世昌和钟世发两兄弟。去年有户村民种了田不交谷子，结果砍柴时从崖上跌死了，估计是钟家兄弟所为。

"他们还有枪，下屋有十几户人家的子弟听他指挥。我们这边几家跟他们出了五服，平常不怎么来往。"

钟家英把江采萍带到了背风处，见江采萍打哆嗦，他将墙上挂着的一件蓑衣取下披到她身上，接着又要拿走，说是太脏了。江采萍按住蓑衣角，说挺暖和的。钟家英叹道：

"你看上去像个城里人，做派倒不像嘛！"

江采萍微微一笑，心里一阵欣慰。参加革命前她确实鲜有接触这类底层群众，参加革命后不但和群众打成了一片，连自己也变得和群众一样了，所以她并不嫌弃钟家英说的脏。

钟家英受到了鼓舞，又告诉了她一些家里的事，说自己父母早亡，他当爹当娘才把弟弟们拉扯大，成亲的事也就这样给耽误了。

江采萍自然不会忘记本职，抓住机会把地主剥削穷人，穷人只有闹革命才能翻身的道理讲了一遍。钟家英不断地点头，末尾却用这样的话来封她的口：

"江队长，我晓得共产党好，也晓得红军好，可是爹娘死前我发了咒誓的，一定要帮七个弟弟娶到老婆，只有这样才不枉当这个兄长。你告诉我，当红军是不是真的可以找到老婆？"

江采萍愣了愣，"这个""这个"了半日，终于还是不敢给他一个肯定的回答。钟家英有点儿不高兴，两人正尴尬间，房门"砰"的一声响，钟家雄跌出门来，哎哟哎哟叫唤着。

"家雄，怎么啦？"

钟家英将他拉起，奇怪地问。钟家雄气愤地指着屋内：

"大哥，这些红军婆子不是好人，她拿我们开涮。那个大屁股大奶子的妹子刚才讲了嫁给我做老婆的，我再问她时她却把我推出了门，好凶啊！这还是我家呢，不行，你不能骗人！"

钟家雄见大哥钟家英在场，胆子壮了，他指着昂然走到门口的刘观音，不服气地争辩着。

刘观音啐了他一口："呸，你不照照镜子看，自家三堆牛嫲屎一样高，我嫁给你哪个当男人吗？我撒下娇都会把你压死。"

钟家雄羞得无地自容，他快快地走到钟家英身边，喃喃道："大哥，她骂我，她骂我。"

钟家英平日最疼这个发育不良的弟弟。钟家雄的性子有些像妹仔，比较柔顺和内向，见这个弟弟被人欺负，钟家英上了火，拉着钟家雄"咚咚"几步走到刘观音面前。江采萍伸手去拉钟家英，不料被他拂了个趔趄。

"家雄，说句实话，你是不是真的中意咯只大番薯？"钟家英指着刘观音道。

钟家雄看看比自己高半个头的刘观音，又看看闻声站在刘观音身后的几个兄弟和周春霞她们，支吾了一会，接着大声道："是，我是中意她，可她会嫁给我吗？我晓得的，我们一辈子也讨不起老婆，钟家要断子绝孙了！"

这话像箭般刺在钟家英心上，他身子一抖，转身扼住了江采萍的脖子，另一只手不知打哪儿摸出了一把锋利的匕首。

"大番薯，你听见我兄弟的话了吗？你嫁也得嫁，不嫁也得嫁。你要不嫁，你们队长就死在你脚下，谁也别想离开这里。"

钟家英此举出人意料，大家还没反应过来，钟家旺一把扭住了周春霞的胳膊，拖着她往钟家英这边走：

"大哥，我要她嫁给我。"

钟家好也拽住杨兰英说："大哥，我要她。"

杨兰英一时性急，反手打了钟家好一掌："瞎你双眼的，我有老公了，怀了肚你也看不出吗？明年我都要生崽了，你找死啊！"

钟家好愣了愣，甩开兰英，飞似的跑向对面的草寮。小陈和小刘听到吵嚷声刚要过来察看，却被机警的钟家兴、钟家发制住。

"哎，大哥，出什么事了？什么？我们听不清！"

钟家兴、钟家发的喊声把青秧和招弟引下了楼，她俩刚出门就被钟家好抓了个正着：

"好，按年龄来分，我要她当老婆。"

他指的是招弟。招弟一听尖叫不已："哎，队长，这人疯了呀！我都成亲五年了，你搞什么名堂！"

招弟的声音戛然而止，她怔怔地看着眼前的一切，不明白这唱的究竟是哪出戏。

"哥，那，我要她了。"

钟家汉毫不犹豫地站到了杜青秧身边。钟家汉长得单薄，清秀，他倒没有为难惊恐的青秧，只是冲青秧眨了眨眼。

杜青秧正要开腔，被钟家英扼得气喘吁吁的江采萍发话了："老钟，就算要相亲找老婆，你也不能这样逼婚！你放了我，我们好商量。再说，我们是有组织的人，到你们钟家村是执行任务，哪能都当你们的老婆呢？你得容我们回去和组织商量。"

"不要，大哥，你要她答应嫁给你！"

促狭的钟家旺大声喊道。钟家英一愣，没有松手。周春霞、刘观音气得直跳脚，俩人不约而同地骂开了，寂静的夜变得热闹了几分。

江采萍知道遇到了蛮牯，而且这些蛮牯个个情欲正旺，稍微不慎就会酿成大祸。比如眼前这个钟家英手劲大，匕首又锋利，她的脖子都快要被他捏断了。又气又恼中，她反腿狠狠踢了钟家英一脚：

"钟家英，你要勒死我吗？勒死我红军可饶不了你。告诉你吧，像你这样是收服不了人心的！你要讨老婆可以，放开量来追，这算什么？传出去人家都会笑掉大牙，讲你们钟家八兄弟缺爹娘教养。"

关键处江采萍的口才倒给逼出来了。钟家英闻言手上一松，江采萍仰脸看着他，月光下脖子上的那条血痕仿佛一条项链，给她美丽的脸平添了几分诡异。钟家英不由长叹一声：

"好，听你的。弟弟们，放了她们。不过，这个人我们老二娶定钟家英提起鸟铳指了指刘观音。刘观音白着脸向江采萍求援，江采萍没睬她，急着让钟家兄弟放了小陈和小刘。钟家英犹豫了一会儿，终于还是妥协了。八根鸟铳乌黑的枪口不再对着她们，但那座刚给人柔切之感的杉皮小屋却突然成了凶险莫测之地。

周春霞她们再不敢进杉皮屋了，几个人面对着钟氏兄弟，成扇形往草寮退去。钟家旺看着离去的周春霞有些恼火：

"大哥偏心，凭什么我不能讨她？"

"对，我也要讨她。"

"她是我老婆。"

吵吵闹闹中，兄弟几个又齐齐的将鸟铳指住了她们，各自念叨自己相中的人。钟家英作为护着弟弟的兄长，更是脸色阴沉，眼睛狠狠地盯着江采萍。形势再一次剑拔弩张。周春霞原本一直在打哆嗦，这时禁不住失声大笑起来，她清脆的笑声让众人一凛，接着她的声音鸟啼般飞出：

"哎呀，钟大哥，你们这样做，真是笑死人！我说呀，你们要是都当了红军，肯定有人嫁给你们，别人不嫁我们也是可以考虑的。问题是我们现在是红军，你们只是老百姓，就算我们答应嫁，部队一声令下我们还不是要开拔？你哪里留得住我们呢？最好的办法是你们参加红军，我们在部队里自由恋爱，恋爱好了再结婚，这不是顺理成章的事吗？哪用得着这一出哇！"

周春霞说着大胆地往钟家英身边走，钟家旺要扯她，她白了他一眼：

"哟，这样还想讨我当老婆啊？我这个人小姐脾气，喜欢听话的男人！"

这么一说钟家旺还真乖了，立马亦步亦趋地跟在她后面，一直跟她走到大哥钟家英身边。

"家英大哥，我们队长仙女一样，你要真想娶她还得费些心才行。我们到钟家村的任务也不重，招几个兵，征几担粮，土布、新鞋也作数，这个政府都会给钱的，又不是白要。钟家村不会因为钟世荣一家就全变成了落后分子吧？"

周春霞说着捋捋落在眼角的头发，冲钟家英一笑。钟家英对她的这种表现有些不知所措，他求助似的看着江采萍。当他看见江采萍脖子上那道他扼出来的血痕时，猛不丁大喊一声：

"好，我就听你们的。不过我有一个条件，你们这几个还没有老公的妹仔，全部要嫁给我们兄弟，你们要是答应，我们不但八兄弟跟你们走，还给你们拉十几号人出去！不去的是孬种！是乌龟爬沙！"

"做得做得，"口无遮拦的刘观音大大咧咧地拍着大腿答应了，她说："反正我们有几个没老公，嫁到一起倒成亲戚了。"

"你胡说！"周春霞和青秧异口同声地骂刘观音。青秧还淘气地拽了拽刘观音的衣尾，刘观音不理她，只是冲犹豫不决的江采萍眨了眨眼。江采萍当然明白她的用意，可这种事情并不像刘观音想的这么简单，问题是刘观音已经这样说了，而钟家英他们也是认死理的人，如果她现在矢口否认，事态势必恶化，她只好违心地点了点头，心想到哪座山唱哪首歌，到时再做打算吧。

"你说话算数？"钟家兄弟欣喜若狂，钟家英还追问了一句。江采萍说："我们红军讲话自然算数。不过感情可不像煮饭这么简单。如果你们当红军了，表现也好，我们可以先处处看，能不能结婚那还要看大家合不合得来。"

钟家英还待争辩，江采萍举手拦住了他："对不起，我们就这样讲定了，明天一早到晒谷坪集合。小陈、刘观音上半夜值岗，下半夜我和小刘。唐干事那边由招弟总负责。"

江采萍交代完往对的草寮走去。火光中，她脖子上那圈红印明显肿了起来，像叉开的树枝。钟家英盯着那道伤口，乌黑的瞳仁中有了几丝悔意。他追上去递给她一包药粉，江采萍犹豫地看了他一眼，终于还是接下了。

第二天一早，江采萍和周春霞是被鞭炮声、锣鼓声和隐约的喊声吵醒的。她俩起床到钟家兄弟的屋子里一看，里头乱糟糟的，床板掀掉了，屋中央整整齐齐放了八担谷子、芋头、番薯、衣裳和干肉，看样子是准备跟她们走了，可钟家兄弟除了老二钟家雄在做早餐，其余人踪影不见。

"他们呢？"

周春霞奇怪地问道，一边担心地看着江队长。江采萍的脸有些浮肿，人非常憔悴。她身体本来就不好，昨晚又半夜没睡，下半夜值班时还受了风寒，胃疼如绞，是杨兰英代的班。此刻她捂着胃，痛楚难耐的样子把老实巴交的钟家雄吓了一大跳。

"他们，他们帮你们做事去了！"

其实钟家雄不用说，江采萍和周春霞也明白了。

"……大家听着，我们钟家兄弟要讨老婆了，我们当红军了！大家快来当红军，当了红军有老婆发呀！"

随风吹来阵阵喊声，听得江采萍、周春霞脸煞白。这时青秧、小刘、小陈也聚了过来，江采萍皱眉道：

"他们这样乱讲，事情要糟糕了！青秧，你去喊醒刘观音。小刘，春霞，我们先到晒场去，小陈负责这边警戒。钟老二，你帮招弟、兰英照顾唐干事，出了问题你要负责！"

江采萍几个朝山下跑去。钟家雄看着桌上热腾腾的粉皮丝，惋惜道："我放了茶油和腊肉，这么香，你们不吃我先尝喽！"

钟家雄独自坐在桌边吃粉丝，吃着吃着他呛住了，正咳得泪眼迷离时，刘观音披头散发地跑过来。见四周无人，她猛地踢了钟家雄坐的凳子几脚，指着他的鼻子小声骂道：

"瞎你双眼的，想找我做老婆，看我以后不整死你！"

钟家雄皱着眉头躲到一旁，刘观音好气又好笑，她冲他跺了几下脚，抓起门旁的一根梭镖冲出了门。

钟家雄端着碗，用筷子挑起一根粉丝慢慢嚼着，一边望着刘观音的背影出神。刚在门口站岗的小陈飞速吃完一碗粉皮丝，舔着嘴，把这一幕看在眼里，不由朝钟家雄摇摇头：

"钟老二，你发什么癫？这种老婆打倒贴我也不敢要，进了门还有你抬头的日子？"

钟家雄却频频点头，自得地说："青菜萝卜各有所爱。我看她蛮好，牛高马大的当得半个男人，我反正矮，不抬头也没关系。"

小陈听了，只有眨眼的份了，哪好再讲什么？这时一阵踢踏的脚步声响起，唐干事在招弟、杨兰英的搀扶下，佝偻着身体走出了寮门。

"她们在哪里？我要过去！这村子好危险，我担心出事。"

唐干事环顾四周黑黝黝的大山，一副愁样。小陈笑着打趣道："唐大姐，你晓得不，江队长、周春霞、刘观音、青秋，都嫁给了钟家兄弟，有他们帮忙你还怕什么？"

说归说，小陈还是跟着唐干事来到了晒场。晒场上聚集了不少村民，乱哄哄的，热闹极了。刘观音敲起了腰鼓，周春霞放嗓在唱山歌，青秋的跟斗一个接一个，引起阵阵欢呼。江采萍在钟家兄弟的帮助下，在晒场旁边的土墙上刷大标语：

"打造一百万铁的红军！"

"革命必胜！红军必胜！"

站在一旁的招弟，手里拿着一摞军帽和大红花，温言细语地回答着几个青年人的问话。更多的人围着钟家旺，向他打听娶红军老婆的细节。钟家旺那张八哥巧嘴略一描述，便让大家抓了狂：

"我要参军！我要参军！"

一个中年汉子冲到招弟身边，从她手中抢了朵大红花，迫不及待地问："红军老婆在哪里？现在就发吗？"

招弟比较内向，这话可把她问了个大红脸。好在周春霞过来了，她拿过纸笔，登记了中年汉子的姓名，慢慢地说："老表，你到了队伍上就能找到对象。几十年都等了，再等几天也不要紧。"

"真的？"汉子接过红军帽，抚着胸前的大红花，兴奋得双手发抖。

"喂，钟家旺，你给我过来！"

周春霞说话的口吻不太客气，钟家旺却不以为然，他头一扬，骄傲地道：

"喏，喊我的妹子是我对象，靓吧？"

钟家旺得意地睨了眼那些发呆的同伴，乐颠颠地跑到春霞跟前，口气中有了几许自家人的亲密：

"嘿，什么事？"

周春霞"啪"地将一顶红军帽扣在钟家旺头上，又给他别上红花，然后拿出一摞帽子对他说："你吆喝一下，把帽子发下去，凡戴了花和帽子的到我这儿报名，下午跟我们走。还有，叫上你的兄弟把你家堂屋里的那些东西挑下来，也好让大家晓得你们有几大决心！"钟家旺生活在"和尚庙"里，一年难得听见几回女人声，如今听到周春霞温婉的话语，哪有不从的？他兴奋地领命而去，不多久就有中几个胸戴红花头戴红军帽的后生到周春霞这里报名，喜得周春霞眉梢眼角全是笑意。

"喂，你迷老公的本事真大，厉害！"

刘观音抽空冲周春霞竖起了大拇指，周春霞朝她扮了个鬼脸，又向江采萍努努嘴：

"我算什么呀，你看队长把人管得多服帖！那才叫本事呢！"刘观音一扭头，看见钟家英正在帮江队长移楼梯。这桀骜不驯的人如今俨然一个训练有素的士兵，正一丝不苟地协助采萍写标语。"他们家八兄弟也就那个老大和钟家旺长得好些，其他的都不行。那个牛屎堆偏寻我开心，烦死人了。嘿，换了他大哥还差不多。"刘观音看钟家英的眼神中多了几分欣赏。周春霞知道她喜欢高大强壮的男子，再一想钟家雄的袖珍样子，不由莞尔。

"你乐什么乐？推井下石，下回和你算账。哎，怎么回事？"

刘观音话音未落，突然有几个大嫂冲到她们跟前，其中一个挥起扫帚便往春霞头上砸，边砸边骂：

"招郎当红军招死你去！我一个独崽，就靠他传后了，你要是勾走了他，我老了怎么办？你给我养老送终呀！"

周春霞毫无防备，被打了个正着，疼痛与委屈一齐袭上心头，泪水顿时淌了满脸。

"老人家，有话好好讲，你打人是不对的。"

江采萍和唐干事上前拉住了打人的那个大嫂。大嫂不依不饶，扭身又要打江采萍和唐干事，被钟家英猛地夺去了扫帚。

"大姆，她现今是我对象，你再这样闹，可不客气了。"

大嫂见钟家英护着江采萍，一愣，旋即往泥地上一躺，打着滚号哭起来："哎哟喂，红军婆子要杀人哪，我咯崽哎……我二十三岁死了老公好不容易拉扯大哎……要是当了兵，有个三长两短的怎么办哎——！"

大嫂哭得抑扬顿挫，峰回路转，其余几位大嫂见状也加入了哭诉行列，一时间晒场上空哭音袅袅，刚从云层露出的几缕日光也给哭声噎了回去，整个村子显得阴沉沉，湿淋淋的。

"来了，来了，大家让让，这是我们捐的军粮。"

钟家旺几兄弟将箩担挑到了晒场中央，围观的群众议论纷纷，江采萍趁机宣传红属们享有的优惠条件。有几个报名参军的后生扭头跑回家，一会儿也挑了粮食出来。那几个被亲娘拽住不放的后生，脸面有些挂不住了，他们开始呵斥老娘，特别是那个绰号叫高脚钳的独生子更是不耐烦，他将娘从泥地里硬生生拉起，吼着：

"你要干什么？快归去！这像什么话？"

他这种态度让旁观的老人过意不去，他们不约而同地指责高脚钳不懂事，不理解娘亲疼他的一片苦心。江采萍走到高脚钳身边，递给他娘一块面帕，和蔼地劝说道：

"大嫂，怪我没讲清楚，独生子可以不参军。"

其实，这只是江采萍自己的理解，至少到目前为止，她还没有看到明文规定。群众基础好的地方独生子照样入伍，从她手中送出的独生子就不下十位了，但作为一个女人，从一个母亲的角度她给出了这样的承诺。

"是吗？多谢你，多谢政府。"大嫂破涕为笑，想当即把儿拉回去。

高脚钳不干了，他不愿在众人面前服输，倔强地对母亲说："不，我要当兵，到时给你讨个儿媳归回来！"

高脚钳的娘已经不哭了，因为她从江采萍口里得到了保证。其余几个妇娘人因拗不过崽，又开始围着唐干事哭。

江采萍的眉越皱越紧，钟家村的群众基础薄弱得出乎她的意料，也许这种情况还与钟世荣的两个兄弟有关，正这样想着时晒场上倏地静下来，抬眼一看，对面的田埂路上走来了七八个男人。

"钟老二、钟老三这时候来肯定没好事儿！"

钟家英将斜背的鸟铳换到了右肩，其余几兄弟也同样戒备。戴上红军帽、胸缀大红花的钟家兄弟看上去颇有股红军战士的英武与刚毅。钟家英使了个眼色，弟弟们会意，各自占据有利地形，晒场上的气氛顿时紧张起来。

有一个大嫂背对田埂，看不见发生的事，她依旧坐在地上哭诉，做崽的对她耳语了几句后，当娘的赶紧爬起来，顺手扯下儿子胸前的大红花，扔到一旁，接着又要取儿子头上的红军帽。做崽的一扭身，躲到了别处，气得为娘的直咬牙。

"哪位是红军的领队？我是钟世昌，这是我弟弟钟世发，我们一贯赞成苏维埃政府的主张，上次也捐了钱粮。这次你们要带我们钟家的人去当兵，我们没有任何意见，怕只怕他们家里不答应，是不是啊？"

钟世昌就是昨晚造访过钟家英家的那个矮壮汉子，他说话时眼睛一眨不眨地落在周春霞身上，看得周春霞浑身发毛。这时他环视了一下周围的老表，言辞中不无自得。因为他知道答案是什么。果不其然，人群中响起杂乱的声音：

"不答应！"

"……我大姨家的三个崽当红军全死了！"

"对了，生崽防老，积谷防饥，没崽没得靠，老了要讨食……"

受到唆使的群众将江采萍她们围在中间，七嘴八舌地吵嚷着，有人开始朝她们戳手指、吐口水、扔土块石子，眼看秩序就要失控了。一脸惨白的钟世发从人群中踱出来，他是钟氏三兄弟中的老小，早年在广州的洋行里干过活，还过番到南洋混了几年，肚子里有些墨水，为人也最阴险。只见他迈着方步，口中的烟斗喷着一缕缕瘴气似的白烟，一副闲庭信步的悠哉神情。

那些闹事的群众大多是钟世昌、钟世法的亲戚，她们一见钟世法出动，便缄口不语了。钟世法尖厉中透着沙哑的嗓子在这突如其来的寂静中显得格外刺耳：

"扩红嘛我们是支持的，问题呢是这样的，人家的子弟上了战场，子弹认不认得人？认不得人那就会死人。前年蔡屋坪有 25 个人参加了红军，到去年下半年全部死光了。我们钟家村一贯人丁不旺，政府在这方面是不是要有所考虑呢？总不成让我们钟家绝门吧？"经钟世法这一煽动，群情更加激愤，有合力拉拽参军青年回家的，有指天泼地大骂的，钟世荣的打手甚至还想去抢钟家英八兄弟放在晒场中间的那些东西。江采萍附在钟家英耳边小声交代了几句，钟家英使个眼色，八兄弟一拥而上，经过一番格斗，将钟世昌、钟世法擒住了，已经报名参军的后生们也按江采萍预先的吩咐制住了钟世昌其余几个得力干将，场上蓦地静了下来。

"把他们捆起来，送到苏维埃乡政府去！老乡们，瑞金是苏维埃中央政府所在地，是共产党的天下，红军的天下！如果谁敢破坏扩红、跟苏维埃政府作对，我们一定不会手软！"

江采萍清脆的声音划破了冬日寒冷的空气，寂静中突然响起一阵：密集的鼓点，鼓点中夹杂着热烈的掌声和欢呼声。那些受钟世昌、钟世法兄弟蛊惑的群众先是惶惑不安，继而平静下来。听了江采萍的话，她们似有了主心骨，逐渐变得兴奋起来。

"伢崽参军我原本也没有意见的，可他们讲了，要是伢崽参了军，税谷要多交，公堂的费用也要多摊，受不了哇！"

有一个大伯终于吐出了苦水。

"是呀，别的村都不要向东家缴米谷柴火，就我们钟家村奇怪，凭嘛咯还要供养他们？"

"地契啊！地契没还给我们，前年分的田也不作数，还不是我们自家太老实，跟政府不同心！"

这七嘴八舌的议论带出一个问题，这问题其实昨晚钟家英也讲过，就是前年拔白点之后分的田地大家不敢耕种，因为钟世昌、钟世法又写了新的地契给大家，这纸地契像绳子一般捆住了村民的手脚，生怕红军离开后钟家两兄弟会打击报复。

江采萍和唐干事决定趁热打铁，马上动手抄钟世昌、钟世法的家。钟家八兄弟首先响应，然后是报名参军的十几位后生，再接着是普通的村民。想起往日钟氏三兄弟鱼肉百姓、横行乡里的罪恶行径，大家的情绪突然爆发出来，村民们打着喔嗬往钟家冲去。

钟世昌、钟世法家留了十几个人护院，早有人把他们被红军扣押的消息传回去。护院的后生群龙无首，再说他们平日也受钟氏兄弟的欺压，如今乐得顺水推舟，将钟家围子拱手相让。

钟家围子是十几年前新建的方围，住了钟氏三兄弟和五服内的十几家人，前临崖后依山，地势险峻。前些年红军之所以攻不下，与这独特的地势有关。拔白点时这围炸塌了半边，此后钟家只是就势进行了修补，其实已经从封闭的围子变成了半敞开的院落。

钟氏二兄弟占用了南边最好的房子，仓库里装着满满几囤谷子。更让大家高兴的是找到了两担食盐和几担土制枪药，还有十几匹布，几十块光洋，唐干事丢失的那柄枪也从钟世昌家中找到了。

江采萍将所有东西登记造册，哪些分给当地群众，哪些留给部队，一清二楚。最让她欣慰的是找到了钟世昌、钟世法兄弟俩造的新地契和"变天账"。"变天账"上记着某年某月某日谁谁谁参与了攻打钟家围的战斗，哪个分了他家浮财，谁向红军靠拢，谁家砍了他的山林，谁呵斥过他们等，记得相当详细。

村民们被激怒了，他们没想到自己这么老实听话，最终却仍上了变天账的黑名单，这不明摆着日后要收拾大家吗？一不做，二不休，大家想反正与他们结仇了，倒不如趁着红军在，断了他们日后的梦想，于是都上来打钟世昌、钟世法，被小陈和小刘慌忙拦住。村民们不解恨，又提出要烧了钟家围，住在里边的钟氏近亲怕被牵连，个个当起了缩头乌龟，江采萍及时制止了村民们的这种疯狂想法：

"老乡们，我们不是国民党反动派，他们实行的是杀光烧光抢光的三光政策。我们红军是人民的子弟兵，这些老乡虽说平常和钟家三兄弟走得近，可他们不知情，也没干坏事，我们不能让他们没房子住，对不对？"

江采萍一席话，让那些钟氏近亲放落了心，钟世昌、钟世发的家人也敛了哭声，开始跪地求情。

钟世法、钟世昌兄弟绝望地垂下了头。

# 第十四章

周春强近日惴惴不安，仿佛身后有无数双鬼眼在盯着他。自打妹妹周春霞从他的眼皮底下逃逸后，陈太平就对他耿耿于怀，觉得他是个危险人物，恨不得除掉他。

"你他妈欺负老子怎么的？想空手套白狼？没门！告诉你，不是看你妹子标致，老子的枪弹可不会给你，快把那个小贱人交出来！"

周春强回五堡后，陈太平从前线回了趟赣州，于公当然是向上司汇报工作，于私则是来向周春强兴师问罪。据说他在前方听到周春霞失踪的消息后，气得开枪打死了一个不顺眼的部下，可见有多么暴怒。

那天他带着十几个士兵来到周春强驻地，一见面就掏枪开骂，喝令周春强把他妹妹交出来，要么补交一大笔钱。周春强手中有陈太平倒卖军火以及和苏区交易物资的证据，自然不买陈太平的账。两人唇枪舌剑地干了一场，闹得差一点火并。

陈太平也明白自己的行为见不得人，并没有把事态扩大，但他明显咽不下这口气，临走时敲了周春强一枪柄，打得周春强头破血流。周春强毫不示弱，扑上去在他耳朵上狠狠咬了一口，疼得陈太平鬼叫，这一架之后，他俩彻底撕破了脸皮。

幸得这时驻守福建的国民党第 19 路军发生兵变，陈太平部得到命令，协同国民党北路军 9 个师和沪宁杭抽调的两个师入闽对 19 路军进行"讨伐"，周春强背后的芒刺才没有继续往里扎，但陈太平临走前在赣州专员面前参了周春强一本，说他指挥不利，影响靖卫团成效，且有通匪之嫌。前头几点周春强无所谓，这后一点他就吃不消了。

其时赣州城内正血雨腥风，采取的是"宁可错杀一千，不能放走一个"的极端政策，铲共会遍布全市，还强迫群众实行"十家联保""五户联座"，"剿共公约"和"保安守则"贴得到处都是，上面写着"通匪、济匪、窝匪等，一律格杀勿论"。那段时间街口路旁经常挂着"通匪者"的脑袋，军队中查出的几个疑犯很快就被枪决了。

陈太平这一本参得周春强在军法处的黑屋子里足足待了三天，被打得皮开肉绽不说，还破费了几百大洋，等他重见天日时靖卫团团座已经换了人。

在姘头白露儿家休养了几日后，周春强思来想去，便也参了陈太平和他的老婆林美仪一本。他参陈太平的可比陈太平参他的实在多了。比如，某月某日陈妻与女匪江采萍交易，某月某日运了多少船钨砂出去，某月某日运了多少盐出去，还有几批和他做的军火交易，他都给记在陈太平的账上。他反正不在赣州待了，怕军方个屁。再说，父亲上次特地到赣州请他回家，希望他能够保住五堡，当时他以为自己前途无量，所以对父亲的建议嗤之以鼻，眼下形势变了，他觉得父亲的话说得实在有道理。父亲说：

"儿啊，你就是顶破天，脚下也得有块地，我们家的五堡比哪里都好，你回来吧！这眼下百万大军压境，红军能闹腾多久？回去守住我们家的祖业才是你最该做的。"

好吧，爹，这回就听你的，我回五堡去，看他们能把我怎样！

周春强决心定下，立即着手行动。他先是通过关系给自己捞了个五堡铲共委员会主任的头衔，这样就能名正言顺地购买军火往回运了，接着将几个靖卫团的同乡拉出，临行前还将一些财产作了安置，又找到陈查理和其他几个军方医院买了些紧俏药物，准备打道回府。不过，在此之前，他还要安排一下白露儿。

白露儿跟他时刚刚唱红，两人姘居后他不准她上台，天天在家和几个太太推牌九，倒也耐住了寂寞，这点他对她挺满意。不过，总的来说她不是个灵性的女人，因为白露儿知道他要回五堡后，竟要求他娶她，这让周春强觉得可笑。她也太不自量了！从外貌上讲，白露儿标致水灵，饶是阅尽人间春色的周春强也无法漠视。他对白露儿也有几分好感，但要把她迎娶回家，周春强却没有父亲对房秋心的那份大度了。他心目中的老婆必须是个有修养的大家闺秀，白露儿这样的戏子怎么能合他心意呢？

不知为什么，江采萍的脸从他眼前纱般飘过，他猜自己今后找老婆可能会以江采萍为标尺。他觉得江采萍就像周敦颐笔下的荷花，清丽、圣洁，既让人不敢造次又心生渴望，所以他一口回绝了白露儿。

"好哇，周春强，你玩腻了老娘就想走？告诉你，没门。哼，你别以为老娘不晓得你的猫屎，老娘比谁都清楚！你不娶我也行，你就娶阎罗王的女儿做老婆吧！"

周春强拒绝白露儿时正站在床前穿衣服，他和白露儿刚刚云雨了一番。白露儿在这方面挺骚，总是让他乐不思蜀，但白露儿千不该万不该揭他的伤疤，他一怒之下掐住了她娇嫩的脖子。起先他并没有杀人之意，可转念一想自己走后她若真去参上一本，只怕会吃不了兜着走，于是一不做二不休，把白露儿打发给阎罗王做小老婆去了。

贱女人，以后投胎做人放机灵些，弄清楚什么话该说什么话不该说，否则投胎十次也只有做屈死鬼的命！

周春强和白露儿租住的房子比较隐蔽，一条幽静的小巷，几扇朱漆的大门，白玉兰从墙里往外长，是赣州城的富人区，平日煞是热闹。但眼下时局不稳，家家关门闭户，这一带便显出几分冷萧，不过这正合他的心思。因墙高院深，周春强根本不用担心被人察觉，他连夜在床底下挖了个坑将白露儿埋了，这边开了路条雇了马车，带着十几个亲兵直奔五堡而去。

算来他已经近三年没回家了，前二年忙于四处剿共，去年主要协助赣州城区防卫，一般不出城，如今出城一看，就觉出了战争的残酷及巨大的破坏力。沿途不时有石头过刀、茅草过火、空无一人的鬼村闪现。想到前几次围剿留下的这一片片废墟，他心里不免有些惊悚：

阒无人迹的村庄是多么可怕啊！杀戮过后尸横遍野，接着化为灰烬，来年春雨一浇，青草在这血肉人资的滋润下见风就长，不多久这些村庄的残垣断壁就被茂繁的植物覆盖了，成为鼠蛇狐兔的新家，不知夜半来此是否能听到冤魂的啼哭？

周春强不是个多愁善感的人，这些年杀人也杀麻木了，可当马车驶过一座座鬼村废墟时，还是有几分余悸。他猛地想念起久违的母亲来，并庆幸自己从白露儿箱里翻出了几块布料和几件金银首饰，好歹还可以作为礼物，至少可以让母亲高兴一些。

周春强心里明白，这些年，自己对母亲的态度太恶劣了。其实他也想改，因为在内心深处，他很感念母亲从小对自己的关爱和呵护，可一见到母亲那副可怜相又忍不住粗声大气起来。久而久之，这成了他对待母亲的习惯。母亲也默认了这种方式，他便懒得改了。

前几日，有个算命先生在街上唤住了他，说他事母不孝，如果不改会有血光之灾。他向来不信这些东西，但那个算命先生的话还是让他吃了一惊。他确实事母不孝，至于血光之灾一说，他想，这无非是做这一行的人惯用的伎俩，为的是让人求个破解之法，得几两散碎银子。他掏出块银圆来，算命先生却摇着手走了，说是不敢收他的钱，搞得他纳闷了好一阵。

莫非是我的长相太煞？要么就是他知道自己的身份？

如今坐在马车上，这些不相干的思绪涌上来，将他的脑子搅成了一锅糨糊。他又想起了妹妹周春霞和马丽，还有那个躲在死尸底下的江采萍。

说老实话，当时他若肯出手，光江采萍这一颗脑袋就可以换回上百块光洋，可他想都没往那上面想。也许换了个男人躺在尸体堆中，他会动这个念头的，但是对江采萍他怎能那样做呢？

他不敢确定自己爱上了她，但他的确喜欢她，平日也利用妹妹的关系竭力接近她，只可惜落花有意流水无情，江采萍始终是那副圣洁、冷傲的样子，让他无从下手。

不过，江采萍越是这样，他便越在意她。他想今后若有机会见到她，他一定要让她明白自己为她是做出了牺牲的。

嗯，还有那个马丽，小妮子越长越美了，而且美得别致独特，就像一道未曾尝过的菜，让他垂涎不已。倘若马丽还和妹妹待在一起，他这次回五堡无论如何要把她搞定，实在不行就强奸，奸了她又能怎样呢？

周春强越想越兴奋，好像马丽已唾手可得。也不知为什么，每次想起马丽他都情欲难耐，这也是他在南门口胁迫妹妹回五堡的原因所在。

马丽在陈查理身边他不好下手，若在五堡他就方便多了，大不了他讨马丽做小老婆，他不相信马丽会拒绝。他知道马丽渴望被人疼爱，渴望有一个温暖的家，而他可以满足她的大部分愿望。一个私生女能有这样的结局也算尘埃落定了，她不可能有什么过高的奢望。

想到即将到来的艳福，周春强兴致高了些。此时他们已经安然过了危机四伏的老鹰寨，剩下的路程很快就能跑完。当五堡雄健的身姿凸现在夕阳的余晖中时，他忽然体味到了许久未曾有过的轻松和充实，这是一种作为主人才有的心态。他喝令兵丁放慢些速度：

"好久没回家了，我得好好看看这条街。"

马儿慢下来，两边的景物不再潮水般后退，他忽然觉得有些异样，好像人们看他的目光不对，有些躲躲闪闪，有些惊愕。就在这时，有个兵丁猛地指着周屋大喊起来："哎，团长，你们听见唢呐声了吗？吹的是悲音哎！"

周春强猛地一沉，与此同时，他看见了围屋门前飘着的一大片一大片白幡，几十口棺材在院坪上一溜摆开，凄厉的唢呐混合着哀恸的哭声，把暮霭中的五堡搅得一片惨淡。

"驾！"不用他发话，驾车的兵丁一甩鞭子，几架马车飞驰过街道和院坪，停在了一大片棺材前面。

披麻戴孝的人们先是一个愣怔，认出是少爷回来了，他们呼地围了过来。接着是一片哭声，一串控诉声，几乎个个涕泪横流。在这片嗡嗡嗒嗒的哭诉中，周春强终于明白五堡发生了大变故：

娘和妹子失踪了，爹惨死在红军的刀下，房姨受了伤躺在床上，住在五堡里面的周姓人被红军杀了十六口！仓库里的钱、粮、布匹和街上的烟馆、赌馆的款子被红军席卷一空。固若金汤的五堡，只剩下一个空壳了！

"少爷，你不要太难过，我们只有靠你了呀！不是说红军不杀老百姓吗？这次的红军怎么这样啊？不过听讲那些红军有可能是老鹰寨的土匪扮的，也不晓得是真是假。"一个护围家丁把周春强拉到旁边小声道。春强像是浸在了水里，水波把些微的声音放大到难以忍受的地步，他下意识地揉揉耳朵，清清嗓子，这才说出话来：

"牛牯到哪儿去了？"

众人面面相觑，有人将他偷钱逃跑的事情讲了出来。周春强心里的疑团倏地大了一圈，但眼下最关键的还不是追究这件事，而是要看爹的尸体。当族人领他来到围屋内的祠堂、掀开棺盖、在渐渐昏暗的天色中用火吊照出爹的遗容时，他"啊"地叫了一声，腿一软栽倒在棺材前，接着听见他捶棺恸哭。

　　"爹——啊——娘——哎——！"

　　周春强嘶喊着，足足哭了半个时辰，等他红肿着双目站起来时，天色已渐黑。尽管祠堂四角插着火吊，周国富的棺材前也点着长明灯，来来回回的不断有人走动，可还是透着阴森森的鬼气。五堡内熟悉的面孔都不见了，周春强仿佛来到了一个陌生地方，这使他感到疑惑和恐惧，于是他打消了去看望房秋心的念头，领着几个亲兵到五堡的另一半去寻找族人。他找到了一个绰号叫大耳朵的少时玩伴，大耳朵又找了五六个与他家未出五服的后生，他让这些人守住大门，不让任何人进来。虽说五堡是自己家，可眼下出了大事，他得防着点儿。

　　五堡眼下的情形，确实让他震惊，让他悲痛和愤怒，又让他一时理不出头绪。他来到灶下，想吩咐伙头老唐和老谢为他的弟兄做饭，但老唐不知所踪，大耳朵猜他跟红军跑了，老谢昨天夜里突然吃老鼠药死了，尸体还摆在围屋的一间破屋里。

　　"这老谢死得好古怪呀，听讲他那天用老鼠药闹死了两个红军头脑呢，这人好厉害的！"

　　大耳朵他们平日难得到周国富他们住的这边，对事情不甚清楚，他所说的也是从别人那儿听来的，细究下去只会翻白眼。

　　"红军头脑的尸身呢？"

　　周春强问道。大耳朵摇摇头，说是被红军抬回去了，随后又拍着脑袋道："哎，对了，竹子嫂家的井栏边原先有两具红军尸体，被人丢到后山喂狗去了。"

　　春强一听立马起身："到后山去。"

　　他们绕过五堡围屋，赶到后山，这时天已黑得伸手不见五指，奔波了一天的周春强又冷又饿，心更疼得不行。说到红军，他怎么也想不明白，不明白红军这次为什么做得这么绝？他怀疑其中有诈。最大的可能，是牛牯联合老鹰寨干了这票买卖，然后栽赃红军。当然，红军也不是没可能。眼下红军处境困难，五堡无疑是块肥肉，再说他们历来有打土豪、分田地的传统，他们以前不打五堡是因为时机不到，这回时机成熟了，于是他们就动手了，也许现在在开庆功会呢！所以，他必须上山来看个究竟。

　　还好，那两个红军的尸体还没有被野狗毁坏，他们躺在草丛里，血污的脸上那对空洞的眼睛异常浑浊，嘴巴张得大大的，龇着白牙，在摇曳的松光下看上去很恐怖。

两个死去的红军都很年轻，可能不满二十岁，身上穿的红军衣裳破旧不堪，但应该是正宗的红军服，染得不太均匀的灰色，粗糙的红领章，红帽徽。周春强仔细地查看了他们的手脚，脚有厚厚的一层老茧，手上也有。他抓起一个死尸的手嗅了嗅，在冰冷的气息中散发着几许淡淡的硝烟味。他取下了他们的帽子，两人都剃着光头，无法看出是否有帽箍的痕迹，但他觉得他们像红军，面黄肌瘦的却透着股倔强，符合他对红军的印象。

想了想，他又脱去了尸身上的衣裳，看看他们背部有没有胎记。前段时间靖卫团曾抓到几个老鹰寨流窜出来的土匪，他们的背上都用烟头烙了勺子形朱砂七星图案，很是妖异。

这两具尸体的背上光溜溜的，没有图案，只是出现了大块瘀斑。周春强有些失望，他想，如果来者真是红军，那么当下五堡面临的形势，无疑是非常严峻的。因此两者相比，他倒情愿是老鹰寨的匪徒干的。

回到五堡，刚进门周春强就愣住了：在大门正对着的照壁前，房秋心裹着被子，正痛苦地靠卧在竹榻上。她的脚上上了夹板，脸上满是瘀伤，往日水灵灵的双目红肿，枯涩。五堡发生了这么大的变故，她的精神肯定受了不小的刺激，看见周春强她不但没哭出来，反而绽出一脸诡异的笑容：

"死了，都死了！看见了吗？他的头被砍断了，王妈的胸前有一个大洞，血流干了。死了，都死了！"

房秋心目光呆滞，颜容枯槁，嘴里咬着指甲，像疯子又像孩子。周春强原地站立，惊愕地望着她。对这个后妈他没多少好感，但也说不上讨厌，从某种角度而言房秋心对他还算过得去。

房秋心大他五岁，他俩对许多问题有较为接近的看法。房秋心进周家的门时，他已是一个有了梦遗经历的少年，那时他就认识到了房秋心的美，这美还诱惑过他，曾让他春心荡漾。

他偷看过房秋心洗澡，而且被她发现了。他本以为她会到爹娘那儿去告他的状，趁机制服他，让他从此对她服服帖帖，言听计从。但她没有。她只是羞涩地披衣躲进了房间，关门前还意味深长地看了他一眼。这个眼神让他至今仍然记忆犹新。有时，他觉得那个眼神是对他的默许和暗示，是无声的诱惑，怪只怪自己年纪太小，不解风情；有时，他又觉得这眼神含着几许淡淡的无奈。平心而论，那时的她除了躲还能怎样呢？也许正是她在这件事情上的默许或无奈才抵消了她的其他过错，让他对她还有那么一丝淡淡的好感。

离开五堡后周春强很少想起她，就是偶尔想起，也没有把她当成继母，而是拿她的色相暗暗和别人作比较。比较来比较去，他不得不承认父亲在女色的鉴赏上还是有眼光的。

几年不见，房秋心有些老了，但在总体上还算得上是个美人。即便在劫后满身伤痕的情况下，她依然楚楚动人。

听着她的吴侬软语，想到死去的父亲，失踪的母亲和妹妹，还有被掠去的钱粮，周春强一阵伤心，他情不自禁地握住房秋心的手，潸然泪下。

房秋心怔怔地看了他一阵，眼神渐渐清明起来：

"啊，是春强？真是春强啊！你回来了？你收到我写的信了？可送信的人说没找到你啊？啊，抱着我，我好冷，红军来了，红军来了！"

尽管认出了周春强，房秋心的情绪仍然处于失控状态，她先是攥住他的手不放，继而喃喃着往春强怀里扎。周春强越推她抖得越厉害，听得见她的上下牙在打战，眼中的神色惊恐而又无助。

周春强一阵心软，任她在胸前停靠了一会儿，然后起身毕恭毕敬地鞠个躬："房姨，你回屋先歇着，等明早我们再聊……"

说完，他转身走了，火光中，他粗壮的背影在墙上和地下留下一个庞大而沉重的阴影。房秋心的目光中掠过一抹复杂的表情，颤抖的身子倏地平复下来。

"送我回房吧！"

房秋心有气无力地说，代替王妈的一个粗使大嫂弓身背起她。她们的身影刚消失在楼梯口，周春强便从他刚才走的那条巷子口闪了出来。他左手食指轻轻敲击着右手掌心，毫无表情地瞅着房秋心的背影，然后拎着火吊，在家丁的带领下，步入了围屋深处。

# 第十五章

方梦袍官复原职了，重获得自由了。

他的自由得益于野战医院包括马丽在内的全体工作人员的联名申诉。申诉书送到中央总前委和卫生部，总前委责令保卫局有关部门对，事件重新调查，又再次提审了唐狗仔。苏干事甚至率人按照方梦袍讲述的路线重走了一遍，直至找到杨科长的遗骸，最后总算还了方梦袍的清白。

时间已过去月余。当方梦袍走出那所院落重新回到医院时，他的鬓发中闪烁出星星点点的白，人也瘦了十多斤，看上去苍老了十岁。与上回被错认为AB团相比，方梦袍这次的心境平静了许多，对苏干事等人他没有任何怨恨。

也许是周春霞起了作用，这段时间苏干事对他还算关照，经常用节余的伙食尾子给他买些小菜，改善他的生活，还破例每日给他看报，有时开了会也会悄悄把某些会议精神告诉他，要是没有伤员，苏干事还热衷于给他上政治课，讲目前的形势和红军几次反围剿的成败得失。别看苏干事年轻，他在这方面可是比方梦袍成熟多了。

方梦袍受益匪浅，回医院后立即召开了一个临时会议，向大家介绍了目前中央苏区的形势，并对医院的工作做了相关部署，如抽调专人采集收购中草药，给轻伤员制定更为切实可行的锻炼康复计划，重伤员的护理落实到人等等，比之先前，在政治上显得老成多了。

他在会上还特别表扬了马丽，表扬她在这一个月中所做的工作。由于马丽的周到呵护，原本已经在死亡线上徘徊的赖团长日渐好转，更难得的是他已彻底打消了自杀的念头，在院坪上砌了炉子，置了风箱，发挥他当兵前的铁匠手艺，每日坐在木匠特为他制作的木头轮椅上替部队修整缺损的大刀、刺刀、马掌。轻伤员们纷纷过去帮忙，弄得热火朝天的，给医院带来了勃勃生机。

当听说赖团长的好转除了马丽的护理外，也与春霞经常来访和她甜美的山歌有关，方梦袍忽然意识到自己以往工作的不足，那就是太技术至上，对伤员的思想状况不够关心，而思想状况如何有时恰恰是问题的关键。在苏区医院的几年，他目睹过不少伤病员自杀。他们为什么自杀？看样子与思想工作疏忽有关！

"我们以后和春霞她们多联系，周六、周日让突击队的同志过来和伤员们联欢，伤员们开心了，伤也好得快。"

方梦袍的建议得到了大家的一致赞同，会场上的气氛热烈起来，人们纷纷献计献策。看着大家疲惫却洋溢着革命豪情的脸，方梦袍觉得那些委屈与痛苦都不在话下，第二天便以更加高涨的热情重新投入工作。可几天之后，他却落入了另一种困境，常常没来由地出一身汗，而且眼不敢抬，头不敢转，生怕碰见马丽那痴情而又火辣的目光。

糟糕，这妹子动真格的了！

方梦袍知道马丽爱上了自己。其实，从马丽第一次来看他，他就注意到她对自己有特别的意思，刚开始他没往心上去，毕竟两人从小在福音堂长大，亲密点儿不为过，后来她经常单独或与红云一起到关押处来看他，这时他已觉出了不对，红云也有同感。

有一回，马丽用伙食尾子给方梦袍买了双棉鞋，方梦袍死活不肯收，马丽气得转身就走了，红云望着她的背影苦笑起来：

"梦袍，这下你要辛苦了。看样子她是真动了心，每天在我面前打听你，问你，起码要说二十次你的名字，我很危险喽！"

红云是个大度的女子，结婚这么多年，她从没有为这类事和方梦袍红过脸。可当她发现马丽迷上方梦袍后，却多少有了一些担忧。马丽那么年轻美丽，她不知道方梦袍能不能抵制住她的诱惑。

说来有趣，自从马丽到医院后，前来看望伤员的年轻战士明显多了起来，有几个中央机关的干部每周必定要来几次，名义上说是探病人，看老乡，其实是来看马丽。《红色中华》报的战地记者万文和新近住院的钱副师长对马丽更是情有独钟。

万文经常找借口来采访，那段时间野战医院的见报率比以往高出了许多，但马丽不喜欢万文，说他的举止女里女气，万文多少有些气馁，来的次数渐渐少了。

钱副师长是个动作迅速的人，他已经托红云来做媒了，红云对此很热心。钱副师长是个赫赫有名的指挥员，他的妻子是兴国妇女赤卫军的副队长，第三次反围剿时被国民党的飞机炸死，牺牲时怀有七个月的身孕，自那后钱副师长再没有接近过女人，更别说动结婚的念头了。可自从他背部挂花、入院见到马丽后，三十多岁的钢铁汉子居然犯了相思病。他不好意思直接向马丽表白，只好请红云牵线搭桥。

红云觉得钱副师长除了个子略显瘦小外，其他方面都不错，便派马丽去护理他，等马丽和钱副师长熟悉后，她把他的意思告诉了马丽，谁知被马丽一口回绝了。马丽说："我有对象的。"

红云的心里一紧，赶忙追问谁是她对象，但马丽死活不肯说，弄得红云直犯嘀咕。她把这事讲给方梦袍听，方梦袍也不明白自己为什么会有些失落。

"是吗？谁呀？那个万文？"

方梦袍和红云都不喜欢那个记者万文，因为万文曾经因生活作风问题受过处分，他们可不希望这样一个人来追马丽。

"不可能是万文，马丽看不上他。那个人呀，我看八成是你！"

方梦袍白了红云一眼，说："红云同志，这种事情你可不能胡说。我的为人你应该清楚，我只是担心有时我的做法会伤害她。"

方梦袍说的是真心话，他不想伤害马丽。不是说他对马丽没有一点感觉，他有，而且有时很强烈，但他相信自己能处理好这件事情。但是，也许就因为自己会心动，他的自控才显得生硬而极端，与其说他在拒绝马丽，倒不如说他在拒绝自己，所以他才担心马丽受不了。

永远相信他，在她眼里方梦袍是没有缺点的。

方梦袍说到做到，对马丽从此摆出一副公事公办的面孔，还特意出面请钱副师长和马丽到家中吃了顿便饭，为的是撮合他俩。

钱副师长这是第四次负伤了，前三次也在方梦袍手上治疗，那时他成天急着要返回前线，这回他也同样急，但这急中已有了一丝牵挂：他希望能够在这段时间和马丽把关系定下来，所以那顿饭他吃得很拘谨，生怕自己大马金刀的性格和粗鲁的话语会惹马丽不快。其实，他就是不说话马丽也已经不高兴了，但她这不高兴不是针对他的，而是针对方梦袍和红云。

方梦袍和红云夫妻给马丽和钱副师长的敬酒，马丽把碗"啪"地一放，滚烫的水酒像朵花那样溅起来。众人一时不知说什么，但见她噙着泪水看了方梦袍一眼，一言不发地扭身跑了。

"马丽，马丽，你回来！"

红云追出去，可她哪里追得上呢？不多会儿马丽就消失得无影无踪。

钱副师长喝了几碗闷酒，将袖子一拂，颤抖着嘴唇说：

"我的伤好得差不多了，明天出院吧。来，我们吃酒！长得靓的妹子脾气大，娶回家不好伺候，我看算了吧！再说，现在战事也繁忙，形势又严峻，这时候想这些事也不应该，她这一跑倒把我给弄醒了。看来，我这段时间的思想是走神了，方院长，红云护士长，事情就到此结束吧！"

钱副师长说完，吃酒，抽烟，谈笑自如，只字不提马丽，颇显英雄本色。第二天，他办理了出院手续。临走之前，他到病房寻了马丽，掏出一副近视眼镜送给了她：

"马丽同志，对不起，我的事你不要往心里去。我看你没眼镜不方便，这是从县城一个郎中朋友那儿弄来的，不晓得你戴上管不管用，做个纪念吧。"

马丽接过眼镜试了一下，立即跳脚笑起来：

"哎呀，谢谢你，怎么这样合适？哎，你脸上长了几颗麻子呀？原来看不清，倒觉着你长得比现在要平展些嘛！"

马丽一派天真，钱副师长受用地微笑着，心想这妹子倒是个实心人，心里有什么讲什么，这种脾气最对自己的胃口，可惜呀！不过他早已想通，觉得自己一个大老粗配不上马丽这样的洋学生，尽管如此，这会儿还是有些淡淡的惆怅。

当马丽得知他是提前出院时，心里多少有些不忍，"钱师长，对不起。那天，那天我不是对你发脾气的，你不要见怪噢。"

钱副师长豪爽一笑："哪会和你这细妹计较啊？好好做事吧。不过你眼力不好，走路什么的要多注意些才是！"

钱副师长转身走了，马丽愣怔了一会儿，正好看见方梦袍和钱副师长握别，她想走上前去，又怕再和钱副师长讲话，便等钱副师长走了才悄悄靠近方梦袍，谁知方梦袍一见她竟快步往手术室跑去，仿佛她是瘟神。

马丽追过去拽住他的衣角，孩子般喊道："你为什么这样对我？你给我说清楚！"声音不知不觉有了哭腔。

方梦袍看看四周，着急地去掰她的手："马丽，别耍小孩子脾气，现在是工作时间，有话我们改天再谈。"

说罢方梦袍匆匆走了，马丽追了几步，看见陈医生和几个护士从窗口探头往外瞧，不由气羞交加，"嘤"地哭起来。方梦袍的双脚粘在地上不得动了，他叹口气，慢慢走回马丽身边，马丽抽泣得更厉害了。

"马丽，你也这么大了，怎么就不明白道理呢？我是有家室的人，你这样会影响工作的。"方梦袍苦口婆心地劝道。

马丽并不买账，她抹着眼泪无比委屈地说："你怕什么呀，我又……我又不要你做老公，我……我只是想你。我也叫自己不要想，可就是会想，我有什么办法？我……我就当你是哥哥不行吗？"

马丽的话让方梦袍啼笑皆非："马丽，我已经把你当妹妹了，比妹妹还要亲，这不就够了吗？马丽，我们小时候在福音堂是一回事，现在都是大人了，这里是红军医院，不能这样任性。"

方梦袍说到这儿有些动气，谁知马丽比他还要气：

"我不管，我不想嫁人！你们以后谁再给我介绍对象我就骂谁。还有，你刚才答应了改时间和我谈的，就今天晚上谈吧，后山脚下的小溪边有棵歪脖子柳树，八点钟我在那儿等你，不见不散！"

马丽甩头走了，冬阳洒在她舞动的短发上，军帽下边似藏了片美丽的绸缎，晃得方梦袍眯起了眼睛。

他叹口气回到手术室，陈医生正在给一个伤员拆线，他抬头看了眼方梦袍，关切地道：

"没事儿吧？这后生恢复得不错。"

陈医生的神色多少有些黯然。他技术不错，心地也还善良，只是经常长吁短叹的，似有许多苦楚。方梦袍一直想找机会和他谈谈。

这天，正好有些清闲，方梦袍和陈医生双双蹲在井栏边磨手术刀，陈医生感叹道：

"方院长，讲老实话，要不是被贵军俘虏了，打死我也不会相信你们是在这种情况下做手术的。没有麻药、没有止疼药，没有消炎药，没有一把像样的手术刀……啧啧，那些战士真是勇敢，全是刮骨疗毒的关公，可敬可佩！医生也不赖，不是钢筋铁骨的人做不了这种手术，难怪你们这样战无不胜。"

"哎，陈医生，这就是你的不对了。你现在是我们当中的一员，怎么还贵军贵军，你们你们的？你呀不但人要融进来，心也要融进来，只有这样，你才不怕苦累，才能够在必要时做出牺牲。"

陈医生苦笑着没作声，刀子在他手中磨得咯吱咯吱响。方梦袍看着清瘦的他，关切地说：

"陈医生，听讲你太太去年染伤寒过世了，只有一个三岁的女儿，放在赣州老家？"

陈医生愣了愣，接着扭身去揩眼泪，好久他才重新蹲下，把那已经磨好的手术刀丢进水桶里清洗。

"方院长，谢谢你的关心。组织上对我很关照，在这么艰苦的条件下，还给我每个月开五块大洋的工资，可战士们每天的伙食才五分钱，我拿得不安心。只是我这种从那边过来人，不晓得能不能适应红军的纪律。我是家中的独子，我老父亲 71 岁，有哮喘，往年冬天要躺好几个月，还多亏我在医院帮他弄点药才能挺过去。我老母也有 70 了，她身体倒还好，现在家里只靠她了。这样下去，连他们的生计都成问题，这可怎么办呢？"

陈医生性格斯文、内向、寡言，这些委屈积在心里大半年了，如今终于有了倾吐的机会，他居然女人似的抹起了眼泪。方梦袍同情地看着他，丝毫不觉得有什么滑稽。男儿有泪不轻弹，只是未到伤心处，眼下这陈医生是真伤心了。

"写过信给家里吗？"

陈医生摇了摇头："不敢写，怕万一发现，说我是奸细，到时有口难辩。"

方梦袍拍拍他的肩："小陈，苏维埃政府不会冤枉好人的，你这是正当要求，有什么不可以？我看你该给老人家报个平安，捎点儿生活费给他们。你父亲的病我可以拜托福音医院的陈查理先生，让他关照关照。"

"真的吗？太谢谢你了！方院长，这样我就安心了。"

陈医生如释重负，脸上的愁色一扫而光。

　　在方梦袍的帮助下，陈医生通过赤色邮路往家里寄了信和生活费，不久还收到了家书，从此他像换了一个人。

　　这自然是后话，暂不提它，先讲讲这天晚上方梦袍和马丽在小河边见面的情景吧。

　　这天晚上虽然很忙，马丽还是抓紧时间洗了澡，洗了头，早早赶到小溪边的歪脖子柳树下等候。这时已是隆冬，歪脖子柳树只剩下光秃秃的枝桠在寒风和淡月中懒洋洋地拂动。

　　为了不让身姿看上去臃肿，马丽没有穿新发的棉衣，只穿着单衣，单衣里头罩了件原先在赣州时常穿的薄灯芯绒夹衫，口袋里揣着陈查理伯伯送给她的小闹钟。

　　河边风大，她站了不多会儿就冻得浑身打颤，脸皮麻木。马丽忽然觉得自己有些儿傻，同时又深感无奈，她无数次命令自己不要去看、去想方梦袍，可脑子根本不听指挥，只要一有闲暇方梦袍便月亮般地悬在她眼前，让她无法回避。奇怪的是方梦袍越回避、越冷淡，她便愈想见到他。难怪有人说，真正喜欢一个人，往往是剃头担子一头热，现在她算是明白了。可明白了又有什么用？她还不是照样日思夜想，照样躺在床上猫挠心！

　　不过有时想到方梦袍对自己的轻慢她又会很生气，恨自己的自作多情和软弱无能。如果能够做到，她发誓也要让方梦袍在自己面前难堪……问题是她做不到，所以她才会望眼欲穿地在寒风中等待他的出现！

　　九点差一刻的时候，马丽哭了，她哭得伤心而放肆，幽幽的哭声和着溪水轻细的哗啦声将寒风的节奏打乱了，风不服气地打着旋，几片枯叶擦着她的脸飞去，惊起了几声夜鸟的哀鸣。

　　马丽回头望望后面的山冈，犹豫着是否要离开。尽管这几年在医院跟尸体打了蛮久交道，但一想到山那边密密麻麻的坟茔她，仍然毛骨悚然。那些坟茔中埋着的尸体，有些还是她亲手清洗的，他们的音容笑貌仍历历在目，按理说她应该不怕，可人真是奇怪的动物，不管生前多么熟稔、亲密，一旦没了那口气，这份熟稔、亲密便被恐惧代替了，也许不是真正的恐惧，而是生与死之间那道不可逾越的界限在隔离着彼此。

　　马丽有些后悔来到了这个地方，她甚至想任性一回，干脆离开医院回突击队去，这样眼不见为净，也省得看他的脸色，被他冷落。

假若我现在就去春霞那儿，他会来找我吗？问题是他根本不知道自己走了！没错，他有家有室，无论再冷的天气只要到家就会有人给他暖被窝，他怎么会想到自己在干什么呢？所以他可以冷脸对人，可以无视别人的等待！

马丽自怨自艾了一会儿，终于擦干了眼泪。泪眼蒙眬中她看见有人正往这边走，她掏出钱副师长送给她的眼镜戴上，冷不丁的有些儿想他。

听红云讲，这副眼镜是钱副师长用祖传的一枚玉扳指跟人换的，把马丽感动得险些流了泪。不过此刻她很快就将钱副师长抛到了脑后，因为来人正是久候不至的方梦袍。

他跑得气喘吁吁的，大老远就在喊：

"马丽，是你吗？对不起，又做了例手术。哎，你别跑哇，那边不安全！"

马丽不听他的声音还好，一听他的解释便心火往上冒，觉得他是在找借口搪塞自己。手术？手术怎么啦？陈医生也可以做手术哇！她原本想这样顶他的，可她没说话，也没有像自己设想的那样扑到他怀里，反而扭身往山谷里跑。里边是一个采石场，两旁净是碎石，不好走，加上月儿被天际飘来的云朵遮住了，镜片上又蒙了层水汽，她连摔了两跤，等她爬起来时，方梦袍已经站在她面前。

"马丽，你不要命啦？这里的河岸这么高，摔下去不死也要残！"

方梦袍拽住她，不客气地往回拉。马丽想挣脱他的手，可她哪是方梦袍的对手？只好哭着随方梦袍往回走。让她感到安慰的是，方梦袍突然停了下来，伸出双手来揉搓她冻僵的手，边搓边唠叨：

"看，手冻成雪骨了！这么大个人也不晓得爱惜自己，万一生病了怎么办？这里缺医少药，只有靠自身的免疫力，搞得不好小病会变成大病！还没吃饭吧？喏，快吃了！"

方梦袍掏出两个热乎乎的烤番薯塞到她手里，马丽委屈地一咧嘴，哭声又飘了出来。

也许是被冷风噎的，她猛地呃逆不止。这是她自小就有的毛病，冬天里只要受了凉便会打嗝，而且一打半天，弄得人头晕眼花直犯恶心。长大后这毛病发得少了，不成想现在又犯了，吓得马丽叫起来：

"哎呀，怎么办？不会打一个晚上吧？"

方梦袍"噗"地一下笑了：

"你呀，就是名堂多。不记得了？你的这个毛病只有糖水和热番薯能治。"

　　方梦袍对小时候的事情记得很牢。马丽吃了两口热番薯，呃逆果然止住了。麻木的胃苏醒过来，饥饿的她三下二下将两个碗大的番薯吞进了肚。

　　"哎呀，总算有点暖和了！你这人真坏，害我在这里冻成了冰棍！我打死你，打死你！"

　　马丽气得拳头雨点般往方梦袍身上砸，方梦袍知道她生气了，便没躲闪，歉疚地任由她捶打。打着打着，马丽倏地收住拳，扳着方梦袍的肩膀急切地问：

　　"疼吗？打疼了吗？"

　　一边还费劲地观察着方梦袍的脸，生怕把他的脸打青了。

　　方梦袍好气又好笑："你还会管别人疼不疼？告诉你，不疼。"

　　"对，因为你没长心肝！当然感觉不到痛了！"

　　方梦袍不再吭气。他不在时马丽似有千言万语向他倾诉，可如今他来了，而且夜深人静的只有他们俩，她却不知从何说起了。她索性什么也不说，只是一个劲地在那儿暗泣。

　　方梦袍觉得自己像条被人捏住七寸的蛇，纵有十八般武艺也难以施展。他俩就这样默默地站着。

　　风儿像了解他俩的心事，变着法子吹出各种旋律，小溪也怕惊扰了他们，流到他们脚下时悄无声息。远处的狗吠使山谷里的夜更显深邃和神秘。

　　马丽奇怪地发现先前一人时的孤寂、凄凉与可怕已不翼而飞，她居然在同样的地点感到了几丝温馨，而这一切，只因为心仪的人在身边！她突然转身抱住了方梦袍，热吻雨点似的印在他唇上、颊上。"哎，哎，你，你干什么？"

　　毫无思想准备的方梦袍被吓了一大跳，他小声喊着，试图挣脱她。可马丽身上那股迷人的气息让他眩晕，浑身乏力，他无法拒绝马丽的吻，并下意识地将马丽紧紧搂住，直搂得马丽浑身骨架发出轻微的嘎嘎声。兴奋的马丽以加倍的力度与热情回报他。

　　"梦袍，我要嫁给你。"

　　这是马丽思谋已久的心声，但她不该在此时说出来。方梦袍像是被冷水浇了似的连打几个寒噤，而后一把将她推开，把沉浸在幸福中的马丽推了个趔趄。马丽惊愕地望着他，扁扁嘴又要哭。方梦袍上前一步向她道歉，马丽却冷不丁指着他冷冷地说：

　　"你不用假惺惺的。从此你走你的阳关道，我走我的独木桥。你做你的好丈夫、好老公去吧!"

马丽说罢大踏步地从他面前走过。

方梦袍知道自己彻底伤了马丽的心,可他还能怎样呢?任感情泛滥吗?那样只会让事情变得更糟,到时他既对不起红云,也对不住马丽。可是,可是,为什么刚才自己会有那样奇异的感觉?难道心中潜伏着一个魔鬼?

方梦袍不敢再想下去,跟在马丽身后匆匆地往回走,他怕马丽激愤之下会干出什么任性的事来,一直目送着马丽跑进医院大门才离去。这时他身后有个影子一闪,但他没看见。他和值班的护士讲了几句话后便快快地回家去了。

红云还没睡,脸红红地坐在厅堂,模样和神情有些奇怪,见了他也没起身,只说烧好了滚水,要他赶紧洗个澡,声音听上去像是患了感冒。方梦袍伸手去摸她的额角,红云闪身转到床边,把叠得整整齐齐的替换衣物递给了他。

心中有事的方梦袍没有过多在意红云,红云也没问他什么,屋内的气氛有些尴尬。方梦袍知道她有疑问,而且正在为自己担心,有那么一霎他想把刚才的事情和盘托出,可又怕红云受不了,到时反去找马丽理论,这样对马丽不是一个更大的伤害吗?再说,自己也没有做对不起红云的事儿,万一她多心了或是较真起来,可不好办。方梦袍按下一肚子话,匆匆洗了个澡便拥着红云入睡了。他是那样疲惫,倒下去还没两分钟就打起了小呼噜。

红云吹了灯,听着方梦袍的鼾声委屈地啜泣起来。

刚才的一切她全看见了,她既被方梦袍后来的拒绝感动,又为这件事情生气。在她看来,这件事错在方梦袍,他明知马丽已陷进感情的泥淖,为什么还要去赴约?而且马丽扑过去后他俩还相拥了那么久!

这一幕刀似的在红云心中刻下了深深的伤痕,但她不想责怪方梦袍,金无足赤人无完人,哪个男人不爱美呢?

尽管这样为方梦袍辩解了一番,红云这一晚还是没睡好,上班后她发现比自己睡得更不好的是马丽。

马丽肯定哭了大半宿,眼皮肿得快看不见眼睛了,眼白上布满血丝,而且脸颊发胀,嗓音嘶哑,见了红云她有些异样。

红云掩住心中的酸涩,依旧递出一个关切的微笑:

"怎么啦,马丽?是不是不舒服?"

马丽点点头:"是啊,昨天穿少了,流了一夜的鼻涕,话也快讲不出来了。

你也没睡好吧？"

红云还没接话，方梦袍走进了病房。

"马丽，我听讲红鹰突击队那边缴了几担盐，你去跟她们联络一下，看看能不能给我们一些！"

他说着看了眼红云，目光转到马丽脸边时雨滴似的滑落下来。红云微笑着，马丽也和平常一样，只是方梦袍转身离开时，她忽然冲他大声地说道：

"方院长，我答应嫁给钱副师长了！今天一早我发了信给他，等他下次回来我们就成亲！"

病房里的伤员"哦"的欢呼起来，有几个轻伤员还敲起了茶缸和体头，嚷嚷着要马丽请客。

红云正在给伤员洗伤口，闻言手一动，捅到伤员的伤口，疼出了伤员的眼泪。

方梦袍的脸唰地白了，他定定地盯着马丽看了一会儿，点点头："好，这是大好事！请客的钱我和你嫂子出。"

方梦袍的声音微颤着。马丽不断地点着头，唇边绽出几丝美丽而又凄凉的微笑，泪水断线珍珠般从她颜色奇异的绿眼睛里滚下来。

## 第十六章

　　红鹰突击队在钟家村大获全胜。她们在这里征集了三十担军粮、二十七斤棉花、十四丈土布，三担番薯干、五担高树薯粉、两担盐、二百多斤土硝，还有生猪三头。最显赫的，是她们带回了十七个后生。消息传出后，轰动一时。

　　要知道，钟家村以前和新陂土围、丁陂土围，石城的红石寨、烟坊土楼、宁都的赤面寨、观音寨，于都的马安石土围，安远的仰天湖土围、半边塘土围一样，是远近闻名的顽固白点！

　　瑞金卫戍司令部、中央战地工作委员会大张旗鼓地表扬了红鹰突击队。队员们喜笑颜开，尽享胜利的喜悦。只可惜转眼间这笑容就被愁绪给替代了：

　　钟氏八兄弟要她们履行承诺，举办婚礼！最可气的是他们不承认招弟、杨兰英结过婚，如果唐干事不是在他们家流产了，他们肯定也会把唐干事算进去，因为这样一来他们八兄弟的六兄弟就都有老婆了。

　　钟氏八兄弟入伍后被编入红三军团。在新兵的短训中，他们的好枪法和他们八兄弟齐齐当红军的事迹引起了《红色中华》报记者万文的注意。万文在采访他们时，兄弟几个兴高采烈地把找老婆的事说了出来，万文大吃一惊，但仍以半猎奇半妒忌的心情对此事作了报道，这下可把江采萍她们害苦了。

　　组织上把江采萍找去核对事实，当她说这只是当时的一种策略时，找她谈话的领导拍着桌子大骂她糊涂：

　　"这种事能答应吗？现在登了报，何况你们当中还有两个人是有老公的！传出去不是给红军抹黑吗？这件事你一定要处理好！起码你们这几个未婚的妹仔要正确对待！"

领导做出这样的决定，这还不够她们愁的吗？更让她们愁眉苦脸的是钟氏八兄弟经常来红鹰突击队"看对象"，一个跟定一个，吓得杨兰英和招弟躲在外面不敢回来，因为钟家兄弟认为她们是自己的女人。杨兰英有刘罗仔当挡箭牌，钟氏兄弟无话可说，招弟的老公不见踪影，钟氏兄弟认为她骗人，这可把招弟的家母细脚仔给气坏了。她三天两头到驻地来看招弟，实际是来监视她。有一次，正好碰上钟氏兄弟来突击队探望，细脚仔朝他们泼尿水，被钟家老八推得摔脱了腕关节。细脚仔躺在地上闹腾了大半个下午，最后还是钟氏兄弟用担架把她抬回家的，闹得满城风雨。第二日细脚仔吊着绷带到妇女工作委员会和报社去告状，说红军为了霸占她的儿媳妇大打出手，弄得影响极坏。

钟家兄弟娶老婆的事由小事变成了大事，部队领导也来过问。他们说，红军有红军的纪律，即使感情上的事，那也得两相情愿，哪能由得自己的兴致来？要都这样，这同白军有什么区别。他们还说，红鹰突击队的女同志在动员各位参加红军时，可能操之过急，没有把话说清楚。但话没有说清楚，事做得不对头，现在还可以纠正嘛。大家先把红军当好，把白匪军赶走，把苏区建设好，到那时还怕找不到老婆？真是的。

钟家八兄弟到红军部队后，集中接受了几天教育，眼界也开阔了些，所以也懂了些道理，知道像他们那样强求让红鹰突击队的女同志做老婆，是上不了台面的。队伍里不允许这个。因而渐渐有些松动了，至少他们主动放弃了对招弟和杨兰英的追求，因为她们确实结了婚。但他们想，不是还有江采萍、刘观音、青秧和周春霞嘛，她们都没主，追追总可以算数吧？于是就结伴来看对象。见了江采萍，都亲切地叫她大嫂，搞得她啼笑皆非。

说心里话，江采萍不讨厌钟家英，但他确实感到不是她理想中的爱人。与她牺牲了的丈夫刘松相比，钟家英各个方面都有距离，他的目不识丁尤其让江采萍难以接受。可自己当初点了头，如今组织上也批评了她们做事不计后果，这碗苦酒只有闷头喝下，所以江采萍是钟氏兄弟"四个对象"中态度最好的。

周春霞和钟家旺一见如故，但她显然还未开窍，要么就是使坏，她每次见了钟家旺不是带他去马丽那儿帮赖团长打铁，就是让他为突击队劈柴。更多的时候，是拽着钟家旺去打鸟，掏泥鳅，帮着改善突击队的伙食。明眼人一看都知道她是在使唤钟家旺，但钟家旺却乐在其中。钟家旺偶尔想拉拉手什么的，周春霞便脸一板，把他急得直挠头，而且追得越发紧了，生怕她长出翅膀飞了。

喜欢杜青秧的原本是钟家老八，可是老三钟家好仗着是兄长，居然以长幼顺序为由从老八手中"横刀夺爱"，愣说他要娶青秧。老四钟家汉也想依样画瓢地讨周春霞做老婆，钟家旺以死相胁，才让古板的钟家英勉强同意他越过排行顺序保持与周春霞的关系。

这些事儿，当然是钟家旺讲给周春霞听的，周春霞再转述给大家，气得杜青秧见到钟家好就躲。

杜青秧不中意钟家好，嫌他太老，说他长得像她那个禽兽养父，看到就作呕。憨厚的钟家好根本奈她不何，每次只打个照面青秧就溜走了。

态度最偏的是刘观音，她这段时间干脆住到了招弟家，眼不见心不烦嘛。钟家雄成了八兄弟中最失意的一个，每回总是躲到一旁叹气，搞得钟家英有次拍桌子说要"休了"刘观音：

"好弟弟，哪天把生米煮成了熟饭，看她还怎么俏！"

钟家英是个孝子，把自己当年在父母坟前的许诺看得重于一切，这些年他当爹做娘的把七个弟弟拉扯大，无形中已将自己当成了家长，弟弟们受一点委屈他就嗷嗷叫。

看到刘观音如此轻慢弟弟，钟家英气愤之余有种被骗的感觉。有一天，他指着江采萍的鼻子说："你当时不是说她会嫁给我大弟的吗？要是你这个当领导的讲话像放屁，我们八兄弟也可以不守信。她要不嫁给我大弟，我们立马回家打猎。"

钟家英和江采萍较上劲了。江采萍知道自己理亏，可她又做不通刘观音的工作。刘观音说要嫁可以，她要嫁给钟家英，把个钟家英气得吹胡子瞪眼睛，最后撂下"等着瞧！"三个字走了。

江采萍知道他很生气，但她并不认为钟家英真的失去了理智，所以当时只是苦笑一声，并没有多想。钟氏兄弟走后，她让青秧把招弟和刘观音唤回来，大家长吁短叹了一番，谁也不知该怎样结局。

好在这时第二次全国苏维埃代表大会的筹备工作已经完成，进入了轰轰烈烈的选举阶段，县、乡二级工农兵大会陆续召开，红鹰突击队在原有的工作上又增加了一项协助偏远山乡选举代表的任务，工作比先前更加繁忙，每日披星戴月地奔波，把这事儿撂在了脑后，没想到这期间却发生了两件事，一件让江采萍生气，另一件却让她愤怒、担忧与同情兼而有之，一时难以决断。

第一件事发生在杨兰英身上。

杨兰英是个勤快、本分的人，平日江采萍很少为她操心，但她有个缺点，就是特别恋小家，这点可能与她自小被送到五堡抵债有关，所以一旦有了自己的家就生出了一病态的热爱来。

本来她对有生理缺陷的刘罗仔不满意，平日羞于与他出去，可婚礼那天敌机轰炸时刘罗仔整个儿扑在了她身上，生死关头他的这份勇敢和情义着实打动了杨兰英，加上婚后他对她无微不至，刘罗仔这个丑男人在杨兰英心目中渐渐变得英俊、完美了。

有了这份感觉，杨兰英便把心思全用在了老公身上，对队里的事越来越不上心，一有空就给刘罗仔纳套底、做鞋、缝衫衣。结婚时刘罗仔编入红军正规部队，给了他一天婚假，那时他俩住在突击队隔壁的新房，其乐融融，羡煞了其他队员。

前面说过，杨兰英和刘罗仔休完一天婚假后，江采萍就将他们的新房收归队里做集体宿舍。一来队里房子确实紧，二来就怕这对新婚夫妇常常睡在一起，说不定哪天就弄出个孩子来。有了孩子，这军队不像军队不说，当母亲的要吃多少苦，受多少累，孩子也少不了吃苦！杨兰英和刘罗仔这对新婚夫妇，便有了相思之苦。

但杨兰英不傻，她渐渐地改变了对策。有几次突击队下乡她告了病假，事后江采萍才知她其实没病，而是把刘罗仔带到了宿舍。江采萍严厉地批评了她，杨兰英有些不好意思，向江采萍口头保证再也不犯这种错误了。可没过多久她又故技重演，偏给提前回来的江采萍碰了个正着。

江采萍当时就批评了杨兰英和刘罗仔，刘罗仔态度尚好，杨兰英却倔头犟脑地反驳说她没有错，因为刘罗仔第二天就要开赴前线了。

"他这一去哪个晓得会怎样呢？子弹又没长眼睛。"

杨兰英委屈地哭诉着，刘罗仔自知犯了错误，急急地道了别。但他刚出院门，就被前来找他的班长给抓住了：

"哈，你果真在这儿呀？部队明天就要打仗了，你倒晓得快活，太不像话了！"

　　班长一通大骂，江采萍她们这才晓得刘罗仔是开小差出来的！班长是个年轻小伙子，火气正旺，骂了刘罗仔还不过瘾，又走到院内劈头盖脸地指责江采萍管教不力：

　　"老婆天天来找，老公不来又不行，这样下去我还怎么带兵？以后把你们的人管紧点，不然人心都得被你们搞散！"

　　这位班长挺本位主义，把责任全推到了杨兰英身上。快嘴的刘观音和他干了一仗，惹得四邻围观，造成了不好的影响。第二天，贸易局领导将江采萍找去谈话，狠狠批评了她们一顿，把江采萍气得够呛。

　　自从在钟家村江采萍点头答应那些婚配之后，本是始作俑者的刘观音便对自己的乱点鸳鸯谱不负任何责任，她甚至忘了这场是非是由她的口无遮拦引起的，反而怪江采萍没有顶住，让她现在这么尴尬，因此常对江采萍发脾气。有一次，她居然舀了瓢冷水浇到钟家雄身上，气得钟家英等人对她怒目而视。也就是那天，钟家英对采萍说要修理修理刘观音。

　　"观音，以后你对钟家雄好一些，不要惹怒了他们。"

　　事后采萍劝慰着刘观音。不料刘观音却抹起了眼泪，哭着向江采萍吐露了心底的秘密：她很想念那个李板鸭团长，还把团长的信给江采萍看了。江采萍很歉疚，觉得自己那天在钟家村确实没有把握原则，不然哪会有这些麻烦和苦恼？

　　"队长，你说我怎么办？我不中意钟家雄。我如果嫁给他，保不准以后会去偷汉子。这不是自己去找死吗！再说，苏维埃政府不是一直提倡自由恋爱吗？答应？答应了又怎么样？那么多人结了婚还打脱离呢！我看组织上也要更干脆些，既然我们承认错了，对钟家八兄弟就要把话说绝，让他们死了那条心！"

　　刘观音愤愤不平，江采萍也觉得应该趁早了断这件事情，否则钟家兄弟常常来纠缠，还怎么工作？再说，这毕竟是红军队伍嘛。可现在正是打造一百万铁的红军的关键时刻，敌人大兵压境，红军有生力量锐减，兵源紧缺，钟氏八兄弟从绝对数上虽不算什么，可倘若因为这件事导致他们退出，很可能会波及另外十几个钟家村来的青年，而他们又会影响到其他人，这样一来就不单纯是恋爱的事了。可这种道理跟刘观音讲不通，她一根筋到底，无论谁来劝就是不答应，她对钟家雄的粗暴连突击队员们都看不惯了。

　　"观音，你太过分了，小心他们整你！"

招弟为人比较谨慎，看见刘观音这种做派很是为她担心。

周春霞建议她先应付一下，反正钟氏兄弟集训完了马上要开赴前线，到时他总不能从前线开小差回来骚扰她吧？

谁知刘观音脖子一梗，反说周春霞两面三刀：

"哪个像你这么阴险？明摆着讨厌钟家旺，还指使人家做这做那，看来地主小姐就是不一样！"

得，一句话惹得周春霞和她吵了一架，两人连着几天不说话，江采萍这才体会"三个女人一台戏"这句话的精辟了。

那天，也活该刘观音倒霉，身强体壮的她因为跳进塘里救一个细伢崽而生病了，第二天执行任务时江采萍没让她去。谁知队伍刚走，钟氏八兄弟就来了，原来他们的部队接到了开赴广昌的命令。

钟氏兄弟没别的亲人，想在离开瑞金前见见自己的"对象"，老五钟家兴建议走之前把那几个对象睡了，把生米做成熟饭。

钟家兴说："大哥，二哥，三哥，大弟，你们干吗那么老实？我们又不是没长家伙，我看干脆今天成亲算了，省得死了还不晓得女人长个什么样！"

这话得到众人的热烈响应，八兄弟一商量，便将所有的钱凑在一起买了四床新被褥，剪了四块花布，兴冲冲地赶到红鹰突击队驻地，和刚刚洗完澡的刘观音碰了个正着。

刘观音当时正在院坪上晒衣服，煞白的脸上满是病容，由此平添了几分女人的娇弱，连原本想骂她一顿的钟家英都不由得软了声音："弟妹，你大嫂她们呢！"

钟家英这句话用意很明确，就是提醒她和自己兄弟的关系已是板上钉钉。刘观音本来有些尴尬，正愁不知怎样应付这八大金刚，钟家英的话一出，她那张刀子嘴便刀刀见血了：

"走开走开！我不是你的什么弟妹，也不认得你的什么大嫂，你们找错地方了！"

说完她冲进房间，砰地把门关上了。钟家雄绝望地一摊手：

"大哥，你看你看！"

"老二，你太没用，"老五钟家兴怂恿道："换了我马上把她弄得服服帖帖，就不信被她们当猴耍！"

钟家雄嘟哝起来："你雄你去呗，我没这个本事。"说罢他一屁股坐在台阶上，掏出烟袋来抽，一副窝囊相。

钟家英站在那儿一直没作声，钟家旺鬼精鬼灵地朝他眨了眨眼，钟家英浅浅地点了下头，钟家旺便悄悄把院门插了。钟家英立马上前去拍刘观音的房门：

"弟妹，你们总不能说话当放屁吧？我们八兄弟可是堂堂正正的男人，丢不起这个脸。再说了，人总要有点良心，那天不是我们兄弟帮你们，你们还有命吗？"

钟家英虽然语气生硬，但说出了憋在心里的话。刘观音仗着有门挡着，胆子倍增，她冷冷地说："哪个要你们帮的？逼人做老婆算帮忙吗？帮了我们也不高兴。再说，我们的命也未必是你们救的，以前没有你们我们不是活下来了吗？"

钟家英放在门板上的手哆嗦起来。钟家雄见状哭丧着脸继续拍门，才拍几下，就被钟家英捉住了手："你吵什么？"

钟家英清了清喉咙，声音微颤地问道：

"弟妹，最后问一句，你嫁还是不嫁？"

"不嫁！"刘观音回答得斩钉截铁。这两个字像一对铁球砸得钟家雄缩头缩颈，钟家旺则咬牙切齿：

"娘个头，你作什么俏，俏过三丘田呀，你这种大番薯送给我都不想要！"

钟家旺拾起块石头从窗户里砸进去，吓得刘观音发出了一声尖叫。

钟家英和几个弟弟耳语了几声，钟家兴和钟家汉利索地把门踹开，将钟家雄从门缝里推了进去。刘观音见状尖声大叫，钟家英回头望望栓着的院门生怕出什么事，领着几个兄弟一起挤进了房间。

"你们这些挨千刀的，我要杀了你们！"

刘观音身高力大，边骂边躲，钟家雄根本近不了她的身，但钟家英兄弟进去后她很快被制服了。他们塞住她的嘴，捆了手脚丢到床上，然后命令钟家雄把生米煮成熟饭。

"哥，我不行，我真的不行嘛！"

怯懦的钟家雄闪身逃了出去。钟家英顿时傻了眼：

"你们去把他给我抓回来，事情到这分上了他干也得干，不干也得干！"钟家英一副恨铁不成钢的样子。这时钟家兴开腔了：

"大哥，你不要难为二哥了，他是泥菩萨扶不上墙，我看他也没这个胆量。大哥，把她让给我吧，起码我比她高一点，打起架来不会吃她的亏。"

钟家兴的建议让钟家英感到为难。正犹豫间，钟家旺几个一起来帮腔，都说老五钟家兴比老二钟家雄更配刘观音。

钟家英从窗户往外觑了一会儿，扭脸道：

"那好，你赶快和她成亲！"

他一挥手，几兄弟退到门外的院坪里，静静地等候。

这种场面无疑是奇特的，站在院坪里的兄弟几个既有一种莫名的兴奋，又有一种不安和忐忑，谁也说不清楚那种滋味。屋内似乎很安静，钟家英有些担心，派老七到门口去偷听，老七回来时满脸通红，说是事情肯定成了。肯定成了！有这么容易和简单？大家怪怪地互看一眼，耐下性子继续等，不料这一等过去了大半晌，钟家英忍无可忍跑去拍门，嘴里嘀咕着：

"老五，事情弄得怎么样了？别太贪了嘛！"

好一阵，才看见钟家兴满脸红光地走出来。

"怎么样？"

大家围上去，齐齐地问了这么一句。有两个好奇的，还探头探脑地往里瞧。钟家兴不高兴地瞪了他们一眼，随手把门关了。

"哥，她说她已是我的人了！把东西都给我吧。"

钟家兴愤世嫉俗的劲头全没了，变得异常温和，眼光也是温柔的，仿佛换了个人。

大家把东西集中到一起，由钟家兴送进了屋。不一会儿，里面传来一阵噼里啪啦的击打声。众人还没明白过来，钟家兴抱着东西又跑了出来，指缝里汩汩流着血，原来他被刘观音咬了一口：

"妈的，她咬我，不过她是个好女人！"

"那就好，那就好！"大哥钟家英终于长出了一口气。钟家雄的情绪却坏到了极点，出门时他故意把老五钟家兴挤到了门框上，钟家兴不但没有介意，反而搂着二哥钟家雄安慰道：

"二哥，这女人你搞不定，下回给你找个温顺些、娇小点儿的。别哭丧着脸了，你也为我高兴点儿嘛！我是钟家第一个有老婆的人哎。大哥，下回该你了！"

钟氏八兄弟踩起一路尘埃，消失在人流中。

刘观音斜靠在床上，脑子里一片空白，又像突然被什么东西塞满了，连条缝也没有。我是不是有点怪，有点贱？其实，钟家兴进到屋子里后，并没有占她任何便宜。他先是帮她解开了绳子，然后站在屋子中央，久久不动。想是害怕了，这时他说：

"观音，我是钟家兴，不是我二哥钟家雄。事情闹到这一步，你得给我个面子，否则我无法向我的几个兄弟交代。"

"哦，是钟家兴呀。"刘观音始终冲墙躺着，钟家兴给她解去手上的绳子时，她也没有转过脸来，但她明显感到为她解去绳子的人，不是钟家雄。在钟家八兄弟中，她唯一能看上眼的也就是这个老五钟家兴，他比其他几个长得英俊挺拔，性格上也显得从容大度。发现再次进来的人是钟家兴，她说不出为什么，心里感到好受了些，但话语还是那样冲：

"钟家兴，你要向你的几个王八蛋兄弟交代什么，让他们在窗户里看着你欺侮我？"

钟家兴说："是啊，他们都在看着，等着。但我不会动你，你让我躺在你身边行吗？我保证，我只是做给他们看。"

刘观音想了想，口气缓和了许多：

"躺吧。哼，你想动我？我谅你也没有这胆子！你知道这是什么地方，想不要脑袋了？"

钟家兴小心地躺下，又抬头看看窗户里偶尔露出的眼睛，试着拍了拍刘观音。

"观音，你往里躺躺好吗？再往里一些，他们就看不见我们了。"

刘观音动了动身子，有些沉重，就说：

"我挪不动，被你们几个王八蛋弄得没有一点力气了，你推我吧。"

钟家兴欠起身体把她往里推了推，突然发现她的手腕留着几条绳子勒出的血印，便伸出手去帮她揉：

"呀，都把你的手弄成这样了，我们真该死，真该死。"

刘观音像被火烫了一下，但马上不动了。她发现钟家兴是真感到害怕了，心想这就有救。这样被钟家兴揉了一会儿，她心里忽然有了一种异样的感觉，于是放心地笑了：

"钟家兴，让我说吧，你比你那个窸窸窣窣的二哥钟家雄要强一点，还知道个轻重。实话说，我还真不怕你们怎么对我：我是怕你们干过傻事后，马上要大难临头，这多不值啊！"

"你莫吓我，有那么严重？"

"你试试看，你这个新兵猛子。不知道红军是铁打的呀，有铁的纪律。你真要强占了我，必死无疑！"

在说这些话的时候，刘观音不知为什么，竟突然抓住了钟家兴那只揉搓她手腕的手。这让一听到"必死无疑"四个字，身体冷不丁抖了一下的钟家兴受宠若惊。他还从来没有被这么一双温暖的女人的手握过，心里顿时踏实了许多。

"钟家兴，你真喜欢我？"刘观音忽然说，"你就不怕被我吃了？我可是个厉害的女人，别指望我给你捶胸揉背倒洗脚水。"

钟家兴哪跟得上刘观音的思路？他痴痴想了半天，说："哪个让你倒洗脚水了？你小看我了，我知道红军不兴这个。"

"那好。"刘观音说，"钟家兴，你和你的兄弟放心去打仗吧！最好能多打几个白狗子，立个功回来，到时我说话算数：嫁给你。"

"真的，你不诓我。"钟家兴撑起身体。

"我像个会诓人的人吗？"刘观音松开手，一下也坐了起来面对钟家兴，并给他戴正军帽，"不过，我有个条件，打仗回来，你们兄弟几个别闹了。"

钟家兴点点头："我是不会闹了。但是，他们……他们要闹怎么办？"

"你给他们做工作啊，说这是红军队伍，这样闹下去会吃亏的。再说，谁想娶上老婆，谁就要活出个人样来，不然谁会跟你？这男女间的事吧，你能强迫一时，还能强迫一生啊？"

钟家兴频频点头："那是，那是。"

"好，你现在走吧！"刘观音推着钟家兴下床向外走，"你可以告诉你的兄弟，我是你的人了。"

门刚关上，钟家兴又进来了，手里抱着花花绿绿的一大包东西。刘观音不解，问："钟家兴，你又搞什么名堂？"

钟家兴说："观音，你别笑话我们。这是我们兄弟几个凑钱买的，原来打算结婚用，不管你愿意不愿意。但现在我改主意了，你既然同意打完仗后跟我，就留给你做个念想。"

"我才不要这些呢！"刘观音的犟劲又上来了，"这是在队伍上你懂不懂？还兴像老家那样送彩礼啊！传出去要让人笑掉牙了。"钟家兴一时不知如何是好，"你不收我们点东西，打完仗反悔怎么办？我都被你弄怕了，不知你是真是假。"

刘观音跳了起来，扑到钟家兴面前，在他的手上狠狠咬了一口，"你个死脑壳，让你流点血，知道点疼，你才能明白吗？"

钟家兴疼得大喊了一声。但他还是不明白刘观音的意思，于是抱着那包东西退了出去。

钟家兄弟走了，刘观音在心里叹道："栓柱，对不起了；李团长，我也对你失言了……"

从窗户里望着钟家八兄弟走远了，刘观音不由发起呆来。她想，自己在这突然间亲口答应嫁给钟家兴，是不是有些荒唐？说出去姐妹们会信吗？会不会说她白天遇上鬼了？嘻！管它呢，还是到什么山唱什么歌吧。

# 第十七章


　　招弟怀孕了。说来也怪，她和王千金成亲好几年了，中药不晓得食了几多缸，平日被家母细脚仔骂得死，老讲她连鸡婆都不如，鸡婆起码还能下蛋，她却长了只石肚，弄得她人前人后抬不起头。可王千金一走，她的肚子竟有了动静，上天这不是在作弄人吗？

　　刚开始她还不晓得，只说是累得吃不下，人瘦了一圈，连身上的都没来，可后来她开始干呕，尤其嗅不得鱼腥和油气，嗅到了就呕得惊天动地。当钟氏八兄弟把刘观音吓得不敢回驻地，江采萍破例批准她带着刘观音回家住时，招弟一进门就哇哇大吐，吐得黄胆水都出来了。

　　细脚仔这时已改做米谷生意。由于自小在生意堆里打滚，人精心黑，她的生意做得不坏，所以这段时间心情较好，除了听说钟家兄弟要娶招弟当老婆，去部队闹了两次外，基本还算守规矩。招弟偶尔回家，她会给招弟一张笑脸，并顺嘴问上几句她的近况。

　　也许因了这个缘故，这次招弟带刘观音进屋她没有破口大骂，等明白刘观音是为了躲避钟家兄弟后，态度来了个180度大转弯，观音长观音短的叫得让人肉麻。招弟一进家门闻到那股陈年油气便大呕特呕，细脚仔起先以为她是受了风寒或是吃坏了肚子，当她听说招弟最近经常这样时，浑身一激灵，立刻捉了招弟的手，小声又亲切地问道：

　　"妹子，是不是这个月没来红？是不是一闻到怪味就作呕？早晨也会干呕？

啊呀，妹子，你有大肚了！"

细脚仔乐得跳了起来，立马带招弟到郎中那儿去把脉。

这时天色已黑，累得打沉沉的刘观音撑着眼皮在灯前学文化。这段时间江采萍利用夜晚给刘观音她们扫盲，每日教十个字，每天写二十遍，第二日听写默写一次，青秧、招弟心灵手巧，学得轻松，却苦了刘观音和杨兰英。这两人平日头脑蛮灵光的，可一遇到那些字她们的脑筋就锈得嘎嘎响，为此经常挨批，刘观音老是最后一名，这会儿她伏在油灯下吭哧吭哧地读写，说是前几日的作业没做完。

见刘观音没空陪自己去把脉，招弟略有些失望，细脚仔倒是很高兴，她巴不得刘观音不去，因为她有话要跟招弟讲。

走在黑漆漆的街上，招弟蓦地有些伤感，算来王千金已走了一个多月，这段时间他到底怎样了呢？奇怪的是婆婆很少在她面前提起她儿子，招弟偶尔问起丈夫的下落，她都轻描淡写地带过，与王千金刚走时的焦灼形成了强烈的对比。招弟是个机灵人，细脚仔的反常让她放下心来，她相信细脚仔一定有了千金的好消息，否则她哪能如此笃定？只是近段时间没空回家，有时见了面也不适合问，现下终于有了这样一个机会，招弟想问个究竟。

"娭，千金有消息了吗？"

细脚仔拎起火吊四下里照了个遍，见前后左右只有她们婆媳二人，这才小声怨道：

"亏你还想得起他！我以为你也像其他人那样要和老公打脱离呢！招弟，我先问你一句，你是真想他还是假想他？"

细脚仔并不轻易把那个在肚里装了一个多月的消息告诉招弟，想到婆婆对自己一贯的刻薄和她此刻的不信赖，招弟泣道：

"娭，由你想。"

见招弟这样，细脚仔也觉自己这是一手将儿媳往外推，于是附在她耳边小声说：十多日前，有个安远米商到这里出货，给她捎了信，说是千金已经安全抵达安远的版石墟，并在亲戚的介绍下加入了当地的民团，每个月有几十吊钱和四十斤口粮，日子过得去，要她们放心。

细脚仔说着从腋下衣兜里掏出块手帕，手帕里包着一张纸，纸上写了几行字，招弟基本能认全。看完字条后，她迅速地将纸片丢进了火吊，气得细脚仔举手要打她，招弟一仰头：

"你打嘛，打嘛！要是让人晓得他参加了民团打红军，看你怎样交代！"

招弟这一说，细脚仔赶忙收起了巴掌，口里仍不服气：

"我还要怎么交代？他又没放火杀人！再说你不是当了红军吗？我看这样也好，哪边胜了我们往哪边倒。招弟，你现在有了大肚，这是上天开眼赐给我们的，你可不能掉以轻心！我们还不如一起躲到版石去，全家在一起要好一些。"

"这可不行！"招弟认真地说。

细脚仔道："怎么不行？到时你要生细鬼，我们一家人有个照应。"

招弟不言语了，她知道自己现在说服不了家母，连自己也说服不了了。

说话间两人来到了郎中家。这段时间天气寒冷，许多人着凉，到郎中家看病的人不少，夜晚还有人在厅堂候着。细脚仔和招弟等了一会，不多久里面看病的人出来了，是个三十多岁的汉子，他的脚被竹根扎伤了，脚背肿得像个闪亮的馒头。候在外头的两个妇娘人是他的老婆和妹子，见他出来两人赶紧上前搀扶，当妇娘的开始埋怨老公：

"看你这个熊样，当了红军还要开小差！让我和你老妹阿桂不好做人！我们都是妇女会的，哪晓得你会躲在山里不出来？要不是政府搞了这个动员归队的运动，让我们漫山遍野地去找，还不晓得你要躲到嘛咯时候！"

"是嘛，在队伍上好好干，不要想家里，你再这样我们全家可就没脸见人了。"

做妹子的接着大嫂的话头往下讲。汉子脸一红，瞄了两眼正注意看着他们的招弟和细脚仔，不耐烦地说：

"好了好了，开小差的又不是我一个，你们嘀咕什么？听讲博生县那边有好几百人躲进了大山，我们又不反水，无非想家了，想过个安稳日子，这也不行？好，好，我不讲了……我归队就是了。唉，怪只怪纪律太严，不能赌博、不能食酒，可把人憋坏了……"

汉子和他老婆、妹子出了门，声音却还断续地钻入招弟耳中。细脚仔正要说话，郎中招呼她俩进去，只把了一会儿脉，老郎中就点着头祝贺她们：

"老人家，观音菩萨给你送白花来啦！"

在赣南，观音菩萨送白花，指的是要生儿子了，细脚仔和招弟异口同声地惊呼起来："是吗？

"是啊！不过这妹子体虚脉弱，要好好静养，否则动了胎气，只怕细鬼难保。要是这胎保不住，你以后再想坐胎，那可比石头堆里栽花还难！"

老郎中一席话听得细脚仔心惊肉跳，招弟心中也打了个疙瘩。从本质上讲，她是个贤妻良母，这段时间虽然受了部队的教育，也晓得不少革命道理，但对于工作她既没有江采萍、刘观音那种高涨的热情与干劲，也没有周春霞和马丽那种向往与决心。她在队里最落后，可她并不为此感到难过，她多次找到江采萍说自己胜任不了工作，江采萍总是鼓励她，其他人也同样说好话给她听，否则按她的性子，早就像刚才那个汉子那样开小差了。

说到开小差，这是大家心知肚明却不太公开讨论的一件事。自从红军从井冈山到了瑞金、兴国一带，兴国有七八万人参加了红军，瑞金少说也有四五万子弟在红，由于前几次围剿，这些子弟当中有不少人牺牲了，有的村庄上百人中难得找见一个青壮年男子，加上形势险峻，生活越来越艰苦，有些士兵顶不住了，开小差躲到偏远的亲戚家，或者干脆窝在山里不出来。红鹰突击队最近的工作就是动员开小差的士兵归队。

此刻细脚仔这样一说，招弟不由想到了自己那两个成了红军寡妇的姐姐，想到到死仍在盼望儿子的父亲，想到了自家没有兄弟、遇事无人担枷出头的苦恼，又想到自己马上要生崽当母亲了，心里渐渐有些活了。

细脚仔是何等精灵的人，她看招弟这神色便知有戏，不禁喜上眉梢。眼看快到家了，细脚仔拽住招弟小声地吩咐道：

"重活、累活你躲开些，不要那么笨。生了崽是自家咯，别人抢不走。这边我会想法子和千金联系，看情势再定。妹仔，讲句心里话你听，我听那些做生意的老板讲，安远、会昌、寻乌、大余一带，现在全给国军占了，碉堡连成了片，他们做生意不花钱打点都过不来，红军只怕长不了！"

换了以往细脚仔讲这样的话，招弟即便不反感，也听不进去，但这回她却觉得家母说的有几分道理。再说，现在自己肚子里怀着土千金的孩子，而且王千金又在为白军做事，一旦自己的白属身份被发现，到时被专政那可就惨了。这么想来想去，她忽然有些六神无主，不知道以后的路该怎么走。

回到红鹰突击队，招弟还未从身怀着白军孩子的愁绪中解脱出来，又被钟家八兄弟惹下的事吓得一哆嗦。

这是刘观音与钟家兴私订终身的第二天，军事法庭的领导突然来到红鹰突击队做调查。

原来钟家兴的几个兄弟得到刘观音的许诺后，洋洋得意，逢人就吹他们的老五把红鹰突击队的刘观音给干了，刘观音现在已是钟家兴的人了，是他把刘观音这锅生米做成了熟饭。听到这话，部队领导大出意外，说：这还了得，部队要打仗了，这兄弟几个竟敢无法无天，生生把自己部队的女同志弄成了"他的人"，这同地主恶霸强占民女有什么区别？军事法庭的人来到红鹰突击队，对队长江采萍说，江采萍同志，不行不行，那可是天大的事情！我们是革命队伍，是铁打的红军，有着铁的纪律。钟家八兄弟如此逼婚，那还了得！如果对他们睁一只眼，闭一只眼，就是包庇他们，怂恿他们。那红军成什么啦？成恶霸土匪的队伍了！不行不行，这事我们得为刘观音同志做主，马上向他们军部报告。

招弟记得很清楚，那个下午姐妹们刚回到屋里，钟家兴那个连队的小不点儿通信员打着飞脚，没命似的闯了过来。数九寒天的日子，他那张小脸上布满了汗珠，军帽下的头发冒出一团团热气。小不点儿一进院子就大喊：

"江采萍，江采萍队长在哪里？你们的老公要被枪毙了！我们连长说，钟家兴致死也没有承认强奸刘观音，是她自愿答应嫁给他的，可领导不相信，他们马上就要被砍脑壳了！叫你们快去救人！"

众人一听全都吓傻了，最早清醒过来的周春霞扯着小不点儿问：

"哎呀，全部要杀吗？怎么这样不分青红皂白？"又踢了一脚目瞪口呆的刘观音，说："你还愣在这里敬神啊！钟家兴真强奸你了？"

"他敢！"刘观音也慌了，但马上装得跟个没事人似的。

"那我就不明白了，怎么事情说得有鼻子有眼？"周春霞说，"现在他们全部要死了，到底怎么回事？"

刘观音故意气愤地说："让他们闹呀，吹呀，看他们今后还敢不敢？就得这样治治他们！"

周春霞没听出刘观音话中的意思，推搡着刘观音道："治人有这种治法吗？头落下去再也长不出来了，快去救人啊！"

"要救大家去救，又不是我一个人答应嫁给他们。"

"哎，观音，你话里有话啊。你刚才说，让他们吹，到底是怎么回事？"江采萍平日对刘观音很是爱护，这时却不免心里生疑："观音，现在能救钟家八兄弟的，只有你了！你必须和我们一起去，而且必须把实话说出来，你不出面他

们肯定死定了！你想想，这对革命会造成多大的损失？他们本来可以上战场去
杀敌人的！"

大家吵成一团，把小通信员急死了："喂喂，你们真想当寡妇啊？告诉你们，
人已经被押到营房后头的山坡上去了，再不去就迟了。"

"真的啊！真要杀他们？"刘观音认真了起来，"我是想趁机吓吓他们另外
几个，钟家兴可不一样……"

"钟家兴怎么啦？就他是罪魁祸首！"

"不，不是这样的！"刘观音见事情发展得不可收拾了，忙说："告诉你们
吧……"

小通信员一催，江采萍也顾不上再问什么了，她一把拽着刘观音的手，带
着众姐妹急急慌慌往刑场上奔。她边走边对刘观音说："观音，这可不是儿戏，
有什么话你直接对军事法庭说。但有一个原则，防人之心不可无，害人之心不
可有。"

刘观音这下老实了，说："我知道，我知道，现在我不怕姐妹们笑话我了。"

招弟顾虑着腹中的胎儿，跑了几步猛停下来，有意落到后面慢慢地走。十
多分钟后，她走到了钟家兴所在连队后面的山坡上，只见他们的欧阳连长和几
十个战士拿枪指着指导员黄援胜。黄援胜身后的几十个战士，同样也用枪口对
着欧阳连长他们。对峙双方的中间，站着被五花大绑的钟氏八兄弟和军事法庭
的代表。几个准备行刑的红军战士，手拎大刀，不知所措地朝两边观望着。

先招弟一步赶到的江采萍、周春霞、杜青秧和杨兰英围在黄指导员和军事
法庭代表身边，激动地申辩着。刘观音比谁都更急地钻进了人群里，眼睛一下
就找到了钟家兴，并向他抬了抬手。

黄援胜的话传到众人的耳朵里："……我们有上级的批示，这些人不杀不行，
要严明纪律，不然怎么带队伍？"黄援胜抖出一张纸，指着上面的大红印章：
"看见没有？这不是番薯印，是军事法庭的章子！让我们就地处决，不信你问这
位陈代表！"

"同志们，黄指导员讲得对，钟家英八兄弟的所作所为，太恶劣了，玷污了
我们红军的形象……在这里执行死刑，是要让大家明白我们纪律的严明……"

军事法庭的陈代表缓缓地道。不意欧阳连长身后的几个战士突然向他投去
几颗石子，打得他捂住了头。黄援胜恼怒地一挥手，吼道：

"杀！"

他的话没落，欧阳连长指挥部下将那几个行刑的士兵拽到了自己的阵营，缴了他们的大刀。

钟氏八兄弟扭着脖子左右观望，脸上的表情甚是兴奋。钟家兴甚至朝刘观音做了个鬼脸，如若不是塞着嘴，他只怕要大喊老婆了。

"刘代表，他们是两公婆，不信你去问她！两公婆睡觉还要杀头，那全苏区都要变成阴曹地府了！黄援胜，你不要自己受了肃反的害，现在又来整别人，这样自己人杀自己人，老蒋不费一枪一弹就可以把我们灭了！你说你到底是姓共还是姓国？你是不是他们的奸细？不然，为什么枪口指着我们的弟兄？弟兄们，你们说对不对？"

欧阳连长操一口安远腔大声喊着，士兵们响亮地回答"对！"欧阳连长便有些得意。这个新兵连有三分之二是安远籍战士，站在黄援胜那一边的大部分也是安远籍士兵。他们之所以支持杀钟氏兄弟，是因为平日与钟氏兄弟有些不和，如今听欧阳连长这样一摆道理，他们的枪口不由得垂了下来。欧阳连长身后的士兵一起大声嚷嚷起来：

"对，连长说得对！"

"现在杀他们，还不如让他们上战场和白狗子一个拼俩！"

"陈代表，你安的什么心？……"

说着说着愤怒起来，有几个战士冲过去要打黄援胜和陈代表，两方的士兵扭打在一起。

"都别打了，别打了！"刘观音冲进人群，突然声嘶力竭地喊了一声。两拨人一听这声音，都愣住了。

黄援胜和陈代表以为江采萍带着她的人是来作证的，马上走到刘观音身边：

"啊啊，观音妹子，你别被他们的野蛮吓着，我们会为你做主。这钟家八兄弟死到临头还嘴硬，你控诉他们……"

"控诉什么？"刘观音说。

"说他们推出钟家兴来强奸你啊！另外七个虽然没有动你，但都是帮凶。"

"谁说钟家兴强奸我了？！"刘观音觉得是时候了，在众目睽睽下，把话说得理直气壮，严肃认真："我自己是当事人，我怎么不知道钟家兴强奸我了？这大白天的，说话要有证据，杀人更要有证据。"刘观音的话一出，不仅黄援胜和陈代表被惊得目瞪口呆，连江采萍和几个姐妹也都面面相觑。

江采萍见空，也顾不上那么多了，忙领着大家上前给钟家兄弟松绑，她一边解绳子一边大声地说：

"你们要配合我们不要乱跑，跑了就算逃兵，就什么也说不清了。现在跟我们去见军部领导，向他们讲明情况！"

惊魂未定的钟家兄弟点点头，听任江采萍安排。这时她从兜里掏出一枚竹哨"嘟——嘟"一吹，嘹亮的哨音仿佛神奇的魔咒，将刚才还在扭打的双方彻底镇住了。

"各位，你们都不要争了，更别打了！我们现在处理的是红军内部矛盾，不需要刀兵相见。有种的留着这股劲头去杀敌人，为革命事业立功！现在我代表红鹰突击队向大家道歉！由于我队队员刘观音没有把话说清楚，把事情处理不当，把个家务事弄成了敌我矛盾，给你们的工作造成了混乱，我深表歉意。观音，你把实情告诉大家吧。"

刘观音看了眼江采萍和眼巴巴望着她的钟家兄弟，心一横，牙一咬，嘶哑着嗓子道：

"嗯，陈代表，黄指导员、欧阳连长，还有广大的士兵们、战友们，昨天我们的江队长和姐妹们都不在家，执行任务去了，钟家八兄弟来找我，商量结婚的事，当时我头一热，和他们争吵起来，扭打起来。但我，我确实是钟家兴的老婆。钟家八兄弟说，我已经是钟家兴的人了，没错，是我亲口对钟家兴说的。我答应等打完这一仗，就嫁给他。我，我现在要和他们一起去找组织，向组织上说明情况。"

刘观音此言一出，士兵们哗然，有人指着她骂，有人向她投来轻视的目光。陈代表一看这局面，不知如何是好。欧阳连长趁陈代表和黄援胜愣神的当儿，向江采萍努努嘴：

"你们还不快走？再不走要打得你们全身起包！"

江采萍一行心领神会，带着钟氏八兄弟撒腿就跑。招弟跑得最快，但她的肚子很快就疼起来，吓得她蹲在地上不敢动。周春霞问她怎么啦，她说不舒服，肚子痛。大家忙着去救钟氏兄弟也没空管她。招弟在地上坐了会儿，听见指导员黄援胜气急败坏地吼叫：

"欧阳，你违抗上级指示，后果自负！"

黄援胜那么冷静的一个人，这回暴跳如雷，他用枪点着欧阳连长，嗓音里满是毛刺。不知情的人看他们这架势，会以为他俩嫌隙很深，其实欧阳连长是黄援胜的救命恩人。

欧阳连长是目不识丁的大老粗，平日最讨厌黄援胜念那些本本。第三次反围剿时的一次战斗中，他俩正巧因为政治学习起了争执。发起攻击前，欧阳连长从黄指导员胸前抽出政治课本，认真地要黄援胜念，说是要黄援胜把敌人念走。黄援胜只好承认自己的话有些过头，光靠本本是不能把敌人念走的。欧阳连长出了心中那口恶气，这才发令攻击。那场战斗中，黄援胜受了伤，是欧阳连长拼死将他救出的。但这对老战友此刻却乌眼鸡般地对峙着。

陈代表居中劝解他们，两人谁也不听。欧阳连长将黄援胜的枪口往下一压，沉痛的口吻让他一震：

"老黄，就算他们违反了纪律，可他们个个都是一把好手，这样的人留着上战场杀敌不好吗？再说，情况还没搞清楚，你这么着急干什么？陈代表，现在人家老婆来了，我们是不是到上级那儿一起反映一下，看看怎样处理？"

陈代表望了望钟氏八兄弟的背影，觉得事有蹊跷，便点头同意了欧阳连长的意见。黄援胜抿抿嘴，把枪收起，然后虎着脸甩手而去，走了几步他踅回来，质问欧阳连长：

"你刚才讲什么？讲我被人整怕了，又来整别人？你这是狗眼看人低！告诉你，我黄援胜一颗红心永向党，烧成灰还是红的！"

黄援胜拍着胸脯，大步去追江采萍她们。欧阳连长搓搓手，朝肃立在一旁的战士们摆摆手，示意他们回操场参加训练，接着他和陈代表追上了黄援胜，三人小吵了一会儿，最后达成共识，和江采萍她们一起到军部去为钟家八兄弟求情。

招弟坐了许久，小腹终于消停了，她小心翼翼地站起来，忽然间觉得下体有些湿润，心立马揪了起来。她闪身躲到树丛后面一看，发现内裤上有血，心不由一惊。

糟糕，是不是要流产了？她眼前一黑，手扶着树干才没有倒下。想到这些时日的奔波劳累，想到正忙着铲共的丈夫，想到不久后即将面世的孩子，招弟压抑着的情感终于如决堤的洪水倾泻而出。她低声地哭着，说不出有多么迷茫。

万一丈夫王千金的事传到别人耳朵里，自己和婆婆会不会像那些破坏革命事业的坏分子一样，被押去戴高帽游街？自己遭到羞辱倒没什么，问题是细鬼一生下来就看不到好脸色，和小伙伴在一起玩还要被人唾骂，这种日子能过出什么滋味来呢？

离开突击队的念头突然而强烈地闯进了招弟的心中。那一刻她像是被人打了一闷棍似的耳朵发响，眼冒金星。

招弟心虚地往四处瞧了瞧，还好，谁也没有注意她，远处的晒场上战士们正在认真操练。望着他们矫健的身影，她有些神伤。她想，这些穿上灰军装没几天的士兵，不久就要开赴前线了，到底有几个人能活着回家，谁都没数。他们也是十月怀胎生下来的，也有父母兄弟姊妹，万一……？想到这，她的鼻子蓦地一酸，心里顿时翻卷起一股将失去子女的忧伤。

头上的天瓦蓝瓦蓝的，日头是那般明亮，几朵棉絮般的白云悠闲地游移着，冥冥中仿佛有一把看不见的神弓，转眼间便将朵朵白云弹成了薄纱，阳光从这纱里漏下，耀眼而温煦。经霜的树林五色杂陈，草丛黄了，草根却还泛着青，风一吹浅黄间露出深绿，枯索的冬日因此多了几分生机。

招弟注目着绿树丛里探出的一丛丛红艳艳的苦柴子，似乎看见了儿子蹒跚学步时可爱的憨态。儿子迎面咿咿呀呀地走过来，伸出胖嘟嘟的小手，一头扎入她怀中。江队长的儿子小强不幸惨死的一幕不合时宜地从心里冒出来，让她连打了几个哆嗦。

崽呀崽，娘绝不让你像小强那样被人伤害，娘是你头上的那片天，娘要让你过上一份安稳的生活！

招弟捧着小腹，一路宣誓般和肚里的孩子说着话，紧赶慢赶地走到了军部。这时江采萍、欧阳连长他们已经和组织上交涉得差不多了，军事法庭的经办同志宣布收回死刑判决，给钟家八兄弟的胡闹行为给予记大过处分。江采萍和欧阳连长、黄援胜指导员，必须各写一份声明与检讨材料交上去。

死里逃生的钟氏八兄弟抱着欧阳连长大喊大叫，陈代表和黄援胜有些尴尬。钟家英识相地走过去，诚恳地握住了他俩的手："陈代表，黄指导员，你们放心，是我们做得太过分了，感谢组织救我们一命，我们一定好好杀敌！"

"对，我们要当战斗英雄！"其余七兄弟齐声应和道。接着钟家英、钟家旺、钟家兴三个人一起来到江采萍、周春霞身边，激动得不知该说什么好。钟家兴尤其激动，他哭一会儿，笑一会儿，良久才哽咽道："谢谢你救了我们兄弟，我们以后给你当牛做马。"

江采萍叹一口气，正要说话，忽然看见老大钟家英正痴痴地望着她，两行泪水从这个男人的眼睛里默默地流了下来。她知道他被刚才过去的杀头之祸吓怕了，心一软，她迎了上去，从兜里掏出支钢笔递给他，说："没事，带着你的弟弟们好好当红军吧，我说话算数。"钟家英捧着这支钢笔，又惊又喜，忽然蹲在地上抽泣起来。

江采萍俯下身子，像拍打孩子那样，轻轻拍打着钟家英的肩膀，又说："听话，现在没事了，什么事也没有了。"

受到江采萍和钟家英的感染，钟家旺和周春霞也凑在一起小声地交谈着。周春霞时不时甜甜地笑上几声，看上去非常亲密。

刘观音为刚刚发生的事情感到后怕，悄悄挤到钟家兴身边，突然抱着他哭出了声，钟家兴着急起来："喂，喂，你不要哭了，只要你真同意嫁给我，我们到时堂堂正正地结婚，好不好？告诉你，我这辈子什么女人也看不上了，你就是我老婆！"

刘观音挥起拳头，嘭嘭地捶打着钟家兴的肩膀："你要死，要死，要死啊，说那么大的声音。告诉你，这次去打仗你一定要打好，而且不能死，不能伤，我要你好好地回来。"

众人愣愣地看着他俩，不知这演的是哪一出戏。

招弟看到这儿，王千金的那张脸闪了出来，心里一阵悸动。见大家没有发现自己，她悄悄转过身，鬼使神差地往自己家里走去。

# 第十八章

"我要结婚了！他说，等破了敌人的这次铁围就回来办喜酒！"

马丽的话让突击队的姐妹们大吃一惊。特别是周春霞，她瞪着大眼呆看了马丽好一阵，这才皱眉扭鼻地斥道：

"神经嬷，骗人都不像，不是被那些伤员给吓癫了吧？"

"骗你？我为什么要骗你？这是他从前线寄回来的信，你看清楚！"

马丽掏出封信，折出其中几行给周春霞看，那个钱副师长的信果然写着"等破了敌人的这次铁围就回来做你的新郎"。周春霞恶作剧地把信纸抽出来，一边看一边读，急得马丽从后面卡住了她的脖子。周春霞尖叫着让杜青秧过来帮忙，可杜青秧没心思，窝在木桌前懒得动弹。周春霞被马丽胳胳得喘气不匀，只好缴械投降，这边责怪杜青秧不够义气。青秧翻了她一眼，没吭气。自打招弟开小差后，青秧一直闷闷不乐，好像一下子长大了许多。

马丽这天是特地请假从医院过来看周春霞和江采萍她们的，一则听说突击队这边出了些情况，二米也是要向大家报告她的婚讯，所以向方梦袍告了一晚上假，趁着月色，赶了十几里山路。来到了突击队的住处，她来时江采萍开会去了，刘观音坐在桌子前发呆，她刚和青秧为共享油灯的事吵了一架，屋内的气氛有些压抑。

由于苏区物资极度匮乏，战士们平常两人共享一盏油灯。招弟走前，刘观音和她共享灯盏，招弟夜晚贪睡，早早就上床，那盏灯基本上她单用，随意得很。现在她和杜青秧共享，青秧脱脱跳一个人，哪里在桌前坐得住？一会儿端了油灯上粪寮，一会儿又去灶下铲炭火取暖，弄得刘观音那封写给李团长的信始终只有几个字。

自从钟家兴横蛮地进入她的生活之后，她感到最愧对的不是栓柱，而是李团长。这封信她一直不知该怎样写，加上招弟的不辞而别，她心里本来就烦，如今青秧跳蚤般东蹦西蹿，自然没有好脸色。

杜青秧这几天心里也不舒服，她头天征粮时挨了群众的骂，那股浊气一直没能宣泄出来，正想找人发火，现在刘观音矮子抵炮眼——撞上了，便索性和刘观音吵了一架。周春霞和杨兰英怎么劝也没用，两人乌眼鸡似的站在院坪上，样子好可笑。

马丽的到来让她们敛了怒容，但她们谁也没心思过来陪马丽说话，只是听了马丽的婚讯后才匆匆问了几句，接着互瞪一眼，又各自坐回原来的地方鼓着腮帮子生气，把杨兰英逗得笑出声来：

"你们两个好的时候黏黏糊糊，不好的时候打绝气，跟卵鬼崽一样！"

杨兰英见江采萍不在，更不肯学文化了，赶紧利用这机会飞快地纳鞋底。她在给刘罗仔做鞋。听到马丽要结婚，她最关心的是送什么礼：

"马丽，到时送你什么呢？我给你家那口子做双鞋吧！"

杨兰英说完，继续专注地飞针走线，矮胖的身影透着温馨。

马丽忽然觉得这时的杨兰英很美，一种久违的冲动攫住了她，忙抢过刘观音手中的毛笔，刷刷刷地为杨兰英画了张速写，吓了杨兰英一跳。

杨兰英把脸捂了，说，不好不好，这样不好，因为魂魄会飞到纸上，对人身体不利。马丽解释了好久，她才安心地躲到旁边去看马丽给她画的像。

刘观音和青秧一看，也不生气了，吵嚷着要马丽给她们画像。马丽调皮地说要把她俩画在一张纸上，两人居然答应了，还互相搂了搂，算是和解，可是当马丽画完之后刘观音却不高兴了：

"我的嘴唇有那么厚吗？嘴巴也没有这样歪呀，我照过镜子的，才没这么丑呢！"

刘观音有块捡来的碎镜片，一直揣到衣兜里，偶尔会掏出来照照，她对自己的长相挺清楚。青秧倒是不挑剔，连连说好，而且立马安静地坐在桌旁开始依样画瓢。马丽瞅着大家安静的空当儿，把周春霞拉到隔壁房间，和她说了些体己话。她说她前些天收到了陈查理的回信，查理伯伯得了肺结核，最近咳得很厉害。

"他希望我回赣州去，还写了信给方院长。"

马丽一说到方梦袍，情绪就变得低落。这段时间她瘦了不少，一：方面是工作太忙太累，另一方面是心魔在作怪，对方梦袍的思恋、怨恨让她落下了失眠的毛病。周春霞体贴地捏了捏她的手：

"你得单相思了吧？我不信你是真心想嫁给那个什么副师长。说老实话，你是在和他赌气吧？"

周春霞一语中的。想到这些日子情感上的挣扎与绝望，马丽流下了眼泪。周春霞知道她小时候就和马龙玩得好，还戏说过要嫁给他，如今有这份苦恼也属正常，所以没有劝她。马丽痛痛快快地流了通泪，心中舒坦了许多，这才正色道：

"春霞，我是真心要嫁给钱副师长的。他是战斗英雄，对革命赤胆忠心，我觉得有个这样的爱人，对我的帮助和提高会很大的。我看你也要找这样的人才好。嗳，我还没问你哪，报纸上说你们几个要嫁给钟家八兄弟，这到底是怎么回事啊？"

周春霞将事情经过叙述了一遍，听得马丽两眼发直，许久才叹道：

"有这么奇的事？好像话本小说里的故事嘛！唉，怎么我遇不上！那，你们真要嫁给他们吗？你的那个长得怎么样？"

马丽刨根问底起来，周春霞大大方方地描述了钟家旺的性格和长相，马丽听完捅了捅春霞：

"这种铁疙瘩一样的男人，不是正中你意吗？看样子你是瞌睡碰上了枕头，对象自己送上门来了，真是快活死了！"

马丽羡慕周春霞在突击队丰富多彩的生活，羡慕钟家旺的年轻强壮，也有些怀疑自己是否真的想嫁给钱副师长。扪心自问，她觉得还是春霞说得对，自己真正喜欢的是方梦袍。钱副师长是个好人，也是个真正的战斗英雄，但他的学识教养与方梦袍差得太远了。他以前当过土匪，作风比较粗野，不是她梦寐以求的情郎。

舍方梦袍而取钱师长，马丽不知自己的选择是否正确，也许她根本没有选择，她只是赌气，以伤害自己的方式来报复方梦袍，这是柄双刃剑，最终伤害的不仅是方梦袍，还有自己和钱副师长。

"马丽，不要拿自己的终身大事开玩笑，你要想清楚！我可不让自己吃亏。我虽然答应了钟家旺，但前提是他必须来追我，什么时候他能够达到我的标准了，我什么时候才嫁给他，否则呀……"

马丽问周春霞对钟家旺有什么标准，周春霞扮了个鬼脸：

"标准好低，认识字，能读写文章，能英勇杀敌，当个战斗英雄，还要经常剃胡须，不要有头皮屑、牙花、鼻毛，身上不要有臭味，会砍柴、做饭、挑水、洗衣，还要会带细鬼。"

"鬼话，这还要求低啊？我看几个男人合在一起也达不到你这个标准。"马丽道。

春霞笑了："那要看男人是不是有心喽，有心他会去努力的，他能做到不是更好吗？做不到也不要紧，到时不嫁给他就是了。苏区讲究婚姻自由，这太好了，不然呀……"

陈太平邪恶的脸"刷"地在春霞面前闪过，她后怕地缩起了脖颈，两人的话题接着转到招弟身上。

招弟离开队伍并没有让大家多么吃惊。这段时间，大家看得很清楚，她总是一副心不在焉的样子，很多场合都像个旁观者。为此，江采萍曾开过好几次生活会请大家帮助她。但队友们无论说什么，提什么意见，招弟总是点头接受，谦让、虚心的态度让人不忍怀疑她的诚意，可事到临头她又旧病复发，布置的任务经常完不成。不过她也有一样好处，那就是从不多话，也从不多事，否则她不走也早被开除了。

"她出身比我苦，倒比我更像小姐。我对革命都比她有决心！也许不是每个人都适合当红军，我觉得她更适合待在家里。"

对周春霞的话马丽很赞同，这在以前是很少见的。但到了苏区，也许所处的环境不同，马丽每跟周春霞接触一次都发现她有新的变化。她觉得周春霞仿佛一个初生婴儿，正在阳光雨露的滋润下茁壮成长。起先她是棵小苗苗，几天不见小苗便抽出枝条来了，再过些日子枝条上有了叶片，接着有了属于自己的绿荫。几场风雨之后，小树变成了经霜耐雪的大树，这让马丽欣喜之余又有些惭愧。

在苏区这段日子，她自觉灵魂得到了洗礼，但与周春霞比起来，自己的变化还不够大，而她始终认为自己应该比春霞更进步、更革命才对，因为她是孤儿，是真正的无产阶级，没有什么东西不能失去。尽管有陈查理和福音堂这段背景，可她从中得到了什么呢？一段苦涩的回忆而已。

思来想去，马丽觉得是这场突如其来的情感遭遇扯了自己的后腿，让她成了情感的俘虏，其他的一切退居其后，这种危害其实已经在工作中显现出来了。前天用鹅毛（因苏区棉花匮乏，以鹅毛代替）给一位伤员洗伤口，方梦袍从她身边走过时仅仅看了她一眼，她就像触电似的打了个哆嗦，结果鹅毛戳进伤员的伤口，疼得伤员险些昏了过去，为此她歉疚了好几天。

"春霞，现在的形势越来越紧张了，听说苏区四周道路上处处筑起了碉堡，密得麻雀子都飞不过。我还听伤员们讲，现在中央兵工厂、制币厂、印刷厂的有些机器设备都已经埋起来了，看样子……"

余下的话马丽没说下去。周春霞打着呵欠叫她别说这些丧气的话，一边脱了衫衣钻进了被子。所谓的被子其实只是一床被套，里头塞的是揉软后的稻草，盖到身上哗哗作响。马丽睡在困极了的周春霞旁边，忽然"扑哧"一声笑了：

"哎，你的被子是不是送给伤员了？我睡的也是稻草被子，有时冷得够呛，不过心里还是挺暖和的，对吧？"

马丽说着向春霞身边靠了靠，这时她发现周春霞在抽泣，赶忙撑起半个身子，拍孩子似的拍着她："春霞，你怎么啦？害怕了？我刚才是瞎说，瑞金不会有什么事的！这里是苏维埃的首都，有那么多部队保卫着，你害怕什么？"

谁知周春霞越哭越伤心，马丽见劝她不住，只好使个小伎俩："哎，别哭了，我听见江先生回来了。"

周春霞果然止住了哭，她抽着鼻子说："马丽，你不要和别人说。我，我是担心我哥，万一，万一他带兵来打我们，你说怎么办？他原先，杀过根据地的好多人，报纸都登了，我们不晓得。你说，要是我们在山上他在山下，我要不要开枪？"

马丽愣住了，但很快有了主意："天底下哪有这样巧的事？但如果他真带兵来打我们，你又看见了他，当然要……开枪。"马丽这后两个字说得非常迟疑。

周春霞一阵哆嗦："那是……就不知道到时，我是不是敢下手。""好了好了，别去想这些十三不靠的东西，睡吧。"马丽说。

夜已深，江采萍仍旧未归，隔壁的杨兰英她们已歇息，周遭很安静，墙角里不知名的小虫子"喔喔"地颤声唱着，让马丽陡然生出几分伤感。

不知何故，她近日老想着钱副师长，想他几时能回来结婚。她不是盼着做新娘，而是担心做不了新娘。经她手出院、重返战场的二十几个伤员中，如今已牺牲了七个，战斗还在继续，子弹是不长眼睛的，钱副师长能否回来真成了一个问题。

许是认床的缘故，这一夜马丽睡得不踏实。她梦见钱副师长挂了花，静静地躺在手术台上，脸白得像石膏，手术台两旁淅淅沥沥地往下滴血，那一刻她的心像是被人摘了，一阵悸痛让她醒过来。

江采萍不知何时回来了，这会儿睡得正香，听着她轻快的小呼噜，马丽可以想见她是多么的忙碌。在医院工作的这段时间，只要静下来她就会想念她。她认为江采萍是个了不起的奇女子，以前只知道她为革命贡献了自己最宝贵的儿子，到医院后才知道她的丈夫刘松在攻打赣州时牺牲了。从此，马丽便常常为江采萍难过，并经常想些奇怪的问题，诸如她会不会经常想念刘松和小强，还有日后她还有没有机会做妈妈什么的，疑问麻丝般在脑海缠绕。她希望江队长能从悲痛中摆脱出来，继续拥有一个女人应该拥有的生活。为此，她特别留意住院的每一个伤员，甚至还为采萍建了一个"档案"，以便从中遴选出适合她的如意郎君。

也许是她为江采萍定的标准过高，本子上名字写了几十个，可每个名字后面都被她无情地打了个叉，画来画去只剩下陈医生一个。可当她好心好意为陈医生做媒时，陈医生不但一口回绝了她，还趁势向她表白心迹，吓得她落荒而逃，为江采萍做媒一事也暂时搁浅。

如今躺在床上，听着江采萍匀称的鼻息，陈医生白皙、清秀的脸一晃一晃地浮出来，月亮般照着她，让她百思不得其解。她不明白陈医生为什么放弃江采萍。她想，今后得抽空让她和陈医生见上几面，兴许陈医生就会改变主意了，到时只怕江采萍看不上他，谁叫他是个刚刚"自新"的医生呢？

这么信马由缰地想着，马丽渐渐坠入了黑甜乡，等她醒来时天已大亮。想到离医院还有一大段路程，马丽飞快地穿戴好，冲到院子扯了把正在洗脸的周春霞的头发：

"为什么不叫我？你想害死我啊！讨厌鬼，下次跟你算账。队长，妹子们，欢迎下次到医院来，我们方院长讲了，如果搞到了盐不要忘记给我们啊！

再见！"

马丽来不及和采萍细谈，匆匆打了个招呼，便一路小跑着往医院赶。这天打了霜，山川田野结着茸茸的霜荏，晨曦中看上去朦胧而富有质感，似乎油画上的白色颜料颗粒，近观粗糙远看却是轻柔的一抹，让她突然忆起童年的某个清晨。

那时她在五堡，陈查理带着她、马龙、周春强和周春霞四个人到附近的山溪中写生。当时也下了这么厚的霜，背阴的水田里结着薄冰，太阳跃出山头时跌落一地金光，这金光砸在冰上，迸出千万朵明灿的银花和碎玉，整个山谷因此熠熠生辉。淘气的周春强和马龙抽空溜到一旁去"片石子"，看石子能在冰上滑行多远。她和周春霞则陶醉于山川美景中，认认真真地画着，结果回去后陈查理送了她们每人一支蜡笔。马龙和周春强则因贪玩什么也没有得到，事后马龙和周春强将她和春霞的蜡笔抢走了，还不准她们告诉陈查理，否则就放死老鼠到她们身上，吓得她们不敢出声。

多年后，每每和周春霞说起那件事，她俩就骂周春强该死，可那时谁能想到会有今天这种局面？如果真像春霞讲的那样，周春强在山下，她们在山上，互相为敌，那开不开枪呢？

虽然昨晚她和周春霞，都说要开枪，但当那一天真到来的时候，她们做得到吗？现在一个人走在路上，想了许久，她依旧没理出头绪。便索性不去想这些烦心事儿。走一会儿跑一会儿，看远处的山峦在初升的朝晖中由深黛变浅蓝，近些的山峰由墨绿幻化为青翠，青翠中又夹杂着火红的枫叶、暗红的黄栌和乌楸树，那种色彩反倒比春夏季节更为丰富。她感动于自然的美丽与强大，同时也为人类自相残杀的行径感到费解。

"老天爷，你开开眼，一定要保佑钱副师长，保佑所有的红军战士刀枪不入，让他们安然无恙地回来，求求你，你听见了吗？"

在无人的空谷，马丽对着群山大喊，激起阵阵回音。水田里的薄冰震颤着裂开，阳光顿时碎成无数银屑，寂静的山谷里倏地飘满了萤火虫似的光斑。马丽被这奇异的景象惊呆了，她驻足看了会儿，很快撩起长腿朝医院跑去。她要写信给钱副师长，让他安心带兵打仗，她要告诉他，她一定等他，等他凯旋归来结婚！

这一天对马丽来说平凡而又深刻。平凡是因为这天她没有做出任何有影响或者说稍具壮烈的举动，深刻则缘于一个突如其来的消息。这消息破坏了她的心境，动摇了她对未来的向往，甚至可以说改变了她的人生：钱副师长牺牲了！

告诉她这一消息的是方梦袍。红云当时也在场，看样子准备随时对她施以援手，但问题是刚开始时马丽根本不相信。那时，她刚从灶下吃完番薯粥出来，正跟一个护士争论早餐吃什么最耐饱，方梦袍把她叫到一旁，表情沉痛地告诉她这个消息，马丽抹着下巴咧嘴笑了："嘿，你怎么这样？一大早就编派这种鬼事来吓人！"

"马丽，钱副师长的警卫员小马负了重伤，昨夜你走后送来做的手术。钱副师长是前天下午牺牲的。打仗前他交代过小马，说是如果他不在了一定要给你捎口信。还有，钱副师长把他的表和钢笔都留给了你。"

红云扶着马丽，小声道。方梦袍小心翼翼地从口袋里掏出个小蓝布袋，袋口系着一根红绳。他将布袋轻轻地放到马丽掌中，马丽一时无语。她本以为自己会号啕大哭，可眼中干干的，眼角生痛，似乎得了眼病，心一抽一抽的，像是有只淘气的手在捏弄着她的内脏。良久，她才嘶哑着嗓子问：

"小马在哪里？我要见他。"

"他受伤太重，昨天半夜牺牲了。"

红云沉痛地道。马丽打了个寒战："那，钱副师长有没有留下别的话？"

"没有。"

方梦袍摇摇头。马丽踉踉跄跄着走回宿舍，坐在简陋的床上失声恸哭。她的哭声缠绵、悠长，仿佛从前五堡教堂里管风琴的长音，透着彻骨的悲凉。明了她心事的日头灰巍巍地收了那层灿烂，换上一副低沉的面孔，继而淅淅沥沥地下起了雨。雨丝借着风势从窗隙门缝扑进来，和马丽的泪混在一起，她的脸因此闪出一片湿漉漉的光芒。

# 第十九章

这是个难得的休息日，江采萍起了个大早，烧了满满一锅热水，洗头洗澡，等队员们起来时，她头发已干，还换上了头晚用茶缸熨平的半新军服，看上去神采飞扬。

"有什么喜事儿吗？"

大家惊讶地问，采萍笑而不答。众人惊异地交换着眼神，不知队长这是怎么啦。好不容易才挤牙膏似的从江采萍口中挤出点东西来，原来她今天要去一个老战友家做客。这老战友是她的江苏老乡，平日联系不多，但彼此间有一份厚厚的乡谊，感觉很是亲近。队员们羡慕她有客做，江采萍也略有喜气。自打入赣州白区至今，她还没有享受过如此温馨的假日。难怪眼间眉梢中浮着笑意。草草吃过早餐后，她提了两罐前几日泡好的醋椒和几罐招弟送给她的剁椒，兴冲冲地赶到了叶坪。

战友叫王根妹，早先和她一起在长汀妇女学校当教员，是个热情洋溢的小个子姑娘。王根妹生了对漂亮的龙凤胎，那可是两个最受大家喜爱的"小坑意儿"。

江采萍没生小强前曾无数次祈盼自己也能生那样一对可爱的双胞胎，可惜未能如愿。也正因了这份遗憾，她对王根妹那对双胞胎的印象非常深刻，前几天在街上邂逅王根妹，她高兴极了，谁知刚开口问了一句小玩意儿怎么样了，小强便倏地跳到眼前，让她脸色转青，身子发颤，冷汗如雨。王根妹还没反应过来，她已瘫在战友怀里。

小强，小强没了，敌人……杀害……了他，是我……害了他呀！王根妹亲切的乡音让她想起了丈夫刘松，双重的悲恸让她情绪低落。她软弱地哭诉着。有那么一瞬，王根妹的身体石头般僵硬，清瘦的脸上失去了表情。她的反应令悲恸中的江采萍羞愧：凭什么用自己的伤心往事去打搅别人的幸福和美？

江采萍及时控制了自己的情绪，匆匆地告辞了。那天下午她破天荒地没有随队到附近的乡里搞活动，而是在菜地里闷头干了半天的活，边干边流泪。

辣椒的枝干已经拔了，此刻菜地里种的是芥菜、萝卜、大蒜、韭菜，几树枯死的丝瓜藤蔓似乱发般蓬松着，间杂着十多只老去的丝瓜。刘松生前最爱吃丝瓜炒蛋，但他不沾辣椒。倘若他知道自己现在嗜辣成命，他会怎么讲？也许，他会像贸易局的其他同事那样开玩笑说她长了一只"革命的胃"？

这几年辣椒成了她的某种精神寄托。她甚至给《红色中华》报投过一篇文章，题目就叫着《辣椒颂》。她对辣椒的热爱因此不胫而走。有时下乡去，知道情况的乡村干部总要送她一些剁椒或是辣椒干，让她心里暖烘烘的。

那天下午她侍弄着菜地，眼泪吧嗒吧嗒地流着，似乎要虚脱了。心田深处的悲恸与绝望将她笼罩，她实在无法排遣，便习惯性地跑到灶房的菜橱里，取了两只泡得红艳艳的酸辣椒，细细地嚼了下去。

随着一阵辛辣的蔓延，她的精神相对集中了一些，勉强把菜地浇完后，倒在床上睡了一觉。不用说，她又为刘松和小强流了许多泪，弄得眼如烂桃。

队员们回来见她那个样子，什么也不敢问，只是动作轻了许多。吃晚饭时她装饭的蒲包中多了两个白煮鸡蛋。

江采萍很不安，她不想沉浸在这种悲恸中，更不愿让这种情绪影响自己的工作和生活。问题是她做不到，她的痛苦其实已经变成了大家的痛苦，她的忧伤也变成了大家的忧伤。

有人说招弟就是被小强的故事吓走的。可怜天下父母心，谁不希望自己的孩子健康成长？有时她觉得招弟的举动情有可原，但对自己她就没那么宽容了，每次哀恸过后总是深深的自责，继而疯狂地工作，直到情绪恢复正常。

偶尔的，她觉得自己的这种循环有些像间歇性精神病，这让她害怕，害怕任其发展下去后不能胜任工作。

正当她为自己在王根妹面前的失态而自责、自怨时，王根妹托人捎了张纸条来，请她去做客，这就是她今天前往叶坪的缘由。

王根妹在去年刚成立的中华苏维埃共和国邮政总局工作，住在总局后面的一个民房里。民房大都破旧不堪，但家家户户打扫得干干净净，墙上、门楣上贴着热情如火的口号。

尽管没有门牌号码，路也七弯八绕，但王根妹的名头很响，她只问了一个人，那老者就把她带到了王根妹的住处。

"啊呀，采萍，欢迎欢迎！"

王根妹也和她一样，换上了最好的衣服，头发梳得整整齐齐，两人一照面，不由拥在了一起。

"老齐和小玩意儿他们呢？"

江采萍问，心下觉得自己太不靠谱，居然只提了几罐辣椒来，怎么就没想到给双胞胎买件礼物呢？算来那对双胞胎该有六岁了，他们比小强整整大三岁。想到小强，她的眼泪涌了出来。奇怪的是王根妹没回答，她瘦弱的躯体在江采萍臂中叶子般窸窣着。江采萍缓缓地推开她，发现她和自己一样泪流满面。

"根妹，你怎么啦？"

王根妹摇着头，哽咽不语。江采萍心一凉，什么都明白了。她紧紧地拥住王根妹，任她的热泪湿透自己的衣衫，不过王根妹并没有悲伤多久，她很快就擦干了眼泪，又迅速地打了两盆热水，让江采萍和自己一起洗脸，洗罢脸她掏出只小木盒，从里头挑出两点白油抹在江采萍脸上。

"这是我用猪油和米粉配的，能防裂。下回我给你做些。"

王根妹说罢没事人一般在脸上细细擦着，仿佛刚才哭泣的不是她。江采萍钦佩地望着她，等着她告诉自己那段痛彻心扉的往事。不料王根妹只轻描淡写地说，老齐前年上半年在第二次反围剿中牺牲了，两个孩子下半年又被白军齐齐杀害了。

"……他们寄养在老乡家，那个地方被敌人占了。白狗子疯了，说是石头要过刀，茅草要过火，人要换种。那个村是有名的红军村，敌人杀了三天三夜，村子里一个人也没留下，全给灭了。"

王根妹望着墙，手中轻轻转着那个装了擦脸油的小木盒。

江采萍想到小强，再想到两个可爱的小玩意儿，那种晕厥的感觉再次袭来。她靠在墙上，抚着胸口不断地喘粗气，冷汗顺着脖子往下流。王根妹猜得出她为什么这样，揉揉眼睛，走出了房门。

她肯定躲到哪哭去了，一家三口就那样没了，该是何等的痛苦与悲哀啊！

江采萍想，这会儿王根妹肯定比她还痛苦。她想走出去安慰王根妹，可她动弹不了，她只想躺下来，任悲哀将自己淹没，最好再也不要醒来……

没过多久，王根妹又进来了，她抱着个虎头虎脑、三岁左右的男崽子，身后跟着十几个大小不等的细鬼。孩子们推搡着，嬉笑着，幽暗、冷寂的屋内一下子鲜活起来。江采萍惊恐地盯着王根妹怀中的那个孩子，蓦地恍惚起来：

"小强？……"

她伸出双手，可她还没触到孩子，头便重重地撞在了后墙上，痛得她眼冒金星。只好趴在墙上，让自己镇定下来。但她不能完全做到，眼泪不争气地流下来。

"啊！求你了，根妹，快把他抱开！"

江采萍捂着脸，凄声大喊。她的喊声把孩子们吓得直往后缩。里说有着相同经历，但王根妹并没有去抚慰她，而是推了推为首的那个孩子。

"牛卵子，你和弟弟们去抱抱这位阿姨，阿姨想崽崽了！"

伢崽们跟王根妹很亲，她一发话，纷纷往采萍身上扑。江采萍被那么多稚嫩的小手触摸着，蓦地打了个寒战。

"阿姨，你不要哭了，王妈妈讲了，我们都是你的崽崽。"

"姆姆，你莫哭了，我长大了养你。"

"姆姆，我长大了要当打铁佬，专门造大炮杀白狗子！"

"阿姨，我要你抱抱，抱抱！"

在那些稚嫩声音的抚慰下，江采萍的悲恸渐渐缓解，她睁开迷蒙的泪眼，看见王根妹怀中的细伢崽向自己倾斜着身子，一双肉乎乎的小手期盼地摇晃着。她仿佛看见小强在山路上跑，同样肉乎乎的小手在阳光下张开着，晃动着：妈妈，我要蝴蝶！妈妈——我要——蝴蝶——！

江采萍无法抑制自己的情绪，拔腿就跑，王根妹及时地搂住了她，顺势将伢崽塞到了她怀中。

"采萍，没事的。你抱抱囡囡，亲亲囡囡，摸摸他的脸，对，轻轻地，哦，没事儿了。"

王根妹轻轻拍着她的背，似乎她也是一个不懂事的囡囡。江采萍抱住伢崽，嗅着他身上的奶香，亲着他茸茸的头发，那颗自小强走后一直空洞的心倏忽间饱满起来。她紧紧搂住伢崽，奇怪地发现自己的身子不再颤抖了，那种没来由的惊恐不翼而飞，不由得喜极而泣。"来，崽崽，这位妈妈累了，下来，自己走。立正，向前走，好！崽崽们好乖，待会儿王妈妈请你们吃炒豆子！"

王根妹接过伢崽，让他跟着那十几个列队而去的细伢们往门外走去。房间里只剩下她们两个人，王根妹拉着江采萍坐在一条凳上，久久地凝视着她。好一会儿，她抚着采萍冰冷又湿漉漉的手，哑声道：

"老齐、两个小玩意儿他们走后，我和你一样，有一年多不能自控。我那时和你现在一样，不能想，不能提孩子，看见孩子就站不住，去年我都快变成神经病了。"

王根妹顿了顿，清了会儿嗓子，继续说：

"我怕呀，我怕自己成了废人。如果那样，我有什么脸面去见老齐和小玩意儿他们呢？不瞒你说，我还自杀过，我想你也有过这样的经历，对不？所以今天约你来，我就是想告诉你，我们要做自己的主人，不能让悲伤毁了我们。再说，人终有一死，只不过是早晚的事情。我们以后还是要和他们在天堂见面的，剩下的时间，我们应该坚强面对，好好工作，只有这样，才能对得起他们的在天之灵，你说是不是？"

王根妹握住江采萍的手，灵动的黑眼睛直视着她，传递出一份热情与坚强。江采萍感激地回握了王根妹一下，说：

"根妹，你放心，我会向你学的。"

两个几年不见的老战友，再一次紧紧地拥抱了对方。虽然隔着厚厚的冬装，可她们都感受到了彼此的身体带来的温暖。

# 第二十章

　　一场盛大的丧事办过之后，周春强的心情渐渐平复下来。娘和妹子的事也不像刚开始那样，整日针般扎在心尖上，甚至爹爹身亡的悲恸也被时间冲淡得若有若无。他忙着整治、恢复五堡的基业。闹红那几年，虽说五堡的一些浮财被人抢走了，但并没有伤及周家基业的筋骨。他把赣州的几家店铺盘了现金，这边加紧了搜刮，不久又称雄一方。

　　没有了爷佬的监管，他体会到做主人的自由，野心日益膨胀。他带着一箱光洋去拜访县长，让自己从赣州捞到的"五堡铲共委员会"主任的头衔合法化了。该县县长被红军杀了，新任县长正愁无人贯彻南昌行营的剿匪指令，他闻听周春强剿共业绩突出，不由喜出望外，索性将"县铲共委员会"主任、"县靖卫团"团长的重任拱手让给了他。周春强摇身一变，成了县府要员，比在赣州时还要得意几分。不过，在上任前他提了条件，那就是平日坐镇五堡，县城防务交由靖卫团团副主管，有要务时他才出马。县长指望他撑门面，居然应允了他。

　　有了这些头衔，周春强派了几路兵丁，分头打探娘和春霞的下落，这边着手整肃五堡的内务。他先是将周姓族众全部迁入五堡，充实护围队，在五堡周围挖了条几丈宽、丈把深的壕沟，进出只有一座吊桥。守桥家丁每日换口令，如不及时应答口令，家丁即可开枪射杀。还在赌馆、烟馆、酒馆与围屋间堆了一圈一人多高的沙包，在进出路口和险要处建了简易碉堡，设立了固定岗哨和巡逻队，把个五堡变成了名副其实的要塞。他穿着靖卫团团长特许穿的国军军服，蹬着黑色皮靴，挎着手枪走在五堡的街道上时，1933 年的日子所剩无几了。

"春强，你这样子像美国电影里的明星！"

房秋心看见他穿着军装常说这样一句话。说这话时，她那双柔媚的眼睛波光潋滟，声音似花朵上的晨露，一滴一滴地沁出芬芳来。周国富去世后，她苍老了一些，性子比以往更安静了，安静得让周春强有时感觉不到她的存在。他那段日子正督促族人开挖壕沟，还要训练兵丁，更多的时候带着人马下乡去催粮征款，忙得不可开交。他有心要这位继母帮忙照管一下，可每每看见她落寞的样子，便打消了这个念头。他猜房秋心被五堡上次的变故吓出了神经病，要不她为什么要逐间逐间房子去敲墙壁呢？为什么要常常往阁楼上爬呢？有一次，周春强得报后赶到老书房，发现房秋心披头散发地坐在阁楼上，仿佛女鬼。

"你在找什么？"

周春强很纳闷，房秋心幽灵般从梯上走下来，神秘兮兮地凑到他跟前，在嘴唇中央竖起一根手指说：

"嘘，不要这么大声，我在找红军婆子。她们把大姐和春霞藏起来了！"

然后"噌噌噌"攀上木梯，又钻到阁楼里翻东西去了。天气那么冷，她却只穿了件短旗袍，冻得青紫的小腿仿佛水里刚刚洗净的萝卜，闪着耀眼的白光，有股淡淡的胰脂香。周春强对她产生了一份怜悯。于是他找到族中一位婶婆协助她打理围内的家务，又寻了个机灵的细妹照顾她，自己也隔三岔五地到她房间里去看看她，也算是对父亲和他的未亡人尽一份孝心。所以，当房秋心称赞他时，周春强露出了久违的笑容：

"姨妈夸奖了。姨妈想不想再去赣州看电影？到时我送你过去。"周春强说的是心里话。尽管他好色成性，但对房秋心却绝无想法，相反，他倒是觉得孤男寡女在一起颇不方便，真想将房秋心送到赣州去。一则为了避嫌，二来也可以让房秋心放松放松，最重要的是，他觉得父亲去世后留下这么个人在五堡没有任何意义，把她赶走还落个清净。在他看来，房秋心只要离了五堡，便会重操旧业，到时将她逐出家门自是名正言顺！

房秋心可不傻，她对周春强的建议毫无兴趣，只要他一开口，她就把头摇得拨浪鼓似的："不，我生是周家人，死是周家鬼，死也要死在五堡。"

周春强没有办法，只好任由房秋心继续幽灵般在五堡游荡，自己则奔波于县城与五堡之间。

这时国军对苏区的围剿已形成泰山压顶之势了。从县里发的战报上看,这年的中旬,红军攻打黎川硝石伤亡1000余人,11月中旬金溪浒湾之战红军再次失利,又伤亡1000多人,红军似乎丧失了前几次围剿时的灵活性与战斗力,这使曾与红军多次交手并吃过不少苦头的周春强感到意外,意外之余又颇觉兴奋,因为这样一来,红军肯定无暇顾及五堡,祖宗的基业能够保住不说,他还有空训练新组建的五堡护围队。他要报仇雪恨!

有时,只要想到父亲那颗砍得几乎要断的头,周春强就对红军恨之入骨。可是,妹妹春霞竟跟红军跑了,说不定她正穿着那该死的灰军装,戴着那顶难看的红军帽,将在某个地方,等待与他刀枪相见呢!

想到妹妹春霞,周春强的心情黯淡下来。他其实顶喜欢春霞的,也为自己当初做的那件缺德事责骂过自己。他相信春霞的出走与自己的所作所为有关。

死妹子,怎么就不晓得为这个家,为哥哥想一想呢?你怎么和娘一样傻?你和娘在那儿好吗?

想到大兵压境下的苏区和生活在那儿的亲娘、亲妹子,周春强偶尔会产生一种希望红军取得某一仗胜利的念头,前提是他的亲娘和妹子都在这次战斗中顺利突围,而且不久之后安全返回五堡。为此,他特地给县靖卫团和五堡护围队立了个规矩,凡遇女红军,一概活捉,即便失手打死也要抬尸来见。他不希望春霞死在自己人的枪口之下。

上天似乎洞察了他的这份心思,12月中旬的一天,守门的家丁慌里慌张跑过来,说是有人送了封信来。

"是给老爷的。送信的人是上街的阿混,对,就是那个经常站在街口发傻的孱头阿混。他讲不清楚信是哪个给他的,只晓得信要送到老爷家。"

这封信在路上已辗转多时,牛皮纸的信皮揉得又皱又软,边上破损了多处,被人用糨糊补好了。信封上的毛笔字因淋雨沾水之故,有些漫漶,但仍可看出春霞娟秀的手迹:周国富父亲大人收。周春强示意兵丁退出去,然后将信贴在胸口喘了口气:

"死妹子,总算有你的音讯了!"

他再睁开眼时,竟有泪花在眼眶里打转。这也难怪,好端端的家莫名其妙地就剩了他一个,如今终于有了妹妹春霞的音讯,他能不高兴吗?因为这意味着她和母亲的都平安啊！

　　周春强将信封拆开，抽出那张已经破损的黄表纸，急不可耐地读了几行。他的手马上哆嗦起来，信纸嗦嗦响成一片。他猛地将信塞进怀中，气急败坏地冲了出去。

　　他的表情是那样阴鸷，路上遇见的家丁纷纷向他敬礼，又纷纷战战兢兢地侧立一旁。周春强"咚咚咚"的脚步声在仍旧空寂的这半边围屋中仿佛一阵乱鼓，敲得所有听见这脚步的人都心慌。

　　他风般旋进花洲。婶婆、细妹和新来的伙头正在灶下择菜，房秋心的房门紧闭。他刚要敲门，细妹就神秘地扯了扯他的衣裳，示意他退一步讲话。细妹十三四岁的年纪，和婶婆一样是他未出五服的亲戚，论辈分细妹要喊他叔公。

　　细妹说："叔公，我觉得太奶有点怪，她又到房间里四处去找红军婆子了，有时一个人又讲又笑，好怕人。"

　　伙头说："是哩，她八成是癫了，半夜里一个人擎了灯四处走。有一回我去屙屎，发现老爷的房里亮着灯，跑去一看，她钻在床下偷笑，搞得我起了满身鸡皮疙瘩。"伙头皱起眉，有些后怕的样子。

　　婶婆嘴一撇："强仔，我想她是前世造多了恶，才会落得这个下场。按老辈人的说法，她肯定是扫帚星下凡，留不得。要不是她那日吵着要去香菇场，老爷哪会遇上红军？你们讲她癫，她怎么食饭穿衣没一点癫相，餐餐要好的，时时照镜子？"

　　婶婆建议周春强去请个地理先生来家中出煞，或请算命先生给房秋心测测八字，如不合，最好趁早让她离开。

　　"……你想想啊，"婶婆又说，"尖脸，削肩，桃花眼，还有一根水蛇腰，这种人是寒薄相，会败家的！强仔啊，要不是你，我这么老的人才不会来服侍她呢！她跟了老爷没错，也有名分，可她给老爷带来了什么？给你娘又带来了什么？留她住下真是算你心好。"

　　婶婆喃喃着说了一大堆房秋心的不是。周春强心里一动，也不急着找房秋心了，于是端张竹椅坐在灶下，有一搭没一搭地和婶婆、细妹、伙头拉家常。大家天南地北地扯着，不过都围绕房秋心和那场变故。

　　婶婆和细妹以前难得见老爷和房秋心一面，说不出当日的子丑寅卯。伙头倒是在围屋里当过值，对围内情况比较了解，周春强着重向他询问了牛牯的一些事。伙头大夸牛牯平日待人大方，讲义气，并对他最后卷款潜逃做出了自己的猜测："有人说牛牯是红军的卧底，那钱是给红军做军费的。"

这种说法周春强早听过，不觉惊讶，倒是他提供的一个关于房秋心的小细节引起了他的注意。伙头讲，有几天他看见房秋心坐在老爷旁边那间屋子里写信。

"……我看她那天的神志很清楚，进门前还四处打量了一下，我正好在壁角屙尿，她没看见。我不晓得她要做什么，所以偷偷过去看了一眼。嗯，她写信的样子一点儿也不癫！"

"嘘，别打乱哇！她一个癫婆子还能写信？写信给哪个？好了，你们忙吧！"

周春强迅速拿定了主意。他和伙头开了句不咸不淡的玩笑，然后来到父亲的书房。这时房秋心风一样地飘了进来。

她今天一身客家妇女打扮，梳着圆髻，上着滚了素净鬼子栏杆（花边）的阴丹士林蓝夹袄，下配本地妇娘人常着的那种黑色大裆宽腿裤，裤脚上同样滚了鬼子栏杆。一双黑色圆口布鞋，鞋面上绣着蓝粉相间的花，鞋尖上缀着守孝的白花球。裤腿与鞋之间那截布套，白得扎眼，和她鬓边的白花相呼应，衬得她娇媚动人。

周春强打量她，暗暗诧异她生命力的旺盛和她这种美貌的耐性。他见过不少女人，美虽美，却如昙花一现，转瞬间便凋零成妪，让人陡生感叹。而房秋心不一样，她的美是玉的美而非花的美，玉的美往往能在磨砺之后更完整地呈现，房秋心此刻给他的感觉正是如此。

"春强，你今天怎么有空到这儿来？是来看我吗？婶婆，中午多烧两道菜，请春强在这儿吃饭。"

果然看不出有什么不当。房秋心招呼周春强坐在原先她和他父亲周国富常坐的那张桌子旁，让细妹泡了安远九龙山的绿茶，又点了支水烟递给他，动作、神态温婉可爱。

"姨妈这阵子比先前好多了。"

房秋心支颐一笑，接着低眉暗叹："春强，我打算等你爸过了七七就吃长斋，为他的来世祈福。"

春强点点头："多谢姨妈。"

"谢什么，你不怪我命薄就好了。我这人命好苦，好不容易跳出苦海，遇上你父亲，有这么安乐的家，却……"

她说不下去了，掏出手帕揩眼泪。周春强注视着她的娇柔和雅洁，倏忽间觉得自己的某些猜测荒诞而又阴毒：这么可爱，这么无助的女人，会干那些狠事儿吗？

房秋心忽然抽泣起来，那一耸一耸的薄肩几乎打消了周春强的念头。但犹豫片刻，他还是甩出了枚小小的试探性炸弹：

"姨妈，春霞来信了。"

薄肩不再耸动，哭泣也停止了，房秋心慢慢抬起头，婆娑的泪眼中漾出欣喜的光芒："哎呀，终于有她音讯了？她和你娘可好？没有受到红军的欺负吧？我特别担心春霞呢，她那么漂亮，听讲那边共产共妻，她不要吃亏就好。"

房秋心的声音和表情真诚而又自然，这让周春强多少有些迷惑。他吧嗒了几口烟，白色烟雾中他脸上的阴鸷不见了，显出原有的英俊。

"姨妈，春霞讲，我娘没去那边，还说她走前和你吵了架，她人呢？"周春强压抑着心内的焦灼和疑虑，故意轻描淡写道。

房秋心"啊"的一声站起，情绪立时激动起来："这怎么会？这怎么会？她走了，走了。"

她美丽、柔媚的眼睛突然爆闪出几丝狂乱的光，表情越来越烦躁，接着开始喃喃自语，说会儿笑会儿。这种层层递进的迷乱，周春强还是第一次目睹。

"姨妈，你静一静，好好想想，想想我娘到哪儿去了。"

周春强走过去，把房秋心按回椅子上。房秋心猛地将他的一只手拽住，小声道："你娘和唐师傅睡觉被人抓住了，赤膊鸡一样，笑死人哪。唐师傅好壮哪，跟你一样，这里好大，嘻嘻。"

房秋心嬉笑着一把抓住了春强的下体。周春强"嗷"叫一声跳开，大声叱骂道："癫婆，你想干什么？"

房秋心不理他，坐在椅子上拊掌自笑。她笑得那样开心和陶醉，让他可气又可恨。

周春强踱到她身旁，冷眼打量着她。房秋心显然已经沉浸在另一个虚幻的世界，她操一口甜糯的吴侬软语，王妈长王妈短地讲着话，时而冒出几句客家话，仿佛在和父亲争吵。

尽管她的疯态是那样真实，周春强的心里却电光一闪。他怀疑母亲的失踪与房秋心有关，否则她为什么早不疯迟不疯，偏偏这时疯？显然是什么东西刺激了她。

周春强想了想，恶作剧地从地下夹了堆鸡屎放到房秋心的茶碗里。鸡屎在茶水中迅速消解，房秋心看着嘻嘻直笑。他端起茶碗，恭恭敬敬地递到房秋心嘴边："姨妈，你累了，喝点茶解解渴。"

房秋心仰脸朝他娇羞一笑，撒娇道："富哥，我要你喂嘛。"

周春强口里应着，毫不客气地将茶碗凑到了她唇边。房秋心一口一口地啜着，发出陶醉的"嘶啊"声，转眼间竟将茶水喝完了。周春强愣愣地看着茶碗底部剩下的那半坨尚未化掉的鸡屎，肚子里直翻腾。

"疯婆子，真是疯婆子，癫嬷！"

周春强情不自禁地喃喃着。不料房秋心突然扑到他身上，一下噙住了他的嘴唇。他嗅到了那股刺鼻的鸡屎臭味。

"富哥，我要你搞我。富哥，我要嘛！"

房秋心说着一手握住周春强的私处，一手掀起自己的衣襟，露出雪白、丰满的乳房。周春强一阵眩晕，当即粗暴地将她推开。房秋心突然大哭起来，一边哭一边宽衣。等他回身要细妹、婶婆把她拉回屋里去时，她已经将自己脱了个精光。

"富哥，我要你搞我！你不搞我就让唐师傅搞，唐师傅搞了大娘哎。嘻嘻，大娘的奶这么大。"

房秋心边说边揉着自己的乳房，然后仰脸，闭眼，很享受地呻吟着。周春强定定地看了会儿她，在承认她是尤物的同时也彻底认定她是个疯子。

"关她两天，等她好点再放出来。细妹，以后她要是再脱衫衣就锁她在屋里，省得丢人现眼！"

周春强转身走开，身后传来房秋心的尖呼，估计是挨了婶婆的打。他的脑子里像是有人在打铁，叮叮咚咚地震得他眼冒金星。娘走前和房秋心吵架的事，他是有所耳闻的，当时并没往心上去。娘和房秋心不和，众人皆知，但房秋心平日并不敢对娘太过分，因为她投鼠忌器，怕日后被他兄妹俩报复，所以只会暗中来势。而娘的个性又偏懦弱，从不和她争什么，慢慢的房秋心和娘也就相安无事了。

这次回来，听到出事前房秋心曾和娘吵架，他有些惊讶。只是吵架的原因，有的说是为春霞关禁闭，有的说是为大娘要放红军婆，也有的讲是两人争风吃醋，却唯独没人提起唐师傅。

周春强知道爹娘分居了十几年，但他从未想过娘也需要男人。在他心里，娘是不食人间烟火的道姑，但此刻猛不丁听到房秋心的疯言疯语，他像被人打了耳光一般的羞辱气恼。他想娘要是真做了这等不要脸的事，他肯定不认她。

于是他连找了几十个人来盘问，有家丁，有打柴长工，挑水阿随。开始那些人一问三不知，后来他冲着其中的一人摸出了枪，那人才吭吭哧哧地告诉他那场风波的枝枝杈杈。

当周春强从众人口中证实娘确实和唐师傅在柴火间被人光溜溜地捉住了，他一脚踢翻了桌子，粗暴地掏出枪，指着那个家丁吼道："滚出去，你他妈给我滚出去！"吓得那个慌不择路的家丁屙了一裤脚的尿。

"混账！不要脸的狗男女！"事后，他一路咆哮，发疯了似的要找唐师傅。可唐师傅不见了，谁也不知道他到哪里去了。周春强又把枪拍在桌子上，开始逼问每一个他想逼问的人。最后，他总算得到一个确凿的消息：爹去香菇场时带了一个麻袋，麻袋里装的是活物，肯定是人。抬麻袋的家丁不能肯定里面装的是一个人还是两个人：

"好重哦，捆成了一个饼，也不晓得有几只脚。"

抬麻袋的家丁至今弄不清楚自己抬的是什么人。但春强认为里面肯定装的是唐师傅，也许还有……娘。

爹的脾性他太了解了，从来都是只许州官放火，不许百姓点灯。他自己可以有三妻四妾，夜夜新郎，但绝不容忍娘做这等丑事！当然，换了他也一样。

唐师傅不用说已经死了，和他一起葬身火海的，还有那两个令五堡周家人蒙羞的麻风佬。这两个麻风佬按他的意思多少年前就该烧死了，爹留他们到现在也算他心好。

现在看来，娘没在家，娘也没跟春霞走，唯一的解释是爹不能容忍她的背叛，在烧师傅、麻风佬的时候，连她也一起烧死了。这是一个骄傲和刚愎自用的男人对背叛他的女人采取的最干脆、最常规的报复手段，而爹正是这么个人。可怜的……娘啊！

周春强没想到这段时间令自己揪心挂肚的娘竟有这样难以启齿的结局，有好几天他都打不起精神，内心总像有什么东西在撕咬，这说不出的痛苦久久地折磨着他，让他寝食难安。

妹妹春霞倒让他放了一半的心，看样子她在那儿还不错。娇生惯养的春霞如今成了风风火火的女红军，这也是奇事一桩！看来老古话没讲错，龙生九子，子子不同。土话不也讲了嘛，共树打花不同籽，日后自己和春霞只怕要水火不容了。

从小是兄弟，长大各乡里。但现在不但是各乡里，还各为其主，真是造化弄人。想不到这个妹妹还有这种抱负！怕只怕她这是心血来潮，就像小时候跟陈查理学画画一样，爹托人从广州给她买了各种颜料，结果她只学了两天就了无兴趣。学纳套底和钩花也是三天打鱼两天晒网。总之，她做事没有一样不是虎头蛇尾，说到底她还是最适合做五堡周家的大小姐，过一种饭来张口衣来伸手的惬意生活。

周春强怀疑妹妹周春霞对中央苏区和红军的热情，不是发自内心的，而是一时心血来潮。心想她讲不定哪天就会溜回家。于是，命人把她住过的院子粉了石灰，又在院中种了几株树。虽然这种季节种树不易成活，但这也代表他的一种态度，一种期盼。

这些日子，周春强偶尔也会光顾娘住的那个小院。院子已无人居住，苔痕染绿了台阶和墙基，门扉上蒙着厚厚的灰尘。卧室、佛堂冷寂得怕人。唯一让他感到温暖和伤感的，是那个依旧吊着竹篮、摆着酒坛的灶间。这是他最喜欢的一个地方，灶前架着半人高的柴堆，柴堆旁是干燥的篾箕，草堆中不时冒出几枚鸡蛋，那是淘气的小母鸡的杰作。

周春强坐在那张矮矮的板凳上，嗅着混合了干草、木柴、草药和米酒及陈年老屋特有的灰尘的熟稔气息，娘的面容倏地浮出，眼眶渐渐湿润起来。这些日子他饱受折磨，一者为家中突如其来的变故，二者为这变故中的疑团，三来是娘对他的打击。

在他心目中，娘是圣洁的，他无论如何也不能将娘和"偷人"那样的丑事连在一起。娘会做这种事吗？娘怎么可能做那种事呢？可娘偏生做了，而且让别有用心的人拿住了，彻底地丢了一回丑，让好面子的他无法原谅。可当他坐在娘常坐的矮凳上，想着娘这些年独守空房的日子，对娘的憎恨竟忽然云散烟消，代之而起的是对娘的同情、怜悯和深深的内疚。

　　作为一个在父亲面前说话有分量的儿子，周春强为自己这些年没有为娘说过一句话而惭愧。他相信只要自己开了口，有些条件爹是绝对会答应的。别看爹在外人面前厉害，在他面前却是只纸老虎。他一指头就能戳倒他。问题是他从没想过娘可以因他的一句话而改变生存状况。潜意识中，他其实是沿袭了爹漠视娘的做法，甚至起到了推波助澜的作用，难怪娘这些年越来越疏远他，有时好像还惧怕他。

　　娘，你好生安息吧。儿要说的话都在纸上写着呢！

　　周春强心中暗道，然后掏出一沓早就准备好的冥衣冥钞和一封昨天夜晚草就的信丢进了灶烽，一把火烧了。火舌从灶膛内疯狂地舔着灶头。摇曳而明灿的火光中，几串泪珠从他的眼角沁了出来，每颗泪珠都似火把，跃动着神秘的绿焰。

# 第二十一章

时间过得好快，转眼已是 1934 年 1 月。

这年的 1 月初，蒋介石命令入闽的"讨逆军"向反戈一击的 19 路军发起总攻，福建很快陷落。福建人民革命政府和 19 路军被迫退守漳州龙岩一带，19 路军的一些将领纷纷倒戈投蒋。眼见福建人民革命政府败局已定，博古等人才发觉当初坐观 19 路军与蒋介石"讨逆军"厮杀是一个极大的错误，并有了唇亡齿寒之感。于是，中革军委命令彭德怀再次率领红三、五军团组成的东方军入闽作战，援助 19 路军。

东方军开拔前，江采萍率多次见报，在瑞金名声日响的红鹰突击队参加了战前动员大会。动员会上彭德怀作了战前动员报告，接着工农剧社蓝衫团演出了活报剧《位置在前线》。

蓝衫团的同志年轻，可爱，每人一袭蓝衫，三角形的上襟里红外白，登台时翻出红的代表革命人物，翻出白的代表反动人物。表演时内容明确，人也可以代表机器车马等事物，能以种种组合和动作象征各种情况，所以叫"活报剧"。这种戏剧形式是从苏联学来的，在苏区各地非常盛行。

江采萍和蓝衫团学校的校长李伯钊熟悉，正好前几天碰了面。李伯钊早就闻听了红鹰突击队的大名，特意邀请她们参加这个战前动员会。江采萍非常乐意，因为她从实践中发现，这种文艺演出的宣传功效是强大的。江采萍去赣州当交通员之前部队虽然也重视宣传工作，但一般只有各军团自己的宣传小组，还没有这样正规的文艺团体。这次重回瑞金，她承认苏区戏剧运动进入了广泛发展的时刻，这是那个追马丽追得极紧的《红色中华》报记者万文在文章里下的结论。

突击队这段时间每到一处扩红、征粮，都有演出。节目是现成的，如青秧的软功表演，周春霞的采茶戏，刘观音的鼓与青秧的舞相结合的"鼓舞"。这些节目已演过不止三十回，所以江采萍不担心献丑。

不出所料，当晚红鹰突击队的节目赢得了一片喝彩，战士们连声欢呼，青秧只好返场表演了轻易不出手的"飞刀削果"。

这飞刀削果看似轻松，其实极危险。刘观音伸直的右手托着一个小小的橘子，几米开外的青秧必须在三招内用飞刀把果子拦腰削断。当青秧在台上宣布这几个要点时，台下的战士们轰动了。她真将橘子削断后，有几个年轻战士冲上台，将一身劲装打扮、头发塞在军帽中、看上去崽俚一般的青秧高高抛起。台下掌声如雷，台上的青秧兴奋得发出一声声尖叫。这时，有个鲁莽的连长找到江采萍，向她"讨要"青秧：

"让他到我们连来吧。这样机灵的卵鬼我们用得着。"

江采萍很是疑惑："你们部队有女兵班吗？"

那连长睁大眼睛看着她："什么？她是女的？"然后不等江采萍回话，他三步二步窜回了人群，把江采萍和周春霞、杨兰英笑出了眼泪。

"哪里来的屄头，公母都分不出。"

杨兰英边搓麻绳边说。这种场合没她什么事，她便将麻条缠在腰间，得空便解下皮带扣上刘罗仔托人从前线捎回的战利品，一只上半部缺了一块的搪瓷缸装满水，扯下一束麻泡开，然后开始搓麻绳。为这事江采萍批评过她好几次，觉得她影响形象，可她就是不改。再说，她搓麻绳也是为了给部队做军鞋，江采萍也就默许了她这种古怪的习惯。没想到在这样的庆功会上她还不忘搓麻绳，江采萍正要开口批评她，杨兰英倒先说话了：

"队长，你别忘了，我们队也是领了任务的，一人两双军鞋哪。"

中央机关这段时间开展支前工作，发动所有的妇女同志做军鞋支持前线。江采萍从外贸局领了任务，可回来后却愁眉不展，她、周春霞、马丽、青秧都是会看不会做，结果杨兰英一人把八双军鞋的任务揽下了。所以她这一说江采萍赶紧挥手："知道知道，你辛苦了。不过你还是坐边上去点儿，这样给人看到不雅。"

杨兰英不依："坐那边我看不到节目！再讲，大家都在看戏，还有谁看我呀？我又不像周春霞和你那样长得那么靓，我矮冬瓜一个，谁看了谁呕。"

杨兰英现在也学坏了，嘴巴不饶人，江采萍没奈何，只好作罢。不过杨兰英没说错，江采萍和周春霞走到哪里都引人注目。一个娴静知性，一个青春靓丽。特别是周春霞，已经有了几个暗恋者，其中保卫局的苏干事就经常光顾突击队驻地。周春霞不理他，苏干事被相思痛折磨得有些儿消瘦。这回演出他也来看了，但周春霞还是不理他，苏干事在她边上待了几分钟后快快离去。

"这个鬼人，嫌死他了。"

周春霞坐在江采萍身边说话，忽然有个高大英俊的年轻军官跑来做江采萍的工作，要她和周春霞、青秧一起参加蓝衫团。

春霞好奇道："你是蓝衫团的领导吧？我看你刚从那边过来。哎，你怎么不穿蓝衫啊？"

年轻军官挠挠头，开朗地笑起来，露出满口雪白的牙齿："你眼睛好尖呀，我是蓝衫团的副团长孙力。"

"孙丽？你怎么叫个女同志的名字啊？不好听！"刚从战士的包围中脱身出来的青秧没大没小地打岔道，然后蹦到旁边去卸妆。

"力气的力，不是美丽的丽。哎，小朋友，到我们蓝衫团来吧。"孙副团长指指含笑不语的江采萍。"这位同志已经答应去了。"

青秧眼一翻："乱讲，她是我们队长，怎么会去你们那儿？"

孙力像刚才那位连长一样睁大了眼睛："啊，你们是红鹰突击队的？我刚才忙，没听见介绍。我只是看你们长得客气，身条好，到蓝衫团正合适。对不起，你贵姓？"

孙力似乎有些书呆子气，他一一询问了姓名，还煞有介事地从口袋里掏出本子来记。周春霞觉得他既英俊又有趣，不由多说了几句话。孙力本来就是冲着她来的，几句话说下来，两人竟有相见恨晚之感。

"孙力，孙力，该你上场了。"

晒场那边有人在喊，孙力匆匆跑去。跑了几步，又回头冲春霞喊："小周同志，常联系。"

江采萍见孙力一副恋恋不舍的样子，皱起了眉，她很认真地对春霞道：

"春霞，他们的李伯钊校长跟我讲过，这人蛮虚浮的。听讲是赣州人，家里很有钱，养成了公子哥儿的习气，到苏区后在那方面犯过错误。他刚才哪里是要我们去蓝衫团，分明是找借口接近你。这种人我看不惯。我还是那句老话，现在形势严峻，儿女情长一类的事少谈，更不要结婚生子，这样只会拖我们革命的后腿。走吧。"

蓝衫团的演出还未完，考虑到突击队明天一早要去偏远的乡下，江采萍让大家收拾东西回驻地。周春霞眼巴巴地望着简易舞台，台上孙力扮演的红军战士威武英俊，让她眼神发痴。

这天晚上江采萍和周春霞都没有睡好。江采萍是因为回程时得到局里的通知，说她被选为第二次全苏维埃大会的正式代表，过几天要出席会议，激动得难以成眠。她知道自己的呼声比较高，但想到局机关比她贡献大的同志还有很多，自己不一定能选上，也就没把这事放在心上，谁知她竟被选上了！

周春霞睡不着觉，完全要怪那个英俊的孙力。说心里话，她一直渴望恋爱，渴望戏文和小说中那种一见钟情的美好故事，没想到现在真的发生了。

孙力无论个子、长相，还是背景，都符合她的条件。关键的是孙力让她的心怦怦乱跳，一种没来由的奇妙感觉强烈地攫住了她，让她辗转难眠。

过几天请假去见马丽，猴死她去！她那个钱副师长哪比得上孙力啊！周春霞带着这个念头坠入了梦乡。

接下来的两圩她们是在距瑞金县城15里的壬田镇赶过的。这次她们的任务比较特殊，为红军紧急筹措3000顶斗笠。

壬田这边产竹，斗笠生产历史悠久。这里编织的斗笠轻便耐用，很受广东、福建及南洋客商的欢迎。这3000顶斗笠就是一位福建客商拿药品来换的。

壬田镇苏维埃政府把她们安排在笔架山下的杨风村。清朝时杨风村的人做生意出了名，村民普遍生活较好，建了不少九井十八厅的大屋，如今这些屋子虽然有些年头了，却仍显出当年气派。"福兴堂""温武堂""绍德堂"等钟氏公祠结实坚固，美观大方，门楼上那些栩栩如生的石雕、砖雕和水粉彩画连出身富贵的周春霞看了也啧啧称奇。

杨风村的人很具商人意识，做什么事都爱和政府讨价还价，村里的支前工作开展得不好。这个村的斗笠产量在全县闻名，可这二年由他们捐赠的斗笠远没达到目标数，乡苏维埃政府的同志也颇苦恼，所以这次让突击队驻扎此地打攻坚战。没想到江采萍她们到来的当天下午就起了两场纠纷，搞得气氛有些紧张。

原来，周春霞近期工作积极，爱动脑筋，每到一村总会出去转悠一圈，看好制高点和出入口，以便掌握周边情况。这次她也不例外。进村住下后，她放下行李便和青秧一起出了门，走时还向房东借了畚箕和小铲，准备随时铲些带硝的老墙土回来。

她俩转到一座破旧的祠堂边，猛地瞅见祠堂的后墙上长满了白硝。两人喜出望外，拿起铲子就刮墙土，准备带回去熬硝盐。

没想到这个举动在杨风村引起了轩然大波，周春霞的小铲才舞动几下，一个坐在树苑上袖手烤火笼的姆姆便跳起脚来，朝远处大喊大叫，神态颇为激愤。

周春霞没明白原因，还在专心专意刮硝土，身后呼啦啦跑来一群大姆大嫂和壮汉。他们指着周春霞和青秧的鼻子大骂。周春霞这时听懂了，原来老表们认为在祠堂动土会坏了风水，到时将给全村人带来厄运！周春霞露出甜美的笑容，正待解释，一个激动的姆姆一扫帚打在她身上，接着十几个妇娘人拥上来将她俩按倒在地，揪头发、抢巴掌、扯皮肉，打得两人鼻青脸肿，嗷嗷叫。特别是周春霞，她从小到大哪受过这种委屈？不由撕心裂肺地哭起来。老表们没想到英姿飒爽的女红军也会哭，顿时愣住了。

村苏维埃干部钟大嫂得到消息后匆匆跑来，忙不迭地将周春霞和青秧拉起来。她俩的衣服被撕破了，指甲掐痕金银花般盛开在她们的脸上和手上。那几个壮汉见势不妙转身跑了，动手打人的大姆大嫂却岿然不动。她们愤愤地说着，连珠炮似的话语轰得钟大嫂应接不暇。

江采萍、刘观音和杨兰英气喘吁吁地跑了过来。江采萍见两个人披头散发，身上满是伤痕，既震惊又心痛。刘观音竖起一根食指，把围着的那圈妇女逐个点了个遍：

"你？你？是你打的？"

但没人搭腔。刘观音气得大声吼了起来。江采萍扯了一下她，让她不要对群众发脾气，谁知她将手一甩，扭身就走了。江采萍没空管她，急忙向愤愤不平的村民们道歉。

妇女们这时像泼了油的柴草，情绪腾地烧起来。她们围着江采萍胳膊乱舞，口里叽里呱啦的说什么的都有。

　　钟大嫂急坏了，拉住这个那个上去了，拉住那个这个上去了，眼看江采萍招架不住了，猛不丁传来"咚"的一声响，人群中有人尖叫起来，接着呼啦一下往刚才周春霞刮土的墙根跑去。

　　江采萍跟在人群后面，委屈的泪水淌在颊上，她扯起衣袖赶紧擦掉，想了想，挺身让青秧带着春霞回住处休息片刻，因为春霞一直在哭，那幽咽的哭声让采萍心烦。

　　钟大嫂是个认真负责的人，她没想到村子里会出这样的事，脸上布满歉意。她不停地向采萍道歉，说这些姆姆、大嫂都是红军烈属，八大姆的六个儿子、三个小叔、四个侄子全部牺牲在战场上。

　　江采萍的泪本已止住，听到这儿忽然哽咽出声，一方面为自己的工作不被理解，另一方面确实替这些烈属难受。她们失去了至爱，苏维埃政府虽说制定了许多优待红属的条件和办法，但这些工作要靠具体的人去做，每个村的条件不一样，干部作风也不一样，工作中难免有疏漏，这样的事情多了，烈属们心里有些怨气也是自然的，但像她们这样公然责骂、殴打红军，她还没遇到过，一时之下感情上难以接受。

　　钟大嫂看出了她的委屈，举起手让江采萍看她皮肤上一丛丛、汪着血水的指甲印。

　　"八大姆家的所有男丁全部牺牲了，现在她们是一门九寡。当初是我动员她们家人参军的，她们恨不得吃了我，喏，你看。"

　　她又撩起脸颊上的头发，上面赫然印着一圈齿印。这些齿印已经结了疤痕，比正常的皮肤微凹，估计是被人咬去了一圈肉。

　　"这是八大姆咬的，我不怪她，她们家的牺牲太大了。我老公和两个小叔也在部队上，两个小叔已经光荣了。我老公负过三次伤，现在瞎了一只眼，但他不肯回乡，说死也要死在队伍上，我也支持他上前线。"

　　钟大嫂半静地叙述着，像在很平淡地拉家常。这时八大姆她们围着刘观音嘶声喊叫着，村苏维埃的钟主席带着几个村干部匆匆赶到了。

　　钟主席是个 60 多岁的老人，身体瘦弱，以前担任过赤卫队长，打过仗，一条腿受了伤，走起路来一拖一拖的。他在村里蛮有威信，妇女们见到他赶忙拥上前去，七嘴八舌地诉说着：八大姆边说边哭。钟主席先是静静地听，接着狠狠地责骂了大家一通，妇人们惶惑了，大眼瞪小眼地互相瞅着，谁也不说话。

"你们还呆头鹅一样站着？还不赶快向红军同志赔礼道歉！"

钟主席此言一出，妇娘人们惶惑中夹杂着羞愧，你推我搡地不肯开口，最后还是最先动手的八大姆颤巍巍地走到江采萍面前。她支吾着，正要张口，江采萍一把拉住了她的手，将脸贴在她粗糙如松树皮的掌心上，热泪聚成了湖。

"八大姆，您全家是苏维埃政府的功臣，理应受到我们的尊重。我们要向您全家学习，为革命做出更大奉献。"

江采萍的这一举动，出乎八大姆的意料。她看着掌上江采萍流下的泪水，忽然抱头蹲在地下大哭。

刘观音不为所动，依旧回到墙根下刮她的老墙土。刮满一畚箕后，她轻松地拎到了八大姆脚下。

"姆姆你莫哭，刮了这点子土，村里不会有人倒灶的。我们那边的祠堂全挖光了，也没见哪个得病。你这里还好，房子都在，我老家那个村子被白狗子杀绝了，我们全家就剩了我一个。白狗子现在不让我们吃盐，我们只有熬硝盐，把身体吃好才能打赢他们！来，起来，莫哭了。"

刘观音不晓得八大姆的家世，以为她只是为了这些老墙土而哭。八大姆不理她，哭了一忽儿，山豹似的朝钟大嫂猛扑过去，口里哇里哇啦地责骂她。刘观音弄明白原委后，一把拉住八大姆的手臂，严肃地道：

"八大姆，你再这样蛮不讲理，你家人在九泉下面也要臊红脸的！本来你是红属，是光荣户，这样子处处拖后腿算什么？你不是给他们抹黑吗？干革命哪能没有牺牲？我们队长的老公和崽全被白狗子杀了！"

刘观音不顾江采萍的劝阻，一口气将小强的故事讲了出来。江采萍浑身颤抖着，在场的群众无不唏嘘落泪。八大姆怔怔地看了会儿江采萍，颤巍巍地扑过去，搂着她大哭起来。钟主席给她俩取来了面帕，和悦地说："江同志，眼下不是哭的时候，该过去看看那个细妹。"

他这一提醒，江采萍和八大姆齐齐止住了哭。八大姆抽答着向江采萍道了歉，又领着十几个妇女回住处向周春霞、青秧赔礼。

刘观音已挖了几担老墙土，但还是太少了，她才没那么多顾忌呢，拉开嗓门，大声地让钟主席带队去别的地方寻找。妇女们对此虽有些异议，却不再阻拦，几个年轻的还被钟主席叫去帮忙，到天黑时，刘观音她们搭灶架锅，开始教大家熬盐。

这期间,江采萍、周春霞她们被群众堵住了。

事情仍然出在周春霞身上。当时八大姆领人向她和青秧道歉,她拒不接受。她的眼皮划伤了,嘴巴剐破了,鼻头上青肿了一大块,她从小镜子里看见自己的模样,一气之下摔了房东的几只碗,还收拾东西声称回五堡。

八大姆她们到来时,周春霞正跟房东儿媳吵架。房东儿媳说她不像红军,因为红军不会摔老表的东西。周春霞一听火了,指着房东的女儿恨恨道:"我不像红军?红军怎么样?红军不是人?红军可以任你们老表打骂?红军闹革命不是为了你们老表吗?早晓得你们这样差劲,我还不当这个红军呢!"

"不当红军你做什么?你做小姐去吧!我看你就是地主老财家的小姐!"

房东儿媳和周春霞年龄相仿,口齿颇厉害。周春霞头一昂:"对了,我是地主老财的小姐,我家在五堡,你拿我怎么样?"她那一刻只想出口恶气,哪记得自己的红军身份?她把劝阻她的杨兰英、青秧推到旁边,口无遮拦地说。

房东儿媳闻言愣住了,她呆呆地站在那儿,喃喃道:

"你姓周?你有个哥哥叫周春强?"

周春霞正在火头上,想也没想便说:那又怎么样?不料房东儿媳突然尖叫着朝她冲过来,抓住她又撕又咬,哭喊着要周春霞赔她老公。

江采萍、八大姆领着一帮人恰在这时赶过来,大家见状急忙上前劝架。八大姆以为周春霞迁怒于房东儿媳,忙开口解释,谁知房东儿媳一阵哭诉后,她们不但不劝架,反而扑过去怒打周春霞。

八大姆进灶下取了把柴刀,扬言要剁春霞:"你们大家让开!冤有头债有主,让我杀了她为大家报仇啊!"她举刀就要砍。可周春霞身边拥了那么多人,哪儿看得见她?急得八大姆脸发赤,身发颤。

江采萍一看这架势,估计房东儿媳和八大姆亲人的死,肯定与周春霞的哥哥周春强有关,赶忙返身抱住了八大姆。

"兰英,你们快把春霞拉开!"

杨兰英、青秧两个势单力薄,敌不过这些义愤填膺的妇女,不多久就听不见周春霞的喊声了。幸亏这时钟大嫂把钟主席、刘观音等人叫了来,这才将周春霞救出。可怜周春霞的那张俏脸,此时已成了花脸,血渍斑斑的分不清五官。刘观音费了好大劲儿才将她脸上的血迹抹去。

"完了,这下要破相了。可惜了。"看着周春霞那张面目全非的脸,兰英惋惜而又心疼。

"这帮癫嬷，就算和周春强有仇，那也不能拿春霞出气啊！"

刘观音气呼呼地叉着腰，正要开骂，被青秧扯住了衣尾：

"别乱放炮了，去帮队长，这里我和兰英来收拾。"

江采萍、钟主席被愤怒的人群包围了，妇女们摩拳擦掌，要江采萍将周春霞交出来。人越聚越多，钟大嫂和钟主席的话不但不顶用，连他们也受到了群众的冲击。

江采萍见局势失控，掏出竹哨"嘿嘿"地吹起来。尖锐的哨音为她赢得了一阵突如其来的安静，她大声喊道：

"各位乡亲，丁是丁，卯是卯，你们别把气撒在周春霞的身上，她哥哥虽然欠下了血债，但跟她本人无关。她参加红军之前一直在赣州读书，为我们地下交通站做了不少事，你们怎么能这样不讲道理呢？周春霞同志现在是红鹰突击队成员，谁和她过不去，谁就是破坏革命事业！"

"对，你们谁敢动她，我这大刀可不认人！"

刘观音再也忍不住了，抽出大刀火爆地舞动着，刀刃和红缨在午后惨淡的冬阳中闪烁出耀目的光芒。八大姆的声音蓦地尖厉起来："妹子，总不成你要砍我们这些红属？别忘了你是红军，红军是我们穷人自己的军队，是为我们穷人当家做主的。"

"对。"众人附和着。刘观音收起刀，走到八大姆跟前，夺了她手中的菜刀，朗声说："是啊，你们晓得这个道理，为什么还要围攻我们？全苏区像你们这样为难革命的红属恐怕只有你们了！如果你要砍周春霞，我就认为你不是红属，是地主老财，是破坏分子，我的刀当然不认人了。"

刘观音一席话出来，八大姆和妇娘们急忙叽叽喳喳辩解，有的向钟主席、钟大嫂澄清事实，现场乱成一片。

倏地，人群静了下来。只见满脸伤痕的周春霞慢慢地走到人们中间，"咕咚"一声跪下了，重重地向大家磕了三个响头。

"对不起大家，我也不晓得我哥有这么坏。我在这里向大家赔礼。我向大家保证，以后我要是碰见了他，一定向他开枪，为大家报仇！"

周春霞说罢谁也不看，丢下大家低头进了房间，将房门反锁了，任青秧、杨兰英她们在外头捶门呼唤，愣是不开门。

她缩在床角，眼中已没有了泪水，脸上、身上的伤口火辣辣地疼，浑身软绵绵的好似被人抽了筋。刚才她下跪是发自内心的，她真的没想到哥哥会这么惨无人道。当钟大嫂把八大姆家的情况告诉她时，她忽然觉得自己和哥哥一样也成了罪人，手上飘起了血腥味。

八大姆的九个亲人参军前在村里开铁匠铺，参军后经过短时培训，牵头组成了一个流动的枪械修造组，在军团所辖各部之间往返执行任务。去年冬天，他们到信丰安息为当地赤卫军修造兵器，周春强那时正好率靖卫团协助军方进攻苏区，信丰的大部分地区重新沦为白区。周春强得知枪械修造组的消息，连夜偷袭了村子，八大姆的亲人们和赤卫军奋起还击，最终寡不敌众，流动枪械修造小组的九名红军战士、二十几个赤卫军和七十多口村民被周春强杀光。周春强因此得到了奖赏，还上了赣州的报纸。

周春霞那时每天忙着换着不同款式的旗袍，沉浸在对白雪飞的暗恋之中，根本无心时事，连红军攻打赣州这样重要的事情她也不甚了了。这样一种状态下，她当然不知哥哥做的坏事，奇怪的是马丽和陈查理也不知哥哥的劣迹，可见他在封锁消息上面是动了些脑筋的。也许他把她们几个人能接触到的报纸都给控制了，因为他害怕被自己最亲近的人看成是杀人魔王。

房东儿媳的老公是八大姆的侄子，也是流动枪械修造小组的一员。房东儿媳是本村妇女会主任，识文断字，当她从报刊上看到周春强的介绍后，把"周春强"三字死死记在心里，便连五堡这个地名也石头般重重压在心尖上，让她喘不过气来。所以周春霞刚刚说到五堡，她就迅速地反应过来，然后本能地朝她冲了过去。

周春霞不怪她们，心奇怪地麻木着，一种从未有过的疲惫朝她袭来。

"春霞，你开开门，八大姆她们向你道歉来了。"

江采萍着急地拍着门，周春霞置若罔闻。生恐出事的江采萍让人踹开门钻了进去，见她好好地坐在床角，不由大松一口气：

"吓死我了！我还以为……唉，来，春霞，八大姆她们晓得自己错了。再说你也有不对，怎么能摔老表家的东西，还跟人对打呢？你要赔个礼，打碎的茶碗我赔了钱给她，你不用管了，晓得啵？"

江采萍将周春霞换到了门口，八大姆几个看见她全愣了。周春霞进村时大家在村口围观，个个夸她貌赛仙女。如今仙女变成了疤面婆，八大姆她们交换着惶恐的眼色，一时不知如何开口。房东儿媳走到她跟前，不好意思地小声道：

"周同志，对不起，都是我不好。我，我不应该这样。"

"周同志，这是祖传的药粉，撒上不会发炎。还有，脱痂以后，要用茄子皮、生姜片擦，不会留下疤痕"。

"周同志，你莫怪哪，江同志讲得对，一人做事一人当，你哥哥是坏人，我们不该把你也看作坏人。"

"周同志，你不要计较我们，消口气好不好？"……

妇女们围上来，诚心诚意地道着歉。周春霞记着江采萍的吩咐，也赔了礼，道了歉。闹腾了大半个下午，红鹰突击队的临时驻地终于恢复了正常。

为了弥补自己给红军造成的伤害，八大姆她们异常积极，不但将自家那间老屋壳全部贡献出来熬硝盐，还帮着钟主席、钟大嫂挨家换户上门收斗笠。

现成的斗笠不够，江采萍在村苏维埃政府的协助下召开了村民大会，会场设在刮了老墙土的那间旧祠堂里。

换了以往，祠堂是不许妇娘人出入的，现在男人大部分上了前线，余下的男丁要么年事已高，要么乳臭未干，妇女成了生产和生活的主角。祠堂的大门破例为妇女们打开了。一些第一次踏进祠堂门的妇女兴奋莫名，她们东张西望，交头接耳，会场气氛渐渐高涨起来。

为了这个村民大会，钟主席、钟大嫂和一班村苏维埃干部晚饭也没吃。他们打扫灰尘，张罗桌椅，在房屋四角挂上松明火吊，把大堂照得晃晃亮。江采萍还在祠堂的高墙上刷上了许多标语，气氛颇为热烈。

刘观音双手握紧鼓槌，重重地敲在鼓面上，动人心魄的鼓点把个松明火吊震得左摇右晃。祠堂里人越涌越多，很快就坐得满满当当。青秧从不被人注意的地方几个空翻到中心会场，人群中响起一阵欢呼。

演出开始了。杜青秧首先表演了拿手的软功和飞刀，把场子热了起来。接着杨兰英上场，她用地道的客家话数起了快板：

同志嫂，你听好，
革命道理要记牢。
郎上前线把敌杀，
嫂在夫家把秧插……

红军红属红花开，

革命竞赛到你家。

比比谁先建功业，

比比谁把奖状拿……

杨兰英的快板数得呱呱叫，加上人朴实，笑容好，数到紧要处还常常停下来，让大家重复一遍她刚说的话，或者是问上句答下句，台上台下遥相呼应，不多会儿她的快板便变成了大家的快板，现场气氛异常热烈。

这种数快板的方式是杨兰英首创，《红色中华报》的记者万文觉得很有特点，专门为她写了报道。这之后，各部队的剧团、宣传队都借鉴了这种互动的形式，可见杨兰英也是蛮有想法的。

气氛完全被调动起来了，江采萍便在这种高潮中出场。她动员大家上山砍竹破篾，在两天内将斗笠数凑齐。

由于有钟主席、钟大嫂、八大姆等人的支持，现场大部分群众答应了。但这时有个留着山羊胡的大伯站了起来，问村苏维埃政府为什么把大家的食盐扣了。

"现在白狗子到处在建碉堡，出不去。我们要拿材料给村里才能换盐，交不齐的要扣盐。要是斗笠交不了，这个月的盐是不是就不发给我们了？马上要过年了，总得有点儿盐巴吧？现在村里好多人犯水肿病，行路都没得力气，哪能做工夫呢？这个问题政府要考虑考虑。"

老伯的话，一石激起千层浪，大家七嘴八舌地嚷嚷着，现场气氛眼看又要失控了。江采萍做基层工作遇到过不少困难，但像杨风村这样直接对政府政策公开提出质疑的还是首次碰到。

"你们胡讲嘛咯？猪牯郎，把老伯拉下去。"

钟主席气得大声吼道。老伯不服，和钟主席争吵起来。村民们立即分成了两拨，一拨支持主席，一拨支持老伯，眼看要动手了，浑身冒汗的江采萍情急忙敲鼓，吵闹双方被这响亮的鼓声吓了一跳，这才安静下来。江采萍趁机做了解释，保证村民们即使交不齐斗笠，也同样能领到食盐。

此言一出，群众欢声雷动，可把钟主席和钟大嫂急坏了。钟大嫂挤到江采萍身边，摇着手说："到时县上会批评我们时，这样子我们没法交代！"

原来最近苏区物资极度匮乏，食盐有价无市，有的地方连硝盐也卖到了三元一斤，还供不应求。为了确保食盐供应，苏维埃政府已经取消了食盐的正常交易，群众的食盐改由政府按人头定量供给，并且与支前任务挂钩。这正是老伯刚才说的"换"，其实是视任务完成情况进行奖罚。

江采萍这段时间下乡听到不少这方面的意见，曾多次向有关部门反映，但人微言轻，只是让领导知道了民情。现在面对这样一种突发情况，她立即做出了决定，更多的是她个人的主观意向，钟大嫂不说她也知道这有悖政策，但她能改吗？如果她出尔反尔，不但突击队得立马从杨风村滚出去，以后村干部开展工作也会难上加难。

为了不让具体办事的同志为难，江采萍向钟主席打了包票，说这件事由她负责解决。接下来的工作开展得很顺利，每家每户报了计划完成的斗笠数，外带能够提供给前线的粮食数、军鞋数，单子写了密密麻麻几大张，明显超额完成任务。

江采萍和队员们一阵欣喜。就在这时，有人跑来报告说：周春霞不见了！

# 第二十二章

　　周春霞跌跌撞撞地往前走，不晓得摔了多少跤，也不晓得爬了多少道岗，过了几多条沟。现在她终于走不动了，瘫坐在背风的洼地里。听着呜呜的山风和单调的松涛，望着迷乱的星空，她仿佛看见娘在灯下为自己纳鞋底，做嫁衣；爹在和那个臭婊子喝酒行令；哥哥周春强站在岗楼上，目光阴沉得能够拧出水；自己住的那个小院眨眼间长出了比人还高的荒草，荒草丛里是皑皑白骨……

　　天已微明，她是被一种奇怪的哼哼声和一股越来越浓的臭味惊醒，这才知道自己在这天寒地冻的山野里睡了一个晚上。她看见几只体形硕大的野猪带着一群小猪在身边不断拱动，原来身边是一片番薯田。

　　番薯田面积不小，四周筑起了高高的田埂。田埂上堆着枯枝乱草，埂外长着密匝匝的丝茅和灌木，只留了道小小的入口。周春霞不知昨晚自己是怎样误打误撞钻进来的。田里的番薯只收了一半，她四顾一眼，飞快地撬了十几只番薯塞进干粮袋，然后一溜烟从那个缺口钻出，沿着隐约可辨的山路拼命地往前跑。

　　她不认识路。但她记得昨晚是一直往西走的，至于从这里能否回到五堡，只有天知道。她只是想离开，只想找个地方躲起来。她想实在不行就去找马丽，在医院里待着怎么也比突击队要单纯。

　　周春霞一路往西行去，她不知道自己其实正从笔架山走向罗汉岩。这里山深林密，古树参天，人迹罕至，以前常有土匪出没，便是瑞金本地人也不大敢

213

到这里来。昨天上午从县城往壬田这边走时，村苏维埃的同志说罗汉岩藏着地主老财，他们时不时会下山抢东西。还讲到罗汉岩里的"猪肝猪肺"石是如何形成的，又说起罗汉岩的雾如何如何。总之，这是个危机四伏的地方。

天蒙蒙亮，大团大团的雾从千山万壑中涌出，羊群般在地上滚动，在林中穿行。这如纱似海、如雪赛棉、如烟似银的雾，让她惊叹，又让她深感恐惧。一切皆影影绰绰，如梦似幻，更可怕的是这雾流动时还潺潺有声，细听才知近处有瀑布。瀑布声中睡醒的鸟儿开始啼鸣，歇够了的野物在嗥叫，这些不知来源的声音给山中平添了几分神秘与凶险。

周春霞猛地警醒过来，明白自己在慌乱中走入了歧途。正疑惑间，一阵不知出处的风突然荡过来，将这美丽、神奇而又诡异的雾吹散了。她匆匆爬上一棵大树，朝四野里张望。

她看见那座独自兀立、通体滚圆、顶上戴着棵红枫的蜡烛峰，知道自己是真来到了罗汉岩，心中不由一凛。这时山风送来一阵人语，她想起有关地主老财的传言，吓得一个激灵将身子团起，缩在了大树枝桠上。好在周遭古树成群，莽莽苍苍，许多古树上皆有寄生植物或藤蔓。她藏身的这棵古树树冠巨大，边上还长着茂盛的七星戟，娇小的她躲在树上根本见不着踪影，那颗悬着的心才放落下来。

"你是不是看错了，哪有人呀？"

脚步声越来越近，接着飘来一个年轻粗犷的声音，一条尖细、阴沉的嗓子紧接着答道：

"没错，我看见一个人从番薯田里跑出来，好像是个妹子，抓到了正好可以当老婆。妈的，这一年多连妇娘人的骚都没嗅到，憋得射出眼火。"

"死猴牯，上次叫你下山搞几个客女来，又讲嘛咯兔子不吃窝边草。再不吃只怕我们要饿扁了，多亏短矬子他们时不时送些口粮来，要不我们早成了野人。"

那条没有特点但明显苍老的嗓音说罢咳起来，尖细嗓子的猴牯立刻抢白道："你这个烂眼边晓得屁事！我们和周围的人乡里乡亲的，就算我们是地主老财，只要不谋财害命，他们也懒得管。你要是动了他们的客女，干出不要脸的事来，他们不通知政府来围剿才怪呢！不信你试试看。"

烂眼边继续咳着，没再讲话。粗犷嗓子、名唤财古的后生这时已走到周春霞躲藏的那棵树下。他对着树根撒了泡尿，而后四仰八叉地躺在厚厚的落叶上。烂眼边和猴牯跟着也躺下了，三人有一搭没一搭地聊起来。

周春霞一动不动，眼睛部位的七星戟正好长得低矮，三个男人的相貌全部落入了她的眼底。有那么几次，她发现财古的目光似乎落在了自己脸上，吓得缩起了颈。这时有几只大蚂蚁顺脚爬到了她的脸上，许是被她伤口的血痂吸引，大蚂蚁咬了她几口，那股刺痛让她打了个哆嗦。那一刻树下的聊天戛然而止，她全身的血液立即冻住。她在等着一声枪响，然后自己身上涌出鲜血，笨鸟般往下掉。但这种事并没有发生，树下的人继续在东拉西扯。他们频繁地讲到"杨凤"和"那几个婊姐"，她开始还没将这些和自己联系起来，这时那个叫猴牯佬的说了一句"那几个婊姐是外地人，有枪，搞了她们附近的老表不心疼"，她才猛地将他们的谈话和她们红鹰突击队及那座令她伤心的村庄联系起来。

杨凤村是她的伤心之地，这辈子她再也不想第二次踏入这个村子。因为这个村的妇女摧毁了她好不容易建立起来的对革命的信心，其中包括那份来之不易、相信自己总有一天会成为一个合格革命者的自信。她们的举动在她看来不是什么侮辱而是一种信号——说到底，她还是不受欢迎的异类。因为她来自不同的阶级！她可以模糊甚至消灭掉这个阶级留下的烙印吗？她找不到答案，所以选择了离开。

任性出走，眼下又孤零零地待在一棵树上的周春霞，很快便后悔了。她想，万一树下的几个人待着不走，自己岂不是要在树上待一日？更可怕的是万一被发现了，到那时等待她的将是无尽的凌辱，她不知道自己能否熬得住。

这时，她猛不丁瞅见高端的树桠上有颗人头残骸，有两只松鼠正在啃着头颅上的腐肉。头颅的眼睛空洞洞的，白牙森森地龇着。估计死者的年纪不会太大，因为那两排牙齿齐整而又结实。

"看，那里有松鼠，打下来吧。"

财古啊啊着跳起来，指着树枝大声道。猴牯转到树枝下张望了几眼，斥道："那里有死佬的脑盖，这种松鼠你也敢吃？走吧，这个地方不吉利。"

"那，不追那个妹子了？捉到了今夜我们可以开荤哎。"

烂眼边的建议遭到猴牯佬的反对："我们回去叫上兄弟们，今夜到杨凤村搞一下，吃的用的玩的不全有了？杨凤村的钟姓跟我们欧阳一贯不和，只要不杀人，弄点东西谅他们也无可奈何。再讲，搞了他们，他们也不晓得是哪个做的。

快回去吧，争取挨夜边赶到，半夜动手，到时候过个舒服年。"

财古和烂眼边同意了，三人讲着粗话离去。

周春霞目送他们跃过山涧，钻入上山的小道，这才从大树上出溜下来。树枝别烂了她的衣服，刺破了她的手掌，鲜血渗出来，成串往下滴。她想到刘观音说的七星戟可以止血，便胡乱在树上扯了几把，边跑边嚼，而后糊在伤口上。树木太茂密，她辨不清方向，只好走一段路，爬到树上看一看。日头快要当顶时才来到了一个村子边。

这村子只有七八户人家，周春霞生怕这些人与山匪有联系，小心地找了个细崽问路。细崽长得机灵、做事也机灵，给她指路后不久竟带着几个后生将她捉了。后生们弄明白她是走错了路的女红军，态度明显有了改变，还热情地留她吃饭。她匆匆吃了两个煨番薯，立即往杨风村赶去。许是怕她的话有诈，两个十三四岁的伢子手拿梭镖一路跟着她。

周春霞已经明显体力不支，加上昨夜在山中露宿，双脚打飘，浑身开始疼痛发烧，行到一半时便瘫坐在地。看到即将西斜的日头，她又咬牙爬起，挂着儿童团员为她捡来的树枝，一瘸一拐地往前赶。赶回杨风村，见到为了寻找她一夜未眠的江采萍和其他队员，她一头栽倒在地。

"队长，不好了……"

她醒来后发现自己躺在床上，满满一屋子人都围着她。她没有留心到江采萍、刘观音她们脸上的泪痕和欣喜的笑意，也没有在意八大姆她们放在桌上的红蛋和粉皮丝，挣扎着爬起来，对大家说了在山上的所见所闻。刚才还热热闹闹的屋子先是一片寂静，接着响起了紧张的嗡嗡声。

"春霞，你再说一遍。"

江采萍细细地询问了情况，与钟主席和钟大嫂一干人开始商量对策。钟主席打过不少仗，经验比较丰富，他派人火速向乡苏维埃政府报告，请求支持，这边立即敲锣让村民们集中。

断暗时，乡苏维埃派来增援的赤卫军到了，埋伏在各个路口，静静地等候山匪到来。

这场战斗在半夜时打响，短短半小时就结束了。我方无一伤亡，山匪死了七个，被活捉了六个，其中就有那个嗓音粗犷的后生财古。

周春霞没有参加这场战斗，她被分配去安置群众了。为了确保大家安全，钟主席让全村的妇孺待在村中央那座青砖到顶的九井十八厅里，几道门栓拴得死死的，里面还用木头撑住，门旁摆着几担沙土和几缸水，以防山匪火攻。房子的二楼有枪眼，几个赤卫军拿着鸟铳守在枪眼边上，以备山匪冲破村口的防线攻进村里。

周春霞体力已耗尽，体温越烧越高，她刚刚和青秧把群众分好组，安顿好房间，就歪倒在一具谷垄前，满脸烧得通红。几个大嫂将她抬到床上，给她灌了姜汤，又用冷水敷头。她高烧持续不退，且梦呓连连，时哭时笑。

八大姆认为周春霞这病是在山上受惊惹犯引起的，着人寻了鸡公，取了鸡冠上的血点在她的印堂上，又让几个老姆姆到坪中为她喊惊。

她们取了春霞的衣衫，往空中甩撒着米谷，口里念念有词。她们做得那样认真，样子又是那般怪异，把个从未见过这种事体的青秧惊得眼如铜铃。不过说也怪，后半夜春霞的烧居然退下去了，第二日起床时体温已经正常。但因出了几身冷汗，衣裳湿了几次，她浑身没有一点力气，脸色白得像一张纸。

"唉，昨夜八大姆她们好奇怪哟。她们守了你一夜，不好意思，我倒歇着了。"

杜青秧趴在桌子上，睡得脸上满是印痕，她有些内疚地看着周春霞。想到自己险些开了小差，周春霞在青秧头顶上叭了一口。不一会儿，钟大嫂、江采萍她们喜气洋洋地走进来，说是打了个大胜仗。

周春霞略施梳洗，来到了大厅。刘观音立即冲过来，抱起她打了几个转，啧嘴道："哎呀，你这个家伙可把大家急死了！还以为你不回来了呢！没想到你倒好，开小差还立了一功。采萍姐说要给你请功呢！走，带你去看看俘虏。"

刘观音把周春霞拽到旁边的一个院子，刚刚露面，钟大嫂便拍响了巴掌，自豪地向大家介绍起她的"壮举"来。周春霞害怕她会告诉大家自己是开小差误撞上了山匪，谁知钟大嫂一字不提，只说她立功心切，单独把事情搞定了。众人噼噼啪啪鼓起了掌，目光中多了几许钦佩。

听到掌声，江采萍从房间探身朝周春霞招了招手。周春霞进去一看，屋子里坐着七个青壮年男子，钟主席正在劝他们改邪归正。周春霞发现了烂眼边和财古，两人的神色颇为惊恐。江采萍把她推到俘虏们跟前，和悦道：

"喏，这就是我刚才向你们介绍的周春霞。她是五堡周家的大小姐，他哥哥在赣州靖卫团当团长，家里应有尽有，可她硬是丢下荣华富贵参加了革命，你们还有什么舍不得的呢？钟主席说，你们也是穷苦人出身。红军是为穷苦人做事的，我们欢迎你们参加红军。实在不想来也不勉强，本地人放你归屋，外地人发给盘缠。如果想好了，现在可以报名。"

俘虏们你瞅我，我望他，一时拿不定主意。那个叫财古的壮着胆子，好奇地问周春霞："你，你真的是周家小姐？我去过五堡，你们家的围屋看上去有好几百间房子，是啵？"

"嗯，是有上百间。我说啊……"

周春霞虽说身体虚弱，但思维依然敏捷，她谈笑风生地向他们介绍红军队伍的好处和自己参加红军的感受，把国民党军队的恶行丑闻大大渲染了一番，几个俘虏听成了木头雕。

周春霞话音刚落，财古"霍"地站了起来，走到采萍身边：

"长官，我要参加红军。"

江采萍正想问他的姓名，烂眼边和另外两个人也走了过来。剩下的三个互相瞅了瞅，也犹豫着跟了过来。江采萍当即给每个人发了顶红军帽和一朵大红花，接着把他们带到了大厅。在大厅里，本村的十几个男女青年也纷纷报名参加红军。突击队员们敲锣打鼓，又唱又跳，把气氛推向了高潮。

八大姆率领一帮妇女在院坪上摆了十几张木桌，桌上放着大嫂们连夜推磨做出的热腾腾的米果，几碟小炒，一壶水酒。整个村子沉浸在一片欢乐之中。

江采萍、钟主席和新入伍的战士们坐在一桌。周春霞趁着向采萍敬酒，悄悄对坐在江采萍身旁的财古说："哎，财古，你们那个猴牯呢？他不是说要抓我们去做压寨夫人吗？"

财古吓得筷子跌到了地上，含着的一口酒猛地喷了出来。周春霞忍住笑，大方地拍了拍财古的肩头："好好干，可别三心二意。告诉你，红军里像我这样会算卦的人可多啦！"

# 第二十三章

这天，红鹰突击队全体队员凌晨四点便起了床。江采萍穿上了那套最好的红军服，周春霞不顾采萍的反对，坚持用火钳把她的刘海烫弯，杨兰英送给她一双新鞋，杜青秧和刘观音为她打水、拿毛巾，人人眼中流露出崇敬和自豪的神色。其他队员也互相打扮着，争取以最佳面目示人。

周春霞穿上用装了滚水的搪瓷缸烫平的军服，在镜子前站了一会儿，感到不满意，又找了把米粉，仔细抹去上次在杨风村留下的疤痕，把大家笑得够呛。好在她肤色白，米粉敷在脸上挺自然。杜青秧见状也跟着学样。一伙人出门时个个漂漂亮亮。她们簇拥着江采萍，来到了沙洲坝的中央政府运动场，参加阅兵典礼。

沙洲坝上临时搭建的检阅台上站着周恩来、项英、朱德、毛泽东等人，现场聚集着数万名各单位机关代表和参加观礼的群众，热闹异常。受检阅的有红军大学第一、第二步兵学校、特科学校、中央警卫连等部队。场面壮观，声势浩大。

典礼从六点钟开始，几声号炮后，阅兵代表向全体战士致慰问词，接着朱主席、毛主席及蔡畅同志进行演说，各队进行分列式检阅，震人心魄。

江采萍心中涌动着一股豪情，手掌拍得又红又痛。三个小时后，她和代表们坐进了会场。会场四周挂满了红的、绿的祝贺旗子，旗子上绣着"只有苏维埃才能救中国""只有苏维埃政府是抗日救国的政府"等口号。半圆形的主席台上铺着鲜红的绸子，玻璃窗仿佛一片片太阳的碎屑，十几盏汽灯似朵朵莲花灿开在礼堂上空，给礼堂带来明亮而又柔和的光线。

江采萍坐在楼下，环视坐得满满当当的礼堂，热泪涌上了眼眶。边上一个妇女代表已经哭湿了两条手帕。她和采萍一样，想起了牺牲的亲人和战友，这时响起雷鸣般的掌声，面容清瘦、和蔼可亲的毛泽东同志从主席台上站起身，用他带着浓重湖南腔的官话大声道：

"同志们，现在我代表中华苏维埃共和国中央执行委员会宣布，第二次全国苏维埃代表大会开——幕——了！"

又一阵雷鸣般的掌声。主席台侧边的乐队奏起了雄壮的军乐。毛泽东浑厚的声音再次响起，江采萍仔细做着记录。当她听到毛泽东同志在致词中念到那些光荣牺牲的同志，如黄公略、赵博生、恽代英、蔡和森等人的姓名并提议默哀3分钟时，丈夫刘松的身影倏地闪现在眼前。她鼻头一酸，眼睛里热辣辣的，她和许多代表一样情不自禁地哭了。无言的哭声中，有哀悼战友和亲人的伤感，但更多的是胜利的喜悦。

这喜悦一直弥漫在江采萍心中。开幕式当晚，工农剧社为全体代表奉献了一场提灯晚会。

那是怎样的一场晚会哟！楼上楼下灯光通明，同志哥、同志嫂、同志们的呼唤此起彼伏……雄伟的会场上大家交流着胜利的欢畅，礼堂外的广场上涌动着从四处汇聚而来的人潮。油灯、马灯、松明子火吊，如繁星般盛开，把个广场照得灿若珍珠，亮如白昼。一声银笛响过，工农剧社蓝衫团学生的国际歌舞大合唱掀起股热浪。三大赤色舞星李伯钊、刘月华、石联星的村姑舞，活泼、生动、优美，激起阵阵掌声；二幕活报剧《我——红军》也赢得了如雷的欢呼。演到关键处，有观众情不自禁地往上冲，要打剧中的靖卫团总，让人想起李凡雅团长把演戏的战士扔进水里的趣闻。

这个夜晚是如此生动，如此美好，像一盏明灯挂在江采萍心间。在这盏心灯下，她将会议的每道议程、通过的每道法令牢牢记住，细细消化。会外，还为那些文化不高的工农代表进行讲解、辅导。十天会议下来，她结识了一大帮来自基层的工农朋友，了解到不少情况，譬如有关筹粮借谷、优待红属工作中存在的一些问题。为此，她向中央粮食调剂总局、中革军委总动员武装部和内务部优待红军家属局写了反映情况的报告和建议书，得到了相关部门的表扬，并因此上了《红色中华》报，被誉为"敢于谏言的妇女代表"。

报纸出来了，她特地到报社要了两张，一张留着，另一张则和她连夜写好的一封信，一起烧给了丈夫刘松和儿子小强。她希望自己最挚爱的两个亲人能在另一个世界看到自己的成长与进步。她那封信写得很长，信中详细叙述了大会的议程、经过、自己的心情，并对红鹰突击队的队员逐个做了介绍，包括开小差的招弟……

"……她们是一群多么可爱的女子啊，为着革命战争的胜利，为着苏维埃政权的巩固与发展，抛家舍业，吃着千般苦地去追求一个自由光明的新天地。我爱死了她们，愿意永远和她们相伴……最近我忙着这个伟大的会议，队里的事真正没有操多少心，但她们把样样事情都做好了，完成了借谷和扩红计划，真是令我无限欣喜啊……松，小强，你们感受到她们兰花般的气息了吗？"

一行行注满思念的秀丽小楷在明艳的火光中化为轻盈的灰蝴蝶，在夜风中蹁跹，让江采萍感到了一种奇异的悸动。

是刘松和小强在迎风起舞吗？

烧完信后靠在墙角，心里充盈着少有的欣慰。多谢王根妹的帮助，她现在终于摆脱了悲伤的昨天，能够以正常而饱满的情绪投身工作。她相信丈夫和儿子如天上有灵，也会为她的变化高兴的。

让泪流够了，让心情平静了，江采萍才踏进院门。此时姐妹们正在屋子里打闹，一阵欢快的笑声鸽群般飞起，接着传来周春霞夸张的声音：

"……亲爱的老婆，我想你想得夜晚歇不落店，床板打得嗵嗵响，你要是在面前，就好了……嘻嘻，下面省略号，讲的是丑话哩！啊，落款是夫家英。啊呀，这段是写给队长的！啊呀，他们一共写了四段哩，按排行写的，笑死人哩！你看，刘观音，这是你的：亲爱的观音，我最想念的老婆，我人在前线，心在你身上。我想你想得发痨，恨不得飞回去看你，重温那天的一切……呸，不要脸，亏他还写得出来。哼，不是我们哪，这钟家兴早做刀卜鬼了，他还好意思显摆。"

原来春霞在当众宣读钟家兴从前线写给刘观音的信！春霞念着念着，忽然生起气来。因为钟家旺写给她的只是两句荤笑话，叫她猜一个谜：什么越粗越好过？什么越细越难过？这是荤面素底的谜语，谁不知道指的是独木桥啊，亏他想得出！哼！一点儿也没有他们三个的炽热！再说她对钟家八兄弟的逼婚行为至今还耿耿于怀。于是她夸张地要把信撕了，刘观音和杜青秧眼疾手快，齐齐伸出手来抢。周春霞怪怪地说：

"哟！观音，你还真要让钟家兴当老公了啊？我看你还是趁早跟他打脱离算了！这种人讲不定哪天又蛮霸起来，到时怎么办？"

"不用你操心，他不是这种人！"

刘观音把信夺过，折起放在衣袋里。杜青秧着急了："咦，我的还没念呢。"

"念，念个屁！你们站着讲话不腰疼，都来看我的笑话！"

刘观音忽然大吼起来，然后地动山摇地把自己扔在床上。在外面站了好一会儿的江采萍这时走了进去。周春霞见到队长，脸上的尴尬立即换成了真诚的笑容：

"队长，钟家兄弟从前线寄信回来了，是，是写的我的名字，我拆了！可是，他们给我们几个都写了信！"

剩下的话周春霞不好意思再讲，只是捂着嘴偷乐。

"信在她那里。我的信还没念给我听呢！"

青秧跑到刘观音那儿去抢信，刘观音把信压在身子底下，青秧伸手去掏，刘观音一掌将她推到了对面床上，气得青秧直跺脚。

"队长又不会嫁给他，他写了信也白写，还看什么看？"

刘观音瓮声道。江采萍已经在窗外听到了信的内容，为了免得尴尬，她想还是不看为妙。但周春霞不肯放过她，她一边对着洗脸架上那块乌蒙蒙的破镜子用酒酿擦着脸上的疤痕，一边促狭道：

"队长，你会嫁给他吗？我看钟家英那人蛮不错，只可惜没文化。哎，队长，你怎么不回答呀？"

周春霞站起来，将那张沾有酒酿糟的脸伸到江采萍眼前，坚持要她回答。江采萍去开代表大会这段时间，突击队的事由刘观音和周春霞负责，两人很是用心用力，自然也很累。周春霞明显瘦了半圈，但比她刚来时干练了许多。江采萍嗔怪地白她一眼，岔开了话头：

"你呀，别老想这些东西。我问你，上次让你给大家讲解毛主席的《长岗乡调查》，你讲解完了啵？"

"完了呀，队长，我还把另外两个报告也讲完了。不过现在不是讲报告的时间，是你回答问题的时间，我的大嫂哎。"

　　此言一出，除刘观音外大家全笑了。

　　"我的弟媳，你别巧嘴不饶人。告诉你，谈恋爱不是请客吃饭那么容易，你的问题无可奉告。"

　　江采萍说着脱了棉衣，到灶间打水洗脸。刘观音霍地起身，大声地冲着周春霞道："周春霞同志，我现在拿刚才你问队长的那个问题问你，你会不会嫁给钟老六？"

　　"对啊，你老是有嘴说别人，没嘴讲自己。这次不许抵赖，一定要回答。"正在练字的青秧把毛笔一扔，走到春霞跟前将两只眼睛瞪得大大的，做出一副怪样。

　　周春霞瞪着青秧："细妹子，莫管闲事，小心罚你再练一百遍毛笔字。"

　　"我不怕。哎，队长，你说她是不是该回答这问题？"

　　青秧说着扮了个怪脸。刘观音附和着，看样子这回是吃定了周春霞。杨兰英也在一旁拍掌声援。江采萍边晾毛巾边说：

　　"是该她回答了，她要答得不对，罚她请客。谁叫她有私房钱呢？"

　　前段时间江采萍动员周春霞把那些细软捐出去，被她一口回绝了，江采萍不时拿此事敲打她一下，不过并不强逼，这种事要自愿才行。春霞脸一红："行啊，是不是我回答了，队长就一定会回答？兰英，你和青秧作证！刘观音我不指望她讲公道话，她现在存心整我。"杨兰英和青秧对视一眼，爽快地说："我们作证，队长也要讲。"江采萍笑着点了点头。周春霞清清嗓子，拉长腔调，学着采茶戏中旦角的口吻道："妹子，我不嫁给老六，我要嫁，嫁给那个牛屎堆钟家雄——！"

　　刘观音晓得周春霞在讽刺她，捅了她一拳，嗤着鼻子道："哼，早晓得你精，就会使唤人。"

　　周春霞白了刘观音一眼，没作声。

　　"告诉你们，我晓得春霞想嫁给谁，她现在最想嫁给孙力！队长，你晓得那个孙力有多疯狂，你前几天开会不住在沙洲坝吗？有一次，他演出归来路过这里，半夜拍门叫春霞起来，说是给她带了一双绣花鞋。"

　　青秧当众揭发周春霞，却是一副不无羡慕的样子。到苏区这几个月，青秧长胖、长高了，身段显出一个妹子应有的凹凸，比原先好看了许多。前回去医院碰到护送她和江采萍到苏区来的杨师傅，杨师傅居然没认出她来。

　　杨师傅的左手被炸断了，伤愈后留在方梦袍那家医院做勤杂，时不时会到突击队来看她们。江采萍给他介绍了一个扩红时认识的寡妇，两人谈了半个月的恋爱，第二次全国苏维埃代表大会召开的前一天，他们举行了一个简单的婚礼。其实也就是登记一下，给大家发了包花生。杜青秧去参加他的婚礼时，杨师傅一口一个"靓妹"，喊得杜青秧喜上眉梢。这靓妹如今也开始考虑一些问题了，所以才惦着钟家兄弟写给自己的信，并且还敢开春霞的玩笑，甚至隐隐地有些妒忌，因为她也喜欢高大英俊的孙力。

　　"队长，孙力真的被春霞迷住了，看样子是非春霞不娶了。""还有那个苏干事，也来过我们这里两次。喏，那些脚板薯就是他送来的，可惜春霞不理他，嘻嘻。"

　　"春霞是我们这里的赤色明星啊，那天的提灯晚会干吗不让她出场？她要上去了，石联星、刘月华统统要被比下。"

　　大家七嘴八舌地说着，既为周春霞被人热追而高兴，同时又隐隐有些为她担忧，怕她把握不住，到时弄得影响不好。苏区时兴自由恋爱，有些男女由着性子来，将自由恋爱变成了自由乱爱，引起了不好的反响。为此，报纸上讨论过，各单位开生活会时也讨论过，后来总结一条经验，发现但凡漂亮的人，都易犯此类错误。

　　周春霞相貌出众，性格又活泼，到苏区两个月就引来了众多追求者，江采萍不禁为她担心。想到儿子小强的死，她很反对妹仔们谈恋爱，对周春霞也不例外。

　　一次，孙力夜晚来看春霞，带了不少零食，周春霞兴冲冲地招呼大家来吃，江采萍却借口检查夜读作业，把青秧几个关在隔壁房间不让出来。

　　周春霞赌气跑到坪上和孙力唱起了歌，一下子引来了几十位老乡。人来疯的孙力见状越发来劲了，一会儿说，一会儿唱，一会儿舞，一个人当得半个剧团，把个驻地变成了热闹的舞台。

　　江采萍也倔，愣是不让其他队员出来看。周春霞知队长故意在冷落自己，越发生气了，搬出刘观音的鼓"嗵嗵嗵"乱敲一气，把江采萍气坏了。如此折腾了许久，江采萍冷冷地走出，身后跟着青秧和杨兰英。刘观音看不惯孙力，她连看的兴趣都没有，一个人窝在床上想心事。江采萍喝令周春霞住手，周春霞正在气头上，根本不搭理她，依旧摇头甩脑狂敲一气。江采萍没办法，只好冷不丁将手捂在鼓上，结果被周春霞敲肿了手背。

江采萍恼火地捂着手，批评了周春霞，客客气气地将围观的群众请出了小院，转头对孙力道："小孙，以后还是以工作为重，我们春霞已经有丈夫了。她丈夫现在在前线打仗，你再追她就是破坏军婚了，要法办的。"

江采萍讲这话时，周春霞和刘观音正在抢那只鼓，但她耳朵尖，居然听见了。她尖叫着冲过去，揪住江采萍的衣袖，白着脸大声道："江队长，江先生，你是我最尊敬的人，怎么能够这样说？你太让我失望了！孙力，我没有找对象。不信你问她们！"

周春霞用手指指看热闹的众人。

"不，她有老公，她嫁给了我家小叔。"刘观音不知何时倚在了门框上，她手抱着门亮开嗓地说，"钟氏八兄弟讨老婆的事你在报纸上找得到。"

已经有些尴尬和疑惑的孙力看看刘观音，又看看周春霞，一贯利索的嘴皮子忽然艰涩起来：

"对不起，这个，我不晓得哩。对不起。"

他一副受挫的沮丧模样，有些怨恨地瞅瞅周春霞，转身走了。

"孙力，她们乱讲的。哎，你不要走哇，我有话跟你说！"

周春霞孩子似的追上，不料反倒把孙力吓了一跳，步子迈得更大了。孙力人高腿长，不一会就踪影不见。周春霞望着黑黝黝的街角，委屈地拼命顿脚。回到院门口时，听见刘观音她们在笑她，气不打一处来，拾起块碎砖扔在刘观音脚下，气冲冲地进了房间。

江采萍意识到自己刚才有些失妥，走过来跟她解释。她以往说话周春霞总是大睁着一双眼睛，耳朵竖起来，生怕漏掉一个字，这回却一反常态地捂住了耳朵，不想听任何解释。

她知道采萍要讲什么，无非是现在属非常时期，感情一事宜往后放，最好不要拖革命事业的后腿云云，听得耳朵都起茧了。有时她弄不懂江采萍，平日里她什么都好，偏偏在这点上固执得让人受不了。

"……春霞，你听我的没错，不要再理他了！他娶过两个老婆，第一个老婆留在了赣州，到苏区以后又娶了一个，一年不到就打了脱离，人很风流。再讲，你答应了跟钟家旺相处，谈得成谈不成另当别论，既然有这么一回事，就不能脚踩两只船，否则不道德！"

　　尽管捂着耳朵，江采萍的话还是往耳孔里钻。杨兰英也在旁边一个劲地附和着，周春霞终于忍无可忍，尖叫着跳下床，突然跺着脚大喊起来：

　　"哎呀，你们不说话会死吗？我哪里在和他恋爱？我们讲话也犯天条吗？你们管得太宽了！"

　　事后，青秧说她像个癫婆。周春霞自己也不明白当时为何那样激动，也许打小任性，自由惯了，她成了顺毛驴，只能摸顺毛，倒摸肯定全身是刺。如果江采萍温和一些、婉转一些，她什么事也没有。因为她和孙力的感情就像一只张开的蚌，中间本有好大一道裂缝，可现在反倒被外力越压越紧，不多久便到了严丝合缝、如胶似漆的地步。有次蓝衫社的人碰到江采萍，半玩笑半认真地说，周春霞让孙力失了魂，慰问演出时不是丢了道具就是忘了台词。

　　江采萍想想也是，她管得了人，管不了心。再说，跟谁好，跟谁不好，这是周春霞自己的事，你又不是她的家长，该讲的都已讲过，总不能锁着她吧？此后便没再管她。周春霞取得了初步胜利，乐得公开和孙力来往了。

　　由于有孙力的陪伴，周春霞在瑞金这个年过得特别甜蜜。年二十九那天，她取出私房钱，买了一头猪，两笼鸡鸭，一半请人送给马丽所在的医院，另一半留给突击队打牙祭。想不到的是大年三十那天上午，帮她送东西到医院去的老表又把东西原封不动地提回来了，说是医院前两天开赴前线了，还捎回了马丽、方梦袍放在守门师傅那里的一封信。春霞怏怏了半日，最后还是被孙力唤回一个笑脸。

　　年三十那天，是全苏大会召开的第五天。江采萍住在会议上，因没有了约束，周春霞让孙力到突击队过年。出乎她的意料，孙力炒得一手好菜，做家务的麻利和爽快连杨兰英也自叹弗如。吃了这餐年夜饭后，周春霞嫁给孙力的决心更坚定了。娇生惯养的她最怕做家务，如今有个英俊潇洒，善解人意，又能下厨的白马王子，她还有什么可挑剔呢？

　　孙力也痴迷春霞。当他知道周春霞的箱子里存有不少宝贝后，对她更加体贴入微了。他时不时地喊饿，又说衣裳破了，鞋子烂了，半个多月就用去了春霞不少钱。

　　"你呀，小心他骗财骗色！"

　　杨兰英、杜青秧平日和周春霞关系密切，她们看在眼里急在心里，但她根本听不进去。自小泡在文艺小说里的她，满脑子才子佳人的故事，只想着自己喜欢，哪听得进这样世俗的提醒？

她照样得空就和孙力泡在一起，且对孙力有求必应，到后来居然将房间和箱子钥匙各配了一把给孙力。孙力第二天就提出要她的一只金手镯作为定情之物。周春霞有些不舍，但一想到孙力对自己那份浓浓的爱意，还是爽快地给了他。孙力则送了支已经用旧的金笔给她，两人约定五一结婚。

他们是如此沉溺，沉溺得对时事战况也没了热情。那时中央苏区的形势已经有些紧张了，福建人民革命政府垮掉后，蒋介石组织兵力从北、东、西三面向中央苏区腹地推进。博古、李德等人采取单纯防御战略，命令红军在重要城镇、大居民点、交通要道和险关隘口等地构筑堡垒工事，苏区内一片繁忙。

以往热心工作的周春霞对上级布置的任务，不知不觉有些反感了。因为这样一来，她和孙力常常七八天碰不上面。于是她经常装病请假，被江采萍勒令在生活会上做了检讨。刘观音和她开玩笑，说五堡周家出来的妇女全得了"男人痨"，弄得杨兰英和刘观音吵了一架。周春霞由她们说去，心想男人痨就男人痨吧，两个人过日子起码有个家，夏天有人打扇，冬天有人暖脚，胜于在队里打通铺。

这期间，周春霞给马丽写了封信，说了自己的近况和结婚的想法。用极大的篇幅描述了孙力的外貌与他的迷人之处，然后眼巴巴地等着马丽的回信。可能是医院处于流动状态，抑或战事繁忙，她一直没有收到马丽的回信，也不晓得马丽是否收到了自己的信。

这时前方战事已渐渐吃紧。从一月下旬到三月中旬，红军先后在多条战线上进行了数十次大小战斗。尽管报纸上日日有庆贺胜利的文章，但从中央机关某些坚壁清野的举动来看，红军应该有不小的伤亡，瑞金的形势比先前更加紧张。红鹰突击队的工作也随之繁忙起来，周春霞起先还惦着马丽的回信，后来忙得两头黑，别说马丽被她抛到了脑后，便是孙力也在脑海中逐渐模糊起来。

孙力正辗转在前线各地进行宣传活动，周春霞有个把月没见着他了。有时半夜惊醒会想起他，可转眼睡意袭来，孙力和她便一起沉入了黑甜乡，第二日醒来连影也不记得。不过事有凑巧，有一次她们上前线慰问，竟在战地上碰见了他。

那是三月中旬的一天，她们来到了会昌筠门岭。为了把补给及时送到山上的将士手中，队员们起了个大早。那时赣南的天气已经有些热，早上太阳还没出来，四野便漾着暖洋洋的春意，房前屋后的桃树、李树、梨树，那娇艳的花儿，变成了小小的颗粒挂在蝴蝶般翩飞的新叶中。远山近地间，被日头捂出了羞涩的青绿。鸟儿们在树顶上欢快地追逐着田野里大片金黄色的油菜花引来了飞舞的蜂群。村人在屋檐下、山坡上放了成排的蜂箱，新酿的蜜将原本芬芳的空气粘得有些甜腻，让劳累过度的突击队员们原本就厚的眼皮发沉，但她们脚下可不懈怠，依旧迅捷地走着。

杜青秧和刘观音练就了边走边睡的本事。周春霞不行，只要眼皮稍往下耷，她不是踢破脚趾就是踏空摔跤，所以走得有些累。当她们领着二十几个妇女会成员将衣物、粮、菜蔬背到山顶我军将士的工事里时，周春霞把担子一扔，倒树般砸在了地上。

"春霞，你怎么啦？"

江采萍汗流浃背，瘦削的脸上血色全无。周春霞其实没别的不适，她只是太累，再说那些战士们跑过来接担子了，她想躺一会儿。见江采萍急了，她一骨碌坐起，伸手将采萍搂住了：

"队长，你，怎么啦？"

江采萍在打抖，周春霞生怕她又发了眩晕病，忙掐住她的人中，这边让青秧往她口里灌蜜糖水。江采萍喝了几口，摇晃着站踏实，不好意思地对围在旁边的战士们笑了笑："对不住，献丑了。"

话刚落地，从壕沟里跑出几个士兵来。为首的是两个中年汉子，其中一个满脸络腮胡，皮肤黑得发亮，一口牙倒雪白，他还没开口，刘观音就冲了过去。

"李团长！李板鸭团长！我是刘观音啊！你不认得我了吗？"

刘观音喜出望外，根本不记得边上有那么多眼睛，她忘情地拉着李团长的手，又跳又笑的，仿佛喜悦之极的孩子。周春霞立即想到刘观音以前讲过的那个故事，她悄悄扯了扯杜青秧和杨兰英，三人偷笑起来。被刘观音吓了一跳的李团长反应过来，朗笑着抱起刘观音连打几个转，一口一个"老婆"，乐得周围的人大笑。

"这个老李呀，还是不改老毛病。"

一旁的政委无奈地摇摇头，笑容却是由衷的。政委姓杨，黎川人，长得白净斯文，他向江采萍和队员们表示热烈的欢迎，然后和大家一起起哄。突然醒悟过来的李团长"咚"地将刘观音戳到地上，刘观音害羞地蒙着脸跑进了指挥部的掩体。

"杨政委，你来迎接这位女领导，我给大家找点乐子。"李团长呵呵笑着过来和大家握手，做出要拥抱江采萍的样子，旁边的战士笑李团长揩油，周春霞赶紧拦在了江采萍面前：

"李团长，等下刘观音要吃醋的，大家说是不是啊？"

女人们哄笑着说"是"，战士们答"不是"。李板鸭可不管这些，拥了拥江采萍，接着一把抓起蹲在地上笑得发栽的青秧就往天上抛。青秧尖叫着，但不一会儿这尖叫就变成了惊叹，因为李板鸭非常准确地接住了她。

"哎，板鸭团长，你练过杂耍吗？怎么眼力这么准？"

战士们难得这么开心，都吼起来："再来一个，再来一个！"

李板鸭笑着看着青秧，青秧大方地走到他身边："李团长，你力气大，看能不能抓住我的右脚把我举起来。"

李板鸭遵命，抓住青秧的右脚猛地往上举，青秧单腿立着，左脚被她扳到了头顶，众人发出一声惊呼。青秧腰肢一扭，又将左脚举到了后面，和右腿编成"1"字，战士们拼命地鼓掌。

"队长，还有什么节目啊？我们天天在这里望山，山都要望穿了。"

"你们是蓝衫团的吗？今天给我们演什么好戏？"

战士们七嘴八舌，江采萍这才明白蓝衫团今天要到这里慰问演出，所以指挥部门前的土坪上才聚集了这么多战士。

"哇呀，今天这么巧，是哪个蓝衫团啊？"

周春霞立马想到了孙力，不由有些浮想联翩。她问李团长孙力来不来，李团长说不清楚，杨政委也说不知道具体情况，这时江采萍、杨兰英几个已经把慰问品清点好，杨政委代表战士们再次表示感谢。妇女会的几十个客女、大嫂，有的帮炊事班做饭，有的替战士们缝补、清洗衣裳，处理湿疹、脚气，忙得不亦乐乎，阵地上一片欢腾景象。

正在这时，孙力领着十几个活泼可爱的蓝衫团团员过来了，周春霞喜出望外，毫不犹豫地冲过去，惊得孙力情不自禁地抱着她打了两个转。战士们没想到李团长那一幕又重演了，更加兴奋地吹口哨拍巴掌，气氛极为热烈。

蓝衫团这次准备的是活报剧《战斗在前线》，有敌军官、士兵和靖卫团长等反角，需要简单的化妆。李团长和杨政委让炊事班长挑来两担山泉水，蓝衫团员们马上开始做演出前的准备。

瞅着这空当儿，杨兰英到掩体内转了一圈，出来后脸色青黄。她怀疑地问李团长："团部是在这里吗？"

李团长点点头，杨兰英还是不信："报纸上不是说你们挖好了壕沟，建好了碉堡，里边还有大缸的肉，大缸的酒吗？怎么什么也没有？还潮乎乎的，多难受！"

这两天下了雨，战壕内积了水，团部指挥所虽然四壁砌了砖，可砖缝里还是不断渗水出来。木板上长着朵朵菌菇，青草从缝里钻出来，潮湿得吓人。杨兰英想到刘罗仔一直生活在这样的环境中，鼻头一酸，躲到旁边用衣襟揩眼角。

忽然草丛中人影一闪，她脑中那根弦立马绷紧了，忙悄悄跟过去，原来是一个战士和正巧前来慰问的对象在亲热。杨兰英蹑脚退回，却在掩体一侧看见刘观音在那里抹眼泪。杨兰英不知她出了什么事，急忙上前拍了她一下，把刘观音吓得仰脸看天。

"你怎么啦，观音？"

"没什么，眼睛进了沙子！"

刘观音瓮声说着，这边掏出手帕揩干了泪。两人看着对方红红的眼睛，不约而同地长叹一声。

"住这样的地方，人会病哩！"杨兰英掐根草茎咬着，轻声说。

刘观音清清喉咙，哑着嗓子说出了她的委屈："兰英，我，我明人不讲暗话。我原本想让李板鸭正正规规来娶我……可是，我现在什么也顾不上了！"

刘观音这话说到了杨兰英心里。她无限同情地搂住刘观音，宽慰了她几句，又附在她耳边把刚才看见的事告诉了刘观音，刘观音羞涩地打了她一下：

"你好下流，我不去看。人家夫妻亲热，偷看的人眼睛要长疖子的！"

"观音、兰英，你们快过来，我们先开个场！"

江采萍的声音飘过来，两人拭了拭眼角，赶紧跑过去。坪上那几圈战士正眼巴巴地等着开场，见她俩过来，响起一阵催场的掌声。青秧换了身漂亮的红色练功服，扎着细腰，就等刘观音敲鼓。见了刘观音她不满地嘟起了嘴巴："跑哪里去了吗？害人家等。"

刘观音没搭理她，鼓槌轻轻一敲，奋进、响亮的鼓声立即在群山中回荡，仿佛千军万马在奔驰，有一股奔雷之势。对面山头闻声冒出一群人，两山隔得近，眼力好的彼此能看清面貌，只见其中一人舞动着一件土黄色上衣，不知要表达什么。

"是白狗子！"

周春霞尖叫着往后头跳，战士们"哄"地笑起来。她不好意思地看着江采萍，江采萍小声道："那是敌人的阵地。"

"别敲了，别敲了。"李团长一巴掌捂到鼓面上，鼓声立即哑了。

"等下敲，他们要和我们讲话。"

李团长的话让江采萍她们丈二金刚摸不着头脑。

"这段时间没开仗，大家对峙着，互相喊话，发动宣传攻势。一来二去的，竟发现对面山上的那个连长是李团长的老乡，以前还在李团长手下干过。前段时间那个连长派人送信，要我们匀他们一些口粮。国民党帮贼军官扣饷扣粮，黑心得很，这回准是又向我们开口要东西了。"

杨政委话音刚落，对面已经举起了一块大大的牌子，上面写着一个"米"字。

"长官，我们断顿了，请匀给我们三天口粮，要不然大家要饿死了。"

白军中有个粗嗓门在大喊。李团长腰一叉，站在石头边上大声回敬道："狗娘养的铁蛋，你他妈又开口要东西！不给了！要吃饭你们过来，这里有酒有肉，有女人！还有好看的节目。哎哎，你们开始演哪！"

李团长一挥手，鼓声再次响起，青秧几个前滚翻上场，赢得了如雷的掌声。这掌声不但有我方战士的，还有白军士兵的。

"妹子，再来一个！"

"唱段歌给我们听！会唱湖南小调吗？我们想家了。"

"不要歌，扔块肉过来就行。"

刘观音的鼓声已歇，山间蓦地安静下来。清风将白军士兵们的喊声吹过来，杨政委立即对孙力作出指示：

"孙团长，不演那个戏了，给他们唱歌，唱动情的，再努把力，我看那个铁蛋连长该投诚了。不过听侦察兵讲，那边有个营长好坏，专门和我们作对，是铁杆白狗子。这也没什么，不过只要有一丝机会，我们就要争取，如果能不战而胜，不是更好吗？这段时间我们一直在做他的工作。不瞒你说，为了争取他们，李团长还亲自给他们送过米呢！"

孙力点点头，马上站到高处上向对方喊道："白军兄弟们，你们背井离乡来到江西，为的是什么？是杀人吗？是牺牲自己的生命吗？为什么当官的吃肉你们喝汤？为什么几个月不发饷？那是因为军阀在剥削、压迫你们，让你们当炮灰，让你们杀自己的同胞。你可知道你们走后自己的姐妹妻子在干什么？东北的兄弟姐妹们在日本人的铁蹄下挣扎！她们流落街头，沿街乞讨！这里说的是一个湖南白军士兵的妻子，丈夫当兵后她只好以卖唱为生，下面请听《湘累》。"

孙力手中的喇叭音质清亮，在群山中引起阵阵回响，接着个子高挑儿的蓝衫团员徐小妹接过喇叭引吭高歌：

> 泪珠儿要流尽了，
> 亲人啊，你回不回来哟；
> 九疑山上的白云，有聚有散；
> 洞庭湖中的流水，有涨有落；
> 我们心中的愁云啊，
> 我们眼中的怒潮啊，
> 永远不能消，永远只是潮水，
> ……亲人啊，你回不回来啊？

徐小妹音色婉转清丽，加上曲调哀怨，歌声飞散在群山之中，像是无数忧愁的翅膀在扇动。空气变得凝重了，苍茫的山色显出一抹悲伤。一曲未完，但见对面的山顶上挤满了士兵，他们静静地立着，宛如被人遗弃多年的塑像。突然有人喊了句什么，人群一阵涌动，接着那些士兵四散而去，李团长见状忙拔枪大喊：

"大家各就各位！"

正听得入神的战士突然醒过来，飞快地跳下壕沟，哗哗拉动了扳机，阵地上顿时弥漫着浓浓的杀气。

"采萍，你们快进指挥部，孙力！别唱了，都进来！"

李板鸭着急起来。杨政委忽然兴奋地指着对面道：

"哎，老李，你看，他们举着白旗往我们这边跑，投诚来了！哎呀，孙团长，你们蓝衫团的歌声不一般哪！"

李板鸭一瞅，果然看见十几个白军士兵从对面的山头往下跑，边跑边挥动着白衣。李板鸭高兴得连拍大腿：

"一连长，你传令下去，让前哨做好准备，是敌不放过，是友热烈欢迎！哎，再唱，再唱，你们给我一起站到那边唱去！妈的，老子送了几回米还抵不过你们一支歌。你们一群女娃子全给站出去，看来我们得把阵地换到对面去喽！"

李板鸭这样一发话，没有见过这种场面，本来有些惊慌的红鹰突击队队员和十几个蓝衫团团员齐齐站成了一排，引吭高唱《当兵就要当红军》。

十八十九哎正年轻啰喂，

放下锄头当红军，当呀当红军……

清脆嘹亮、生机勃勃的声音，如兴奋的鸽群在天上飞翔。刹那间北风停了，乌云散了，阳光洒满大地，每一片树叶都闪耀出金色的光芒。对面山头上传来阵阵喝彩声和掌声。周春霞胸腔里涌动着奇怪的激情，她挽着江采萍和徐小妹的手，竭尽全力地唱着：

十八十九哎正年轻呐，

不当白军当红军，当呀当红军……

这时对面山头又起了一阵骚乱，接着响起砰砰的枪声。但唱歌的队伍纹丝没动，她们整齐、优美的歌声很快把枪声给盖住了。周春霞前所未有的激动，她恨不得把满腔的鲜血化作歌声，飞向对面山头。她沉浸在一种庄严的意境中。不料唱得正酣，冷不丁有什么东西拽了她一下，接着一股黏稠的液体喷了她满脸。

"卧倒，快卧倒！"

李团长、杨政委冲过来，把还沉浸在激情中的蓝衫团员们按倒在地。周春霞抹了把脸，突然没命地惊叫起来。她看见徐小妹倒在她身旁，美丽的脸掀掉了半边，裸露的脑组织嫩豆腐般冒着袅袅的热气。江采萍趴在一旁，正徒劳地把炸塌的半边脸往徐小妹脸上贴。

"小妹，小妹！"

孙力和蓝衫团团员们扑过来，悲痛地喊着。

"啊……啊！……"周春霞蹲在徐小妹身边呕吐，眼睛再也不敢朝她身上看了。孙力猛地揪住了她，充血的双目射出两道强光："你呕什么？你不能惧怕她的鲜血！同志们，我们继续唱！用我们的歌声为小妹报仇！"

孙力领着蓝衫团员们爬到工事后头的一块大山石上，继续大声地唱起来。悲愤的歌声与逐渐密集起来的枪声汇成了一支特殊的旋律，似在为徐小妹的牺牲呐喊。

"……胡闹，快趴下，趴下！"

江采萍扑上去将孙力扯倒了，说时迟那时快，一颗子弹呼啸着从她的胳膊上擦过，鲜血顿时淌下来。紧跟而来的刘观音立刻掏出急救包替她包扎。孙力和队员们被迫撤回安全地带。

徐小妹的尸体被杨兰英用草遮住了，周春霞蹲在旁边浑身打颤，脸上的血浆、脑浆熏得她几乎窒息。但她无法将身上满是血渍的衣服换掉，即便条件许可她也不会这样做。孙力说得对，怎么能嫌弃小妹的鲜血呢？刚才还活生生的小妹，转眼间便和她们阴阳隔界，战争多残酷啊！

子弹穿过徐小妹那美丽的脸颊时，她最后一个念头是什么？万一子弹打偏了呢？也许死的是队长江采萍，也许死的是自己。自己死了知道吗？或许死对于死者而言并不存在，因为当它来临时死的人已无知觉，当人有知觉时肯定还没死，所以死亡只能给生者带来痛苦与恐惧，就像此刻的自己。

周春霞坐在草丛里，思绪乱纷纷的。同样震惊但远比她镇定的刘观音给她端来了一竹筒泉水。她没喝，而是将水从头顶浇下，滋滋冒着热气的脑袋这才冷静了一点。

那帮投诚的白军士兵这时已经跑下了山，正往我军阵地这边爬。还在阵地上的白军加强了火力，枪口吐出一串串明灿灿的火花。

李板鸭大声骂着，让战士们集中火力压住那挺夺命的机枪。无奈我们的设备落后，许多子弹是翻造的，射程不远。再说我们的机枪要留在关键处用，敌人的火力明显占了上风。投诚的士兵纷纷倒下，最后只有七个人爬进了红军的战壕。

李板鸭得知铁蛋连长倒在半途中，他二话没说，旋风般冲到前沿阵地，从一个士兵手里抢夺一杆枪，铁青着脸瞄准敌人的机枪手。面前的野草和他端枪的手一样纹丝不动，他扣动了扳机，清脆的枪声在空中划出冰裂的啸音，敌人的机枪一下子喑哑了。

"嗬！嗬，团长把敌人的机枪手干掉了！"

有个忍不住的小战士起身欢呼，谁知话没说完，一颗子弹便穿过他的颈脖，鲜血喷洒出来，在蔚蓝的天幕上划出道抛物线，又被风吹成一片红雾。

"狗娘养的！快打，给我狠狠地打！"

李板鸭说着要动用那挺机枪，被机枪手按住了。

"团长，只有一盒子弹了，不到万分火急不能用，这可是你说的！"

李板鸭一枪托将机枪手打晕了，抱起机枪朝敌方扫射。等杨政委冲下来时，一盒子弹已经打光了。

"你这个老李啊！这不是打自己的嘴巴吗？上级命令我们守住阵地，敌人不攻我们不打，这下倒好了，放空枪闹着玩，听响呢！万一他们突然进攻，少这一盒子弹麻烦就大了。你真他妈的扯淡！"

杨政委将机枪抢了过去，大声地骂着李团长。李板鸭也不示弱，眼一瞪手一叉："说什么呢，老杨！你他妈想管我？老子今天心情不好，就想打空枪，没子弹怕什么？老子晚上弄他几箱回来给你看！"

杨政委摸透了板鸭团长的脾气，知道在这气头上惹他没好果子吃，所以根本不理他。李板鸭骂骂咧咧地闹了一阵，总算恢复了正常，他着人将附近投诚士兵的尸首拖回就地掩埋，可他最终还是没找到那个铁蛋连长，估计铁蛋没跑多远就吃了枪子儿，李板鸭孩子般咧嘴哭了。

"那个铁蛋以前救过老李的命。"

杨政委见惯了李板鸭的率性而为，对他的哭一点也不惊讶。蓝衫团和红鹰突击队的同志们难得见到一个团长如此动情，都觉得这个团长有颗仁义之心。

刘观音亲眼目睹这一幕，被风霜吹得粗糙的脸上流露出难得的柔情。她喃喃地对兰英道："这才是个好汉子。铁石心肠的男人有什么好？我不中意！"

按刘观音的心愿，她恨不得时刻和李板鸭待在一起。怎奈突击队和蓝衫团还要到别处慰问，不能在阵地上久留，她颇为惆怅。与她同样惆怅的还有周春霞，因为接下去红鹰突击队和蓝衫团的目的地一个在东，一个在西，好不容易碰见了孙力，转眼间又要分开，这怎么不让她失落呢？

分手时战士们和队员们依依惜别，神情悲壮而惋惜。蓝衫团的团员们是哭着走的，她们一步三回头地频频回望阵地旁边那棵高大的杉树。杉树长得奇异，树冠仿佛飞天的凤凰尾巴。杉树下埋葬着美丽的徐小妹和刚刚牺牲的六名战士。

刘观音的脸上印满了泪痕。刚才和李板鸭团长握手道别时，李板鸭偷偷塞了个小布袋给她，里边有两块光洋和一块半新的怀表。怀表嘀嗒响着，匀速的声音让刘观音想起李板鸭粗壮身躯里的那颗温柔之心，心中一热，眼泪涌了上来。

"嘿，刘姐，李团长给了你什么？老实坦白！兰英，你看她不给我们看。"杜青秧眼尖，把刘观音拖到一边硬要看李板鸭给她的礼物，刘观音矢口否认，杜青秧没法，只好向杨兰英寻求帮助。

"别胡闹了，没见江队长不舒服吗？把你身上的东西给我，你扶着队长。"杨兰英说。她已经帮江采萍背了一份东西，走得有些吃力，但还是毫不犹豫地要替杜青秧减负。杜青秧坚决地摇了摇头，奔过去扶江采萍。江采萍这段时间身体不佳，经常头晕，方才那阵强烈的枪炮声刺激了她的神经，她有些摇摇欲坠。前面走着的妇女会成员看出了她的虚弱，蹲身要背她，被她谢绝了。刘观音此前一直沉浸在甜蜜而又伤感的情绪中，对周遭的事情没有留意，这时她也注意到了江采萍的虚弱，赶紧飞跑过去，强行把江采萍背了起来。

"不要紧，我，我歇歇就会好。"

看着明显慢下来的队伍，江采萍非常内疚，但她话还没落地，人就开始"哇哇"大呕。众人纷纷围拢过来，嘘寒问暖，殊不知这样一来江采萍的肚子翻腾得更厉害了，熟悉江采萍病情的青秧忙把大家拉到一旁，小声道："你们小声些，江队长一犯病就怕声音、怕光。她这样子肯定上不了前线了，最好找个老乡家让她休息。"

说话间麻利的刘观音砍了两根木棍，将随身叠在背后的担架布取出套上，一副简易担架做好了，刘观音将江采萍轻轻地抱了上去。

"观音，我，我就地休息。你，你带着大家赶到 3435 高地，回来时把我，噢，把我抬走就行了。"

几句话说下来，江采萍呕了起码五次。刘观音摇摇头："不行，我们抬着你走。怎么能把你丢下？"

说着抬起江采萍就走。山路本就崎岖，加上担架的颠簸，江采萍呕得一佛出世二佛涅槃，一下子没了人样。刘观音不得不放下担架：

"春霞，你和青秧留在这儿照顾队长，我带大家上阵地。春霞！春霞？"

刘观音的声音陡然高起来，眼中露出不可置信的表情：

"哎呀，队长，春霞不见了！她掉队了！"

杜青秧闻言后飞快地在人群中转了一圈，没见着周春霞，便像惊慌的鸟儿似的扑到担架边，带着哭腔喊道："队长，她没在这儿！""她，她会不会……噢，跟……孙力走了，噢？"

江采萍刺激得又呕吐起来，她呕出的是青黑色的胆汁。刘观音见大家盯着自己，果敢地做出了决定：

"这个死春霞，不找她了。兰英，青秧，你们抬着队长往回走，找最近的老乡家住下。妇女会的姐妹们，我们尽快走，最好在日头落山前把慰问品送到！"

刘观音走了几步，返身将一竹筒冷饭交到杨兰英手上：

"路上给队长喂点饭，这样吐下去铁人也会死。"

刘观音摆摆手，修长的身影消失在浓密的灌木丛中。

杨兰英和杜青秧抬着江采萍艰难地走了近两个时辰，这才看到一个村子。村庄很小，只有三四户人家，看样子平日以烧炭为生，家门旁堆着成篓的木炭，空气中飘散着木炭的芳香。

见到杨兰英和杜青秧，村里的老表格外热情，全拥了出来。为首的大嫂自豪地告诉她们，这里叫炭窑村，只有四户人家，是四兄弟。

"屋里咯男人全当兵去了，支援了红军十三口兵，我们个个是红属。你们放心，这位同志我们会照顾好的。我老公姓温，叫我温三嫂好了。"

温三嫂个子矮小，五官精巧，常年的操劳使她未老先衰，才四十挨边就白了头，落了牙，看上去像个大姆佬。但她依然麻利，泼辣，一声令下，立即有两个十二三岁的细伢将江采萍抬进了屋。又派出几个细伢去放哨，警戒。这边烧火做饭，安顿三个突击队员住下。

## 第二十四章

　　周春霞果真跟着蓝衫团走了。但她不是有意的。经历了那场突如其来的打击，她有太多的话要跟孙力说，孙力自然也愿意多和她待在一起，两人沉浸在对话中，等她发觉跟错了队伍时，红鹰突击队早已不见了踪影。周春霞急得要哭出来，想单独去追赶队伍，孙力不放她走：

　　"你这样的娇小姐，又不认得山路，再讲已经是下暮了，万一在山里兜圈子，被老虎吃了或是碰到偷袭的白狗子，我怎么向你们队长交差？再讲，你下山时跟我们走在一起，江队长这么聪明的人，肯定能想到你是跟错了队，就当是你支援我们一回吧。"

　　孙力还没有从徐小妹牺牲的悲恸中解脱出来，说话时神情恍惚，泪花闪烁。周春霞叹口气，忽然小声问他：

　　"孙力，你是不是很中意她？"

　　自从在阵地上遇见蓝衫团开始，这句话就一直憋在周春霞心里，因为她发现孙力和徐小妹关系密切，眼神甜腻腻的，动作也相当随便，关系似乎不一般。

　　"胡说，亏你讲得出口！我只是把她当妹子看待。咳，别提她了，我这里疼！"

　　孙力拉住春霞的手往他胸口上一按，磁性、动听的嗓音中有着深切的沉痛。周春霞偶尔觉得他言谈举止有些做作，让人不很舒服，此刻她又隐隐有这种感觉。

"对不起。哎，能讲讲你的故事吗？听讲你和我一样，也是那种出身？"

周春霞对孙力的身世充满了好奇，可孙力似乎不太愿意谈及这些，平时开朗的他变得谨慎甚至有些儿警惕。他只说他父亲在赣州颇有权势，曾在上海念过书，因受不了管束而退学，后来他自己也曾帮父亲打理过一段生意，过得挺舒服。一个偶然的机会，他来到了苏区，参加了宣传队，从此改头换面，做了一个新人。

孙力说话时字斟句酌，明显是不想掏心窝子，周春霞知趣地住了嘴。孙力转而打听她的情况，她是个直肠子，最怕突然无言的尴尬局面，见他开口自然有问必答。只是她这时也多了个心眼，没跟孙力讲起那个曾经让她自豪、现在令她蒙羞的哥哥周春强。

"啊呀，能够舍弃一切你不容易啊！哎，讲真心话，你后悔吗？"

孙力的表情既吃惊又钦佩，周春霞坚决地摇了摇头。孙力笑了起来，说她没有讲真话。她正待辩驳，孙力忽然抱住了她。

此时周春霞和孙力正走在一个弯道上，前面那些蹦蹦跳跳的队员消失在绿树丛中，只有她们快活的声音在寂静的山间回响。周春霞害怕地挣扎着，孙力不理她，抱着她狂吻。周春霞嗅到一股令人心醉的男性气息，身子一软，不但没有再作反抗，反而热烈地回应起他来。

也许是刚刚经历了一场突如其来的死亡，一种本能的渴望潮水般将他们淹没。当孙力拽着周春霞往路边树丛里钻时，周春霞明知要发生什么事情，可她无法拒绝，而是任由孙力摆布。孙力很快进入了她的身体，那股从未有过的疼痛让周春霞流出了眼泪，只是她还没来得及表达她的感受，这场肉体风暴就戛然而止了。

完事后，孙力像变了一个人，既没有周春霞期待的那种山盟海誓，也没有她此刻最希望得到的温存，而是扔下一句话，拔腿便跑了。孙力说：

"我先走了，省得别人起疑心。"

"哎哎……你等我一下。"周春霞低着头，慌乱地整理着衣服。待她抬起头来，孙力已跑得无影无踪。这人怎么这样啊！莫非……她怔怔地站在树丛里，不敢再想下去了，心里浮起一种屈辱感。那一刻，她有些蒙，有些呆，有些不知所措，隐隐感到刚刚经历的，有可能是一生中最大的一件蠢事。但既然做了，后悔又有什么用？她无声地咧嘴抽泣了几声，只好咬咬牙，一抹脸，继续去追赶队伍。

"春霞姐，你干什么去了呀？是不是被孙团长抓走了呀？"

蓝衫团员们都比周春霞小，大的才十七八岁，小的只有十三四岁，见她急急慌慌赶上来，小队员们叽叽喳喳的和她开着玩笑，没有谁发觉她脸上的泪痕。孙力瞅空捏了捏她的手，终于说了句让春霞感到欣慰的话："春霞，我们回去就结婚，不然我会得相思病死掉的。"周春霞顿时滚下了几行热泪。说来也怪，在过那个弯道前，她还觉得自己对孙力是有吸引力，有优势的，可那样之后她仿佛一下从跷跷板那头栽了下去，现在高高在上的倒是孙力了。最令她想不通的是过那个弯道前孙力恨不得粘在她身上，可做了那件事之后，他却在故意疏远她，装得像个没事人似的，这令她伤心和气愤。她快步撵上去，不顾团员们诧异的目光，一把拽住孙力：

"孙力，我有话跟你说。"

孙力有意回避，引着她磨磨蹭蹭地落到押后的位置。这时他说："哎呀，春霞，这样别人会起疑心的，我们还是正常些好。"

周春霞恼火地哼了一声："孙力，你不要骗我了好不好？这是不是你的老伎俩？过去，你经常也这样对待女人吧？"

孙力吃惊地看着她，脸上掠过一丝愠色："春霞，你不要胡说八道。要是你这样讲，我也可以说你经常这样乱来。你连推都没推一下就同意了！"

周春霞"啪"地打了他一耳光，孙力愣住了。他张嘴还要说什么，小团员小蓝匆匆跑了过来，气喘吁吁地问道：

"团长，前面有三个岔口，我们往哪边岔？"孙力掏出地图匆匆扫了一眼，随口答道："往右边走。"

"好嘞！"小蓝高兴地应了一声，蹦跳着往前跑去。周春霞还在抽泣，孙力看看天色，语气软下来：

"春霞，今天是我不好，请你原谅。不要这样好吗？我们得在天黑前赶到3435 高地，不然就麻烦了。"

孙力说着搂住了周春霞的腰。他这个不经意的动作让她悄悄感到了一丝抚慰。她跑到旁边的山涧里洗了把脸，又深深地嗅了嗅，发现仍有一股浓烈的血腥味。衣服上的血渍、脑浆此时已干透了，硬邦邦的，她恨不得把这身衣服扒下来，放在溪水里洗洗。当然，如果再有条件，她也要把自己也赤条条地扔进水里，好好洗一洗。说不清为什么，她只觉得自己该洗洗了。

3435 高地与李板鸭团长他们驻守的高地，从地图上看相隔并不远，可真正走起来却觉得非常遥远。她们从中午走到黄昏仍没有到达目的地。团员们饿不住了，纷纷取出炒米来吃。姐妹们坐在涧边的山石上，喝一捧山泉水吃一把炒米，飘散着朽味的林间顿时弥漫出炒米的香甜。

"团长，会不会走错了呀？"

小蓝虽说才十三四岁，人却极机灵，她打量着四周，怯生生地问道。孙力气不打一处来，呵斥了她几句，小蓝不敢吭声，转身梳起辫子来。周春霞看看渐浓的暮色，提醒孙力再核对一遍路径。孙力不情愿地掏出地图来，这一看把他吓出了一身冷汗："啊，该死！再走就是白军阵地了，那怎么办？"

周春霞心里正忐忑呢，一听孙力说走错路了，立刻紧张起来。好在她有个优点，那便是她爹平日夸的"每临大事有静气"，这种"静气"在这一刻使她很快镇定下来。她仔细看了遍地图，又观察了一番四周的地形，果敢地说：

"原路返回吧，这样保险些。"

"不用了，我们从这中间岔过去，省得浪费时间。"

孙力仔细研究了一番地图，修长的手指停在 3435 高地与右边这条岔路之间的空白地带上。

"这样会不会有危险？"

周春霞提出了质疑。孙力从鼻子里"哼"了一声：

"应该不会有太大危险吧？这还是我们控制的地盘，没关系，告诉大家拐弯，往左边爬就是了，省得走冤枉路。"

周春霞还是不赞成，孙力不高兴地白她一眼："周春霞同志，我是蓝衫团的副团长，这里由我负责！"然后大声对大家说，"同志们，到前面拐弯那儿往左边上山，准备出发！"

说着孙力卷起了地图，简要地向人家说明了情况，要团员们提高警惕，随时准备投入战斗。刚才还小麻雀一般笑闹着的团员们，蓦地安静下来。她们紧了紧绑腿和鞋带，把演出的家什背稳，都从腰间抽出一柄系着红缨的匕首。这匕首还是孙力认识周春霞后，她请那个双腿残疾的赖团长打的。

赖团长伤愈时，被县城附近的一个红军遗孀刘大嫂接走了。赖团长曾是刘大嫂丈夫的上级，他受伤后刘大嫂常来服侍他，用赖团长的话来说是周春霞的歌声、笑靥给了他生活的勇气，而刘大嫂则给了他开始新生活的机会与可能，现在两口子开了个铁匠铺，日夜帮红军修理磨损的兵器。

匕首是赖团长和刘大嫂前段时间赶制出来的，红鹰突击队的队员和蓝衫团团员人手一把。因为属非战斗队伍，她们平日没有枪。突击队只有江采萍有把驳壳枪。在蓝衫团，孙力曾有过一支步枪，可惜坏了。

如今他和大家一样，只有一把刀。不过，这是把大刀，是周春霞特意让赖团长打的，挎在他身上挺雄壮。大刀许久没磨了，刀口一层锈，孙力蹲在涧边磨起刀来。尽管形势紧张，周春霞还是"噗"地笑了出来：

"我的孙大少爷，我看你还是留在郁孤台上吟诗好了，你这才真正叫临阵磨枪呢！"

"临阵磨枪，不利也光，不也蛮好？周大小姐，对我要求不要太高了，我能做到今天这样已经不容易了，明白吗？"

孙力说着直起腰来，在夕阳的余晖中，他英俊的脸憔悴出几条皱纹，性感的双唇被北风吹出了道道裂口，渗出几缕血丝。他脱口而出的这几句话让周春霞听了感到几分亲切，不由在他手背上轻轻一掐："好家伙，说真话了吧？我和你一样，能变成现在这样不容易，不过我相信有一天我们会成为真正的战士。也许我们也能够视死如归呢！"

"我能你不能。走吧！"

孙力的回答让周春霞失望，她气得打了他一掌。接着孙力在前面领路，春霞殿后，一行十几人开始往山上爬去。

这一带山深林密，人迹罕至，根本没有路，每爬一步都非常艰难。他们爬了不多会儿，天就黑了，又不敢点火吊，只好胡乱地往前闯。黑暗中几次响起小声地尖叫，不用问这是有人摔着了。

周春霞还好，几个月的锻炼已经让她适应了这种艰苦的生活，再说她身上原本就流淌着客家妇女的血，此刻在山中竟莫名地有了自如的感觉。只是她越走越觉得安静，等她醒悟过来时，已经和前面的同志失去了联系。好在这时从暗蓝的夜空中跃出轮银盘般的圆月，把周遭照得通明。

深山老林中的月色有种超乎尘世的美，千山万壑在这月色中缥缈如梦。她无心欣赏景色，借着月辉往山顶爬去，可爬到半山腰了仍未找到同伴。

刮风了，摇动的树丛发出一阵阵哗啦声，仿佛无数魔鬼在舞蹈。周春霞忍住那份突如其来的恐惧，抹着额上的冷汗小声喊了几句，总算听到了一声微弱的回答。她喜出望外地循声找去，见到了掉队的小蓝。小蓝扭了脚，根本走不动，周春霞热情地扶着她慢慢走。

"孙团长路也不看清，就让我们往右拐，太不负责任了。这下好了，任务完不成了。呜呜！"

小蓝哭起了鼻子，周春霞赶紧捂了她的嘴。两人慢慢走了个把时辰，她们的队伍扩展到了五人。团员们大都受了些小伤，周春霞也扭了手，磕了牙，但都可以忽略不计。领着这几个年轻、惊慌失措的妹仔，在黑夜的山林里寻找队伍，她感到了肩上的责任。

好不容易爬到半山腰，到达一小片开阔地。这里原先可能是个伐木场，到处倒伏着腐朽的木头，空地中央有座摇摇欲坠的工棚。逼仄的天空豁然开朗起来，月色水银般泻下，周春霞看清了团员们脸上的泪痕和树枝的划痕。她让大家歇息一阵，把绑腿和鞋带紧一紧。小蓝的脚肿得穿不进鞋，她熟练地用绑腿将她的伤脚裹住。有两个妹仔各掉了一只鞋，她怕她们被树茬再刺伤，解下绑带将她们的脚裹成了棕子。

"春霞姐，孙团长他们会不会已经到了阵地，正在等我们啊？都怪我走不动，怎么办呢？"

小蓝异常内疚，总觉得是自己拖累了大家。周春霞安慰了她几句，独自走到一旁喘气。长到19岁，这可是她最为难的时刻，甚至哥哥把她关在陈太平的淫窝中，她也没有像现在这样焦灼和恐惧。眼下可不一样，柔美的月辉下隐藏着重重杀机，稍不小心就可能陷入敌阵，到时迎接她们的只有死亡。

最让周春霞担心的是她的决定不仅仅关系到个人的生死，还关系到其他几个年轻、美丽妹子的安危，这责任可就大了。她必须冷静思考一番。由于地势高，附近的树木又被砍光，风骤然大起来。刀子似的风刺痛了她的肌肤，也让她的头脑更加清醒。她很快拿定了主意：继续往上爬。从孙力那张地图上看，翻过这座山该是3435高地了，也许不多久就能见到孙力他们呢！

周春霞叫醒了那几个歪在工棚里打瞌睡的小妹妹，带领她们继续前进。13岁的小团员细妹扁嘴哭了，周春霞叹口气。懂事的细妹立马收声，抽噎着向她道歉："对不住，春霞姐，我又饿，又冷，又累，脚好疼呀！"

"不要怕，细妹。我们要咬牙坚持住，要坚强，不要光演戏给别人看。"

小蓝找根棍子拄着往前走，一边劝慰着细妹。周春霞已经背了一段小蓝，现在双腿如铅，再也背不动了，但她还是咬牙鼓励大家往前走。走了没多久，树丛中现出一条小路，沿小路走比刚才钻树丛轻松多了。寂静的山路上除了粗重的脚步声、喘息声、夜鸟的呢喃外，偶尔还响起轻轻的笑声。

磕磕绊绊绕过一块巨石，一片火光飘闪着射过来。大家以为攀到了 3435 高地，有人高兴得想喊，想跳，打头的周春霞急忙"嘘"了一声，拉着她们躲进了石头背后。

从巨石边缘看见的情景，让周春霞惊出一身冷汗：石头前面是一条宽宽的山道，山道旁建着"品"字形的碉堡。碉堡旁边的树木全被砍光了，坪上每隔十几米燃着一堆篝火，一直连到下一座碉堡。两个抱枪的哨兵来回走着，嘴里高声说着污言秽语，还不时往碉堡张望。

"是白狗子！"

小蓝附在周春霞耳边轻声尖叫，娇小的身躯叶子似的颤抖着，她一把将小蓝搂在怀里。细妹忽然拍拍她的肩膀，惊恐地往碉堡一指，她顺着细妹的手望过去，浑身的血液立即凝固了，张大的嘴巴半天合不拢。刚才她只顾看篝火边的哨兵，没注意到碉堡，现在她看清碉堡的门是敞着的，五六个白军正在解几个蓝衫团员的衣服。这些女孩手脚被绑、嘴巴被堵，正在绝望地挣扎着。

"春霞姐，左边那个是喜秀，中间的是梨英，窗子挡住的那个好像是彩凤……孙团长到哪里去了？他怎么不出来救她们？"

小蓝眼尖，认出了四个正被白狗子凌辱的姐妹。周春霞爬上石头的高处，就着火光把四周打量了一遍。这是敌人建在山腰的碉堡，除了两个游动哨外没见其他人，也许别的士兵外出搜捕红军去了。再看远处，隔着百把米的坡下还有一座碉堡，火光中有几个晃动的人影。

"老锄头，你们好了没有？我们急得要屙出卵屎了。快点，也该我们尝鲜了！"

一个身坯粗壮的哨兵回头看了看碉堡，心里很是不平。他说着把枪丢在脚下，蹲下来吸烟。另一个小个子士兵走到火堆旁烤火，篝火照亮了他满是稚气的脸，原来还是个孩子，只听他缩着肩说：

"彪哥，等下你去，我不敢。我看她们怪可怜的。那个高个子长得好像我姐呀。我被抓走的时候我姐正在担水，她来拉我，被长官推到了坎下，也不晓得后来是死是活。"

"小山子，你总是往后想，要向前看才行，我到了队伍上良心就被狗叼了，有吃就吃，有玩就玩，哪个晓得几时见阎王？哎，大老张，小猪头，你们卵长在里面了？"

叫彪哥的哨兵大喊起来。这时从碉堡里传来一声惨叫，周春霞看到一个白军士兵正在挥拳打一个咬了他的姐妹。

"是小香，她对象在兵工厂，讲好了五一结婚的。"

小蓝悄声说。这时那个白军士兵抹着嘴上的血，骂骂咧咧地将赤身裸体的小香推出了门：

"老彪，你给我搞死她！来，把她绑到树上去。"

被咬伤的士兵拿绳子三下两下将小香捆在了火堆旁的一棵树上。周春霞恨不能冲上去杀了这些禽兽，但她们手中没有枪，鲁莽行动只会自取灭亡。进退维谷之间，身后响起了一阵脚步声，吆喝声。幸好她们隐身的巨石周围长满了茂密的灌木，把她们遮得严严实实，这帮白军士兵才没发现她们。

火光越来越近，周春霞看见孙力五花大绑地被人推了过来。走在他边上的那个黑胖军官，口里骂骂咧咧的：

"……你他妈别撒谎，要是老子发现你老子不是赣州的商会会长，拿不出那么多钱来赎你，老子一枪毙了你！"

黑胖军官的驳壳枪顶在孙力腰间。高大挺拔的孙力越行越矮，等他看见树上反绑着的小香时，膝盖一软，居然"扑"地坐在了地上，身子筛糠似的抖个不停。

"孙团长，你要坚强，千万不能叛变！"

小香忽然吐出了嘴里的布，大声喊道。孙力像是被火烫着了，猛地从地上爬起来，人顿时高了几寸，脸上也有了一股凛然之气。周春霞抹着额上的冷汗，担心地看着他。黑胖军官拎着火吊照了照小香赤裸的身体，对旁边围观的那些匪兵道：

"弟兄们，谁有劲谁上啊！里边还有，都给拉老子拉出来。古人有酒池肉林，我们来个火堆肉林，玩，玩死这些匪婆子去！"

他一发话，匪兵们抛枪脱衣，乱成一团。有几个匪兵跑到石头边上撒尿。周春霞计上心来，和小蓝、细妹几个耳语了几声。

"不，我不敢！"

细妹拼命摇着头，小蓝捅了她一手臂，细妹不吭声了，只是拿刀的手哆嗦得厉害。这时恰巧有个背枪的匪兵钻进灌木丛拉屎，和周春霞躲藏的位置只隔着一丛野草。周春霞嗅到了从匪兵身上散发出来的汗腺和秽气。隐约的火光中，他放在一旁的枪闪烁着冰冷的光芒。周春霞捏捏细妹、小蓝的手，三人同时行动，周春霞捂住了匪兵的嘴，细妹、小蓝同时用匕首捅进了他的身体。刀子其实捅得不深，但匪兵肯定被吓呆了，周春霞的手松开时，他死鱼般大张着的嘴却始终没有声音发出来。周春霞趁机把手帕塞进了他张开的口中，然后挥起匕首朝他胸口插去。匪兵"咕咚"一下栽倒在地。三人将他拖进了树丛深处。一枪在手，周春霞有了些底气，她决定伺机而动。

白匪们知道山顶上有红军，他们得意地冲着山头喊叫：

"喂，你们那些红鬼看见这些匪婆子了吗？你们下来救她们啊，不然她们就要成为劳军女郎啰，哈哈……"

白匪们的这个举动让周春霞迅速做出了判断，这里离3435高地不远了。白匪的叫嚣在黑夜中传得很远，但山头上没有任何回应，估计是听不到或弄不清下面发生的事情。3435高地和李板鸭团长他们一样，接到的命令是坚守阵地而非主动出击，能让他们策应的只有枪声，这也是周春霞冒险夺枪的原因。

回想刚才的举动，周春霞感到惊奇，她没想到自己会有这么大的胆，换了一般人在这种情况下多半只求自保，可她也不知为什么，见到小香她们的惨状之后忽然连死也不怕了。也许真正让她勇敢起来的是那份对孙力的牵挂和担心？看孙力刚才的样子，她害怕他撑不下去，万一他叛变了呢？她不敢设想。

她悄悄爬上了大石顶，伏在草丛里朝下面张望，只见火堆旁的空地上乱成了一片，泄完欲的匪兵们野兽般围在赤身裸体的蓝衫团员身边，有的用尖刀刺她们的乳房，有的用棍子捅她们的下体。堵住了嘴的团员们扭动着血淋淋的身躯拼命挣扎着，匪兵们不时发出一阵狂笑。

手脚不能动弹的孙力如受热的糖人，高大的躯体在煎熬中委顿、融化，黑胖军官让匪兵们参观他尿湿的裤子，发出一串狼嚎似的狂笑。

周春霞浑身打着哆嗦，下午在山道上发生的那一幕令她感到无比耻辱，她没想到看上去高大威猛的孙力竟然如此不堪一击，可这个没骨气的男人居然是她生命中的第一个男人！

那一刻她对孙力充满了蔑视。更让她嗤之以鼻的，是孙力忽然像狗一样趴在地上，向黑胖军官磕起头来，一边还号啕大哭。黑胖军官怪笑几声，很客气地将他扶起，端了条凳子给他坐，要他当场写自白书。孙力战战兢兢地写了他的名字，黑胖军官让他高声朗读。孙力颤抖的嗓音在山风中飘荡。

周春霞浑身的血倏地凝固了，身边的树丛发出扑簌簌的响声，那是小蓝、细妹她们在发抖。她们绝没想到这个平日讲起革命道理一套一套的孙副团长，竟然如此快地变成了一个叛徒！

如果仅限于此倒也罢了，孙力为了活命，居然对黑胖军官唯命是从！黑胖军官要他刺杀小香以表明心迹，他只愣了愣，便挥刀朝小香劈去。小香立时成了一个血人。

周春霞的心在孙力挥刀那一刻碎成了齑粉，空白、干净的大脑使她的注意力格外集中。以前陪爹和哥哥上山打猎练就的枪法终于派上了用场。她稳稳地扣动了扳机，"砰"的一声巨响，孙力摇晃着倒下了。

"红军来了！"匪兵们突然惊慌失措。

黑胖军官返身朝石块打了两枪，子弹擦着周春霞的头皮飞过。如果不是刚才被枪的后坐力推下了那么几寸，此刻她肯定成了冤魂。但她怎么能和孙力这样的狗人同时死呢？上天也看不过意，所以留了她一命，一丝庆幸掠过她麻木的心间，这边稳稳地朝那个往碉堡跑去的黑胖军官开了一枪。军官一头栽倒在地，被两个匪兵拖进了碉堡。接着碉堡门关上了，密集的火舌从枪孔里射出来。

周春霞看了一眼火堆旁那几个正在挣扎的蓝衫团员，知道自己无力救出她们，一咬牙招呼大家往山顶上撤。被打蒙了的白匪兵躲在碉堡里猛放枪，等了许久才试探着往外追。

月亮被刚才悲惨的一幕吓得躲进了厚厚的云层，四野灰蒙一片。冷饿交加、惧愤至极的周春霞她们体力已消耗殆尽，步履越来越慢，呼吸越来越粗。追兵越来越近，子弹嗖嗖地从耳边飞过，她们却跑不动了。

"春霞姐，你们先走，不要管我了，他们要是来抓我，我就自杀。"

小蓝脚痛走不动，一屁股坐在地下。周春霞顾不得浑身快要散架，蹲下来背小蓝，可她哪里起得来？两人栽倒在地。

"春霞姐，我们要死死在一块！"

细妹几个将周春霞和小蓝拉起，搀扶着往上爬。这时一片明亮的火光移来，有个匪兵拎着火吊往她们这边走。周春霞的枪膛里没子弹了，匕首也不知何时丢了，她们缩在一丛灌木后头，祈盼匪兵朝另一边走去，可匪兵还是不偏不倚地朝她们躲藏的地方走来了。

"小山子，看仔细些，我们在这里等你。妈的，天天吃不饱还要为他们卖命，这时候他们当官的怎么不上来？就晓得让我们打前锋，当替死鬼！"

另外十几个匪兵晚一步上来，他们气喘吁吁地站在一株大树下发牢骚。周春霞听到他们喊"小山子"，眼前闪现出火堆旁那个哨兵稚嫩的脸来，她心里抖了抖，可还是从细妹手中抽过了那把散发着血腥味的匕首。

"小山子，你别过来，千万停住脚啊！不然我……"

周春霞暗暗祈祷着。就在这时，一团昏红的火光忽然照在了她们身上。周春霞看见身旁丛丛簇簇的火把果闪耀出红玛瑙般的透明光泽，小山子一下愣在那儿，脸上满是惊惧。他长着一层黑茸毛的嘴张了张，却没发出任何声音，手中的火吊开始发抖，颤动的火光让一切变得怪异而虚幻。

周春霞不知不觉淌了满脸眼泪，精致的五官在血渍、汗水和泪水中依然顽强地美丽着。那一刻她似乎被小山子魔住了，其余四个蓝衫团员也目瞪口呆，她们塑像般地挤在一起，一动也不动。小山子张大的嘴渐渐合拢了，眼中掠过一丝怜悯，他慢慢地往后退去。

"小山子，看见什么了？是不是有匪婆子？"

几个匪兵吆喝着往这边走来。小山子颤声大喊起来："狼！树丛里藏着一头带崽的母狼！"

小山子说罢"哇"的一声大叫，拎着火吊往山下冲去。匪兵们闻听有狼，顿时魂飞魄散，一个个狼狈逃窜。

周春霞抹了把冷汗，看到小山子的火吊被人抢去，既心疼又感激。但这会儿她再不敢耽搁了，只能领着冷汗湿透了衣背的团员们继续往山上爬。

上坎时细妹摔了一跤，树丛发出哗啦一声响，已经狂奔了几十米远的匪兵听到了动静又吆喝着返身搜寻。周春霞和两个没受伤的团员拼力将细妹从坎里抬上来，这一折腾敌兵已经迫近。

"哈，哈，看见你们了！匪婆子，快出来！"

"小山子你个胆小鬼，明明是匪婆子你还说是狼！"

"弟兄们，谁抓到谁享用啊！用旧了把她们贩到韶关、赣州当窑姐，照样挣光洋！"

匪兵们怪叫着给自己壮胆，眼看就要追上她们了，草丛里冷不丁喷出几缕火舌，"哒哒哒"一阵响，匪兵们一家伙倒下了三四个。"哎呀，红军来了！红军真的来了！"

匪兵们滚石般往山下退，周春霞见状高兴地站起身大喊道：

"3435高地的同志们，我们是蓝衫团的，我们在这！"

大家拼命喊着，匪兵们回头又追上来了。周春霞赶紧让小姐妹们趴下，一阵扫射中小蓝栽倒在她身上。

"小蓝，小蓝！"

月辉下小蓝美丽的双眸微睁着，星星在她眼眸里倏地黯淡下去，清秀的脸上满是吃惊的神色。

"小蓝，小蓝，你别死啊！"

细妹拼命地将她失神的眼睛掰开，哭喊着。周春霞触到了小蓝胸前喷出的一大摊血，知道这小姑娘不行了，只好不管死活地往上拖。这时匪兵们被3435高地的火力压住，正往下退去，草丛里钻出几个红军战士，把她们拽到一块大石头后面。有人问道：

"是蓝衫团孙副团长他们吗？"

周春霞肚里一阵翻腾：

"孙力死了！我是周春霞，红鹰突击队的。她们是蓝衫团的同志……"

"怎么回事啊？你们怎么会在这里？"

周春霞简要地把情况介绍了一下，听得战士们义愤填膺。有个战士请求说："陈班长，冲下去杀了他们，为蓝衫团的同志报仇！"

"乱弹琴！"被称为陈班长的红军战士说："现在最要紧的是把她们救上去，待弄清情况再说。"

带队守在3435高地上的连长姓孙。他和战士听说了这些遭遇，肺都气炸了。战士们个个发誓要为她们报仇。

孙连长"哗啦"一声拉动枪栓，说："好，我们下半夜动身，杀他们一个屁滚尿流！记着，枪支弹药、粮食、药品一概拿回来，不要恋战。现在除了哨兵，所有人原地休息。"

战士们立刻原地抱枪睡觉。看得出他们是在假寐，那种渴望战斗，渴望为姐妹们复仇的表情，是无法掩饰的。

孙连长把周春霞她们领到百米开外的一个掩体内，里面用杉条搭了简易的桌椅。桌上放着电话，墙上挂着地图和几顶缴获的钢盔。孙连长招呼她们坐下，这边用电话向上级报告了蓝衫团的情况，但对于下半夜突袭的事情却只字未提。看来他是个敢作敢为的人。

到了阵地后，细妹不顾自己刚才摔伤了手，一直忍疼背着小蓝。她背不动时另外两个蓝衫团员来换她。她们坚持将小蓝的尸体背进了掩体。在掩体里她们不吃不喝，只是对着小蓝的尸体发呆、流泪。

也许看惯了死亡，孙连长对细妹几个的做法不以为然。他命令两个战士过来搬小蓝的遗体，准备在掩体旁挖个坑埋了，细妹伏在小蓝尸体上发出一声"嗷"叫：

"不要动！有本事你们下去，把我们那几个人的尸首全部抢回来！求求你们啊！"

细妹哭倒在地。孙连长看看周春霞，脱帽在小蓝面前站了几秒，一言不发地转身走了。周春霞看着小蓝熟悉的脸，脑子里仿佛有一条江倾泻而下，又似有片森林在摇晃，耳朵被这轰鸣弄得刺痛，好一阵才回过神来。

炊事班的战士端了盆冷饭过来，周春霞伸手抓起一把米饭便往嘴里塞，她手上还有小蓝和那个匪兵的血污，但她根本不在乎，她也嗅不到任何秽气。她机械地嚼着，丝毫不理会细妹她们诧异的目光。"吃，吃饱了好打仗！"

周春霞又塞了把冷饭到嘴里，炊事员被她的举动弄得不知所措。这时她忽然将脸埋在满是米饭的掌心里抽泣起来。细妹几个默默地蹲在她身边，没有人劝她，也没有人说话。炊事员牵起衣袖抹了把眼角，消失在洞外。

大家呆呆地坐着，一副空洞的表情，不一会儿周春霞发出了匀称的呼噜声，细妹几个先前还为周春霞不合时宜的困倦交换了一个诧异的眼色，可没多久她们也歪在洞壁上睡了过去。

半夜时分，孙连长带着战士们杀下了山，歼敌三十七名，俘虏十五名，炸毁了敌人的三座碉堡，缴获了一部电报机、几十支枪、十余箱弹药、上千斤粮食和一些紧缺药品。

由于太困，战斗打响时周春霞她们仍在睡梦中。次日醒来得知已拔除三个碉堡的消息，赶忙到俘虏那儿去找小山子，可是没找着。她问那些俘虏，他们说小山子被打死了。她心一沉，那张稚嫩的脸从眼前一晃而过，有种怅然若失的感觉。

奇怪的是孙力生不见人，死不见尸，谁都不知他的下落。估计他没死，只是受了伤，很可能趁乱逃走了。

"这种狼心狗肺的人，肯定不得好死！"

周春霞恶狠狠地想。她知道，只要自己还有一口气，这一辈子就不会饶过这个人了。

# 第二十五章

　　马丽两多月没照镜子了。那天，她喜滋滋地揽镜自照，禁不住"呀"地发出一声惊呼。镜中的那张脸，黝黑，粗糙，绿眼睛在深陷的眼窝中显得异常疲惫，原先闪耀着铜红色光泽的卷发如枯草。更让她吃惊的是，眼角和眼睛下面不知何时长出了几丛鸡爪纹。

　　"红云姐，你看我是不是变丑了？"

　　这两天医院稍闲些，马丽才有闲心拿着镜子去问红云。红云仔细看了看她，叹口气，问她要听真话还是假话，马丽说当然要听真话，红云便点点头：

　　"变丑了。其实你不用照镜子，你看看我和别人就晓得。"

　　马丽"嗷嗷"着捂住了眼睛，孩子气地嚷道：

　　"我不像你们，我没你们那么丑，我要是像你们以后怎么嫁人啊？"

　　她可爱的样子引得满病房的护士、伤员一阵哄笑。有个马丽从前线背回的轻伤员淘气地挑逗她说：

　　"马护士，你嫁给我，再丑我都不嫌！"

　　众人又是一阵哄笑。马丽心里一阵温暖，同时多少还有些伤感。战火中的青春稍纵即逝，也许不只是青春，连带生命也只是一片浮云，人们根本无法把握。自从跟着医院上前线，死亡便成了马丽日常生活的一部分，她已记不清有多少伤员死在自己眼前。

　　印象最深的是那次前线救护，她背着一个腿部受创的伤员拼命跑，子弹在

252

身后蝗虫般追，后来又落下一颗炸弹，所幸的是她和伤员躲过了这一劫，只是撒了满身黏答答散发着血腥味的热土。她吐着嘴里的泥，继续往山下跑，可跑了几步就发现不对头。背上轻飘飘手上湿漉漉的。原来伤员的上半身不知何时被炸飞了！她尖叫着把血肉模糊的半截尸体丢在一旁，然后蹲在草丛里哇哇呕吐。

战斗仍在继续，密集的枪炮声把天地搅得昏暗。硝烟在林中飘散。支前队员扛着弹药箱死命往山上爬，不断有担架队员抬着伤员从她面前走过，谁也没注意到蹲在草丛中的她，或是注意到了也没工夫理她。那一刻马丽产生了逃跑的念头，她抖着肩往草丛里缩，仿佛那些茂盛的草能够让她永远藏身。

就在她快隐没在草丛里时，她看见两个十六七岁的妹仔抬着一具担架摔倒在地。伤员的厉声呻吟把她的心刺痛了。两个妹仔一个及时爬了起来，另一个却再也没有爬起来，原来她自己受了伤也没发现，一直跑到这儿才蓦地死去。剩下的那个妹仔没有哭，也没有大呼小叫，好像习以为常，她只是茫然四顾，着急地呼唤：

"莲秀死了，你们谁来帮我抬担架啊？快来人呀！"

妹仔一遍遍地喊着快来人，喊得声音都哑了。听得出她不是自己有多害怕，而是为伤员着急。担架上的伤员血一直在流，再不及时送去抢救，就活不成了。马丽犹豫了一下，终于从草丛里跳出来，飞快和那个妹仔搭手将伤员送到了方梦袍的手术台上。遗憾的是伤员因伤势太重，最后还是死了，这使马丽非常恼怒。

"这人太不讲义气了，他怎么能就这样死掉呢？你晓得啵，为了救你，那个叫莲秀的妹仔跑着跑着就牺牲了，你太不像话了！"

事后，马丽瞅着伤员的尸体气哼哼地说。方梦袍和红云这时已经知道她和那个"上半身"的故事，谁也没责备她，倒是马丽喃喃了几句之后觉得自己太不讲理，这才蒙着脸抽泣起来。

后来这种事经历得多了，她的心渐渐麻木起来，也平静了许多，偶尔还会忙里偷闲地给查理伯伯和周春霞写信，可每次总是匆匆写了几行又放下了，那两封信到现在还没写完。她有太多的感触要倾诉，于是信变成了战地日记，点点滴滴都记载在上面。她希望查理伯伯和春霞能够分享她对生命的感悟，所以这信并不忙着寄出。

　　前段时间她收到了周春霞的信，说是要和孙力结婚。孙力曾经率团慰问过伤病员，马丽见过他两回，印象中他是个英俊的男人，喜欢和女人开玩笑，一张嘴口若悬河，她对他印象还可以，也为春霞能够找到孙力这样一个对象而高兴。这时钱副师长的脸从眼前倏地闪过，那副架在鼻梁上的眼镜似乎长出了手指，在她肌肤上轻轻抚摸着。

　　说也怪，她近来经常会想钱副师长，想自己如果真嫁给了他会是怎样一种状态。她猜钱副师长喜欢孩子，有一次闲聊他告诉她，他最大的愿望是生五个儿子两个女儿。还有，他会很疼老婆，因为他怕痒。马丽护理他时只要触到大腿或腋下他就笑得发颤，据老人家讲怕痒的人有良心，只可惜这种种猜测再也不可能变成现实了，也许九泉相见才能得出一个结果。现在阴阳隔界，钱副师长已经感觉不到任何痛苦，而她还在忍受着活下去的种种折磨。好在红云和方梦袍对她非常关照，为了稳定她的情绪，红云把方梦袍赶去睡通铺，自己陪了她好几个夜晚。

　　说来也是造化弄人，生活那么艰苦，身体那么虚弱，红云却有着极强的生育能力。现在她居然又怀孕了！因为人太瘦，三个多月她便出怀了。马丽开玩笑说她从未看过孕妇的裸体，红云一听竟爽快地脱掉了衣服给她看。由于劳累和营养不良，红云本该蕴含着激情与生命汁液的乳房仿若枯干的橘子，四肢因骨骼的凸现而显得粗大，肚子圆胀得如同一个球，在那晚的油灯下放着润黄的光。

　　"你不是喜欢画画吗？你可以把我画下来。我怕……"

　　剩下的话红云没有说出口，但马丽可以猜到，她是怕万一遭遇不测，还可以通过画笔给孩子留下份纪念。对画画生疏已久的马丽忽然有了强烈的创作冲动。战地上没有笔墨，她便找了几块细腻的木炭，在仅有的几张白纸上细细画着。木炭承载着她内心澎湃的情感，有灵性地游走着，涂抹着，结果红云的这幅素描成了她所有作品中最成功、最出彩的一幅。方梦袍给这幅画取名为"生命"。

　　这偶发的雅兴给马丽带来了莫大的快乐，从此她一发不可收拾，很快就成了远近闻名的"战地画家。"她画战士，绘壕沟，描摹硝烟中仍具备一份静态之美的山川。只是因为缺少纸张，她不少的炭笔画只好留在战地医院的木板和泥墙上。

有一回她率领的救护队和十几个伤员，被敌人的炮火堵截在敌军废弃的壕沟里。壕沟中的尸体处于高度腐烂状态，尸臭使得不少人哇哇呕吐。马丽看见一条粗大的花蛇从一具骷髅头里缓缓爬出，身上的金环闪耀着神秘的光泽。由于地方狭小，马丽无处躲避，花蛇从尸首上溜下，扭着身子盘到了她肩上。旁边的救护队员和伤员忘了头上纷飞的炮火，十几双眼睛紧张地盯着她。有一个年纪大些的救护队员拼命冲她摇手，示意她不要喊叫，万一惊动了蛇那可不是好玩的。马丽知道这种蛇叫金环蛇，咬伤后无药可救，那一刻她的心脏好像停止了跳动，巨大的惊恐使得她瞳仁紧缩，呼吸变细。火红的蛇芯子在她鼻前石蒜花般摆动着，冰凉、富有质感的蛇皮仿佛一勺冷水泼在滚锅上，从肌肤上滑过时滋滋冒着白烟。蛇昂首听了会儿炮声，终于懒洋洋地从马丽身上滑下，钻进马丽脚下那堆满是蛆蝇的腐尸中。

"啊！……"

蛇溜走了，内心的恐惧爆发出来，马丽尖叫着拼命往壕沟上蹿。幸亏被旁边的一个队员拉住，否则她肯定被呼啸而过的子弹打成了马蜂窝。马丽从壕沟上跌下时踏在那堆尸肉里，一股强烈、奇异的臭气险些让她窒息。但她很快控制住了自己，闭上眼睛让自己冷静下来。

在死亡与生存中，她必须选择后者，为此付出的代价是让神经迅速变得麻木。

敌人的火力将她们压在壕沟里大半个下午，一直到黄昏前才渐渐稀疏。此时马丽和队友们、伤员们已经习惯了与壕沟中的尸体与尸臭相处，一个 17 岁的小伤员甚至掰下了一个带肉的下骸骨，从那两排咬紧的满是蛆虫的牙床上敲下了一颗金牙！马丽则用树枝在壕沟的泥壁上画了一个裸体的女子，再在女子的乳头位置上按上两只红甲虫，泥墙上的裸女便有了种妖冶的动感。

事后马丽回想起这一幕总觉得自己有些疯狂，更疯狂的是她不断用炭笔在各种材质上留下她的这些残酷的记忆，那一堆堆的残躯和凌乱并带有表情的五官使马丽的画具有一种恐怖的震慑力。

"马丽，等打完仗你该回赣州好好歇歇，嫁个人生几个孩子，不然呀……"

这是方梦袍私下里对她的劝慰。他说的"不然"之后是什么，马丽不想听也不想问。她是一个高傲的女人，方梦袍伤透了她的心。方梦袍肯定觉察到了这一点，而且颇高兴，因而多了一份轻松。为此，马丽又感到愤懑，马丽为了报复他，只好对他采取一种更加轻蔑的态度。

"不然怎么呢？不然我成了老姑婆会让你害怕？你放心吧，哪天男人死绝了我就打单只，反正我孤独惯了，你不用为我操这份闲心，还是管管自己吧，再瘦下去只怕要成为一根禾秆了。"

马丽一竹篙将方梦袍撑到壁角，方梦袍再也无话可说，只好怏怏地走开，马丽的唇边这时会浮出几丝微笑，可等方梦袍的身影消失之后，这笑意便立即变成两条深深的法令纹，将马丽的愁绪圈在了她脸上。

尽管她想方设法伤害方梦袍，但内心深处还是牵挂着他。有时她的态度没有刺激方梦袍反倒伤害了自己，因为每次刻薄过方梦袍之后她都感到内疚、后悔，担心方梦袍会因此难过和失眠。

方梦袍这段时间太累了，体重锐减了十几公斤。原先高高大大一个壮汉，现在却像吊在树上的青藤，一阵风吹来就会摇晃。如果再因为自己的挖苦而让他憔悴，那不是一种罪过吗？

然而想归想，一旦见了面，马丽还是控制不住自己的情绪，仍旧变着法子讽刺他，顶撞他。她太清楚自己了，假如她不采取这种极端的方式压抑自己，心底的那股爱意一定会将她淹没，那她这段时间的努力不是白费了吗？红云肯定知道她的苦衷，从不介意她对方梦袍的失礼，偶尔还会站在马丽一边开方梦袍的玩笑，让马丽感到几许温暖。

就在马丽的感情创伤逐渐愈合时，战斗变得越来越频繁，医院也随部队从北线转移到南线再转移到东线，忙得不亦乐乎。春暖花开的四月，她们来到了广昌前线，驻扎在一座尼姑庵里。

广昌现在是中央根据地的门户，一旦失守，白军便会长驱直入。为了保卫瑞金，保卫中央苏区，这段时间广昌前线的将士一直在浴血奋战，伤员锐增，军团原有的卫生院和各师团的卫生所、卫生队，只能处理些轻伤员，重伤员则需要移送到马丽所在的这所医院，由他们处理后再送往后方医院。为了在有效时间内抢救伤员，方梦袍将医院安在了距前线大约十里左右的地方。

被他们征用的尼姑庵位于一座小山包上，周围古木参天，一条山泉从石壁中潺潺流到庵中那方小小的池塘里，非常干净和方便。

尼姑庵建于清代，据说早先是一个富商眷带发修行的所在，三幢四扇三间的房子成"品"字形，分别为观音堂、斋堂和香积厨。如今观音堂成了手术室，斋堂里住满了伤员。炊事班、洗衣班全是清一色的女将，她们占领了香积厨和池塘周围的石条，洗菜、做饭、挑水、煮烫手术器械和棉条绷带，加上来来往往的救护队担架队，清静的尼姑庵立时忙碌起来。

那个六十多岁的老尼姑对尼姑庵被征用耿耿于怀，从他们进驻这个地方起就怒目而视。方梦袍指挥部下将做手术的门板搭在光线明亮的观音堂，老尼姑先是掀翻了木板，接着又以死相胁，多亏马丽和那两个十三四岁的小尼姑拉住了她，老尼姑这才没有一头撞向墙角。

方梦袍向来温和，可对老尼姑却发了一次脾气。那是医院驻扎在尼姑庵的第二天早上，前方送来了几十个伤员，所有人忙得团团转。因人手不够，方梦袍让那两个小尼姑莲尘和拂尘帮忙给伤员喂水。老尼姑指着方梦袍的鼻子大声指责红军坏了庵里的规矩，之后把抬进她房间的伤员掀翻在地。方梦袍冲过去推了她一个趔趄，老尼作势要撞墙，红云想去劝解，被方梦袍一把拽住：

"让她死！这种见死不救的人根本不配做佛门子弟，她连向善之心都没有，活着还要造恶孽，还不如早去早好！"

方梦袍这番话说得老尼无言以对，灰溜溜地爬起后缩在一旁捻佛珠，再也不敢妨碍医院的工作。

小尼姑莲尘和拂尘是对被人遗弃的双胞胎，自小跟着老尼长大。她俩天性活泼，只是平日难得见人，所以先前还有几分羞涩，但小姑娘的好奇心终于战胜了这份羞怯，况且护士班里有许多和她们年龄相仿的妹仔，没多久两人就和护士们打成了一片。老尼尽管不同意她俩帮忙，可也不敢公开反对，莲尘和拂尘便大胆地给马丽当起了助手。姐妹俩心灵手巧，长得也清秀，马丽非常喜欢她们，一有空就给她们讲解救护要领，并动员她俩参加红军。

"妹子，来当红军吧！红军是为天下穷人造福的，参加了红军你们就能过上好日子了。"

每每这时，两姐妹就睁大眼睛对看着，然后发出淘气的笑声，活像一对可爱的小鹿。她们对马丽充满了好奇，不是偷看她的绿眼睛就是比画她的鼻梁，或是捻她的红头发，但马丽只要一进入工作状态她们便不再打闹，而是肃立一旁，随时待命，非常乖巧和机灵。

在马丽的鼓动下，姐妹俩在医院入驻寺庙的第三天加入了看护队。当她们脱去青布帽换上红军帽之后，双双流下了眼泪。

"马丽姐，我们从来没有留过头发，不晓得到时什么模样呢！"

莲尘说完扎着拂尘到池边去照影子，这时她们看见老尼姑拄着拐杖走过来，立时惶惑不安。马丽正在塘边汲水，姐妹俩眨巴着大眼睛可怜巴巴地看着她，明显是在恳求保护。马丽把水桶往边上一放，等着老尼姑走近。老尼姑怯怯地从她身边绕了过去，嘴里骂骂咧咧的，莲尘和拂尘不敢走也不敢躲，只是拼命用手护着头。老尼扬起拐正要打她们，马丽一把托住了她的手：

"师父，你是佛门中人，要有慈悲心。你对她们是有养育之恩，可也不能随便打骂！"又说："师父，行善是我们信徒的本分。实话说，我原先也在教堂侍奉天主，现在不也出来了吗？你也是苦出身，为什么不支持红军呢？"

老尼颤巍巍地收了手，浑浊的老眼里冒出几颗泪珠：

"红军姑娘，我不是不支持，我是怕她们这一去享不了天年。那边死掉的人全都才十八九岁。我侄子也当了红军，去年光荣啦！才十九岁呀，正是满世界开花的年景，多可惜！这两个妹仔生下三十天我就抱过来了，一把屎一把尿把她们养大，晓得费了几多心血！我还指望她们养老哪。她们这一去，我算不算红属？"

原来这老尼并不糊涂，还晓得不少流行用语。她说她今年74岁，在附近开荒种了些粮食菜蔬，外加这两姐妹的化缘所得，才勉强度日。信众的施舍在战前比较多，打仗以后大家自身难保，还有谁会想到庵里的她们呢？

马丽想想她日后的生活确实成问题，便找到方梦袍，让他给老尼写了封信，盖了医院的公章，要她交给所在地的苏维埃政府。信中证明她是红属，为红军的医疗事业做出了贡献，建议当地政府在生活上对她进行适当照顾。

老尼不识字，让马丽把信念了几遍，这才放下心来。饶是如此，事后她还是抽了莲尘和拂尘几闷棍，在她们单薄的背上留下了几道青紫。莲尘和拂尘并不气恼，她们将老尼看成自己的亲娘，所以把她的打骂不当一回事。

想到参加红军后可以开始新的生活，两姐妹异常兴奋，做起事来像是上足了发条的钟摆，让看的人也受到感染。夜晚她们说什么也不肯回老尼屋里歇息，而是挤到马丽那个房间睡通铺。临睡前莲尘欣喜地让马丽摸她的头颅：

"马丽姐，我的头发长出脚来了！你说要多久才能长到肩上？我和拂尘商量好了，以后再也不剪头发，一直让它们长，你说能长到脚后跟吗？"

马丽摸着那层粗糙的发脚点点头："能，一定能长到你想要的脚后跟，到时你可别走路摔跟头。歇眼吧，明天你们要跟我到前线去呢。"

马丽说罢让兴奋的姐妹俩睡下，自己也赶忙躺倒。她们住的这间斋堂原是供香客休息的，泥墙垒得密实，窗户上安着挡板，加上新换的稻草垫和在太阳下晒过的棉被，离开赣州后马丽第一次感到床是那样的暖和香甜和惬意。可一想到明天的任务她心里又惴惴的，睡意不翼而飞，睁着眼睛想起了心事。

由于战斗激烈，前线不少连队的卫生员牺牲了，请求医院给他们增派临时卫生员。医院的医生本来就少，无奈之下方梦袍只好让马丽等几个比较成熟的护士领头，每人带两个帮手去支援前线。马丽带的帮手是莲尘和拂尘。

莲尘、拂尘想到马上要去执行任务，高兴得大呼小叫，睡下也还不安生，叽叽喳喳地说着体己话。看着这花骨朵般的两姐妹，马丽心头掠过一阵惶恐。虽说经过几天的强化训练，她们已经能够熟练地进行包扎，也懂得止血和搬运的要领，但她们从没有上过战场，血淋淋的伤口和恐怖的死尸也只在这几天才看过，带她们上战场能完成任务吗？

最让马丽揪心的是子弹不长眼，只要上了战场生命就如风中之烛，随时会熄灭，而她们是那样的娇嫩可爱，仿佛两朵初开的蓓蕾，青春还在花蕊里做梦，万一发生点什么她怎么向老尼交代？

马丽心里沉甸甸的，她同时还多少有些为自己担忧。平心而论，她觉得自己不是一个真正勇敢的人，她怕死，是真的怕死。那次从布满死尸的战壕脱身之后，连着好几个晚上她是被自己的尖叫吓醒的。她梦见自己死了，身上布满弹洞，灿烂的太阳光穿透她的身体，投下无数个沾着血污的光斑。然后成百上千条蛇从泥里跃起，钻进她身上的弹洞，暗红色的眼睛闪动着得意的光芒。火红的蛇芯在她肌肤上摇曳，宛若妖艳的花朵。

这次去战场自己会不会死？听着莲尘、拂尘轻匀的呼吸，马丽反复想着这个问题。她不知道自己死后有谁会为她伤心。方梦袍和医院的同事会不会为自己流泪？查理伯伯和红鹰突击队的队友们会不会怀念自己？除此以外，再有谁能记起自己？如此想下去，马丽有些茫然。死亡在这种环境已无法博得更多的同情和记忆，它是战争必然的后果，也是战时人们生活的一项常规内容，不能忽视也无法忽视。

她倏地翻身坐起，擎着油灯来到门旁的小桌边，拿起早就削好的木炭在伤员送给她的一张纸上画着莲尘和拂尘的肖像。她给姐妹俩添上了她们梦寐以求的长辫子，给她们画上红军服和大红花。想了想，又将自己画进了画中。画中的她目光深邃、眉尖略蹙，与莲尘姐妹俩的笑脸形成鲜明的对比。画像下她写了几个字：战火中的我们，查理伯伯留念。并在画稿反面草草写了几行字，意即查理伯伯如果收到此画了，那说明她已不在人世，希望查理伯伯保重。写完这行字，她发现自己原来非常思念和牵挂查理伯伯。

她仔细将画好的画夹在那本离开赣州时查理伯伯送给她的精美日记本中，小心地放入皮箱。她想如果自己牺牲了，队友们为她整理遗物时应该会发现这幅画，然后辗转多时，这画终将送到查理伯伯手中。但愿查理伯伯的肺结核那时已得到控制，还能安然地欣赏她的这幅"绝笔画"。

说不清为什么，她忽然想到查理伯伯大哭的模样。那是在她小时候，查理伯伯刚刚得到他母亲去世的消息，阅信后蹲在门槛边恸哭。他的哭声响亮、持久，把福音堂的孩子全部吵醒了。事后查理伯伯告诉她们，那是他记事后唯一的一次大哭，从那以后他再没哭过。但马丽相信自己死后他一定会这样再哭一次：在这个异国他乡，除她之外他没有更亲近的人了。马丽觉得这与她的血统有关，也许是她的外表让他有了这种亲人的感觉？

然后她喃喃自语道：查理伯伯，假如我真死了，请你不要悲伤，请在每年春季将一把明灿灿的油菜花撒入风中，花瓣飘落之地便是我的灵魂栖息之处。拜托了……

和周春霞喜欢桃花、荷花不同，马丽钟情于绚烂的油菜花和映山红。小时候只要一入春，五堡教堂的周围便铺满油菜花那耀眼、霸气的明黄，不远处的山坡上，映山红丛丛簇簇地开着，仿佛斑驳的美人醉，间杂着春树的鹅黄翠绿，泥屋的黑瓦白墙，还有粉红的桃花，雪白的李花，仿佛古诗中的桃花源，让人陶醉。有一次马丽坐在田埂间写生，眼前的美景触动了她的心弦，让她从这易逝的美中体味到生命的脆弱和浮世的绝望，不由痛哭起来。那时她就希望自己死后葬在油菜花里，让自己的血肉为菜花的璀璨提供几丝养料。

这晚她对画当歌，把自小就有的想法都倾诉给了查理伯伯，内心平静而又略含几分无奈。她知道这永远只能是个想法，因为即便她这次牺牲了，四周也没有油菜花，但她相信自己的灵魂会在来年开春时附在花瓣上，随清香四溢人间——那时她要乘风去看望查理伯伯的。为了不至于让方梦袍和周春霞这两个儿时的伙伴太伤心，她在画稿后头还给他俩写了几句话。她祝福了春霞的婚事和方梦袍孩子的诞生，希望他们多保重，为孩子和革命事业活着，还有，别忘了在她的忌日摘上一束油菜花祭奠自己。

写完后，她觉得多少有些不吉利，便学当地老表吐了几口口水避邪，然后倒在床上眯了一小觉，天刚亮便带着莲尘、拂尘直赴前线。

马丽这次增援的是广昌城外 504 高地，这时广昌的形势已险恶万分，国民党军 11 个师分成两部分从赣江河东和河西交替向前推进，每天前进数里，稳扎稳打地滚进。

考虑到广昌失守的后果，博古、李德等人将红 1、3、5、9 军团的 9 个师集中起来，成立了广昌会战野战军司令部，朱德任司令员，但实际指挥权仍在李德手中。为了鼓舞士气，还以中共中央委员会主席博古、军委主席朱德和总政治部代主任顾作霖的联合署名，下达了保卫广昌的政治命令，提出了"不是胜利，就是死亡"的鼓动口号。

马丽一行三人急匆匆向前线走去，墙上、山上到处可见石灰书写的口号，路上热闹极了。远处硝烟弥漫、炮声隆隆；近处人流滚滚，喊声喧天。运送弹药的支前队员，挑着米饭往山上走的妇女会员，扛着梭镖、鸟铳前去助战的赤卫军，还有从阵地上返回的担架队，窄窄的田埂上蚁行着一队一队的人。好在广昌这段时间未下雨，水田成了硬地，性急的人们从田里直插山上，倒也不觉拥堵。

马丽她们前头是一帮赤卫军，看样子对战况很关心，他们高声谈论着什么，不多会儿便分成了两派。一派认为按中央现在这种以集中对集中、以堡垒对堡垒、以阵地对阵地的打法，红军拼不赢。红军好不容易构建的碉堡工事在敌人飞机大炮的狂轰滥炸下毁坏严重，不少红军战士连敌人的面还没见上就被炸上了天。

"这个仗打得死板，憋气！换了以前毛主席的打法，打得赢就打，打不赢就跑，老子留一条命起码还可以和他们拼，总比这样挨炸等死要强！"

一个粗嗓子高叫说道，不料马上被人喝住了：

"老李，你讲话要注意！我们千万不能有这种思想！中央怎么说的？不是胜利就是死亡！不能打退堂鼓！死也要死在阵地上。大家明白不？"

说这话的应该是赤卫军队长，他代表了另一种意见。赞同他看法的人好像不多，因为队员们没有立马回答他的问题。队长又问了一遍大家是否明白，这才稀稀拉拉有人回答说晓得了。

"马丽姐,他们讲的是真话吗?打仗时真的不能后退呀?"

莲尘小脸有些发白,凑近马丽小声问道。马丽点点头:"这是战场上的纪律,后退就是当逃兵,当逃兵捉到了要法办的。"

想到自己上次险些当了逃兵,马丽脸上掠过一丝红晕。莲尘没吭声了,这时赤卫军停止了争吵,开始和她们搭话。他们听说三位靓妹仔也是去增援504高地,情绪立即高涨起来,不时有人给她们送炒米和水,有个大伯给了她们一葫芦水酒,一个青皮后生争着要替她们背担架和身上的小药箱。马丽把担架给了他,回手揢住小药箱,紧张地说:

"哎哎,这是我们医务战士的枪,可不能给你。"

她的话引得大家哈哈大笑。其实这话一点也不可笑,他们笑的唯一原因是因为他们想笑。也许面临着生死考验,所有的人都放开了。赤卫军中有人大声地讲起他和某女偷情的事,众人不断啊啊着问着,冷不丁有人醒悟过来,原来与这人偷情的是他妹妹,两人吵起来,接着又要动拳头,边上有人说了句话"打什么打哟,还不晓得是死是活呢!"两人便立马握手言和了,同时还约定假若这次两人没有战死,这架一定要打。

这边刚安静,另外一边又有人高声叫嚷起来。这两人是邻舍,以前一直为几株果树的归宿而吵闹,这会儿两人倒稽首,都说果树是对方的,弄得赤卫队长只好给他们调停,说好打完仗后果树对半分,两人这才作罢。

马丽默默听着,忽然觉得死亡导致的恐惧犹如入水的明矾,能让常人浑浊的生活与思绪变得清明,并显出一种残酷的美来。

"姐,告诉你,上次那个香客篮子里的月糕饼是我偷食了,结果害你挨了师父一顿打。"

拂尘冷不丁冒出这么句话来,莲尘"扑哧"一笑:

"死妹子,你总算承认了!当时还跟我发毒誓,指天咒地的,今天怎么敢承认了?"

莲尘比拂尘文静,不讲话时脸上常有种做梦的表情。听拂尘讲,莲尘爱上了邻村的一个后生,为此被师父打脱了一层皮。去年后生成亲了,姐姐就开始心不在焉。她刚才肯定没在听那些赤卫军说话,否则也不会有此一问了。拂尘比姐姐要简单明快,张口就道:

"为什么？怕上战场死了呗！子弹不认人，我不想到死了还让你背黑锅！"

"呸呸！讲这种晦气话。我走前可是向菩萨跪拜了的，一路上又在念经求菩萨保佑，师父昨天还给我们求了一张护身符，我把它烧了灰，化在你们早上呷的水里，有菩萨保佑，我们不会死的。"

莲尘的这几句话讲得极肯定，声音却仍有些微的颤抖。

"算了吧，昨天死在手术台上的大胡子原先是当和尚的，他颈上戴了佛珠，子弹还不是照样打穿了他的肠肚？我不信这个。"

拂尘梗着脖子道。莲尘有些不高兴，姐妹俩吵闹了一会儿后温习起这几天学的知识来：

"战地急救最重要的三步是止血、包扎和搬运……"

说话间，她们来到了半山腰的一个宣传棚。所谓的棚，其实是几根竹竿撑着一片茅草顶，棚内摆放着需要中转的伤员。一些担架队员在喘息，不少妇女会成员正在那儿帮伤员清创，或做简易包扎。棚外空地上十几个宣传队员在数快板，前线的飞报员迅速读了战况后又打马往下一个宣传棚飞奔。

马丽带着莲尘、拂尘姐妹俩，为棚内的伤员进行了急救，等她们往山顶阵地进发时，枪炮声愈加激烈了。马丽紧紧帽子，对莲尘和拂尘道：

"山顶就是阵地了，你们不要慌张，明白吗？"

504高地在当地老表的口中叫蘑菇隘，山峰呈蘑菇状，地势险峻。守卫蘑菇隘的那个连，正巧是钟氏八兄弟所在的连队。连里原先的卫生员十几天前在救护伤员时牺牲了，团卫生队增派的卫生员也于三天前牺牲，马丽感到肩上的担子沉甸甸的。

她们进入坑道时敌人的炮击刚过，阵地上浓烟滚滚，山下的敌人正借助火力往上强攻。战士们用自制的步枪、马尾手榴弹打击敌人，这些翻造的弹药质量不高，射程短，指挥战斗的欧阳连长一再嘱咐等敌人爬近些再打。

见到马丽，欧阳连长严肃地点点头，反手一指身后的掩体，眼睛却紧张地盯着山下：

"伤员都在里面，南边的刘老标刚才受伤了，你们快去吧！"

欧阳连长说罢拿起望远镜全神贯注地观察着敌情。连接几天的炮袭，坑道前沿的树木已被削光，赤黄的浮土散发着硝烟与血腥味。薄绸般的黄雾中，马丽瞥见敌人刺刀的寒光。

"……弟兄们，不要当红军了，到我们这里来吧！我们这里有钱有女人，红军官兵反水，过来有官当！……"

敌人的宣传攻势不亚于我军，炮声刚停大喇叭便响了。那些往上爬的敌人哇哇附和着。马丽心想，那个搭在山腰中的宣传棚，要是放在这里就好了。这时，从她背后猛地飘出一阵响亮、悠扬的山歌：

> 唱一声白军兄弟哎，
> 子弹莫打自己人。
> 你我本是同根生，
> 相逢何必见刀锋……

扭头一看，几个漂亮的女宣传员站正在一块大石头上引吭高歌。子弹嗖嗖地从她们身边掠过，她们却岿然不动，让马丽感到钦佩和震撼。这么想着时，她已来到刘老标身边。刘老标被炸伤了腹部，凝结的灰尘在伤口四周筑起道小小的堤坝，但仍拦不住汹涌的鲜血。旁边的莲尘看到血糊糊的伤口，小脸"刷"地白了。

"莲尘，快把绷带拿出来。拂尘，你去掩体里给伤员做包扎，记得我说的话吗？"

马丽吩咐着，拂尘应声而去。这时敌人已经进入射程，我军战士开火了。可敌人的子弹还是一泼一泼往山上扫，压得战士们抬不起头。欧阳连长指挥大家甩手榴弹，一阵巨响过后，匪兵们丢下十几具尸体开始往后撤。后边的督战队挥着枪堵住他们的退路，并打死了几个临阵脱逃者，匪兵们只好硬着头皮反身继续往上冲。

子弹在马丽头上交织出一道火网，她开始时还有些恐惧，此时反倒镇定了。她和莲尘冷静地为刘老标处理伤口，莲尘执行她的指令迅速、准确，让马丽喜出望外。

"干得好，莲尘。你可以当一个很好的外科医生。回去后我会跟方院长说，让他送你去红色医务军校学习！"

马丽和莲尘抬着刘老标往掩体走。枪声剧烈，莲尘根本听不清马丽的话，但她显然很高兴，小脸上露出灿烂的笑容。这时马丽感觉胳膊很痛，到了掩体内一看，发现有颗子弹嵌在棉袄里，胳膊上的皮擦破了一长溜。看着那颗黄澄澄的弹头，她心里平静得出奇，似乎这颗子弹与她无关。

掩体内有十来个伤员，其中就有黄援胜指导员。他大腿负伤，马丽进去时他正横蛮地用手抠着伤口里的子弹，疼得汗水湿透了头发。马丽制止了他的蛮干，对他的伤势进行了紧急处理，但刚给他包扎好，黄援胜便因失血过多陷入了昏迷。

马丽有条不紊地指挥抢救伤员。她让运送弹药的支前队员把轻伤员背到山腰的宣传棚，重伤员则让救护队送往十里外的野战医院。黄援胜伤势颇重，马丽让人把他抬上了担架。黄援胜苏醒过来，执意从担架上滑下来，死活不肯离去，因为敌人又发起了新一轮攻击。

为了控制局面，欧阳连长让一个班的战士潜到坑道前的大石后面阻击敌人。那儿是一个极度危险的地方，原先守卫在那儿的几个战士都牺牲了。战士们没有犹豫，冒着敌人火力的扫射，飞快地潜往指定地点。敌人似乎发现了我军的企图，加强了火力，有两个战士中弹了。马丽匍匐过去，莲尘迟疑了片刻也跟在了后面。当莲尘爬到伤员身边实施急救时，一颗子弹击中了她，她悄无声息地倒在了伤员身上。

"医生，医生，你快来救她！"

被莲尘压在下面的伤员右胸受伤，神志却很清醒，他大声喊着。

马丽正在帮那个腿部受伤的战士包扎伤口，闻言赶紧拖着伤员爬到莲尘身边。她将莲尘翻过来，只见莲尘的眉间有个小小的弹洞，一股鲜血顺着鼻梁蜿蜒下来，那双秀气、清澈的眼睛大睁着，流露出惊异的表情。

"莲尘，莲尘，你醒醒啊！"

马丽摇晃着莲尘喊道。这时那个腿部受伤的战士试图自己爬回阵地，一颗子弹射来，正中他的颈部，他哼了一声倒在了莲尘旁边。马丽此时已没有了泪水，也顾不上呼叫，她背着胸部受伤的伤员爬回阵地，又反身将莲尘和战士的尸体拖回了掩体。

战斗愈来愈惨烈，伤员增多，拂尘在坑道内忙得团团转。马丽告诉她莲尘死了，拂尘先是没有听清楚，等弄明白后，她缓缓地站起了身。

"你找死啊！"

边上一个战士狂吼着将拂尘推倒在地，自己却因此挂彩。拂尘看着战士肩膀上那片鲜血，忽然坐在地上尖叫起来：

"啊——啊——啊！"

战斗打得那么激烈，没有谁去安慰她。拂尘喊了几声，猫腰往掩体跑去。她跪在姐姐的尸体面前，不断地去翻姐姐的眼皮。当马丽背着伤员进来时，她拽住马丽高兴地喊道：

"马丽姐，我姐她还活着！刚才她的眼珠动了，真的，不骗你！"

马丽半信半疑地用手试了试莲尘的鼻息，摇摇头，含泪将拂尘拉到一旁：

"拂尘，你姐姐已经去了。我们得回到战场上去，明白吗？"

拂尘没听懂似的看着她。马丽又重复了一遍，拂尘张嘴撕了几口气，眼泪终于流了出来。她抽泣着返回坑道，把几个轻伤员背进了掩体。马丽让她在掩体内给那两个轻伤员做包扎，自己转身往坑道跑去。跑了两步她回身叮嘱道：

"拂尘，你照顾这里的伤员，不要再出去了，外面由我负责。"

拂尘抹着脸上的泪水，郑重地点了点头。马丽内疚而悲伤地拥抱了她一下，掉头跑向满是烟尘的坑道。

敌人向前推进了十几米，那块石头后的战士已经全部牺牲。欧阳连长从敌人尸堆里扒出一挺机枪，趴在坑道边朝敌人拼命扫射。敌人成片倒下，欧阳连长喉咙里发出了欢畅的吼声：

"啊——打死你们这些臭白匪——！同志们，加油啊！"

战士们在他的鼓舞下奋力还击，又一拨战士往石头那边爬去。这时从硝烟里钻出个传令兵，他气喘吁吁地大声报告道：

"欧阳连长，团长命令大家往城内撤退。放弃阵地，保存有生力量！"

欧阳连长愣了愣："撤退？不是胜利就是死亡，我们不能撤！继续打！"

又是一阵扫射，但子弹很快打完了，欧阳连长怒吼着把机枪投了出去。传令兵又重复了一遍，然后猫腰朝另一座山头跑去转达命令。这时，听到传令兵喊话的黄援胜从掩体慢慢地挪到了欧阳连长身边。"老欧，不能硬顶了，我们撤吧。再这样打下去四连要报销了！"黄援胜向来赞成硬拼硬打，但环视坑道里躺着的那些尸体，他不仅急了，而且对上级布置下来的那套打法产生了怀疑。革命不就是为了消灭敌人吗？自己人都死光了，你让谁去革命？

"妈的，你想当逃兵？老子手中的枪可不认人！"欧阳连长睁着血红的眼睛咬牙切齿地说。他一时不能接受黄指导员的转变，并吼道："告诉你老黄，老子当红军这些年还没有这么窝囊过！"

黄援胜一把拖住了欧阳连长："老欧，不行，敌人太多了！你看他们蚂蚁一样，再不撤我们全完蛋！同志们，我命令你们撤退！"

黄援胜挥着手，大声嘶喊起来。欧阳连长知道这不是争执的时候，突然出手将黄指导员打晕在地。这时敌人开始炮击，两颗炮弹落在阵地前头的巨石旁边，刚才爬向石头的那批战士又倒下了。坑道内只有一半的战士还有战斗力，到处是尸体和伤员。欧阳连长把在一旁给战士做包扎的马丽拽到他原先的位置上，从旁边牺牲的战士怀里抽出一支浸满鲜血的枪：

"你守在这儿，看得清敌人眉目了就开枪。这里还有几颗手榴弹！"

欧阳连长说罢跃上了坑道，收拢了四五把枪往巨石那儿爬去。敌人集中火力压制他。欧阳连长趴在几个战士的尸首旁不得动弹。马丽摸着枪不知该怎么办，幸亏这时有两个战士从东边跑过来掩护欧阳连长，他才顺利抵达巨石后面。巨石地势高，他枪法准，啪啪啪地连杀了七八个白匪兵。白军火了，再次用炮轰巨石。在隆隆的炮声中，被欧阳连长打晕的黄援胜醒过来，他艰难地挪到马丽身边，朝欧阳连长喊道：

"老欧，那儿危险，你回来，你还得……"

"嗖"的一声，黄援胜突然栽倒在马丽身上。马丽将他扳开，只见子弹从他额上钻进，在后脑炸出个大窟窿。马丽伏在枪上簌簌发抖，还没等她缓过神来，一发炮弹落在了巨石上，把石头炸去了一大块。碎石砸得马丽头破血流。她顾不得抹去脸上的鲜血，拼命地爬向巨石。没爬几米，一个刚从后边坑道绕过来的战士猛地拽住了她的脚：

"不要去了，连长他没了。嘿，你是马丽吧？刘观音答应嫁给我家老五，我的老婆是红鹰突击队的队长江采萍。我是钟家英，我们家八兄弟全部在这里。老三、老七、老八牺牲了。操你妈，你想爬上来，我打死你！"

钟家英根据周春霞她们曾经的描述，准确地认出了马丽。他有些兴奋地抓住她的手抖了两下，突然看见一个敌人冒了一下头，他改口大骂着朝敌人开了一枪，白匪应声倒下。

马丽从周春霞那儿知道了钟家八兄弟的事，没想到竟有这么巧，会在这里遇见钟家英，更没想到传奇的八兄弟如今只剩下五兄弟。但钟家英脸上没有悲伤，只有仇恨。他全神贯注地瞄准往阵地上爬的白匪兵，那只被子弹掀去一块皮的右手稳稳地扣在扳机上。他沉着冷静，一枪一个，连杀七个白匪。对方集中火力向他猛扫，钟家英和马丽被压得抬不起头来。

钟家英趁机用手卷成筒状，大喊道："同志们听着，我是一排长钟家英，我现在代理连长，命令大家全力打击敌人，杀绝他们！一排长钟家达、战士钟家雄听令，快去大石头后面阻击敌人。"

钟家英喊毕，把哑了的枪一扔，拾过牺牲战友的武器继续射击，可惜枪里没有了子弹。

"支前队呢？支前队的弹药呢？"钟家英大喊着。

一个浑身尘土、满脸乌黑的年轻战士端了箱手榴弹放在钟家英身边，"大哥，不好了。支前队被敌人拦腰砍了一半，牺牲了十多位同志，这几个同志上来了。喏，几箱手雷，两箱子弹，全部在这儿了！"

"家旺，你守那边。等他们一露头就扔手榴弹！"

钟家英甩出一颗手榴弹，可是没有爆炸。好在钟家旺眼疾手快，又甩了一颗过去，"轰"的一声巨响，把那几个哇哇扑过来的敌人炸成了碎片。一块弹片飞来，刺破了马丽的脸颊，马丽再次嗅到了鲜血的腥甜。

这时钟家达和钟家雄已经快爬到巨石那儿了，不巧有颗敌人的手榴弹扔过来，在钟家达头上炸开。钟家达很快没了声音。钟家雄惶惑地摇晃着弟弟，声音中带上了哭腔：

"哥哥，家达死了！哥哥，家达死了！"

钟家雄哭喊着要往回爬，钟家英厉声喝道：

"家雄，快回去，敌人往石头上爬了！"

钟家英又甩了颗手榴弹出去。但，这是颗哑弹，几个敌人号叫着爬上了石头。一直簌簌发抖的钟家雄终于镇定下来。他稳稳地瞄准，稳稳地开枪，报销了几个敌人。

"马丽，你快扔手榴弹，那边，那边。家雄，好样的，爬上去给家达、家汉报仇！"

钟家英和钟家旺及几个战士在坑道里来回跑动着，从各个方向上打击敌人。他们一边跑，一边喊，嘶哑的声音中没有哀痛只有仇恨。

马丽抓了把土糊在脸颊的伤口上，扔了几颗手榴弹出去，也不知爆炸了没有。眼前的一切太不可思议了，她已失去思考能力。她只知道钟氏兄弟犹如猛虎，把敌人打得七零八落。尤其那个方才还那么懦弱的钟家雄，此刻趴在巨石顶上竟有了虎的威严。他枪法奇准，打得敌人发出阵阵怪叫。也正因如此，敌人才格外恼火，连发了几颗炮弹

和手榴弹，把巨石炸得四分五裂。硝烟散后，钟家雄消失了。钟家英和钟家旺没有时间悲伤，两人对视一眼，钟家旺便拖着半箱手榴弹往炸开的缺口处爬去。马丽从缺口那儿看见了人头攒动的白匪军，知道形势很危急了。

坑道内能投入战斗的人已所剩无几，她自觉地捡起一把枪，靠在壕沟上向敌人瞄准。可她心里慌慌的，怎么也扣不下扳机。

敌人逼近了，钟家旺接二连三地投手榴弹，炸得敌人丢盔弃甲。马丽被硝烟糊住了眼睛。就在她揩眼睛的当口，身旁的钟家英大喊了一句"家旺，小心！"接着一阵枪响，钟家英将那个偷袭钟家旺的匪兵打死了。

"马丽，朝左边开枪，快！"

钟家英的声音急若星火。模糊中，马丽急忙掉转枪口，朝不远处那个冲过来的身影扣动了扳机。这时她的眼睛倏地清明起来，她看见了那个匪兵身上溅起的血花。

石头那边的钟家旺特别英勇，他打会儿枪，扔几颗手榴弹，一人顶几人，压得敌人抬不起头来。他一边干活，口里也不闲着，嘶声喊着：

"马丽，你回去转告我对象周春霞，就说我想她，我……"

话音未落，一声沉闷的巨响炸开，马丽被强大的热浪掀进沟底。接着又是几声巨响，一时间地动山摇，自己的头被铺下来的热土埋得严严实实。好在土很松，她挣扎着爬了出来，揉开眼睛，看见山头上腾起十几股粗大的黄烟，仿佛悬在空中的妖雾。黄烟之下是被炸坍的坑道，焦黑的泥土冒着白烟到处是横七竖八倒卧的尸体，几条断臂在滴滴答答淌血。

耳朵被震得嗡嗡轰鸣，什么也听不见，马丽跌跌撞撞地在布满尸体的坑道里走着。她蓦地想起了拂尘，赶紧回身往掩体跑去，可跑了几步她便站住了，只见掩体变成了一个隆起的土丘，猩红的泥土还蒸腾着热气。她定定神，四处张望了一阵，慢慢地蹲下身小声喊道：

"拂尘！拂尘！"

她开始扒那堆泥土，没扒几下就刨到了一只断手，接着又看见半截尸块。再刨就是石头了。马丽看着手上热乎乎的血肉猛地呕吐起来，这时她的耳朵恢

复了部分功能，她听见不远处有人在报数：

"报告，三排有两个人，二排三个，一排，一排还有人吗？家汉、家兴，你们在吗？赤卫军，赤卫军还有几个人？三个？好，全站这儿。"

她听清了，那是钟家英的声音。她抹干脸上那层不知何时流下的泪水，趔趄着往钟家英那边跑去。坑道炸得失去了形状，到处是红色的新土和地表下翻起的碎石。马丽的鞋跑丢了，光脚踩在泥土和碎石上，皮肤烫得嗞嗞响。残存的坑道里倒伏着姿势各异、惨不忍睹的尸体。

跨过一堆石砾，马丽抬起的脚倏地收了回来：脚底的砾石堆上平摊着钟家旺的脸，仿佛有人用解剖刀特意做的一个标本。奇的是那张脸完好无损，双眼微睁嘴半咧，露出一口雪白的牙齿。她打了个寒噤，浑身禁不住哆嗦起来，但她还是忍不住仔细观察了那张脸一会儿，然后小心地将脸揭起，仔细地捧着递给了钟家英。

钟家英颤抖着接过钟家旺的脸，喘了几口气后，亲了亲他，而后静静地蹲下身，刨开碎石，将钟家旺那张脸埋在被炮火烘焙得更加鲜艳的红土里。然后他扫了眼阵地上死去的战友，看了看蚂蚁般往上涌的敌兵，粗大、满是血渍的拳头攥得格格响：

"同志们，我们只剩下一支枪三颗子弹了，留得青山在，不怕没柴烧，从北边撤！"

钟家英说这话时，一缕鲜血从他那咬破的嘴唇上淌下来，乌黑的眼眸射出铁一样冷硬的光芒。战士们大部分挂了花，尽管如此他们还是坚持带上那些伤员突围。马丽背了一个重伤的赤卫军，伤员个子不小，精疲力竭的她举步维艰。钟家英左胳膊受伤，他横蛮地用右手架起一个重伤战士，大家小心、缓慢地移到北边的悬崖旁。悬崖呈鹰嘴状，十分险峻，这样的地方就是体格健康的猎人也犯怵。怎么办呢？眼看敌人越来越近，钟家英迅速做出了跳崖的决定：

"同志们，下面是口水塘，大家看准了往塘里跳。只要不偏方向，落到塘里不会有事的。"

马丽往下探了下头，腿肚子立刻在抽筋。

"老钟，战友们，来世我们再并肩战斗！再见了。"

几个还能动弹的重伤员瞅着这空当儿挪到了悬崖边，他们异口同声地向钟家英告别，抱成一团滚下了悬崖。

　　"老钟，你们快走！"

　　这是一个姓朱的伤员留在人世的最后一句话，接着他便往悬崖下栽去。他和其他伤员们坠落崖底时陆续发出"嘭嘭"的响声，尸体散落在水塘周围的灌木丛和水田里。仿佛正下着一场人雨。

　　钟家英继续组织战士们往下跳。轮到马丽了，她却怎么也迈不开步，并哭喊着往旁边躲，说她要攀着小树边的那根葛藤往下荡。钟家英粗暴地将她扯过来，吼了起来：

　　"那藤太细承不住！快跳！"

　　说着钟家英将马丽扯到一个合适的地点。先前从这里跳下去的两个战士，已从水塘里爬起来了，正高兴地冲他们挥手大喊。钟家英和马丽交换了一下眼神，齐齐向前跨了两步。这时身后兀地响起一阵枪声，有一个战士倒下了。

　　马丽回头一看，发现敌军中有个人似曾相识，但她还没反应过来，又一阵枪响，钟家英重重地往前一栽，把她撞下了悬崖。马丽本能地将他一扯，两人翻滚着落到了塘里。往日柔软的水面此刻变得坚硬，拍痛了马丽身体，呛了几口水后她迅速浮起，将已经昏迷的钟家英拖上了岸。

　　山上的敌人赶到悬崖边，"哒哒哒"地往下射击。也许是害怕下边有埋伏，要么是怕死，他们当然不会跟着往下跳。如果绕山路追到悬崖下，至少得一个时辰，这时说不定红军的增援部队也赶来了。

　　在突如其来的安静中，马丽和几个轻伤战士拖着钟家英闪身躲到一块石头旁边。钟家英背上、腿上的几个枪眼不断往外冒血，一旁的战士用枯草去堵，哪里堵得住？马丽的急救包不见了，她让两个战士按住钟家英的伤口，脱下外衣迅速地给他做了简单包扎。几人替换着将他背到了附近的一个村庄，可惜村庄早已废弃，好不容易才找到一块旧门板和一口甜水井。轻伤员们当即返回水塘，将那些还能动弹的伤员背回来，马丽给他们做了简单的救护，然后一行人咬牙往后方撤。

　　走了没多远，她们遇到了一队妇女会员，她们挑着热腾腾的饭菜和茶水，正急匆匆地往 504 高地赶。听说山上的士兵只剩下他们这几个，有个大嫂腿一软，搂着饭桶失声恸哭起来："我们做了上百人的饭哪，怎么就全没了呀？这饭给谁吃呀！"

# 第二十六章

广昌失守了，瑞金门户大开。报纸上虽然还在刊登我军胜利的捷报，街上也依然人流如织，但瑞金城再不像从前那样安静了。最明显的是中央机关开始搬迁，一时间人心惶惶，有的说红军要弃都，有的说国民党军队几日之内就要打进来。有些居民听见风声，悄悄地携带家小往乡下躲避。前线部队自然还在浴血奋战，通往前线的路上不时驰过几匹快马，在往来传送消息。大大小小的田埂和山路上，依然蜿蜒着一支支救护队、支前队、担架队和增援士兵，瑞金显出前所未有的紧张与繁忙。

红鹰突击队与瑞金的整体氛围较为吻合，阴沉中有着些许的躁动。由于队长江采萍生病，队里的事继续由刘观音和周春霞做主。她俩脾气不投，工作中经常发生争执，每每总是周春霞让刘观音，倒不是说周春霞心胸开阔，或者刘观音比周春霞更有见地，而是孙力的事情让周春霞受了刺激，精神状态不佳，她巴不得少揽些事。最主要的是钟家兴牺牲了，李凡雅团长马上又要被枪毙，周春霞心肠软，看到刘观音那副样子不忍和她争。谁知刘观音不但不买她的账，反而整天甩脸色给她看。青秧也看出了刘观音的不对劲，说她像一个燃着了的爆竹，动不动就炸出些声响来。

"我不和她计较，谁摊上这种事都会难过！"

周春霞私下里和杨兰英这样讲。后来话传到了刘观音耳中，她气冲冲地质问周春霞这是什么意思。周春霞嫌她不知好歹，便直不愣登道：

"观音，你别硬撑着了，这谁不晓得呀？钟家八兄弟现在只有钟家英还有一口气，其他全牺牲了，我也难过呐。你哭出来吧，哭出来就好了！"

周春霞原以为她这样说，能让刘观音好受些，谁知刘观音反捅了她一句："我难过什么？还有你难呢？你那个情郎还当了叛徒呢！"

一句话噎出了周春霞的眼泪。但刘观音依然没有理她，而是甩手噔噔噔地走到隔壁去了。

周春霞没猜错，这段时间确实是刘观音最难熬的日子。小时候曾有个神婆给她算过命，说她是扫帚星下凡，克父母兄弟老公，现在看来这话没错。这些年但凡和她关系亲密的人都遭到了天谴，不然的话公婆弟妹、栓柱、李团长和钟家兴为什么全死了呢？这只有一个解释，那就是她命硬，克人，这正是她拉下脸对周春霞的原因。

经过这段时间的相处，刘观音觉得周春霞的心眼不坏，她不想因为周春霞对自己好而让她遭难，她宁肯对她坏些，这样霉运就不会沾她的边。基于这种想法，她对其他人也采取不理不睬的态度，执行任务之余老是一个人待着，躲着。直到江采萍撑着病体找她谈了几次话，刘观音才把心事和盘托出，让江采萍啼笑皆非：

"傻妹子，你怎么能这样想事情？你公婆、弟妹和家兴是给白狗子害的，哪怕你和他们不认识，他们也是这种命运。李团长的事，等我哪天找人打听打听，你别急，好吗？你们，你们去看了家英吗？"自从上次犯病后江采萍一直卧床不起，晕厥、呕吐，难过得一塌糊涂，但她坚持每天听汇报，在大事上做决策。得知钟氏兄弟的噩耗后她躺在床上失声恸哭，而且一直急着要去看钟家英。可她动弹不了，队员们便代她去了却这个愿望。

刘观音那天脱了军装，换了一套当兵前穿的蓝衣黑裤，头上扎了条白布，鞋尖上缀朵白花，以未亡人的身份去见钟家唯一剩下的兄弟。遗憾的是钟家英伤口感染，陷入了昏迷，她们的时间又紧，居然没说上一句话。当时周春霞给钟家英留了张条，拜托医生到时念给他听。几个人没有带回钟家英的多少近况，让江采萍多少有些失望。看到她脸上的表情，刘观音有些内疚，便安慰说：

"队长，我们改天再去看他。你先养好病再说。"

刘观音说罢又抹开了眼泪，她太委屈了，委屈得不知该怨谁。原本只知埋头做事的她，自从真心答应嫁给钟家兴后，心里忽然裂了一道缝，一些前所未有的情愫风般在这缝隙里穿行，扯出了许多的缠绵与忧伤。夜深人静时，她的思绪常常不自觉地停留在那一刻，心中像是打翻了五味瓶，酸甜苦辣咸，五味俱全。她恨钟家兴不守信用，没有活着回来，但她又想钟家兴，想他开始时的横蛮和后来的通情达理，想他抚摸她那双手时的温柔与对她的牵挂。钟家兴到前线后托人给她写了三封信，虽说不长，可字里行间充满深情与思念。他甚至在最后一封信里还说将来要和她多生儿子。

"……我都想好了，将来我们生下第一个儿子，名字就叫钟革命，生了女儿叫她钟美好。我在前线会奋勇杀敌。要是能够活着，我要请八抬大轿把你接进钟家大门，我会拼死拼活让你过上好日子……"

读这封信时刘观音哭了，气恼、羞愧、遗憾、甜蜜，使她的泪珠变得又大又亮，沾在脸颊上珍珠般熠熠闪光。栓柱走后她第一次有了被人牵挂，被人呵护的感觉，往日空落落的心不再虚飘，仿佛一颗心成了谷种，饱胀着长出了希望的嫩芽。

从那一刻起，她心甘情愿地接受命运的粗暴安排，将自己看成是钟家兴的妻子。她憧憬着再次与他见面，与他温存，然后，像他盼望的那样，真怀上他的孩子，让自己完成一个女人天赋的使命。从此后，牵挂与担心代替了思念，她经常会半夜惊醒，原因是她梦见钟家兴牺牲了。不想如今噩梦竟然成真，这个突然闯进她生命中的男人又突然离开了，似乎一道闪电，短暂的光亮之后留给她的是永恒的黑暗，而且连他怎么牺牲的都不知道，叫她如何不伤心？

一个钟家兴已经让她备遭打击了，前几天又在报上看到李凡雅，也就是那个李板鸭团长的事，说他在战斗中弃阵逃跑，原来他参加红军是假投诚，目的是破坏革命，为此已将他移交军事法庭审判，估计不久后即要做出严厉处理。这个严厉处理，不用说大家也明白，那就是枪决！

李板鸭团长是第一个走进刘观音心中，让她开启了少女情怀的男人。在这之前，她和栓柱只是命运的牵强附会，栓柱从没有爱过她，她以为自己爱过他，可遇见李团长之后她才发现那不过是一份相濡以沫的亲情，她为栓柱伤过神，但那只是一份姐姐的心思。但对李板鸭的牵挂就不一样了。李板鸭让她茶饭不思、寝食难安，莫名的思恋绳子一般将她捆住，扯得她一颗心生痛。如果不是钟家兴八兄弟粗暴地介入她的生活，她相信自己终有一日会成为李板鸭的妻子，这是19岁的她迄今为止最大的梦想。

可钟家兴的出现打破了她的梦想，她也说不清自己为什么一下就接受了钟家兴，放弃了李板鸭。只能说鬼迷心窍吧。当然，在自己的潜意识里，还有对钟家八兄弟说话算数的原因。那时她确实想过，作为一个女人骗骗他们还说得过去，但作为一个女红军，就不能骗他们入伍，因此她最后答应嫁给钟家兴，难说没有维护红军声誉的心理。到了最后，就只好奋不顾身了。李板鸭由此便成了一幅画，镌刻在她记忆深处，让她在缅怀中获取一份力量。不想残酷的命运先是夺走了钟家兴，现在又要夺走李板鸭，即使铁石心肠的人也受不住，更何况是外表粗放、实际细腻的刘观音！

那天听到钟家兴牺牲的消息，她在队友们面前一览无余地宣泄了深埋在心底的悲伤。她先是蹲在地上埋首大哭，哭了一会儿坐到地上，孩子般踢伸着双腿，两只拳头往饱满的胸前擂去，发出"砰砰"的响声。泪水春溪一般流淌，整齐的牙齿在嘴里闪着雪白的亮光，仿佛一头撕心裂肺的小母兽。那一刻天地安静了，风也静止了，整个院落只有她的哭声在回荡。

没过多久，又有几声抽泣渗了出来，而后抽泣声宛如越滴越快的水珠，单个的音符融成了完整的声线，这哭声让突击队的小院为之震颤。如果不是有群众来拍院门，这惨烈的哭声也许会持续到月儿西斜的下半夜。

从那以后刘观音很少流泪，她悄悄到钟氏兄弟待过的连队收集了一些钟家兴的小遗物，现在都藏在她的背包里，算是永久纪念吧。这边让周春霞去找苏干事帮忙，希望通过他的关系再见上李板鸭一面。

那天杨兰英随她俩一起去看了李团长，因刘罗仔在李团长手下，由于李团长下令撤退，刘罗仔可能保住了一条命。尽管他目前音讯全无，但杨兰英对李团长仍然非常感激。

李板鸭左肩挂彩，人消瘦了许多，往日乌黑的胡子闪着丝丝白光，明亮的眼睛黯淡、呆滞。见到刘观音她们后，他咧开布满血口子的双唇朗笑起来：

"哎呀，难怪昨夜灯花爆了几小长，原来是你们这几个贵客要来呀！这半年我们连母猪都难得碰见，更别说看到你们这样的天仙了。这下我心里舒坦了，过几天吃子弹也不害怕了！哈哈哈！"

李板鸭说罢大笑起来，刘观音疑惑地看着他，不知他是真笑还是假笑。但不多会儿她就发现自己多虑了，李团长见了她们是真的非常开心。

刘观音一直在控制自己的情绪，想掩饰住心中的那份悲苦，可她最终未能成功，还是在李板鸭面前抹开了眼泪。周春霞和杨兰英也一副黯然神伤的样子，一时间谁也没说话。

这样静静地待了一会儿后，李团长拍着大腿站起来，甩甩那条好胳膊，遗憾地说：

"三位妹子，我们可能要来生再见了！我死了你们不要伤心，因为我还没死你们就哭过了。老实说，作为一个军人我是不称职的，首先我没有从一而终，搞了投诚，投诚以后又下令撤退，连我也不能原谅自己。但我不像他们讲的那样是假投诚，我是真心觉得红军比国民党军队好才过来的，起码这里的长官不打骂士兵，不吃空饷，对老百姓也好。我愿意当一个好的红军，我感谢红军对我的栽培，让我当这个团长。可是，我那个团里的士兵快死光了！我为什么下令撤退？我不是怕死，我是不想让我的部下白白送死！"

李板鸭激动起来，边说边用那只好手拍着墙壁，发出清脆的"噼啪"声，声音越来越高：

"……我们多少人？他们多少人？上百倍的悬殊！在这种情况下硬守阵地，不是让大家去当炮灰吗？我早就对这种打法有意见了！有点脑屎的人都会看出这种打法有毛病。没错，我们军人是守土有责，可为什么不能采取前几次反围剿的那种打法呢？叫什么来着？对了，在运动中消灭敌人，保持自己的有生力量。现在这种打法简直叫等死打法。他们不心疼那些士兵我心疼！如果不是我强令撤退，三团早就灭亡了，哪还有现在这些人？这些士兵活下来随时可以上战场，这样不好吗？我认为撤退是对的！这样硬拼硬打我们赢了什么？一堆死尸！再这样拼下去，不消多久红军就要死光！到时候上哪里去扩红？不过我这是白担心，只有几天好活了。你们今后有机会要劝劝那些上司，最好是请那个毛泽东主席回来，我读过他的书和文章，我觉得他打仗还是蛮狡猾、挺有一套的。"

李板鸭说着一屁股蹲在破竹椅上，竹椅发出痛苦的嘎嘎声。刘观音、周春霞和杨兰英想了想，觉得他说的还真有道理，一时竟不知该说什么。

"你这个假团长放狗屁，你就是想为自己的罪责开脱！要是每个红军将领都像你，打得赢就打，打不赢就跑，我们的革命事业早完蛋了！"

李板鸭说适的声音很大，待在外间和看守聊天的苏干事忽然义愤填膺地冲进来，指着他的鼻子大骂。另一个负责看守他的汉子也进来呵斥他，李板鸭白了他们一眼，不再吭气，屋内的气氛沉闷得要滴水。李板鸭倏地站起，问那个陪苏干事进来的汉子：

"哎，领导，我上次托你们保管的那枚金戒指呢？那是我母亲给我当护身符用的，你们赶快还给我。"

李板鸭的话令那个汉子一愣。汉子挠挠头，低声询问了几句旁边的战士，一个矮墩墩的战士立即"咚咚咚"地跑了，不一会儿又"咚咚咚"地跑进来，那枚金戒指在粗黑的掌间熠熠闪光。李板鸭拿起戒指认真地说：

"观音，你是个好妹子，这枚戒指我原本想在成亲时送给你的，后来听说你决定嫁给那个叫钟家兴的士兵，我也就断了那个念头。真的，这是你自由选择的权利，我不怪你。现在钟家兴光荣战死了，我也活不了几天了，只能希望有下辈子了，你留个纪念吧！"

李板鸭不由分说地把金戒指塞到了泪流满面的刘观音手中。杨兰英是个多愁善感的人，见状泣不成声。换了以往，周春霞肯定也会是陪着流泪，可自从亲眼看到孙力叛变后她的泪腺已经枯竭。现在她只觉得心里隐隐作痛，眼中倒不见一丝泪花。她把苏干事拉到屋外，求他到时帮李团长说句公道话。苏干事的头摇出了一圈波浪：

"这怎么可能？他弃阵逃跑，犯的是大罪。要不是他下令撤退，筠门岭也许不至失守，瑞金也不像现在这样危险。他的所为不仅仅是弃阵，还危害了整个革命事业，谁能够说上话？春霞，你不要太天真了！"

苏干事近段时间瘦了，脸上多了些风霜，但那双眸子依然黑沉沉的，举止表情让周春霞想起许久不见的爹爹。

周春霞发现苏干事这个人其实不坏，他所做的一切都是出于对信仰的忠贞。他认为革命肯定能在短时间内取得巨大的胜利，为了这一天，革命者必须保持宗教般的狂热与虔诚。因此他赞同采取一些促进革命成功的极端政策和手段，如整肃革命队伍以保持纯洁。所以，他对那些犯了错误的同志毫不同情，因为他觉得正是那些人的不当行为给革命带来了挫折和损失，造成了目前中央苏区的危机与困境。

"这个李凡雅，对了，大家叫他李板鸭，依我看枪毙他十次还嫌少。春霞，如果不是看在你的面子上，我，我是不会把你们带到这里来的！我这样做已经犯错误了，你们赶快走吧！"

　　苏干事说着拉住了周春霞的手，眼神中有一抹东西闪过。周春霞知道他的想法，也明白他确实对自己不错，因而容忍自己的手在他的掌中多放一会儿。

　　这时里屋传出刘观音和杨兰英幽咽的哭声，苏干事急了，甩了周春霞的手冲进去，和那个汉子一起将抱着李板鸭痛哭的刘观音拉开。

　　"不，你们不要这样，让我再讲几句话啊！李团长，你安心地去吧，今世做不成夫妻，我下辈子一定嫁给你，别忘了啊！"

　　刘观音甩开苏干事，扑过去再一次拥抱了李板鸭。李板鸭不知何时也淌了几行泪出来，泪珠在他瘦削、黝黑的脸上游走出一种酸涩。他的嘴唇动了动，刘观音期待地看着他，希望他再说一句暖心话，可他最终只是淡淡地对苏干事道：

　　"老苏、老谢，谢谢你们了。带她们走吧！"

　　李板鸭挥挥手，庄严地背转身去，高大的躯体透出一种沉重的决绝。

　　刘观音还站在原地不动，叫老谢的那个汉子一把将她拽出了门外。她回头望了望李板鸭的背影，泣不成声。

　　三天后李凡雅被枪决，和他一同正法的还有红22师的几位指挥员。

　　江采萍在床上躺了近一个月。这两年她每年总要发一回病，多则几十天，少则月余，这次算是恢复得最快的，这要归功于刘观音请的那个乡下郎中。郎中的草药苦得难以下咽，价格也贵，是周春霞拿出私房钱买的，否则江采萍还用不起他的药。这药让她的病情得到控制与缓解，只是病中仅靠米汤维持，病愈后瘦了一大圈，形容憔悴得吓人。大家拿出节余的伙食尾子给队长买了红糖、小母鸡和鸡蛋，杨兰英又使出看家的本事，变着花样做饭菜，让江采萍吃了几顿好的，底子打得比过去牢。

　　人是铁饭是钢，肚里有了东西，江采萍瘦弱的腰板挺直了不少，清瘦的双颊也有了几丝血色，但眉宇间那层忧戚却反倒越来越浓。

　　"队长这是看报看的，以后我不给她找报纸了。"

　　杜青秧得出了这个结论。细妹仔最近长大了不少，好像还和外贸局的一个后生对上了眼，工作之余常往外贸局跑。那后生隔三岔五地也过来看她。杜青秧的眼里终日漾着笑意，是红鹰突击队中近段时间唯一心情愉快的人。

　　她对周春霞的沉郁、刘观音的悲伤和杨兰英的焦灼不甚理解。尤其是杨兰英，近来老惦着刘罗仔，逮着机会就到医院找筠门岭的伤员打听老公的消息，晚间还悄悄哭泣。这些在青秧看来纯属多余：

"兰英，刘罗仔肯定到别的地方打仗去了。你瞎操什么心？要是哪日他归来，看见你变成一个满脸皱纹的老太婆，会不会不认你啊？"

杨兰英哭笑不得，但她能和少不更事的青秧说什么呢？她才 15 岁，懂什么呀！刘罗仔所在的那个营因为损失太大，已经取消了番号，这就意味着刘罗仔可能已经牺牲。但杨兰英不相信，她前段时间梦见刘罗仔死了，躺在一具大红棺材里，按民间说法，冬梦真春梦野，现在是春天，应该与梦中所见相反，所以她断定刘罗仔还活着，只是挂了彩，不知在何处疗伤。或许是担心的缘故，杨兰英体重锐减，人变清秀了许多，周春霞说她是"因祸得福"。

对这些，大病初愈的江采萍没有给予过多的关注。她这几天忙着到局机关了解近况，工作之余不断找周春霞、刘观音谈话，渐浓的忧郁中多了几许等待的焦灼。

这一日突击队本是要下乡的，后临时改去后方医院慰问，临行前大家发现江采萍有些异样。她不但换上了最好的那套军装，戴上了新军帽，还起个大早让周春霞用滚烫的火钳帮她卷弯了刘海。最让人诧异的是，她居然由着周春霞胡闹，用浸湿的红纸将双颊、嘴唇贴红。这可是破天荒的第一遭，那年参加全苏维埃代表大会她也没这般隆重。不过大家马上便明白了队长的想法：她要留给钟家英一个最美的印象！

江采萍率队到医院慰问，一半为工作，一半是为了见钟家英最后一面。前两天有个出院的伤员找到江采萍，向她转告了钟家英的状况。他告诉她钟家英已经连续昏迷了五六天，梦呓时只说"同志们，杀呀"和"我要见江采萍"这两句话，偶尔清醒过来他就只剩最后这个愿望了。

"我睡在他隔壁床上，他清醒的时候多次跟我说，让我一定要找到你，请你们去一趟，他有话要跟你们说。"

江采萍听后眼圈红了。事后她去找刘观音，听见刘观音的哭声从屋里飘出，她没有安慰她，而是转身默默去做准备。她弄了八顶新军帽，八双新布鞋，等一切弄停当后她才宣布要去后方总医院慰问。

与她的隆重不同，刘观音那天穿上了最旧的军衣，脸色寡白，表情忧伤。春霞仍旧维持着她最近惯常的恍惚表情。杨兰英惦着刘罗仔，也是一脸戚色。只有青秧依旧单纯活泼。她们挑着慰问品无言地踏上了去后方总医院的山路。

后方总医院在茶岭，离县城有不少路程，她们一早出发快十一点才到。一踏进医院那座用木头搭建的简易拱门，大家就被眼前的景象给震惊了。阔大的院坪上搭起了茅棚，茅棚里是密密麻麻等着救治的伤员，穿着蓝阴丹士林布衣的客女、大嫂在病员中穿梭。空气中飘散着脓血和死亡的气息。

钟家英躺在医院后面的一间厢房里。厢房宽敞、明亮，但却掩不住死寂，因为厢房里住的全是重伤员。他们绝大多数陷入了昏迷，挣扎在死亡线上，十几具躯体安静地躺着，时不时冒出的胡话让这寂静的房间有种怪异的喧闹。几个满脸沉重的中年大嫂不断地给他们替换着额上的冷毛巾，见了江采萍一行，她们小声打了个招呼，又继续在忙碌。

"请问，哪个是钟家英？"

站在门口看了分把钟，江采萍愣没找到钟家英。

"喏，靠墙角的那个，正好他现在醒来了。家英，有人找你呢！"

大嫂的话还没落，钟家英便举起了一只胳膊：

"采萍，是你吗？我在这里！老天开眼，我终于等到你了！"

钟家英声如蚊虫，江采萍迅速扑到钟家英床前，抓起他瘦得骨骼暴起的滚烫大手颤声道："家英，我……"她哽咽得说不下去。钟家英侧卧着，高大的身躯在薄被下成了细窄的一条，颧骨高高凸起，双眼深陷，胡茬地衣般糊在下巴和腮帮上，与眼周那圈因高烧引起的红晕相呼应，看上去情形不妙。唯一让江采萍熟悉的是他那双眼睛，依旧锐利而深邃。

刘观音、周春霞几个蹑手蹑脚地把慰问品放到了床底下，再沉痛地站在一旁。刘观音小声地抽泣起来，周春霞、青秧也抹开了眼泪。钟家英认真地看了她们几眼，唇边绽出缕苦笑。

"弟妹们来了？可惜他们全不在了。你们，你们答应我一件事。"

钟家英挣扎着要起来，江采萍不让。钟家英的牛脾气一下子上来了，他大声喊道："曹娥娣，你这个鬼护理队长怎么当的？快扶我起来！"

一个忙得脱了形的中年大嫂放下手中的药碗，迅捷地从门口跑进来。在江采萍她们的协助下，钟家英的上半身终于被支在了床头。钟家英舒了口浊气：

"这么久一直躺着，眼珠都看斜了。嗯，不错，你们都戴了白花，也算有点心意了。"

钟家英说着扫视了一眼病房。曹娥娣猜到钟家英要说悄悄话，蹑脚往外走去，不想却被钟家英叫住了：

"曹娥娣，你在这里等一下。喂，还有哪个是醒着的？快放个屁应个声啊！"

钟家英的身体极其虚弱，喊完这几句话累得直喘气。江采萍凝视着这张熟悉而又陌生的脸，看着他脸上隐隐闪现的青黄，知道生命即将从这具原先强壮无比的躯体中离去，再一想他那七个生龙活虎如今却阴阳隔界的兄弟，心中一酸，眼泪断线珍珠般往下滚落。刘观音、周春霞几个已在身后哭成了一片。钟家英费力地抹了抹发红的眼睛，声音忽然洪亮了许多：

"大家听着，红鹰突击队的江采萍是我老婆，刘观音是我家老五钟家兴的老婆，周春霞是我家老六钟家旺的老婆，杜青秧是我家老八钟家达的老婆。我那七个兄弟都光荣了，我也马上要光荣了，我不后悔！闹革命嘛总得有人光荣。我只提两个要求，一是要以红军的名义给我们八兄弟做个坟，让我们生要同屋，死要同墓。这样也能告诉后人，参加红军的个个都是好汉，而且还有一家一家参军的；第二呢，你们几个要为我们兄弟守一年寡，这一年不准别的男人近身，一年后你们随意。你们答不答应？"

钟家英此言一出，江采萍几个面面相觑。周春霞正想说什么，被刘观音用肘撞了一下，赶忙将滚到舌尖的话咽回去了。江采萍把那些收集到的军帽、新鞋默默地摆在钟家英面前。钟家英仔细检查了一遍，脸上露出了满意的笑容：

"采萍，谢谢你，难为你想得这么周到。我没看错人。"

钟家英费力地把军帽叠好，一双深黑的眸子倏地盯在江采萍脸上。他的目光已褪去往日的犀利，江采萍打了个寒噤。对这种目光，她有着深刻的记忆，母亲去世前便用这种目光注视过她，在她心上灼出一道隐秘的伤疤。现在钟家英又这样望着她，她明白等待他的将是什么。

病房中能动弹的伤员全都抬起了头，他们静静地看着江采萍。江采萍和队员们交流了一卜目光，异口同声说：

"你放心，我们答应你，一定为他们守寡。"

"好，这下我能闭上眼了。王老五、阿柱，你们都听见了吗？"

"听见了！"伤员们参差答道。

钟家英如释重负，撑着他的那口气就在这时突然泄了，一时间出的气多，进的气少，一张脸先是被憋得通红，接着倏地转青。嘴巴大张着，拉风箱般地喘着气，表情极其痛苦。

青秧赶紧去找曹娥娣。曹娥娣在帮一个新送来的重伤员清创，走不开，一个和青秧差不多大小的护理队员跟着赶来，她把一个乡间儿童玩耍用的射水筒伸进他的口腔，然后猛拉竹竿，一会儿就吸出了半筒黄绿色带血的浓痰。

"这是陈医生发明的吸痰器。听说他转成肺脓肿了。"

护理队员朝钟家英遗憾地摇摇头，这时屋外有人喊帮忙，她便提着那筒痰跑出去了。

"她们，她们都快忙成大姆佬了。采萍，我，我要跟你讲句话。"

钟家英缓过劲来，咳着打趣了一句。说罢，他朝江采萍招招手。江采萍明白了他的意思，立刻把耳朵贴过去。钟家英轻轻说了几句，江采萍一愣，环顾四周后露出了为难的神色。钟家英见她没答应，非常失望地叹了口气。江采萍愣愣地盯着他，看见两颗巨大的泪珠挂在他那蓦然间容光焕发的脸上，一片浓重的荫翳从她眼中飞过。

她回身四顾，发现周春霞几个正背对着她在狭窄的过道上排成了一道屏障，给他俩隔出了一片小小的天地。

"队长，你就答应他吧！"

刘观音吸溜着鼻子恳求道。周春霞和杨兰英也在小声附和。江采萍缓缓地褪去上衣，钟家英炽烈的目光在她稍嫌瘦弱却依然美丽的身上燃烧着，她甚至听到了肌肤被灼烧时发出的嗞嗞声。她知道这是生命的声音，对从未看过女性身体的钟家英而言，这声音无疑是神圣的。钟家英的眼睛越来越亮，布满血口子、表皮翻起的双唇倏地湿润和饱满起来，粗大的双手颤抖着向她伸来。

江采萍缓缓将他拥入怀中。她感到钟家英岩浆般的体温像火那样在烘烤着她，粗硬的胡茬在乳尖上摩挲着。体内一阵激流涌过，她的身体也跟着热起来。钟家英猛地发出一声惊叹：

"采萍，我病好了马上和你成亲。我们要生八个卵鬼，我们八兄弟一人一个，采萍！……"

在说这些话的同时，钟家英开始拼命喘气，双瞳似乎冷不丁破了个洞，生命的神采哗地流走了。江采萍紧紧搂着他。刘观音默默地替采萍披上衣服。杨兰英和青秧惊慌地要去喊医生，被周春霞拦住了：

"不用去了，就几分钟时间。"

周春霞在福音医院见过不少离世的伤员，他们和钟家英一样，都有这样一番挣扎，而且死后必定大张着嘴，是呐喊还是无声的啼哭？没人能回答。

钟家英还在喘气，双手慌乱地在空中抓挠着。江采萍将他的手轻轻按在自己胸前："家英，你放心走吧，你说的我们全部做到！"

这话像一针威力强大的镇静剂，钟家英全身筋骨倏地一松，头埋进江采萍怀里，再也不动弹了。江采萍蹲下身子，轻轻地吻了吻他张开的嘴和渐渐冷去的额头。钟家英绷着的脸皮一弛，眼睛和嘴巴慢慢合上了，看上去犹如在深睡。江采萍的热泪山泉般地滴在钟家英脸上，又露珠般凝在他渐渐变冷的肌肤上。一缕从窗口飘落的日光照在这泪珠上，像给这些泪珠镀了一层金子。

# 第二十七章

转眼到了六月，中央苏区的形势越来越险恶，扩红、征粮的任务也越来越繁重。中央政府两次发出紧急指示，要在七月中旬前完成24万担借谷计划。兵工厂要加班加点生产武器弹药。各机关、各县乡村苏维埃政府立即忙碌起来，红鹰突击队也以加倍的热情投身到这一工作中。

刘观音整日风车一般旋转着，仿佛对工作着了魔，因此得了一个"拼命三娘"的外号。与之相反的是周春霞，整日没精打采的，站直了不愿坐，坐下了不想起，往日红扑扑的双颊现出病态的苍白，水灵灵的大眼睛蒙上了一层忧愁的云翳，整个人像是脱了水一般枯萎下去。

"春霞，你是不是病了？怎么这样难看？上医院看看吧！"

江采萍看在眼里，急在心中。买了些鸡蛋让杨兰英煮给她吃。周春霞的胃口很好，可惜吃了不长肉，继续迅速地消瘦，赫赫有名的大美女转眼间成了名副其实的黄脸婆。

细心的杨兰英注意到她有两个月没来那个了，可又不好问，这段时间大家疲累之极。青秧也有三个月没来身上了，还是刘观音从郎中那儿抓了几服土药给她吃，闭经的状况这才好转。杨兰英让刘观音照方抓了几服药，好心好意熬好端给周春霞，不想她却把药泼了，气得杨兰英禁不住在采萍面前嘀咕，说周春霞不识好歹。

她这一嘀咕倒引起了江采萍的注意，她悄悄观察了一段时间，发现周春霞越看越像孕妇，但这怎么可能呢？难道她？……江采萍眼前闪出孙力那张英俊的脸，心里像明白了什么。好几次单独和周春霞在一起，她张开了口却最终把话咽了回去，她怕万一自己猜错了会很尴尬。有时她觉得周春霞是一座大门紧锁的围屋，除非她自动开启，否则问也是白问。江采萍只好私下嘱咐大家处处让着周春霞一些，这边按下一颗心等着她自动开口。

江采萍不知道，其实周春霞一直在盼着她追问，哪怕稍微提示一下，她就会把那个压抑在心中两个多月的秘密和盘端给她。可江采萍太有教养了，周春霞脸皮又嫩，强烈的羞耻感像针线般缝紧了她的双唇。她只有拿出一副冷漠的脸孔对待江采萍。她的内心太脆弱了，脆弱得就像一团蚌肉，只有坚硬的外壳才能保证她不再继续受伤。

孙力给她的创伤太深，一时难以恢复。更可怕的是她居然怀上了孙力的孩子！这让她有种恶魔附体的恐怖之感。有一次半夜做噩梦，她看见孙力在挥刀砍杀红军战士，忽然又一身鲜血地钻进她的私处，在她神秘幽暗的子宫内迅速膨胀，最后将她的肚腹撑破，列队爬出几十个面目狰狞的小孙力。他们满身鲜血，手中的大刀闪着寒光，刀上沾着红军战士的血肉毛发，最后狞笑着向突击队员们逼近。刀锋将至时，她一个激灵醒来，发现自己坐在床上，蚊子四处乱飞，嗡嗡的声音犹如机群掠过云端，硕大的汗珠长虫般在身上蠕动，小腹上的血管在隐隐地跳。想起梦中所见，她不由恐惧地捂住了肚子。

怎么办？再这样下去肚子可要大起来了！

周春霞急得在肚子上拼命挤，拼命按，希望能够把期盼的月红给挤下来。但这样做，反倒像是给肚子做了保健按摩，小腹日渐强健，到六月时已经微微隆起，并且呈现出一种奇异的珍珠色。腹部中间的汗毛生成一条明显黑线。据说孕妇肚腹中有这样一条线，十有八九会生儿子。整个腹部看上去像一只长相奇异的瓜果。

那段时间她经常在澡寮和粪寮里望着自己的小腹出神，不知该如何处置。思来想去，她决计不说，她想私下里处理这件事。孙力在大家心中已经成了一个比狗屎还要臭的耻辱性人物，一旦这个秘密公之于众，等待她的将是众人的耻笑与歧视，这是要强的她不愿看到的。主意打定后，她抽空去了趟城南乡下，那儿有个她认识的郎中。

郎中姓周，六十多岁年纪，祖上从五堡迁来，与周春霞家是宗亲，按辈分排她还应叫他爷爷。自从年前到郎中所在的乡村扩红宣传认识之后，周郎中一直对她热情有加，时不时让孙女送点东西给她，这让远离家人的周春霞觉得温暖。

周春霞请了一天假，说是去看病。江采萍不仅爽快地准了假，还塞了十几枚铜板给她。那一刻她感动得差点把事情告诉了她，不巧青秧跑过来把江采萍拉走了。她把铜板放回江采萍枕下，趁人不注意飞快打开了自己那只樟木箱。

箱子里的宝贝越来越少了，前段时间孙力用了一些，衣料送人的送人捐的捐了，光洋也越用越少，箱子有些空荡。让她略感欣慰的是娘给她陪嫁的那套金银首饰还未动，不过现在在她眼中，这些东西已不是什么财富，而是对家人亲情的一种忆恋。有一段时间她想家想得快疯了，但随着时间的推移，她渐渐适应了这种孤身在外的生活。夜深人静时再想起爹娘、哥哥和五堡，涌上心头的只是淡淡的思念和隐隐的温暖，没有了初来时顾影自怜的悲伤与六神无主的焦灼。只有打开这个箱子，目睹浸透母亲心意的这些对象时，她才会真正地感到几丝忧伤。

她经常会对着箱子发呆，有时还把娘包裹金银首饰的白绢帕放进被窝，对上面天书一般的数字，进行种种猜测，时而团起嗅它散发出的陈年旧味，然后心渐渐定下来。那些数字幻化成五堡的一栋栋房子和一排排的砖墙耸立在眼前，母亲在砖墙后朝她挥手微笑，让她体味到几丝温馨。

这会儿她轻摸着那几块颜色暗沉的布料，娘娇弱的身影一闪而过，爹也从记忆深处浮出来，对着她吹胡子瞪眼。还有那个自小霸道的哥哥周春强，要是他晓得自己未婚先孕会怎样呢？娘会哭，会骂她不懂事，但很快又会护着她。在娘的眼中孩子永远没有错。而爹肯定要举起铜烟锅砸她，哥哥则会拔出枪把孙力这混蛋送去见阎王。这么一想，她又庆幸自己孤身在外了，因为这样她不必担心家人的反应，只要将周郎中搞定就行了。

犹豫了片刻，她伸手将那个漂亮的吊着银牙牌、客家妹仔陪嫁用的银项圈放进了随手携带的包袱里，然后换了套便装快步朝城南走去。从驻地到城南花去了她半个上午的时间。还好，周郎中这天没有去出诊，前来看病的人也不多，见到她，他将着白须笑出了一脸皱纹。但他洪亮的笑声顷刻间就停止了，转而关切地问她出了什么事。"妹仔，你好丑哩，搞嘛格吗？是不是有为难的事了呀？"

　　周郎中见周春霞神色不定，欲言又止，示意孙女把门带上。春霞二话不讲，当即推金山倒玉柱地拜倒在地："爷爷，求你救救我，不然我活不了啦！"

　　此言一出，饱经沧桑的周郎中当即明白了。他将她拉起，怎么也不肯收那个银项圈："这是你的嫁妆，留着日后用。我们是亲戚，你不用客气。来，妹仔，伸左手。"

　　周郎中认真给周春霞把了脉，看了舌苔，白胡子抖出一轮微波：

　　"妹仔，胎气很旺，是个男丁，这样弄掉好可惜呐。你要想清楚。"

　　周郎中并不多问一句，这让周春霞颇为感激。她毫不犹豫地道："爷爷，你尽管用药，最好猛些，一次把、把那个打掉。"

　　不知为什么，那个"他"春霞始终不忍说出口，疲惫的眼中满是期待。周郎中凝视了她一会儿，心疼地拍拍她的脑盖：

　　"妹仔啊，你这样要吃好大的亏呀。这种药很伤身体，到时莫把身体拖垮了。"

　　想想又说："妹仔，听爷爷一句话，事已至此你也不要害臊，能生下来就生下来吧，你带不了爷爷帮你带。这些年打仗打得男人都快绝种了，爷爷可以保证你这胎生下来的是屙尿上墙的崽俚仔，你就听我一句劝吧！"

　　周郎中话音未落，周春霞已经捂嘴大哭了。压抑的哭声引来了郎中那个十三四岁的孙女，她好奇地张望了几眼，被周郎中给呵斥走了。周郎中静静地等她哭完，又问了一遍，周春霞摇着头哽咽道：

　　"爷爷，这是，这是孽种，留不得呀！那个无耻的家伙叛变了，还杀害了好几个红军战士！爷爷，你帮帮我吧！"

　　周春霞说着膝盖一软，就要瘫下去了，被周郎中一把扶住。他叹着气拣了几包药，周春霞刚要伸手去接，被他拦住了：

　　"妹仔，这是虎狼之药，须得在这里服用我才放心。不用急，夜晚保你回去。"

　　周郎中让孙女把药煎了，半个时辰后一碗酱黑色药汁端到周春霞面前。她一口气喝下，按周郎中的要求躺在隔壁竹椅上，等待身体的反应。

　　时近中午，天气愈来愈热，苍蝇蚊子嗡嗡飞着，但它们却不敢往周春霞的身上落。她身上的汗水太多了，多得让苍蝇、蚊子无法立足。这会儿，她感到她体内像有无数个泉眼，正不断地往外冒着黏黏的液体。她这段日子疲惫之极，如今喝了药，知道心病将要去除，心内一宽竟沉沉睡去。这一觉不知睡了多久，当她被阵阵腹痛催醒时，屋外的阳光已经不再晃眼，怎么着也该是下午三四点钟了。

"糟糕，这下归不了队了！"她着急地想爬起来，可她只轻轻一动，腹内便如刀绞，痛得她"呀"地喊了一声。周郎中和一个朴素干净的中年妇女端了热水，拿着面帕走进来：

"妹崽，这是我家儿媳，她会一直在你身边。你放落心，痛一阵子就会好的。"

周郎中说罢转身去了隔壁，周春霞痛得频频翻身，竹椅不断发出不堪重负的"嘎嘎"声。她以前听人讲过生产时的阵痛如何剧烈，如何锐利，娘说"像刀割一样"，那时她无法想象，现在这样的阵痛来了，一阵比一阵紧密，仿佛腹内有无数只手在撕扯。起先还有明晰的痛点，后来痛点弥散到整个腹腔，继而扩散至全身，除了思想之外所有的地方都在痛，痛得她把周大嫂喂的红糖米汤水呕光了不说，还呕出了酱色的胃液和绿色的胆汁。

疼痛中小腹越来越沉，似乎有人将它往下位移了几寸，肠道也像要脱肛而出。她再也忍不住，呻吟声越来越大，双腿自然弓起，周大嫂温煦的话语时而邈远时而清晰地飘入：

"……快了，……好，用力，像拉屎那样用力……可怜哪！大人细崽都受罪……再过个把月细鬼就要成形了，看得出崽女了。……好，出血了，再往下用力啊！"

随着体内那股温热液体的涌出，疼痛略微减轻了些，周春霞的神志跟着清醒了许多。周大嫂不断地换着下面的垫纸，不多会儿地上丢了一堆浸透鲜血的纸。周大嫂急急地奔出去，在外间大喊周郎中，估计是遇到了难题。

周春霞挣扎着欠起身，看见竹椅下的血小溪般四散流淌，不由一阵恐惧。小时候她听过不少因生产而死的"血盆鬼"的故事，莫非自己也要成"血盆鬼"了？

她下意识地用手指按住腹股动脉，但这种指压法对她毫无作用。她开始头晕，原先让她六神无主的疼痛让位于突如其来的虚弱，她软塌塌地躺着，任那群逐腥而来的绿头苍蝇落在腿上和手上；她盯着手背上那只绿头苍蝇，孙力的脸蓦地跳出来，她觉得孙力就是一只绿头苍蝇，表面溜溜光肚里脓疱疮，恶心死了!

　　瞄着地上那摊血,周春霞唇边绽出几许快意的笑容。不管怎么说,她终于将孙力赶出了自己的身体,连同这些被污染的血!

　　忽然一阵眩晕,她头一歪昏了过去。周大嫂和女儿端着参汤急急地走进来,母女俩撬开她紧闭的牙关将人参汤灌了进去,又按照周郎中的吩咐清理了她的子宫和阴道,而后把一团浸了药液的棉花塞进下体。血渐渐止住了。周春霞醒转后发现自己躺在旁边的床上。说是床,其实只是在床板上铺了层稻草,稻草下面垫着厚厚的灶灰,这是乡里人特有的生产习惯,大约是灰吸血,不至于弄脏地面。

　　"妹仔,你好吓人哪,差点,差点就……"周大嫂抹着额上的汗庆幸地说,不过她旋即又皱起了眉头:"不过,这药伤身子,你以后要生育可就难喽。所以,你一定要在这里多歇几日,大产养身,小产补体,要是歇不好吃不好,到老要受罪的!"

　　周大嫂说罢,逼着她吃另一碗人参鸡汤。周春霞不肯,周郎中便在屋外骂孙女一般地骂她。尽管他粗门大嗓地在骂人,可周春霞听在耳朵里比什么都受用。她感动地哭了,周大嫂慌忙制止她:

　　"哭不得,月子里哭了以后一辈子眉骨痛,你不要不信,好灵验的!"

　　她忍泪将鸡肉细细嚼烂咽下,心里奇怪极了。以前在五堡和赣州,她见到炖鸡就绕道走。寒暑假在家,娘要是多炖了几次鸡她准保发火,嫌鸡肉糙,嚼时容易起渣。可周郎中家的鸡为什么这样嫩,这样好吃呢?她一阵羞愧,明白自己吃的不仅仅是一只鸡,还是这家人换油盐的本钱。她本想起身致谢,可浑身瘫了一般动弹不得,再看看四合的暮色,一阵不可抗拒的睡意袭来,竟昏沉着入了梦乡。

　　这一觉她睡得很沉,醒来时周遭黑蒙蒙的。她倏地爬起床,惊讶地发现自己的体力已经得到恢复,而且有种剧痛过后特有的舒坦。她摸摸小腹,蹑手蹑脚地下了床,不小心碰倒了一只木凳,发出砰的一声响,接着外屋亮起了灯光。周大嫂穿戴停当,拎着火吊走了进来:

　　"醒了?我怕你要归队,给你预备好了牛车。喏,这是爷爷给你补体的药丸,饭前用温开水送服。爷爷累了,他就不送你了。要是可能,最好请假歇几天,不要下冷水。喏,走吧。"

　　看着周大嫂布满血丝的双眼和疲惫的面容，周春霞有些不忍，但一想到江队长她们可能会着急，也就顾不上客气了。时值夜半，乡村异常安静，偶尔的几声蛙鸣狗吠更衬托出这种深夜特有的静谧。空气比白日清凉了许多，走到院坪上露水雨雾似的浇在身上，让她感到了几丝凉意。细心的周大嫂给她披了件夹衣，当火吊照亮牛车时，她呀地轻呼了一声，只见车斗里放着两床旧被子，一篓木炭，一篓番薯干，几双新鞋，再就是十几袋标明了名称和用处的草药。

　　"妹仔，我爹怕你归队不好交差，这些给你带去，就说你去亲戚家搞宣传了。走吧！"

　　周春霞感动得泪流满面。

# 第二十八章

　　尽管形势越来越严峻，瑞金的这个盛夏却依然迷人。山川明媚，河流泛波，稻田金黄，绿树蔽日，与白墙黑瓦的农舍相映成趣，构成了一道道美不胜收的风景，让多年来在五堡大院过夏的兰英感到惊讶与宽慰。

　　想来也心酸，在五堡七年她没歇过一天，整日劈柴担水、烧火做饭、弄菜洗衣、扫地掸尘，这些家务事讲到口中像是轻盈的雪花毫无分量，可日复一日操劳下来却是山也压得塌的。与其他大户人家的阿随相比，杨兰英更加幸运一些，因为她遇到了春霞娘这么个菩萨心肠的好人。有了春霞娘的庇护，杨兰英虽累，却没有受太多的委屈。但出去散心放松的机会是从来没有的。不要说她，便是春霞娘也难得出去看看。

　　杨兰英 11 岁进五堡，盛夏时乡村的美景在她记忆里早已淡忘，如今置身于这个开阔的天地中，她觉得自己简直像神仙。从这个角度讲，她非常感谢周春霞。因为，如果没有春霞，她根本不可能当上红军，当不了红军她自然还在五堡做阿随妹仔。五堡的阿随妹仔吃穿比红军好，也不会时常跟死神打交道，但身心俱缚，就像栏里的猪，一辈子只能看到那一小块天。

　　当红军多好啊！扬眉吐气的，自己可以当家做主，这才真叫革命翻身呢！所以杨兰英无条件拥护共产党，无条件拥护红军。在她看来，江采萍和自己所在的红鹰突击队就是共产党与红军的代表。听队长江采萍的话，做好红鹰突击队的事，就是拥护共产党，拥护红军。在这种思想指导下，特别是刘罗仔上战场之后，她迅速从那个小家里走了出来，认识上、行动上有极大的进步。她和刘观音现在成了江采萍最得力的左膀右臂，事事一马当先，弄得青秧开玩笑地求她别那么积极：

"你像镜子呀，一照就把我们的妖怪相给显形了，多讨厌！"

杜青秧翻白眼归翻白眼，内心还是非常赞赏和羡慕她的这份积极的，而且也在默默使劲。她们的这些表现，江采萍看在眼里喜在心中。她在突击队的组织生活会上多次表扬了杨兰英，让杨兰英感到由衷的欣喜与快慰。

然而，筠门岭战役后刘罗仔失去了音讯，杨兰英从此失魂落魄，工作慢慢松懈下来，一有空就到医院和各兵站去打听刘罗仔的消息。令人失望的是没人知道他的下落，刘罗仔的生死成了一个谁也解不开的谜。组织上将刘罗仔列入了阵亡名单。在理智上杨兰英接受这个事实，但在感情上总抱一丝幻想，希望哪天刘罗仔会突然出现在自己面前，给人一份惊喜。

可时间过去了两个多月，刘罗仔依旧杳无音讯。杨兰英彻底绝望了。让人不敢相信的是，她化悲痛为力量，很快又把心思放在了工作上，而且积极、努力到几近自虐的地步。

从悟性上讲，杨兰英不是那种冰雪聪明的女子，她是只"笨鸟"，但这只笨鸟总是先飞，这就应了老古话讲的"勤能补拙"，渐渐的她从原先矮胖、迟钝的形象中脱胎而出，成了一个出色的红军女战士。

五月份她们下乡，房东的细鬼被蛇咬伤，杨兰英用嘴把细鬼伤口中的蛇毒吸了出来，救了他的性命。房东给突击队送了锦旗，组织上给她记了个三等功，杨兰英高兴得哭了。

在随后的党员生活会上，她流着泪向大家宣誓，即便被敌人五马分尸也绝不叛变。那一刻她的表情是庄严，虔诚的，大家被她感动了。杨兰英自己也感到惊奇。从小到大，她从没想过自己还能做出这样一些有益的事，能受到这么多的表扬和器重，因而她对党，对红军充满感激。

江采萍现在很看重她，以前分组行动时老是让刘观音和周春霞带队，现在周春霞萎靡不振，江采萍改让杨兰英带队。初次领头执行任务，杨兰英还怕担不起责任，谁知事后却完成得很好，这让她大喜过望，从此有了信心，工作越做越顺手。她这个组六月份借到了三百多担军粮，超额完成了组织上下达的任务，受到了上级表彰。

　　由于是苦出身，杨兰英对村民有着非常深厚的感情，每到一处总是帮人担水劈柴做家务，加上形貌朴实、为人周到，一些话总能讲到别人心里去，比身为外地人的江采萍、青秧和相貌出众但多少有些大小姐脾气的周春霞，还有性格火暴的刘观音，她更容易融入村民之中，因此受到老表们的格外欢迎。意识到这点后江采萍有意让她担负与村民的沟通工作，她不负众望，遇事总能圆满解决。

　　四月份她们到一个山村借粮，村里有个名叫蛮牯的无赖见周春霞漂亮，竟当众口出粗言，要周春霞和他睡觉，否则村里人谁借粮谁倒霉。当晚，蛮牯还在她们驻扎的门外大喊大叫，烦得周春霞抽了江采萍的枪要毙了他，谁知蛮牯反将身体迎上前逼她开枪：

　　"你打呀，我早活腻了，早死早开心。"

　　周春霞怎么敢真开枪呢？在她迟疑之时，蛮牯却得寸进尺，伸手去搂抱周春霞，吓得她撒腿逃进了屋内。江采萍求助当地村干部，村干部却说这个人他们也管不了。

　　蛮牯的父亲原是村里的族长，在一次宗族械斗中被打死了。他母亲不久也病逝了。按村规，为家族械斗死去的人，后代由村人合力供养，蛮牯由此吃百家饭长大，因失于家教，养成了游手好闲、惹是生非的秉性。他曾经当过红军，后来开小差跑到赣州做了段时间的二流子。赣州混不下去了又回老家滋事，整日里东家摸只鸡西家打条狗，村民们管他不住，只好任他胡作非为。蛮牯倒也聪明，在村里从不做太过火的事情，只是惹人讨嫌而已，还没有到非要逐他出村的地步，这也是村民们睁一只眼闭一只眼的原因。

　　但他这次对周春霞的举动委实太出格了，连队长江采萍和脾气火暴的刘观音，也一时拿不出对付他的办法，更别说当地的干部和群众了。

　　想不到最后镇住蛮牯的，竟是平日性子挺好的杨兰英。这天，见蛮牯一副死猪不怕开水烫的泼皮样，当着村干部的面，杨兰英突然冲进灶房拎出一把明晃晃的斧头，对着门口的树菀，一斧劈下去，树菀立时破为两半。村干部愣愣地望着她，手中的烟斗直打抖，说："妹仔，你这是想做嘛格？"

　　"做嘛格？"杨兰英提着斧头说，"他再这样我就要劈了他！你们以为红军是专打白匪啊，我们还要除恶霸呢！我跟你们讲，蛮牯这人捣蛋归捣蛋，可他也有怕的事情！听讲他最怕除族谱了？我看你们要下得去手……"

众人惊讶地盯着杨兰英。那个村干部沉吟半天，最后终于云开日出地说："嗯，这倒真是个主意，不妨试试？"

就有人"当当当……"地敲响铜锣，宣传全体族众到祠堂集合。在乡间，听到这种锣声所有男丁都必须赶到祠堂，因为这意味着发生了大事或者有要事相商。蛮牯的父亲以前管祠堂，他小时候常在祠堂里进出，对祠堂有份特别的感情。听到锣声，他扔下周春霞，也毫不犹豫地赶来了。

兴许想到了自己这些日子确实不像话，蛮牯在进祠堂之前拐到家中取了把柴刀。到祠堂一看，矛头果真是指向他的，于是把手中的柴刀舞得呼呼响，扬言谁和他过不去就砍谁。

英姿飒爽、佩戴着驳壳枪的江采萍在青秧和周春霞的护卫下，大义凛然地走到天井上方。从蛮牯身边路过时，连眼睛都没有斜一下。蛮牯先是一愣，继而听见江采萍开始作借粮动员，然后又宣读了"新村规民约"，仿佛他蛮牯这个人根本不存在。当江采萍念道："凡侮辱妇女、妨碍公务者，经村民讨论后可将其从族谱中除名"时，众人的眼睛齐刷刷地射向蛮牯。刁横的蛮牯这时又觉得时候到了，抢起了柴刀。被激怒了的村干部心里有了底气，当即指着他的鼻子大声吼道：

"好，蛮牯，有种你砍！只要你敢砍下去，不管有无死伤，你都要被政府法办，要从族谱里除名！你家的祖坟也要被迁走，不信你试试看？"

蛮牯一听不敢动了，村干部趁热打铁："别的我不想说了，你先得向这位周同志道歉，保证从今往后改邪归正，好好做人，日后村里的公堂会帮你成家立业，大家讲对不对？"

"对！"众人附和道。江采萍她们也跟着做工作，对他讲了他如果继续胡作非为的下场。大半个晚上下来，蛮牯不但向周春霞道了歉，第二天还套了牛车帮着突击队把粮食送回了县城，并当即参加了红军。

蛮牯后来知道，是杨兰英出主意制伏了他，可他非但不生气，反而心里常惦着她。上前线后，他还托人给杨兰英捎了支缴获的钢笔。从那以后，杨兰英也对他有了一份奇怪的念想，她将这支笔和刘罗仔送的茶缸视为同等重要。有时看着这两样东西，蛮牯和刘罗仔的脸交替出现在眼前，她羞愧地发现自己竟然更愿意看见蛮牯。

不过这是以前的事了。刘罗仔失踪后，杨兰英把蛮牯送来的钢笔转送给了队长江采萍。她觉得老公在前方流血牺牲，老婆如果在后方惦着别人，这是件很不要脸的事情，倘若刘罗仔真的牺牲了，她却把蛮牯的礼物带在身上，刘罗仔可就要死不瞑目了。

从此杨兰英成了一架干活机器。她想苏区就这么大块地方，刘罗仔说是失踪，其实多半是牺牲了，不然为什么几个月没有消息？既然自己摊上了这种事情，那就只有等下去，等得心烦气躁了怎么办？强迫自己工作呗！人一累个贼死，连个喘气的时间也没有，就不会胡思乱想了。像这次下来帮助各乡村组织火线割稻，就是一项能让她疯狂投入的工作。

割稻子在乡间本是稀松平常的事，可在这年的夏天却充满了危险。国民党军队为了消灭红军，打垮苏区，想出了各种诡计，轰炸丰收的稻田即是他们的毒计之一。他们每日往根据地派几十架次的飞机，袭击田间的割稻队，往稻田里投放汽油弹。乡村美丽的稻田成了坟场。一时间人人谈稻色变。恰巧那时各乡村苏维埃政府的支前任务又格外繁重，原有的助耕队、帮工队、助红队忙着往前方运送弹药、口粮和抬回伤员，村里只剩下一些妇孺病弱，如任她们自由收割，势必造成大量减产，所以不少中央机关纷纷抽派干部分赴各乡村，组织大家抢收粮食。红鹰突击队负责大柏地乡的几个村，江采萍和刘观音每人分领一个村，杨兰英、周春霞、青秧三人一组，进驻一个两三百人的大村庄陈村。

在地无十里平的赣南，一个村子有几百口人就算是大村了，更可贵的是村前有一大片开阔的稻田，仿佛金色的小平原，丰收景象异常喜人。这个村是全苏区有名的模范村，不但十之八九的青壮男子加入了红军，青壮年妇女也组成支前队上了前线，偌大一个村盘上只有老弱病残的身影在晃动。虽然她们日夜抢收稻谷，可由于缺乏组织，不少稻田的稻子开始倒伏、落谷。

杨兰英她们进驻后，立即召开村民大会进行协调分工，按稻谷的成熟度集中力量收割，尽量避免不必要的损失。在她们的带领下，两天时间抢收了几十亩谷子。看着晒场上摊开的金色谷粒，杨兰英满心欢喜，心想只要再干几天几夜，那些凝聚着农人心血的稻谷就都能全部归仓了，前线的士兵们又有口粮了，她疲惫的脸上不由露出了几丝笑容。可这笑容还没挂稳，就有人匆匆跑来说周春霞晕倒了。

周春霞近来沥血不止，身体奇差，联系她前后的身体反应，大家心里明镜似的，就是傻子也能猜到这事儿与那个可耻的孙力有关。但大家并没有因此鄙视她，反而对她充满同情。无奈春霞太骄傲，不屑于被人同情，众人不好明白地表示出这层意思，只好默默地关心她，帮助她。

这次下乡，杨兰英尽量安排她干些轻活，比如分派她在晒场上过秤，登记产量，让她在田埂上给大家数快板、唱歌鼓劲等等。春霞先前还蛮乐意，但当她察觉到这是杨兰英在照顾自己，小姐脾气再度发作，竟变脸作色地说杨兰英没资格分派她做事：

"你是老几吗？队长只说让你负责，又没讲你当头！我原先也负责过好几次行动的，我可不像你这么指手画脚！这些事儿让青秧去做，我该干什么干什么，不用你管！"

几句话噎得杨兰英胸口疼，心想这人真是有眼无珠，老把别人的好心当成驴肝肺，气得扭身不睬她。青秧见了把她拉到一旁，劝慰道：

"春霞是怕你看出了什么吧？她这人心性太傲，脾气也不好，可她人真的不坏，你不要跟她计较。"

杨兰英只有苦笑，到苏区这半年多她可没少受周春霞的气，也许周春霞在骨子里仍将她看成阿随，对此杨兰英以前不太介意，现在却越来越不舒服了。周春霞这样一副做派，令她想起在五堡那沉闷、痛苦的岁月。刘观音私下里为她打抱不平说：

"凭什么她还这样对你啊？大家都是平等的革命同志，她再这样你不要理她，省得惯出她一身的臭毛病！"

杨兰英想想也对，可事到临头仍然让着周春霞，刘观音笑她"贱骨头"，她也觉得自己是有那么几分"贱"，主要是在五堡里的时间太长，视周春霞为主人的观念已深深地烙在了心底，不是一时可以抹去的。但自此以后，她时时提醒自己和周春霞是平等的，言谈举止中少不了要冒犯周春霞一些，周春霞便说她忘恩负义。如今见杨兰英日受器重，周春霞心里更不舒服，这次的发作势在必然。

杨兰英头一回和周春霞较了真。她想，你不是能干吗？那就干吧，累死了别怪我！于是让她领着白班抢收组的青年妇女们在大日头下割禾。

周春霞的下体仍在流血，身体本来就虚，加上劳累过度，营养不良，心中郁闷，干了大半个上午便天旋地转，浑身的毛孔汩汩地淌着冷汗。她坐在田埂上歇了会儿，灌了几口冷茶，这才蹒跚着回到稻田里继续割稻。但弯腰割了几镰，忽然眼冒金花，一头栽倒在田里。村人急忙将她背到树荫下，又是灌开水又是掐人中，忙乎了好一阵，周春霞也没醒过来。

杨兰英闻讯匆匆赶过来，见周春霞满身泥水，面如金纸，气息奄奄地躺在地下，那份怨气早已烟消云散。她心里一急，大喊"青秧"，喊了几声才想起青秧干了几个通宵，此刻正睡觉呢！

她一屁股坐在地上，将周春霞的头枕到自己腿上，死命地掐着她的人中。一个大姆颤巍巍地从家中提了热水，拿了毛巾过来，将她脸上的泥浆抹净。另一个大嫂送来了姜汤，杨兰英接过来自己给周春霞喂，可周春霞牙关紧咬，姜汤顺着嘴角直往下流。

"小姐，小姐，你别死啊！"

杨兰英哭了起来。好在边上有位大嫂懂点医道，她用生姜在周春霞的手心和脚心狠劲地搓着，这边撬开周春霞的牙关，打蛮将姜汤灌了进去，好一阵子周春霞才悠悠醒来。

看见杨兰英脸上的泪痕和围成一圈的村人，周春霞挣扎着要起身，杨兰英紧紧地搂住她，嗔怪道："小姐，你不能这样拼了，再拼会拼死的。喏，这位大姆端来了竹椅，你歇一歇。不要紧哩，等好些再下田。"

情急之下杨兰英又按老习惯喊她"小姐"，周春霞瞥见众人惊异的目光，捏了捏杨兰英的手，杨兰英却还没知觉。周春霞只得小声提醒她，杨兰英晒得脱皮的黑脸上掠过一阵使她肤色加深的红晕：

"对不起，春霞。你，你不怪我吧？"

杨兰英边说边扶周春霞坐下，竹椅发出轻微的嘎吱声，像周春霞心内的一阵叹息。她沉吟了稍许，真诚地看着杨兰英：

"兰英，我晓得你受了我蛮多欺负，可我真不是故意的。我也不晓得为什么，每次有了难处第一个想到的就是你，有火了也是第一个冲你发。可能是在这里太孤单了，只有你是打小熟悉的，再加上养成了习惯，一时改不了，你不怪我吗？下回队里开生活会，我要当着大家的面向你道歉，好吗？"

周春霞握住杨兰英的手，两人不约而同地哆嗦了一下。伸手一看，手上净是刀口和划伤，还有一串串的血泡，不由相视一笑。

"春霞，这半年你不容易。我是做惯了事的，想当初你多享福啊！换了我，未必有你这样的勇气来当红军哪！"

杨兰英由衷地说。春霞开心地笑了：

"你是真的这么想？"

杨兰英别过脸去，鼻头发酸眼发红，她怕自己会哭出声来。周春霞这段时间憔悴得让人惨不忍睹。杨兰英想，大娘要是突然出现在这里，她会怎样呢？肯定会搂着春霞大哭。不过杨兰英知道她是必须过这一关的，要是这一关过不了，还怎么过生死关？所以她内心深处顶钦佩春霞。周春霞听了杨兰英的夸奖，高兴起来，加上吃了大姆送的几个糖蛋，脸色正常了些。

这时已近中午，计划中要完成的任务还有三分之二没开镰。眼看大家都在忙碌，周春霞怎么也不肯继续休息，非要和杨兰英并排割稻。杨兰英动作麻利得很，金黄的稻子在她银亮的镰刀下一排排倒下，豆大的汗珠滴进浑浊的泥浆里，激起一层小小的涟漪。有几条细瘦的蚂蟥悄悄地游过来，杨兰英用镰刀将它们挑到了别处。

"啊！啊！"

落在身后的周春霞突然发出凄厉的惨叫，杨兰英三脚两脚奔过去，只见周春霞僵立在那儿，两只手不停地上下舞动，锋利的镰刀在这舞动中折射出一波一波阳光。

"怎么啦？怎么啦？是不是被长虫咬了？"

附近几丘田的俵嫂们急忙跑过来，只见十几条蚂蟥补丁般叮在周春霞满是疤痕的小腿上，已经胖得鼓出了肚子。俵嫂们心想蚂蟥有什么可怕的？不由七嘴八舌地和她开起了玩笑。

周春霞一边跳脚，一边回应着她们的粗口，俵嫂们觉得这女红军蛮有意思的，笑得更欢了。她们拍着周春霞的小腿，把蚂蟥震下，又摘了禾秆将蚂蟥反串着扔到田埂上去晒：

"这蚂蟥烘干了磨成粉，听讲能止血呢！"

有人这样说。杨兰英见大家满身汗透，正想下令休息，一阵奇怪的嗡嗡声从山脊那边传来。

"飞机！"

周春霞第一个反应过来，她喊着冲向田垄里那几垛刚割下的稻谷，抱起满满一把往山脚下的树丛中跑。大家见状纷纷冲过去，试图把那些已经割好的稻子抱运到安全地带。

飞机的嗡嗡声越来越响，村子里响起了当当的锣声，鸡犬牛马哞哞叫着，加上大人小孩的尖叫，宁静的村庄显出几分慌乱。火线割稻队的傣嫂大姆们表现出空前的镇定，她们有条不紊地抢运着稻谷，不久就将一大半割好的稻子运到了山脚下。那儿巨石纵横，有不少天然洞隙，稻子放在那儿还是比较安全的。

"呜呜！"

这时两架飞机呼啸着并排俯冲过来，随着熟悉的哒哒声的响起田里溅起朵朵水花，几个抱着稻子奔跑的傣嫂惨叫着倒了下去。杨兰英正要下令隐蔽，可惜已经迟了，只见几个巨大的铁蛋从机身上刷下，一些没见过世面的大姆呆呆地仰头看着。周春霞猛醒过来，拉起两个大姆往山脚跑去。当她再往回赶时，炸弹已经落下，她心里一慌，陷在泥坑里不得动弹了，杨兰英抱着稻子已走远，见周春霞有危险，立即冲过来，扑在了她身上。接着"轰"的一声巨响，杨兰英眼中的世界旋转着变成了一个小亮点，小亮点又飞快地往不可知的虚空闪去，旋即融入了那片永恒的黑暗。

杨兰英就这样牺牲了，时年19岁。周春霞却安然无恙，她满怀悲愤地将杨兰英背回安全地带。一块弹片削去了杨兰英的半个脊背，流淌的鲜血蒸腾着袅袅的白烟，周春霞搂紧杨兰英的躯体，大股大股的鲜血喷了她一脸，一身。但杨兰英的心还在怦怦跳动，只是越来越弱。

"坚强起来啊，春霞，你一定要坚强！要为我报仇！……"杨兰英的声音轻轻敲击着周春霞的耳膜。她紧咬的唇间淌下一缕鲜血，仿佛几点傲雪的寒梅。

# 第二十九章

　　寒冷的冬天来临了，周春强接到了协同正规军赴前线围剿红军的命令，这让他颇感苦恼。这几个月他好不容易将五堡整肃好了，现在又要离去，花费大量心血训练的护围队也要随之开拔，这让他有一种被利用和被榨取的感觉。

　　随着国民军围剿的步步深入，五堡所在的县份已经彻底白化，周春强没了心头之患，精神好了许多。还乡团开始到处找红属算账，有些村庄因参加红军的人多而遭到了毁灭性的报复。他前段时间也加入了这一行动，将自家那些被红军分掉的山林田地和钨矿全部收了回来。他本想重振家业，让五堡再度强盛起来，不料在这节骨眼上却来了这样一纸命令，让他烦躁不安。

　　抗命不去吧，自己有可能被整肃；去的话五堡又将成空城，偌大的家业托付给那个终日疯癫的房秋心，那不是开玩笑吗？要是妹妹春霞在该多好啊！周春强此时已不再去想爹和娘的事了，特别是娘，可以肯定已被爹烧死在香菇场，成为他心中永远痛着却不愿被触及的伤疤。

　　为了能留下来，他带了份不薄的的礼去找县座说情，希望县座让他负责县城的防务。县座收下礼物后讥讽道：

　　"老兄啊，现在这时候还容得你讨价还价？没看到委座铲除共匪的决心有多大吗？一百万大军，二百多架飞机，不是闹着玩的！现在县城这一带绝对安全，红军自顾不暇，哪还有力气反扑？你放心去吧。委座论功行赏，讲不定赏你个专员干干，到时我去拜会你，你还未必有空见我喽！"

周春强吃了个哑巴亏，有些郁闷，后来转念一想，觉得县座的话还是有点道理的，自己不能因小失大，目光要放长远些。再说，五堡和山林、土地、钨矿，谁能带走？思想一通，行动立即变得自觉和迅速了。他将家事托付给几位远亲，带着队伍两天之内赶到了指定地点，协助余汉谋的粤军进攻中央苏区。

从1933年的11月到1934年的3月，周春强率队辗转东南两线战区，参加了数十次作战，护围队减员十几位，让他黯然神伤。4月刚到，他又被调到广昌前线。这次他协助的居然是陈太平的部队！周春强的心当时就凉了半截，他知道自己这回完了！他在赣州靖卫团时曾协助过正规军作战，从那时起他便明了他们的把戏。那些正规军各有各的小算盘，要么为了保存实力临阵放空枪，要么和红军暗中达成协议，让红军秘密过境，只要不在他们的辖区内就一切太平。这也是红军前几次反围剿能够胜利的诸多原因之一。这种本位主义就像一个黑洞，让国民党上层头痛。现在他周春强遇到了比这个黑洞更可怕的"魔洞"：陈太平想借红军之手剪除他！

"春强老弟，我们又碰面了！古话讲三世修来同船渡，看样子我们是真有缘哪！"

在那间简陋的指挥部里，陈太平握着周春强的手呵呵笑着，因突然消瘦造成的皱纹使他那张脸看上去像个老树怪。老树怪的手潮湿出黏黏的冰冷，这冰冷从他的双眸流出，让春强寒从脚底起。

也许是周春强寄出的那封信起了作用，他回五堡个把月后军法处便把陈太平从前线召了回来，关了他半个多月，气人的是他太太林美仪不但不闻不问，反而借口老母病重溜回了河源。是军中的一些朋友出资将陈太平保释出来的，进而他被降职成了一个成天在前线卖命的营长。陈太平一下子老了十岁。不久之后他家又起变故，太太林美仪和一个商人野合时双双毙命，成了粤赣两地的头号社会新闻。

林美仪家在河源颇有势力，尽管林美仪死得不光彩，她家还是不依不饶地到军方控告陈太平犯有谋杀罪。军方考虑到正是用人时节，再说林美仪死时陈太平在前线，是否买凶杀人一时难以找到证据，所以此事不了了之。经过这么一番折腾，陈太平那身肥肉不翼而飞，成了如今这样一个老树怪。

握着老树怪的手，周春强感到仇恨溪水般从他冰冷的指尖淌出来，寒气透入心脾。不过陈太平立即恢复了正常，继续以过火的热情向部下介绍他，并留他吃了一顿饭。席间他俩聊赣州的逸闻趣事，谈前线的苦乐酸甜，仿佛一对难兄难弟。

周春强以为事情就这样打几个哈哈过去了，心中多少轻松了几分，谁知临别时陈太平小声地对他提起了春霞：

"春强老弟，听说你娘和你妹子投奔红军了？女人心，海底针哪！现在的女人真是越来越难捉摸了。不过你放心，要是我的部下捉到了春霞她不会有事的，好歹她是我没过门的老婆，你说呢？"

陈太平的话里表现出几许亲密，但又隐藏一股恶毒。周春强打个哈哈未置可否，脊背上倏地冒了层冷汗出来。他知道接下来的会是什么。

第二天周春强就接到攻打 502、503、504 高地的命令。由他的护围队和广昌县靖卫团打前锋。这种安排，连傻子也明白是拿他们当炮灰。不过上有政策下有对策，在仗打响之前，他和广昌县靖卫团的赖团长一合计，从乡下赶了批老百姓上山，让他们走在前头挡子弹。这一招果然奏效，红军顾忌老百姓的生死，不敢放开手脚打，结果他们一天之内便攻占了 502、503 两座山头。

赖团长年轻气盛，不免喜形于色，当晚开了两缸土烧、杀了几头猪，犒劳部下。周春强收到了他送来的一头猪，谢绝了他送的酒。和红军交手多年他已养成谨慎作风，作战期间滴酒不沾，还强迫那批候在那儿的群众连夜赶修出一座简易碉堡，把自己的指挥部设在了碉堡里。

"你这叫草木皆兵！广昌城是一定要拿下的，红军自家一块豆腐没盐蘸，哪顾得上偷袭我们？你落心呷烧酒，保你太平无事。"

赖团长是广昌大财主的儿子，曾在保定军校读过两年书，后因聚众滋事被开除，回家后不务正业，常年在赣州逛窑子。闹红之后，他家的浮财被分，两个弟弟被红军杀掉了，全家人仓皇逃到韶关，赖团长从浪荡少年变成了残暴的复仇者。广昌还是红区时他便潜回老家，纠结那些逃窜的地痞恶霸组成了一支敢死队，四处和红军作对。仗着土生土长，居然让他挨到了出头之日。当广昌的大部分地区再次成为白区时，他迅速占据了靖卫团团长的宝座。怀着对红军的深仇大恨，他打起仗来比周春强卖力得多，起码不像周春强那么怕减员，反正靖卫团是一帮乌合之众，死了也就死了。

周春强可没他那么洒脱。他的护围队员十之八九是五堡族众的子弟，如果一去不返，他以何面目见人？再说他在这帮子弟身上花了不少钱财和心血，为他们请教官训练，给他们配备较为先进的武器，这些花费除部分是县商会从各乡筹集的外，其余全由他出，这怎能让他不肉痛？

最主要的是，他已看出陈太平欲借红军之手消灭他的险恶用心。而赖团长因与陈太平从无过节，他保卫的是本乡本土，自觉该尽一份责任。所以，当周春强提出要找些老百姓作替死鬼时他开始还不情愿，他怕被人骂祖宗八代，后来觉得此举正好可以借机把那批分过他家浮财的红属干掉。悟透了这层借刀杀人的意思后，他一天工夫抓了三百多号百姓，且在战斗中大见成效。但他还是看不起周春强，觉得他胆小，不明白他为什么那般如临大敌。他才不屑于像周春强那样过苦行僧的日子呢！

这天夜晚，他拒绝了周春强让他到碉堡里过夜的好意，和靖卫团的团丁们一起吃肉喝酒，又从那批即将充当炮灰的老百姓中找了几个客女供大家玩乐，驻地甚是热闹。

当赖团长搂着客女在寻欢作乐时，周春强的驻地一片安静。4月的山间仍有几分寒气，团丁们露营于野，虽说很羡慕赖团长那边的热闹却不敢窥探，上满子弹的步枪枕在头下，谁也不敢松懈。驻地十几米外燃着明亮的篝火，火堆边三步一哨，五步一岗，戒备颇为森严。

周春强和几个得力助手栖身于碉堡，堡内挂着几张作战地图，油灯下他那张脸颇为严肃，冷静的双眸中有隐隐的喜悦。从作战形势图看，红军正在节节败退，粗大的黑色箭头仿佛寒刃生辉的铁矛，正指向那块明显缩小了许多的红色区域，过不了多久这块红色区域将被这些箭头戳得粉碎，最终消失殆尽！

想到这点，他表情为之一松，思绪倏地飞回了五堡。他忽然非常后悔自己当初没有听从劝告，与父亲相中的那位客女结婚。如果那时结了婚，孩子该会打油买盐了。偌大的五堡现在只剩下自己和妹妹春霞，自己过着刀口舔血的日子，春霞不知死活，万一自己吃了枪子，五堡岂非要落入他人之手？周春强这才知道什么叫作"不听老人言，吃苦在眼前"，他是真真切切地后悔了。但他又能怎样呢？总不能现在就回五堡去相亲结婚吧？心中一闷，不由被赖团长那边的欢声笑语吸引。借着查岗的机会，他过去和赖团长讲了会子闲话。

赖团长坐在帐篷里，酒喝得不少，年轻的脸庞因充血而略显肿胀。一个簌簌打抖的妹子缩在角落里哭泣，压抑的哭声让周春强忽然有股强烈的冲动。赖团长酒醉心灵，立即表示找一个标致客女让他开苞。周春强制止了他的好意，他说他现在不打野食，最好是女人跟他成亲。赖团长说他是在开玩笑，他板起脸认真道：

"赖团长，我不像你17岁就结了婚，一家伙生了四个卵鬼，讲得不好听，便是有个三长两短，也有人传香火。我独丁一个，又没子嗣，要是哪天翘鼻子了，我周家五堡可就倒灶灭绝了！"

周春强的情况赖团长原本不清楚，听他这样一说，立马倒了碗酒给周春强。周春强婉拒了。赖团长定定地看了他一会儿，一仰脖把酒喝光了，然后喜上眉梢地道：

"周兄，我给你做个媒如何？我家老妹今年20岁，还没许配人家。不是夸口，我这老妹长得顶标致。你别看我，我俩不是一个娘生的，别看我老妹庶出，却比我有教养。她娘早先是韶关的女学生，后来被我老爹搞到了手，可惜生下我妹子不久就死了。我妹子是我娘奶大的，我们三个当哥的把她当眼珠一样宝贝，所以左挑右剔，一时没选定妹郎。明日我把我老妹叫过来，你要是中意，就交换一下喜帖，来个火线成亲！我没有别的条件，你匀我二十支枪就行了！"

周春强唇边浮上一层不明的笑意，心想，这世界真是奇了怪了，他怎么也不拿自己的亲妹妹当回事？也许在枪与妹妹之间，很多男人都会选择枪。枪意味着主宰，意味着强势，而妹妹代表的亲情在枪的诱惑下，是可以放弃的，起码他周春强会作这样的选择。

赖团长哪知他的心思？见他一副拈花微笑的表情，自然以为他同意，于是立即吩咐手下去操办。周春强原想拒绝，但转念一想，觉得赖家家世不错，如果真能联姻，对自己今后肯定会有帮助，最重要的是这两天他便能将他的妹子睡了，说不定一炮命中，万一自己有个三长两短，还有一滴血脉在人世，对惨死的爹和可怜可恨的娘好歹也是个告慰。不过他又想，这时千万不能太心急，这一切还得等到见赖家老妹之后才做出决定。他对女人其实蛮挑剔的。

老天似乎知晓他的心思，第二日便下起了雨，炮火横飞的山间暂时得以安静下来。后来又刮起了强烈的风，将大片大片阴云赶到了广昌县境上空，颇有黑云压城城欲摧之势。这种雨势下，枪支弹药受影响，估计暂时不会发令攻击。尽管如此，大家的心仍然悬着。周春强更是在提防红军来偷袭，早把赖家妹子的事忘得干干净净。谁知到了下午，赖团长竟冒着大雨，领着他妹妹赖圣姨走进了他的碉堡。实话说，看见这个女子他有些吃惊，既吃惊于赖团长的认真，也吃惊于赖圣姨的美貌。

赖圣姨完全不像她那个屠夫哥哥，她苗条得近乎单薄，尖削的瓜子脸上有双欢快的大眼睛，这使她的容貌带上了一抹童真，让见惯风月女子的周春强怦然心动。更让他惊异的是，赖圣姨大方的举止和斯文的谈吐，颇有些像他倾慕的江采萍。周春强锐利、阴骛的目光似被雨水在瞬间泡软，落到赖圣姨身上时多了几分黏稠。旁边的赖团长看得真切，忙将他扯到外头。密集的雨点打在油布伞上发出响亮的"砰砰"声，赖团长眼中闪出一丝掩不住的欣喜：

"怎么样，成交吗？"

周春强一笑："人是不错，不过她真是你老妹吗？你不会为了这些枪胡乱找个妹仔来骗我吧？"

赖团长像是被人当众打了一耳光，脸上露出一股愠怒。他指天咒地地发了通毒誓，还找了两个部下当面作证。周春强没什么话可说了，心想为了几支枪，这个人总不至于狸猫换太子，无耻到用别人来冒充自己的妹妹吧？何况他还表了态，要拿出十亩水田当嫁妆，就算此间有什么隐情，周春强也认为自己不吃亏。再说，他也确实喜欢赖圣姨，于是当场拟了婚书，第二日赖团长就请来陈太平作证婚人，杀了几头猪、买了十几坛水酒，请附近的村民做好菜送到防线上，请士兵们吃喝，算是为他们办了婚宴。

整个婚礼办得突兀而疯狂，有些匪夷所思，连周春强自己都觉得莫名其妙。但它却像一支强心针，让防线上的兵丁们集体兴奋了起来。

那一夜是多么奇妙啊，经历过无数女人的周春强在简陋，洋溢着硝烟气息的碉堡里成了新郎！碉堡外是倾盆大雨，哗哗的雨声将他和赖圣姨制造出的所有响动吞噬得一干二净。许久未近异性的周春强疯狂地发泄着那份积蓄得即将溢出的情欲，黑暗中他看不见赖圣姨的脸，但他明显感到了她的痛楚和夹杂在其中的喜悦。

出乎意料的是，床上的赖圣姨并不像她的外表那般柔弱，也不像她的眼神那般天真，这让春强有些疑惑——疑惑她的贞节。当夜他悄悄起床，划着火柴，蹲在墙角里找到了他们刚刚用过的那块布巾。洁白的布巾上留着淡淡的血痕！他这才放下一颗心来。可为什么她在身体上给他的是一种与处女无关的感觉呢？赖圣姨显然是个人精，周春强一回到床上她便咬着他的耳朵轻轻地说：

"强哥，我好怕。万一红军打来，我们会不会死掉呢？强哥，我还要你。

你，你压着我的时候我就不怕了。"

周春强倏地明白了赖圣姨对情事为何如此热烈，原来她和自己一样也感到朝不保夕。在这种末日情怀下，他们狂欢了一夜，第二天起床时，赖圣姨一脸倦怠，强壮如牛的周春强也双膝酸软。

为了不影响军心，周春强让贴身卫兵大耳朵将赖圣姨送回广昌家中，谁知赖圣姨竟不答应。她的理由是，新娘要三朝以后才能回门，如果现在回娘家会被人笑话的，而且回门时一定要与他同行才成。周春强想想也是，便让大耳朵在附近村庄找了架马车，将赖圣姨送回五堡。

赖圣姨临行前搂着周春强直哭。赖团长显然看不惯妹子这种黏黏糊糊的做法，不耐烦地将她扯到了马车边。赖圣姨的哭声越来越大，最后反身紧紧抱住了赖团长。那一瞬间，周春强突然有种异样的感觉，可到底异样在哪儿他又说不出。赖圣姨走后，他仍在久久地玩味着那一刻的感觉，思来想去，又觉得自己或许是多疑了。

赖团长看样子也没有睡好，脸色青黄的，眼中布满血丝。周春强猜他喝醉了酒，赖团长矢口否认。他说能灌醉他的酒还没酿出来，只是昨晚连找两个妹仔，比他做新郎官还要累些，周春强听了很是奇怪：

"你就在帐篷里弄了两个妹仔？"

赖团长点点头，龇着满口黄牙得意地笑了。周春强从内心深处鄙视这个大舅子，可眼下他们在同一条战壕共生死，互相还得依靠。他猜想只要雨一停，陈太平便会下令攻打504高地，到时肯定让他们打头阵。所以，这两天他时不时地给赖团长灌点迷魂汤，夸他年轻有为，怂恿他去拔头筹，但他一点儿也不糊涂，只说到时听上峰的。于是周春强抽空又去找了陈太平，给他塞了根金条，希望他到时能手下留情。陈太平嘿嘿笑着，然后扯下脸说："周团长，你和赖团长都要做好准备，下午你们齐头并进，一道向504高地发动进攻！"

下午两点，周春强和赖团长带领各自的人马，齐头并进，同时出现在进攻前沿。当时空中飘着微雨，青翠欲滴的树木间开着丛丛簇簇的各色杜鹃，怒放的野蔷薇大方地挥洒着芳华，繁茂的花朵盖住了整棵的树木和一座座隆起的小土丘，空气中充溢着浓郁的花香，只是不时会有一股股腐臭扑鼻而来，提醒人们附近尚有未被发现和掩埋的尸体。

周春强和赖团长端着驳壳枪，吆喝着把那帮饿得发晕的村民往山上赶。山腰以下树木茂密，有些胆大的村民想借机逃跑，但他们五个一组用绳子拴住，加上这些天只喝了几碗稀粥，哪里逃得成？反倒每人挨了几大棒子。村民中妇孺老人居多，且沾亲带故，看到亲人挨打不免唉声叹气，细伢则咧嘴抽泣，但不敢大声哭。只要哭声一起，雪亮的刺刀便会逼至胸前，在皮肤上划出道道血痕。

在刺刀和枪口的威逼下，众人默默地穿过绿树掩映、开满鲜花的山坡，树梢上滴落的雨珠挂在他们脸上，那个金光四绽的太阳便在这雨珠里裂变成无数金点，甲虫般停留在那些惊恐、悲苦而又紧张的面孔上。密集的炮火把接近山顶的树木炸得稀疏。幸好红军事先在战壕以下几十米的地方打了丈把宽的防火带，加上下了几日大雨，否则山上的士兵不被炸死也要被烧死。疏松的泥土经过几天的雨淋变成黏糊糊的泥浆，泛着刺目的红。再往上走，便是红军的竹钉阵了，上百村;民战战兢兢地爬着，人群中兀地冒出个声音来：

"红军同志，你们快开枪，不要管我们呀！"

"对，红军同志，你们开火呀，反正早晚是个死！"

"打，打死这些丧尽天良的白狗子！"

一个声音带动一片怒吼，愤怒的喊声在寂静的山间回荡，蓦地有了惊人的气势。周春强挥刀朝一个引颈高喊的老伯砍去，老伯颈一歪，喷出股热血来，几条正在喊的嗓子像是被人按了开关似的在这一刻打住。而此时，在对过的赖团长手中，竟多了一颗血淋淋的人头，让人触目心惊。

赖团长手上的人头仍有知觉，一双眼睛惊恐地盯着自己的无头身体。不一会儿，身子轰然倒地，那对眼仁也石子似的嵌在了眼角，再也不动了。

"妹夫，你看哥哥的手艺如何？一刀就割下来了，算得上快刀手吧？哈哈哈！死鬼！看什么看，还不赶快往上爬！"

赖团长狂笑着将人头丢进了人群。人们骚动着，尖叫四起，又不得不颤抖着往山上移动。猫腰跟在村民后头的靖卫团丁们发出蛮横的喧哗。周春强的思绪还停在那对不可思议的眼珠上，一声巨响猛地在耳边炸开，几个团丁惨叫着飞上了天，他们的肢体在明灿的火光和浓浓的黑烟中飘落。周春强也被震倒在地。他还没爬起来，又有几颗手榴弹爆炸了，密集的子弹炒豆似的从两侧射来，压得他抬不起头。身边的团丁纷纷中弹，周春强赶忙滚进旁边的一个沟坑里。

沟坑奇深，里面净是腥臭的血水，上面浮着只断手和几缕肠子。坑底的泥又松又软，如果不是周春强个子高，他肯定会被这血水淹死。子弹贴着他的头皮嗖嗖飞过，他明白自己中了红军的埋伏，估计那帮做诱饵的老乡已被红军解救，没有了顾忌的红军有可能要把他们全部消灭。赖圣姨的脸在他眼前闪过，五堡水中倒影似的晃了两晃，他第一次发现自己原来这么怕死。因为这会儿尿液正顺着大腿往下流，还好坑里净是水，滚烫的尿液迅速融在温热的血水里。

"你们给我冲，给我冲！谁后退我砍谁！"

赖团长歇斯底里的声音断续飘进耳膜，周春强猛醒过来。他小心翼翼地探头张望了一下，发现红军的火力已经减弱了许多。沟坑右边不远处有块石头，大耳朵和几位团丁正躲在石头后面射击。

"大耳朵，你们掩护我上去！"

周春强喊了好几遍大耳朵才听见。大耳朵倒真够义气，冒着呼啸的弹雨匍匐过来，将周春强从沟坑里拉起。形势果如他所料，那批老百姓已被红军解救，红军正集中火力朝他们扫射。赖团长的靖卫团伤亡大半，周春强的护围队也死了十几个，剩下的全躲进了旁边的林子里。

周春强大声喊着赖团长，要他纠结余部从对过的斜坡往上攻，谁知喊了半日没人应，好不容易有个声音从死尸堆里挤出来：

"赖团长死了，就倒在我身上！他的脑盖打爆了！快来救我呀！一受伤的团丁凄厉地喊着，子弹嗖嗖地在他身边横飞，谁敢去救？只有听任他和那些伤员在那儿惨叫、呻吟。周春强一阵悲哀，这是物伤其类的悲哀，同时又觉得愤怒。他恨陈太平这个老狗，这会儿说不定正用望远镜在那儿看他们的笑话呢！

该死的老狗，明明晓得我们中了埋伏，也不来支持，这不是明摆着要我们死吗？我偏不死，到时看你怎么办？

周春强主意定下，这边立即下令撤退，赖团长的余部慌乱中接受了他的指挥，两部合起来二百余人狼狈地退回到射程之外的安全地带。赖团长未露脸，看来是真的见阎王去了。周春强忽然有种兔死狐悲般的伤感，他清点完人数后进行了重新编队，又派员到陈太平部请求炮火掩护，同时抓紧时间让兵丁们吃饭休息，自己则爬到树上用望远镜察看 504 高地。

西斜的日头照在山顶上，视野格外清晰。看了一会儿，周春强身子一颤，差点从树杈上摔下来。他的手擦破了皮，脚踝也挂伤了，但他根本顾不上，一双眼睛牢牢地粘在镜片后面，等待那张脸再次出现。对方似乎知道他在窥探，

504 高地上蓦地安静下来，他举着望远镜对山顶做了 180 度的搜寻，仍然没看见刚才的那张脸。

是自己眼花了，还是出现了幻觉？会有那么巧吗？

他下意识地扯了扯湿漉漉贴在身上、散发着血腥和尿臊味的裤子，想到自己尿裤子的那一瞬，唇边绽出自嘲的苦笑，酸涩的双眼火辣辣的。就在他打算下树时，那个熟悉的身影冷不丁又扑进了他的视野。他按捺住怦怦的心跳，静静地等着她转身。当她终于转过脸来时，他眼中一热，险些喊了出来：没错，真的是马丽！虽说她瘦了，黑了，却仍然那么美丽，可还没等他定睛再看，马丽便猫腰朝旁边一跳，从他眼中消失了。

那么说妹妹周春霞，还有江采萍她们，现在也都在山上？

周春强只觉有柄铁锤在心上狠狠地敲了一下，痛得他打了个冷战。有那么一瞬，他想大声下令撤退，好让妹妹和自己喜爱的江采萍、马丽活下来，可一秒钟之后他就觉出了自己的愚蠢。这时一阵炮声呼啸而来，接着山头上腾起了几个巨大的烟柱，四散的泥土溅落在树林中发出"唰唰"的声音。他"哧溜"从树上滑下来，小跑着冲到团丁们面前，快速地挥舞着手枪：

"快，快攻上去。见了女红军留活口，听见没有？"

炮击仍在继续，没谁听得见他的狂叫，但大家看明白了他的动作，猫腰拼命往上冲。炮火那么密集，红军无力还击，他们顺利地攻入了山顶。山顶已被炸得面目全非，除了稀松的热土和惨不忍睹的尸骸外，他们没看见一个活人。估计守护 504 高地的红军已全部报销了。

"哎，团总，你看那边！"

这时有个团丁指着左边的一道山脊大叫。周春强扭身看见几个红军正往悬崖边飞跑，其中一个正是马丽！

"不要开枪，抓活的！"

周春强话音未落，刚才惊叫的那个团丁已经打出了一梭子弹，马丽身后的一个红军应声倒下。马丽回看了一眼，目光从周春强身上滑过，这时又一阵枪声响起，马丽旁边的红军中弹栽倒，将马丽撞下了悬崖。

周春强怔怔地站在悬崖边，眼看着马丽落进悬崖下的水塘里，鼻头一阵酸涩。他想马丽刚才肯定认出了自己，不然眼神为什么那样哀怨和绝望？她挂花了，左颊有一道明显的伤口，满脸净是硝烟，尽管这样，却仍掩不住她独具的美丽。开枪的团丁走到崖边探头看了看，不无遗憾地道：

"团总，刚才那个女匪婆长得好平展哪，只可惜这下做不成人了，肯定摔死了，不然弄回去做老婆多好！哎呀团总，他们还活着！"

团丁边咋呼边朝山下扫射，一时间枪声大作。周春强身边的一挺机关枪"哒哒哒"地吐着火舌，有几个奔跑的红军在这火舌中倒下了。他冷冷地看着那块镜片似的水塘，惊异于人类生命力的顽强。从山崖上落进水，怎么着也该有几十米吧，居然还有好几个人活着。

看着那几个小得像蚁公一样朝山脚跑去的红军，周春强抢过部下那挺机枪拼命扫射着。不知是没拿习惯还是一时掌握不了要领，机枪子弹悉数落在树枝上，那些红军趁这空当儿躲到了山脚下。机枪的后坐力撞得他虎口发麻，双肩酸痛，一颗心也像是要跳出来似的在胸腔里狂颤。

打空那个弹匣，周春强把枪一扔，反身回到山顶的工事里，逐一翻看那些红军的尸体。经过炮火的密集轰炸，阵地上的尸首大都残缺不全，沿山头转了半圈也没找到看上去像妹妹周春霞的影子，他的心略微一松，又腿一声长叹。就在这时，躺在他脚下的那具"死尸"突然翻身坐起，一挥刀疯狂地朝他的双腿间劈来。

那个佯死的红军左半身已被炸烂，右手握着的那把刀周春强刚才也看见过，但想到握刀的只是具尸首，所以没放在心上。如果对方不是因为伤势太重，周春强定会被砍成两截。好在他还算机敏，闪身马上躲过了一劫。第二刀刚呼啸着举起来，他手中的枪便响了。子弹正中红军伤员的脑门，就像突然长出一粒巨大的红痣。红军伤员大幅度晃了晃，硬憋着一口气不肯倒下，圆圆的黑眼睛怒视着他，唇边绽开一丝得意的微笑。几个拥上来的团丁一阵乱刀下去，红军伤员顿时化为碎块。

周春强捂着剧痛且血流不止的下体，脑子一片混乱。几秒钟后，他终于确定了疼痛的来源，发出一声凄厉的惨叫，昏倒在地。和那些重伤员相比他算是轻伤，但与轻伤员比他又算重伤，因为他的命根子险些被削掉，医生费了好大劲才为他包扎好。医生告诉他今后在使用时可能会出现障碍，他拒绝相信。是啊，他怎么甘心接受这样一个结论呢？军医为了他更好的养伤，对后果一直说得含糊其辞，他心中那份因惧怕而产生的侥幸心理也越来越强。他在心里暗暗祈祷：老天爷，身上可不能少这件东西啊！男人没有了命根子，活着还有什么意思？

为了照顾他，赖圣姨在县城旁边租了间房子，两个多月里每日给他端茶送水，变着法子为他弄好吃的，陪他说话，哄他开心。周春强第一次发现成了家有了女人，对于男人确实是有些好处的。

赖圣姨似乎知道他的预后好不到哪里去，脸上不时露出几丝忧色。这段时间她一直在为哥哥赖团长戴孝，穿着异常素净，给人一种出尘之美，但憔悴是明显的。出院前几日，周春强让她回五堡，她心里很不情愿，说是一个人待在那座大围屋里害怕。周春强不高兴了，凶狠地瞪了她一眼，她不敢吭声了，含泪上了马车。望着她渐渐远去的背影，周春强颇觉陌生。他越来越觉得那场火线上的婚礼像场闹剧，因为他不敢肯定自己今后是否仍会爱她，也许他像爹一样，根本不看重任何女人，所以也不属于任何女人。这么想着时赖圣姨的马车已消失在街角，他下意识地捂着腹部叹了口气。

次日，他办了出院手续。出院时那个该死的四眼狗医生把他拉到一边，故弄玄虚地安慰他，要他想开些。他的脊背立刻变成了一条小河，冷汗哗哗流下来，拆掉纱布的私处在 5 月很明显的溽热中体会到了一份彻骨的寒意。

"……血管组织破坏了，你是疤痕体质，刀口会有增生，血管痉挛势必影响功能……会很难受的……"

医生的话鹅毛般在空中飘飞，怎么也落不到耳朵里，一切好像都是虚幻的。周春强摇晃着登上了马车，大耳朵在他身边说着什么他根本没听见，他甚至没有认出这个换了便装的马车夫就是他最近拜把子的兄弟大耳朵。

"团总，怎么啦？你是不是中暑了？要不要刮痧？"大耳朵贴上来谄媚地说："前头巷子里有个婆婆懂刮痧，到她那儿看病的人好多。"见他脸上面无表情，大耳朵又说："团总，那婆婆的孙女翠英长得好靓呢，要不要去看看？"

大耳朵在战场上冒死把周春强从弹坑里拉了出来，他马上便给他封了个副团总的官职，还赏了他几亩好田，大耳朵对他自然感恩戴德。由于护围队的团丁被编入一个由各县铲共团、保警队、靖卫团团丁组成的地方独立旅里，五堡基本丧失了防卫力量。为了预防万一，他在住院期间让大耳朵从周姓族众中再招了一批新丁进行训练，从大耳朵的汇报来看进展还比较顺利，看来大耳朵还是个可造之才，起码没让他周春强失望。而且大耳朵有时的周到和细心，还大大出乎他的意料，比如他现在这个刮痧的提议就让他颇为受用。他确实需要刮痧，关键是要从女人身上找点乐子，这也是他提前打发赖圣姨离开的主要原因。

刮痧婆婆住在一条小巷里，进门一个院子，收拾得干净齐整，楼下厅堂是老太婆刮痧的地方。楼上则是她孙女翠英的闺房。周春强去时老太婆正在给一个细鬼刮痧，翠英斜倚在眺楼上嗑瓜子，见有客到，她飞快地从楼上下来。

翠英虽说才十八九岁，可已经老于风月了，见了周春强媚眼一个接一个地往他身上抛，仿佛一头骚狐狸。她长得高大丰满，肤如凝脂，有一种肉欲与凡俗相融的美。这种美是他此刻最欣赏也最需要的。他迫不及待地进了房间，里头的明亮干爽出乎他的意料，于是对这翠英又多了几分好感。

翠英嗑着瓜子，看着周春强咯咯直笑，一对撑衣欲破的乳房鸽子般在阴丹士林衫里扑腾。周春强感到有股久违的冲动，他扑过去，三下五除二地剥去了翠英的衣裤，一道白光晃得他眯起了眼睛。周春强将脸埋在她雪白的双峰间贪婪地嗅着，舔着，翠英继续风骚地笑着，肥白的躯体扭动出微微的涟漪。周春强忽然感到一阵疼痛，低头一看，发现自己那根家伙粘连成了一个奇异的马蹄形。

翠英大咧咧地张开粗白的大腿等待他的进入。见他许久没动静，不由抬头看了看。这一看可把她笑得从床上扑通一声栽了下来。她爬起来，蹲在床沿边捧着肚子狂笑：

"……哎哟，哎哟，你，你怎么长了这么怪一个东西，这……这能用吗？哎哟，就像，就像扭结子（一种赣南的水果，以枝桠弯曲著名）笑死我了！笑死我了！"

翠英笑出了眼泪，根本没注意到周春强的脸黑成了锅底。她抹着眼泪"哎哟哎哟"叫唤着，这边腾出只手去揿他的家伙。周春强蓦地对这个肥白如蛆的女人异常厌恶，他揪住翠英的头发狠劲往床沿撞去，翠英一声没吭便晕了过去。接着他从腰间抽出匕首，在翠英的私处划了几刀，翠英挣扎着，杀猪般地号叫起来。他拼命地踢着她那肥白的屁股，翠英的号叫变作了惊恐的哭声，浑身的白肉颤出一阵波涛。他仍不解恨，挥刀在她屁股上划了几下，然后在被窝上揩干净刀，扬长而去。

闻声赶来的老太婆看明白了眼前发生的事情，握着刮痧的碗片朝他直刺过来。他一掌将她打翻在地。老太婆开始泼天大喊，邻居恨她唆使孙女做出这等下贱事，早就对她一肚子意见，此时自然不肯出头帮忙；加上翠英的嫖客什么人都有，谁愿多管闲事？邻居们纷纷关门，街上的行人不知出了什么事，生怕惹祸上身，也拼命往前跑，周春强走出老太婆家门时周遭安静得如同午夜，只有大耳朵和那两匹马梦境般呆在路旁。

"团总，出了什么事？"

大耳朵拎着驳壳枪匆匆跑来。周春强黑着脸跃上了他的大黄马，扬鞭甩了个响亮的嘚哨，负痛的马儿啸叫着飞驰而去。大耳朵的坐骑也跟着奋蹄直追，留下大耳朵站在街中央发傻。

团总这是怎么啦？大耳朵正疑惑间，看见老太婆扶着血淋淋的翠英挣扎着走出来。他愣了愣，接着打起飞脚闪进旁边的小巷，像匹受惊的马似的狂奔而去。

# 第三十章

转眼到了 10 月，中央苏区的形势越加严峻。9 月 19 日中央人民委员会主席张闻天发出了《关于边区战区工作给各省各县苏维埃的指示信》，对边区战区、省县苏维埃政府的工作做了布置。29 日张闻天又在《红色中华》报 239 期发表了《一切为了保卫苏维埃》的署名社论，向苏区军民说明鉴于当前形势，"我们有时在敌人优势兵力的压迫之下，不能不暂时放弃某些苏区与城市，缩短战线，集中力量，求得战术上的优势，以争取决战的胜利"。10 月 3 日《红色中华》第 240 期又发表了中共中央和中央政府联合署名的《为发展群众游击战争告全区民众书》，号召全苏区群众武装起来，开展游击战争，保卫自由和土地，保卫苏区。

一时间众说纷纭，各种猜测和小道消息满天飞。一些地方干部心里悬了空，他们三三两两的借汇报之机上云石山，闪烁其词地打听着下一步的工作计划，可得出的结论无非是红军要打大仗了，要他们按照中央的统一部署继续扩红、借谷，加班加点翻造修理枪械。这种答复显然不能让打探消息的干部们满意。可不是嘛，自从中央组成"三人团"之后，许多原本比较公开的东西皆成了机密。

红军的处境随着根据地的缩小越来越困难。剩下的根据地，在国民党的铁桶合围中能否坚持下来，谁心里都没有谱。奇怪的是大会小会从不公开讨论，报纸上还一如既往地登载着喜人的战报。与此相反，各种传言突然像风一样地传播开来，一会儿说红军这里打了败仗，一会儿说某县还乡团杀害了几十个红属。开始大家还不信，可后来发现是真的，众人心里便画上了一个问号。从此再看报纸，有文化的人开始琢磨词句背后那些潜在的信息，没文化的老表听人读报后吧嗒着烟斗，然后无奈地叹道：

"政府也难哪！总不能天天登报说打败仗吧？也是怕我们大家担心，让我们能睡安稳觉呀！"

老表们讲的这番话倒真的道出了那些红色报人的良苦用心。在这种大兵压境的情况下，稳定人心是他们的首要任务。再说，每个人都觉得还有获胜的希望，在此之前红军不是已经破了敌人的四次围剿吗？这次只不过更困难一点而已。报人们并不觉得继续高奏凯歌是撒谎和欺骗，他们认为这是自己的职责和义务，所以不管形势如何恶化，仍热情洋溢地讴歌第五次反围剿中出现的新人新事和战斗英雄。

红鹰突击队由于工作成绩突出，多次见诸报端。有关红鹰突击队的宣传稿多出自记者万文之手，可万文四月份在前线采访时牺牲了，这次发掘红鹰突击队事迹的是身在中央保卫局的那个苏干事。苏干事业余时间经常给报社投稿，为了接近周春霞，他三天两头到突击队采访，并使出看家本领给她们画了一张合影图，起名为"铁血杜鹃群像"。

这张画稿注销来后，她们每人买了几张报纸。苏干事手艺不错，画得惟妙惟肖，栩栩如生。最令人称奇的是，苏干事笔下的杨兰英与众人记忆中的模样毫厘无差，原本看不惯他的刘观音因此对他客气了许多。

也许是形势紧张之故，也可能与对钟家英的承诺有关，红鹰突击队的队员们现在几乎断绝了与男人的来往，只有苏干事是个例外。他十天半月的总要抽空到队里打个转，不过他现在很清楚周春霞的脾气，每次来后一改孙力的做法，从不单独和周春霞腻在一起，而是默默地挑水劈柴做一些力所能及的事情，得空便和青秧她们聊天，但眼睛却始终跟着春霞。他确实喜欢周春霞，只要看到她就高兴。

周春霞这段时间身体好了一些，看上去又有了几许当初的风采，只是那双美丽的大眼睛再也不像以往那样神采飞扬了，漆黑的双瞳隐在一汪忧色中，多了几分朦胧与梦幻。她现在很少说话，特别是当她从苏干事口中确认哥哥又在进攻苏区后，变得更加缄默了。

　　经历过孙力事件，她变得越来越不修边幅，似乎想从外表上摆脱过去的印记。以前她的军装洗过后总要用装了滚水的茶缸去熨，刘海也时不时用火钳烫一烫，眉毛修得整整齐齐，站着和坐着都要考虑美观与否。现在她才没有这份心思呢！看样子她非要把自己变成一个丑八怪才甘心！偏偏老天那么厚爱她，尽管前段时间憔悴得惨不忍睹，现在又透出花的色彩，难怪苏干事看她的目光越来越痴迷。说来有趣，有一次他当着江采萍的面哭了，要江采萍帮忙，让周春霞到河边和他单独坐一会儿。江采萍看他挺可怜的，便帮着讲了几句话，周春霞这才勉强给了他一次机会。

　　那天黄昏，周春霞和苏干事坐在绵江边，前面是潺潺江流，旁边是个码头，身后是丛丛茅草，茅草后头是青葱的菜地，有种闹中取静的感觉。在晚霞的照耀下，缓缓流淌的江水犹如一块飘动的锦缎，绽放出绚烂的光芒。周春霞清秀的脸被夕阳镀上了一层艳丽的玫瑰红，显得美丽动人。

　　苏干事咬着草茎许久没作声。周春霞也没在意，她的心随着滔滔江水飞向了遥远的五堡，那一刻她甚至想问一下苏干事是否查没了她寄给家中的信件，否则为什么至今杳无音讯？但她最后还是忍住了。孙力叛变后她对人性有了极大的怀疑，她想眼下苏干事对她有所求，也许会说实话，可万一自己不答应和他谈恋爱，他会不会把自己写信给哥哥周春强的事捅出去？自己到时岂非要背上通敌的罪名？更何况他是那样一个左得出名的人！

　　周春霞冷冷地坐着，始终和苏干事保持一定的距离，这距离让苏干事感到惶惑、痛苦。两人枯坐了半天，苏干事终于忍不住将口里的草茎一吐，哑声道：

　　"春霞，你是不是觉得我这样缠着你很无耻？其实我也不想这样，但不晓得怎么搞的，人像着了魔一样，不管干什么眼前总是冒出你的身影来。说实话，你上次为救方梦袍，当众说我非礼你，那时我挺生气的。换了别人，我一定要找领导讲个清楚，可是对你我却硬不下这个心。"

　　苏干事说着咳嗽起来，像是被自己的话吓着了。周春霞的思绪被他的咳声拉回来，她仔细看了面前这个男人，发现他瘦了，老了，眉宇间不知为何也和自己一样蒙着层忧愁。见她不回答，苏干事转了个话题，他问周春霞是否还记得孙力。周春霞打了个愣怔，他的眼里立刻掠过一抹仇恨：

　　"这个狗娘养的，他现在竟然当了白军的一个团参谋，正跟着部队攻打瑞金！他在报上写了自白书和几篇胡诌的文章，说苏区漂亮的妹仔明里暗里全给当官的睡了，还举了他自己的例子，说是某次演出途中也捎带玩儿了一个红军突击队队员。喏，报纸我带来了，你看看。"

苏干事说着从衣兜里掏出两张叠得方方正正的报纸，递给周春霞。她哆嗦着将报纸展开。就在这时，她发现苏干事注意到了自己的手在抖，她试图让自己平静下来，但那双手却抖得越来越厉害。报纸发出簌簌的声响。

"那个突击队员是你吧？"苏干事忽然颤声说，"我猜那个突击队员就是你！我问过她们，那天你跟着蓝衫团走了，不然你也看不到他叛变杀人的那一幕，对不对？你告诉我，这是真的吗？"

那一刻，周春霞完全蒙了，傻了，一股巨大的耻辱感几乎把她彻底淹没了。苏干事为自己对她说出那个残酷的事实而后悔，伸出手轻轻地摇晃着她。周春霞捏着报纸没作声，眼泪不听话地流出来，有几滴泪落在苏干事手上。他像被人施了定身法，呆呆地看着她，猛地蒙脸抽泣起来。

"耻辱啊耻辱啊！……"

他反复喃喃着这几个字，每念一次就像刀尖插进了胸膛，疼得周春霞喘不过气来。一时间，仇恨、屈辱、悔意，像潮水般地卷来。她疯了似的将那几张报纸撕碎，扬手扔进了江中。白色的纸片在昏暗的暮色中闪动，仿佛朵朵落花，它们随波涌动着，漂向遥远的天际。周春霞听见有个声音在耳边喊："杀了孙力，杀了孙力！"——他居然在文章中把自己形容成一个人尽可夫的婊子！

苏干事没有阻止她撕那几张报纸，一直冷冷地看着她，仿佛她是一个不洁的女人。周春霞被他这种目光刺痛了，突然恶毒地想捉弄他一下：

"苏干事，你谈过恋爱，碰过女人吗？"

苏干事一愣，未料到她有这一问，慢慢地摇摇头：

"嗯，没，没有，真的没有！"

他赤红着脸解释道。春霞笑了：

"好，没碰过就好。"

"有什么好？我不觉得……"他嗫嚅道。

"那你想吗？好比说现在……比如说我……"

苏干事咕咚一声，咽下口唾沫，欲言又止。

周春霞心里有底了，她瞄了眼四周，但见暮色纱幕般垂下，村人们正吆喝着耕牛往家中走去。旁边的码头上有几个勤劳的妇女在那儿捣衣，"嘭嘭嘭"的声音混合着草丛里渐次响起的虫鸣和远处的鸡鸣、狗吠、人语，散发出安谧的田园气息。周春霞睨着苏干事，一粒一粒地解去衣扣，小巧、坚挺的双乳花瓣似的凸现在暮色中，闪烁出诱人的白光。

苏干事吃惊地盯着她，眼珠渐渐地粘在周春霞胸前。从表情上看他的理智正在和感官搏斗，有那么一瞬周春霞还以为他会愤而离去，然后指着自己的鼻子大骂。但他没有，非但没有，而且他冷静的双眸渐渐绽放出炽热的光，这光烙在周春霞的胸口上发出嗞嗞的响声：

"春，春霞，我……要你……"

苏干事失控了，他猛地扑过去，动作粗鲁得如同捕食的野兽。周春霞懒懒地躺着，任凭苏干事的手和舌头在身体四处游走。她的顺从无疑鼓励、激发了他的欲望，他的喘息声越来越粗，斯文、秀气的面孔在仅存的那点暮色里歪扭着。

就在苏干事即将进入她身体的刹那，周春霞猛地将他推开，接着花豹一般翻身跃起。她冷冷地看了一眼拎着裤子不知所措的苏干事，鼻子里哼了一声：

"我看你比孙力也好不到哪儿去！"

言罢，她弓身跃过一丛茅草，消失在夜色中。

"我……我……我要杀了你——！"

身后追来苏干事野兽似的吼声。周春霞头也不回，她边走边扣着扣子，原先压在心上的那块石头似乎给卸掉了，周身轻松了许多。

## 第三十一章

天空飘着微雨。细细柔柔的雨丝在天地间悬起床巨大的薄纱，所有的景物在这薄纱的映衬下都显出了几分虚幻。江采萍带领队员们天刚亮便向武阳赶去，身后是几十人的担架队。风斜斜地吹，雨斜斜地飘，穿着蓑衣的担架队员们仍被淋了一身。最受苦的是那些伤员，尽管担架上方搭了片竹席，但在斜风斜雨中这竹席形同虚设。江采萍和队员们前后奔忙着，为伤员盖上蓑衣和油纸，尽量让他们保持干燥，心里不免犯起了嘀咕：明知天要下雨，上级为什么还要疏散伤员呢？联系最近的形势，江采萍估计中央有大动作。最大的可能便是人们猜测中的大撤退。至于撤向哪里，何时撤，这是最高军事机密，她无从知晓。但她知道这段时间中央机关在坚壁清野，许多重要部门在搬迁，机器和文件全打好了包，她们前一周就是在急急慌慌地组织疏散中度过的。这不明摆着要撤吗？

为了给队员们释疑解惑，也为了让自己有个思想准备，江采萍多次到局机关打听去留问题，可被问的领导总是一脸茫然，只说等指示吧！所以她们每日起来照例将衣被打成一个包袱，准备随时抬腿走人。

近些日子，部分机关往梅坑、田心圩、云石山转移，江采萍她们破例在原先的贸易局得到了一间办公室，把大家乐得跟什么似的。可办公桌的凳子还没坐热，组织上便让她们协助后方医院将那些尚未痊愈的伤病员疏散到武阳山区。

全苏区的伤病员约有 4000 余人，现在形势紧急，组织上给每个伤员和收养的老乡一定数额的费用，大部分就近安置。考虑到伤员们的安全，决定把他们疏散到瑞金与各周边县交界的边区乡。

按照以往经验，疏散工作肯定要拣个好天气，因为伤员淋了雨，伤口容易感染和生病。今天之所以冒雨出发，估计与事态紧急有关。江采萍她们这支担架队全由女同胞组成，大家都察觉到了这次行动背后的隐衷，个个表情凝重，一路行去，只听到咯吱咯吱的脚步声，越来越粗重的喘息声，气氛甚是沉重。

江采萍前几天受了风寒，不太舒服，加上近几个月来中央各机关的同志响应中央节约粮食、支持前方的号召，每日只吃两顿稀饭，身体愈加虚弱，走在路上头沉眼花腿酸软，但她咬着牙不吭声，以极大的毅力走在队伍的前头。

杜青秧也病了，一路上"咣咣咣"咳着，像只破风箱。好在刘观音和周春霞体力尚可，她们穿梭在队伍中，仿佛一对矫健的雨燕。由于路滑难行，中途还要吃饭、休息、换药，到武阳时已经是下半晌。

武阳这边的雨更大，哗哗往下倒，负责接待的乡苏维埃政府刘主席是个失去右手的伤残红军。他个子瘦小，头颅壮硕，满脸蓬勃的胡子，俗称刘大头。刘大头显然也很疲惫，两眼净是血丝，嗓子哑得像鸭公。他说头两天夜里有大批红军路过武阳，他和乡苏维埃的同志组织群众赶打了几千双草鞋，煮了几百只鸡蛋，做了几十担炒米，烧了几十桶热茶，整夜守在路边，为战士们端茶、递水，送军鞋。妇女会发动了上百位大嫂，大姆，拎着装有碎布的竹篮，打着火吊，见到哪位战士衣裳破了当即拦下，几个人你挑我缝的立马搞定。

"……我们的红军战士太艰苦了，好多人打赤脚，脚底上净是疤，身上的衣服破成了布条，只好腰间扎根草绳，要不风一吹衣服就成旗帜了。难为他们吃这份苦啊！"

刘大头想到红军战士的艰难，眼睛更红了。对于部队的这次大行动，刘大头和江采萍一样心存疑惑。招呼江采萍一行用过饭后，他特地将她请到僻静处，问她是否知道上级的打算。江采萍愣了愣，本想如实说，又怕影响他们的工作情绪，便打了个马虎眼：

"他们是要去打大胜仗的！"

不料刘大头比江采萍还了解时事，他捻着蓬乱的胡须，头摇得像拨浪鼓："江队长，我打听了一下，他们是24师的，刚从前线撤下。前不久在长汀补充了好多新战士，他们在这里没有停留，听说要赶到会昌的珠兰去休整，这是在做撤退的准备了。"

江采萍傻傻地看着他，不知该怎样往下说。刘大头瞄了她一眼，突然笑了起来："江队长，我没别的意思，你不要紧张。其实照我看，红军早该撤下来，留得青山在，不怕没柴烧，省得跟白狗子硬拼硬。真家伙对着干我们红军是要吃亏的！人家是飞机，大炮，我们是长矛，大刀，不是对手啊。打不赢怕什么？像以前一样跑呗！边跑边打，白狗子被我们弄得团团转，那样多好哇！这次我们硬扛着打，吃了好大的亏。广昌会战你晓得死了几多红军吧？"

江采萍摇了摇头。这属于军事机密，一般人不清楚，但她知道广昌会战伤亡极大，有一个师战后被迫撤销了番号。这事她是从苏干事那里听说的，具体伤亡人数就不知道了。

"五千多人哪！听讲是参战总兵力的五分之一，吓人吧？我一个兄弟在这个师，他受伤了，我上次到医院去看他，听他讲的。那些战士死得好可惜呀！"

刘大头兴许是想起了那些牺牲的战友，眼角闪出点点泪花。这时乡苏维埃的一位同志跑过来，说是房东已经为她们安排好床位，还烧好了水，让她们去洗个热水澡。江采萍看看天色，知道当天赶不回县城了，只好接受刘大头的好意。但她并没有忙着洗澡，而是召集前来接受伤员的各村苏维埃干部开了个短会，对伤员的安置做了具体的要求和部署：

"……总的来说要做到以下这几点：一是冬天要到了，争取每个伤员有个火笼，每人有床棉被，没有棉被的袭衣一定要有一件；每五天要洗衣一次，如果伤病员没有衣服换洗了，接待的老乡要借衣裳给他们换；伤员们最好三天洗一次身，生了疥疮的一天洗一次，或者洗两次；要热茶热饭招待；过年要发动群众慰劳；每十天要发动妇女儿童慰问一次伤员；每十天召集组长联席会议一次，每个伤病员要有一副担架，准备四个人抬。不管在什么情况下，都不能让伤病员受到危险。讲了这么多，这后一点是最最重要的，大家记住了吗？"

众人纷纷表示，将以最快的速度把伤病员安置好。江采萍悬着的心放下了。她念的这些要求是有关部门新近拟出来的，她觉得多少有些苛刻，特别是每隔十天要妇女儿童进行慰问，这有些流于形式了。这次的伤员不是集体安置而是分散休养，如果按这种要求去做，那些妇女儿童岂非成天忙于慰问？这不太现实。不过接受任务的村苏维埃干部对此没有提出异议，他们理所当然地接受了上级的要求。

面对这群质朴热情、全力支持红军的村干部,江采萍心潮起伏,她不由分说地朝他们鞠了三个躬。

从目前的迹象看,苏区形势不容乐观。沦陷区不断有伤病员和安置伤病员的群众被杀的消息传来,如果形势进一步恶化,瑞金不保的话,这些接受伤病员的村苏维埃干部和群众便会有生命之忧。村苏维埃干部们哪会不明白这种利害关系?但他们没有丝毫的犹豫,会议刚散便打着火把分头将几十位伤病员安置下去了,那种义不容辞,那种雷厉风行,让江采萍甚为感动。

夜晚,江采萍等人歇息在乡苏维埃政府副主席家的楼上。这楼是用来存放谷子的,但此刻谷子已充了军粮,几个大木桶空空如也;墙角的沙堆里埋着一些脚板薯、番薯,可凭这些东西,副主席一家五六口怎么过冬呢?她不禁为他们捏了把汗。

不过,与刘大头相比,这乡苏维埃副主席的家还算好的,起码还保留了楼板和床板。听乡苏维埃的干部讲,刘大头把房门、楼板、床板全部捐献给了红军,连他爹的寿材也拆了当木料;家中的鸡鸭、小猪,也在前天晚上一并做成了菜,用来招待红军。

"我们刘主席把胳膊留在了战场上,心也还在战场上。哪怕他变成了灰,你只要一讲'红军',他就会爬起来的。"那个乡苏维埃干部如此说。

听了这些故事,周春霞有些不好意思,她借故从人群中走开了。江采萍看见刘观音一副不满的表情:

"队长,明天回去你一定要她把那些东西拿出来!我们这些机关里的人总不成连乡苏维埃干部都不如吧?太没觉悟了!"

刘观音的眼里容不得沙子,她这样说,倒不是眼红周春霞还有那么些私货,实在是气不过她的"自私"。刘观音没钱,但她有这份心意,她把李团长送给她的那只怀表捐出去了,说是指挥员需要掌握时间,比她更需要这块表。那枚金戒指也捐给了伤员,她相信李团长如地下有知也肯定会支持她的。

这晚,躺在乡苏维埃副主席家楼上那堆番薯边,刘观音不免旧话重提,要周春霞回去"做出个觉悟"来。周春霞瞪着屋顶没吭声,刘观音起了火,霍地翻身坐起,鼻孔里喷出两股冷气来:"你这人怎么死牛血一样没得反应?也太不像话了嘛!"

周春霞瞟了她一眼,仍旧不出声。青秧扯扯刘观音,刘观音摔开她的手,喘气的声音更粗了：

"兰英护着你这样一个没觉悟的人，死了也不甘心呢！"

言罢，她树桩般倒下，砸得楼板发出咯吱咯吱的呻吟。江采萍累坏了，她先前还听到了半耳朵并想劝劝她俩，可不争气的眼皮却石磨似的压在眼珠上，很快便沉入了梦乡。第二天早晨起床一看，刘观音嘴唇肿了，周春霞的眼皮青了，这才知道她俩后来打了一架。

"不像话，不像话，太不像话了！"

江采萍生气了，连连说着这句话，与其说她在责怪刘观音和周春霞，倒不如说在指责自己。自己怎么能睡得那样死呢？万一有敌情怎么办？刘观音和周春霞对望一眼，两人齐齐开口向她承认错误：

"队长，不怪她，是我不好。我不该这样讲她，有意见也要慢慢做工作。"

"队长，刘观音讲得对，我是太自私、太小气了。跟这些乡苏维埃干部比起来，我好落后，她骂得对。"

两人认错都爽快，事后却互不理睬。江采萍严肃地将她俩的手捏在一起：

"同志们，我们一定要心连心，不能把社会上的门户之见带到队伍上来。周春霞同志虽说有缺点，但我们也不能采用讽刺、挖苦的手法，这一点刘观音同志要注意。我们不能只看到周春霞同志的缺点，也要看到她的进步，你们说是不是？"

刘观音、周春霞和在旁边看热闹的青秧，认真地点点头。然后刘观音抓起周春霞的手猛地朝自己脸上扫去，不小心碰到了肿胀的嘴唇，疼得直吸冷气。周春霞看她那样子，好气又好笑地叹口气：

"你这个猪嘴巴就是该打，有时说话也太尖利了。喏，这是你上次给我的药粉，擦一点儿吧。"

周春霞从口袋里掏出一只小瓷瓶递给刘观音。刘观音匀了些黑色药粉涂在嘴唇上，剩下的那些抹在了周春霞的眼皮上，瞅着两人的怪相，青秧笑个不停，江采萍也有些哭笑不得：

"你们这两个现世宝，这样子哪像红军哟！好吧，我们趁早走，现在局势这么紧张，讲不定回去又有什么新任务呢！"

说罢，她们悄没声地下了楼。乡苏维埃副主席一家还在睡觉，鼾声从没了门板的房子里飘出。江采萍知道他们这几天累坏了，给他留了张字条以示感谢，这边领着队员踏上了回瑞金县城的小道。

雨停了，晨曦中的山路泥泞难行。途中有座桥被山洪冲垮，江采萍她们只好绕道而行，路程比来时远了两倍。尽管如此，没有了负担的担架队员们还是比昨天活跃了许多，她们高声说笑着，时不时打趣一下周春霞和刘观音，问她们脸上的伤是不是昨晚被情人打的，弄得两人闹了个大红脸。

这样笑闹着一路行去，不知不觉回到了县城。这时已近黄昏，往常这光景人们多在家中做饭、吃饭，可这日却出奇，人们三三两两聚在街上，惊恐不安地议论着什么。见了江采萍一行，他们像是遇着救星似的围过来，七嘴八舌地开始询问部队撤走的事，听得她和队员们一头雾水。

"没撤啊？我们还不是照样在执行任务？如果转移我们会知道的。你们放心，瑞金是我们的赤色首都，怎么能轻易放弃呢？"

江采萍安慰着大家，不料人群中有个大嫂失声大哭起来，说她老公的部队昨天已经转移了，至于去哪儿谁也不清楚。

"妹仔，我有个侄子在云石山的机关工作，昨日也走了。听讲那些机关全部走了！"

一个老者捋着胡须说。另一个少了条腿的伤残红军关切地提醒她们去找有关人员问一问，看看是否还有第二次转移行动。

"我大伯、大姆她们是运输队的，昨日跟着部队往会昌方向去了。我看你们赶快回去看看吧！"一个正在给卵鬼喂奶的大嫂说。

"队长，那次苏干事不是说过，中央可能有新部署吗？说不定指的就是这次的转移？"

周春霞说着脸唰地白了。刘观音抹了把头上的汗，随手一甩：

"不可能，我们也是红军，总不成别人转移我们不转移吧？他们乱说的。"

她朝街上的人指了指，手臂忽然僵在半空。昏蒙的夜色中，街上人越聚越多，嗡嗡的议论声使夜色显出几分喧闹。刘观音立时察觉到了不对，剩下的话堵在喉管里，嘴一时半会儿没合上。趁她们说话的当口，杜青秧在人丛里打了个转，这时急急地挤进来，小巧的鼻尖上满是汗珠：

"队长，不得了了！我在那边问了一个大嫂，她家老公、小叔、姐夫昨天全部随大部队撤走了！听她讲还有好些人留下了，我们是不是也被留下来了？"

江采萍扭头看了看，发现那些担架队员早已四散回家，满心疑虑的她已无暇他顾，忙领着大家往局机关走去。尽管局机关前段时间已迁至云石山，但原来的办公地点还留了部分工作人员，当她远远看见办公室窗户里透出束束灯光，悬着的心放了下来。

"那些人自家吓自家！这不是还有人在加夜班？"

江采萍安慰着大家，周春霞和刘观音附和着。青秋的两只大眼睛一转，白着脸道：

"不对，好多房间只有灯没有人，你们不信啊？进去就晓得了。"杜青秋说着跑了进去。果不其然，偌大一座房子只有两个人在当值，原来唱的是一出空城计！这当值的一个是原先守门的老大伯，另一个则是局机关的干部，姓陈，早前在江口交通站工作，肺部和大腿受过伤，身体非常虚弱，仿佛只有半条命，人称陈半条。

见到江采萍她们，陈半条严肃、忧愁的脸上浮起一层快慰的笑容。他三步并作两步地迎上来，抓着江采萍的手激动地摇晃起来：

"哎呀，太好了！你们也留下来了？这下我们能干些事了！"

"什么？他们，他们真的全走啦？"

这回轮到江采萍瞪眼了。陈半条招呼她们坐下，给每人倒了杯柿叶茶，这才慢条斯理地告诉她们红军主力和中央机关的确全部转移了。各单位的去留名单一律由领导定，并且是在走之前才临时下通知。

"我们昨天去武阳了，这么说，领导是让我们留守了？"

陈半条告诉她们，苏区仍留了不少部队，每个部门也有留守干部，可江采萍还是有种被遗弃的委屈，那一瞬间泪花在她眼里打转，声音也有略微的颤抖。周春霞没吭声，一张脸白得像朵泡久了的菊花。刘观音恼火地瞪了瞪眼：

"怎么这样做事？把我们当外人啦？跟着大部队走还是比待在这里强嘛，起码能看些新鲜地方。"

"才不呢，天天行路，脚都要走断，还不如留在这里。"

杜青秋倒高兴起来。陈半条欣赏地看着她：

"这个妹仔蛮懂事。你讲得不错，我们不会放弃苏区，转移只是暂时的。采萍，现在外贸局的工作由我负责，你协助我工作。苏区现在归中央分局和中央政府办事处负责。项英、陈毅、瞿秋白、谭震林同志都留下来了。24师、独立3团、7团还有好几万红军也在苏区呢。我们最近的工作照常运转，让白狗子摸不到中央的底细，这叫作红色封锁。你们继续去扩红、征粮、募冬衣，接替红军主力防务的留守红军也需要过冬物资啊！"

陈半条这么一解释，大家舒了口气。周春霞拍着胸口，心有余悸地说："吓死我了，我还以为要把我们丢在这里呢，这下放心了。"江采萍一直没说话，坐在那儿静静地听，这时她霍地站起身，着急地说："老陈，刚才街上到处都是讲闲话的人，我们是不是去给大家做做工作，让他们放心歇眼？万一里头有几个坏分子那就不好办了。"

陈半条一听觉得有理，当即拎了锣鼓和江采萍她们去了街上。街上的人比刚才更多了，但他们已经不再惊慌失措，也不再窃窃私语，相反的个个兴高采烈，脸上绽放出灿烂的笑容。原来街心处临时搭起了小戏台，县苏维埃政府组织剧团正在演采茶戏《兄妹识字》。她们用本地话讲一些俏皮俚语，逗得观众哈哈大笑。

街的另一端，附近几个乡的苏维埃政府组织了赤卫军在舞香火龙。香火龙是在稻草扎的龙身上插上线香，点着以后甩出各种姿态，在黑夜中尤其好看。这条绚丽的游龙吸引了大批观众，大家聚精会神地看着，心也安定了下来。江采萍她们在人群中穿梭了一会儿，再没看到谁忧心忡忡地怀疑红军"弃都"逃跑了。

"采萍，这里的工作还是很需要我们的。我们明天上午碰个头，研究研究下一阶段的工作。"

江采萍她们的出现给了老陈信心，他明显快乐了许多。他摇晃着清瘦的躯体，说是夜晚就歇在办公室。"怕有急事找我呀！"他的声音中有种热诚。

江采萍她们默默地往住处走去，谁也没吭气，气氛颇为沉郁。

"队长，你说白狗子会攻下瑞金吗？"

快到住处时，周春霞冷不丁冒这么句话出来，江采萍停下脚望着她。月光下，周春霞清丽的脸上有层浓重的忧色，江采萍一笑：

"春霞，胜败乃兵家常事，我们要做好这个准备。"

"是不是想见你哥哥了？"

刘观音捅了这么句话过去，江采萍回身严厉地扫了她一眼，刘观音立马朝周春霞抱拳作了个揖：

"对不起，我又乱嚼舌头了。"

周春霞不介意地摇摇手。转眼间，她们来到了住处前的拐角处。这时打斜里蹿出一个人来，他一把抓住周春霞，急急地道：

“哎呀，总算找到你们了。你们害死人哪，搞得我也留在这里了！”

抬眼一看，居然是苏干事！他穿着军装，扎着腰带绑腿，胸前斜挂着干粮袋，身后背着方正的被褥包和斗笠，一副远行模样。他说他刚从云石山下来，大部队已经开拔了，往哪个方向走谁也弄不清。他根据老表指的方向追了一阵没追上，便又踅回来找她们。苏干事脸上全是汗，脚上的草鞋也破了一只，歇了好一阵还在不断地喘粗气。

江采萍请他进房间休息，苏干事没拒绝。就在杜青秧给他倒水喝的当口，他已经打机关枪似的把他掉队的原因给说了出来：

“中央机关直属单位组成了两个野战纵队，其中通讯队、警备连、工兵连、直属工兵营、炮兵营和附属医院、中央军委、红军总部的直属机关是第一野战纵队，起了个名叫红安纵队；第二野战纵队叫红章纵队，主要是由中共中央、中央政府，还有总工会、团中央、卫生部、后勤部门、担架队组成，我们政治部的邓发同志任副司令员兼副政委呢。你们外贸局和我们编在一个梯队里。你们局的同志说周春霞和刘观音随大部队走，江队长和青秧留下来，我猜是怕你们身体不够强壮，到时吃不消。听讲这次转移好艰苦，一天急行军上百里路呀。外贸局的同志说你们执行任务去了，没得到转移通知，正好我要到县城通知几个同志，就顺带揽下了这个任务，哪知等了你们两个时辰也没回来，等我赶回云石山时大部队已经走了，现在怎么办？”

苏干事有些气急，喝完茶水下意识地敲打着那只破碗，满是血丝的双眼呆呆地望着江采萍。江采萍的心情颇为复杂，但不便说出来，怕伤了大家的感情。青秧的不高兴是藏不住的，她噘起嘴说：

“队长，我明天请假！哼，凭什么不让我们走？我哪里比不上她们？你说，你说！”

杜青秧逼着苏干事回答，苏干事不耐烦地瞪她一眼：

“我又不是你们领导，问我有屁用！要我是领导也会让你留下来，麻秆粗的脚，走不了几步远就要哭爹喊娘。”

杜青秧孩子气地瞅瞅自己的脚杆，又拉起衣裤和周春霞比。周春霞哪有心情理她？她内疚地看着苏干事，柔声道：

红色岁月  红色历程  红色史诗  红色经典

"这么说，你是为了等我们才耽误的？"

苏干事的目光有意无意地扫过她匀称的胸部，周春霞一阵心慌。苏干事点点头，有些沮丧。江采萍这时已经缓过神来，她给苏干事续了碗水，冷静地说：

"小苏，谢谢你来通知我们，不过作为一个战士，你这样做是不对的。领导并没有让你在这里等两个时辰，对不对？现在你既然已经掉队了就先不要急，明天我们再看看保卫局是不是还留了人，如果没留，就到突击队来，我们并肩战斗，好不好？"

江采萍的这番话让苏干事去掉了心中的忐忑，他感激地向她道了谢，又恋恋不舍地望着周春霞。周春霞出于礼貌，转身送了苏干事一程。走到拐角处，苏干事瞅瞅四周无人，扭身欲抱她，早有准备的周春霞闪身一溜烟跑了：

"谢谢你，早点儿回去休息！我们还有的是时间呢！"

周春霞的声音在黑夜里绸带般地飘着，苏干事疲惫的脸上露出了一丝快慰的笑意。没走几步，他一个踉跄歪倒在墙角，打着呼噜睡了过去。他这一天太累了！

# 第三十二章

"不，我不走，我要留下来。这里还有几百个伤员，他们需要我。"

马丽的口吻轻柔而坚决，因方梦袍受伤而被临时委任为野战医院院长的陈医生遗憾地看着她。

"马丽，你不能这么任性，这是总医院拟的名单，你是军人，必须服从命令。"

陈医生话音未落，马丽已经一扭身跑了。陈医生朝躺在病床上的方梦袍摊摊手，方梦袍唇边绽出朵苦涩的微笑。

"她呀总是这样我行我素。陈医生，你得再劝劝她，让她跟部队走吧。这次的铁桶合围，苏区的前景……唉！要么我和她说说？"

方梦袍半个月前在前线抢救伤员时腹部受伤，是马丽拼死把他救回来的。此刻马丽于他而言不仅仅是青梅竹马的发小，还是一个救命恩人，他希望她听从命令，跟着部队转移。尽管他不是一个精通军事的人，但也明白苏区已经危在旦夕，不然中央为什么有这么大的动作？这不明摆着要放弃苏区吗？

其实大家都明白这一点，不过不说而已。随队名单刚下达那会儿，几个不在名单上的护士医生围着陈医生大喊大叫，骂他狼心狗肺，把个刚刚才晓得这码事的陈医生委屈得不行。他先是忍，后来实在被骂狠了，便把名单摔在地上，让他们到总医院去兴师问罪，这件事最后还是在方梦袍和红云的斡旋下才解决的。

　　马丽冰雪聪明，不会不知道留守苏区的危险，她为什么留下来方梦袍心里雪亮。陈医生也不是傻子，他早就看出了马丽的用意，但他还想再作一番努力，说服马丽跟着自己走。

　　此番转移，他们医院奉命与部分地方武装及工作团负责给野战军扫尾，协助收容野战军中的伤病员及掉队人员，运送重伤病员，任务颇艰巨。他确实需要马丽这样的得力助手，再说，他喜欢马丽，不想就此与马丽生离死别。此一去，谁知还能不能再见面？

　　但陈医生不会勉强马丽，他这人本身比较内敛，再说方梦袍一直对他非常关照，不但帮他联系上了家中的老母幼子，自己受伤后又力荐他代理院长，他对他的感激中多了几分知遇之恩。如今马丽要为方梦袍留下，他心中再不舍也不便表露，且形势紧迫，昨天深夜下达的通知，今天一早就要出发，没有过多的时间纠缠这些事情。陈医生俯身拥抱了一下方梦袍，和屋外的红云握了握手，挥泪率部出发。

　　"这个马丽呀！"红云叹着气给方梦袍换了药，布满妊娠斑的脸上有层抹不去的忧虑，"老方，怎么办哪？光我们医院就留下了二百多伤员要安置，我看当地苏维埃政府的负担蛮重的。"

　　红云还有一个月要生产了，相对于她瘦弱的躯体，那个圆鼓鼓的肚子显得不够真实，似乎里面嵌了只球，但这个看上去给她带来极大负担的圆球却并不影响她的行动与工作，前段时间她还挺着肚子从前线背回了一个牛高马大的伤员。当她把伤员放下时，她以为自己要流产了，谁知小家伙只在肚里多蹬了几脚，并没有发生想象中的意外。红云觉得这孩子非比寻常，增强了不少自信。半个月前负伤的方梦袍曾一度生命垂危，这更让她牵挂了。当时她握着丈夫的手深情地说："梦袍，你快醒醒，你就要做爸爸了。这个孩子是老天送来的礼物，他一定会很壮实的。不管男女，就叫他得胜吧。"

　　方梦袍那时正处于休克状态，不知是她这句话打动了他，还是新输的血起了作用，总之他很快便苏醒过来，而且没有并发感染，伤势好得比较快，这其中自然有红云和马丽的一份功劳。为了照顾他，她们两个人好几个通宵未合眼，马丽累得有一次竟在换药时睡着了。

　　马丽瘦了不少，504高地的战斗在她漂亮的脸颊上留下了一道明显的伤疤。伤疤弯弯的，红红的，像一片不经意被秋风吹在肌肤上的红叶。伤愈之初，马丽曾为这道疤苦恼了些时日，还在方梦袍面前哭过几回，边哭边打伤疤，说是丑死了。随着时间的推移，伤疤的颜色越来越淡，马丽也就渐渐接受了战争留给她的这份礼物，有时还拿这伤疤来自嘲。

看着她这些变化，方梦袍那颗悬着的心渐渐放落下来。以前他手下有个漂亮的小护士被手榴弹炸伤了眼睛，不得不摘除了一只眼球，小护士接受不了这个残酷的事实，伤愈后上吊身亡了，所以方梦袍才会为马丽担忧。

当然，与那位护士比，马丽算是幸运的，战争留给她只不过是一块伤疤而已，可如果她过于较真或者太在乎外表，这块伤疤同样也能令她消沉。看来，马丽还是一个坚强的人，而且有主见，敢爱敢恨，为了他，她说留下就真的留下了，方梦袍很感动，红云也和他有同感。

陈医生他们出发后，红云从山上把马丽拽了回来，爱怜地骂她"傻子"。马丽"嘤"地哭倒在她怀里，把个红云的眼泪也撩了出来。"红云姐，我不离开你们，我一定要好好保护你们！"

"你这个痴妹子呀！……"

红云心中既感动又酸涩。以她的经验来看，苏区将来的日子会非常艰险，伤员们面临的困难和危险会更多。马丽年轻，单纯，总以为凭一股热情就能改变世界，其实人是脱离不了环境的，只要兴国、瑞金一陷落，其余苏区也就难保，到时等待伤员们的将是何种命运？红云有个校友早她一年参军，后来在井冈山的小井医院和那些伤员一起被国民党反动派杀害了。

想到这点，红云的心马上沉了下去。她甚至想动员方梦袍回自己的老家长汀去，两人脱下军装做一介凡夫，种几亩薄田、生几个孩子打发余生。不过这个念头一冒上来就水泡般破灭了，同时一阵羞愧掠过心间：自己怎么能有这种可耻的想法呢？你是一个革命军人，还有几百个伤员等着你照顾、安置呢！红云暗自责备自己。

由于方梦袍受伤，余下的这部分伤员现在由红云总负责。考虑到有那么多伤员需要照顾，组织上留了十二个护理队员给她。当地苏维埃政府非常重视和支持安置伤员的工作，十天不到就送走了一百多名轻伤员。剩下的几十个重伤员政府一时无法解决，方梦袍和红云商量了一下，决定暂时集中休养，起码方梦袍的伤势已经渐好，某些重伤员出现点情况他还能亲自解决。如果让他们分散到各个农家，没有专人治疗和护理，估计过不了多久这部分伤员就挺不下去了。作为一名医生，方梦袍不允许发生这种事情。

方梦袍、红云和马丽及几十位伤病员，便一直住在会昌县内的一座祠堂里。祠堂已经老旧，当地政府组织群众维修了一番，现在倒也能避风挡雨。尽管每个伤病员都有一笔安置费，可伤员们现在还没有安置下去，这笔费用不敢动，日常供给便仰仗乡苏维埃政府支持了。

也许是红军转移之前当地苏维埃政府的支前任务过重，现在又要负担近几十号人的衣食，乡苏维埃政府的工作人员偶有难色。他们的工作也确实不好做，起码粮食不能无限期地要百姓捐助，怎么也得购买一部分，可乡苏维埃政府哪有经费呢？

为了解决这一难题，乡苏维埃政府的十几位同志把自家的猪、鸡、牛，甚至门前屋后未成材的树木以及老人家的寿木全卖了，用来换取伤员们的粮食。方梦袍和红云也取出这些年积攒下来的几十块银圆，买了粮食和高价食盐、棉花布料，请妇女会的同志为伤员们缝制冬衣。可这批冬衣还没做好，就传来了兴国县城被敌人占领的噩耗，不到半个月，传来敌侵占宁都县城的坏消息，苏区形势进一步恶化。这时方梦袍已经能够下床走动，并和位于会昌与安远交界处的老家人联系上了，说是欢迎他率领部分伤员回去休养。

方梦袍之所以想回老家，盖因养父是一郎中，自小造福乡里，乡邻关系不错。闹红后老人家在县苏维埃政府工作，后因 AB 团事件被错杀，家中已无人了，老屋便由本房堂侄方令华代管，这位堂侄后来当了赤卫队队长，对革命甚是热心。

方梦袍把自己的想法向中央分局及当地政府汇报后，一致同意随他疏散部分伤员。他带走的大部分是有并发症的重伤员，几十人于深秋进驻了他久别的老家方家冲。

方家冲位于一道小河湾上，依山傍水，散落着十几户人家，其中以方梦袍家那座青砖围屋最为醒目。围屋单家独院，前环水，后靠山，一色青砖到顶，四角建有小炮楼，围屋前一溜黄竹，阻了别人视线，很僻静。最为叫绝的，是靠山那面建着一排平房，平房后头连着一个山洞，这是方家人才知道的秘密，也是方梦袍执意回老家的根本原因。

在方令华的协助下，方梦袍把伤员分成几拨，秘密安置在附近几个乡村。护理队员也以亲戚身份住人安置伤员的群众家中。剩下的三十几个重伤员，方梦袍带回了方家冲。考虑到形势将进一步恶化，这些工作在方令华的协助下秘密进行。

十几户人家的小山村，放个屁要臭三天，方梦袍一下子被闻讯赶来的村人围了个水泄不通。兴奋的乡亲们从家中取了食物和米酒，和方梦袍夫妇聚谈了大半日方才散去。送走乡邻后，方梦袍和红云在围屋内溜达了一圈，心情甚为复杂。

这几年家中无人，围屋先是成了村里人堆放木料的场地，前些年红军在围内弄了个枪械所，去年又当了回医院，总之没闲着。令方梦袍欣慰的是乡亲们很敬重他，不管围屋做了什么用途，事后乡亲们总是打扫得干干净净。尽管围内的路面长了青草，墙角结满了蛛网，但屋瓦门窗墙壁包括几间卧室的卧具均完好无损。在方令华的张罗下，他们很快收拾好了几个房间，厨房也可以开伙了。方梦袍礼节性地回请了乡邻们一餐饭，说自己厌倦了多年的征战，如今伤势未愈，红云又要生孩子，所以解甲归田。伤员的事方梦袍只字未提，他还把马丽变成了红云的表妹，对此马丽和红云挺有异议，特别是马丽，她觉得这种谨慎简直可笑。

"哎，院长大人，我们这是在苏区里头！你怎么搞得跟做地下工作一样？再讲我们还要组织妇女和儿童来慰问伤员的，这样一来，他们还怎样露面？"

方梦袍来到安置伤员的平房，马丽指着那些安静地躺着的伤员们，不解地说。

红云也有些纳闷："这事儿能瞒住吗？他们要吃要喝，总有些动静，再说大家乡里乡亲的，这样太见外了吧？你不说这里是拥军模范村吗？你呀！"

言下之意自是嫌方梦袍太过谨慎。红云这样一嘀咕，方令华也挠开了脑壳："叔，这样是不是有些太过警惕了？不过这里离安远不远，安远已经是白区了，如果红军再守不住，这里也难保要变成白区。"

红云和马丽闻听后，面面相觑。她俩一直在回避这个问题，往往方梦袍一谈形势她们就打岔，其实红云内心还是有谱的，只不过不想让这个问题扰乱自己心绪而已。马丽就不一样了，她拒绝相信这些极可能发生的事情，如果红军就此从苏区消失，她不知道自己当初的选择是对还是错，所以她宁肯心存幻想。

此刻方令华的直言，掀去了她们故意蒙在眼前的那层纱，现实赤裸裸地袒露出来。她俩意识到问题的严重性，开始认真地扮起了亲戚。红云甚至还为马丽的相貌编了个故事，说她是自己姑姑的女儿，姑姑早年过番嫁给了洋人，马丽便是姑姑和那洋姑夫的结晶。前些年姑姑和姑夫双双病逝，马丽跟着表姐红云过日。为了不露破绽，马丽还背了几遍。淳朴的村人听后不疑有诈，反倒个个为马丽早逝的双亲叹息：没福气呀，这么靓的女儿都没看见。

马丽也确实天生丽质，一年来的磨难不但没有摧毁她的容颜，反而给她平添了几分英姿。加上她斯文和气，又会画像，到方家冲没几日就彻底征服了全村的男女老少，有人甚至给她取了个"仙女"的外号，让马丽高兴了好一阵，不过没多久这高兴便被悲哀所取代了。

这年的 11 月，国民党军侵占了长汀县城，步步往红都瑞金逼近。原来阻在方家冲前方几十里的红军突围而去，白狗子顺势攻进，方家冲和其他村庄一样落入了敌手！一时间白色恐怖笼罩了赣南大半地区，卷土重来的"还乡团""铲共团""暗杀团""挨户团""靖卫团""保安队""搜山队"纷纷出笼，屎缸乌蝇般在各处飞舞。他们在"宁可错杀一千，不能错放一个"的口号下，采取了"杀光、烧光、抢光"的"三光"政策，借机大开杀戒，不少村庄成了"无人村"，"血洗村"，搞得人人自危。

方家冲作为曾经的拥军模范村自然不能幸免，沦为白区的第三天便来了一帮铲共团，抢光了村民们的家产，打死打伤了好几个红属，好在方家冲没有恶霸地主，铲共团只是打个过场秋风，他们走后恢复了相对的平静。不过紧接着又来了命令，要他们选保长。经方梦袍的多方工作，村人选了方令华当保长。而方梦袍则因曾经在红给抓了起来，方令华出钱打点了一番，才将他保出来。

尽管形势严峻，环境恶劣，方梦袍却不忘职责，他和马丽经常趁着夜色到各村去巡查。由于缺医少药，伤员们的情形大都不妙，短短的半个多月中已有五位伤员离世，还有七八位已经奄奄一息。更为严重的是，原先分散在群众家中的十二个护理队员，有三个不知去向，可能是被日益恶化的形势吓跑了。这些消息令方梦袍夫妇和马丽寝食难安。

敌人的工作重心由围剿红军变成了搜捕红军，在乡村采取"十家联保""五户联坐"制，规定"一人通匪，十家联坐；一家窝匪，十家同祸"，所有参加过红军和在苏维埃政府工作过的干部和群众统统被扣上"共匪""土匪""匪民"的帽子，家产被没收。国民党政府还强迫民众集体"自新"，交纳"自新费""赎身费"，交不出钱的则捉去坐牢或给豪绅地主做苦工抵押。苏区时期农民分得的土地房屋被夺走，废除的债务一律要还清，还设立了名目繁多的苛捐杂税，曾经翻身做主的农民们顷刻间失去了一切。

　　在民生方面国民党也实行了严格的封锁政策，群众生活必需的粮食和食盐，要凭政府发的"购买粮食凭单"和"购买食盐凭单"限量供应。这一来，可就苦了方梦袍和那些伤病员。粮食还好解决，起码方令华还能及时地接济，食盐可就难了，可最后仍是方令华想办法解决的。当了保长后一直气不顺的方令华，这才知道方梦袍当初的用心是多么的良苦。

　　"叔，看样子这种白皮红心的保长还是做得一下子呢。"

　　每每为方梦袍解决了一点问题，方令华就会这样自嘲。平心而论，他宁肯上山打游击，也不愿当这个保长。可从长远着想，他这个保长起码还能当一顶保护伞，为红军伤员们做些实事，只是有时委屈得难受。

　　方令华本来人缘很好，可当保长的第二日，他家大门和墙上就被人用木炭画上了乌龟，这对赣南男人来讲是最大的污辱。不久他家的菜又被人连根拔除。有一次，他走在山路上，草丛里飞出泡牛屎，正中他的口鼻，气得他险些吐血。洗净脸上的牛屎后，他找到了方梦袍，抱着他咧嘴大哭。他哭得那样伤心和委屈，方梦袍只得安慰他，劝他不要放在心上。

　　"叔，我冤哪！我真不想干了！"

　　方梦袍连连说道："我理解，我理解！"

　　方令华却摇头说他不理解，方梦袍只有苦笑。谁知不久之后，方梦袍自己也有了同样的苦恼。那天，突然来了帮县铲共团的人，他们把方梦袍、红云和马丽抓到县城，要他们写"自新书"。方梦袍坚决不从，结果三人被投入了牢房。在这同时白军把方家围屋翻了个底朝天，幸好此前已将伤员全部转移到了山洞，并由方令华的老婆茶姐、妹妹阿芳和小姨子茶姑照顾，一时避免了杀身之祸。

　　方梦袍这回可受苦了，敌人对他严刑拷打，要他招供伤员在哪里。方梦袍咬紧牙关，只字未露。敌人不死心，对他动用了各种大刑，把方梦袍折磨得奄奄一息。偏巧这时又有一批红军突围时留下的伤员要安置，中央政府办事处特派员辗转找到方令华，指示他和当地苏维埃政府无论如何要完成这一艰巨任务。

　　其时方家冲所在地的苏维埃政府已处于秘密瘫痪状态，原先的苏维埃干部抓的抓，杀的杀，赤卫队躲进了山中，一时难以开展斗争。在这种情况下，中央政府办事处的特派员给方梦袍下了硬性指示：可以按敌人的要求写"自新书"，宣布悔过，以期在最短的时间内重获自由，只有这样才能挽救那些伤员的性命。

　　方令华将新到的二十几位伤员接进了深山，这边火速向方梦袍转达特派员的指示，不料却遭到了方梦袍的坚决抵制：

　　"这不可能！我方某不是那种苟且偷生之徒！我不写自新书，更不可能悔过！"

　　方令华和看守熟，来时提了几盘熟肉和一壶土烧，他俩谈话时看守们正躲在外头吃酒。见方梦袍一口回绝写自新书悔过，他哽咽着说：

　　"叔，你现在知道我的苦了吧？我要不是想着为红军做点事，何苦担这份臭名？有时候，有时候……"

　　方令华不想往下说了，他知道这话不说方梦袍也明白。方梦袍呆呆地看着他，深邃的双目流露出几许茫然。方令华冷静下来，小声告知那批伤员的情况，方梦袍从方令华手中夺过烟斗，贪婪地抽了几口，呛得他猛地咳嗽起来。

　　"好，你告诉特派员，我方梦袍一定完成党交给我的这个任务！'

　　第二天，方梦袍写了"自新书"，并由方令华代交了一笔可观的"自新费"，重获自由。红云和马丽由于查无对证，加上方令华上下打点了一番，也被释放出来。方梦袍在牢里罪遭大了，短短几天便苍老了十岁。

　　考虑到方梦袍的身份，国民党当局在他"自新"这件事上做了不少文章，先是把他的"自新书"刻印后在所有占领区张贴，接着组织了几百名群众到牢门口听方梦袍"悔过自新"，这恶毒的一招出乎方梦袍和方令华的预料。

　　当方梦袍踏出牢门看见黑压压一群老乡时，仿佛遭雷击似的戳在了原地。他本能地想后退，可是后背上顶着硬邦邦的枪口，往前则是那么多沉默、充满敌意的面孔，不由身冒冷汗。敌人介绍完他的身份后，把早就拟好的"悔过自新书"塞到他手中，让他对着喇叭大声念。

　　方梦袍扫了一眼那几页纸，发现上面净是些对红军的污蔑之词。他下意识地想把那张纸撕了，一直站在旁边的方令华暗暗捏了捏他的手。方令华的手渗着层冷汗，还微微打着颤，方梦袍倏地清醒过来，猛地抬头，看见人群中射来几缕仇恨的目光，脑子里碎冰似的"咔嚓"一声响：

　　这么一来自己不是变成了叛徒？

　　"念哪——！"

　　敌人敲了他一枪托。方梦袍心一横，头一低，飞快地读起来。敌人着实狠毒，"自新书"中将红军糟践得不成样子，方梦袍试图跳过其中几段，这时背上的枪口猛地一紧，只好继续照本宣科。喇叭高亢响亮，他的声音在半空中闷雷般嗡嗡滚动着，仿佛要把屋瓦碾碎。坪上人越聚越多，却听不到丝毫声音。方梦袍脊背冒汗，浑身发冷，偶一抬眼瞥见红云和马丽远远站着，她们的眼神惊异而又陌生，他再也忍不住，把脸贴在刚刚念完的纸上无声地抽泣起来。

"好！方梦袍先生说得好！他用自身的经历向大家证明红军是支惨无人道的军队，他很后悔当初受蒙骗参加了共匪！不过，浪子回头金不换，我们会给犯过错误、参加过共匪的百姓一个悔过、自新的机会，就像方梦袍先生一样，悔过了也就自新了，就获得了重做良民的机会！……欢迎大家以方先生为鉴，前来检举揭发、悔过自新！"

国民党县党部书记接过喇叭在那儿聒噪，他的每一句话都如刀尖戳进方梦袍心间，疼得他肠胃痉挛。尽管天气阴冷，汗水还是顺着发梢往下滴。他知道给他带来痛感的，是几百双充满鄙夷的眼睛，还有红云和马丽的表情。她俩那糅杂了同情、惊讶、不屑与痛恨的脸，仿佛两片烧得通红的铁砧烙在他心上，烧得心田直冒烟。阴沉的天空开始车轮般旋转，脑袋里像煮了一锅粥，咕嘟咕嘟响着，双腿像热面条般瘫软下去，幸亏方令华及时挽住了他：

"叔，你，你不要这样。"

方令华的口吻中有说不出的同情与敬佩，方梦袍从他的眼神与动作中吸取了力量，重又挺直了腰杆。

县党部书记呵呵笑着把"自新证"和"良民证"塞到了他的手中，又呵呵笑着和他握手，还说改天请他出任县医院院长。

方梦袍捏紧拳头，恨不得一拳将这张脸揍扁。人群渐渐散去，一块从角落里飞出的碎瓦片，啪地打在他的鼻梁上，殷红的鲜血从他捂着的指缝里淌了出来。泪眼蒙眬中，他看见红云和马丽远远站在一旁，陌生的表情比这瓦片还让他难受。他再也抑制不住心中的悲伤与委屈，抱头蹲在地上失声恸哭。就在他哭得上气不接下气时，一只瘦弱的胳膊搂住了他。

"梦袍，我们回家吧！"

红云的声音听上去遥远而又虚幻，方梦袍抬头看见红云和自己一样泪流满面。而马丽却远远站着，绿色的眼睛里跳动着两簇幽暗的火苗。见方梦袍望着自己，她默默地转身离去，修长的背影透着高傲与倔强。

## 第三十三章


　　苏干事这段时间几乎天天泡在红鹰突击队，做事特别卖力，而且颇有想法，大家对他的印象渐渐有了好转。周春霞对他也不再铁板一块，有时会打趣他几句，弄得他跟吃了蜜一般甜。他打算正式要求加入突击队，组织上却让他到独立七团协助工作。没办法，他只好和周春霞快快告别。

　　想到此一去生死未卜，周春霞主动笑脸相迎，乐得苏干事跟什么似的。他把自己节余的伙食尾子留给了周春霞，交代她要注意保重身体，然后一步三回头地走了。这之后，他和她再没有在工作中碰过面，等他们终于有机会见面了，却是在一个悲壮惨烈的场所。此是后话。

　　在中央分局和中央政府办事处的直接布置和指挥下，红鹰突击队和其余的留守同志一起，加倍努力地工作着。她们不但要为留守红军准备过冬物资，还经常率领支前队、担架队给前线送补给，接运伤员。兴国陷落后她们冒险潜入兴国县城，和当地的赤卫队取得了联系，抢运了一批坚壁清野时埋下的物资。比之原先的工作，现在她们多了几分危险。

　　那次她们在兴国县城交通站逗留，交通员拿出一张报纸给周春霞包东西，她看见上面赫然印着方梦袍等人的悔过"自新书"。她不相信地看了又看，最后把报纸带回了瑞金，躲在粪寮里读了五六遍，仍不敢相信。

　　惶惑之下她把这张报纸拿给了江采萍看，正在喝水的江采萍手一松，开水泼在手上，疼得嗷嗷直叫。

"这怎么可能？我了解方院长，他不是贪生怕死的人！"

江采萍颤声道。刘观音和杜青秧不认识几个字，也凑过来看。"敌人这是在胡编乱造，想扰乱我们的军心。狗东西老用这一套唬人！"青秧咬着指甲坚决地说。

刘观音皱起眉头忽然大声道："你们错了！我看他是真的叛变了。你晓得为什么吗？看，这里说了，他悔过自新主要是想给卯鬼一个安稳的家，我看这点蛮像他的。马丽讲他老婆流了好几胎，他年纪也那么大了，可能真是这样想的。哎，这里讲了马丽吗？"

刘观音把大家心中的疑问说了出来。周春霞抢过报纸又看了一遍，指着中缝牙疼似的，"你们看，马丽和秦红云也发表了自新声明！"报纸从周春霞手中飘落，她一脸迷茫，呆呆地望着江采萍。江采萍几个凑在一起仔细读了那则简短的声明，最后谁也没吭声。周春霞咕咚一声仰倒在木床上，心像被人扎了一个洞，热情随着鲜血在汩汩流失。马丽修长的身影不时在眼前晃动，但她看不清马丽的面容。

难道她真的变了？否则她为什么做出这种选择？马丽呀马丽，早知今日，何必当初？这不是开了个天大的玩笑吗？

周春霞呜呜地哭着，似乎要把满腔委屈哭出来。刘观音默默走到床前，递给她一条热面帕：

"春霞，你不要哭。他们是他们，你是你，我相信你不会这样做的。说真的，我一直很敬佩你。你能加入到我们的革命队伍里来，又做得这么好，太不容易了！"

刘观音帮周春霞理了理被泪水打湿的头发。这时江采萍已镇定下来，她倒了杯茶给周春霞，明净的眼睛中射出坚定平和的光芒。

"春霞，青秧讲得对，这很可能是敌人的攻心术。方院长这人我了解，他是一个非常优秀和坚强的革命战士，他绝对不会写这样血口喷人的悔过书的！马丽和红云也不会做这种事。你的选择没有错，明白吗？"

江采萍将她从床上拉起来，哭得满脸涕泪的周春霞孩子似的靠在她瘦弱的肩上，沉重如铅的心里稍稍宽松了一些。

这之后苏区的局势愈来愈险恶，凡是能够调动的机关干部、赤卫队员、妇女会员，甚至儿童团员，全部加入了御敌行列。老百姓纷纷到前线端茶送水，形成一个壮观的场面。红鹰突击队辗转于前线和后方之间运军粮，送弹药，抢运伤员，忙得不见天日。

这天天刚亮，她们就带着担架队上了前线。白军离瑞金县城已不远了，隆隆的炮声和炒豆似的枪声给这个阴冷的冬日平添了几分惊恐与不祥。敌强我弱，红军、赤卫军伤亡惨重，她们争分夺秒地往山下抢运伤员。可枪声四起，哪里才是安全的后方呢？没谁知道。有些担架队员慌了，半路扔下伤员回家招呼家小上山逃难。

为了制止这种行为，江采萍率部分妇女会的同志在县城建立了临时兵站，对轻重伤员进行紧急处理。县、乡苏维埃政府负责分头疏散轻伤员。这样一来，整个伤员的抢救、运输工作依然井井有条，基本上做到了让每个伤员都及时得到安置。

中午时分，枪炮声越来越近，屋瓦震得唰唰响，但临时兵站仍有些伤员等着救护。江采萍她们忙个手脚不停，周春霞累得大半个上午没上厕所，当她给一个前胸受伤的红军战士包扎完后再也憋不住，赶忙去了趟粪寮，出来后她到旁边的老乡家讨口水喝，发现刚才正在吃饭的老乡已不见踪影。正诧异间，从前线方向涌来一股人潮，有拖子带女、赶着牲畜、哭爹喊娘的百姓，也有步履踉跄的担架队员。

"不得了了！快跑呀！白狗子打过来了！"

人群中有人在喊，场面十分混乱。幸亏这时来了几位县苏维埃干部，在他们的统一指挥下，人们开始按顺序往指定方向撤退。这几条撤退路线早就拟定好了，县城的老百姓都知道，并且听从部署进行了坚壁清野，此刻疏散起来比较轻松。见伤员多，百姓们纷纷过来帮忙，不多久就把临时兵站清完了。

"同志们，不要担心！我们的红军主力到湘西打几个大胜仗就会回来的！大家现在走快些，走得越快离胜利就越近！"

为了鼓舞士气，江采萍边抬担架边喊。有几个人喘着气问她是不是真的，她告诉大家这是项英同志在会上作报告时讲的。不少听见她喊话的担架队员发出了由衷的欢呼。尽管敌人就在屁股后头，但她认为这只是红军暂时的失败，她不相信作为苏区旗帜的红都瑞金从此会倒下。

刘观音这回可没了以往那份镇定，她背着伤员，一路上辣着嗓子眼大喊：

"就这样让敌人给占了？那些人吃屎的啊！"

周春霞边抬担架边哭，青秧也流了眼泪，她俩的抽泣在粗重的脚步声中很是突兀，但没有人笑话她们。不多久，又有人加入了呜咽的行列，队伍笼罩在一片沉痛的氛围中。

大家默默地往宁都、瑞金、会昌、于都 4 县之间的"三角地区"撤去。听陈半条讲，这是党中央在撤离瑞金前夕为中央分局划定的必须最后坚守的区域。

根据中革军委 1934 年 9 月 13 日发布的"司字第 44 号命令"，凡留在敌人占领地方的县区军事部，皆改为县区游击队的司令部和政治部，即以县区军事部长为县区游击队司令员，县区委书记兼县区游击队政治委员，乡苏维埃主席兼游击队长，乡支部书记兼政治委员。根据这一指示，沿途的乡苏维埃政府早已进行了改组，组成了游击队。

江采萍一行掩护伤员还算顺利地撤到了三角区域的安全地带，对伤员进行了妥善安排。红鹰突击队自此担负起卫生队的职责，天天走村串户为安置在群众家中的伤员们换药。

由于周进大部地区已经沦陷，这一小块安全地带越来越不安全。不久，她们所在的村庄也被敌人占领，红鹰突击队和几十名游击队员隐入了深山。

时值隆冬，万物萧瑟，她们宿山洞，吃糠饼，过着饥一顿饱半餐的艰苦日子。这时敌人已经构筑了层层叠叠的封锁线，对红军游击队进行严密"清剿"，环境越来越险恶。她们不但无法再潜入村庄给伤病员换药，自己的生存也成了问题。

为了寻找游击队主力，她们开始穿越封锁线。从零星的情报中得知江西省苏维埃主席曾山同志率领几千人在宁都活动，于是趱往宁都。刚进入宁都境内，她们就和敌人打了一场遭遇战，牺牲了七位同志，增加了四位伤员。四位伤员中她们只来得及架走两位，另外两位被残忍的敌人当场刺死。战友凄厉的惨叫越过风雨飞入她们的耳朵，大家的心在滴血。可追兵在后，谁也无暇他顾，只好轮流背着伤员拼命往深山里跑。

就这样跑啊跑啊，也不知翻了几座山，越了几条河，终于将白军远远地甩到了身后。走进一道峡谷，刘观音突然大叫起来，原来她背着的那个伤员，不知什么时候牺牲了。由江采萍、周春霞她们轮流背着的那个伤员，也因失血过多陷入了昏迷。大家默默地掩埋了战友的尸体，然后找到一座废弃已久的香菇寮，对活下来的伤员进行急救。

天气寒冷，又一天米水未沾，同志们个个面无人色，浑身寒战。周春霞恰巧来了例假，肚腹疼痛难忍，往日总要卧床休息，刚才拼命跑时不觉得有什么不妥，这会儿血水顺着大腿直往下淌，腹如刀绞，腰更是疼得直不起来。她躺在地上，呜呜地哭了起来。

"你号丧啊？不准哭，再哭你给我滚到外头去！"

刘观音方才出去兜了一圈，从一处石崖下捡了两块干燥的石头和一把枯枝叶，蹲在背风处嚓嚓地敲打着，试图点着火来烤衣服。周春霞委屈伤心得不行，却不敢再哭了，她想万一刘观音发蛮，真把她拽到外头去那可怎么办？如果敌人真追来了，她是宁肯躺着等死也不会起来的。她的鞋掉了一只，脚擦破了，湿淋淋的裤子已经被月经染成了深色，浓烈的血腥味让她几欲作呕。躺在冰冷、潮湿的地上，听着外面的风声雨声林涛声，五堡那座温馨的小楼忽闪而过，一丝后悔涌上心头：革命就换来这种结果吗？为了什么？

江采萍抱来了一大把刚找到的干草垫在周春霞身下，青秧掬了点雨水给她喝，一个外号叫油饼的游击队员从衣袋里翻出仅有的几把炒米塞到了她口中。周春霞含着炒米不由得又想哭。

"春霞姐，你忍一忍，我也好害怕。你要是再这样我也会哭的。万一敌人听见我们的哭声怎么办？"

青秧伸出瘦弱的手轻轻捂住了春霞的嘴。江采萍抹了把脸上的雨水，疲惫地一笑："春霞，没关系的，咬咬牙就挺过去了。伤员还等着我们去照顾呢，快起来吧！"

自己早累得摇摇欲坠，但江采萍一直咬牙硬撑着。她伸出手想把周春霞拉起来，可哪里有力气呢？不知就里的周春霞稍一用力，江采萍便栽倒在地。周春霞不知哪来的力气，一个挺身跃起，反将江采萍拉了起来。

"啊，老天有眼，终于打着火了！"

刘观音忽然欢呼起来，旁边几个游击队员赶忙将树叶细枝架在那缕微弱的火苗上，火一点一点地旺起来。幸亏这片林子异常密集，昏暗的林中有许多未淋湿的枝叶，众人拾了足够的干柴，燃大了火堆。

为了不被敌人发现，刘观音砍了几把树枝架在寮门口，这样火光就不那么明显，但那冉冉的白烟可没办法堵住。刘观音爬上一棵高树看了看，发现整座山云雾缭绕，这点火烟混在云雾中根本不见踪影，大家这才放心地烤起火来。

"观音，你和油饼跟我到附近转一转，看看能不能找到基干群众要些食物，还有我们得把小陈安置下去才行啊！在这里可没法养伤。"

烤干衣服后江采萍起身道，可她没走两步就瘫坐下去，青黄的脸上冒出豆大的汗珠。

"春霞、青秧，你们照顾队长和小陈，看着火。万一上面的云雾散了就把火灭掉，不然白狗子一下就找到我们了。阿四、小梅，你们到那两棵树上放哨。油饼、胜牯跟我走。"

刘观音站了起来，代替江采萍果断地交代任务，然后领着油饼、胜牯钻入了雨帘。天黑时分她们回来了，收获颇丰，不但背回了粮食衣物，还和附近的游击队联系上了。由游击队安排，她们抬着伤员转移到一个名叫"九十九窝"的地方。这里是宁都县境，虽说离曾山同志率领的队伍还有段距离，但让她们安心的是宁都县独立大队也在这一带活动。赤卫队的同志把她们领到这里，也是受独立大队的委托，想请她们帮几个伤员做手术。

"不，不行啊，我们不是医疗队，只是宣传突击队，在撤退时协助转移伤员。"虚弱的江采萍心虚地说。

独立大队和赤卫队的同志面面相觑。犹豫片刻，还是把她们带到了安置伤员的山洞里。面对着那些伤员，江采萍感到无从下手，急得又呕又晕，刘观音赶紧将她背到一旁，让她卧下来好好休息。周春霞迎着一片失望的眼神，壮着胆说："让我试试！"

山洞的形状像个大肚酒瓮，入口很小，进去后豁然开朗，顶上还有个圆形的洞口，天光雨水直泻下来，下头的树木为了争取阳光拼命往上蹿，树木长得细高细高。独立大队的同志用树枝编了篱笆，在环形的洞内隔出了十几个"房间"，真正是别有洞天。

独立大队有五位伤员，其中一位是卫生员。卫生员右侧身体被手榴弹炸伤，不能动弹，但他神志清醒，前些日子有个队员在他的口授下试图给两位轻伤员取子弹，可最终没有成功。

周春霞自信心大增。在卫生员的指导下，她成功地取出了那两位轻伤员身上的子弹。但是余下的几位伤势偏重，周春霞和自告奋勇给她打下手的刘观音折腾了好几回，也没能找到子弹，反倒把伤员弄得昏了过去。

卫生员很勇敢，他明知她俩技术不行，但依然坚持让周春霞从自己的身上取弹片。难耐的疼痛使他咬破了嘴唇，不过有了前几次的经验，周春霞不再慌张了，她和刘观音一起，在卫生员身上反复寻找，最后终于镊出了四块碎弹片，赢得了众人的一片喝彩。

接下来的几天过得平静而充实，大队长前去联络曾山同志领导的部队，独立大队暂时由副队长老谢和已经恢复了健康的江采萍负责。此时受伤的卫生员已经能起身了，在他的指导下，周春霞又做成了两例手术。经过突击队几个女队员的精心调养，两个重伤员也脱离了危险，其他伤员更是在逐渐康复。队员们趁着这间隙，纷纷磨利大刀，修理枪械，准备等大队长一回来就开始突围。

但苦苦等到 12 月下旬，大队长他们依然杳无音讯，而九十九窝周围的清剿风声却越来越紧。江采萍和老谢再也等不下去了，只好将五十多位队员分成三组，老谢带一组到附近村庄筹措粮食，江采萍和刘观音带一组，背着药材，领着几个扮成樵夫的游击队员，赶赴圩场去卖药卖柴，以换取给养。另一组则由周春霞和青秧负责，留在营地看护伤员。为了防止口音泄密，随游击队员下山的江采萍扮起了哑巴。

这天的太阳非常好，山林树木熠熠生辉，九十九窝的树梢间悬浮着一缕缕浅蓝色的烟岚。在筹措粮食和其他给养的两个组下山后，留在山洞里的周春霞他们也忙开了。巧的是，在头天夜里布下的陷阱套住了一头上百斤重的大野猪，队员们将野猪拖到附近的山涧里开膛剖肚，又在洞外垒起了土灶，不多会儿空气中就弥漫着阵阵肉香。

肉刚熟，负责煮肉的一位大嫂就切了几盘端给伤员们。虽说缺油少盐，野猪肉还是香得出奇，但大家谁也不肯多吃，都说要等到下山的人回来一块享受。

人闲了下来，看看天上的太阳和静悄悄的四周，周春霞忽然非常想洗头洗澡。过了这么长日晒雨淋的日子，每个人身上都散发出一股难闻的气味，今天正好架了大锅，可以多烧些热水搞搞个人卫生。特别是那些伤员，能舒舒服服地洗个澡，也能减少感染，好得更快。她和几个大嫂商量了一下，都觉得这是个好主意，其中一个大嫂比较细心，还爬到大树上去看了看天色。从树上下来，那位大嫂欣喜地说，雾还没散，可以放心大胆地烧水。周春霞一听，乐得蹦了起来，赶紧进洞去找那套干净的换洗衣裳。

从赣州带来的皮箱早已丢掉，现在她和大家一样，只有一个简陋的被筒卷。所剩无几的衣服包在被筒卷里，几件金银首饰，早交出去换了粮食、药品和衣物。手里剩下唯一的一件金器，是娘留下的一枚戒指。她把戒指缝在这套衣服的衣角里，除非万不得已，她决不动用这枚戒指。

周春霞边往外走，边轻轻地捏着戒指，内心掠过轻微的惆怅。她奇怪地发现爹娘、哥哥和五堡已变得依稀仿佛，过去那种锦衣玉食的闲适生活，更像一个迷梦，虚幻而又陌生。此刻最真实的感觉，是对一个热水澡的渴望。这份渴望是那样的强烈，乃至水刚烧热，她便毫不客气地拎走了一大桶，躲到旁边的灌木丛里哗啦哗啦地洗了起来。

12 月的风是寒凉的，但太阳特别暖和，周遭的灌木又是那样密实，她哼着歌，快乐地除去衣衫，将已经洗了几遍的头浸入热水中。

水很热，烫得头皮上像无数小手在挠，舒服极了，她似乎听见鸟儿拍翅和树枝断裂的声音，可她并没有在意，她闭着眼睛享受着热水带给她的快乐，同时为青春的顽强感到纳闷。

说真的，如果不是这样就着太阳洗澡，她几乎以为自己已经瘦得没有了乳房，身上的皮肤在她的想象中也应该与橘皮无异，因为这段时间太辛苦、太艰难了，缺吃少穿，而且整日奔波在刀刃中，偶尔临水自照，觉得自己已在不知不觉中早早地凋谢了。现在把衣服脱去却发现青春仍驻扎在身上，从桶里的倒影中她看见自己莲蓬似的乳房在那片耀目的白色里亭亭玉立，青春的光芒从那坚挺的双乳和雪白肌肤上折射出来，让她不得不惊叹造物主对青春胴体的偏爱。

"砰！"

冷不丁一声巨响在耳边炸开，接着枪声四起，其间还夹杂着凄厉的呐喊。周春霞猛地抬起头，湿漉漉的头发遮住了眼睛。她慌乱地撩开头发，用手抹了把水珠，想从旁边的树枝上取衣服，蓦地发现面前站着两个男人——陈太平和他的卫兵！

陈太平用枪挑着她那套衣服，满脸猥亵而得意的笑容。她啊的一声尖叫，本能地抱胸蹲在了地上，惊恐得无地自容。

"匪婆子，想要衣服你就过来！身条不错，嗯，身上肌肤赛雪，就是脸瘦了些，黑了点，不过长相还蛮好。咦，你是……你是周春霞吧？嘿，我们还真是有缘呢！我早就讲过你是我的，怎么样？就怕你哥不乐意看见你这模样！"

陈太平的眼睛瞪得牛卵一般大，他不再晃动那件衣服，上前惊讶地弯下了腰。其实周春霞早已认出是他，此刻见他过来，也顾不得羞耻，裸身冲出了灌木丛。

陈太平在前线待了几个月，已经练得身形敏捷，他和卫兵从两边包抄，不多会儿就抓住了她。几个往山洞打枪的匪兵停下手脚，呆呆地盯着那个雪白的身子，眼珠都转不动了。陈太平将衣服披回周春霞身上，甩手打了一个士兵一耳光：

"看什么看？你快穿上。"

陈太平用枪指着周春霞，看着她飞快地套上了衣服，而后招呼卫兵用绳子将她绑在靠近灶边的一棵树上。

这时她看见烧水的两个大嫂已被打死，一个横尸灶前，另一个栽倒在大铁锅里。灶膛里柴火正旺，大嫂的头随着锅里的血水微微起伏。五六个战友倒在洞口，有一个还在动弹，那是被杜青秧搀扶出来晒太阳的伤员。

梭巡了一遍，没看见青秧的尸体，周春霞不由吐了口浊气出来，随即那双眼睛倏地瞪大了：在通往山洞的小路上，几个匪兵拖着一瘸一拐的大队长正朝这边走来！

"快说，里面到底有多少人？"

陈太平上前，用枪凶狠地点着大队长的脑壳。大队长肯定受了不少折磨，右眼肿得像只小馒头，嘴唇破了，血渍在下巴和脖子上留下道道黑迹，腿上不知是枪伤还是被打断了，每走一步都非常艰难。

大队长看见周春霞时一愣，接着低下了头。周春霞鄙夷地望着他，他回答陈太平的声音抖了起来里面……有五十多个人……"

"你不是说只有十几条枪吗？怎么还有那么多手雷？你耍我哪？"

陈太平的枪戳在大队长的脑门上。大队长卑怯而又茫然地申辩道：

"我走的时候没有这么多，你问她，她晓得的。"

大队长指着春霞道。

周春霞想趁机吓一下陈太平，便胡诌着告诉他里面有 100 多人，有十几箱手雷和几棺材炸药。陈太平哪会听她的，他掏出手帕将她的嘴塞住，这边下令强攻。

匪兵们纷纷往山洞里丢手榴弹，炸过之后又采取火攻，浓烟怪物般钻进山洞，又从山顶冒出。匪兵们这才知道山洞原来直通山顶，忙派兵上去堵，并从上面大把地往下扔手榴弹。

硝烟散尽后，匪兵们缩肩藏颈地进了洞，不料刚露面就被射死了好几个。他们害怕了，推着周春霞和大队长往里走。

洞内的树木被炸得七零八落，那些树篱笆隔成的房间已经不复存在，洞内散落着六七具游击队员的尸体，却仍然不见青秧，可能她顺着树木爬到山顶逃出去了。周春霞正为她庆幸，一个匪兵拖着大腿受伤的杜青秧走了过来：

"报告团长，抓到一个活的匪婆子。"

"好，再搜搜看！"陈太平道摸了把杜青秧的脸，杜青秧朝他怒目而视。当她看见周春霞时，那双黑漆漆的眼眸里露出了意外的惊喜，不由高声喊道：

"春霞，大队长！"

周春霞朝大队长做了个鄙视的表情，青秧一下子明白过来，转而朝大队长破口大骂。这时匪兵们按陈太平的吩咐把尸体堆在了一起，总共有十七具。陈太平的脸阴下来，枪口点着青秧的脑门，哑声道："细妹，你们江队长和那个刘观音呢？她们到哪里去了？"

杜青秧的伤口在不断渗血，小脸因失血而呈现出奇异的青白。她漂亮的大眼睛一转，陈太平的视线也跟着转，最后落到了浑身哆嗦的大队长身上。杜青秧嗷了一声，说：

"长官，这种事我怎么会晓得？我们江队长和刘观音跟这老狗一起出去的，你该问他要！哎哟，你看他这死相，是不是吓得卵打抖呀！"

杜青秧这时候居然还能讲出如此别致的脏话，实在大大出乎陈太平的意料。陈太平蛮有兴致地打量着她，不断地点着头，那颗猪脑子里大概又在转着肮脏的念头了。

大队长被杜青秧骂到痛处了，抬头央求地看了她一眼。杜青秧被他的眼神弄得一怔，舌尖上的脏话顿时打了个结。

"长官，我，我有话要讲。"

大队长奴颜婢膝的表情让周春霞和杜青秧看不下去了，两人闭上了眼睛。周春霞的嘴里塞着布，说不出话来，如果可以开口她会骂得比青秧还凶。这狼心狗肺的东西和孙力一样无耻！由于他的出卖，眨眼间牺牲了17个同志！她在心里祈祷菩萨开眼，让那些出去的同志能晚点回来，因为陈太平已经在四周布下埋伏，只等剩下的游击队员回来。

大队长在陈太平耳边絮叨了一会儿，陈太平的眼珠渐渐放出光来：

"你说的是真的？"

"当然是真的。我哪敢骗你老总？你看，我不是已经给带路了吗？"

大队长居然还能笑出来。失血过多、快要晕厥的青秧，用尽吃奶的力气，朝大队长啐了一口，那口带血的痰正中他破损的鼻子。大队长眨眨眼睛没有动。

陈太平赞许地看了杜青秧一眼，接着手搭凉棚看着洞口那棵最高的松树。松树的五只尾高高地举向天空，仿佛冲天起舞的美丽凤凰。

"你们的金条怎么会藏在树上呢？"陈太平满心狐疑。

大队长说，这些金条是独立大队的活动经费，平日由他保管，洞里人多眼杂，所以他趁人不备将金条藏在了那棵松树正中的枝桠上。

"看见了吗？那上面有个鸟窝，金条就塞在鸟窝下边的缝隙里。不过缝隙不大，你要把它推倒才取得出来。长官，讲来你不要见笑，我们的经费很少，也就剩下五根金条了。"

大队长说罢扫了青秧和周春霞一眼。杜青秧正要开口骂他，听到这里忽然不吱声了，她倒想看看他玩儿的什么把戏。

陈太平问周春霞和杜青秧是否有这回事，杜青秧摇头说，自己一个小不拉子，不晓得这样的机密。陈太平顺手扯掉周春霞口中的手帕，周春霞痛苦地喘了几口粗气，这才上气不接下气地骂道：

"大队长，你好恶毒！害了这么多人不讲，还要把钱送给他们，我们做鬼也不会放过你的！"

不知何故，大队长的脸上掠过了一丝欣慰。陈太平又看了一眼那棵松树，心想不就是一棵树吗？有什么了不起的？再说又不用自己上，万一被他耍了，一枪毙了他就是，反正他现在也没什么作用了。主意打定，他让一个身形瘦小的士兵爬上了松树。松街有十几丈高，中间那根直指天心的松枝已经枯死，那抹金黄在一片青翠中异常醒目。

想到马上有五根金条到手，陈太平不免有些兴奋，他将周春霞拉到一边细细打量了一番，脸上露出几分失望：

"春霞呀春霞，你脑子进水了吧？当初留你在公馆不干，偏要跑到这里来吃苦，你看你变成什么样子了！先前你跟水蜜桃一般嫩，现在粗糙得像松树皮，你不心疼我还心疼呢！不过没关系，养几个月就好了。"

陈太平说着在周春霞脸上捏了几把，周春霞没能避开，陈太平冰冷的手水蛇般从她腮上滑过。

"哇，难怪他叫猴子，爬得比猴子还要快！"

匪兵们惊呼起来，只见那个绰号叫猴子的匪兵飞快地爬到鸟巢边，做出个要宝的动作，逗得下面的匪兵直打唿哨。

陈太平瞪了他们一眼，匪兵们不吭声了。猴子伸手在鸟巢里掏了一会儿，但什么也没找着。大队长示意他把松枝推断，猴子用劲一拽，松枝从高处坠下，发出响亮的哗啦声，茂密的树冠忽然缺了一块，露出一片瓦蓝的天来。猴子又摸索了一会儿，在上面拼命摆手。周春霞和青秧高兴地对视一眼，从大队长身上滑过的眼神变得复杂起来。

陈太平看着那条刺目的空隙猛醒过来，他用枪顶着大队长的脑门，咬牙道："你他妈耍我！那是你们的消息树，对不对？"

周春霞和杜青秧一个劲地摇头，说是从没有听讲过有消息树这回事。陈太平不信，又用枪指着青秧，青秧哆嗦着道：

"长官，我们这里平常是派人去放哨。放哨的人身上有竹哨，如果有情况就吹哨子，这是真的。"

陈太平不吭声，左手摸了摸唇边那撇八字胡，老树怪般的脸上闪过一丝杀气。他掉转枪口，啪地在大队长的太阳穴上开了一枪，大队长应声倒下。陈太平踢了他两脚，这边命人把枯枝弄回去，可那截枯枝已经摔成了几截，挂在伸手探不到的细枝上，叫猴子的匪兵折腾了半日，才探到小半截，插在原来的地方反而低了大半，上面露出的天空依旧显著。

周春霞和杜青秧看着大队长蜷曲的尸体，心想这人真是奇怪，他既然叛变了，为什么突然间又将自己的生命置之度外，想出这么巧妙的一招来提醒那些尚未归来的同志呢？

这棵树的确是他们的消息树，中间那根树枝还是大队长亲自上去锯断的。此刻大队长左眼大睁着，里面像有无尽的悔意和淡淡的欣慰。是17位战友的死亡唤醒了他的良知吗？大队长永远不会告诉她们答案了。

周春霞的双目火辣辣地疼，眼前的景物呈现出奇异的微红，她眼睁睁地看见杜青秧在递给自己一朵微笑之后昏死过去，纤瘦、娇弱的身子蜷在大队长的尸首旁，像个无助的孩子。

## 第三十四章

　　这是一间老祠堂，石灰墙斑斑驳驳，显得肮脏之极，挂在上面的刑具因此更显狰狞。檐间屋角挂满蛛网，裸露的房梁被虫子蛀得凹凸不平，不时有老鼠在梁上走来走去。绿苔覆盖的地面上泛着沉郁的暗绿，绿中还有点状、块状的紫黑，那是共产党人洒下的鲜血。

　　陈太平端坐在天井边，面前摆张八仙桌，八仙桌上放着赣南特有的七星荤碟盘，盛着各种腊味，还有冒着热气的大壶水酒，香喷喷的炒菜。几个红泥小火炉里煮着汤，空气中飘散着菜香和酒香。陈太平自斟自饮着，笑眯眯地看着面前十几个伤痕累累的红军战士和游击队员。

　　这是他们被捕的第三天，三天中陈太平粒米未给，只是一天给他们喝一碗水。除了周春霞和青秧，其余人皆用了重刑。他们中有些人在五尺凳上已经坐不稳了，匪兵们将他们绑在靠背椅上。尽管极度虚弱与饥饿，却没有谁看一眼桌上的那些佳肴美酒。陈太平的脸色渐渐阴沉下来。为了让这些战士变节和招供，他用尽了酷刑，最终仍没能撬开他们的嘴，无奈之下才想出这么一招。

　　从早上到中午，他在桌边坐了几个小时，桌上的酒菜热了又热，陈太平吃得肚子鼓成了球，可还是没人对这些食物表现出一点兴趣。他再也忍不住了，拖过一个游击队员要他吃饭。游击队员昂首不理，陈太平让匪兵将他按到桌边，掐住他的脸颊往他嘴里填饭菜。游击队员拒不住饥饿，突然疯狂地吞咽起来。风卷残云地吃了一碗饭之后，又要去盛，周春霞赶忙制止他说：

"你不能再吃了，会撑死的！"

游击队员不听，又连着吃了三碗。这时陆续有几个队员艰难地挪到桌前，开始吃东西。周春霞忍住眩晕，紧紧地握住青秧发烫的手，恨不得有个地缝钻进去。那些咀嚼的声音鼓似的在耳边炸响，引得她的肠胃快速蠕动并发出咕咕噜噜的鸣叫。

杜青秧的伤口感染了，烧得迷迷糊糊，干裂的唇不时开合着。周春霞听到她在说"我饿，我饿……"意志在刹那间塌陷下去，她摇晃着走到桌边，舀了碗鸡汤喂给青秧吃。所有能动弹的战士这时全走到了桌边，但人多饭少，得到的狼吞虎咽，没有得到的失望之极。这时有两个夹着公文包、穿着文明装、梳着油亮分头的男子走上来，其中一个手中还拿着件奇怪的家伙。周春霞一眼认出那是照相机，她也不知哪来的力气，突然狂吼起来：

"都给我坐回去，他们来照相了！"

那些伸在菜盘上的手迅速定格，几个拥挤在一起的躯体飞速闪开，与此同时，只见镁光灯强烈一闪，但拍到的只是一群散乱的背影。

"妈的，吃了还想装正经，没那么好的事！刚才我说了，你们吃了我的饭就是悔过自新，就是愿意给我陈太平卖命，来呀，拿印油来！"

陈太平一声令下，几个匪兵跑来，手上拿着一沓自新书、几盒印泥，要大家按手印。他们走到那个率先用餐的游击队员身边，要他先在悔过自新书上按手印。许是吃多了的缘故，这个队员正揉着肚子呻吟，匪兵一把拽住他的手，被他猛地甩开，然后他抢过那沓自新书，哗哗几下全撕了，边撕边大笑道：

"陈老狗，告诉你，没门！我们吃了你的东西还是红军，气死你！"

他说罢捂着肚子蹲了下去，面容因痛楚而扭歪。陈太平走过去，对准他的脑袋砰的一枪，战士倒在地上，痛苦地蹬了几下，不动了。陈太平又从人群中拎出一个伤势较轻的游击队员，从墙上摘下把杀猪刀塞到他手里：

"把他的肚子剖开，我要看看他有没有良心，吃了不算数，什么屌男人。"

这位游击队员年纪还小，十七八岁的样子，他惊恐地看着陈太平强塞在他手中的尖刀，一步步向后退，嘴里喊道：

"不，我不干！"

说着，他反身要跑，一个匪兵立马用枪点住了他的脑壳。小游击队员求援似的看着身边的战友。大家垂着头，尽量避开他的视线。小游击队员从战友们的沉默中得到了支持，可这时又有把刺刀贴在了他脖子上，刀刃异常锋利，不一会儿他的脖子就被割了一道血线，一滴滴硕大的血珠在他细瘦、青黄的脖子上静静地往下流。

小游击队员艰难地走到死去的战友面前，缓缓举起了刀，忽然间他深吸一口气，转身刺向身旁的匪兵。可惜刀还未完全送出，敌人的刺刀已经洞穿了他的颈部，小游击队员手中的刀"哐当"一声落下来。

"妈的，还想暗算我！"

小游击队员捂着脖子在地上翻滚，接着摇摇晃晃站起来，吐出几口血。他扫了眼悲愤的战友，稚嫩的脸上露出苍白的微笑。接着手一松，颈部两边的伤口蓦地射出两股热血，在空中画出两道优美的弧线。

"哇，射得好高啊！"

小游击队员的双目追着射向空中的血柱，惊异地叹道。而后他的眼珠定在半空中，大张着嘴往后倒去。陈太平端着一只精致的青瓷茶杯，踱到两具尸体前，用脚踢了踢，装出一副痛心疾首的表情：

"可惜呀可惜，枉费了两条命！这就是不识时务的下场！告诉你们，红军马上要灭亡了，你们再怎样挺着也没用。你们吃的苦谁晓得？命是谁的？说到底，还是你们自己的！弃暗投明的才是真英雄！我陈某人素来与人为善，也就不与你们为难，我现在提一个非常简单的条件，只要她能答应，就放了你们。"

陈太平将茶碗递到唇裂舌燥的周春霞面前。周春霞闭上眼睛往后退，陈太平紧跟着，等周春霞张口想喝了，他又猛地将茶碗一抽，呵呵笑道：

"春霞呀，他们还不晓得你的身份吧？喏，告诉你们，她是五堡周家的大小姐，她哥哥周春强是靖卫团团长，有名的剿匪功臣，杀光了好几座村庄，现在正在会昌那边清剿红军。她还是我没过门的老婆，收了我不少聘礼呢！"

十几双眼睛齐刷刷落在形容憔悴的周春霞身上，有敬佩，也有狐疑。陈太平重重地喝了口水，慢条斯理地说：

"你们不要把她想坏了，她是你们这里面最坚决的红军。饿了三天也没见她求饶。不过，她很心疼你们这些战友，是不是，春霞？"

陈太平又把茶杯递到了周春霞唇边，周春霞不顾三七二十一，低头猛吸了几大口。

"慢慢喝，慢慢喝，不要急，倒茶来！"

陈太平话没说完，周春霞一口水喷在他脸上。一丝愠怒掠过陈太平松弛、多褶的脸部，但转瞬便被阴狠的笑容替代了。

"春霞，现在我提个条件，你要当众答应嫁给我。同意了没得说，在场的人我全放掉；如果不答应，每过五分钟我杀一个人。"

陈太平说罢掏出手帕轻轻揩干了脸。

"不要答应他，他骗人！"

"不要上他的当！"

战友们高喊着，春霞高傲地笑了，把脸扭向一边。

"答应不答应，周大小姐？"

陈太平这回吸起了烟斗，看样子他也开始紧张了。春霞虚弱而坚决地摇了摇头："见你的鬼去吧！"

"好，好，算你有骨气。"陈太平将烟斗从唇间抽出，做了个劈杀的动作。匪兵当即拉出一个游击队员，用枪顶着他的太阳穴。

"不要嫁给他！"

这个队员高大，威武，全身没有一块好肉，但身姿和表情仍然保持了一个战士应有的尊严，他吼道。

"啪"的一声闷响，游击队员倒下了。陈太平照例摇着头说可惜，然后开始看表。周春霞苗条的躯体开始摇晃。杜青秧虽说头晕眼花，瘫软无力，但拼尽全力顶住了周春霞。

陈太平转着眼珠，一把拽过青秧，狞笑着对周春霞说：

"我数到10，你要是还不答应，她这颗脑袋就保不住了。"

陈太平开始看表，杜青秧黄白的脸上净是汗，眼睛里闪过几丝恐惧，瘦弱的身体摇晃起来，但她决不开口求饶。

周春霞默默看了会儿杜青秧，目光转向其他战友。大家昂着头，既不看周春霞，也不看陈太平。现在他们能说什么呢？让周春霞接受条件救杜青秧？还是让她制止陈太平的屠杀行动？无论哪种选择，都是艰难的。周春霞知道自己必须马上做出决定。

"七、八、九——"

陈太平在九字上面拖长了音调，就在匪兵把枪口顶向杜青秧的后脑勺时，周春霞一个箭步挡在了杜青秧面前：

"我答应嫁给你，真的答应！你，你要说话算数，放了他们！"

陈太平满意地笑了。他提出让周春霞先签悔过书，被她严词拒绝了：

"你先把他们送到三十里以外，去向由我们定。"

"好，好！我陈太平这样已经是徇私了！唉，谁叫我心肠软呢！"

不多会儿，几辆马车备好了。陈太平拽着周春霞坐在最前面的车厢里，后面的拖斗里坐着一起被捕的战友。

马车按照周春霞指定的路线驶出城。沿途碉堡成群，关卡无数，许多村庄一片焦黑，四野里飘散着死亡的气息。

到了指定地点，游击队员们下了车，四散而去。走之前，他们不约而同望了眼坐在车厢里的周春霞。

杜青秧走了几步，泪流满面地回首喊道：

"春霞姐，你多保重——！"

然后她哭着掩面而去。周春霞悬着的心落到了实处：这下陈太平没辙了，山这么深，地点又是临时定的，等他再派兵时人影也找不见一个。可她脸上的笑意还没退去，几辆马车呼啦啦从身边驰过。周春霞心中掠过一丝不祥，忙拽住陈太平：

"你这个骗子！我和你拼了！"

周春霞尖叫着朝陈太平撞去，陈太平扭住她，狞笑道：

"我本来就是个骗子，你哪里不晓得啊？怪只怪你眼珠不亮。不过你不要担心，我不会现在就把他们全部打死，我在放长线，钓大鱼，你等着瞧吧！"

不远处传来几道沉闷的枪声，周春霞愤怒了，挣扎着要往下跳。陈太平一个巴掌甩过来，把她打晕了：

"蠢女人！"

他的目光从周春霞脸上掠过，停在她小巧的胸脯上。不一会儿，周春霞醒过来，满是血丝的双目直直地瞪着肮脏的车篷，耳边响起凄厉的喊声和杂乱的枪声。她似乎看见青秧倒在地上，瘦小的躯体被子弹打成了马蜂窝，无数细小的血流从弹洞涌出，在日光下熠熠闪动，触目惊心。

她扭脸见陈太平歪着头在闭目养神，卫兵坐到了车夫旁边的位置上，她一咬牙，狠命地拽着陈太平往车下滚去。不料陈太平只是假寐，她刚一动手便被他搂了个正着。

"哈哈，你真的来这一手！告诉你，我是你肚里的蛔虫，你赢不了的。你呀回去好好洗个澡，吃些东西养几天，就等着做我的新娘吧！"

别看陈太平年纪不小，力气倒蛮大，他一只手卡得周春霞丝毫动弹不得。想到自己居然会相信这样一个人面兽心的家伙，白白牺牲了几个战友不说，只怕还会暴露其他同志，她急火攻心，猛咳起来，一口鲜血喷了陈太平满身。就在这时，她计上心来，索性继续干咳下去。

陈太平恐惧地将她推到旁边：

"你有痨病？"

周春霞狠狠地瞪他一眼，继续咳，一片潮红飞上面颊，憔悴的脸上带着几分凄切的美。陈太平惋惜地扫了她一眼，忽然喊停车。停车后，他和卫兵换了位置，看样子是怕被周春霞染上。不过他并没有完全相信周春霞，回到驻地后立即找来军医，让他诊断周春霞是否真的得了肺痨。

这几天周春霞一直发低烧，脸颊红晕，眼睛水汪汪，但她不咳嗽，也不盗汗，只是受了风寒而已。她之所以用肺痨来吓陈太平，是因为她相信自己如果真得了这种病，即便美如天仙陈太平也不会娶她，他是个爱惜狗命的家伙，如此便能逃过一劫。

给她看病的军医三十多岁年纪，面相和善，看到她美丽而虚弱，眼中露出同情。

周春霞那双会说话的眼睛这时派上了用场，她哀求地凝视着军医。军医不明就里，她瞄瞄军医身旁陈太平的卫兵，一字一句道：

"医生，我命真苦啊。本来你们营长想娶我的，让我享点福，可我得了肺痨，怎么能害他呢？求求你，给我弄些好药吧！"

周春霞趁卫兵不注意，飞快地朝军医做了个求助的动作。军医愣了愣，这时陈太平从外间走到门口，用手帕捂着鼻子瓮声道：

"朱医官，她是不是肺痨啊？"

朱医官犹豫地看了眼周春霞，重新用听诊器诊听她的肺部，然后一脸惶恐地脱下白手套，丢在地上，快步走了出去。陈太平立即退到了门外。

"……是肺痨，蛮严重了。"

陈太平久久没有作声，好一会儿才啪的一声，摔了手中的茶杯：

"妈的，这是老子没福了。嗯，这样吧，好歹你哥哥还得过我的聘礼，我看干脆给你成个家，也好让你哥满意！"

周春霞知道这老狗肚里没好货，谁晓得他给自己下什么套？明摆着陈太平是要用自己去敲诈她那个黑了心的哥哥。虽然她也恨哥哥周春强，但想到陈太平其实是把她当了那种恶心交易的人质和筹码，不由破口大骂起来。但毕竟几天粒米未进，刚骂几句便瘫倒了。

醒转时，她发现自己寸丝不挂地睡在一张床上。她尖叫着坐起来又马上钻入被窝，一个粗壮的中年妇女闻声麻利地走进来，手里端着碗鸡汤。

"喏，快喝吧！陈营长讲了，你好些就送你回家。"

周春霞本想伸手将碗打掉，可又觉得这样去送死太不值，倒不如趁机把身体养好，说不定还能伺机逃出去，于是一口气喝了那碗鸡汤。接着昏睡了一天两夜，让体内积蓄一些能量。

这天，朱医官怀着无限同情来给她头上的伤口上药。她央求朱医官帮她捎个口信给哥哥周春强：

"告诉他如果我死了，那一定是被陈太平害死的。"她把写有家庭地址和哥哥姓名的一张字条递给了朱医生。

朱医官劝她，一定要活下去：

"你这样死了谁最开心？还不是他？不要做仇者快亲者痛的事。说得不好听，你这样死了是白死，只有活下去才有报仇的机会！"

她狠狠地点了点头，打定主意要与陈太平拼个鱼死网破。为此她开始拼命进食，再苦再浓的药汁也往喉咙里灌。朱医官陆续来看了她几次，还偷偷塞了几块光洋和一张路引给她。

朱医官对她说："我打听到了，你哥哥在会昌那边围剿红军。但是我没办法帮你，你得自己找机会出去。"

从那以后，朱医官再没来过，听说陈太平让他跟着部队去清剿红军了。

陈太平出发前又假惺惺来看她，装出一副悲天悯人的样子：

"可惜呀，也不晓得是你没福还是我没福。嗯，你很快就会见到你哥哥了，不过得等我打完这一仗。当然，还得看你哥哥付不付得起那笔钱。你晓得啵？你之所以落到这步田地，那得怪你哥哥。他太狠毒了！这叫恶有恶报，明白了吧？"

陈太平捂着鼻子走了。这之后，她试图做通看守大嫂的工作，让她放自己出去，谁知大嫂如临深渊，连连摆手：

"妹子，这个忙我帮不上啊！我一家五口被他管死了，你要走了，我老头子、两个儿子一个女儿全部得死，我帮不了你。"

望着窗口那片小小的天空，周春霞绝望了。谁也想不到，在一个月黑风高的夜晚，周春霞被人奇迹般地救了出去，而且救她的那个人，居然是失踪数月的刘罗仔！

# 第三十五章

　　刘罗仔在几个月前那次惨烈的战斗中和另外几个战友一起被俘了。白军非常恶毒，让这些红军俘虏换上他们的衣服在战斗中开路。有些红军战士掉转枪口打他们，结果被打成了马蜂窝。敌人的督战队就在身后，他们挥舞着大刀和二十响驳壳枪，只要看见有人临阵脱逃当即开火。和刘罗仔一起被俘的战友中有两个试图逃跑被督战队打死，有一个倒在战场上。刘罗仔见逃脱无望，只好硬着头皮往前冲，不过他从不向红军开枪，而是对着树木和石块射击，要么抬高枪口放空枪。十几仗打下来，他毫发无伤，侥幸活下来了，但内心痛苦异常。

　　陈太平手下的士兵大部分是广东人，很排外，对待俘虏非常苛刻，国民党军队本身扣压军饷、体罚、打骂士兵又司空见惯，这使刘罗仔吃了不少苦头。他非常怀念在红军的那段生活，怀念官兵一致、互相帮助、互相爱护、一人有难全班相帮的那个战斗集体。那次战斗中，如果不是班长掩护，把生的希望给了他，他刘罗仔的骨头早打鼓了。所以，思前想后，他在这里活得无比绝望。

　　导致他痛苦绝望的另一原因，是对杨兰英的思念。夜深人静时，他常取出那两双洗旧了的鞋垫来抚摸。鞋垫上，杨兰英用细密的针线绣着精美的并蒂莲，夜色中并蒂莲兀自在他指尖下怒放，可他的心上人又在何方呢？

　　有段时间刘罗仔夜夜梦见杨兰英，他梦见他们有了自己的孩子。孩子长得高高的，脸庞圆月般饱满，还有一对乌溜溜的眼睛和漂亮的小嘴唇。孩子伸出两只手，小鸭子般扭着屁股喊他爸爸。他抱起孩子亲啊亲的，亲得孩子笑出了口水。

只是梦境不能代替真实生活，每每醒来，残酷的现实更加深了他的绝望和颓废。为了生存，他渐渐变油滑了，还抢过老百姓的东西。班里的士兵欺负他当过红军，故意整他，抢东西时总是逼他先动手。他觉得自己就像一块被许多黑手摸过的布，正在慢慢地变黑变脏。

陈太平想出一个绝招，俘虏的女红军只要是他看不上或者准备卖到妓院、农家的，往往会先"赐"给他所谓的弟兄们乐一乐。这些弟兄们分几种，一种是他的亲信，一种是有"战功"的，还有一种便是那些所谓的"反水"战士。

他对"反水"战士用这一手，一方面意在拉拢，另一方面他是要用这一招从精神上摧毁他们，断他们的后路。事前他要求那些人向被蹂躏者通报自己过去的身份，所在的部队番号，以此在心理上打击被捕的女红军。女红军中有些人受此重创后选择了自尽，陈太平也无所谓。

如果周春霞不患肺痨，他是不会对她用此招的，可谁叫她得了该死的痨病呢？既然自己得不到那就毁掉她，这是他的习惯，加上和周春强的积怨，陈太平终于还是对周春霞下手了。

刘罗仔就是这样被选去糟蹋周春霞的。此前刘罗仔曾听其他反水的人讲过这种事，没想到这回轮到了自己。得到通知时他很兴奋，毕竟半年多没近女人了，什么女红军不女红军，他现在既然已到这一步，就顾不了那么多了，只要能发泄一通，管她是红的还是白的。

谁知到那儿一看，捆绑着躺在面前的，竟然是自己从心里敬畏的周春霞！不说她现在是女红军，就说她原先是五堡的大小姐，他也绝对不能干这种伤天害理的事。这样，他就成了走进那个房间后又夺门而出的人。当然，他这样做，是秘而不宣的，周春霞不知道，其他人也不知道。

夜半睡不着的时候，刘罗仔常常扪心自问：如果周春霞不是和杨兰英在一起，如果自己从来不认识她，他刘罗仔在那天晚上，肯定也会变成禽兽。如此一想，他便感到后怕了，感到自己已变得人不人，鬼不鬼了。再这样混下去，肯定没有好下场。

让刘罗仔悬崖勒马的，还有兰英。就在他看到周春霞落难的一刻，他马上想到了和周春霞在一起的杨兰英。他和她可是夫妻，是一块在五堡，在红军队伍里共过患难的人。几月不见，周春霞已落得让陈太平任意宰割，那么杨兰英此时此刻又如何呢？

夺门而逃的那一刻，刘罗仔下决心要将周春霞救出虎口。他想自己当了红军，又投了白军，这一辈子肯定做不了一个很光彩的人，但至少还可以做一个有良心的人，一个不被世人痛恨的人。

有了这个念头后，刘罗仔开始寻找机会。也是天赐良机，几天后他们接到了出发清剿的命令。陈太平暂时无法处理周春霞，只好将她留在大嫂家。刘罗仔觉得时机已到，开拔前一天喝了半碗巴豆水，当夜开始狂泻，等部队出发时他已泻得起不了床。排长抽了他几个耳光，命令班长把他扔在一间臭气熏天的房子里任其生死。刘罗仔早就做了准备，他从郎中那儿买了止泻药，队伍一走立马服药，当晚便止住了。吃了些东西后，他把私人物品卷成个紧紧的被筒，藏在大嫂家旁的烧草堆里，伺机而动。

大嫂家在村中央，家中有条刚下崽、人见人怕的母狗，但这难不倒自小讨饭的刘罗仔，他对付狗很有一套，那只母狗没有发出任何声息就毙于他的掌下。刘罗仔将一葫芦茶油倒入门栓，悄悄把院门端开，凭记忆找到了周春霞的房间。当他把门弄开，就着月辉看见周春霞时，不由吓了一大跳。

眼前的周春霞已经不像个人样了。她额角上的伤口虽然不再流血，但剧痛却蔓延到了眼睛，脸部肿胀了一圈。绝望中她天天昏睡，夜晚则游魂般在屋子里不停地走动，时不时还发出怪异的笑声与低微的呻吟。

看管她的大嫂考虑到家人的性命，生怕周春霞有什么闪失，对她护理得无微不至，晚上坚持和她同居一床，还用绳子将自己和她的手绑在一起。周春霞如此折腾了几夜后，大嫂终于熬不住了，丢下她一个人睡，将院门和房间都加了锁。晚间她还不喂那条狗，饿得它在门口团团转，等于加了一道岗。

刘罗仔撬门的时候，大嫂一家老小困顿之极，房间里鼾声大作。刘罗仔端门进去，看见伤痕累累的周春霞衣衫整齐地坐在床上，如豆的油灯下凄美出几分森森鬼气。

仿佛知道有人会来救她，周春霞见了刘罗仔丝毫不感到惊讶，而是淡淡一笑，接着从床角拿出个蓝布包袱，里头是陈太平给她置的几套新衣，那一刻刘罗仔对春霞不由多了几分崇拜。

一个女人遭此重创且生死未卜，居然还能在救命恩人前表现出别样的尊严，这是何等的胸襟与气度！

这气度一下让刘罗仔折服了。

周春霞的伤口尚未痊愈，走路颇困难，牛高马大的刘罗仔弓腰将她背起，胸前驮着自己的被筒和周春霞的包袱，一闪身消失在夜色中。

天上没有星月，北风呜呜刮着，周春霞在他背上低泣，刘罗仔感到了她痛苦的颤栗和自己那股不合时宜、来势汹涌的兴奋，不过他很快就打消了这股邪念，变得异常冷静和机警。

虽说国民党当局这时已经确定红军主力进行了转移，但为了预防万一，他们的防范还是非常严密，到处是碉堡和巡逻队。而刘罗仔对这些情况了如指掌，所以根本难不倒他。

终于钻出封锁线了，他们来到一个稍许安全的山中，这时天已大亮。刘罗仔将周春霞安置在山腰的一座破庙里，自己出去打了个转，回来时手中多了半袋冷饭：

"附近的村子没有白军，问题不大。我们先吃点东西，你说到哪里我送你去。但我先想问你，我家兰英，她，她还好吗？"

说这话时，刘罗仔搓着手，语气中有丝隐忧。周春霞马上捂着脸哭了。刘罗仔缓缓蹲下，随手拿起根枯枝在地上使劲划着。

"她不在了？什么时候的事？"

周春霞将那段时间杨兰英四处找他和牺牲的情况细细地告诉刘罗仔，他听完一屁股坐在地上，孩子般仰脸哭着。周春霞蹒跚着走过去，静静地挨着他坐下，等刘罗仔哭疲了，她的主意也拿定了：

"你送我到黄村去。"

黄村是九十九窝群山深处的一个小村庄，因盛产毛竹而著名，那是独立大队的秘密联络点。周春霞要寻找战友，重新归队。

对她的决定刘罗仔不觉意外，但他担心她的安全，因为陈太平在全县的每个角落都张贴了告示，上面有周春霞等悔过自新者的名单和悔过书，还点名红军游击队在九十九窝的失守，是周春霞告的密，一则混淆视听，二则想借刀杀人。

瑞金陷落后，被占区的红军游击队虽然转入了地下，但并没有因为白色恐怖而销声匿迹，并且相当活跃，不但经常神出鬼没地袭击白军，还大力开展了打击叛徒和镇压反革命的斗争。

1934 年 12 月 20 日，中央政府办事处发布了《动员工农群众，积极击杀革命叛徒的紧急命令》，宣布"在苏维埃机关、群众团体和党内团内，红色部队内担任干部及负责的工作人员叛变革命投降敌人的，或企图组织投敌的，或勾结敌人进攻苏区查有实据的""概处死刑"。

这份紧急命令不时张贴在白区醒目的地方。陈太平一贴出周春霞她们的自新告示，她们的名字即被红军游击队打上了巨大的黑×，边上贴着这份油印的紧急命令，落款是中央政府锄奸队。周春霞这时去找队伍，完全有可能被当作叛徒处理。换句话，她现在没被陈太平杀掉，倒有可能被红军游击队当成叛徒除了。刘罗仔如此说出他的担忧，周春霞却笑了起来：

"我不怕，我已经死过好多回了。罗仔，你也晓得我以前是个好吃懒做的人，为什么现在吃得下千般苦，连死都不怕呢。实在是白匪太过惨无人道了！我宁肯死在红军手下，也不愿意被他们奴役。"

听见这话，刘罗仔顿时语塞。他努力地想了想，终于还是把那句堵在胸口许久的话说了出来："你这样死了冤不冤啊？我看还是先到会昌找你哥哥吧。他那么疼你，肯定会为你报仇的。"

周春霞摇摇头："怎么能去找他？我和他不是一路人，走不了一条道，如果在战场上见了，非得你死我活。罗仔，别瞎想了，我们快去黄村吧！"

刘罗仔只好答应。为安全起见，他偷了两套衫衣和一担箩筐，行走不便的周春霞坐在前面的那只箩里，后面的箩则装了几捆临时砍下的松脂木，两人扮成一对夫妻。由于都不是本地人，加上地形不熟，他们昼伏夜出，三天之后才到达黄村。

黄村是个美丽的小村庄，十几户人家散落在一口几亩大的深潭周围，四面环山，山上皆竹，天光云影中安静得像块千年的古玉。这地方让周春霞和刘罗仔大大松了一口气。可他们刚踏进村子就被人捉住了。人们把他俩关进一间黑乎乎的屋子里。不多久，来了几个男人，他们靠墙而坐，看不清模样。男人们问他们到这里干什么，是不是想偷东西？刘罗仔叽里呱啦地辩解了一番，但他口齿含混，说了半天也没说清楚。其中一个男人听得不耐烦，喝令把他推出去，周春霞急忙挺身而出。

"对不住，老表。我们是来投亲的，找我三姑红莲，请问你们认得她吗？"

男人们面面相觑。一个身材健壮、腿脚不方便的男人最先从愣怔中清醒过来，他四十多岁的年纪，相貌威严，他一拐一拐地走到周春霞身边，仔细打量了她一番，然后脸色一变，又一拐一拐地回到窗户边上，对另几个男人小声地说了几句什么，接着他暴喝一声：

"周春霞！"

周春霞本能地"哎"了一句，她还以为找到了亲人呢，想不到男人中一个白胡子大伯，忽然指着她的鼻子吼道：

"好你个叛徒，我们正打算去找你呢，没想到你却送上门来了！这真是上天有眼啊！"

刘罗仔见势不妙，忙将她挡在身后：

"这位老伯，你们肯定弄错了，她不是周春霞，是我老婆杨兰英。不骗你，我们真的是来投亲的。"

男人们警惕地看着周春霞和刘罗仔，没有人相信他们。周春霞倔强地从刘罗仔身后站出来，为自己辩解道：

"不，我就是周春霞，我从没有叛变。不信你们可以去问青秧，也可以问红鹰突击队的队长江采萍，她们清楚我的情况。"

男人们的目光依然锥子般盯着她，仿佛要在他们身上盯出一个个窟窿来。这样僵持了一会儿，他们回到窗户边上小声地商议着什么。

这时刘罗仔朝周春霞使了个眼色，两人转身朝门外逃去，不料刚出房门就被两个十二三岁的小毛头用长矛给绊倒了，接着拥上来几个妇女，大家七手八脚地捶打起来。

周春霞一动不动地伏在地上，任其捶打，不做任何躲闪和挣扎。妇女们以为她死了，吓得赶紧住手。她在她们疑虑的目光中缓缓爬了起来，喃喃道：

"好，你们打得好。白狗子打我我不怕，你们打我我高兴，反正我也不想活了。你们打死我算了！不过你们要帮我报仇，一定要杀了那个魔鬼陈太平！"

说完，她披头散发地闯回屋里，把刚才说的话大声地重复了一遍。男人们已商量好了对策，他们坐下来开始仔细审问她。她将自己被捕和逃出来的经过详细地叙述了一遍。讲到自己差点被反水战士糟蹋时，她闭上了眼睛，从胸腔深处发出哀婉的哭声，震得日光颤了两颤。

屋外的妇女和孩子闻声而来，她们好奇地望着，议论着，白胡子大伯将他们赶了出去，转身掩住了房门。男人们显然被她的悲恸击中，良久没有作声。

这时有个妹仔开门给春霞送来了一条面帕。她认真地揩干净脸，等候男人们的发落。

拐子男人将刘罗仔叫到隔壁核实情况，问他出于什么动机营救周春霞。刘罗仔隐瞒了自己曾经在红的经历，更不敢讲那夜自己被安排去强奸周春霞，只说自己以前是她家的阿随。

"阿随？那么她们家是土豪了？"拐子警惕地问。

刘罗仔不敢隐瞒，将周春霞在赣州如何帮助江采萍脱离危险，如何被父亲软禁，最后又怎样参加革命的来龙去脉兜了出来。拐子男人面无表情地听着，忽然冷冷地问道：

"那么说五堡护围队的周春强是他哥哥了，他可是国民党有名的刽子手啊！他现在有权有势，你们为什么不去找他？"

刘罗仔茫然地摇摇头："我劝了她，她不肯去，说是宁肯死在红军手上，也不去见那个魔鬼哥哥，可能她这个……"刘罗仔指了指心口："太伤心了。"

拐子男人没讲话，他撇下刘罗仔又去了隔壁。在这间屋子里，男人们分成了两派，以白胡子大伯为首的一派认为周春霞是叛徒，坚决要处死；拐子他们则持相反态度，两派谁也说服不了谁。这边的周春霞和刘罗仔，只好听其发落。他们听见隔壁屋子里的声音挺大，并不断提到江采萍的名字。刘罗仔小声地劝慰着面无表情的周春霞：

"你放落心，只要找到江队长你就有望了。"

周春霞侧脸看着他，神情异常邈远，良久她才说："哪有那么巧的事啊？不过我还真想见见采萍和刘观音。"

刘罗仔知道她已经做好了死的准备，倏地有些后悔。早知如此，他该带着她去找周春强，现在死在这里算什么呢？他想逃跑，可两人刚刚给捆成了粽子，再说屋外站满了人，而且个个手持棍棒和长矛，他们根本不可能有这种机会。

时间在忐忑不安中慢慢过去，转眼到了晚上。但这期间没有任何人来理他们，当然也没有人给他们送水送饭，却不感到饥渴。隔壁和屋外的人听上去已渐渐离开了，只留下三两个轮换守在门口。半夜时分，屋外突然传来一阵纷沓的脚步声，接着白胡子大伯领着几个精壮后生举着火把，挟着一股凛冽地北风闯进来，二话没讲推着他俩就往外走。

夜半的山村静谧得吓人，猛然响起的狗吠衬得那几支火把更显诡异。周春霞和刘罗仔被堵着嘴，两人呜呜扭动着身躯。跟跄的脚步下，满天繁星豆子般从巨大的天幕上泻下，如同一颗颗流星从眼前划过。周春霞无比留恋地看着那一片璀璨的星星，爹娘、江采萍、马丽、青秧、杨兰英、刘观音、方梦袍和红云等人的脸飞速掠过，每个人都张大嘴巴朝她呼喊。

他们喊什么呢？周春霞想，是说我冤枉吗？我不冤，死在红军手里我心安理得，因为确实该死，如果不是自己愚蠢地请求陈太平放了青秧他们，也许他们还不至于那么快便惨遭毒手，也许有些还能获救，也许……当然，如果现在就让自己去死，最大的遗憾便是没有亲手杀了陈太平，不过这条老狗终有一天要死在红军的刀下，有战友们为自己报仇也就够了！

看着越来越密的树林，想到即将来临的死亡，周春霞那颗饱受创伤与蹂躏的心突然获得了某种平静。

刘罗仔就不一样了，他一直在挣扎，眼中闪出恐惧与惋惜的光芒。他不愿意就这样死去，早知有这等结局，倒不如先去与陈太平拼个鱼死网破！他觉得自己愧对周春霞和杨兰英。

尽管和杨兰英生活的时间不长，但那点滴的甜蜜已足以让他感到欣慰了。是杨兰英使他的生活有了新的意义和希望，这也是他珍惜生命的动力之一。作为一个有血性的男人，他认为自己有为杨兰英报仇的责任。杨兰英的仇人是谁呢？当然是那可恶的白狗子！白狗子中最可恶的又要算那陈太平！

刘罗仔多么希望这时能够天降神人，将他们俩从死神手中救出来啊，但他知道这只是一种幻想，生活中不可能出现戏文里才有的那种奇迹。想到这儿，一股浊气从心田深处喷出，旋风般直冲脑门，他听见脑盖骨在嘎嘎作响，泪水如山洪暴发，汹涌地漫过脸颊，他艰难地咳嗽起来。

到了一个隐蔽的山窝，山窝里有几个人正在奋力挖坑，火吊在树杈上闪着光，照得新翻起的泥土殷红如血。

看着镇定而又美丽的周春霞，刘罗仔感到一阵窃喜：自己原是她家的一个阿随，连给她提鞋都轮不上，现在却能和她同生死，同埋在一个坑里，也算是上天对自己的一点补偿吧！

不多会儿坑挖好了，刘罗仔和周春霞被人猛地推了下去，接着冰冷的泥土劈头盖脸打过来。土坑很窄，他俩摔下时周春霞先落地，刘罗仔跌在周春霞身上。周春霞似乎已经昏迷，一直未曾动弹，土块哗啦哗啦打在刘罗仔背上，他却丝毫不觉得痛，他沉迷在周春霞散发出来的女人气息里。

耀动的火光中，双目紧闭的周春霞显出一种沉静、绝望的美。她娇弱的躯体倏地颤栗起来，几颗巨大的泪珠从眼角慢慢滚出来。

"等一等——啊——！"

半空中忽然传来一声炸雷般的呼叫，几个往坑里铲土的后生不知发生了什么事情，赶紧停了手。

周春霞濒临崩溃的大脑突然像被一道强光照亮了。她猛地睁开眼睛，本能地扭动着身体，被堵住的嘴巴拼命地发出一种呜呜的声音。刘罗仔拼力吐出口中的布，然后将周春霞嘴里的抹布咬出，她立即声嘶力竭地大叫起来：

"采萍！采萍！我是春霞，我在这里啊！"

似乎为了盖住她的喊声，头顶又有几铲土飞下来，一块石头砸得刘罗仔眼冒金花。与此同时，从坑上传来一阵急促而又纷乱的脚步声和嘈嘈杂杂的低语。土坑里的火光越来越明亮，不久有几个人影向他扑了过来。

"春霞！春霞……"

在那几个人影落入坑里的时候，周春霞听见队长江采萍和刘观音在齐声喊着她的名字。她的脑子里嗡的一响，昏死了过去。刘罗仔则孩子似的哭起来，悲恸的哭声雷般碾过树梢，在寂静的黑夜激起轰隆轰隆的回音。

# 第三十六章

　　起风了，北风仿佛夹杂一股怒气在天地间狂啸，弄得眼前的世界阴风阵阵，惨如地狱。天还未断黑，人们就关门闭户，城镇、村庄因此显得死一般寂静。不过这座位于会昌与瑞金交界处的小山村，在这时候，却有另一番隐隐的热闹。靠村尾的那座小屋，至半夜时分，仍闪动着昏黄的灯光。

　　风中发出一串呻吟。后山上松涛阵阵，不时传来野兽的吼声。江采萍和刘观音坐在竹椅上，呆呆地望着奄奄一息躺在床上的周春霞，脸上布满泪痕。这段时间游击队东躲西避，风餐露宿，日子异常艰难，采萍明显累了，她瘦弱的身子蜷在椅子上，渐渐合上了眼帘，秀气的眉宇间挂着浓浓的愁绪，嘴唇两旁蓦然加深的法令纹使她看上去显得无比憔悴和老态。

　　刘观音也比先前瘦了一大圈，圆圆的大眼睛挂在柳条脸上仿佛一对发光的铜铃。脸上已有了浅浅的皱纹，男子般粗大的脚板由于缺袜少鞋，现在变成了两扇粗黑而又坚硬的龟板，渗出细细的血丝。这会儿她望着受尽折磨的春霞，心中的茫然从双眼淌出，显得那样无助。

　　九十九窝遭袭后，幸存下来的三十多位同志，根据化整为零、分兵游击的原则，分成了几个小组。江采萍、刘观音、周春霞和另外两个队员一个小组，辗转到了这座名叫黄村的小村庄。

　　黄村地处偏远，群众基础好，除他们之外还有三个红军伤员在村里养伤。为了进出方便，江采萍、刘观音和周春霞住进了村尾这座废弃的老屋。老屋后倚大山，一旦发现敌情可以迅速遁入山中，是个进退自如的好地方。

由于形势极端险恶，到黄村之前她们整日在深山老林里打转。刚开始野外生活时，江采萍整夜无法入睡，后来随着时间的推移和体力的消耗，她睡觉的本事得到空前的提高，有时走路也能打盹，算得上一奇。

适应最快的，要数刘观音。参加红军之前她经常跟着爷佬进山采药，有时连着几夜歇在山上，风餐露宿在她看来并不算苦，苦的是她们随时面临着生命危险。九十九窝遇袭前，有一次她和江队长、周春霞和青秧住在潮湿的山洞里，醒来时发现两只豺狗守在洞前，她们连忙用树枝点燃一堆大火才逃得一命。

还有一回，她和江采萍，一个名叫菊花的游击队员，栖身于一条旧壕沟，谁知半夜时分她们睡得正香，天上下起了大雨，山上的雨水倾人这条壕沟，竟把睡得极沉的菊花给冲走了！

这几天能住进房子里，有稻草床睡，有番薯粥喝，这对于她们来说已异常的幸福了，但此刻她们非但没有感觉到这份幸福，反而沉浸在九十九窝遇袭的悲痛中不能自拔。

那天刘观音跟着江采萍假扮卖药的村姑上街摸情况，返回时已近傍晚。刘观音眼尖，远远地就发现"消息树"出了情况，大家心里顿时一紧。和当地游击队和副大队长一行人会合后，她们秘密潜入山洞附近。这时山洞外已经被打扫得干干净净，但硝烟的气息仍然非常浓烈，陈太平的伏击因此没有得逞。采萍和副大队长当机立断，带着剩余的队员立即转移到安全地带，一边着手打听九十九窝的情况。

九十九窝山洞被攻破的第二日，街头村角贴满了游击大队长、周春霞的悔过书和白军的战报，上面罗列了被"毙"和被抓"共匪"的数目和名字，大家心情异常沉痛，悲观的情绪在一夜间弥散开来，第二天便有三个队员开了小差。

江采萍不相信周春霞会叛变，就如同她上次坚信马丽不会背叛革命一样。刘观音在对马丽的看法上和江采萍趋同，但对周春霞她就没那么乐观了。

"春霞这人娇滴滴的，她干革命多半是为了好玩。现在革命处于低潮，她脱离革命不就可以过上原来的好日子了？这根墙头草！"刘观音愤愤地说。

几天后，她们转移到县城郊外的一座破庙里，破庙的住持七十多岁年纪，带着两个小和尚艰难度日。因红军曾救过他的命，老和尚对红军怀有深厚的感情。红军转入地下后江采萍和红鹰突击队的队员多次在此借宿，还秘密约定如果万一失散可以到破庙里来打探消息。

不过她们这次来并不指望能够在庙里巧遇周春霞和青秧，而是想请老和尚帮游击队买些食盐和日用品。老和尚满口应承，还热情地留她们住宿，说是小和尚化缘得了些米果，要和她俩一道分享。两人欣然接受，和老和尚、小和尚讲了半夜的西天才休息。

这天半夜，不远处的村子里突然群狗狂吠，两人机警地转移到庙后的山岭中。天亮时分她们还蜷在摇摇欲坠的草棚里睡觉，老和尚差了小和尚急急地让她俩下去，说是有一个满身是血的细妹要找她们。

"青秧？"听完小和尚的描述，两个人异口同声道，然后狂奔下山。这时青秧已悠悠醒转，在喝下老和尚特地熬出的一碗粥后，稍稍恢复了一些气力。见到江采萍和刘观音，她费力地把九十九窝那天的惊变和被捕后的情况说了一遍，末了嘶声道：

"队长，观音，春霞是个坚强的革命战士，白狗子贴的悔过书是假的！她是为了救我们大家才假装答应嫁给陈太平的！你们要为她作证，为她说话啊！"

江采萍欣慰地拍拍胸口，刘观音不好意思地嘟哝了几句，这时屋外传来一个妇娘人骂细伢的声音：

"卵头宝，你不长眼啊？老总身上的刺刀可不是蜡烛做的，你再往前凑，小心刺瞎你的双眼。"

这骂人的大嫂是个红属，小和尚刚从她家讨了撮食盐给青秧洗伤口。大嫂以前也接济过红军，这次她主动为破庙望风。骂声一起，刘观音背起青秧就往山上跑。江采萍要老和尚带着小和尚也上山避一避，老和尚拒绝了：

"穷家难舍，破庙难离，寿有定数，我还是待在这里吧。"

不过老和尚还是明智地让两个小和尚跟着她俩走了。这两个小和尚虽然只有十多岁，但平日打柴挑水，做惯了事，有足够的机灵和力气。他们对山上的地形了如指掌，领着她们抄近路迅速来到了山腰。江采萍让刘观音和小和尚爬到一棵大树上观察情况，三人从树上溜下时眼里饱含着泪水：

"那些白狗把庙和村里的房子都烧了。"

后来她们得知，找不到青秧的白军把老和尚杀了，并把那位红属大嫂关进了班房，同时把庙宇和村里的十几间房子付之一炬。从此这个村子便绝了，变成了一片焦土。

青秧是在她们上山的那天下午去世的。死前她容光焕发，秀气的双目清亮照人。她格格笑着，说伤好后要认两个小和尚当弟弟。刘观音把她背到山涧那儿给她洗了把脸，江采萍小心地替她编着辫子，还用青藤在辫梢上扎出两个漂亮的蝴蝶结。此时虽是寒冬，但山上仍有野花盛开，江采萍采了几束花插在青秧头上，热泪不由顺颊滚下。

青秧帮江采萍揩着眼泪，脸上露出满意的笑容。她断断续续地对两个姐妹说，一定记住埋她的地方，以后要带着她们的崽女来给她烧香。

"我，我在阴间，会，会保佑，他们的。还有，你们要，要对春霞好，她，她比我们都，都勇敢！可惜，我当不了妈妈了。"

青秧头一歪，小脸上露出朵浅而茫然的微笑，就那样离开了人世。

江采萍搂着青秧的尸体呆坐了好一阵，这才转身用手刨坑。她和刘观音挖破了手指，终于刨出个小小的坟坑，将青秧埋了。

刘观音一改以往动不动就号啕大哭的脾气，默默地跪在坟前用手狠劲地拍打着坟土，她是怕野兽拱开泥土把青秧的尸首给吃了。两个小和尚捡了石块将坟包盖住，还为青秧念经超度。江采萍到处采花，直到各色野花把青秧小小的坟头变成了花球，她才蹲在地上默默流泪。

第二天，江采萍、刘观音带着两个小和尚踏上了前往黄村的路途，这是游击队最隐蔽、最安全的据点之一，也是她们失散后可以寻找队伍的另一处约定地点。江采萍和黄村的白胡子老伯等很熟悉，青秧也知道此地，不过大家都知道不到万不得已不能前往黄村，所以她选择了在破庙等候战友，一则黄村路途遥远，自己体力不支，二来她也怕暴露这最后的据点，但她没想到敌人仍然跟在了她身后并连累了老和尚和村子里的乡亲，这成了青秧死前最后悔的一件事。

江采萍和刘观音掩埋了青秧，揣着满心悲痛，带着两个小和尚来到了黄村。她们刚到路口，就看见拐子几个打着火吊去阻止胡子老伯处决周春霞。拐子的想法很明确，他认为即便周春霞是叛徒，也不能这样草率处理，起码可以留着她去和周春强讨价还价，换几个被捕的红军战士回来或者弄些枪支弹药什么的，再不济也能为游击队搞些活动经费。

拐子听说周春霞被捕后坚贞不屈，根本没有叛变，急得头上直冒汗。江采萍和刘观音则如雷轰顶，众人打起飞脚一齐往后山窝跑。说来周春霞也是命大，居然在这千钧一发的情况下被救了！

由于惊吓过度和身心疲累，周春霞被救后昏睡了大半天。这段时间江采萍和刘观音一直守在她身边，偶尔对视一眼，彼此眼中皆是泪水。

刘观音特别内疚，她趴在周春霞床前喃喃说了好几声"对不住"，还抓起周春霞的手打自己的嘴巴。她恨自己不负责任地咒过周春霞。周春霞睡得极沉，有时睁眼瞄一下，转瞬又合上了眼皮。

"队长，你说大部队还能打回来吗？"

想到严峻的形势和近日牺牲的那些战友，一贯坚信革命必胜的刘观音也有了几丝疑虑。已经睡着的江采萍被她的话惊醒，愣怔了片刻后斩钉截铁地说："放心，大部队能打回来！"

有了江采萍这句话，刘观音一觉睡到天光。

次日，其他几个小组的游击队员集中到黄村附近的山上休整。两个小和尚跟着刘罗仔兴高采烈地加入了游击队，成了最小的游击队员。

江采萍、刘观音继续留在黄村发动群众，筹集粮食、布料和棉花。几天下来，成果不菲。粮食由游击队员们挑上了山，江采萍、刘观音和逐渐恢复体力的周春霞，还有几个女游击队员，留在黄村为大家赶制冬衣。

黄村也笼罩在白色恐怖中，只是群众基础特别牢，保长也白面红心，是游击队暗中安排的，所以还比较安全。江采萍她们晚上睡在村尾那间破屋里，不必像以往那样担惊受怕，风餐露宿，几天下来，人人脸上出现了难得的红晕。

这天，她们又忙到了后半夜。江采萍因为来了例假，加上劳累过度，人很虚弱。周春霞烧了滚水让她泡脚暖身，看着她渐渐好起来，周春霞心里颇觉宽慰。

周春霞的身体恢复得不错，但落下一个怕男人的怪病。刘罗仔要求和她分在一个小组，被她拒绝了。刘罗仔带着小和尚上山时表情怏怏的，她有些内疚，临别时她告诉刘罗仔，她将亲手给他缝制冬衣，刘罗仔的脸上这才有了些笑意。

经历了诸多的生死考验，周春霞沉稳、坚定了许多，这些天她拖着疲累的身子有条不紊地帮江采萍安排工作，指挥若定间闪出几丝令人惊讶的大将之风。板着脸不吭气时，又平添了几许威严。

那天夜晚，当刘观音背着土枪，拎着火吊，送那几个妇女会干部往村子里走时，周春霞忽然严肃地皱起了眉头：

"观音，不要打火吊，大家将就些吧。你们听，是不是有狗吠？小心敌人偷袭！"

刘观音和那几个妇女会干部侧耳一听，远远的果真传来了几声狗吠，但吠声平和，充满睡意，不像发现陌生人后那种充满敌意的狂叫。

"没事儿，你们先歇眼，我马上回来。天这么暗火吊还是要的，我就不信这么巧，今天会有敌人来偷袭。"

刘观音和那几个大嫂小声说笑着，消失在黑夜中。

周春霞看着渐行渐远的火光，不知怎么有些惴惴的。她现在像头受过伤害的野兽，变得越来越敏锐，持续的狗吠让她忐忑不安，她转身把已经完工的冬衣捆好，想了想又将那些半成品冬衣整理成担，穿在禾扛上，以备万一。

刚歇下手，村里突然传来几声枪响。枪声划过宁静的夜空，显得格外刺耳和凄厉。周春霞一口气吹灭油灯，狸猫似的飞身爬上一棵树，往四周张望。村子显然已被敌人包围，到处是移动的火吊和晃动的人影，奇怪的是大部分火光在往村口方向聚拢，也有几星火光向村尾飘来。她连忙跑回屋里，这时江采萍拎着枪冲了出来。

"队长，敌人包围了村子，他们在往这边压过来。怎么办？"

江采萍跑到路口往村子里张望了几眼，小声道："肯定是刘观音她们在掩护我们，我们赶快把冬衣送上山。"

话音未落，周春霞已挑起那捆缝好的冬衣，江采萍挑起了另外一副担子，两人飞快地岔入了上山的小道。走了没几步，身后飘来孩子凄厉的哭声。

江采萍正爬上一道坎。她让周春霞不要犹豫，头里先走，自己伏在树丛里朝下观望。在村里通往山冈的一条小路上，几个五六岁的细崽拎着火吊，边走边哭，小小的身子紧张地缩着，其中一个满脸是血。原来白军逼着这些孩子当挡箭牌，如果游击队开枪，首先会伤了孩子。江采萍的心猛地揪成了一团。

周春霞已把自己那担棉衣挑到高处，回身来帮江采萍，江采萍附在她耳边小声道："春霞，你把棉衣藏好，赶快到山洞那边去报信。我们杀他们一个措手不及，要快！"

"那你呢？"周春霞有些放心不下。

"不要管我，你快走吧！"

周春霞紧紧地搂住江采萍："队长，你自己千万要保重。""放心，我没事儿。"

当周春霞和几十位游击队员返回村庄时，村子已化为一片火海，晒谷场上躺着几具尸体。见到游击队，幸存的村民们悲愤难消，哀恸的哭声此起彼伏，让人痛断肝肠。

原来村里出了奸细。白军接到情报后，连夜偷袭黄村。他们进村时被刘观音发现了，立即开枪示警，领着妇女会的干部往村口跑，为江采萍和周春霞的转移赢得了时间。

白军将村民赶到晒谷场，扬言交不出游击队员便血洗村庄。江采萍从半路赶过去时，敌人已经枪杀了三位红军伤员和护理他们的几位群众。她悄悄潜到晒谷场旁边的屋角，瞄准了晒场上的白军头目，正要扣动扳机，旁边忽然闪出一位大伯，他"咕咚"一下跪在江采萍身边，恳求道：

"你这枪一响，全村要被杀光啊！同志，求求你了！"

大伯哆嗦着花白的胡须、声泪俱下。江采萍认识这老伯，他的三个儿子都在红军队伍里光荣了，是黄村最铁硬的红属。

江采萍含泪放下了枪。

"他们，他们抓了我的孙子。我三个儿子就剩这根独苗了，我要去救他，我要去救他！"大伯指着一个刚被敌人从人群中揪出来的伢崽说，然后站起来，踉踉跄跄地向晒场扑去。

白军以为游击队来了，一个点射，老伯倒在血泊中。

"爷爷——爷爷！……"

老伯的孙子隔着刺刀发出撕心裂肺的哭喊。江采萍认出他就是刚才被逼着打火吊的细崽，脸上的血痕犹在。

一个矮个男人在白军头目耳边嘀咕了几句。白军头目狞笑着踱到细崽边上："你还敢哭！告诉你，像你这种匪崽子全要吃枪子！你们给我听着，你们再不交出红军和游击队，我就一枪毙了这细鬼，让当红军的人绝种！"

白军头目的驳壳枪顶在细崽的脑门上，细崽恐惧地咧嘴抽泣着。江采萍心一颤，把枪藏在墙根下，挺身走了出去。

"你们住手，我就是你们要找的女红军！放了这孩子！不信？你问这个狗东西！"

江采萍指着缩在白军头目身边那个名叫矮古的男人，轻蔑地说。这矮古是村里的二流子，经常偷偷摸摸，还强奸民女，苏维埃政府对他进行过比较严厉的批评教育，他因此怀恨在心。不过驱使他出卖游击队的并不仅仅是这份积怨，更多的来自于国民党当局的悬赏。白军许诺每举报和揭发一个红军游击队员，可得银钱若干，这对一个好吃懒做的二流子无疑具有极大的吸引力。

见江采萍主动站出来，矮古喜出望外：这下他终于可以有个交代了！他不管村人用怎样仇恨的目光瞪视他，依然兴奋地喊道："长官，别开枪，她是女红军的头领。"

江采萍走到矮古面前，啐了他一口，从容对白军头目说：

"长官，看你这年纪家中应该也有妻儿，你可要为后代积些阴德啊！求你放了他吧！"

白军头目的驳壳枪缓缓从细崽脑壳上移开了。这时从人群中扑出一位大嫂，一把将细崽拖了过去，细崽钻在大嫂怀里簌簌发抖。

白军头目朝江采萍上下打量了一番，点点头：

"嗯，不错，有胆量。同伙呢？再不站出来我把她杀掉！"

他抬抬下巴，一个长手长脚的匪兵上前用枪顶住队列中那个五花大绑的客女。这客女名叫冬花，是村里妇女会的干部，这之前一直和江采萍她们为游击队赶制冬衣。冬花的腿受伤了，脸颊上有几道血痂，她钦佩地望了江采萍一眼，面对白军头目大声骂道：

"白狗子，你杀吧，杀不死我还干革命！等下我们的大部队杀回来，你们个个要成无头鬼！"

"砰"的一声，冬花倒在血泊里。白军头目吹吹枪口的硝烟，得意地打量了江采萍一眼。从矮古的介绍中他觉得江采萍可能是条大鱼，所以想马上撤退，生怕在村子里待下去会遇上游击队的伏击，于是下令放火烧屋，然后押着江采萍和被矮古指认的几个妇女会干部往县城撤。

听完村民的叙述，周春霞和游击队员们的心情无比沉痛。这段时间白军对苏区的村落展开疯狂报复，手段异常残忍，骇人听闻，什么挖心、剥皮、肢解、碎割、火烧、活埋、挖眼睛、割耳朵、穿铁丝、破肚取肠、割乳挖胸、沉潭落井、打地雷公、钉丁字架，无所不用其极。

刽子手们最初以人头计数报功请赏，后因杀人如麻，改以耳朵计数。国民党江西保安团团长欧阳江在瑞金武阳一个晚上屠杀了500多名抗交粮食的群众；瑞金菱角山一夜活埋了100多人；南门岗一次枪杀了500余人。国民党瑞金县长邹光亚在云龙桥下一次集体屠杀了120多人；瑞金竹马岗被杀害的人数逾千，谢家祠和陈家坡被害的革命群众尸体堆积如山。据不完全统计，瑞金有 18000 人被屠杀，兴国县被害的有 2100 多人，于都县 3000 多人，寻乌县被害的 4500 多人，杀绝了 900 多户，广昌县被害 1000 余人，宁都县有 4800 多名干部群众死于敌人的屠刀下，上犹县被杀害 2000 多人，会昌县近千人。不少村庄成了"无人村"、"血洗村"，可谓尸横遍野、血流成河。

周春霞在尸堆里和人群中疯了般地寻找江采萍，她希望所有的人说的都是假话，可哪有采萍的影子？那个被救细崽的母亲领着孩子过来给游击队员磕头，其他的村民见状也全都跪下了。他们说江采萍是活菩萨，如果她不出现，村民们全要被杀死，是她挽救了村民们的性命！

周春霞呆呆地看着这些淳朴的乡亲，她想换了自己，在那种情况下也会这样做，否则参加这支队伍干什么？不就是为百姓造福吗？百姓们是那样的善良，非但没有怪罪游击队给他们带来了这场灾难，反倒对她们的恩情念念不忘。

让她揪心的是刘观音失踪了。跟她一起吸引敌人的四个妇女会员中，冬花被敌人枪杀，另外两个在路上中弹牺牲了。当周春霞带着游击队赶到村里时，她们中仅剩下的那名队员，带着枪伤跑回来汇报："刘观音把敌人引到前头去了！她是个好人，要不是她推我一把，我的头早被打爆了！"

胡子大伯和拐子决定率队抄小路追击敌人。义愤填膺的队员们摩拳擦掌地跟着胡子大伯出发了，拐子和周春霞留在村里善后。周春霞要拐子派人去找刘观音，拐子理解她的心情，再说他也同样记挂刘观音，便安排几个机灵的半大小子火速去寻找。

在胡子大伯的率领下，游击队在天亮时分追上了白军。当时他们正在过一座独木桥，游击队居高临下，击毙了十几个匪兵，缴获了一批枪支弹药，遗憾的是没看见江采萍和另外的妇女会会员。原来白军头目生怕遭到游击队伏击，走时兵分两路，游击队追上的那一路是"障眼兵"，队伍里没有江采萍。

这一仗打得非常漂亮，大大地鼓舞了士气，接下来游击队四处摸情况，准备营救江采萍。可惜敌人已将她押回了瑞金县城。他们觉得钓到了一条大鱼，高兴得四处大贴喜报。大家只好分散隐蔽在瑞金县城的周边乡村，焦灼地等待着营救她的机会。寻找刘观音的几路人马也陆续回来了，有的说她死了，有的说她被捕了，没有一个准信，刘观音的生死成了一个待解的谜团。

姐妹们牺牲的牺牲，被俘的被俘，失踪的失踪，让周春霞感到异常孤独。

夜晚从此变得漫长而可怕，有时她在床上翻来覆去，眼皮沉重如磨，脑子里却像有几匹马在疯跑，沮丧、绝望、担忧如同魔爪，将她紧紧捆住。多少回从噩梦中醒来，她依然感到还在做梦。

度过几天这种六神无主的日子，她以极大的毅力让自己振作起来。她想她必须勇敢地站出来，承担起队长江采萍的那份责任，想尽一切办法把她救回来。否则，红鹰突击队就要名存实亡了。

这天，她换上了一身肮脏的衣服，乔装成一个中年农妇，蹲在县城的西门口卖菜，希望能打听到江队长的下落。曾经的红都瑞金这时已变成恐怖的鬼城，到处是烧焦的房子和高矮不齐的木杆阵，木杆上挂着成排的小竹笼，里面装着已经腐烂或正在腐烂再或新鲜得还在滴血的人头，空气里充斥着浓烈的尸臭，往日热闹的街市寂如荒坟，偶有人路过，也是低头缩肩匆匆而行。

西门的菜市还算有点人气，即便不是逢圩的日子也会有些小商小贩在那儿卖东西。人多流言也多，周春霞在那儿蹲了几天，一会儿听说采萍要悔过了，一会儿说敌人为了诱降红军准备对她进行特赦，一会儿又说要砍她的头，各种传言满天飞。

江采萍被捕的第七天，敌人终于在城门口贴出了一张处决她的告示。周春霞看后菜担从肩上滑下，眼前冒出簇簇金花，眼泪不由自主地淌出来。幸亏当时正在下雨，否则满脸是泪的她该引起白匪的注意了。雨越下越大，她仰起脸承受着漫天洒落的雨珠，好不容易才抑制住在喉管里涌动的哭声。

这时，一个衣衫褴褛、蓬头垢面的讨饭嬷亡命似的从小街深处跑来，经过周春霞摆放着的那副菜担时，用脚踢了踢筐子，又往远处指了一下。周春霞顺着她的手势看去，顿时打了个激灵。她看见了孙力！

孙力穿着笔挺的国民党军服，撑着伞、挎着手枪，黑亮的马靴踩在泥地上发出清脆的声音。他高昂着那张英俊的脸，威风凛凛地朝这边走来。

周春霞的心脏一阵收缩，浑身像是着了火，眼看就要爆发出来，那个讨饭嬷不知何时又跑回她身边，倏地扯了她一把：

"春霞，我是观音，跟我来！"

周春霞刚才一门心思放在孙力身上，根本没有注意到那个讨饭嬷有什么异样。听到这熟悉的声音，她不由瞪大了眼睛：

"观——"她猛地住了嘴，斜眼看着孙力满脸杀气地从自己身边走过，一股浓烈的洋碱香熏得她险些喘不过气来。她忍不住啐了一口，也许是啐声太大了，孙力敏感地回头看了一眼，正巧和她的视线碰了个正着。他愣了愣，似乎要踅身往回走，但最后他还是继续往前行，一边高声喊道：

"……你们愣着干什么？要查仔细些，不能让共匪钻了空子。查到了共匪有赏钱！"

孙力的声音还像以前那样洪亮，富有磁性，但在周春霞听来，无疑像是魔鬼在低吼。她的眼里烈火喷涌，带血的泪水在苍白的脸上蜿蜒。刘观音领着她快步走到边上的小巷，四顾无人后，两人紧紧地搂在了一起。

"观音！"

"春霞！"

她们再也说不下去了，只晓得呜呜地哭。这时身后传来咔嚓咔嚓的脚步声，周春霞瞥见孙力和几个匪兵的身影，不由身子一颤。刘观音说了声糟糕，拽着周春霞拐进了边上的一个小院。

一个弯腰驼背的太婆坐在门廊下搓麻绳，猛地看见她俩，正要开口赶她们出去，刘观音朝她竖起了根手指，接着紧张地朝外探头。太婆愣了愣，毫不犹豫地把她们带到了一个杂物间。

杂物间有个后门，后门通向另一条巷子。虽然事情急迫，太婆仍然取了一套衣衫给刘观音替换，又让周春霞将菜担、斗笠和蓑衣藏在杂物间。周春霞把里边的夹衣穿在外头，看上去像是换了一个人。

门已被拍得山响。周春霞朝太婆挥手做了个道别的手势，拉着刘观音钻出那扇破旧的小门，迅速消失在雨巷中。

# 第三十七章


　　江采萍奄奄一息地躺在冰冷的牢房里。牢房阴暗，潮湿，不断有潮虫从肌体上爬过，但她已经感觉不到了。难友们一直在呼唤她，抚摸她，也没有任何反应。她听见那些喊喊喳喳的声音，缥缈如天外之音。那些充满关切与同情的面容，明明近在咫尺，在她看来却恍如梦境。她像散了架似的瘫睡在那儿。

　　她想开口说话，喉咙已被辣椒水烧灼得嘶哑；想掐掐自己的大腿，十个指甲早已拔去，手指肿成了十根血淋淋的胡萝卜，根本不能动弹；喘息时胸部的起伏让她感到阵阵剧痛，她知道这是被血浸透后变硬变板的衣服压住了剪掉了乳头的乳房；牢友试图给她饮点水，可她的牙让狱卒打落了大半，嘴巴肿得比鼻子还高，呼吸都难，更别说饮水进食了。现在她高烧不退，多么想呻吟，多么想哭喊亲人和战友啊，但她以极大的毅力克制住了，她不想把自己的痛苦带给大家，让她们和她一起痛苦。

　　难友中有几个蓝衫团的团员，最大的 17 岁，最小的 13 岁，正是满世界开花的年华，可她们却被蹂躏得失去了人形。有个细妹是有名的红军山歌手，被捕后让敌人割去了舌头。细妹在这冰冷、奇臭的房间里呻吟了两天后含恨死去，离开了大家。她那两天的呻吟比敌人的毒打还让人难受，所以江采萍不想再折磨大家的神经。她知道自己马上要和细妹在另外一个世界见面了，心里更觉得坦然了。

　　从参加革命的那一天起，她便已做好了牺牲的准备。敌人抓到她以后先是以高官厚禄、鲜衣美食来诱惑她，还让孙力等几个"反水"后得到重用的无耻之徒来现身说法，被她骂了个狗血淋头。敌人见软的不见效，马上露出了狰狞的面目，对她严刑拷打，让她陪刑场。当纷飞的子弹击中身边的战友时，曾有那么一瞬她感到了真切的恐惧。看出了她这细微的变化，第二天敌人又在她面前一连砍下了二十多个被捕红军和游击队员的脑袋。

剑子手们穿着全身黑服，裹着大红头帕，额上画着红色的鸡血朱砂符，尺把长的大刀上悬着宽大的红绸带，行刑时刀身紧贴胳膊，刀口朝外，砍头的命令发出后，他们一个弓箭步立在被推得跪倒在地的战士们背后，左手将战士们的头往前按，右手对准颈项一拉，几十颗头颅便西瓜般滚落在地，热血喷射而出，刑场上空飘起了壮观的血雨。在这之前，江采萍还两腿发软，可当烈士的热血洒满她全身时，力量又重新回到了她身上。她高傲地挺立着，仿佛一尊女神。

"女红军，好样的！"

围观的人群中不知谁在大喊，引起了一阵骚动。监刑的白匪军钻进人群试图找出那个喊话的人，可人群那么稠密，他们根本弄不清是谁在喊。折腾一会儿，围观的人群重又安静下来，剑子手们利索地将头颅装进木笼，挂在早就备好的柱子上。头始终昂着，始终面不改色的江采萍让剑子手们心生敬意，从她身边走过时无一例外都向她行注目礼。

对她这份钢铁意志，负责审讯她的那帮白匪军也不由得暗自敬佩。从刑场陪杀回来后，他们破例让她洗了热水澡，还为她炒了几盘菜。江采萍知道接下来等候自己的将是什么，因而保存体力非常重要，于是她毫不客气地和难友们一起分享了那几道美味。

果不其然，第二天敌人开始对她大刑伺候。老虎凳、插竹签、拔指甲、灌辣椒水、打地雷公，所有的酷刑都让她尝了个够，但却始终没能撬开她的嘴。绝望的敌人失去了耐心，江采萍的名字出现在即将处决的黑名单上。

行刑的头天晚上，她嘴上的肿胀稍微好了一些，能够喝米汤和开口说话了。她认真地和难友们道别，眼神平静而又悲伤。前几天满满当当的牢房现在空荡了许多，那几个年轻的蓝衫团员在一次提审后再也没有回来，估计已被敌人转卖。另外两个坚贞不屈的难友在她昏迷期间先行了一步，剩下的四位难友也将在她之后的几天被处决，姐妹们平静地为她梳头揩脸。

　　一个崇敬、同情江采萍的狱卒偷偷从家里取了套干净的衣衫给她替换。狱卒小声告诉她，这套衣服是他对象为自己准备的嫁衣，谁知前几个月那个女人被恶霸看中了，强抢去做了小，她含悲将嫁衣送给他做纪念。这是客家妹的嫁衣，大红的上装镶着金色的花边，黑色的大裆裤脚上绣着花，非常精致。

　　江采萍费力地谢了狱卒，摇着头告诉他自己是红军，要穿军服上刑场。但她的军服历经磨难已成了血迹斑斑的碎片，狱卒想到有几个被转卖的女红军留下了两套军服，于是给她偷了一套。在难友们的帮助下，她换上了那套洗干净的半新军服，头发梳得整整齐齐，人看上去精神了许多。

　　那一夜她没睡觉，一直坐在牢房里看窗外的月亮。月亮在屋顶的明瓦上闪烁，难友们渐渐匀称的鼻息和偶尔的梦呓，仿佛宁静的梦幻曲。她平静地回忆了自己短暂的一生，觉得死有所值，再一想到马上就能和丈夫刘松和儿子小强团聚了，唇边浮出几丝淡淡的笑意。

　　夜半时分月亮偏离了明瓦上方，往西坠去，但屋顶却比原来还要明亮几分。仔细一看，原来是刘松和小强的脸贴在明瓦上。他俩翕动着双唇，眉眼间全是灿烂的笑意。是啊，一家人分别这么久了，现在总算要团聚了，江采萍心一宽，靠在墙上睡着了。

　　几个难友爬起来，围坐在她身边无声地抽泣着。时间一分一秒地过去，当曙光敲打着明瓦发出雨点般的滴答声时，远处乡村传来雄鸡打鸣的声音，沉睡的县城渐次喧哗起来。

　　江采萍向狱卒讨了茶油，用梳子捋齐黑发。她甚至问狱卒讨要红纸，狱卒没找到，拿来了刽子手用的朱砂粉。她细细地将朱砂粉抹在双颊和唇上，一张脸立即鲜活、生动和美丽了许多。狱卒给她端来最后的早餐和一碗上路水酒，双手打着颤：

　　"大姐，你好靓哟。你这样……这样走，真是太可惜了！"

　　江采萍谢了狱卒，把早餐留给了难友，仰头将酒喝下，不多久她的双颊便飞起了两朵红云，一双秀目闪着莹净的光芒，美得让人心痛。她逐个拥抱了难友，微笑着和她们道别。牢门"咣当"关上，身后传来了姐妹们凄厉的哭喊：

　　"采萍——你一路好走啊！"

　　"姐姐，你不用怕，我们过几天就来陪你了！"

　　难友们的喊声让江采萍心如刀绞，但她抑制住了悲恸，和几十位战友平静地来到了刑场。

刑场设在西门口的菜市场，以前她经常路过这儿，那时这里是很阔大的一片空地，逢圩时熙熙攘攘，无市时则是细鬼和野狗野猫的乐园。现在菜市场上搭了个高高的木台，台下挤满了胁迫而来的百姓，人群外围箍着圈荷枪实弹的白匪军，戒备森严。

江采萍她们的出现令现场一度起了骚乱，白匪朝天鸣枪才把人们镇住。五花大绑的江采萍含笑扫视着人丛，听见有人隐隐在哭。有几个婆婆在默默念叨什么，像在为她们超度。

为了杀一儆百，白军每处决一批红军和游击队被俘战士，事先都要公布所谓的"罪状"，这次也不例外，还故意让叛徒孙力来念。孙力脸色煞白，声音有些颤抖，江采萍脖子上插着木牌，无法扭头，嗓子也没恢复到可以破口大骂的地步，她只有侧脸朝孙力那个方向努力吐了口痰，以示轻蔑。

围观的人群推涌着，江采萍忽然看见了几双熟悉的眼睛，那是化装混进人群的周春霞、刘观音。多日不见，她俩憔悴得不堪入目，唯眼神依旧。她用目光向她们道别，刘观音和周春霞抹起了眼泪，江采萍生怕她们的异样被敌人发现，赶紧移开目光。接着她又看见了几位熟悉的战友，他们崇敬地注视着她，脸上的坚定让她生出几丝欣慰。

孙力念完布告，刽子手上场拔去江采萍颈后的木牌，她本能地扭头狠狠地盯了孙力一眼，却意外地看见苏干事也被捆绑着站在自己旁边。他满身伤痕，破碎的衣服在寒风中翻飞，看样子受尽了折磨。

苏干事见江采萍发现了他，咧嘴微微一笑，但旋即闭上了眼睛。江采萍定睛一看，发现他颈上系着一条布，布已被血浸透，并顺着衣褶往下淌。原来苏干事血气方刚，被捕后一直骂个不停，敌人怕他行刑前再来这么一手，便残忍地割断了他的喉咙。

江采萍微笑着向苏干事点了点头，他也给了她一个会意的眼神。更让江采萍大吃一惊的是，中央外贸局留在苏区的陈半条和武阳乡苏维埃政府的刘大头和乡苏维埃副主席，以及同在红军队伍中的江苏老乡王根妹，也没有逃过白军的搜捕，他们和苏干事一样遍体鳞伤，嘴里塞着布条。见到江采萍，他们一齐朝她点头示意，刘大头的眼里甚至飞过一抹笑意。王根妹的嘴被塞住了，只能发出呜呜的声音。江采萍的眼里流下了滚滚热泪。

　　"嘭嘭嘭"，行刑的鼓声蓦地响起，台下哭声顿起。江采萍最后看了眼战友们，突然感到后颈一凉，天地骤然间翻了个儿。她看见鲜血礼花般地在空中怒放，阴霾的天空中绽放一种在冬天难得一见的绚丽。

　　不知从什么地方吹来一阵风，江采萍感到在周围的寒气中荡漾出一股奇异的清香。她惊讶地发现，原来自己和丈夫刘松、儿子小强正置身在一片波澜壮阔的辣椒地里。那些小小的朝天椒，如她想象的一样，正子弹般地簇拥着，沸腾着，红得那么耀眼，那么霸气。它们在风中翻滚出泼天的波浪，阴沉的天地也跟着明亮起来……

# 第三十八章

　　尽管周春强是当地的豪强名绅，可当那个翠英因伤去世后，刮痧婆婆还是毫无畏惧地动员翠英的几个泼皮相好到县政府闹腾了一阵，吵着要惩办杀人凶手。这事虽说没给周春强带来多少麻烦，却也添了一些烦恼，起码他妻子赖圣姨是不高兴的。周春强现在很看重赖圣姨，一方面他喜欢上了她性格温存，知书明礼，对他关照得无微不至，符合他心目中的女人标准；最关键的是她居然怀孕了！这太出乎他的意料了。要知道他怕的就是断子绝孙啊，所以他现在就指望她了。

　　周春强已在家休养了近半年，他的伤势不断地反复，这让他沮丧和窝火。为了排遣烦恼，他把所有精力都用来维护五堡。这段时间他组织族众对五堡进行了维修，在镇上开了几家赌馆、烟馆；再度扩大了护队，并利用手中的队伍协助本县一些没有队伍的老财对群众进行反攻倒算，讨回了被分走的田地、山林等浮财。他按比例抽头，挣了不少银子。

　　但是，他的脾气从此变得极坏，动辄打骂下人，人们见到他就跟见了凶神一般纷纷远避。他恨那些健全的男人和女人，因为那些男人让他心生嫉恨，那些女人则让他可触不可及。现在他是空有一副好身板和一份大家业，却连男人都做不了，这算什么呢？

　　他开始酗酒，经常喝得东倒西歪，喝醉后则到母亲和妹妹春霞住过的院子里游荡，一把眼泪一把鼻涕地哭诉，像个受尽委屈的苦孩子。更多的日子是在醉醺醺中打人骂人，有几次还拎着斧头说要劈了赖圣姨，吓得她兜着肚子满屋子绕圈。

事后赖圣姨眼泪汪汪地问他是否记得要杀她，他摇摇头，说真有这样的事，我怎么想不起来？聪明的赖圣姨从他的神色中看出了几分隐情，不由长叹口气，默默地转身走了。

有一次她蓦然回身，发现周春强正恶狠狠地盯着自己，目光锥子似的，不由打了个寒战。这样几个来回之后，她终于憋不住了，纵身扑上去搂着他大哭。周春强先是一愣，继而缓缓将她推开，阴冷地问她孩子到底是谁的。赖圣姨的哭声戛然而止，接着扬手打了他一个耳光：

"你要杀就杀，绝不能侮辱我！如果过不下去，我回娘家住！"记得新婚次日，赖圣姨在前线的那座碉堡里和哥哥告别，两人的举动曾让周春强疑惑。为什么会有这种迷惑，他受伤后反复回忆多次，却没有答案。赖圣姨告诉他怀孕的消息后，他立马明白了这疑惑来自何处。他觉得赖圣姨和她哥哥之间肯定藏着什么秘密，他甚至怀疑她肚里的孩子是她哥哥的！

周春强知道自己的这个念头非常疯狂，而且不太可能，可他还是止不住会这样胡思乱想。所以，当赖圣姨扬言要回娘家时，本来有些内疚的周春强突然暴怒地将她推倒在地，又挥拳朝她咆哮了一顿，这才甩手而去。

赖圣姨的哭声流水般从身后涌来，周春强多少有些心疼。在他心情平复之后，他也觉得自己的行为不可理喻，因为郎中按日期推算了，那孩子应该是自己和她成亲时怀上的，而且他连请了四五个郎中，个个都是这么说的，他想自己确实是多虑了，故而每次迁怒赖圣姨之后，他都会以一种更加温和体贴的态度向她表达歉意。

从这点来讲赖圣姨绝对是个好女人，尽管她委屈万分，却从不埋怨和数落周春强。她理解周春强的绝望与烦躁。

当赖圣姨静静地坐在灯前读书看报时，她的样子让周春强想起了江采萍和以前的房秋心。从外表上看，她们属于同一类型的女人，苗条、清秀，眉目间有一份娴静，正是他心仪的那种。

说真的，和赖圣姨相处时间越久，他越觉得她和房秋心有相似之处，只不过赖圣姨清纯、质朴，落落大方，而房秋心有着一份骨子里的妖冶。她俩最相似的是娇柔后面的坚忍与娴静之中的心机。赖圣姨给他的感觉像一泓秋水，表面看得见天光云影，暗处却回荡着旋流。这种不明朗，让周春强生出几分畏惧，他生怕日后她受了刺激也会像房秋心一般疯癫。

说到房秋心，这是周春强烦躁的另一根源。她的病状似乎比原先好了一些，衣冠整齐时看上去与常人无异。但只要一见到周春强，她就变成了彻底的花痴，不是偷摸他便是冷不丁掀衣露乳，口里发出淫荡的呻吟，让他既厌恶又心生几分莫名的激荡。

房秋心的容貌没有太大变化，仍旧充满魅力。如果不是碍于她的后母的身份，周春强多少年前就想把她据为己有，但现在面对这样一个女人，他却只能干着急，所以他对于她有意无意地诱惑，突然生出几分痛恨。

8月份天气酷热，房秋心原先住的屋子在维修，周春强把她迁到一个僻远的院落里。听陪伴她的大姆讲，夜晚房秋心依旧提灯到处找什么红军婆。周春强心生好奇，想弄清她怎么个找法，有一夜便偷偷跟在了她背后。

房秋心左弯右绕，来到了一个僻静的院子，她进屋后不知为什么突然将灯灭了，周春强只好点着了马灯。灯亮起时他看见房秋心光溜溜立在眼前，接着雌虎般朝他扑来，热吻雨点一样落在他脸上，与此同时他的裤带被扯开。周春强还没有反应过来，她已嚼住那根让他感到羞耻的家伙，疯狂地吮吸起来。许久未曾激动过的他忽然间浑身颤抖，满腔的厌恶与怒火化作阵阵快感，双手不由将房秋心搂了个结实。

娼姐出身的房秋心功夫独到，居然让周春强体会到前所未有的快乐，这种快乐虽说和他的身体一样是残缺的，却也更加难得，更加强烈，更加珍贵。自此后他时不时地和房秋心亲热一阵，随着次数的增多，心中那份罪恶感也越来越少，到最后他不免生出几分疑惑：这房秋心真的曾经是自己的后母吗？

天下没有不透风的墙，周春强和房秋心的事渐渐传到了赖圣姨耳中，她这时的肚子已经大得像个皮球，脸颊上布满了蝴蝶斑，与孕前判若两人。她听到传闻后非但没有大惊失色，反而严词劝诫传话人不要搬弄是非：

"胡说八道！春强怎么会是那种人呢？我才不相信他会和这个婊子乱来呢！"

赖圣姨的一本正经像块石头堵住了族众的嘴巴，之后若有人再谈起此事，大家便众口一词地将此归结为谣言。大耳朵有意无意地把赖圣姨的话转述给周春强听，他于是对赖圣姨多了几分感激与尊敬。那天他和房秋心亲热后，狠命地揪了她的乳房几把，疼得她凄声大叫，从那以后他再没有找过她，因为那一夜赖圣姨捉着他的手，让他摸到了细鬼的胎动。他良心发现，对自己的所作所为感到了几分羞愧。

转眼间到了1934年12月份，国民党当局对清剿红军采用主力军与地方民团紧密结合的方针。推诿了多次的周春强无法继续装病，只得带着他那重整旗鼓的五堡护围队开上了征程。这次他协助粤军余汉谋部来到会昌与安远交界处清剿，驻扎在一个小镇上。

这是个难得的晴天，漫天朝霞映得山川如画。周春强心情也像天气一样阳光灿烂。他刚收到了赖圣姨的信，说孩子在肚里闹腾得越发欢了，还说好几个经验丰富的接生婆看了她的肚子，都说会生崽。又云烟馆、赌馆、花酒馆近日的抽头也不错，总之都是些好消息。加上前几天打了个胜仗，生擒了二十几位游击队员，打死了三十多个，他凭此能领到一笔可观赏金，仿佛一切事情都天遂人愿，显出几分祥光来。

不知怎么的，这时候妹妹周春霞和江采萍的脸从脑海深处跳了出来，马丽也甩着红发在眼前闪过。周春强的心情蓦地阴沉下去，他赶紧从床上爬起来，打算收拾家伙到附近的水塘去钓钓鱼，散散心。谁知刚刚吃罢早饭就来了线报，说是他们辖区内的方家冲藏有红军伤员，周春强一听，知道好事来了，立马率队赶去。

山路崎岖难行，但因骑了快马，六十多里的脚程不多时就赶到了。在路上他总觉得这个地名似曾相识，可想了许久还是没有把记忆深处那点影影绰绰的东西给挖出来。他懊恼地猛击了脑袋几掌，怀疑自己的脑子是否被剧烈的枪炮声给震坏了，不然为什么这样迟钝？

一想到自己难言的创伤，周春强便异常痛恨红军，比之受伤前他现在剿匪可是卖力多了，看来仇恨的力量远远大于爱的力量，否则勾践也就不会卧薪尝胆了。

马儿一颠一颠地来到了方家冲。骑在马背上的周春强远远看见两对男女朝自己走来，他甩响了马鞭，马儿"嘚嘚嘚"地朝前驰去。忽然他手中的缰绳一紧，马儿猛地扬起前蹄，发出愤怒的嘶鸣，后面的十几匹马同时收蹄，响亮的叫声听上去犹如猛虎在吼，给这个美丽的小山村带来了几丝暴戾与不祥。他跳下马，整整衣衫，定定神，挺着背傲慢地迎上前去。

"马丽，你怎么在这儿？"又对另一个人说，"你，你是马龙？啊呀，有多少年没见了？"

"那么……你是春强？"

周春强和方梦袍、马丽他们就这样僵在半路上，相互无比惊诧，恍若做梦。然后，周春强和方梦袍同时扑上来，两人紧紧拥在了一起。可这段高兴劲儿还没过去，周春强突然想起了什么，猛地把方梦袍一推，手迅速伸向了腰间的驳壳枪。旁边的方令华一见这架势，忙点头哈腰道：

"长官，我是这里的保长方令华，这是方大夫、方太太和马丽小姐。"

方梦袍、红云和马丽笑着走上来和周春强说话。周春强退后一步，狐疑地打量着身穿长袍马褂的方梦袍。方梦袍身边的红云瘦骨嶙峋，肚子奇大，面容丑陋，而马丽则一身客家妇女打扮，格外耀眼明丽。

当目光落在马丽身上，周春强忽然笑了，说："马丽，这么说你们都已悔过自新喽？"

马丽翻了他一眼，没作声。方梦袍正要开口，周春强伸手制止了他，把马丽扯到一旁，焦灼而细声地问：

"春霞和采萍呢？她们没跟你在一起？"

马丽摇摇头说："没有，我和她们有半年多没见面了。"

周春强英俊的脸再次变得阴鸷。

方令华惊奇地看着他俩，方梦袍在他耳边低语了几声，方令华脸上立即堆满了笑容："啊呀，既是世交，又是长官，我们更要以礼相待了。来来来，各位老总，请往这边走！请！"

周春强道："那好啊，多谢费心了。不过我们十多年不见了，正好可以借机叙叙旧，只是不知道马龙兄，哦，方大夫，还有嫂夫人，现在是不是有空？"

方梦袍伸手拽住了周春强："古话讲，遇请难遇逢，你今天来，不正说明我们有缘吗？令华，备酒。"

周春强和他的护围队一行四十几人在方家冲受到了异乎寻常的礼待。方令华杀了两头架子猪，弄了一些野猪肉、笋干、香菇、木耳和水酒招待他们。队员们吃得个个捂着肚子直打饱嗝，可惜周春强不准大家喝酒，这多少让他们有一点不满，不过谁也不敢说，因为这是周春强一贯的做法，不要说出去清剿，便是在五堡，只要有事出去他也禁止大家喝酒。他自己平日嗜酒如命，到这关键时刻照样滴酒不沾。

席间周春强不断与方梦袍夫妇和马丽叙旧，说得兴起时笑闹成一片，但彼此都知道这只是一个皮相，私底下却各自防范着，所以不时会流露出几抹尴尬与紧张。方梦袍被酒呛得猛咳起来，伸手到怀里去掏手帕，周春强突然跳起来，抽出手枪指着方梦袍的脑袋，吓得红云差点从板凳上跌落下来。

"春强，你这是干什么呀？"

马丽及时站了出来，站在周春强和方梦袍两个男人中间。她说："你看，我们都是儿时的伙伴，好不容易见面了，又聊得好好的，怎么动起武来了？"

看见方梦袍从怀里掏出的是一条手帕，而不是枪，周春强也感到有些失态，所以任马丽把他拽进方令华家的一间卧房。

"春强，你见到采萍、春霞她们了吗？"

马丽像什么事也没有发生，只关心共同牵挂的人。周春强摇摇头，目光粘在马丽脸上。说实话，这会儿他很想哭，为那个该死的妹妹周春霞，也为自己苦命的爹娘，同时也为马丽。

马丽左颊上的伤口已经看不大出了，但在周春强的心里却依然在流血。想到在 504 高地上马丽那张血糊剌啦的脸倏地一晃，他忽然有些气短。他本想告诉马丽自己曾在战场上见过她，可面对马丽那双宝石般莹绿、神秘而又美丽的双眸，他突然失去了勇气。马丽若知道那天对 504 高地的进攻是他发起的，肯定不会原谅他，说不定当场就会拿刀子捅了他。那场战斗红军的伤亡太惨重了，是马丽一辈子的噩梦。

一个宁肯跳崖也不愿偷生的女红军，真的会像通报上说的那样悔过自新？还有方梦袍，尽管多年不见，但周春强也早就在收缴的苏区报刊上看过他的介绍，介绍中说他是一个坚定的共产党员，一个热爱红军医疗事业的好医生。可他们现在居然全部自新了！这是真还是假？周春强满腹狐疑。

马丽的眼睛里不知在什么时候蓄满了泪，她依然在关注江采萍和周春霞的命运。

"春强，万一，万一采萍她们碰到你，求你做点好事，放她们一条生路，好吗？队里还有好几个人，她们都对春霞有救命之恩，你可不能没有良心啊！"

马丽天真地恳求道。一直表现清高的她总算也有了低声下气的时候，这让周春强略略有些得意，同时脑中飞速掠过一个问题：自己会因此放走江采萍、马丽，还有那个和自己在信仰上势不两立的妹妹吗？

也许会，也许不会，答案只有天才晓得！

周春强没有回答马丽，而是突然紧紧地搂住她，气得马丽在他手上狠狠地咬了一口。

摸着手上的咬痕，周春强再一次觉得在战争中语言是苍白和无力的，一切全凭本能去应对，全凭瞬间的判断，而判断决定态度，所以他现在决定在方家冲驻扎几天。因为记忆中的方梦袍不是一个易变的人，对于这样一个人的叛变他充满怀疑，他要探个究竟。

当周春强告诉方梦袍这个决定时，他鹰般锐利的目光专注地盯在他脸上，试图从中找出蛛丝马迹。遗憾的是他什么也没发现，听了他的决定，方梦袍端正的脸上露出了由衷的笑容。

"那太好了，我们晚上可以好好聊聊。20 年没见面了，沧海桑田哪！红云，去村口的四伯家搞坛酒来。"

方梦袍吩咐道。周春强注意到红云答话时声音中有一种牵强，这似乎印证了他的某种猜测，所以有些得意地睨了眼马丽。马丽神情紧张地和方令华在边上窃窃私语，见周春强望着自己，她侧脸回了他一个明灿的微笑。

方家冲啊方家冲，你要上演一场什么样的话剧呢？

周春强的脑筋在吱吱嘎嘎地转动。

当天晚上方梦袍失眠了，他做梦也没想到会从天上掉下个周春强来，而且明摆着对他们有所怀疑，否则为什么一定要住在他家呢？这之前方令华已经让人把祠堂打扫好了，可周春强说住在他家亲切，方令华只得同意。这下不但打乱了方梦袍的工作计划，还给整个村子蒙上了一道不祥的阴影。

护围队员们四处乱窜，找人打听情况。他们最喜欢缠着那些不懂事的细伢崽，问他们的妈妈姐姐有没有给红军做军鞋、送米粮和看护伤员一类问题，还肆无忌惮地向老乡索要东西，闹得村子里乌烟瘴气。

周春强明摆着想把方梦袍盯死，他哪里也不去，竟让人找来一副麻将牌，在方梦袍家的厅堂里摆开阵势，和方梦袍、方令华、马丽一起打麻将。这是他和方梦袍小时候常玩的游戏，只不过现在少了一个周春霞，他的亲妹妹。

方梦袍原先是此中高手，也许是多年未摸了，更主要的还在于焦灼，他这天的牌打得差极了。几盘下来，输了不少钱，脸色也越来越青，额头上不断冒汗。马丽和方令华也常放炮。

"春强，再这样打下去，我可没法请你的弟兄们吃饭了，我们还是歇歇吧？"

晚饭后，周春强提出要继续打牌，却没有得到方梦袍的响应。周春强笑着把赢来的钱塞回方梦袍手中，说赢钱只是象征性的，为的是让大家好好过把瘾，言罢笑看着他。

方梦袍心里咯噔一下，知道他采取的是"困"的手法。这一招确实管用，本来方梦袍要到山上去为一位感染的伤员换药的，这样一来根本动弹不了了。红云和马丽也被拖住了，山洞里的伤员没人照顾。方梦袍的心揪了起来。

山洞里的伤员饿了一整天，又不明情况，万一他们闯出来可就糟糕了，他能不急吗？好不容易挨到夜晚，他打算和妻子红云商量一下，周春强却硬要和他挤在一张床上睡，说这样好叙旧，而且在围门口设了岗，围内也安排了流动哨，弄得方令华、马丽和红云也通宵失眠。

次日起床一看，四个人全都脸色灰暗，唯周春强容光焕发。周春强坚持继续打牌，坐在桌边不动，三人勉强陪了大半昼，方令华终于不耐，起身要去张罗中午和晚上的米菜，谁知周春强说这两顿他请客，已着人到圩上割肉、买菜和打酒了。

"浮生偷得半日闲，能在战乱中遇见多年不见的老友，哪能不痛饮几杯？我可是冒着被上峰处置的危险陪各位啊！"

周春强得意地抽着烟斗说。他抽烟斗的样子像极了他的父亲周国富，方梦袍看着这个儿时的玩伴，心想时间真是一个可怕的雕刻师，不知不觉间那个曾经烂漫的少年竟变成了眼前这个阴险的男子，让人徒生感叹！

这时马丽扯了扯方梦袍的裤管，方令华也借周春强小解之机和他耳语了几句，他俩和方梦袍一样着急，恨不得一脚踢走周春强。红云自然也急坏了，炒菜时大声嚷嚷着没盐了，打下手的护围队员证实了她这一说法，方令华顺水推舟，说他家里还有一点，起身要回去拿，不料周春强一把按住了他的肩膀，吩咐手下去取，方令华正要发作，方梦袍冲他使了个眼色，方令华的神情松弛下来：

"行，只是麻烦这位老总了。请你跟我那个黄脸婆讲，让她到眺楼左边的房间帮我找一包黄烟丝过来，那可是我自己种的烟叶，货真价实的，顶够劲！"

　　护围队员领命而去，方梦袍和马丽交换了个眼色，心定了一些。方令华的老婆茶姐是方家冲的妇女会长，长得高大结实，人也泼辣能干，听到"借盐"和"找黄烟丝"这两个紧急暗号，她应该会有所布置。

　　果不其然，午饭后方令华的姨妹茶姑和妹子阿芳送了两担柴火过来，红云让她们挑到靠山的平房里去。两个护围队员尾随着，最后却没进屋，而是和漂亮的阿芳在坪上嚼起了舌头。三个人在外打情骂俏，茶姑一个人在杂物间忙乎，只听茶姑在里边气得大骂，忙完出来还和阿芳吵了一架，然后跑去向方梦袍、方令华告状，说阿芳欺负她，阿芳不服，二人吵成一团，红云费了老大劲才把她俩劝到灶下。

　　"现今这些妹仔太不懂事了。哎，讲讲嫂夫人吧！"

　　方令华比周春强小，加上对他不熟，所以不时提些问题。周春强的脾气还是跟小时候一样，遇到对路的人喋喋不休，遇到不对路的人鼻子朝天，他对方令华一直爱理不理，但方令华提出的这个问题显然触动了他，于是忘乎所以，开始用一种深情、略显奇怪的口吻介绍了赖圣姨，只是略过了他那传奇的"火线婚礼"。当他略一停顿，马丽突然插了一句，说：

　　"咦，你老婆是不是长得像江采萍啊？"

　　周春强瞥了她一眼，发现马丽正含笑看着他，五官分明的脸非常俏丽，不由呆住了。马丽嘴一噘朝他做了个怪脸，方梦袍正要开口，一个粗蛮的妇娘扎着袖子地动山摇地冲进来，揪着方令华的耳朵直往外扯：

　　"你这个死东西，耳朵敬神去啦？喉咙喊破了也找你不到，原来躲在这里逍遥快活！家里那头牛跑了，快给我找去！"

　　茶姐将老公扯到了门口，周春强一直冷眼旁观，这时他冲哨兵摆了摆手，哨兵将枪一架，拦住了他们。

　　"怎么？老总，我们找牛也犯天条？我们可是土里刨食的本分人哪！"

　　茶姐面容粗憨，其实却是个细致又颇有主张的女人，她这样做必有她的道理，所以方梦袍立马帮她说话。周春强不急不慢地说，现在正在搜捕红军伤员，如有人外出被误伤或致死，他们概不负责。茶姐往地下一躺，大哭大骂起来。周春强看她那样子不像假的，便令手下几个兵丁陪方令华夫妻去找牛。

　　方梦袍暗自舒了口气，他知道方令华这些年应付过不少事，肯定能够想出办法给山上的伤员送药和食物，山洞里的伤员也应该已经吃过茶姑刚才送去的干粮了，所以心里蓦地一松。

"看来你那位堂侄屙尿不上墙，卵再大也是个摆设。这女人要是我老婆，早把她打成了糍粑饼！哎，梦袍，你这宝地我还没仔细转转呢，是不是不舍得让我们外人沾光啊？"

周春强眼睛一转，又在打主意。方梦袍瞄了一眼站在一边的妻子红云，见她给自己使了个眼色，便知她已将那些药渣埋起来了，于是放心大胆地领着周春强在围内走了一遭。

马丽借口要给红云帮忙，不想陪着去，周春强不让，一把挽住了她的手，顺便在她胳膊上捏着摸着。马丽脸上掠过几丝绯红，胸膛起伏着，看样子是想发火，方梦袍忙朝她眨眨眼，马丽这才强颜一笑：

"春强，你越来越洋派了，这里的人看不惯这种做派的，到时编派出闲话来，我还怎么嫁人呀？"马丽嘟哝着。

"嫁不出去更好，到时嫁给我。"

周春强说着又在她腰上抓了两把。马丽白他一眼，试图甩手离去，但周春强那条强壮的手臂已箍桶似的将她箍住，她只好作罢，浑身不得劲地陪着他溜达。

三人沿着方家围转大半个上午，周春强一边和方梦袍聊着天，时不时还挑逗一下马丽，那边却丝毫不放松，经常是到一些角落落里察看，略带鹰钩的鼻子猎犬似的翕动着。为了分散他的注意力，马丽和他谈起了春霞，谁知他眉一皱脸一板：

"听到她的名字就心烦，不要再提她了。她那么笨，我懒得管她的死活！也许……"

说到这，周春强蓦地住口，眼睛定定地看着围屋后的那排平房，接着他松开马丽，推门走进柴火间察看了一番，又到牛栏、猪栏边转了转，然后站在门外，仰头望着背后那座山出神。方梦袍和马丽正暗自着急，周春强忽然指着山坡道：

"梦袍，你这屋子还好不住人，有些危险。你看这上头的泥土松了，雨水多的话有可能会滑坡。"

"放心，这是座石山，只有上面一层薄土，下面全是石头，你就是想挖还挖不倒呢！"方梦袍语带双关地说。

周春强开始问一些方梦袍以前在红的事情，两人有一搭没一搭地聊着。突然，周春强直直地冒出一句话来：

"梦袍，你不怕游击队的锄奸队？他们挺厉害的。"

接着详细地说到某地的叛徒被锄奸队砍了头，某地悔过自新的赤卫队长被人放火烧了屋，又有谁被锄奸队灭了门，听得方梦袍心里七上八下。

方梦袍知道周春强说的俱是事实，前些日子他和方令华家的屋外也被贴上了锄奸队的告示。方梦袍让方令华尽快与锄奸队接头，免得自相残杀，但这支锄奸队好像是外来的，要么就是本县东区的游击队，方令华一时联系不上。敌人构筑的堡垒线将本地的游击队分割在东西两个区域活动，彼此间联络很少，东区的游击了队对他们这边的情况不了解。

由于涉及的伤员多，方梦袍奉令"自新"的事，只有方令华、红云、马丽、茶姐、茶姑和阿芳知道内幕，周围的人不知就里，锄奸队肯定也不明内情，如果他们来真格的，事情就难办了。这段日子方梦袍和方令华可谓内外交困、噩梦连连，有几天早上起来方梦袍发现自家门上被糊了猪屎，方令华家的墙上也神秘地盖上了血手印，吓得茶姐不敢让两个细鬼出门。

这些事情方梦袍从不在红云和马丽面前说起，这会儿听周春强提起这些事，脸上多了几分忧虑。马丽知道猪屎和血手印的事，但她不晓得锄奸队有这么厉害，不由惊白了脸。当周春强去粪寮解手时，马丽扯着方梦袍的衣袖着急起来："方哥，万一，万一他们搞错了，怎么办呀？"

"嘘！"方梦袍指指不远处的粪寮，让马丽不要说这件事，免得隔墙有耳。饶是如此，周春强仍听到了一耳朵，他的声音挟着股秒气飘过来，"马丽，谁搞错了什么呀？"

马丽忙说："还说呢，都怪你！现在村里好多人讲你是我老公哎。"

"本来就是嘛，你羞什么？"周春强人还在粪寮里，嘴却不闲着，"这几天我们干脆把事办了，我就住这不走了。"

方梦袍无心听他俩打趣，转身从墙角拿起竹粪夹，将几堆略干的牛粪夹到路旁的草地上。马丽猛然看见牛粪下有半截不小心丢弃的废绷带，便借口找牛粪，趁着周春强不在把废绷带处理了。

方梦袍惊出了一身冷汗，想到这种疏忽可能导致的严重后果，不由瞪了马丽一眼。挖埋绷带和药渣的事一直是由马丽负责的，对那些绷带，她大部分在山洞里就地埋掉，药渣偶尔会倒在垃圾堆里，像这样把带血的绷带遗落在外的失误她还是第一次。马丽脊背上的汗毛竖起来，正庆幸间，红云挺着大肚子慌里慌张地跑过来：

"梦袍，不得了呀！他们……他们把令华两公婆杀……杀了！"

红云话未说完，人已晕倒在梦袍怀里。马丽急了，她一步冲到粪寮门口，把半扇子门一扯，对周春强愤怒地吼道：

"你个鬼周春强，带的什么狗屁兵，好端端地杀令华、茶姐干什么？告诉你，他们要偿命的！"

周春强刚刚提上裤子，闻言将腰带胡乱一扎，转身朝大门跑去。方梦袍几乎是抱着红云在走，边走边喊：

"怎么会这样？春强，你要问清楚，这事你不能不管，两条人命哪！"

方梦袍说着将红云交给马丽，跟着周春强急急慌慌地往前跑。红云这时稍稍冷静了一些，她抹着泪哽咽道：

"令华和茶姐不是周春强手下的人杀的，是锄奸队杀的。周春强的手下也死了一个，另外一个受了伤，是他跑回来报告的。"

"是吗？"马丽如遭雷殛似的定在原地说："这事茶姑晓得吗？""她上山送饭去了，还不晓得。可怜的令华和茶姐死得冤枉啊！这些锄奸队也是，怎么不分青红皂白就下手？马丽，你去把令华那对卵鬼接来，我怕他们再有个什么意外。"

马丽很快把那对懵懵懂懂的姐弟俩接到了红云身边。这时方令华夫妇和那个团丁的尸体已被运回方令华家的院坪上，方梦袍和阿芳跪在他俩的尸首前泣不成声。周春强率队伍去追锄奸队了。闻讯赶来的群众纷纷为方令华夫妇叫屈。

脑子轰轰作响的方梦袍倏地往自己家里冲去，他要红云到时把茶姑关起来。茶姑性格刚烈、倔强，脾气多少有些古怪。红军伤员的事方梦袍和方令华原本一直瞒着她，茶姐晓得后很不高兴，说这是看轻茶姑，再讲那么多伤员他们几个根本忙不过来，而原先带来的十二个护理员此时已逃走四个，被害三个，剩下的五个整日东奔西走已引起人们怀疑，方梦袍指示她们暂时停止行动，在这种情况下茶姑和阿芳被发展成了护理员。好在她俩之前都是儿童团员，家中又有兄弟姐妹参加红军，对革命很有热情，难得的是如今形势这么严酷，她们还有胆量加入，方梦袍为此感到非常欣慰。现在出了这等惨事，阿芳倒还老成些，茶姑他可放心不下。谁知他的话刚出口，就挨了红云一顿骂：

"梦袍，你吃屎啦？这种时候你还讲得出这种话，还是人吗？人家姐姐死了你凭什么不让她看？全天下也没这个道理，就是我答应，村里其他的人也不会答应的！"

红云这话也有道理，方梦袍只好放弃那个主意，回到方令华家善后，这边则由红云打理。

安顿好方令华的一双儿女后，红云顾不上去看令华夫妇，抽空把早已熬好的药从密封的酒缸里取出来，飞快地拎进了山洞。她担心周春强还会在自己家中赖下去，又提了两桶干净水、几袋炒米进去。

山洞的入口在她家杂物间那个废弃的灶膛里，从洞里牵扯出根麻绳，绳的那一端系着只铜铃，红云轻轻拽了拽绳索，不一会儿就传来了敲锅底的沉闷响声。由于时间紧迫，红云不敢进洞，弯腰匆匆把外面的形势说了一遍，接应的轻伤员告诉她：

"大姐，昨天曹连长和小五过世了。村里是不是出事了？我们知道，如果不出事，你们是不会不管我们的。"

"是啊，是出事了，出大事了。"红云说，"不过，不管出了什么事，有我们应付，你们待在里面别动。要是连着两天没人过问，那我们也出事了，到时你们再伺机行动。"

红云麻利地盖上了锅盖，顺手从灶膛上抓起把柴灰小心地吹在灶台和锅盖上，费力地将那几捆干燥的烧草堆在上面，然后抱起几块干柴往回走。刚走一半，便听见茶姑泼天泼地的哭喊声：

"姐啊——姐丈！你们死得冤哪！"

红云一屁股坐在地上，几块柴火打在脚背上，疼得肚里的细伢手脚乱踹。她急忙捂着肚子，心中生出股深深的恐惧：锄奸队会不会对自己和方梦袍下手？

当这个想法锥子般插进红云脑海时，正在方令华家门口忙乎的方梦袍蓦地回望了自家的围门一眼，脑中掠过一个和红云相同的念头。他忧虑地望了一眼山峦，然后走到正拼命地用头撞击棺材板的茶姑和阿芳身旁，试图劝她俩安静下来。她们一个是方令华的亲妹，一个是茶姑的亲妹，两个人都悲伤欲绝。

马丽比较顺利地将阿芳拉到了一旁，茶姑却抱着棺材怎么也不肯松手，她撕心裂肺地哭喊着，往日那双黑白分明的圆眼睛变得通红。方梦袍伸出手去拉她时，茶姑冷不丁将他撞倒在地，结实的拳头纷乱地砸下来，边砸边哭：

"都是你，都是你惹的祸，要不是你引来那些该死的……"

她的话没说完，方梦袍便一把捂住了她的口：

"你胡说什么呢！"

方梦袍严厉的言行镇住了茶姑，她怔怔地望着方梦袍，一个劲地倒吸着气，饱满的胸脯一阵阵起伏着，委屈并伤心至极。方梦袍正要说什么，却见周春强不知什么时候站在了身旁。

"妹子怎么啦？那么委屈？老方你也是，人家有话你让她说完嘛！"

周春强蹲下来，和蔼地递给茶姑一条干净的手绢。手绢飘着淡淡的洋碱香，茶姑害怕地看看周春强，扭过脸不理他。

"你刚才怪他干什么？是他害了你哥哥吗？"

周春强指着满脸汗水、满手血污的方梦袍。本来已止住哭声的茶姑委屈地瞥了方梦袍一眼，转身又趴在棺材上哭。这时一个胡须花白的老伯颤声道：

"老总啊，这妹仔心乱了，眼里揉不得沙子了。当初方保长悔过自新是方院长做的主，他是侄，他要听叔叔的。这妹子怨他这件事呢！"

"妹啊，这件事你怪不得方院长啊，他也是好心啊！"

又有几个人来劝慰茶姑，茶姑的声音渐渐小下去。周春强在阿芳身边默默地看了一会儿，钻进人群问问这个，套套那个，原先围在棺材周围的乡亲们生怕惹祸上身，纷纷离去，不多时院坪上就只剩下方梦袍、马丽和周春强几个了。

"妹仔，不要哭了，红军凶残得很！你哥哥、嫂嫂遭到这样的暗算，事先完全想得到，他们总是这样过河拆桥。不过你放心，我会请求上峰表彰你兄嫂，他们也是为党国捐躯呢！喏，这两枚光洋是我的一点心意，你拿去办丧事吧！"

阿芳没有接周春强递过来的两块光洋，继续在哭。周春强也不勉强，来到愣愣地盯着姐姐尸首出神的茶姑旁边，将放着光洋的手掌摊在她面前。方梦袍和马丽默默地看着茶姑。茶姑知道他们在看自己，但仍然将那两枚光洋捏在了手中。

"姐，姐丈，我要给你们一人买一套寿衣，让你们光光鲜鲜地走。阿芳，我们赴圩去。"

茶姑谁也不看，拉起阿芳就往村外走。阿芳回头看着方梦袍，方梦袍还没开口，周春强抬手朝外掸了掸，一副当家主事的模样：

"去吧，妹仔，这里有我们呢！"

望着渐行渐远的茶姑和阿芳，方梦袍不由暗叹一声。周春强阴阳怪气地走到他面前，凝视着他粗壮的颈脖：

"梦袍，锄奸队的刀法很快的，他们两公婆的头险些被切下来了。你下回可得注意点儿喽，牛啊猪的跑了千万不要去找，这分明是他们设的圈套！"

说到这儿，周春强的脸上浮出几许关切。他又蹲到马丽身边，这个那个的叮嘱了好一阵，这才吩咐手下将村里的几个老者请出来，商量着丧事该怎样办，神态颇为诚恳。

茶姑和阿芳从圩上买回来两套寿衣，方梦袍亲自给方令华换了，茶姑给姐姐抹身换寿衣时哭得晕厥了过去。起棺时，周春强让士兵鸣了四枪，在群山中激起阵阵回声。整个方家冲的气氛变得异常悲切。

方梦袍肩上的担子更重了。失去了方令华夫妇，山上那批伤员谁来照顾？谁出面去买粮弄药？虽说还有个阿芳可以搭把手，但力量毕竟有限。而此时山洞里的伤员已陆续死了七八个，尸体用石灰盖在洞里，剩下的 21 个伤员有两个快不行了，其余的倒是在逐渐康复，也算这段时间的心血没有白费。另有十来个伤员星散在可靠的老乡家，伤势已趋稳定，可以少操些心。现在最让方梦袍头痛的是茶姑，从她刚才的态度来看，已经明显在怪罪他和马丽，也许不只是怪罪，还夹杂着仇恨。

茶姑两岁时父母双亡，是茶姐一把屎一把尿将她拉扯大的，茶姑和姐姐非常亲，失去了姐姐她等于失去了这个世界，这怎么不让她心碎呢？毕竟她才 16 岁，肩膀像嫩竹，挑的东西太重肯定会压断。但最让人头皮发紧的，还是可恶的周春强，他居然带着他的护围队在方家冲驻扎下来了，仿佛一群大头苍蝇，赶也赶不走，而且哪里有缝隙就往哪里钻，真不知道还会闹出什么事来。

出人意料，周春强在大渐黑时，竟带着人马撤出了方家冲，说是到隔壁的田心村执行任务。田心村是距方家冲最近的村庄，有二十来里路程，只有一条羊肠小道可走，方梦袍不相信狡猾的他会在锄奸队刚刚现身的当夜打着火吊赶往别村，那不是明摆着给游击队当靶子吗？他才不会那么傻呢！但方梦袍确实目睹他们离开方家冲，消失在去田心村的崎岖小道上，估计周春强不是在玩新的花招，就是那边真有点情况。

送走周春强，方梦袍在从村口往家走的时候没敢打火吊，那时天已黑，淡淡的一弯眉月下鬼影憧憧，身后似有人跟着，脚步声时有时无。想到方令华夫妇那几道可怖的伤口，恐惧一点一点升起，最后竟镰刀般明晃晃地横在心间，让他头皮发麻，双脚发软。他不断地喘着气，试图将这股前所未有的恐惧驱散，可是恐惧越来越浓，到后来石头般卡在喉间，让他几欲窒息。有那么一瞬他的呼吸似乎停止了，眼前金花簇簇，人影闪动，一个可怕的念头跳出来：

完了，锄奸队来杀自己了！

方梦袍打起飞脚，一溜烟跑回了家。进围后他飞速闩好门，又找了几根木头顶在门板上，接着让马丽和红云把卧具搬到楼上一个比较隐蔽的房间里，三人相对无言。他不明白自己一腔热血干革命，为什么前些年险些被当作 AB 团杀掉，现在又要面对锄奸队的刀锋。让他无法释怀的是，这次的恐惧比上次来得更加真实，不仅仅是因为方令华夫妇的死，更多的是如果他死了，将危及几十个伤员，所以现在必须珍惜自己的生命。

方令华父母早逝，家中只有他和妹妹阿芳，在红云和马丽的劝说下，本来要和茶姑一起守灵的阿芳领着方令华夫妇留下的两个孩子搬进了方家围，茶姑却死活不肯进来，她坚持要在姐姐的堂屋里点长明灯，为她姐姐和姐丈守灵。红云和马丽怕她出问题，要留下来和她一起守夜，茶姑不但一口拒绝了，还生气地推了红云一个趔趄，让她俩快滚，气得马丽和她差点打了起来。当红云和马丽忧心忡忡地离开她时，茶姑倔强地说：

"我晓得你们做嘛咯要住进去，你们是怕我把伤员的事说出去，这个你们放心，我茶姑死也不会开口的。我是恨锄奸队太糊涂，也不问个明白就……"

红云一把搂住了她："茶姑，姐姐和姐丈是为革命牺牲的，这不白之冤总有一天会弄清楚的，你千万不要意气用事，懂吗？"

茶姑点点头，红云和马丽红着眼圈回到了方家围，进山洞去护理伤员。方梦袍知道在这种情况下再勉强茶姑也没用，便没再找她。当他冷静地枯坐下来之后，一个可怕的念头突然闯进了脑海，他"霍"地站起身，说是要去看茶姑。

"你是怕锄奸队连她也？……"

红云递了把菜刀给丈夫。方梦袍接过刀掂了掂，又把刀放下。马丽知道方梦袍宁肯自己死也不愿伤害同志，不由长叹一声，红云望了她一眼，两人的眼中现出一抹深切的关怀与爱怜。

# 第三十九章

　　从方家围到方令华家要过一座桥，越几丘田，再绕过一座春天时开满金银花的小山包。此刻山包上枯黄的茅草在风中摇晃着，发出令人惊悚的沙啦声。月儿比刚升起时明亮了许多，冷冷月辉下的方家冲美如梦境。方梦袍抬头望望月亮，亲切之情油然而生。这些年他东奔西走，工作到深夜，时常借助月辉回家。他甚至还在月辉下给伤员做过手术。有了月亮的陪伴，他烦乱的心绪逐渐平复了下来，黄昏时送周春强出村的那份恐惧已不翼而飞，双腿也恢复了原有的力气，耳目更犀利了不少。

　　带着这份重拾的镇定与勇敢，他很快来到了方令华家。月光下房门紧锁着，屋子里黑漆漆的，茶姑不见踪影，下午出殡时燃放的鞭炮屑仍散发着淡淡的硝烟味，甚至还能嗅出几丝血腥味。风中的鞭炮屑如同魂灵附体，几次绕着方梦袍的脚跟直打转。

　　方梦袍屋前屋后找了几遍仍没见着茶姑，不由急出了一身汗。想想他又往村口跑去，茶姑平日和村口儿公家的孙女玩得好，这会儿说不定正在九公家哭诉呢。可敲开门，九公却说他的孙女睡觉了，茶姑根本没有到他家来。方梦袍连着又跑了几家，仍未找到茶姑，不由焦灼地咬起了嘴唇。

　　这妹子会到哪里去呢？难道上山去看伤员了？

　　望着月下神秘莫测的大山，方梦袍一时不知所措。倏地，周春强那张脸从脑海里无端地冒了出来，让他冷不丁打了个寒战：莫非茶姑中了周春强布下的圈套?

方梦袍后悔没有让马丽陪着茶姑。他抹了把头上突然冒出的冷汗,火速往家跑。跑过那座小山包了,脚下不知被什么东西绊了一下,他咕咚一声摔倒在地,正要爬起来,从黑暗中闪出的几个大汉已压在他身上。

方梦袍知道坏事了,但他一时无法判断对方的身份,所以什么话也没说,只是拼力反抗。可惜寡不敌众,他眼睁睁看着月辉中寒光一闪,一柄短刀正刺向自己的颈部。他赶忙一扭头,可短刀还是插进了他的锁骨,由于用力太猛,刀刺得很深,一时竟拔不出来。

趁对方一愣神,方梦袍抽身往家里的方向拼命飞跑。村里的狗被他的脚步声惊醒,此起彼落地狂吠。他趔趔趄趄地跑着,后面的人很快追了上来,一把将他抱住,另一人捏住他的脖子不让他出声。

"你这个狗叛徒,让你死也死个明白吧!我们是安远县锄奸队的,专门杀你们这种败类!"

低声说话的是个体格健壮的中年男子,长着茂盛的胡须,一双圆眼在月辉下爆出仇恨的光芒。方梦袍记得有一次在方令华家见过他,知道他叫黄矮古,参加过筠门岭战斗,全家九口人被白狗子杀害了,是条疾恶如仇的汉子。

如果不认出黄矮古,方梦袍还会怀疑这是周春强派人假扮的锄奸队,为的是让他说出红军伤员的下落,现在晓得了对方的身份却苦于说不出话,几颗眼泪不合时宜地从他的眼里流出来。黄矮古没有注意到他的变化,说完后一刀捅向他的左胸,刀锋遇到阻碍往右一滑,斜着插入了他的身体。然后黄矮古手一松,方梦袍像一摊泥那样倒在地上。黄矮古感觉没有刺到要害部位,俯下身掀起他的衣衫想看个究竟,这时发现方梦袍胸上绑着块狗皮,不由低声骂道:

"狗叛徒,倒晓得保命!"

说着就要拔刀再刺,这时方梦袍挣扎着说出了那句让他吃惊的话来:

"黄队长,山上有二十多个伤员,我家还有二十多个伤员,我和令华……"

话没说完方梦袍便昏了过去,黄矮古和同伴面面相觑,接着不约而同地伸过手来试他的鼻息。见他还有气进出,黄矮古摇晃了他几下,试图问个明白,可方梦袍伤势沉重,一时哪里唤得醒?黄矮古不敢再拔去他肋间的刀,怕拔刀后失血过快,只好反身将他背起来,健步如飞地往方家围跑去。

"队长,这么说,这么说他们,他们没有叛变?"

有个队员在身后小声道。黄矮古"嘘"了一声,大家的脚步不由放轻了许多。不知什么缘故,村口那边的狗又狂吠起来。黄矮古一个手势,众人赶忙打住脚,刚才说话的后生趴在地上听了一会儿,紧张地说:

"队长,那边来了不少人!肯定是白狗子!"

黄矮古二话没说,一摆手背着方梦袍继续往前跑,常年的跋涉让他身轻如燕,尽管方梦袍的身体越来越重,他却丝毫不觉得,反倒有些脚步发飘。他被方梦袍刚才那句话给打蒙了:万一他说的是真话,这岂不是大水冲了龙王庙,自己人不认自己人?

来到方家围门口,年轻后生轻轻拍了会儿门,里边没反应,他急得浑身冒汗,手下又不敢加劲,生怕嘭嘭嘭的拍门声在旷夜中听起来突兀。

马丽站在门后,手中握着一根木棍,一副忐忑不安又随时准备奋力一搏的样子。和方梦袍约好的敲门声是四长二短,从敲门声判断这敲门的人肯定不是他,面对门外敌友难辨的这伙人,马丽的心狂跳起来。

村子里的狗吠得更凶了,门外的黄矮古急得浑身冒汗,他哑着嗓子小声道:"里边有人吗?有人你听着,我们是游击队,方医生他受伤了。快开门哪!"

不说游击队还好,黄矮古一说游击队,马丽反倒惊出了一身冷汗,她很自然地联想到了锄奸队,再一听方梦袍受伤了,她愈加断定这是锄奸队来杀自己和红云的。如此一想,她反身冲进屋里,让红云赶快进山洞。红云想问个明白,但马丽从门后取了一杆梭镖,又匆匆冲了出去。不一会儿红云也闯出来贴在了门边,两人呼哧呼哧喘着气。

"快,你快离开,这里由我来对付。"

红云没有离开的意思,而是嘘了一声,示意马丽听门外的动静。门外先是一声轻轻的呼唤,接着是一片慌乱的窸窣声。红云凑在门缝往外张望,只见方梦袍斜倚在一个后生身上,艰难地说着:

"你敲呀,四长,二短,马丽,快开门!"

方梦袍话没说完,头便耷拉下去了。红云急忙拉开了门闩,门刚打开,后生就闯了进来,随之飘来一股浓烈的血腥味,接着十几个锄奸队员呼啦一下全挤进了方家围。他们来不及打招呼,先反身把门插上,又从旁边拖了几根木头将门牢牢顶住。

红云跟着后生去看方梦袍的伤势,听到动静的阿芳这时披衣跑到门口,又赶紧拎了把斧头站在马丽身边。黄矮古突然想到一个主意，说是要出去把桥板抽掉。流经方家冲的这条河并不宽，但在方家围村前形成了一个湾，水深几竿，如果抽掉桥板敌人进村势必要绕道，这可以赢得一点准备时间。

马丽不同意，说："他们发现你们了吗？"

黄矮古趴在门缝里，看见月辉下那队人马正悄悄向方家围逼近，他迟疑地摇了摇头，说："可能还没有。"

马丽感到肩上的担子重了几分，镇定地对阿芳说："阿芳，你把他们带到后面去，我们尽量不暴露。还有那么多伤员等着我们呢！"黄矮古有些犹豫："你让他们进来？万一他们搜出了我们，这不是引狼入室吗？"

马丽回首望着厅堂，厅堂里亮起了灯光，灯光下红云正在小声哭泣。黄矮古自责、悔恨地拍打着自己的胸膛向红云道歉：

"女同志，我们不晓得内情啊。我……"

话没说完，外面响起了纷乱的喊声和脚步声。马丽附在阿芳耳边说了几句话，阿芳点点头，领着黄矮古一行往后面拐去。马丽飞步跑进厅堂，又附在红云耳边说，看来是周春强这家伙又来了，我们只好将计就计，把事端往锄奸队身上引。红云点了点头，表示赞同，于是两人放声哭了起来。

油灯下，夜色凄惨，躺在案桌上奄奄一息的方梦袍，看上去像具僵硬的尸体。红云为他锁骨上的伤口做了包扎，但肋间的刀却没敢拔，那刀刺得太深了，可见持刀的人当时身怀多么大的仇恨，如果方梦袍罪有应得倒也罢了，问题是……红云感到胸口堵得慌，心情难以形容，腹中的胎儿似是体会到了她的痛苦，不断地拳打脚踢。

"真冤啊，梦袍可是为革命受过，他太苦了……"

红云哽咽道。马丽还在哭，现在连她自己也分不清是假哭还是真哭了。她伤心地搂住红云，目光落在方梦袍肋间竖着的那把刀上。嘭嘭嘭嘭……有人在狠劲拍门，估计就是周春强的人了。马丽让红云过去应付，这边迅速化了点淡盐水，将红云刚刚找到的几块布浸在盐水中，然后俯身握住刀把，猛地将刀拔出，并迅速用那些布堵住刀口。

伤口很深，方梦袍的血流得汹涌澎湃，不多时就在地上凝成一个小洼。马丽压着止血点痛楚地抽着气，眼睛干涩一片。这时飘来一阵闪烁的火光，果然是周春强带着护围队的六七个团丁杀回来了。看样子，他这一夜都在奔走，累得够呛，满身大汗和尘土，鞋也走脱了帮。看见方梦袍躺在血泊中，又问了前因后果，他拿起那把沾满鲜血的短刀，对马丽说：

"锄奸队动作还真快啊！怎么样，有危险吗？"

马丽说："就看他的命大不大了。"

周春强摸摸方梦袍的脉搏，说他在镇上还有几支盘尼西林和止血药，而后和部下耳语了几句，让两个兵丁打着火把马上去取。红云谢了他，继续蹲在方梦袍身边哀声哭泣，不一会儿阿芳也赶过来了，陪着红云一起哭。

周春强不受哭声影响，他让兵丁到灶间找了几捆松光，每人举一个火把，挨间屋子进行搜查。马丽追上去，用满是鲜血的手一把将他拖住：

"春强，你是不是人？安的什么心？梦袍给锄奸队杀得快死了，你还怀疑人家？"

出乎周春强意料，马丽说着，禁不住趴在他肩上失声痛哭。那一刻周春强阴鸷的脸上掠过几丝悲伤，但旋即恢复了原样。他冷冷地推开马丽，举着松光边退边说：

"马丽，你回去照顾他，无论如何得让他挺住，下半夜药就该送来了。我的事你不用管，我们各为其主，不是吗？"

周春强举着火把往围屋深处走去，马丽无奈地挠了几下头皮，忽然计上心来，她蹑手蹑脚地跟在周春强身后，像他的一条尾巴。

月亮躲进了云层，天地蓦地暗下来。团丁们不时飘过的身影和他们手中的火把，使得方家围的这个夜晚显得骚动不安和危机四伏。周春强走走停停，寻寻觅觅，这时来到粪寮对面的一堵残墙下，举着火把察看了好一阵，又继续往平房走去，闪烁的火光中他的脸色阴沉得能拧出水来。茶姑那张娇嫩的圆脸像吊茄子一般地晃动在眼前，让他生出几分怜悯。

黄昏时他之所以撤离方家冲，是因为他嗅到了方令华和方梦袍身后的秘密气息。其实他并没有走远，方梦袍回村后他们又悄悄蹚了回来，他让几个面善的手下化装成游击队员直扑茶姑家。可怜的茶姑和两个做伴的妹子正坐在厅堂里为姐姐、姐丈守夜，做伴的妹子见状不对，借口上粪寮，扔下茶姑跑掉了。

也许是太伤心，要么就是年纪太小，缺乏生活经验，见到有人为她姐姐、姐丈打抱不平，喊冤枉，茶姑居然相信了这些假游击队员，激动地指责锄奸队乱杀人，这一下证实了周春强早先的猜测：方令华夫妇是个白皮红心的游击队员！假游击队员套出了茶姑的实话，劝她不要伤心，接着继续从她的嘴里套红军伤员的下落：

"没有你姐姐、姐丈的支持，光靠方院长，那些伤员能照顾得过来吗？"

游击队员对姐姐、姐夫看上去心存敬意，这让茶姑倍感欣慰，心里更不设防了。她告诉他们，不光姐姐、姐夫一心照顾伤员，自己和阿芳也常去帮忙。

毕竟茶姑也有些斗争经历，她说着说着，突然发现自己说得太多了，而对方像是在察言观色，总也问个不完。譬如谁是队长？在哪里活动？现在驻扎何处？每天都干些什么？让她顿时觉得不对头：这些人说是游击队员，怎么什么都不知道，什么都想打听清楚？莫非……如此一想，她的心里忽然乱了，于是她扔下这些人，撒腿就跑。但她一个 16 岁的小姑娘，怎么跑得过那些人？没跑几步，就被他们抓住了，并把她带到村外的一个小山坡上。

因为方令华夫妇的死，村子里人人自危，家家天没黑就关门闭户，茶姑被周春强的人抓住，并没有惊动任何人。茶姑一路挣扎，嘴里不断骂着这些让她上当的团丁。周春强被他骂得不耐烦了，喝令大耳朵割她的舌头。大耳朵一听迟迟不动，他支吾了半天，竟恳请春强把茶姑赏给他做老婆。

"大哥，她奶大屁股大，脸又圆圆的，"大耳朵说，"这种妹子生崽跟下蛋一样容易，是旺夫相。你能不能给我留着？"

大耳朵是周春强的亲信，而且对他有救命之恩。他这个要求对周春强来说根本不算什么，何况他很少杀抓来的"匪婆"，大部分卖给妓院，小部分赏给部下，偶尔也有本地农民出钱来买这些女匪做老婆的。大耳朵在这时候提这么个要求，他不会不答应。周春强想了想，果然爽快地答应了他。于是大耳朵将茶姑的嘴塞住，捆住关在老乡的一间草寮里。走之前，大耳朵反复交代茶姑，要她先忍着，不要乱动。周团长已经答应他娶她做老婆，没有谁敢对她怎么样。

大耳朵刚安顿好茶姑，周春强便命他率二十几号人马上山找伤员，他自己则领着七八个人进了方家围，其余的团丁把住出入口，防止锄奸队再次出现。他想过锄奸队一定会来对付方梦袍，只是没想到他们的动作如此之快，居然在自己眼皮底下对方梦袍下手了，可见这些奸队是有些真本领的。但他现在找的不是锄奸队。他判断在目前这种情况下，红云和马丽是不可能给锄奸队提供什么庇护的，他现在要找的是伤员。因为捉拿伤员是邀功请赏的一条捷径，不必费太大力气也少有危险，赏金虽说少一点儿但很安全，所以各靖卫团最近跟老鼠一般到处乱钻，没想到自己在人生地不熟的方家冲能遇上这样的好事。

更让周春强感到幸运的是，他又碰上了马丽，不管马丽的真实身份是什么，他都决定要把她娶回家。马丽的性格和奇异的美让他激动和倾倒，虽然他现在娶马丽充其量是过屠门而大嚼——无法得肉，但贵在快意，起码可以圆他心里的一个梦。至于儿时的伙伴马龙，现今的方院长方梦袍，他敢肯定是条大鱼，因此不准备轻易放过。不错，他们曾是儿时好友，可谁让自己和他各为其主呢？可惜锄奸队比自己先动手，怕只怕方梦袍活不过今晚。他派人回镇上去取药，为的就是抓他个活口。

这么想着，周春强已经来到了那排平房前，正巧遇上两个团丁从杂物间出来。见了团长，两个团丁忙摇手说：

"团长，里边乱糟糟的，鬼影子也没得一个。"

周春强没有睬他们，举着火把独自走了进去。团丁见状只好跟上来，可里边果真堆满了农具和烧草，三个人有些挤，周春强反身照照屋外，让他们到另一侧再仔细搜查。

"团长，我们来吧，你看着就行了。"

一个团丁拍马屁溜须的功夫不错，不料在周春强面前却碰了个钉子。周春强把脸一板，团丁急忙后退，嘴里嗫嚅道：

"团长，你一个人在这里，怕不怕？"

周春强将火把插在门后墙角的一道夹缝里，又接过团丁手中的火把往四处照了照，边照边教训道："看见了吗？这里除了我们就是神明了。别偷懒，快到别处去看看！"他不相信刺杀方梦袍后锄奸队还能在方家围藏身。就算那些伤员藏在这儿又能怎样？他们根本没有战斗力。怕他们个卵！

两个团丁往周春强指定的方向搜寻去了，他取下火把挨间细细察看着。他来到第二间平房，见里头放着几具棺材，便一手高举火把一手掀开了棺材盖。掀到第二具棺材，屋外传来一阵轻悄的响动，他赶紧冲出门，举着火把四处乱照。一只狗从黑暗中蹿出，冲他发出敌意的低鸣，他骂了两句，准备反身继续检查剩下的两具棺材。正走着，他看见了隔间柴火堆下的一个土灶，心不由一动，便信步走了过去，然后站在柴火中间仔细打量着，唇边渐渐浮起几缕笑意。

他将火把插在墙洞里，跑到门外喊那两个团丁，可惜没人应声。他挠挠脑袋，觉得自己的举动有些可笑，于是独自走回去，扎起袖子，将灶上的烧草柴火搬到屋外。

烧草快搬完了，一口巨大的锅赫然显露。周春强心里一惊，慌忙拔出腰间的手枪。他先贴着锅盖听了会儿，里头似乎有种奇怪的嗡嗡声，又小心翼翼地端开铁锅，一个幽黑的洞口伤疤似的贴在灶膛中央，并扑出一股浊臭。他按捺住同时袭来的紧张与兴奋，转身打算去喊人，谁知刚踏出房门便被人打倒在地，火把也摔灭了。黑暗中一双强有力的手扼住了他的咽喉，掐得他眼冒金花，脆弱的喉骨发出"咔嚓咔嚓"的响声。不可思议是，在这生死关头，他居然嗅到了一股熟悉的清香！

"老黄，别弄死了他。"

是马丽的声音！

"不行，留着他会坏事。"黄矮古不肯撒手。

"姐姐，我看他这人好坏，杀了他。"跟在马丽身后的阿芳说。

马丽小声地说了几句，三人决定不杀了，合力将昏昏沉沉的周春强拖进了柴火间。这时有四五个团丁打着火把过来了，周春强正要喊，马丽急中生智用自己的嘴封住了他。黄矮古和阿芳缩在铁锅和柴火的空隙里，用手枪和锋利的匕首对着他的腰。出现在团丁眼里的情景是，周春强坐在地上，马丽骑在他身上，马丽正抱着他们的团长狂吻。团丁觉得这太不可思议，怀疑马丽身后的人，喝令把头伸出来，否则就要开枪。黄矮古怕这样会引来更多的团丁，重重地用枪一顶，周春强无奈地从马丽肩上伸出张脸来：

"是我，你们瞎眼了！"

团丁一愣，举着火把照了照，其中一个伸伸舌头扯着同伴往后退。

"你让他们滚开，就说我们要在一起过夜。"

马丽回眸朝团丁们一笑，附在周春强耳边小声道。团丁们愣怔片刻，不知如何是好。顶在腰间的短刀就要刺进去了，周春强不想吃这眼前亏，便按照黄矮古的意志，再次命令团丁退出去。那个善拍马屁的团丁疑惑地望着他俩，还想走过来看个究竟，马丽用一种迫不及待的口气吼道：

"喂，你们这些不要脸的！快走开，快走开！"

几个团丁见团长发话了，骑在团长身上的女人也发话了，知道惹不起，纷纷知趣地退了出去。他们刚走，阿芳立即关上了门。

黄矮古和马丽把周春强押到方梦袍房间，方梦袍这时已经苏醒，看见周春强他想要说话，可不断涌出的血泡淹没了他的声音。红云揩着他唇边的血泡，扭脸冷冷地对黄矮古说：

"把他带到楼上去。"

许是太内疚，黄矮古他们尽量避免与方梦袍夫妇照面。他押着周春强走到院子里，冷不丁挥刀刺向他腰间，周春强发出一声惨叫，黄矮古恶狠狠地瞪他一眼，对马丽道："把他关到楼上去，可要小心他！"说罢跟着阿芳进了山洞。

伤员们在山洞里待了近一个月，在马丽、红云的精心照料下，伤势逐渐得到了恢复，如果不是周春强这几天横插一杠，其中三个伤员都打算归队了。不料形势突变，他们饿了两天，加上担忧，伤势有些反复。期间，有个脑部受伤的重伤员咬舌自杀了。

黄矮古和队员们看见码在山洞深处那些撒满石灰的尸首，全都流了眼泪。得知马上要转移到更安全的地方去，而且能和游击大队的主力在一起，伤员们非常欣慰。为了不影响情绪，黄矮古没有告诉他们方令华、方梦袍的事情，只是吩咐阿芳赶快生火煮粉皮丝，饭后再上山。

"老黄，这样会不会耽误时间？"

马丽将周春强锁在楼上，回来后见饭还未好，她看看开始放亮的天空，多少有些担忧。黄矮古自负地一笑：

"他们又不是我们肚子里的蛔虫，哪里算得这么准？没事儿，放心吧。再说有的伤员还要抬着走，得做几副担架！"

话音停下，马丽听见"当当"的敲击声。她跑到门口朝外张望了一会儿，见没什么异样，这才放下心来。这时眼睛红肿的红云来到洞里，告诉马丽说，方梦袍的情况不好，怕是很难挺下去了，他提出见马丽一面。

马丽心情沉痛地来到灯火幽闪的厅堂，看见方梦袍脸色铁青，呼吸异常艰难，不过嘴里不再冒血沫，能够开口说话了：

"春强呢？你，你们一定要看好他。他，他不是个，善类！"

马丽握着方梦袍的手，拼命地点头，硕大的泪珠飞溅下来。方梦袍凝视着她，目光中有深深的怜爱。马丽再也忍不住，抱着他失声恸哭起来。

"马丽，我，我一直，一直把你，当妹妹。我走了，你要，好好，照顾，嫂子。"方梦袍的手在马丽背上轻抚了两下，又昏迷了。

马丽流了一会儿泪，带上那把从方梦袍身上拔下的短刀和一捆破布，匆匆向关押周春强的楼上走去。

马丽把周春强送进这间屋子的时候，周春强的伤口正在流血，他可怜巴巴地求马丽给他包扎。马丽不理他，他哽咽着说，请看在春霞的面上，给他松绑，让他自己止血，否则会死的。马丽看见一摊血积在他脚旁，知道他说的是实话，但当时她急着要去看方梦袍，便把他一锁了事。这间房子的门窗比较结实，她料想不会有事。但为了让他自己能处理伤口，锁门前她扯开了他手上的绳结。

"马丽，求你了！别把我一个人扔在这里，好吗？"

周春强又在绝望地号叫。当时马丽锁上门，正准备下楼，听见周春强哀求的声音，儿时的岁月像道闪电划过，马丽有些心酸。当初春霞和她设想过的难题终于出现了：是坐视周春强不管，任其死去，还是施以援手？但形势不容她犹豫，最终还是把他扔下了。现在有了稍稍喘息的机会，她决定悄悄上楼照料他一下。可当她再次来到楼上，却发现门被端开了！屋内除了一摊血和那根绳子外，别无他物。春强逃跑了！

马丽惊恐地往楼下跑去，她怕周春强加害方梦袍，或打开大门，纠集团丁卷土重来。人还在楼梯上，马丽听见红云发出一声惨叫，接着是纷乱的脚步声和蓦然炸裂的枪声。她循着乱闪的火光慌忙追去。

追到粪寮前，她终于看见了她不愿看见的一幕：红云躺在阿芳怀里，腹部插着一把匕首！

"周春强，周春强！他……"

红云指着身边的一堵断墙，上气不接下气地说。黄矮古正打着火把端详着墙上那几个凹陷的砖洞，怒斥呆呆站着的一个后生：

"这下好了，走也走不脱了！你是死人啊？叫你不要开枪还开枪！等下白狗子来了你能一个人去对付他们？"

说罢，黄矮古扭头看着马丽，眼中爆出几道疑惑的目光："马丽，你刚才没有锁门吗？他怎么晓得这里可以跑得掉？是不是你有意放他走的？"

马丽急急地为自己辩解，说她只是给周春强松了绑，因为没有给他包扎伤口，得让他先用手按住止血点，不然会死掉。黄矮古气得举起枪托要对马丽动手，马丽也不示弱，挺起胸膛愤怒地迎上前去："你是不是也想把我杀掉？你杀得还不够吗？"

黄矮古像是被人点了穴，一下呆住了。他气恼地瞪了马丽一眼，转身抱起了红云。红云呻吟着，马丽心如刀绞，她真后悔自己刚才的妇人之仁，如果不是她给周春强松绑，红云不会受伤，锄奸队员也不可能走火，方家围不会这么快就彻底暴露，也许黄矮古他们可以安全地把伤员转移到山上，现在……

马丽惊出身冷汗。黄矮古和队员将红云轻轻放在昏迷不醒的方梦袍旁边，让马丽赶快处理伤口，以便赶快上山。说罢，黄矮古"咚"地跪在方梦袍夫妇面前，狠狠地抽了自己几个嘴巴子，喃喃地道：

"对不住，方医生，我们做了错事呀！我们原想杀了你们再去杀白狗子的，看样子现在不能按计划行事了。方医生，嫂子，你们放心，我们一定会把伤员运出去的。"

黄矮古磕了两个头，起身朝外走去。处理完伤口后，红云哼哼着醒过来，她虚弱地望着马丽：

"马丽，细伢崽晓得疼了，他踢得好凶，只怕要出来了。"红云说着握住了方梦袍冰凉的手，几颗巨大的泪珠顺颊而下。她那沾满血迹的肚皮上不断鼓起奇异的小包，那是受痛的细鬼在伸手踢脚。马丽还没做出反应，两个年轻后生走进来，将红云放入担架，抬起就走，红云急了：

"老方怎么办？老方呢？你们不能丢下他不管！"

"对，我们得把方院长一起带走！"

马丽高声地道，一边伸手去拦抬担架的后生。后生们看看奄奄一息的方梦袍，为难地说这事儿得去找黄矮古。马丽飞跑而去，红云开始呻吟：

"哎哟，不行了，我要生了！"

后生停住脚，惊愕道："这个时候生？不行，你忍一忍。"几个人抬着红云继续往门口走去。这时围门已经打开，阿芳身上背着手里牵着方令华的两个孩子阿珍和虎子，和几个拄拐杖的轻伤员慢慢往前走。他们前头是一溜担架，队伍缓慢从围屋蜿蜒而出。

马丽急匆匆跑进厅堂，一把将方梦袍背在身上。因为需要照顾的人太多，人手又太紧，马丽背着比她高大许多的方梦袍，异常吃力，但她咬牙坚持着，一副她走到哪要把方梦袍背到哪的样子。

队伍走进一条树木掩映的小道，马丽背着方梦袍急急赶上来，听见红云的呻吟声越来越响，她猛吸一口气，正要赶上去，前头的队伍却开始后退，纷乱的人群中有人惊呼：

"快回围屋，白狗子打过来了！"

马丽抬头一看，只见星星点点的火光从四面围来，间杂着啸叫："弟兄们，抓活的，领赏钱讨老婆啊！"

是周春强的声音！马丽一股怒火从心田生起，明白自己放虎归山，终成大患了，恨不得扇自己一耳光。方梦袍不知何时醒了过来，他听见了红云的呻吟，用气若游丝的声音喊她：

"红——云！红——云，你，你怎么啦？"

方梦袍的声音被纷沓的脚步声、粗重的喘息声和团丁越来越近的啸叫声淹没了。马丽背着高大的方梦袍本就吃力，又怕碰到他的伤口，此刻她小心翼翼地跑着，根本顾不上给他解释。

方梦袍受不了这份颠簸，重新陷入了昏迷。等马丽再次将他送回厅堂，他的伤口又开始渗血。红云的情况更糟，胎儿在腹中挣扎，腹部的伤口在不断流血，当人们把她重新放在方梦袍身边，夫妻俩的血浸透了相互的衣衫和床上的稻草，滴滴答答的在地上流成了一条小河。

阿芳见状想来帮忙，可是方令华的两个孩子已被红云夫妇的样子吓得直哭。她马上把他俩藏进楼上的一间屋子。回到厅堂马丽吩咐她去灶下烧了一盆热水，准备为红云接生。水未烧热，战斗已打响了，剧烈的枪声初听得人心惊肉跳，不一会儿耳根就被炸麻了。

红云的呻吟越来越虚弱，一旁的方梦袍静静地躺着。这时只听"轰轰……"几声巨响，敌人开始往围内扔手榴弹，不断有惨叫声传来。马丽意识到自己必须去救伤员，可红云这里她又怎么能离开呢？正在踌躇，苏醒过来的方梦袍在阿芳的帮助下，咬牙挣扎着爬了起来，一只软绵绵的手向马丽挥着：

"马丽，你，你去救，救伤员，这里，有我！"

阿芳端了碗红糖米汤喂他喝，他勉强吞了两口。马丽查看了他的伤口，血倒是不再流了，但那张脸却黄得吓人。此时红云被枪声唤醒了，气息奄奄地道：

"马丽，你，你别管我们了。没事儿，我们都没事儿。"

屋外传来黄矮古着急的声音，他在喊：屋里还有人吗？快补东边的缺！马丽和阿芳闻声一愣，两人忙将方梦袍搀到一张靠背椅上坐下，将红云的双脚弓起，又在她脚前挡上两块砖头进行固定，把剪子、热水、草纸放在方梦袍双手能及的地方，然后拿起梭镖飞快地往东边跑去。

　　晨曦中，东边屋顶的夹墙被手榴弹炸塌了一角，几具尸体倒伏在那儿。尸体旁，一个挂彩的后生在还击，敌人密集的子弹压得他抬不起头来，夹墙下的敌人趁势抢进。马丽和阿芳弯腰在地上摸到两把枪，其中一把已经炸坏，阿芳把破枪扔下去，砸翻了一个团丁；阿芳灵机一动，跑到楼下抱了许多柴块上来，一根根往下砸，砸得敌人发出声声惨叫。马丽蹲在墙垛后小心地向敌人射击。

　　敌人借助强大的火力掩护已经过了桥，除了背山那一面，围屋已被包围。好在围屋的四角有岗楼，没有射击死角，这样的距离正好可以发挥土枪射程短、火力猛的优势，一阵短兵相接，敌人丢下十几具尸体，退到了几十米开外。可游击队员还没缓过劲来，敌人又朝方家围发起了第二轮进攻。由于围屋的围墙比较坚固，躲在垛口和枪眼后头射击的游击队员伤亡较小，敌人强攻了大半个上午仍没有太大进展。周春强许是悟到了什么，两轮进攻之后居然按兵不动，一直到中午也未见动静。

　　黄矮古抓紧这空当儿清点了一下人数，游击队牺牲了八名战士，五个挂彩。虽说比敌人的伤亡要小，但弹药不多了，粮食也将告罄，加上一夜未眠，人人脸上俱浮出疲惫。黄矮古清楚事态的严重，圆脸上多了几分严峻，不过他并没有因此而慌张，而是有条不紊地将队员、枪支重新编了组，再根据地形进行合理配备，还抓紧时间让大家分批休息，以恢复体力，沉着、干练的作风令人折服。

　　马丽和阿芳忙着救护伤员，一刻也没闲着，所幸那几个队员都是轻伤。包扎完伤员，她俩冲到厅堂去看方梦袍夫妇。刚迈过门槛，阿芳便蒙着眼睛发出了一声尖叫；马丽浑身颤抖，酸软的双腿直往下跪，好不容易才稳住身子。

　　方梦袍和红云都断气了，厅堂里一片血光。床上的红云弓背叉腿坐着，腹部从中间切开，一把匕首插在腹部下方。她身子前探，血淋淋的双手往前伸着，像是要去够什么东西，脸上一副焦灼的表情。看样子红云死时胎儿从她手中滚落并滑到了床板外侧旁，但胎儿并没有掉下去，因为红云还没来得及剪断脐带。跪在床板前的方梦袍仍保持着临死挣扎的姿势，用宽厚的肩挡住滚落的婴儿。婴儿尽管长得瘦小却非常健康，他闭着眼睛在方梦袍肩上欢快地踢腾着小腿，一边饥饿地吧嗒着小手，一边发出哼哼声。

　　"梦袍——！红云——！"

　　马丽、阿芳齐齐扑过去，搂着方梦袍和红云的尸身嘶声呼喊。孩子受到了惊吓，突然响亮地啼哭起来："嗯——啊——！嗯——啊——！"

马丽含泪剪断了脐带，将浑身是血的孩子送到红云怀里。孩子本能地往她双乳间钻，小脑袋一拱，红云缓缓倒下，几颗巨大的泪珠从她眼角沁出，唇边浮出一丝隐约的笑意，慢慢地合上了眼睛。

孩子小狗一样继续在红云怀中拱动，小嘴张得大大的，就在孩子快要叼住红云的奶头时，马丽抱起孩子尖叫着跑开了，然后脱下贴身穿的夹衣，小心地给细伢做了个暖和的褓褓。哭得眼桃红肿的阿芳从灶下端来了米汤，开始给啼哭的细伢喂食，小家伙贪婪地吮吸着，阿芳泪流满面，禁不住哭出了声。

"红云姐说了，生了崽就叫得胜。阿芳，你带着得胜到楼上去。从现在起，你的任务就是带好得胜、虎子和阿珍，别的不用管。"

马丽说完把方梦袍搬回床上。她打了两盆水，将方梦袍和红云的身体揩净，又找了针线将红云的肚子缝上，然后木雕般坐在床前，呆呆地看着他们。

也许是见到了盼望已久的孩子，方梦袍的遗容非常安详。马丽用自己的脸久久贴着他已经变凉的脸，将那双曾经呵护过自己的大手盖在红云手上，然后跪在床边把脸埋在红云正在失去体温的掌中，无声地抽泣着。

外面又响起密集的枪声，金箔般的阳光似被这枪声灼痛了，颤舞出阵阵烟尘。硝烟飘进屋内，混合着红云掌上的血腥味，让马丽生出种奇异的感觉。这感觉既陌生新奇又似曾相识。是很小很小的时候吧？也是这样的一张床，床上摆着两具僵硬的尸体。有人抱着她坐在床前，小声地祈祷着：愿你们的在天之灵，保佑这个孩子吧……

是谁在说话？回望十多年的岁月，时光的帷幕在这相似的场景中缓缓拉开，她看见年轻但已死去的父母双双躺在床上，边上坐着喃喃自语的查理伯伯。年幼的她尚不知悲伤，正从陈查理臂弯中朝外张望。

马丽伏在红云冰冷的掌中拾回了儿时依稀远逝的一点记忆，虽说只是碎片，却让她多年郁积在心的那点遗憾得到了化解：我原来是见过父母的！

红云姐，谢谢你灵魂的引领，让我终于看到并看清了过往的岁月。你放心，我拼死也要保护好你和梦袍的儿子得胜。而且我会把他当成自己的亲骨肉。因为你爱着的男人，我也深深爱着，并将永永远远爱下去。得胜将来一定会成长为一个坚强的革命战士，就像您和梦袍大哥一样！

当马丽起身和红云、方梦袍道别时，红云紧蹙的眉尖松开了，仿佛睡着了一般甜美。马丽深情地凝望了他俩一眼，抓起桌旁的枪爬上了屋顶上的夹墙。

太阳白花花照着，昨日还如诗如画的方家冲此刻笼罩在死亡的气息中，围屋周围散落的尸首在太阳的炙烤下散发出淡淡的异味，河岸两旁的树丛里落满了乌鸦。乌鸦们不时冲天盘旋几圈，起落间翅膀下那片强烈的白与身上浓重的黑形成鲜明与不祥的对比。

马丽沿夹墙走了一遭，发现又有四个战士牺牲了，几位负轻伤的战士自己做了简单的包扎后正伏在垛口守望敌人。队员们的弹药所剩无几了，围内所有能移动的木料、石头全搬上了夹墙。

在最危险、敌人最容易攻进的断墙那儿，马丽看见了满脸硝烟的黄矮古。见到她加入战斗的行列，黄矮古很高兴，他咧嘴笑了笑，那排整齐的牙齿在阳光下闪烁出耀眼的白光。马丽告诉他方梦袍夫妇都死了，笑容顿时僵在他脸上，不一会儿他对着苍天仰起脸，马丽才发现他是想把眼泪倒回眼眶里。

"对不起，是我害了他们，是我害了他们啊！"

黄矮古痛心地捶打着胸脯，仰天长啸，就像一头巨兽在怒吼。如此这般之后，他走到马丽面前，低声道：

"马丽姑娘，这里不一定能顶住，你马上带着得胜、虎子和阿珍到山洞里去。这是命令！嘿，狗×的白狗子又来了！还有，你得让阿芳给大家弄点儿吃的来，吃饱了好跟他们拼刺刀！再多烧几锅开水给我挑上来，老子给他们洗热水澡。"

马丽看见敌人蚁公般往方家围涌来。

"队长，顶在前头的又是老百姓！哎呀，后面还有两副棺材……不得了，白狗子是用棺材装炸药炸墙来了！"

一个眼力好的年轻队员失声叫道。马丽看见黑压压涌来的不光是团丁，而且有白军的正规部队，不由急得脸发白：

"黄队长，周春强搬援兵来了！怎么办？"

"等老百姓走近了我们再打！马丽你快走，别在这耽误了。"黄矮古鼻翼冒出了点点汗珠，他不容置疑地推马丽离开。马丽知道情势异常紧急，赶紧扭身去烧水。

阿芳怀中的得胜已沉沉睡去，她找了根背带仔细地将孩子捆在了虎子背上。六岁的虎子以前背过妹妹阿珍，老练地让阿芳放心，这边紧紧攥住妹妹的小手，兄妹俩惊恐而又安静地缩在屋角。阿芳心疼地亲了亲虎子和阿珍，转身和马丽忙乎开了。

马丽起初还想听从黄矮古的安排，让阿芳把孩子带进山洞去，后来一想，这山洞已被周春强发现了，孩子进了洞也是死路一条，倒不如放在身边相机行事，所以没有吭声。

粮食已经吃完了，马丽费了好大劲才在一个屋角找出半箩糙米。她俩刚把糙米倒下锅，耳边便响起一阵密集的枪声，接着一声惊天动地的爆炸声，屋瓦刷啦啦直响，掉下厚厚一层粉尘。

"不好了，西边的墙炸开了！同志们，快到西边去啊！"

硝烟中有人大喊。马丽和阿芳一愣，顾不得这锅粥了，拿起木棍快步朝西边跑去。

爆炸声停了，出现在马丽和阿芳眼前的，是彻底坍塌的一道主围墙，到处是砖头、泥土、血块和残肢。黄矮古被气浪掀落在粪寮门口，右腿不见踪影。马丽赶忙冲过去抢救黄矮古，这时又有几颗手榴弹炸开了，刚才还在蠕动的人一个也不见了。敌人怪叫着往里冲，不知从哪儿冒出来的几个游击队员和白匪展开了激烈的肉搏战。

阿芳没想到敌人这么快就冲进来了，缩在墙根下不知如何是好。一个高大的白军端起刺刀朝她刺去，眼看就要刺中阿芳了。马丽倏地跳起，抄起一根木棍劈头盖脸一阵乱打，将白军敲昏在地。阿芳拾起白狗子的枪，一时却不知道怎样使，急得边摆弄边喊：

"马丽姐，你快去找虎子和阿珍，我和他们拼了！"

又有一伙敌人从缺口涌进来。阿芳这时已镇定下来，她不愧是猎户的女儿，一支枪握在手里马上便运用自如，而且她枪法奇准，用打猎的姿势出手就撂倒了三四个。白军以为遭了埋伏，纷纷后撤。游击队员们赢得了喘息的机会，他们捡起敌人的枪，抢占了有利地形，开始朝围外射击。

马丽把黄矮古背到厅堂，从身上撕下一块布，一层层地为他包那条断腿。黄矮古苏醒过来，对马丽说："多谢了！"苍白的脸上露出一缕苍白的笑容。马丽正要说话，忽然听见阿珍的哭声；哭声幽幽的，扯得她一颗心生痛。

"马丽，你快去看看细鬼，我不要紧，有这个保佑！"

黄矮古从腰间摸出一颗土雷朝她晃了晃，马丽说了声"保重"，一头扎进了硝烟中。

白军已经攻进了围子，剩下的六七个游击队员撤进了厅堂。马丽没有看见阿芳，急得大喊起来，但没有听见回答。她正想去找，阿珍抱着得胜走到了院坪上。比阿珍更小的婴儿在她小小的怀里哇哇地哭，婴儿身上挂着那条长长的红背带。阿珍抱不住挣扎着哭泣的孩子，脚步踉踉跄跄，眼看要倒下了。马丽飞跑过去，一把将她和得胜搂在了怀里。

"哥哥呢？"马丽急得四处张望。

阿珍往硝烟弥漫的缺口一指："他去捡子弹壳了！"

马丽擦了擦眼镜上的灰尘，却只看到一片淡黄色的袅袅飘荡的硝烟，直呛人口鼻。她将阿珍带到厅堂，阿珍看见血淋淋的方梦袍夫妇和黄矮古，幼小的身躯恐惧地颤抖起来。"不，我不进去！"她说。

"阿珍，这是得胜的爸妈，他俩睡着了。你不要怕，这个黄叔叔会保护你的。你不要动，弟弟哭也不要动。我去找哥哥，你在这儿等我，好吗？"

马丽指了指黄矮古，本希望他说两句话，为阿珍壮壮胆子，不料他昏过去了，她只好将阿珍拉到神案后头的空当儿里，让她藏起来。阿珍懂事地摇晃着哭闹的得胜，一边哀哀地抽泣着。

马丽飞也似的扑进了硝烟中，她一定要找到虎子。还好虎子没有往围墙缺口处走，而是在一个墙角里捡子弹壳，乌乌涂涂的脸上漾着兴奋。见了马丽，他高兴地向她炫耀着衣兜里的战利品，马丽把枪往胸前一拎，背起虎子飞奔回厅堂，而后抱着得胜、牵着阿珍和虎子往大门口跑。

白军开始进攻厅堂了，剩下的游击队员拼死抵抗。门口这边暂时还是安全的，马丽费力地打开大门，正要牵着虎子、阿珍出去，却见弥漫的硝烟中兀地冒出张竹椅，竹椅上像一块石头那样坐着脸色上血色全无的周春强。

马丽在看见周春强那一刻便停下了，冷峻的脸上散发出一种圣洁的光芒。她知道奇迹决无可能发生，现在怎样努力也是枉然，倒不如从容应对。周春强和那几个抬着躺椅的团丁全愣住了。他扫视着怀抱婴儿的马丽和她身旁两个惊恐的孩子，阴鸷的脸上掠过丝奇异的表情。

"不……不……不要开枪！"

可惜他在错愕中发出的声音太小。爆豆般的枪声在他下达命令的同时劈劈啪啪地响了。接下来的一幕就像是赣州戏院里放的那些美国战争电影，残酷而又凄美：

橙黄色的子弹马蜂般飞进了马丽的身体，在她的衣服上留下一个个小小的黑洞。马丽在俯身护着几个孩子中抬起头来，绿色的眸子飘落在周春强那张惊诧的脸上，慢慢变得空洞而虚无。周春强还没反应过来，她修长的躯体便斜倚到了门上。阿珍和虎子奇怪地盯着她胸前汨汨淌出的鲜血，眼中露出深深的恐惧。

"别怕，虎子，抱着弟弟，带着妹妹，过，过桥！"

马丽喘息着，艰难地将沾满鲜血的得胜塞进了表情麻木的虎子手中，又抬起头对周春强笑笑，嘴里结结巴巴地说：

"春强，放，放过孩子，最小的一个，是马龙的……"

话音戛然而止，马丽的头一仰，像一堆雪那样塌下去，在她刚刚靠着的那扇木头门上留下一大道猩红的血迹，看上去触目惊心。

天上是谁在呼唤？马丽的身体一阵轻松，灵魂风似的飞到了彩云边。她看见两颗泪珠挂在周春强腮边，仿佛两柱冰冷的水晶。

借助沉沉飘荡的硝烟，黄矮古不知在什么时候爬出了厅堂，断腿上淌下的鲜血在院坪上拖出条褐色的印子。他爬得很慢，而且很隐蔽，就像一具偶尔蠕动的尸体，以至谁也没有发现。

这时候团丁们已把抬着的那张竹椅放了下来，周春强扶着腰，艰难地走到了马丽面前。他先是不相信似的把手伸向马丽的鼻翼，看她还有没有呼吸，接着又孩子似的翻过她的身子，一个个数着马丽胸前的弹洞。他数得非常认真，仿佛这不是在战场上，而是和马龙、马丽、妹妹春霞，在做着一个有趣的游戏。他一字一顿地数着说："一、二、三、四、五……"

匍匐在地的黄矮古忽然撑起身子，把手中攥着的一颗土雷，照着周春强奋力扔了过来。

轰……

在爆炸声中，周春强一阵惊愕，颓然趴在马丽的尸体上。

# 第四十章

　　江采萍牺牲后，刘观音和周春霞暂住在城西豆腐坊老板黄大花家中，对外谎称是其乡下的亲戚。她每日挑着豆腐花沿街去叫卖，周春霞则化装成烟花女子，每当夜幕降临的时候四处闲逛，为的是摸清西门口的岗哨和孙力的行踪。偶尔路过南门口细脚仔家，两人会生出诸多感叹，感叹人心，感叹时局，感叹招弟为什么和她们走不到一起。

　　这时招弟和她老公王千金一家，已从安远版石返回了瑞金，重新过上了闹红前那种安逸的小日子。由于和瑞金县国民党党部书记有点八竿子打不着的亲戚关系，王千金很快在白军的队伍里混了个小头目，管西门口一带的巡逻。有儿子撑腰，细脚仔容光焕发，从前的榨油坊前些天也重新开张了。开张时放了许多的鞭炮，请了十几桌酒，一派热闹景象。招弟一直在保胎，许是吃了补药又走动得少的缘故，她长胖了许多，肚子大得像个球，有时出来买买菜，身后便传来细脚仔的一声声叮嘱，她成了王家的心肝宝贝。

　　细脚仔对招弟比以前好多了，王千金更是对她宝贝得不行，招弟的眉尖却终日锁着，脸上总是浮着一层忧色。她经常倚门而立，略微肿胀的双目茫然四顾，像有什么东西再也找不回来了。招弟不知道，这些日子一直有一双眼睛在盯着她，眸子里射出期盼的光芒。这是刘观音的眸子。这几日刘观音有意在招弟对门摆下担子，希望能和她对上话，不巧的是每回都遇上细脚仔出门买菜，刘观音怕她认出自己，只好挑着担子快快离去。

　　有一次，刘观音看见招弟站在家门口朝自己这边张望，高兴得立马从墙角闪出，向招弟频频招手，谁知招弟却慌张地转身走了。那一刻刘观音很伤心，甚至很愤慨，心想这等势利与胆怯之人早早离开红军队伍也是好事，免得遇事把握不住自己。她为之气结和伤心，真想再也不见她了，可回到住处和春霞商量了一番，有些事还非得她出面才行，于是决定还是冒险找她一下，因为游击队需要招弟和王千金的帮助。

　　自上次偶遇孙力，周春霞白天一般不出门，在豆腐坊里帮着做事，倒也像模像样。豆腐坊老板黄大花是个白皮红心的保长，酷爱唱戏，苏维埃时期的两次提灯大会他曾大出风头，和蓝衫团员们非常熟悉，与红鹰突击队也常有来往。瑞金沦陷后他虽"自新"了，却没出卖同志，还算是个有骨气的人。

　　狗东西孙力由于清剿期间指认了不少红军和游击队员，受到上司赏识，不久前出任瑞金的副县长，得意之极。为了培植势力，他开始利用职权，给一些要好的人安排些小职位。黄大花以前和孙力关系不错，近来又进贡了一些东西，孙力上台后便让他当了保长。黄大花为人不错，当保长后为游击队做了不少事。当周春霞、刘观音找到他说要找落脚点时，他二话没说，便把她俩接进了自己家中。

　　找到这么个落脚点不容易，所以周春霞和刘观音异常小心。出门前刘观音总是用锅灰把脸抹得更黑，头发蓬乱地压在斗笠下，满是补丁的衣服外再罩上条黑布围裙，看上去像个中年妇女。

　　此刻她蹲在细脚仔家对面的骑门楼下，又想起江采萍劝说王千金夫妇参加红军自己扬言放火烧屋的那个场景，不由一阵心疼，在眼眶中翻腾了许久的泪水顺着双颊淌了下来。她盯着对面那扇半开的房门，猜测招弟和王千金前些日子得知江采萍的噩耗后有何感想，正在这时，招弟撑一把纸伞，一摇一摆地朝她走来。

　　刘观音将豆腐花担子移到骑楼的柱子后头，免得细脚仔从对面看见自己。当招弟"吧嗒吧嗒"的脚步终于停下时，刘观音猛地抬起了头。"观音？真的是你？"

　　那一刻，招弟脸上的表情难以形容，惊喜、疑虑、忧愁、担心、害怕糅在一起，让她那张布满蝴蝶斑、略显浮肿的脸焕发出人性的光辉，刘观音沉着地点点头，招弟猛地扑上前来，搂住她抽泣起来。"观音，队长她死得太惨了……"

招弟哽咽着说不下去，这时王千金领着几个披着军用雨衣的白匪从街那端走来。刘观音生怕被人看出异样，赶忙推开招弟，压低斗笠弯腰给她打了碗豆腐花。为了掩饰脸上的泪痕，招弟将脸埋在碗里，吸溜吸溜地喝了起来。

"招弟，你可不能乱吃东西，怎么又馋嘴了？"

一个熟悉的声音飘过来，招弟一口豆腐花呛在喉咙里，不由大声地咳嗽起来。王千金和招弟感情一向很好，自她怀孕后更是将她当个宝，听到招弟的咳声他吃了一惊，忙挥手让手下那几个白匪先走，迈着长腿走到招弟身边，大声呵斥刘观音：

"喂，喂，喂，你这卖的什么狗屁豆腐花？呛坏了人你要赔的！招弟，你没事吧？给我来一碗！"

王千金小心地观察了一会儿招弟，见她没什么异样，又冲着刘观音吼了起来。刘观音戴着大斗笠，王千金一时没认出她，他接过刘观音递来的那碗豆腐花正要喝，突然间放下碗，诧异地盯着不断抹眼泪的招弟：

"招弟，你怎么啦？"

招弟没答话，妹子般撒娇般扑进了王千金怀里，无声地啜泣着。王千金那张俊脸蓦地生硬起来，他慢慢推开招弟，打量着浮在柱子边上的这顶大斗笠，冷冷道：

"你是刘观音？"

刘观音没有摇头，也没点头。再次注视那顶大斗笠，王千金不由自主地后退一步，手迅速按到腰间的驳壳枪上，招弟一把拉住了他：

"千金，别这样。"

刘观音没料到这时候会碰上王千金，而且招弟一下就露了馅，事已至此，她还能怎么样？只好抬起头，摘下了那顶大斗笠。她和王千金差不多高，四目相对时她从王千金眼中看出了几缕局促。王千金掸掸雨衣上的水珠，手足无措道：

"我说刘观音，人都要混碗饭吃，凭良心，我可以对你睁一只眼，闭一只眼，但招弟是马上要生产的人了，你们就放过她吧！"

王千金以为刘观音是代表游击队来惩治招弟这个逃兵，口吻便有些软。刘观音凝视着王千金那张仍旧有些孩子气的脸，郑重道：

"千金，你误解我了。其实我是来找你的，你一定要帮我！不为我，你就为招弟答应我这一次，好吗？我保证以后再也不来找你们了。"

王千金扭头打量了一下四周，面露难色。刘观音没给他辩解的机会，而是附在他耳边小声说了几句，王千金的脸唰地白了，连连摇头：

"这个搞不得，上头好厉害的，窝匪通匪者格杀勿论。你快走，再不走我连你一起绑了。"

情急之下王千金耍起了赖，声音渐高，惹得路人纷纷侧目。招弟见状，一只手忙软软地搭在他肩上，哀求道：

"千金，我在队伍里多亏采萍和观音帮忙，不是她们，你这个崽啊女的哪里保得住？看在细鬼的分上你积点德，帮观音一下。"

招弟的话对王千金起了作用，他一下子没了主意，怔怔看着招弟。招弟附在他耳边又小声嘀咕了几句，王千金看看刘观音为难地挠了几下头，然后扭身往家跑去。

"他做嘛格？"刘观音有些紧张。

招弟眼圈一红："唉，观音，你这样子像个叫花子，我叫他回去拿几块钱给你，也好买几件衣服。春霞她们怎么样了？"

观音告诉她周春霞还好，但杨兰英和青秧死了，招弟默默地抹起了眼泪。刘观音也跟着流泪，心里却不敢松劲，迷离的泪眼紧盯着细脚仔家。那扇乌漆漆的门开着，她看见王千金在门口冲细脚仔挥舞着胳膊，样子颇激动，两人像是在吵架。

刘观音没看错，王千金确实在和老娘吵口。别看细脚仔平日对这个崽百依百顺，可一旦涉及钱她的态度就不那么和顺了，不问清楚用途是坚决不会给的。

"没嘛咯事情，你要钱干什么？"

细脚仔瞪着儿子说。她现在又有了女老板的架势，腰板挺得笔直，口吻硬邦邦的。王千金不耐烦地吼道：

"叫你给你就给嘛，留着买棺材啊？"

细脚仔没办法，嘟哝着从斜襟上衣的内袋里抠出两枚光洋。王千金一把抓过去，扭身跑回了招弟身旁。

细脚仔跟着走到骑楼下，看到了刘观音一个侧影，脸色倏地变了。想了想，她警惕地躲在一根廊柱后面。当刘观音和招弟、王千金道别后，披蓑戴笠的细脚仔已远远地跟上了她。刘观音一直在留意细脚仔，她猛一回头发现了这条"尾巴"，赶忙岔入旁边的小巷，试图摆脱细脚仔的跟踪。细脚仔急了，迅速从街坊家的一条近道穿了过去，正好在拐角处和刘观音撞了个对面。

"刘观音，我一猜就是你，不然千金怎么会问我要钱？你害我们害得还不够吗？告诉你，以后要是看见你和招弟在一起，可别怪我不客气！"

刘观音面相平静，但说出的话却格外凌厉。她说："巴婆，你的意思是想用我这颗头去换钱了？行啊，你取得下来你就去换；来取吧！"

刘观音说着把担子一放，上前贴住细脚仔，摆着一副用头撞她的样子。细脚仔没想到刘观音敢在瑞金城里向她示威，心里一虚，止不住啊啊叫起来。几个匪兵刚好巡逻至巷子口，看见高大的刘观音和惊恐的细脚仔扭结在一起，赶紧冲了过来：

"王巴婆，怎么啦？是不是认出匪婆子啦？"

"是啊，巴婆，一个匪婆子你可以领两块光洋呢！"

那些匪兵认识细脚仔，其中一个匪兵不怀好意地指指刘观音。刘观音感到细脚仔的躯体颤了颤，她忙机灵地搂住了细脚仔的腰：

"巴婆，要不是我扶着你，只怕你要摔一身泥了，是吧？"

细脚仔迷惑地看着刘观音，和她犀利的目光碰了个正着，她瘦弱的身躯扭了几扭，尖削的脸上阴晴不定。好在匪兵们被豆腐花的香气吸引，吵吵着要刘观音请客，没有打破砂锅问到底。刘观音弯腰打了碗豆腐花递给细脚仔，意味深长地道：

"巴婆，趁滚食了吧。你家孙子快要出生了，我们都夸你做了善事，这是平日积了阴德，不然哪有这么好的事儿呀！"

细脚仔还没反应过来，刘观音又给巡逻的白匪各送了一碗。白匪狼吞虎咽地吃起来，一时哪还记得问什么匪婆子？细脚仔这时想必权衡了利害关系，她小口啜着豆腐花，颤声道：

"妹仔，你那个姐姐过世了，我们也心疼哩。她是个实实在在的好人，不像有些人那么蛮不讲理，一跟人斗闹就要放火烧屋，现时她弄得这样落魄，是恶有恶报了！女人守着老公细鬼过日子是正道，你看见她代我劝一声，告诉她要学好，不要跟坏了样。"

细脚仔说罢从腋下掏出手帕包，捏出两枚铜板放在刘观音手上。"多谢巴婆。"刘观音低声道。

回到黄大花家，她把事情经过告诉周春霞和黄老板，两人都感到有些意外。平心而论，这细脚仔吃了苏维埃政府不少苦头，招弟开小差后，乡苏维埃政府以投机倒把为由关过她一阵子，还拉她到千人批斗会上作为坏分子批斗过，这种人往往对苏维埃政府怀有刻骨仇恨。

抓了十几个人，还杀了两个红属，一把火烧光了钟家英八兄弟的房子，所以细脚仔对刘观音的表现，还算不过分。

"不过你们还是要小心，别再给她碰上了。人心有时就是墙头草，哪边风大哪边倒，讲不定她放走了观音现在又后悔了，还是躲着她为好。"

黄老板五十多岁年纪了，什么风浪没见过？他表面大大咧咧，其实为人谨慎小心，不然怎么能成为两种制度的政府都欢迎的不倒翁？刘观音和周春霞觉得他说得有理，并在他的安排下迅速转移到城北一个基干群众家中。

这户人家有七个女儿，女主人在乡下有五个大姐，两个小妹，女性亲戚众多，刘观音和周春霞比较好冒充，加上住地僻静，人眼不杂，是个比较安全的处所。最令人放心的是这家七个女儿全参加了妇女会，本来前段时间也要抓去自新的，因老三的对象反水后在白军那边做事，两下一冲抵居然平安无事了。刘观音和周春霞谎称是她家乡下的亲戚，街坊不疑有他，两人便专心为接下来的行动做准备。

刘观音按计划再次约见了招弟和王千金。听刘观音如此这般地说了一通，王千金大松一口气，他原以为要他赴汤蹈火去干危险的事儿，没想到事情这么简单，当即拍着胸脯说一定帮忙。

招弟比王千金细心和周到，在她看来刘观音布置的任务还是蛮艰巨的，所以不怎么满意王千金那种满不在乎的态度。

"千金，这事儿可千万不能干砸了，一定要计划周全，万无一失，不然麻烦就大了，你晓得啵？"

谁知招弟这么一说，王千金忽然露出了畏难情绪，连连说办不了办不了，要刘观音放过招弟和自己，不要再打扰他们。

刘观音和王千金交道打得不多，对他反复无常的脾气不了解，见他如此出尔反尔，脸色不由一变。可现在人在屋檐下，不得不低头，只好求助地看着招弟。

招弟自开小差后一直很愧疚，最近这种愧疚酒一般在心中发着酵，让她想来就面红耳赤。她想找机会告诉队友们自己是热爱红军和革命的，只不过她的性格不合适，关键是王千金家想要个孩子，自己也真怀上了，如果不是生理上的原因和担心王千金的事被人发现，她想自己应该能够坚持下来。

上次江采萍就义时，她决定去送这个昔日的队长一程，谁知被细脚仔锁在了家中。那天细脚仔一早就去了刑场，去之前还在家中为江采萍点了香蜡，替她念经超度。招弟则倒在床上哭了一整日，哭得王千金和细脚仔回来后都不敢吭声。

得知是孙力念的"罪状"并在那儿监刑，招弟咬牙大骂了几天，还用绒布做了个人公仔，上书"孙力"两字，然后浑身插针地丢在尿桶里去浸泡。民间认为这样会让被咒之人生大病，倒大霉，所以那段时间她老问王千金孙力病了没有，弄得王千金挺奇怪。

这次能够见到过去的战友，招弟真的很高兴。刘观音第二次约见他们夫妻时，招弟絮絮叨叨地向她剖析了自己当初开小差的原因，刘观音也将杨兰英、钟氏八兄弟、青秧牺牲的详情告知了她，招弟涕泪长流。当时她们躲在油坊隔壁的库房里，堆积如山的茶籽和一桶桶榨好的香油淹没了招弟的哭声，否则准要引来路人观看。

"对唔住，对唔住……我……"

招弟反复念叨着这句话，王千金生怕她哭坏了身子，不断地哄着她。看着这对甜蜜恩爱的小夫妻，栓柱、李团长和钟家兴的身影从脑海里一闪而过，刘观音感到了几分悲伤。

想到那些牺牲的战友和目前危难的形势，一直坚强如铁的刘观音终于暴露出了内心的软弱，趴在墙上失声恸哭起来。

王千金以为她对自己失望了，忙表态说一定会把她拜托的事做好。招弟冲他摇摇手，默默地搂住了刘观音，拍孩子般轻轻拍着她。

两人的友情让粗憨的王千金蓦地有些感动。

## 第四十一章


这天夜晚，天气难得的晴朗，几个月来在天空游荡的浓云不翼而飞，苍穹露出了它暗蓝、高远的神秘面目。一眉弯月冷冷地挂在树梢，仿佛蛇蝎美人的媚眼。稀疏明亮的星星使夜晚多了些寂寥的气息。十点多钟后，街上已没了行人，偌大一个县城幽沉如古墓，拎着马灯走过的巡逻队和打着梆子喊着平安的保安队，犹如游魂野鬼，他们狼般四处梭巡着，却无法发现城西那所小院的灯光。

灯光下，那扇蒙着黑布的窗户前，站着化着淡妆的周春霞，她穿着玫瑰红旗袍，梳得齐整的圆髻上插着发簪，红丝绦摇晃出微微的涟漪，明艳不可方物，使她身边的那个妹仔相形见绌。妹仔二十出头的年纪，体态苗条得近乎消瘦，本应青春焕发的面容被生活折磨得憔悴、悲苦。此刻她不断地在房间里打着转，敷着厚厚一层白粉的脸上沁出细密的汗珠。

"春霞姐，你说他会不会来？"

妹仔的声音在焦急中颤栗。周春霞捏捏她冰冷的手，安慰道：

"放心吧，他肯定会来，像他这么无耻、好色的人，就是刀架在脖子上也会来的！"

"好，他会来就好！"妹仔有些癫狂地笑起来，"春霞姐，自从上次看到他砍小香以后，我夜夜歇不落店，一闭眼睛就看见他在杀人！后来，后来，他把我和另外几个蓝衫团的姐妹卖到了赣州的春和坊，那段日子，我们……"

妹仔捂着脸哭起来，哭了会儿又抹着眼泪说开了：

"那段日子真不是人过的，是畜生过的日子！后来被他抓到的小梅上吊死了，淑玲来月经了还被逼着接客，大出血死了。我，我也上吊过，可是没死成。我不是怕死，春霞姐，我是不甘心，我要杀了他才甘心！春霞姐，你晓得这个狼心狗肺的人有多花心吧？他在蓝衫团当副团长时口号喊得比谁都响，其实暗地里是只豺狗。春霞姐，他，他在蓝衫团的时候和好多人睡过觉。徐小妹、小香、淑玲都跟他好过，可是他却那样对小香。"

说话的妹仔是上次和小香她们一起被捕的蓝衫团员喜秀。小香和另外两个团员被白匪蹂躏后当场杀害，喜秀等人虽说捡了一条命，却被他们拉去伺候受伤的黑胖军官和孙力。黑胖军官伤重不治，死在了医院，孙力只是胳膊挂了彩，很快恢复了健康。他一出院便将那几个被他糟蹋过的蓝衫团员卖到了赣州的妓院，喜秀也在其中。过了一段猪狗不如的生活，她辗转回到了瑞金，因为她听说孙力被封为瑞金县的副县长，她要血刃这个禽兽不如的家伙！

瑞金不大，喜秀过去就认识黄大花，到瑞金后喜秀找了他。黄大花不晓得她到瑞金的隐衷，但见原先那个活泼可爱的妹仔如今沦落成了烟花女，不由生出几分怜悯，将她安排到一个赣州老财新开的"一枝春"酒家洗碗择菜，挣碗饭吃。喜秀拐弯抹角地告诉他自己曾和孙力相好过，黄大花哈哈一笑，说："人家现在可是大权在握，你有靠山了！"

几日后，黄大花请孙力到一枝春吃饭，席间叫喜秀来唱歌助兴。孙力猛然看见喜秀，手中的筷子和碗一起落地。当时孙力顾不得满桌客人，猝然将喜秀推到墙上，问她到瑞金干什么？

喜秀哭着说自己前段时间生病了，被春和坊赶出了门，现在流落到此，求他高抬贵手，给自己一碗饭吃。孙力不相信，最后还是黄大花在旁劝解，这才打消了他的疑虑，放了喜秀一马。

其时孙力已经和国民党瑞金县县长的女儿订了婚，半日戒备森严，到哪儿都有几个彪形卫兵保护，很难近身。不知出于什么心理，虽说他并不信任喜秀，可从那以后却经常光顾一枝春，来了就要喜秀作陪。有几次他一个人来，要了个雅间，点了几样小菜，让喜秀陪他喝酒，聊天。喝着，聊着，孙力忽然搂住喜秀痛哭，又问她是否还记得那夜的事。喜秀说她当时在碉堡里，被几个禽兽轮奸后晕了过去，什么也不清楚，孙力便慢慢地止住哭声，问她是否看见小香是怎么死的，聪明的喜秀当然说没看见，孙力的脸色这才渐渐好一些，搂着她菲薄了一阵，临走前交代她今后眼珠放利些：

"要是看见了原先的那些姐妹，你跟我讲就行。现今那么多人想买老婆，好歹能得几个钱，到时我们对半分，也省得你这样拼死累活。再这样干几年，你可就变成了老太婆喽！你不心疼我还心疼呢！"喜秀告诉周春霞，当时她将一把锋利的剪刀藏在了雅间，想觅机杀了孙力，可始终没敢动手。因为孙力每次到她那儿，总是把驳壳枪放在随手可及的地方，她怕报仇不成反倒先死了，岂不是便宜了这个禽兽？所以，她总是引诱孙力到自己的住处去。孙力不是笨蛋，要么就是憔悴的喜秀对她缺乏吸引力，他从不去喜秀的住处，只在一枝春见喜秀，这里人多眼杂不方便，喜秀只好耐心等待机会。

"春霞姐，我不是怕死，我已经死过几百次了！我是怕我死了没人能杀这个坏蛋，所以我一定要比他活得长。你明白我的意思吗？"

周春霞点点头，她也想起了孙力给她带来的耻辱，心说老天有眼，终于碰上一个和自己同仇敌忾的人了，到时新仇旧恨一起算。为此，她们合计了好几次，最后决定让喜秀给孙力透个风，就说从赣州来了个漂亮的红角儿，这红角儿以前和孙力有过接触，因人家原先也是有身份的小姐，现在不好公开接客，至于这人的真实姓名喜秀也不知道，为的是吸引孙力过来。周春霞相信他听后一定会非常好奇，同时也会异常警惕，锄奸队的名声他不会不知道，因而断定他绝不敢一个人来。

为了行事方便，黄大花特地给周春霞找了现在这所小院。这院子原是黄姓兄弟的，他们当红军后归黄家公堂所有。进这所小院，外人知道的只有一个前门，其实有道暗门通往隔巷，因其设计特别，成了黄大花帮助游击队藏身的秘密据点。黄老板特地把房子布置成了一间香巢，春霞临时从裁缝店买了件别人定做的旗袍，居然穿得熨帖，又叫了几样小菜、两壶水酒摆在桌上，然后开始等待孙力的到来。

孙力说好八点到，可现在过十点了仍未见人影，喜秀有些烦躁不安，周春霞也没有把握，但经历过多次磨难和生死考验之后，她的性格越来越沉稳，这点焦灼不至于扰乱她的心神。

周春霞从容地坐着，桌上小闹钟的时针不紧不慢地走过，钟家旺憨厚的模样一闪一闪跳到眼前，接着江采萍、马丽、杨兰英、方梦袍、红云、青秧、钟氏兄弟、李团长、苏干事、刘大头和小香等战友相继浮现在脑海里，微笑着和她挥手告别。心里一阵翻腾，双眼像被辣子水溅了般火辣辣地疼，接着小腹痉挛起来，私处一阵剧烈的抽搐，似乎又有血水涌出。一个五官模糊的细鬼从浓稠的血水中爬起来，刀刃般锋利的爪子狠命地挠抓着她：

"还我命来，还我命来！"

细鬼大喊着，春霞定睛一看，他的细手变成了孙力孔武的胳膊，这胳膊疯狂地挥舞着，小香细嫩的肌体在他的刀下迅速破碎……

周春霞打个寒噤猛醒过来。这时已是十点半了，她的鼻尖开始冒汗，因为她和喜秀是今夜行动的第一步，只有第一步完成了，剩下的才能接着进行。万一孙力不来怎么办？她的心揪起来。

"笃、笃、笃！"

门外传来马靴敲击鹅卵石地面的清脆声音，接着一片灯光飘来，继而是人语声、敲门声。周春霞摸摸头发，和喜秀对望了一眼。喜秀明显有些紧张，周春霞附在她耳边低语了几句，喜秀这才镇定地擎了油灯，缓缓走过那个并不大的院坪，打开了院门。

"孙哥，等你好久了，小姐她等得都要睡着了，你怎么搞的嘛！"

喜秀嗲嗲地歪在孙力身上，孙力在她胸上揉了两把，警惕地打量着四周，带着四个卫兵前后左右转了一圈，见没什么异样，这才放心地让喜秀闩上了院门。他留了两个卫兵在院坪上，另两个则守在房门口，边脱手套边往里走。

"是春霞吗？"

孙力带着磁性的嗓音飘过来，周春霞眼前血花四溅，不禁连打几个寒战。那橐橐脚步声仿佛铁锤，狠命地敲打着她的心脏。好不容易稳住心神，她倚门站直了身子，窈窕的身影在昏暗摇曳的灯光下散发出奇异的魅力。

孙力一踏进门槛就愣住了，他定了会儿神，这才慢慢地向那个倏忽间活动起来的背影走去。喜秀悄悄把门掩上，这边端出早就备好的小菜、水酒去招待那四个卫兵。孙力已走到了周春霞身边，他缓缓地将她的脸扳向自己，接着猛地将她揽入怀里。

"春霞，真的是你吗？我太想念你了。你好吗？怎么会弄成这样？"

孙力心存不少疑问，这些疑问使得他暂时敛起满腔的情欲。他放开周春霞，把屋内能藏人的地方都查了个遍，还翻看了枕下和被子，当他确定没什么危险时才搂着她坐在床沿上，关切地询问她的近况，表面看是在叙旧，实则是在盘问。

周春霞委屈地抽泣起来，她告诉孙力自己被捕后写了自新书，可抓她的国民党兵食言了，不但没给她自由，还把她卖进了赣州的窑子。她现在正打算去找大哥周春强。

"你现在发达了，我哥哥也没去看，我倒先来看你了，该怎么谢我呀？"

周春霞发着嗲，孙力打量着她簇新的衣裳和那轻红粉白、略显妖冶的妆容，笑意浮上了眼睛。同时，他的喘气声粗了，一双手急不可待地乱动。想到苏干事给她看的那张报纸，周春霞恶心而又委屈，但小不忍则乱大谋，只好咬牙忍着。好在孙力这时忙着为她倒水、揩面，那双爪子暂时离开了她的身体，这让她悄悄舒了口气。

孙力不愧是个演员，他不但编了一个负伤被捕，在牢狱和敌人进行坚贞不屈斗争的动听故事，还故作神秘地告诉周春霞，他目前正接受中央有关部门的委派在敌人内部做卧底，接着问周春霞给他带了什么任务。

看着孙力那张英俊、端正的脸，周春霞真恨天公瞎眼，竟给这具英俊的躯壳配了一个如此丑恶的灵魂，好在她已非过去那个刚人苏区的天真妹仔了，不再喜怒形于色，而是假装害怕地躲到一边。她伤感地说：

"孙力，不要跟我讲这些，我不想听。红军的事我是再也不会去沾边了，说点别的好吗？"

孙力探究地盯着她看了会儿，这才点头道：

"嗯，好，你讲得对，我们今晚不说这些。这是我们真正的新婚之夜，对不对？春霞，那次在路上……"

孙力话没说完已扑到了周春霞身上。她下意识地推着他，心里升起几分焦灼，不晓得喜秀有没有让那几个卫兵喝下那壶放了迷药的酒，如果喜秀按计划完成了任务，她该在外头打暗号了。眼看着孙力就要把旗袍上的扣子全部解开了，周春霞不由急出了一身细汗。这时门外响起了喜秀的声音：

"孙县长，要不要再添酒？"

"不要吵！"孙力对门外凶了一句，这边一把扯开了周春霞的旗袍，贪婪地伏在她胸前，干热的唇疯狂地吮吸着。周春霞像是被毒蛇缠身，倏地冒了满身的鸡皮疙瘩。

"坏蛋，你的胡子好扎人！哎哟，轻些嘛！"

周春霞边喘边暗暗抽出发簪。这发簪是客家妇女常备的饰物，长四五寸，有叉形、刀形等形状，可作防身之用。周春霞这支发簪长五寸，是她临时请赖团长夫妇打的，其实是一把锋利的刀子。

孙力欲火中烧，哪在乎她说什么？他野兽般地哼哼着要霸占她。周春霞厌恶地看了一眼他那张英俊而邪恶的脸，用尽全身力气把发簪捅进了他的耳朵眼。孙力发出一声短促的尖叫，接着像打断了脊梁的癞皮狗似的抽搐起来。

等孙力彻底软瘫了，周春霞摸了摸他微弱的鼻息，迅速换上一套蓝阴丹士林布衣裳，敲了三下房门。农家妇女打扮的喜秀拎着一把斧头，擎着油灯走进来。孙力歪扭着躺在那儿，脸上一副惊讶的表情。喜秀冷冷地看了会儿孙力的身子，举起斧头狠狠地敲在他头上，发出一记沉闷的响动。一斧头下去她还不解恨，举斧又要砍，被周春霞一把拽住了。

"喜秀，他活不了了，大家还在等我们呢！"

喜秀气哼哼地扔掉了斧头，想想不解恨，又冲孙力的尸体吐了几口唾沫，然后把院子里那几个昏迷的匪兵拖进屋内，将早就备好的柴火散开，淋上茶油。在浮动着油香的屋子里，周春霞盯着满身油渍的孙力看了几秒，一扬手将油灯丢在他身上。孙力高大的躯体顿时变成了一条火龙，明艳、耀眼的火光鬼魅般舞动着。

火苗越烧越旺，刹那间便蹿上了房梁。

望着被大火吞没的孙力，周春霞和喜秀久久未动。好一阵子，她们才像从梦中醒来，长舒一口气，背着缴获的枪支从暗门穿到隔壁，迅速撤离了现场。

"救火呀！救火呀！"

寂静的暗夜中有人敲响了铜锣，街坊邻舍闻声后纷纷出动，火场一片喧闹。王千金见到火光后按计划带着巡逻队赶到火场救火，县城西门口的守卫形同虚设。

在西门口值岗的两个哨兵胆子本来就小，加上晚餐时被王千金邀去喝了几两土烧，这会儿睡意正浓。由于近来红军游击队踪迹难寻，且有消失之势，所以哨兵们的警惕性并不高，西门口带岗的小头目九点一过就到伙计婆家亲热去了，哨兵乐得偷懒，两人轮换着到门洞的耳房内去睡觉。

铜锣声将西门口的哨兵从瞌睡中惊醒，睁眼看见不远处火光冲天，但木台周遭却静悄悄的，没人开门打探或是前往救火。这种战乱年代，多一事不如少一事，谁知这火是怎么烧起来的？人们即便醒着也不会开门，反正连累不到他家！所以尽管铜锣声不绝于耳，西门仍静悄悄一片。

站岗的匪兵嘟哝了几句，抱着枪正要继续打盹，一把刀已横在脖子上，而且从眼前倏地飘过几道黑影。黑影蹿上木台，迅捷爬上了木杆。匪兵打着抖，明白上峰前段时间的交代没错，上峰说红军游击队肯定要来抢这些人头。他们这是向国军和政府示威，告诉人们共产党和红军是杀不绝的。

在耳房里歇着的另一个哨兵，听见木台上的动静，头刚从门洞伸出来，便重重地挨了一棍，人像条麻袋那样倒下去。

在这群不速之客中，有刘观音和周春霞等十几个人。他们很快从木杆上取下了全部的木笼，狸猫般地闪出了城门，上了早就备好的马车，消失在迷蒙的夜色中。

# 第四十二章

1937 年 10 月的一个夜晚，月凉如水，五堡周围的千山万壑沉浸在柔美的月辉中。暗蓝的天幕犹如一袭华美的羽裳，疏而明亮的星星点缀其间，似美人腮边的银痣。几缕白云悠悠飘过，弥散出迷人的风情。月色中，池塘里的青蛙"呱呱"叫着，墙根下的虫儿唧啾地应和，加上远处的狗们睡意蒙眬的低吠和夜鸟偶尔露出的咕哝，使五堡的这个夜晚在平静中带了些许神秘。

周春霞伏在五堡围屋后山的灌木丛里，看着五堡围屋巨大的剪影一点一点地在月辉中浮现，最后如出浴的仙子似的袒露出来，美丽的眼中不由闪动出晶莹的泪光，鼻头微微发酸。不经意间，一缕山风调皮地拂动起身边的灌木，纤细的枝叶孩儿手似的撩拨着她的脸颊，那几颗含得发烫的泪水终于溢出了眼眶，在她清瘦的颊上划出道道珍珠色的亮痕。

她这泪，一则为五堡而流，二来是给辣的。她们已经粒米未进地在五堡的后山埋伏大半天了，加上长年奔波，营养不良，身体虚弱，此刻已困倦非常。好在跟着江采萍的那几年大家养成了个习惯，腰间随身挂着儿只干辣椒，困了嚼半个，比什么都来劲。这种叫红翻天的辣椒，真有红翻天的辣劲，周春霞在困倦中咬了半只，在嘴里嚼，立刻像嚼着一把火，嚼着一口刀子，仿佛满口都在燃烧，都在流血。眼里的泪就像雨那样往下滴，往下淌。在这股难言的辛辣中，江采萍美丽的脸庞一闪而过，马丽和方梦袍、红云等战友也在冥冥中朝她微笑着，似在鼓励她。周春霞掀起衣袖，悄悄抹去腮边的泪珠，心中波澜起伏。

五堡，四年来她梦见过多少次五堡啊！可不知为什么，五堡每次都似水田中那些滑滑的泥鳅，哧溜一下就钻进了记忆的泥泞，让她在醒后陡增无尽的惆怅与失落。爹，娘，还有那个恶贯满盈的哥哥周春强，他们的身影在梦中更是影影绰绰，模糊难辨，到后来，她竟差不多忘记他们的面容了。残酷的战争让她经历的事情太多了，许多事情都泡在黏稠的血污中，飘在总也挥不去的血腥里，让人捧不起来。记得前几年扩红时，她曾将自己的这种感觉对杨兰英说过，杨兰英听后脸倏地白了。

"小姐，这不是什么好兆头，五堡可能有变故呢！"

杨兰英不知如何安慰她，沉默良久，眼里闪出几丝恐怖。周春霞笑她迷信，说人的感觉是不可靠的，其实她心里也觉得看着她长大，给过她许多美好记忆的五堡凶多吉少。自从四年前的那个阴郁的10月离开五堡后，周春霞和家中彻底断了联系。这期间，她曾托江采萍给父兄发过几封信，但都石沉大海，杳无回音。先前她还惦记得紧，后来随着时间的推移，时局的严峻，五堡在她的记忆中渐渐被更多的血污和血腥冲淡了，如同写在墙上的字渐渐被风雨漂淡了，漶漫了，即使还有那么点痕迹，那也是斑斑驳驳的。

中央苏区沦陷后，国民党粤军余汉谋部及国民党中央军第46师先后对赣粤边游击区进行了五次大规模清剿。为了切断人民群众和游击队的血肉相连，他们实行并村、移民、烧山、封坑等手段，试图把游击队困死、饿死。周春霞和刘观音率领几十人的队伍在赣粤闽边界的深山老林中和敌人打圈圈、捉迷藏，生存极其困难。饥饿、疾病、伤痛……就像飞蝗般地追着她们。身边的那些战友，常常走着走着，就倒下了，永远长眠在山林里和沟壑里。当她们再从那里走过时，那些简易的坟头上，已长满了青草，或爬满碧绿的青苔。

两年前的夏天，周春霞偶然遇到一个远亲，他告诉她，她的父母、她那个在另一个阵营不知干了多少坏事的哥哥，都先后离开了人世，她的第一反应是那人在说谎，第二反应则是怀疑，怀疑父母兄长得罪了他，否则他怎么会如此口无遮拦？无端地说人死了，这是要报应的！她气得把那人骂走了。可事后她对此事却信疑参半，心中自此打了个结，怎么也不得舒畅，总想回五堡探个究竟。但是五堡那时被白色恐怖笼罩，当地恶霸变本加厉地迫害红属，搜捕清剿游击队，到处腥风血雨。在这种情形下她若回去，岂不是自投罗网？周春霞只好耐着性子等待机会。

　　不久之后，她们和敌人短兵相接，打了场遭遇战，牺牲了三位战友，还有两个受了伤，另有一些走散了，剩下十余人辗转到五堡隔壁的深山，碰见一伙五堡籍的烧炭工，其中有几个以前还曾经当过红军，并和周春霞相识。见到她，大家相拥而泣，然后忙着抢救和安顿伤员，往日寂静的窑场难得地忙碌起来。窑工们蒸了满满一锅饭，炒了山菇、野笋，让几年未吃过一顿饱饭的游击队员们把肚子撑得溜圆。由于太累，饭后他们来不及寒暄，便倒在窑工们散发着汗味的窝棚里美美地睡了一觉。次日醒来，精神倍增，周春霞也有了打听家事的闲心。不问不打紧，一问她半天回不过神来——原来上次那人说的全是实话，爹、娘和那个王八蛋哥哥，确实都不在了！哥哥周春强那时竟积极加入追捕流散红军行列，四处杀人放火，被红军游击队打死了，罪有应得。爹和娘却死得不明不白，关于他们的死因有几种说法，有说是被红军打土豪镇压掉的，有说是被老鹰寨的土匪抢劫时杀死的，还有说是被房秋心里应外合谋害死的。

　　窑工们围着周春霞七嘴八舌，说得她头晕目眩。换了以往，她肯定要哭得昏天黑地，但经过几年的生死磨炼，再大的悲痛也不至于让她失态。她静静地坐在草丛里，眼前闪过爹、娘蓦然清晰起来的面容，血液在脉管里呼啸而过，眼中似有火苗在隐隐耀动，风声、林声和窑工们的话音被莫名地放大了，她在喧嚣中体味到了难以形容的死寂。那一刻，她想自己的心脏也停止了跳动。

　　"那现在五堡不是剩下个空壳吗？"

　　窑工们你瞅我我瞅你地待了一会儿，终于有人嘶着气告诉她，五堡现在由房秋心和牛牯把持着。

　　"牛牯被陈太平团长招安了，当了连长，就驻扎在墟上，平常不晓得几醒（神气）。"

　　"房秋心和牛牯是两伙计，打连了！"

　　"对了，听讲她还害死了你大嫂。什么？你不晓得你哥娶了老婆？报纸上登的，说是在火线上结的婚。"

　　"你大嫂是广昌人，她哥和你哥一块打仗时打死了。你嫂子人挺好的，蛮会打理家务，对你哥也不错。你哥受伤后全由她照顾呢。她有了大肚后有些事情还自己做，对我们蛮和气的。可是你哥死了以后她就不见了，好奇怪！"

　　"大家都说你大嫂生下崽后被房婊子杀掉了。房婊子现今带着一个细鬼，说是从外面捡来的，估计是你嫂子留下的骨血。她好阴险，想当初装癫佬，食屎食尿，现今晓得几起眼，挎着牛牯的胳膊赴圩，看得人眼睛血出！"

周春霞听到这，怒火中烧，抽出腰刀"霍"地砍向身旁的一棵小树。小树"咔嚓"一声断了。她想哭，但没了泪，她想喊，却失了声。她怅怅地抽了几口气，终于还是一言未发。只是手中的大刀再也拿不稳了，当啷一声掉在脚边的石头上，发出清脆的声音。那声音在空气中嗡嗡响着，挟着一股寒冷的杀意……

如今两年过去了，这疼依旧丝线般盘绕在她的心尖，让她悲恸和愤慨。不过这些悲恸与愤慨只有在夜深人静时才会浮上脑海，一旦天亮，便不翼而飞，充斥胸臆的是那永不衰竭的斗志和对革命成功的坚定信念。正是这铁般的信仰支撑着她克服了无数艰难险阻，在腥风血雨中坚持着走到了现在。

现在的她比当初离开五堡时明显地憔悴和苍老了，但由内而外的美却是从容和长久的。几年来的磨炼，使她变得异常的机智、冷静和坚强，如同换了一个人。在她和刘观音的带领下，那支原先只有十几人的队伍已壮大到几十人。他们此时已与陈毅、项英同志率领的游击队联系上了，她还参加过项英在大余县长岭村主持召开的赣粤边区军政干部会议。

五堡在信丰、安远交界处的崇山峻岭中，敌人的力量稍微薄弱一些。周春霞依托熟悉的地形，率领队伍走村串乡、翻山越岭、迂回辗转，经常靠杨梅、葛根、橡实、野菜、竹笋充饥，风餐露宿，过着野人般的生活。饶是如此，她仍领着游击队瞅空袭击、伏击敌人，并配合陈毅同志的队伍，参加了攻打水口、池江、青龙、新城保安团的战斗，取得了可喜的胜利。她的化名"陈娘子"也因此不胫而走，敌人正悬赏二百大洋收购她的人头。她曾几次身陷险境，但每次都在群众的掩护下安然脱险了，算是不幸中的万幸。

去年年初，周春霞在一次战斗中左腿受伤，刘观音拼死将她救出。经过半年的治疗、休养，现在腿伤已愈，但留了块小圆镜大小的疤，让她时时想起温暖的战友情和敌人的凶残。

白狗子，你们不要得意，我们的红军现在已经在陕北建立了根据地，势力比原先还要强大呢！可恨的是日本鬼子侵略了东三省，现在要国共合作抗日，否则红军早就把你们赶跑喽！

注视着月辉下的五堡，周春霞心潮澎湃。她这次回来，可不是找房秋心、牛牯算账的，而是为了执行陈毅同志的指示。个人的恩仇在她的心目中，早已算不得什么了。

前天，油山来的特派员于光，给她带来了陈毅的手书和项英同志 9 月 24 日在南昌与国民党江西省政府代表谈判后发表的《告南方游击队的公开信》的油印件，传达了党中央关于国共合作抗日的指示。信中说国共双方在南昌月宫饭店设立了"南方红军游击队总接洽处"，各地游击队可与之联系，商谈集中改编抗日武装事宜，周春霞的游击队也在改编计划中。她见到于光时，项英同志已回到赣粤边游击区，部署红军游击队下山改编，于光正是来协助她和附近几支小股游击队完成此项工作的。而攻打五堡，可以说是此项工作的前奏。

此时的五堡已非往日的五堡。往日的五堡虽说是红区中一个刺眼的白点，但作为当地一霸的父亲周国富，他好歹还是风吹墙头草，时时两边倒，暗中常常与红军做些交易，不算罪大恶极。可自从房秋心和牛牯占据五堡之后，他们不但扩大了护围队，还利用牛牯手中的兵力，疯狂地掠夺民脂民膏，同时不遗余力地围剿红军游击队，残酷迫害红属和抓捕游击队员。

有一次五堡护围队抓到了几个女游击队员，房秋心居然亲自动手迫害她们。女游击队员被杀害后，她又残忍地下令割下她们的头颅去领赏，罪行令人发指。如今的五堡是一个不折不扣的毒瘤，散发着致命的毒素。为了替那些死难的姐妹、受苦的百姓报仇，也为了给游击队筹集改编经费，周春霞、于光、刘观音决定端掉五堡，给敌人一个出其不意的打击。

"春霞同志，现在天暗了，我们开始行动吧！"

周春霞正沉浸在对往事的追忆中，于光悄悄来到了她身边。他和周春霞年龄相仿，中等个儿，略显消瘦，筋骨却很强壮，性格沉稳敏锐，仿佛一头机警的豹子。

于光是湖北武昌人，父母参加京汉铁路工人大罢工时双双牺牲，遗下他和姐姐二人。姐姐嫁作他人妇，过着平头百姓的艰辛日子，他则参加了共产党，辗转来到瑞金，在苏区中央局做机要秘书。红军主力转移前夕，他下乡摔伤了腿，被疏散到武阳乡下养伤。瑞金沦陷后，他几经磨难，终于在群众的帮助下恢复了健康。他有幸追随在陈毅同志身边，参与领导了安远、信丰、南康一带的游击活动，是个成熟的指挥员。

他这次前来，可谓重任在肩，因另外几支小股游击队人心涣散，有的已经沉沦为匪，要在短时间内将这些人重新拢在一起，并非易事，关键的关键在于缺钱。游击队的生存要开支，改编需经费，怎样才能筹到那笔不菲的款项呢？思来想去，只有发挥红军打土豪分浮财的长项了。问题是今非昔比，现今游击队既分散又薄弱，如果不用智取，硬碰硬地和敌人拼，无疑是以卵击石。所以，他和周春霞同时想到了五堡。换句话说，这次周春霞打土豪打到她自己的家来了。

"于特派员，我和观音、金仔先走，你们按计划配合……"周春霞和于光低语了几句，朝刘观音打了个手势。刘观音心领神会，和金仔担起早就备好的草垛，跟着周春霞快步向山下走去。

周春霞和刘观音一身客家妇女打扮，戴着尖顶笠，腰间的刀鞘上插着柴刀和镰刀，每走一步，刀鞘便拍打着身体，发出和脚步相呼应的声响。山风越来越大，林涛渐次轰鸣，周春霞扛着几根新砍下的小杉木，脚步发飘。因长期营养不良，她身体虚弱，刘观音和金仔也同样，柴草垛压得他俩呼哧呼哧直喘息，刘观音修长的躯体时有踉跄，周春霞看在眼里，酸在心中。

这些年她们缺吃少穿，经常两三天粒米不沾，如果不是今晚有行动，中午那顿糠饭还舍不得吃。现在糠饭消化了，又嚼了几口辣椒干，胃痛得难受，她甚至听见了前头金仔的肚子在咕噜噜鸣叫。金仔19岁了，本来就瘦弱，饿了这几年，人越长越小，看上去像个十三四岁的伢崽，让人心疼。

"春霞，有人来了！"

走在最前头的刘观音忽然小声道。周春霞吹了声口哨，三人装着歇肩的模样，六只眼睛紧张地睃巡着。明亮的月辉下，山路寂寂，好一会儿才有只受惊的野鸡从草丛里惊慌地扑出，嘶鸣着飞入不远处的树林。周春霞抹了把汗，走到前头带路。

虽说离家几载，物是人非，但这条自小熟悉的山路并未变。那时娘会带着她和阿随上山采蘑菇，到了秋天，爹会带上哥哥和她一起去打猎。那时的山，在她的眼里，一枝一叶尽显童真与快乐，而今却没来由地生分了，阴森了，虽不是草木皆兵，但早已失去记忆中的风姿，弥漫着一股凶险与杀气。好在天色已暗，五堡一带这几年鲜有游击队出没，局面相对平静，牛牯手下的野鸡部队入夜后忙着推牌九，喝花酒，她们很顺利地进入了五堡。

几年未见，小镇沧桑、荒芜了不少，到处是壕沟、碉堡。尽管壕沟变成了臭水沟，碉堡成了养猪栏，偶尔也能听见鸡鸣犬吠，可整个镇子还是死气沉沉的。放眼望去，家家门户紧闭，一团漆黑。冷不丁从街上走过的人，不是荷锄姗姗而归的农夫，就是像周春霞她们一样担着柴火匆匆而行的妇人。走在黑灯瞎火的街道上，就像走进一个死镇。

周春霞原来还担心他们一行下山后会遇到障碍，没想到五堡防务如此疏松，心内不由一喜，三人加快脚步，钻入一条小巷，七弯八拐地绕了几圈，终于来到一座破败的院落。院落的墙已坍塌，晒坪上荒草过膝，前头一口几亩大的水塘，塘对面就是高大巍峨的围屋。塘水清清，反射出明月和五堡岗楼的倒影。三人放下东西，从柴草堆里抽出用油布包好的两支短枪、一把大刀和几桶桐油，几捆松脂和麻绳，抱着杉木向围屋泅去。

这水塘是护围塘，塘坎边上就是五堡的外围墙，塘与墙间栽了不少猪膏花和柳树，以前周春霞家中的园丁会按时修剪，所以猪膏花树在周春霞的记忆中只有半人高，后来无人打理了，树木疯长，现在塘边的空间已被繁茂的树木挤占，而这正合周春霞之意，因为她们接下来要做的事需要时间，如果没有这些树木遮挡，很容易被围屋夹墙上的游动哨发现。

躲在树木中，周春霞和刘观音专心地数着围屋外墙的砖块。月色明朗，砖缝又刷了白浆。周春霞自小在这里长大，对外墙很熟悉，她很快就数清了横向的砖。金仔一直在学虫鸣鸟叫，他营造的那份安谧足以麻痹夹墙上的哨兵。

"春霞，往上看不清了，让金仔爬上去，我觉得从我手上摸着的这块砖往上再数八块，就应该是你要找的地方。"

刘观音踮着脚，伸长手臂壁虎般地贴在墙上，声音有些嘶哑。与前些年比，她瘦了许多，体态颇为羸弱。如果在阳光下，可以在她眼角和唇边看见明显的皱纹。经过几年的出生入死，她往日的火暴性子改了不少，现在她胆大心细，凡事知道讲究计谋，是周春霞的好帮手，去年被大家选为副队长。

攻打五堡前，刘观音曾只身潜入五堡，除了对周春霞的记忆做了验证，还冒险找了周春霞的一位远亲。这远亲住在街上，在五堡做阿随，服侍房秋心，经常挨打挨骂。一次他失手打破了一个花瓶，被房秋心折磨得只剩半条命，最后被一脚踢出了围屋。刘观音通过他，将五堡现今的情况问了个清清楚楚，那远亲还给她画了一幅房秋心、牛牯和兵丁们住处的图。这图刘观音看不大明白，周春霞却一目了然。有了这份宝贵的情报，她们才敢行动。

"唧唧唧——啾！"

周春霞噘嘴吹了声口哨，金仔会意地将一根杉木斜靠在围墙上，猿猴般攀缘而上。由于塘坎窄，杉木须插在塘中才能立足，塘泥厚滑，刘观音和周春霞只有拼命抱着才能稳住杉木，累得直冒冷汗。好在金仔身轻如燕，杉木终于在塘中扎稳，周春霞和刘观音刚松了一口气，一颗心立马又悬了起来。

"唧——啾"，"唧——啾"。

夜深人静，头上有岗哨，不好言语，金仔以约定的鸟鸣告诉她们没有发现目标。而这个"目标"纯粹是周春霞对母亲留下的那个包裹中那块白绢布上的几个数字排列的猜测——母亲的初恋情人金胜之所以死在五堡围屋修葺之后，是因为他知晓了父亲的一个秘密——父亲设计修建了一条密道，这正是金胜的杰作。父亲杀掉金胜，一来除掉了他的情敌，二来保住了秘密。可谓一举两得。谁知金胜留了一块白绢给母亲，也许还告诉过母亲相关的秘密。倘若母亲不死，她定然会把这个秘密告诉周春霞，也就无须她这样苦苦思索几年了。可惜她虽然悟出了这个秘密，却至今还没有破解。

"唧唧唧——啾！唧唧唧——啾！"

周春霞急出了一头汗。她想，万一自己的猜测不成立，找不到那条密道，这次的袭击计划就前功尽弃了。凭游击队现有的力量，要正面强攻五堡，那只是痴人说梦。她在五堡长大，太了解五堡了，不说它固若金汤，起码也坚如磐石，唯有巧取才有可能。而这巧取的关键就在于找到那条密道，人不知鬼不觉地潜进去，从内部击破！所以她急得嘴唇发颤，吹出来的鸟鸣带着几分焦灼。她让金仔再敲一遍墙试试。

"笃笃笃，笃笃笃！"

金仔还真绝，他敲得仔细而又谨慎，那节奏分明的敲墙声犹如鸟儿在啄木。夹墙上的岗哨并没有察觉，正在怡然自得地哼着小调。金仔又在敲，"啄木"声渐趋密集。夹墙上的岗哨像发现了什么，停哼小调。金仔的敲墙声也缓了下来。如此两个来回，哨兵弯腰捡起块石块，狠狠地朝响动处扔去，口里骂道："死雕仔。"

石块擦着周春霞的头皮掉进池塘，溅了她们一身水。三人正担心，夹墙上又来了两个兵丁，他们不知为什么争吵起来，一边吵一边往围屋那边的夹墙跑去。机灵的金仔马上加快动作。

"笃笃笃，笃笃笃！"

忽然间，他停了下来。周春霞和刘观音急得冷汗瓢出，耳朵却格外敏锐，这时她俩不约而同地吹起了相同旋律的口哨，要金仔再敲一遍，因她们觉得刚才的敲墙声有异。

"笃笃笃——！唧啾，唧啾！"

金仔再敲了两三下，脸上浮出一片惊喜，马上吹出几声兴奋的鸟鸣，然后取出腰间的竹筒，把水浇在砖缝上，如此反复几次后，他用尖刀一点一点地抠砖缝。幸亏刘观音有经验，没有把杉树顶上的几节树桠砍干净，金仔有了着力点，否则这么长时间夹着树干，不掉下来才怪呢。只是时间长了，木头在水里不断往下滑，她和周春霞费了老大劲才将杉木扶稳。

约莫过了半炷香工夫，金仔终于取下了一块砖。他回头欣喜地朝周春霞和刘观音挥舞了几下胳膊。金仔不敢把取出的砖扔下来，怕惊动敌人，刘观音爬到木头中间接应，下面由周春霞一个人扶住杉木。周春霞咬紧牙关，把身体压在杉木上，总算把那根往下溜的杉木稳住了。

刘观音把金仔从围墙上取出的砖，一块块码在周春霞脚下。望着这些沐浴在月辉中、仿佛带着体温的砖块，周春霞流出了酸涩的眼泪。看来金胜没有骗母亲，母亲也没有骗她，最令她骄傲和自豪的是她现在终于触到了这个秘密，找到了这条对游击队至关重要的密道！正高兴间，池塘对岸响起了几声鸟鸣。周春霞知道接应的队员到了。在这次行动中，游击队按计划分成了三部分：周春霞率七八位精锐队员深入围内，争取偷袭成功；第二批人马守在塘对岸准备接应；于光率另一部分队员在围屋大门外设伏，阻断他们的增援，防止牛牯那个连的士兵里应外合，以保证夺围成功。

这时刘观音从杉木上滑下来，递给周春霞一个散发着尘土气息的包裹，激动得声音发颤："春霞，十几根金条呢！这下我们有钱买米了！"

周春霞掂了掂沉甸甸的包裹，不由百感交集。看样子爹还真没把自己当周家人，这样重要的事，他竟然从来没有在她面前露过口风，看样子传说中爹埋窖藏宝的事情绝不是空穴来风？

一些奇怪的念头掠过周春霞的脑海，又风般飞走了。她麻利地把包裹绑在了刘观音腰间，掏出白手绢朝对面挥了三下，不一会儿，七八个精干队员从塘对岸泅过来，一干人从洞口钻进了五堡。

夜深了，四野寂静，不知何故，这寂静仿佛一张网，将原先有些浑浊的月辉给滤清了。明亮的月辉下，五堡围屋这些年的变化与破败纤毫毕现，周春霞行走其中，恍若隔世。

五堡的格局和路径都没变，在她的带领下，大家静悄悄地往花洲赶去。

周国富夫妻和周春强死后，房秋心害怕遭到族人和周春霞的报复，强行将住在周家这半边围屋里的族人都赶走了，只留了几个老妈子在围内打理家务。护围队还住在原先的老地方，但与房秋心和牛牯住的花洲隔着条长长的巷子和一扇严实的门。由于五堡只有一个出入口，平日管理极严，围墙又高大结实，加上近几年五堡镇内局势平静，房、牛二人只在夹墙上设了岗哨，围内没有布置人巡逻，周春霞她们一路行去，如入无人之境。

看着朦胧的围屋，周春霞不禁想起四年前从五堡脱困、与江采萍和青秧会合，参加红军的那个夜晚，心情倍感激动。那个夜晚也是这样月辉如水，空气中同样弥漫着桂花、老屋和秋风的气息，她们走出围屋时同样没有受到阻挠，她的命运似乎总与十月和月夜相关。莫非这就是命运的轮回？可惜的是此十月已非彼十月，彼十月赣南红旗招展，天地都被映红了，此十月红旗飘在延安，赣南却被白色恐怖所笼罩。但论心情，那时的她渴望与兴奋多于对现实的把握，现在的她虽然面对着残酷的局势，却充满自信，成竹在胸。这种自信来自对革命的信仰以及对自己那股革命热情的从容把握。

走在五堡熟悉的小径上，幸福的童年在周春霞眼前一闪而过，爹娘、哥哥的面容马灯似的晃了晃，随即又飘飞不见了。想到他们的结局，她心潮难平，不过这种情绪转瞬即逝，一颗心仿佛淬过火的铁块，倏忽间冷却、坚硬了！

"哪……哪个？在……在呷尿是啵？"

一个含混不清的声音从暗处传来，嘴里像塞着什么东西。转弯抹角地走着，在花洲与围屋连接的巷口，队伍刚兵分两路，一路直扑护围队员的住处，周春霞和刘观音、金仔带着三个队员去捉拿房秋心和牛牯，墙角里忽然扑出一个烂醉的兵丁，把走在前头的周春霞吓了一跳。好在那人醉得厉害，话没说完便靠在墙上打起了呼噜。周春霞把匕首插回腰间，几个人三两下便把兵丁按倒绑住了。而后她从腰间掏出一只小葫芦，把桐油倒进通往花洲的门斗孔。

木门颇结实，队员们费了九牛二虎之力才将门端开一道不大的缝，金仔瘦小，缩手缩脚地挤进去，打开了门。在周春霞的带领下，大家很快找到了房秋心和牛牯的房间。里面鼾声如雷，周春霞一摆头，刘观音麻利地端开门栓，领着队员冲了进去。

"哪个找死？"

黑暗中兀地响起牛牯的暴喝。与此同时，一名队员发出了一声惊叫。好在此时金仔点亮了手中的马灯。周春霞立即用枪瞄准了挥刀乱砍的牛牯。赤身裸体的牛牯反应极快，一个飞身扑向最前头的那个游击队员。他牛高马大，精力充沛，身体虚弱的队员哪是他的对手？好在是四个人对付他一个，牛牯逐渐落了下风。

周春霞一边纳闷牛牯刚才为何不用枪，一边四下梭巡房秋心，这时听见"砰"的一声枪响，一缕火光从床底下骤然射出，子弹射在周春霞脚踝旁的墙根上，溅起的碎石打在她的脚趾上。

"不要脸的臭婊子！你给我滚出来！"

周春霞还没来得及动作，刘观音已麻利地趴在了地上，伸手从床底下揪出了房秋心。房秋心和牛牯一样，浑身寸丝不挂，这会儿她也顾不得廉耻了，拼命挣扎着，丑态毕现。那边游击队员们终于制服了狂暴的牛牯，房秋心一看，知道大事不好，立马装疯卖傻地趴在周春霞脚下求饶：

"春霞呀，我好歹还是你姨娘，看在你爹的分上，饶了我这一回吧！"

说来房秋心也是聪明一世，糊涂一时，她不提周国富倒还罢了，她这一嚷嚷，勾起周春霞的新仇旧恨，她抬手便在房秋心头上敲了一枪托，一股鲜血立刻从她的额角流了下来。

"啊，救命，救命！不是我呀，你不要杀我，都是他强迫我干的！"房秋心看着满脸杀气的周春霞，知道难逃一劫，慌忙指着牛牯，凄声大喊起来："春霞，我是被迫无奈，是他强奸我，逼迫我，我没有办法呀！"

周春霞没理她，俯身捡起一只鞋生生塞进她口中，用另一只鞋噼噼啪啪地抽她的双颊。房秋心一张俏脸，不多会儿就涨成了紫猪肝。

房秋心惊恐万状，但她哭不出来，也喊不出来，吓得一股尿水喷射而出，看得男队员们目瞪口呆。刘观音忍不住笑起来，急忙抓起一件衣服扔了过去，嘴里骂道："贱货，看你这丑样，活该。"房秋心拾起衣服，迅速遮住私处，浑身筛糠似的抖着。

金仔已紧紧关住两扇窗板，谁也不知道屋里发生了什么事情。护围队的住地隔得远，他们再怎么对付房秋心和牛牯也不会有太大动静。再说，护围队那边估计也差不多被于光他们解决了，所以周春霞放心地抽掉了塞在牛牯口中的烂布。

牛牯伤得不轻，浑身血淋淋的，事已至此，他知道说什么都是多余的，于是他牙一咬，眼一瞪，一副不见棺材不掉泪的死硬模样：

"大小姐，你这颗头好值钱呀！可惜我牛某无福领赏！告诉你，大小姐，你爹千算万算没想到，他是被自己娶的女人给算计了，你们周家娶了这个贱人，那真是引狼入室，自辱家门！看样子也该是你周家气数尽了，遭了天谴。"

说着，他望着房秋心大骂：

"贱人，婊子崽，你也敢血口喷人！平日我牛某待你不薄，没承想你一上来就卖我，看老子不宰了你。"

趁着抓住他手臂的游击队员一时松懈，牛牯一阵挣扎拧身向房秋心撞去，眼看要撞到房秋心了，却猛地扑向周春霞。周春霞也想不到他会来这一手，被他扑倒在地。这牛牯的身手甚是了得，竟在这一瞬间用嘴咬住了周春霞的枪！

周春霞慌了，死死地拽着手中的枪，哪知牛牯弓起膝盖猛地顶在她肚子上，痛得她一松手，枪被牛牯叼走了。牛牯一甩头，枪飞向房秋心。房秋心稍一愣神马上便反应过来了，她急忙伸手去抓枪。手刚伸到一半，金仔一匕首刺在她腰间，痛得她一声鬼叫躺了下去。与此同时，刘观音和三名队员挥起大刀劈向了牛牯，顿时血花四溅，牛牯转眼被剁成了一团血肉。

房秋心吓傻了，失魂落魄地盯住那几把滴血的大刀，形如鬼魅。

"说，谁杀了我爹娘？钱财在哪里？"

周春霞扯去房秋心口中的烂鞋，枪口抵在她左胸上。房秋心也顾不上廉耻了，她知道这时候说什么都没用，那副赤条条的身子说不定马上也会像牛牯一样被劈成一团肉酱。于是她仇恨地瞪着周春霞，紧咬的唇间淌下一缕血渍。

"好，你不说，我成全你，牛牯就是你的下场。"

不待周春霞动手，刘观音抬手在房秋心脸上划了一刀。房秋心疯了似的尖叫起来，一边本能地向后躲避，可刘观音人比她高，无论她怎样扭摆，那把刀总是贴在她腮边。摇曳的火光下，愤怒的眼睛，雪白的刀刃，艳丽的血液，为她编织出一个恐怖而美丽的地狱。

"啊——不要啊，不要杀我，我说，我说！"

房秋心瘫软在床边，青紫的唇颤抖着，雪白的身体裹着一块块血污，这些血有的是她自己的，有的是从牛牯身上溅过来的，就像一条落在网中时斑斓大鱼。现在她知道不说不行了，周春霞和游击队绝没有饶过她的理由，只好如实道来。不过她口才不错，一番断断续续的交代，让人听了不但不恨她，反倒顿生怜悯之心，因为她把自己描绘成了一个被牛牯奴役和胁迫的弱女子。

"……真的，这一切都是这个狗东西干的！"房秋心指着牛牯的尸体，咬牙切齿道。

周春霞注视着房秋心半美丽半狰狞的脸，心想老天真是瞎了眼，居然让这样恶毒的女人生了一副如花美貌！可怜的爹娘，竟然死在这对奸夫淫妇手里，真是太大意，太不值了！可恨的是这对狗男女还把他们的险恶暴行嫁祸于红军，把他们千刀万剐了也难解这心头之恨。但她还是抑制了自己的愤怒，最后按照房秋心的交代，押着这女人来到隔壁她和爹曾经的居所，从床下的地窖里起出了房秋心和牛牯这几年搜括来的三百多块光洋和十几根金条。

抚着这些白花花、金灿灿的银圆和金条，周春霞眼睛湿润了。她想，他们周家遭了那么大难，死了那么多人，现在，终于要物归原主了。不过这个主不该是周家，而应该是为它们付出过血汗的人民，是代表着人民去夺取政权的红军游击队。至于眼前这个毒如蛇蝎的女人，对于游击队已毫无用处，连杀她都会脏了自己的手。她把枪顶在房秋心头上。

"春霞，求求你，看在老天爷的分上，不要杀我！"

房秋心见周春霞一时沉默不语，猜测她可能手软了，立刻"咕咚"一声跪下，拼命地磕头求饶。周春霞忽然想起那个未曾谋面的嫂子和传言中的孩子，倏地收起了枪。

"我嫂子呢？还有，那个卵鬼崽是哪来的？不讲实话我马上劈了你！"

找到了急需的经费，门外又没动静，周春霞知道这次的袭击成功了，所以还想刨根问底。因为游击队一撤出五堡，马上就要远走高飞了，五堡和自己的联系也从此斩断了，但作为周家的唯一幸存者，她有权利知道她家的血脉是如何消失的。这么想着，她狠狠地踢了房秋心一脚。房秋心两只雪白的乳房颤了两颤，又暂时平静下来。她闪烁其词地支吾了好一阵，才低头嘟哝道：

"你嫂子有一天收拾了东西，说是回娘家，后来就没再回来了。我派人去她家问过，也没见人，听讲掉进河里淹死了，好可惜哟，那么标致的一个人。但那个卵鬼不是她的，是我捡来的。"

周春霞知她在撒谎，二话没说，用枪口在她脸颊的伤处捅了捅，痛得她大声惨叫：

"啊——！不要了！我说，我全说！"

房秋心哭喊了一会，兀地站起来，仰天大笑，双眸中闪射出恶毒的亮光。

"哈哈哈！……周大小姐，反正我也活不成了，活下去也人不人，鬼不鬼了。……告诉吧，你爹你娘，还有你那个同样也是烂货的嫂子，全都是我杀的！我就是你周家前世的冤家！我受够了，在你们周家过的那些恶心的日子，他们早就该死了！只可惜没有亲手杀掉你和你家那个没卵用的周春强！你不晓得吧？你们周家根本没干净的人！你娘和你家那个伙头有一腿，你哥哥周春强上了我的床。现在只剩下你了，你肯定也不是什么好东西，醒什么醒？是啊，我贱，我是个贱人，我睡的男人多了去了。可你们家的人更狠，更坏，死光了才叫好呢！再告诉你吧，你嫂子我派人到广昌她老家去查过，她嫁给你那个王八蛋哥哥之前，就和她家的长工好上了，后来那个长工当红军去了，不然哪会送上门和周春强成亲！那崽子我至今还养着呢！可惜那不是你周家的骨血，是野种！你们周家彻底倒灶绝后喽！你看，这都是你造的孽！你要不来，我一定会把他养大，也要让他姓周，五堡周家不就可以延续香火了吗？现在倒好，是你灭的周家！周春霞呀周春霞，你要不是生在这里，早就在窑子里了，讲不定还要拜我为师呢！哈哈，太好笑了！太好笑了！咯咯咯……"

房秋心狂浪地大笑着，冷不防一头朝周春霞撞去。周春霞冷冷地看着房秋心那白得发青的脊背，在她即将撞上自己的一刹那，猛一闪身，房秋心便直直地撞在了坚硬的墙上，只听轻微的一阵"咔嚓"声，她的脖子折断了，身子瘫软地倒下，一双满是血丝的眼睛突然翻出两团空洞的眼白，狰狞异常，如一条横陈的死鱼。

周春霞怔怔盯着房秋心看了两眼，神情有些恍惚，心想环境真是太可怕了，居然能造就出这样恶毒的女人，尽管她也是不幸的，可她却给人们带来了更大的不幸。说到底，是这社会毒害了她呀！

尽管周春霞一再告诫自己要冷静，可感叹间还是忍不住狠狠地踢了房秋心几脚。这时刘观音已从房秋心脱在一边的衣衫里找出了大门钥匙，朝周春霞摇了摇手。周春霞环顾一眼这间阴暗、罪恶、血腥的房间，咬牙拎起床上的一个包裹，跨过房秋心的尸体，大踏步地往围屋大门走去。

刚跨出花洲的巷口，周春霞猛地站住了。巷口上，迎面站着一位熟悉的大姆。大姆手执火吊，怀里抱着一个岁把大正在熟睡的幼儿，就像突然长出的一棵树。

周春霞还没有明白怎么回事，那大姆说："小姐，你终于回来了！这是你侄子啊！是你们周家唯一的一根独苗了。"说着，那大姆放下火吊，抱着孩子颤巍巍地走上来，递给周春霞看天真无邪的孩子在大姆怀里手脚乱动，发出一串咿咿呀呀的声音。大姆用手指刮着孩子的脸蛋，说："叫啊，孩子，这是你的姑姑，你的亲姑姑。"

看见孩子，周春霞的眼泪一下涌了出来，一把将大姆和孩子搂在怀里，泣不成声。

这个大姆是周春霞家未出五服的远亲，自小在周家帮忙，后来嫁到别村了，可逢年过节或是家中烫粉皮丝、做炒米糖、炒果仔等年货时，娘仍会把她请回来帮忙，周春霞跟她很亲。周春霞到赣州上学后，大姆的男人和两个儿子相继病死，她成了孤老，娘再次将她接进围屋，帮着打理家务。几年后乍然相见，早已物是人非，难怪大姆和她都有恍如隔世之感！

大姆抹着眼泪将刚被惊醒的伢崽递到周春霞怀里，说："春霞，你们进来的时候，我正好出来解手，突然看见了你，当时我都不敢相信，但我相信你一定会回来……哦，你比以前瘦了，可大样子没变，我一眼就认得出！妹，你爹你娘，你哥你嫂，他们……他们都不在了，太苦了，你是苦命人哇！"

伢崽依偎在周春霞怀里，懵懂间揉着眼睛叫了声"娘"，而后一个劲地往她胸腔里钻。周春霞低下头仔细看了看孩子，浑身的血脉立即停止了跳动：伢崽后颈脖的发际左高右低，这可是周家特有的遗传标志啊！爹、那个曾是亲哥哥的坏蛋周春强，还有她自己的发际，都有这么一个与生俱来的印记！

周春霞马上断定这个孩子不是别人的，他千真万确是周春强留下的亲骨血！发现这个秘密，她心内一恸，眼泪断线珍珠般掉在伢崽身上。

"大姆！我要代替我爹我娘谢谢你……"

周春霞语不成声，情不自禁，把孩子举了起来，一阵狂吻。这时外面响起了剧烈的枪声，不知何处还起了大火，忽闪的火光照亮了半个天空。

周春霞浑身一激灵，把伢崽还给大姆，从包裹里掏了两根金条放到大姆手中："大姆，我不能久留，我侄子就拜托给你了。"走了几步，又回头叮嘱道：

"现在，你带着他回你的老家去，不要留这里了，好好帮我照顾他，我会回来的。对了，他叫什么？"话未完，她拽着迎上来的刘观音冲出了巷口。

大姆颤巍巍的话音从身后追上来："记住春霞，你侄子叫平安，周平安。"

又追上来孩子的一阵阵哇哇大哭，周春霞的心仿佛被一只手狠狠地扯了一下，她蓦然收住脚，泪眼蒙眬地向巷道深处回望，在远处的大姆和朦胧的老屋已融为一体，只有平安挥动的小手和脖子上的银项圈显出几点亮色。

再见了，围屋！再见了，大姆！再见了，平安！

周春霞朝深巷挥了挥手，跑到围屋大门旁。多年未回，门锁依旧，她熟练地打开了那几把牛头大锁。刚推开门，迎面便射来几串子弹。好在刘观音机灵，猛地一拽她，子弹击在门板上，吓出了周春霞一身冷汗。那几个游击队员已找到隐藏处，开始向涌来的团丁回击。

来的是牛牯收编后的白匪军，虽说是正规部队番号，其实并未经过正规训练，有的干脆就是牛牯从山上带下来的土匪，纯属乌合之众。只听有人躲在暗处呜里哇啦乱喊：

"快，游击队还在围屋里，抓活的！"

"抓到了有赏啊！"

周春霞瞅空观察了几眼，看见白匪军的据点已经被烧着了，明亮的火光和着月光把围屋前的院坪照得雪亮。大队团丁在街那边暂未过来，于光和十几个游击队员被火力压迫在距围屋大门十几米远的吊桥边。

周春霞计上心来，领着金仔反身朝灶房跑去。爹娘在世时，家里经常有宴请，灶房边的杂物间里有许多大圆桌。到那一看，圆桌仍在。她低喝一声，扛起一扇桌面踅身往回跑，金仔虽不知这桌面有何用，却舍得力气，也一口气扛了两扇跟在后头。桌面又圆又大，压得她俩踉跄不已。

到了门旁，周春霞喊了句"于光，你们注意了！"这边将桌面竖起朝他们滚去。金仔也如法炮制，几扇桌面滚动时在硝烟中搅起了一阵迷雾。

院坪是用三合土夯就的，非常平整，圆圆的桌面轰轰隆隆地滚到了于光他们一边。于光马上明白了她的用意，迅速用桌面当掩护，十几人顺利冲进了围屋。刚关拢大门，团丁们便蹿到了门口，他们砰砰地踢着门，又趴在狗洞前往内开枪，但这毫无用处，这围屋他们一时半会儿肯定破不了，只能在外头干着急。

于光满是汗渍的脸上露出灿烂的笑容，他告诉周春霞说："……我们烧了白狗子的住房，杀了他们十几个人，没想到下乡搜捕游击队的两队白狗子正巧赶到了，和我们接上了火。我们缴了12支枪，一个同志也没少！"

"我们也得手了！"周春霞简要地介绍了一下围内的情况，把大家高兴得跟什么似的。

"不过，我们得赶快撤！要是敌人发现了那个密道就麻烦了。"周春霞说罢一挥手，领着大家往围屋深处跑去。拐过一道弯，花洲巷口忽然飘出一片亮光，大家机警地闪到暗处，寂静中，却听见孩子小声地呜咽和大姆哄孩子的声音。

"月光光月娃娃，点火喂猪嬷，猪嬷唔会大，扛到广州卖……"

在这个飘散着硝烟与血腥气息的夜晚冷不丁听见这样温馨的呢喃，真是奇特之极，周春霞悬着心的放了下来，正要开口，大姆背着平安迎上来，指着旁边的两只箩筐说：

"春霞，你们赶快走，这是一担番薯干，你们带上去当饱吧！"

周春霞搂住大姆和平安，布满硝烟和汗渍的脸上浮出由衷的欣喜。她咬咬牙，突然决定把大姆和平安也一块带走，这座给她带来过快乐并养育了她的大围屋，马上就要变成一片废墟了；如果让她们留下，这一老一少在这里只有死路一条。在这一刻，充斥在她心灵的不只是革命的豪情，还有母性的柔情。

刘观音亲了口睡得正香的平安，默默地挑起了箩担，因为她的腰间还拴着一大包金条和银圆，步伐有些沉重。于光眼疾手快地抢过担子，敏捷地往前走去。一行人踏着月色，鱼贯来到围屋后墙。敌人做梦也没想到这一着，他们断定游击队被他们团团困住了，根本不着急，因为他们知道攻也无用，最好的办法是"困"，只要围个十几天，里面的人必定饥饿而死，所以这会儿他们反而歇下手来，一个劲地扯着嗓子站在那儿大呼小叫，要游击队投降。

在敌人断断续续的喊声中，游击队员们有条不紊地穿洞而出。回望着月辉下依旧雄伟的围屋，周春霞心里一阵恍惚，又一阵酸涩，仿佛有什么东西在心里坍塌了。于光让她头里先走，她不肯，坚决要求殿后，趁这空当儿，用目光向这个熟悉而又陌生的家园默默告别。

几个小时后，周春霞带领着这支游击队和另外几支游击队在一个名叫魏屋的地方会合了。大姆说魏屋离她婆家不远，虽然丈夫和儿子不在了，可老屋壳还有几间，她要带着平安到那儿去隐藏起来。周春霞虽说不舍得，可在这兵荒马乱的年代，自己过着刀口舔血的日子，她哪有精力和能力顾及侄子和大姆的安全呢？只好含泪答应。

当大姆背着平安蹒跚着消失在远处时，周春霞热泪长流。晨曦中，她听见平安发出甜美的咿呀声，似在与她道别，又似在欢呼新生活的到来。她坚毅地收回目光，擦干眼泪，小跑着追上了队伍。

天亮后，她们将到达信丰县城，与大部队会合，接受改编。稍事休整后，马上启程北上加入抗日的行列。想到即将离开这片浸染着江采萍、马丽、杨兰英等亲密战友，还有许许多多无名英烈鲜血的土地，周春霞有几分激动，几分怅惘，又有几分眷恋。

她想，在未来的战争中，只要自己还能活下来，能看到革命的胜利，到时一定要回到瑞金来，好好地呼吸一下这里的空气，用剩下的生命静静看护这片苍山的恬静和安宁。

当然，那时她最想干的事，就是每年春天，亲手种几畦那种名叫红翻天的辣椒。因为正是这些辣椒帮助她度过了最艰难的岁月，让她将永远牵挂着那些早早长眠在这片土地上的姐妹。

队伍在山峦间的小路上行进着。这时东方的天幕上蓦地裂开了一道缝，放射出千丝万缕耀眼的金光来。金光的边缘是粉彩、翠绿或橙黄的云彩，它们翻滚着，蒸腾着，试图遮住那轮冉冉上升的红日，但很快就被那片红彤彤的光芒覆盖了，火球似的红日从云缝里倔强地跳出来，给千山万壑镀上了一层壮丽的光辉。行进中的周春霞、刘观音和游击队员们在这片光辉中渐渐地与群山融为了一体。不多会儿，天地间就只剩那轮气吞山河、耀眼夺目的太阳了。

2007 年 9 月，第五稿完成于南昌

# 后记

    在 21 世纪的今天，红军这一名词变得多少有些生疏了。但作为中国革命的一道独特风景，一种不死不灭的精神，它却深深根植于我的脑海里。这道风景和这种精神最初是以传说进入我的生活的，而且都是老奶奶口中的故事：从前哪，这地方曾经闹过红……

    闹红的故事在我的故乡赣南几乎不能算故事。作为历史的风暴，它曾经席卷那片绵里红土地，幕天席地地涤荡了黑暗的旧势力，成了中国革命的火种，一路西移北上，四处星火燎原，最终红遍了全中国，成了照亮新政权的火炬。这种状态下的闹红，自然地成为一种普遍现象，客观的所有的传奇都不如当时的真实存在。

    我相信赣南的每一道山岭，每一条沟坎，每一湾水渠，都曾经浸染过红军的鲜血。他们青春的生命野草般兴盛，又野草般凋零。血与火的洗礼锤锻着他们短暂的生命，这使我们至今无法忘却他们中的每一个人：有名的，更多的是无名的英烈们。他们的故事生动惨烈，他们的生命多姿多彩，这世间没有任何人的臆想能超越他们在那个年代所经历的一切。包括这部《红翻天》，她其实只是一个红土地上的女子出于对红军的缅怀与崇敬而试图复原的故事。这些故事与其说是在歌颂，不如说是在表白一种记忆。因为我们的幸福生活需要这种关于共和国缔造者们的记忆。记忆她们的高风亮节，记忆她们的铮铮铁骨，记忆她们对信念理想的孜孜追求……

　　而这种记忆，将有助于我们正视自己的怯懦，因为与他们相比，我们是必然要汗颜的。而唤起每个人对红军精神的追忆，正是我有可能是不自量力的初衷。

　　也许是自己缺少才华或是不擅长革命历史题材的创作，这本小说写得特别艰难。2002年秋，我就开始写它，仅开头就写了十多个；最后发现还是没有找到正确的切入点，叙述颇杂乱，故事进展缓慢，文字也比以前粗糙。刘立云先生为此给我写了几千字的修改意见，让我看后满颊飞红——自己写得太不专业了！写作这么多年，他是我遇见的最认真负责的编辑。尽管我知道自己的能力有限，还是咬牙答应按他的要求修改。如若不是他的督促和帮助，我不知自己是否还有信心把小说改出来。在他的再三鼓励下，前后历时五载，总算以现在这副模样呈现在大家面前。最让我感动的是，立云先生还帮我选了个非常特别的书名——《红翻天》，比之原先的《花儿为什么这样红》更具气魄与诗意。

　　小说杀青这天，我的眼睛湿润了。业余创作以来，这本小说写得最为艰难，可谓呕心沥血。近几年每日陷于繁忙的事务，回家后疲累得只想把自己扔在床上，更不敢奢望文思与文采了，此种情况下再谈创作，那真是强我所难了。无奈只有利用周末、节假日断断续续地写，断断续续地改，点点滴滴地往外挤，思绪在不同的时空中频繁地转换着，让人在间歇性精神病状态中体会到，思想自由是一种多么美好的境界。难怪有人将文学创作归入高风险职业，这种深陷其中的创作除了折磨人外，有时还能撕裂你的生活及灵魂。所幸的是我还能沿着那把送我入云端的天梯安然地下来，否则后半辈子只怕要与书中人物为伍了。而这种对现实生活的冷静妥协，是否意味着自己缺乏想象力和才气呢？据说天才与疯子是最接近的，既然自己没疯，那么也就不是天才了。不过这也没什么遗憾，一直平凡地活着，平凡地写着，写些平凡的东西，这不正印证了那句话：平平淡淡才是真吗？

　　这五年时间，对于我这种年龄的女人是非常宝贵的。这五年我没有像其他女子那样，利用闲暇时间风姿绰约地去美容、健身、喝茶、会友、打麻将或上网，我把所有的业余时间都挤给了这本书。有人讥讽我为高级民工，是书奴，自己也觉得有些自虐，自戕，自找苦吃，但心之所属，毫无悔意。我想为了下一部书，自己还会献出五年乃至更多的业余时间。因为我爱写作，它是我的心瘾，写了就舒服了，如此而已。

希望这部书能够给读者诸君带去些许的触动与思考，若能如此，我写作的目的也就达到了。

最后我要感谢尊敬的刘上洋先生，他在百忙之中抽空为这本书写了序，这对我不失为一种鼓励，一种提携；感谢刘英城先生慷慨挥毫，为本书题写了书名；感谢业余时间为我打印本书的同事小毕；感谢十几年来默默地支持我写作、包容我对家务的疏懒的家人。谢谢他们的真诚帮助和大力支持。

温燕霞

2007 年 9 月 15 日